漳河流金

应健 ◎ 著

北京日报出版社

图书在版编目（CIP）数据

漳河流金 / 应健著. -- 北京：北京日报出版社，2019.9
 ISBN 978-7-5477-3379-0

Ⅰ. ①漳… Ⅱ. ①应… Ⅲ. ①长篇小说－中国－当代 Ⅳ. ① I247.5

中国版本图书馆 CIP 数据核字（2019）第 130001 号

漳河流金

出版发行：北京日报出版社
地　　址：北京市东城区东单三条 8-16 号东方广场东配楼四层
邮　　编：100005
电　　话：发行部：（010）65255876
　　　　　总编室：（010）65252135
印　　刷：武汉市卓源印务有限公司
经　　销：各地新华书店
版　　次：2019 年 10 月第 1 版
　　　　　2019 年 10 月第 1 次印刷
开　　本：710 毫米 ×1000 毫米　　1/16
印　　张：26
字　　数：415 千字
定　　价：98.00 元

版权所有，侵权必究，未经许可，不得转载

目录

一、突发意外 1
二、疑云重重 9
三、走漏风声 16
四、下情上达 21
五、刎颈之交 27
六、怀疑对象 33
七、不得其解 40
八、老友相逢 47
九、针尖麦芒 54
十、五湖四海 60
十一、特立独行 64
十二、投石问路 71
十三、剑走偏锋 78
十四、水落石出 85
十五、茅塞顿开 92
十六、推心置腹 100
十七、宾至如归 108
十八、其乐融融 116
十九、醍醐灌顶 123
二十、沆瀣一气 130

二十一、秣马厉兵..........138
二十二、巧借东风..........145
二十三、闲情逸致..........154
二十四、各怀鬼胎..........162
二十五、秀色可餐..........170
二十六、良师益友..........180
二十七、上下融通..........189
二十八、"微服私访"..........198
二十九、真相大白..........207
三十、网开一面..........214
三十一、兵棋推演..........221
三十二、一众生相..........228
三十三、唇齿相依..........236
三十四、不足与谋..........244
三十五、男欢女爱..........252
三十六、同咨合谋..........259
三十七、晴天霹雳..........267
三十八、峰回路转..........274
三十九、蓝颜知己..........283
四十、李代桃僵..........291
四十一、各显神通..........298
四十二、瓜熟蒂落..........307
四十三、迫不得已..........315
四十四、柳暗花明..........322
四十五、稳操胜券..........330
四十六、打凤捞龙..........337
四十七、两两相权..........344

四十八、怒不可遏 352

四十九、金箆刮目 359

五十、不明就里 366

五十一、赤诚肝胆 374

五十二、告一段落 381

五十三、潜虬在渊 388

五十四、大彻大悟 398

五十五、涅槃重生 407

后　记 408

一、突发意外

夜色笼罩着大地。

夜幕下，漳河在静静地流淌。千百年来它不分白天黑夜，不分春夏秋冬，就这样日日夜夜不停地忙碌。它从高山走来，从四面八方汇聚，又从这里走向大江，奔赴大海。漳河滋润了这一片广袤的土地，滋养了数以百万计的人们。这里的人们有着与漳河一样的性格，坚韧、内敛。世世代代的漳河人秉承了先辈的品格，哺育着后人的成长，在这片土地上辛勤劳作，生生不息。漳河养育了这里的人们，这里的人们也回报着漳河，他们用惊天动地的伟业，使不见经传的漳河名扬四方。

在流淌不息的漳河北面，有一条由漳河市通往省城郓都的漳郓高速公路。黑夜中，两辆小汽车在公路上疾速行驶，雪亮的汽车灯光撕开前面的黑色幕帐。前后两车始终保持着大约不变的距离。高速公路上的车不多，疾驶的轿车偶尔追上几辆笨重的大货车，很快都把它们远远地甩开。前车后排坐着一个五十开外的中年男子，国字脸上架着一副黑框眼镜，沉郁的目光从镜片穿过，透过车窗投向了远处黑暗中的山峦。男子的左手小臂弯曲地搁在微微凸起的肚子上，右手的手肘放在左手腕上，右手的大拇指和食指不经意地放在自己的嘴唇上，大拇指还不时在唇上摩擦两下，显得心事重重。这名男子叫徐光钊，是一家国有大型商业银行郓州省分行的常务副行长，正沉浸在此行到漳河市分行的回忆中。

这一趟去漳河市让他很不愉快。起因是漳河市分行在省银监局的例行检查中暴露出疑似银行高管人员经商办企业的违纪行为，银监局反馈到省分行的情况是，漳河市分行行长戈岊名下有一家公司，公司账户有六百余万元存款，戈岊本人无法提供工商营业执照，无法提供合理的资金来源说明。银监局提示要防范银行高管人员经商办企业或收受商业贿赂，要求省分行做进一步调查处理，并向银监局报告处理结果。由于省分行行长高亦尚到郓州任职时间不长，情况不熟，省分行纪委书记莫亚丹又因为身体欠佳几乎没有上班，省分行监察室主任谭启德只能处理分行纪检监察的日常事务，遇到这样重大的事情，当然就只好由他这个省分行党委副书记、常务副行长来牵头查处。

在徐光钊的印象中，漳河市分行行长戈弪一直是一名政治上可靠、业务上出色的优秀干部，虽然性格上有些桀骜不驯，但工作上从来没有捅过娄子。经商办企业这样出格的事着实太出乎意料，让徐光钊深感震惊。在徐光钊心里，怎么都无法将戈弪与违法乱纪的事情联系在一起。从认识戈弪的第一天开始，戈弪在徐光钊眼里就是一个正直纯粹的人。他记得最初认识戈弪的情景，那还是在徐光钊任省分行工业信贷处副处长的时候。时间都过去了二十余年，当年的情景还记忆犹新。

记得是在一个炎热的中午，徐光钊刚吃过午饭回到办公室准备休息，突然接到省机械工业厅财务处长老杨打来的电话。杨处长声称有一个情况要紧急求援，徐光钊以为是省机械厅又接到了紧急的军工任务需要资金上的支持，就调侃说："不会是明天就要开战吧，真的很紧急？"

杨处长说："跟开战差不多了，我们的厅长被围困，这就向你求援来啦。"

徐光钊觉得有些好笑，说："你们厅长大人被围困应该去找公安厅救人啊，你找到银行能帮你们什么忙？"

"咳，"杨处长在电话那头抱怨说："是你们银行的一个信贷员把我们厅长给困住了，我不找你们找谁呀？"

听到杨处长这样讲徐光钊就认真起来。他对杨处长说："你慢慢讲是怎么回事，我们的信贷员怎么会去围困你们的厅长呢？"经过解释徐光钊了解到大致的原因，原来是省属大型企业漳河轻工机械制造厂技术改造项目在没有经过批准，也没有落实项目资金的情况下，擅自与上海一家企业达成补偿贸易协议，由上海方企业向漳河轻机提供一套设备，漳河轻机则将自己的产品委托上海方企业销售，所产生的销售收入补偿上海方对漳河轻机提供的设备款项。这种补偿贸易的做法在国际贸易中常见，改革开放初期国内企业也借鉴这种方式开展合作，但是都必须经过批准。由于补偿贸易的实质是企业将生产经营的资金用于了添置固定资产，是一种严重的挪用生产资金搞基本建设的行为。计划经济时期在国有企业流动资金归银行统一管理的政策背景下，出现这种情况银行有权对企业实施处罚。漳河轻机的管户信贷员在工作中发现了这个问题，要求企业纠正违规行为，可是轻机厂的人却谎称经过省机械厅批准，但无法提供批准的文件。恰恰这个信贷员特别较真儿，在漳河轻机没看到文件就来向省机械厅讨说法。杨处长他们了解企业的困难，对企业这样的事情多是睁一只眼闭一只眼，见到这样较真儿的信贷员也只能连骗带哄。这个信贷员的政策水平和业务能力都不差，财务处长也哄骗不了他，不信邪执意要见厅领导，堵在厅长的办公室门口要厅长亲口解释，害得厅长躲在办公室里出也不能出进也不能进。到了吃饭的时间无论杨处长怎么劝说，这个信贷员就是不听，执意要见厅领导。杨处长只好向省分行打求援的电话。徐光钊与杨处长经常在一起开会，彼此非常熟悉，听了杨处长的叫苦放下电话就赶到省机械厅。

这是徐光钊与戈畣的第一次见面。当徐光钊来到省机械厅时，见到杨处长正在与一个面目清秀的高个儿年轻人交谈。他猜到这个年轻人可能就是漳河市分行的信贷员。杨处长见到徐光钊来了，赶紧给这位年轻人介绍："这是你们省分行工业信贷处的徐处长。"

高个儿年轻人略带羞涩地向徐光钊微微点头问好："徐处长您好，我是漳河市分行工业信贷科的信贷员戈畣，正在给省机械厅领导汇报情况。"话说得很有分寸和礼貌。

徐光钊没有听清楚这个小伙子的名字，便问："你叫什么呀，格格？皇家的女儿啊？"问完后大家都笑了。

戈畣没有笑而是认真地解释道："我姓戈，戈壁滩的戈，叫畣，上面一个'乃'字，就是'奶奶'的'奶'字的一半，下面一个'古代'的'古'字。"

"'畣'字很少见哟，你不说我真还不认识这个字。这么冷僻的字拿来做名字一定是有什么特别意义吧？"徐光钊一边在手上比划着"畣"字一边问道。

戈畣说："这个字是富翁、富有的意思，我父亲他们在农村穷怕了，就请人给我取了这样的名字。"

见徐光钊与戈畣在言来语去中气氛变得随和起来，杨处长见势插话说："到我们食堂吃饭吧，大家都还饿着肚子呢，我们边吃边聊。"

"我们回省分行吧，反正离这儿又不远。"徐光钊向杨处长提出告辞，又特意说道:"我向戈弢问清情况以后再与你交换意见。"说罢就带着戈弢离开了省机械厅。

徐光钊安排戈弢到省分行吃过午饭,回到办公室详细听取了戈弢关于漳河轻机的情况汇报。戈弢把工厂的情况说得非常细致,问题抓得也很准,政策依据十分牢实,提出的整改建议也具有可操作性。这让徐光钊对眼前的这位年轻信贷员马上产生了好感。一个基层信贷员能够在工作中发现这样的问题就很不容易,发现问题并能够讲出问题形成的原因,还有针对性地提出工作建议,如果没有很强的业务能力和高度的敬业精神,一般人很难做到这些。徐光钊对眼前的这位信贷员有了浓浓的兴趣。接下来的交谈中徐光钊对戈弢有了更多的了解,也知道了戈弢是郢都大学两年前分配到漳河分行的大学生。徐光钊肯定了戈弢认真负责的工作态度,表扬了他敢冲敢闯的精神,告诉他全省类似漳河轻机这样的情况不少,省分行正准备做一个调查并采取相应措施。最后他还嘱咐戈弢今后开展工作要多依靠组织和集体的力量,避免单枪匹马。就是这次戈弢的"莽撞"行为,促成了省分行对全省类似问题的集中整治,挪用生产资金搞基本建设的状况得到有效遏制。当然这是后话。

第一次的接触让徐光钊对戈弢产生了很好的印象,以后便一直关注戈弢的每一点成长变化,知道戈弢后来被调到了县支行任信贷股长,提拔为县支行行长后,又再回到漳河分行担任信贷科长。在戈弢任漳河市分行信贷科长时,徐光钊已经是省分行副行长,后来戈弢在被提拔为漳河市分行副行长和行长时,省分行党委会上有不同意见,徐光钊一直都维护着戈弢。戈弢一路堂堂正正走过来,从没听说过有违规违纪的事,哪怕干部职工对他有些意见,也都是反映戈弢性情急躁之类的工作方法的问题,虽然也曾有过一点不着边际的桃色传闻,这些都没有影响徐光钊对戈弢的基本看法。可是银监局查出的私自经商办企业就不是小问题了,徐光钊在震惊之余,开始怀疑自己是不是对戈弢有"失察"之责。

徐光钊带着很复杂的心情来到漳河。他没有事先打招呼,等他们中午到达漳河时戈弢却不在分行,据说是到郢都去营销一个什么电厂项目去了。在漳河市分行食堂简单地用过午饭后,徐光钊和随行的监察主任谭启德、内控合规处的副处长李彬找了漳河分行的三位副行长分别谈了话,了解戈弢私自经商办企业的情况。不料三位副行长竟然没有一个人知道此事,他们不约而同地说到，只知道银监局检查中发现一家公司的账户印章卡上有戈行长的名字，检查结束后戈行长没有在办公会上正式谈过这件事，到底是一家什么公司，这家公司有多少钱一概不知，除了讨论过几次历史遗留下来的宏远公司垫款以外，分行班子也从来没有商量过以集体的名义经商办公司的事情。徐光钊很清楚漳河分行的三位副行长当中，李玉芬和王铮两位都是近年从其他分行交流过来的，对漳河分行过去的情况不熟悉也在情理之中，他们所谈应该大致可信。徐光钊对肖强副行长的询问就要仔细得多。肖强的说话有些吞吞吐吐，欲言又止。徐光钊知道戈咎与肖强相处得不是太融洽，所以对肖强特别强调要知无不言，言无不尽，不要因为个人关系的好坏而不敢说真话。可是肖强对戈咎经商办企业的事情真的不知道，只是说些平时戈行长说话都是一言堂、办事独断独行这一类工作作风上的事，说到这些还有些委屈似的长长叹了一口气："唉！"然后给徐光钊建议："关于戈咎经商办企业的事情建议领导去找找计财科的吴效梅，我们戈行长信任她，听说那家公司的财务印章是他们俩的名字，看看吴效梅愿不愿意跟领导讲真话。"肖强的话里明显带着不满。他提到的吴效梅是漳河市分行计划财务科科长。

听到肖强这样说，徐光钊更加担心事情的严重性。他早就听到关于戈咎和吴效梅的桃色传闻，但一直不相信有这样的事。他知道在中国社会里桃色新闻有绝对的杀伤力，如果一个领导与一名异性下属有故事，不管这个故事的真实成分有多少，一定会成为这个单位最大的新闻并迅速传播，而且会演绎出很多的版本。戈咎与吴效梅的故事传到了省分行，而且传到了省分行领导的耳朵里，可以想见这个传闻的杀伤力。不过，听说戈咎和吴效梅都不在乎这个传闻，他们照样人前人后都很亲密，两个家庭也走动频繁。徐光钊在刚听到这个传闻时就在心里骂过戈咎："笨蛋东西，有多少英雄都是毁于美色，你有什么能耐去惹这样的事情。男女之事谁编一个故事就可以让人脱一层皮，你还不赶快躲得远远的？"不过这些话只是在徐光钊的心里，他知道没有凭据即便出于好心这种话也不便当面说出。可是今天怎么办？不管那些传闻是真是假，戈咎和吴效梅在经商办企业这件事上就不好说！

徐光钊叫人通知了吴效梅。

谈话是在分行小会议室进行的。徐光钊坐在桌子的中间，右边是监察室主任谭启德，左边是内控合规处副处长李彬，吴效梅进来后坐在桌子对面。

她进门时徐光钊他们三人都没有说话，脸色冷峻。这样的场面对一个基层单位的科级干部而言，心理上一定有很大压力。徐光钊不动声色地观察吴效梅进来后的表情。吴效梅进来后的第一个动作是轻轻地抬起桌子面前的椅子，往外稍稍挪了挪，然后又轻轻地坐下，抬起头用眼睛在徐光钊他们三人面前很快地扫过，然后把目光投向徐光钊。少顷，吴效梅又抿了抿嘴，似乎想开口但还是什么也没说。徐光钊分析，吴效梅这样的表现要么是心理素质特好，要么是心里特别干净。与吴效梅的对视大概不到一分钟后，徐光钊觉得自己有些不公正，今天找吴效梅来只是调查而不是审讯，用这种冷峻的气氛对自己的干部不妥。他赶紧清了清嗓子说："吴效梅同志，我们是省分行调查组，这位是监察室谭主任。"他的头偏右示意了谭启德，又示意李彬说："这位是内控合规处李处长。"徐光钊没有做自我介绍，估计下面的干部都会认识他。介绍完两人后徐光钊接着说道："我们今天向你了解一下银监局检查中发现疑似银行内部人员经商办企业的事情，请你就自己知道的情况向我们做一个说明。"

听到徐光钊的问话吴效梅直了直身子说："哪一个人违规经商办企业我不知道，我只知道漳河圆融公司在我们行开立有账户，这个账户留有戈行长和我的印章。我是在漳河圆融公司更换印章卡使用我的名章时我才知道这些，戈行长向我打过招呼，之后我没有参与公司任何事，所以公司的情况我一概不知道。银监局在检查的时候我都讲过了。"

"开口就说不知道，你是什么态度？"谭启德有些生气地问道，"你是计财科长，动用了你的个人印章，难道这样的事情你没有责任？"

"我是在计划科和财务科合并时才到计财科来，有没有责任组织可以认定，但是对经商办企业的事我完全不知道，这是事实。"吴效梅的回答让谭启德碰了一颗软钉子。

"吴效梅同志，"徐光钊语气和缓地问道："你既然知道有一个漳河圆融公司，也知道这个公司使用了你的印章，对这家公司的情况你就一点也不了解吗？戈行长或其他同志都没有向你讲过公司的情况？"

吴效梅态度诚恳地说："我真是一点也不了解。我是分行的计财科长，我只能做我分内的事情，行领导没有交代的事我既不能问更不好插手。"

"戈行长在用你的个人印章时是怎么讲的？"李彬问。

吴效梅回答说："我是计财科长，我的个人名章很多办公的地方都要使用，只要有登记就可以使用。戈行长用印时我刚来计财科，他只给我讲是漳河圆融公司要换印章卡片，我怎么能向行长询问细节呢？"

听到这里徐光钊心里产生一丝疑问："戈召这样做难道这是漳河分行办的公司，如果是这样其他的副行长为什么都不知道呢？"带着疑问他向吴效梅问道："戈行长向你打招呼时说过漳河圆融公司是分行办的企业没有？"

吴效梅回答说："他什么都没有讲，漳河圆融公司是谁办的我真的不知道。"

李彬接着问："戈行长使用你的印章时登记了没有？"

"戈行长只告诉了我要使用名章，登记没登记我不知道，你去问戈行长好了。"吴效梅的回答有些不冷静。

与吴效梅的谈话持续了近一个小时，除了承认漳河圆融公司账户的存在这个事实以外，吴效梅对其他问题的回答基本上都是"不知道"。不管是知道还是不知道，徐光钊都认为作为一个分行的计划财务科长这样都算失职，如果是隐瞒实情不报，问题的性质就更严重。看见谈不出新的东西来，徐光钊结束了与吴效梅的谈话。他要谭启德和李彬去查看了吴效梅印章使用的登记记录，没有发现漳河圆融公司的使用登记。他们又找柜台上管理漳河圆融公司账户的会计人员了解了账户的资金变动情况，发现漳河圆融公司账户有近五年时间基本没有变动，除了按季度的存款利息收入之外，没有一分钱的支出，目前账户的存款余额有六百万之多。就现有的证据分析，可以肯定戈召对漳河圆融公司是知情的，但是漳河圆融公司到底属于什么性质难以定论，如果是戈召的自办公司为什么多年账户没有收入和支出变动，如果是他收受的贿赂款为什么敢于明目张胆存入银行，如果这两种情况都不是，他为什么不敢拿到桌面上，而对班子的同志遮遮掩掩，吴效梅在其中又充当了什么角色，这些疑点都需要向戈召当面质询。徐光钊想到戈召不在漳河，这样重大的情况应该先向省分行高亦尚行长汇报后再做进一步处理的安排。吃过晚饭后徐光钊决定不等戈召第二天回漳河，当晚赶回郢都。

想到今天不愉快的行程，徐光钊心里很不畅快，看着远处夜色的眼睛开始有些发涩。他合上眼睛，把靠在椅背上的身子向下稍稍挪动，慢慢进入睡眠状态。

在高速公路上跑车是一件很无聊的事情，特别是在夜间。徐光钊的车在前面跑，谭启德他们的车不紧不慢地跟在后面，司机张本泓嘴里不停地骂骂咧咧："狗日的林涛平时开车那么狂野，今天怎么这样斯文。"张本泓嫌前面林涛的车开得太慢，领导的车在前面自己又不敢超越，所以只有嘴里不停才能驱赶驾驶的寂寞和疲劳。谭启德的资格老，他一人坐在后排，李彬很知趣地坐在副驾驶的位置上，有一句没一句地与张本泓搭讪着。李彬年轻完全没有睡意，只有后排的老谭传出一阵阵的呼噜声。

"哎呀！"李彬刚闭上眼想打个盹儿的时候，听到张本泓一声尖叫并感到车身严重失衡。李彬猛地睁开眼，看到张本泓满脸惊恐，并听到他连连叫喊"完了，完了"！等李彬回过神抬眼朝前望去，前面的轿车已经四轮朝天地翻在公路上向右前方的软路肩方向急速滑过去，车身与公路摩擦出来的火花十分耀眼。后排的谭启德也被突如其来的危险惊醒，吓得嘴里嘟嘟囔囔不知道说了些什么。

二、疑云重重

得到徐光钊车祸负伤被送到省人民医院的消息后，高亦尚马上就赶到医院。

徐光钊他们能够在最快时间被送到省人民医院真算幸运。当时林涛的车在高速公路上行驶得非常平稳，车速一直都在每小时一百二十公里左右，林涛完全没有过去喜欢开快车的表现，惹得跟在后面的张本泓不停地骂。车离郢都市区只有几十公里了，林涛感到越来越困，开始不停地揉眼睛，揉过眼睛后又使劲地摇头，他感到眼皮越来越沉。从车内后视镜里看到徐光钊已经靠在车上睡着，林涛想把车停靠一会儿但又不敢吱声，鼓起劲直了直身子，用力瞪起了眼睛。可是他没有坚持到一分钟，上下眼皮又合到了一起，吓得他一个冷战，扶着方向盘的手猛地一抖。一切都晚了！在他睁开眼睛的刹那间汽车冲向了公路中间的隔离带，林涛用最后的一点清醒朝右轻打方向盘，努力让车擦向隔离护栏而不是撞向隔离护栏。林涛的努力起到关键作用，瞬间汽车的前左轮擦到隔离护栏以后整个车身向右侧翻打了一个滚，然后四轮朝天地横着滑向了右边的软路肩。紧跟在后面的张本泓反应敏捷，迅速地向左微打方向，靠左冲了过去，避免了与前车的相撞，在超过前车一两百米远的地方停下来。张本泓第一个冲出汽车跑向出事车辆。林涛的车在翻滚时安全气囊全部打开，张本泓拉开车门时谭启德和李彬都跟着跑了过来。张本泓指挥谭启德和李彬，三人合力把徐光钊连抱带拽弄出汽车，他们都清晰地听到徐光钊几声微弱的"疼""疼"的呻吟。安顿好徐光钊他们又赶紧抢救林涛，不料汽车的方向盘把林涛死死地卡住，他们费了很大的劲才把他搬出来，让他躺在徐光钊的旁边。下面该怎么办？谭启德他们几乎束手无策了，这时才发现车后右侧停了一辆大货车，司机打开了大灯照亮了现场。司机显然很有经验，告诉他们让伤员平躺不要翻动，他已拨打120和122报警。汽车出事地点距郢都市区只有三四十公里，接警的医院和交警在半小时内相继到达，由于伤员的伤势较重，救护车决定直接送到省人民医院，谭启德跟着第二辆救护车去了医院，李彬和张本泓则留在现场协助警察勘察。在去人民医院的途中谭启德给高亦尚打了电话。

刺耳的电话铃声响起的时候高亦尚刚刚入睡。

自从到郢州省分行任职，高亦尚就开始失眠。对从来没有担任过任何一级基层单位负责人的高亦尚来讲，一个省级分行的担子实在太重了。他来郢州之前是总行国际业务部的总经理，虽然总行业务部门总经理的管理层级与省分行行长同属一级，但是他们管理的范围和管理路数却是天壤之别。高亦尚从进入银行大门的那一天起，就和国际业务结上缘，从外汇交易的见习员到国际业务部的总经理，一天都没有离开过国际业务，他对外汇交易最有心得。外汇交易是一个压力大、节奏快、工作时间长、工作内容繁杂的职业。外汇交易员手里掌握的资金额度巨大，账户的盈亏有时就发生在一瞬间。长时间的外汇交易工作锻炼了高亦尚良好的心理素质，面对风云变幻的国际货币市场，他有足够的力量去抗衡心脏的压力。所以，有人讲"勇气"和"信心"是外汇交易从业人员的法宝，他们每天都必须在最短的时间里去捕捉稍纵即逝的信息，快速地发现估值偏离的货币，并毫不犹豫地买进或卖出，在短短几秒钟之内决定成百上千万甚至更大金额的货币交易。这种交易方向做对了盈利可观，如果交易方向做反，那可就是血淋淋的损失。很多人在这个行当里干三五年就转行了，可是高亦尚一直坚持干下来，最终成为中国外汇交易业中的翘楚。当上国际业务部总经理后，涉及的业务领域更广，国际市场的各种金融交往、投资和交易，把他打磨成这个领域里知名度颇高的强手。

高亦尚是见过大风大浪的人，可是他自己都不明白为什么到郢州省分行就没有了过去的气定神闲。是的，他到郢州来工作完全出乎意料。那天总行的唐宏运行长跟他谈话，告诉高亦尚说总行对于干部的工作调整是股改大局中的一步棋。唐行长讲中国加入WTO（世界贸易组织）以后的国际形势已经没有太多的时间留给银行，中国的银行业，主要是四大国有商业银行如果不能在三五年内完成脱胎换骨的改造，不能够与国际一流的大银行抗衡，中国的民族经济将不堪设想。这不仅仅是一个经济问题，而且是一个重大的政治问题。在这个背景下总行的股份制改造步伐正在加快。如果我们银行的股份制改造不能成功，我们不能以一个符合国际标准的商业银行正常地参与国际经济大循环，就说明中央加入WTO的决策是一个重大失误。唐宏运行长在谈到这个问题时满脸严肃，他说，股改后的总行将面临队伍建设的重大问题，包括各级领导班子人选的配备。总行和各省级分行班子人员结构中必须有熟悉国际业务的领导。所以，总行党委决定高亦尚到郢州省分行工作，担任党委书记、行长。唐宏运还似无意地讲到按中组部要求，今后所有拟提拔的领导干部都必须有在下一级基层单位全面主政的经历，这是一条硬杠杠。他并没有挑明高亦尚可能是股改后总行新班子的拟任成员。尽管总行机关最近关于新班子构成人员已经传得沸沸扬扬，唐宏运却只字不提。对于高亦尚为什么要去郢州省分行，唐宏运说总行党委考虑到郢州省分行现在比较复杂，班子人员不齐，经营困难比较大，地方政府对银行的支持力度也有待提高，加上郢州省分行的前任行长突然因病去世，急需有人去稳定大局。而这种错综复杂局面最能锻炼人，总行党委希望高亦尚有克服困难的足够思想准备，并且一定要做出成绩来。最后唐宏运笑着说："能不能回北京，什么时候回北京，主动权可在你手上哦，你在郢州做出成绩就是拿到了回北京的返程票。"高亦尚明白，如果在郢州做不出成绩来就意味着失去进入领导班子的"入场券"。

尽管高亦尚对郢州的情况做了很多假设，自认为有了足够的思想准备，可是到郢州所遇到的实际情况还是让他大跌眼镜，不知所措。就在高亦尚到职的第一天，省分行组织了一个简单的欢迎会，主持会议的常务副行长徐光钊说话一板一眼没有一点激情，既没有对郢州分行的情况做完整的介绍，也没有对高亦尚讲几句场面上的客气话，好在总行人事部总经理幽默诙谐的讲话打破了会场上尴尬的气氛。那天参加会议的省行领导还有分行纪委书记、工会主任和一个"一不做二不休"的巡视员。纪委书记是一个讲福建闽南口音的老大姐，她在欢迎会上的发言倒是很正规，手上拿着几张发言稿认真地照本宣科。她发言时的那种"闽式普通话"与会者多数人听不明白，等到发言稿念到一半的时候，她突然说："怎么装订错了？"原来写稿人粗心把发言材料的顺序装颠倒了，纪委书记没有事先阅稿，等她发现错误时那一页快念完了，这么正经八百地一解释，反倒让台下坐的人都听明白了，逗得大家哄笑开了。看到这样的场景高亦尚感到心里发凉。事后高亦尚知道了这位云里雾里的纪委书记是郢州省委副书记的夫人，她的夫君从江南空降到郢州时她也随夫入郢调入本行，由原来那个省审计厅专员的身份转为郢州分行纪委书记。由于身体的原因纪委书记没有每天上班，一天打鱼四天晒网。能够参加高亦尚到职的欢迎会说明还是肯给面子的。工会主任杜爽那天在会上什么话也没有讲。到会另一位印堂饱满的巡视员去年才退出副行长的岗位，散会后他自我介绍是"一不做二不休"的干部。因为他没有退休也没有事可做，"一不做二不休"是他自封的雅号。到郢州省分行的第一天，所见所闻让高亦尚就像掉进了冰窟窿一样心凉了半截。接下来遇到的也都是一些让他心里添堵的事，到郢州后他的心没有一天是舒坦的。徐光钊遇车祸的消息对高亦尚而言无疑是雪上加霜。

高亦尚在接到谭启德的电话那一刹那只感觉脑壳一炸。失眠的情况让他休息得很不好，有时他甚至想把电话线拔掉，手机关机，但是理智告诉他不能那么做，现在他是郢州分行主政大员，全省两万多员工都望着自己，还有那么多事情需要自己去理顺，躲避不是选项。今天他睁着眼睛躺在床上苦思冥想，终于想明白了一个道理，知道为什么自己到郢州后是那样的思绪不安，他察觉到是太看重总行副行长的位置了。过去做那么大的外汇交易、外汇投资都不曾慌乱、无助，那时自己是心无外物，整个身心都扑在业务上。现在到郢州只几个月，心里却巴望早些出成绩，早些回北京坐到心里想的那个位置上，这怎么能叫自己不走神呢，这就是失眠的病根子。他想到了自己兄妹在读书时老爷子常念叨的话："君子务本，本立而道生。"教育他们兄妹要踏踏实实地做好当下的事，所有的结果都会水到渠成。眼下自己就是要做好郢州省分行的事，回北京的事要在心里坚决抛开。包袱放下后高亦尚心里不由得佩服自己的老爸，每当遇到困难的时候他的教导总能给自己释疑解惑。今天高亦尚入睡虽然仍然很晚但却睡得很香、很沉。不想这珍贵的睡眠却叫谭启德的电话给打断了。

当他带着复杂的心情来到医院时，分行工会主任杜爽和办公室主任肖桂庭都在医院外科大楼的门口等候。从他们简单的汇报里高亦尚大致知道了司机林涛伤势严重正在抢救，徐光钊的伤情主要是脊柱严重挫伤，预后情况要等待进一步诊断之后才能判断。

高亦尚在杜爽他们的带领下来到病房，当他看到徐光钊躺在一间杂乱的八人间病房时就蹙起了眉头，回头低声询问杜爽："你们没有联系院方领导吗，徐行长怎么能安排在这样简陋的病房？"肖桂庭听到问话赶紧从杜爽后面站出来说："是我们的疏忽，我们得到消息后刚赶到医院，准备天亮后与医院领导协商。"高亦尚压着嗓门丢出一句话："胡扯！医院没有值班领导了？"听得出高亦尚的不高兴，这是他到鄞州之后第一次说话不客气，也许是在他心里积压了太多的不满。

高亦尚来到徐光钊的病床前，弯下身子轻轻地叫了一声"老徐"。徐光钊知道是高亦尚来了，但是他没有气力主动地招呼，微微睁开眼睛，动了动靠高亦尚这边的右手，嘴里发出了微弱的一声"嗯"。高亦尚说："你别讲话，好好休息，到医院就一切听医生的。你现在手脚有知觉没有？我摸你知道吗？"说完高亦尚用手在徐光钊的手掌和脚底触碰了一下，然后注视着徐光钊的表情，徐光钊眨了眨眼，几个手指头又抬了起来。高亦尚明白了徐光钊的回答，心里紧张的情绪稍稍缓解，抬起身子。

"只要手脚有知觉，说明你的神经系统没有太大损伤，预后情况不会太糟。你要安心！"高亦尚安慰徐光钊说。说完后他又对杜爽和肖桂庭讲："工会和办公室要有一个周密的安排，从配合医院治疗到生活起居都要考虑周全，有什么困难直接来找我。"突然他想起什么，问："徐行长的爱人知道情况了吗？"

肖桂庭说："给徐行长家打过电话但没人接，估计徐行长的爱人到深圳去了，徐行长的儿子在深圳工作。"

"哦，明天你们一定要联系上徐行长的爱人，但是要注意方法，不要弄得太紧张。"高亦尚跟徐光钊告过别以后来到医生办公室，询问徐光钊的伤情。医生说："病人的基本情况还好，送来医院时没有发现明显外伤，神志比较清楚，各个脏器也没有损伤，目前最大问题是颈椎挫伤，通过颈椎CT和核磁共振检查，未见骨折和椎间管狭窄，我们还需要对骨髓的损伤情况做进一步检查。目前情况看没有重大问题，预后比较乐观。"高亦尚明白医生说话一向严谨，今天能够说到这个份儿上已经很不容易，他在心里为徐光钊感到庆幸。对医生说了一些感谢的话以后，高亦尚在杜爽等人的陪同下来到外科手术室。林涛还在手术室抢救。

林涛的家属守候在手术室门口，司机张本泓也在这里。见高亦尚等人过来，坐在椅子上的张本泓低声说"高行长来了"，并赶紧站起来。一个仰面闭目靠在椅子上的女性也跟着站起来"呜呜呜"地哭出声来。肖桂庭赶到高亦尚前面指着那位女性介绍道："这是林涛的爱人，是我们后勤服务中心的职工。"高亦尚主动伸出手跟她握手："你好。林涛现在的情况怎么样？"林涛爱人呜呜地说不出什么情况来，张本泓接过问话回答说："林涛到医院经过简单处理后马上做了CT检查，初步诊断为头部外伤和颅内出血，左边小腿粉碎性骨折，人一直处于昏迷状态。"高亦尚不认识张本泓，便问："你是林涛家的什么人？"张本泓被问得有些不好意思，红着脸只是"嘿嘿"发笑。肖桂庭赶紧介绍道："他是我们行里的司机，叫张本泓。这次到漳河去小张开的另一辆车。"听到肖桂庭这样介绍，高亦尚又跟张本泓握了握手说："你辛苦了，跟你们一起去漳河的谭主任和李彬呢？他们都还好吧？"张本泓指了指不远处的一间办公室说："交警同志正在向他们了解情况。"高亦尚朝张本泓所指的地方瞥了一眼，转过身来对林涛的爱人讲："你现在不要哭，人到了医院就不会再有危险，一切都听医生安排。你们家里有什么困难就给行里讲。"他回过头对肖桂庭讲："老肖，你明天给后勤中心的同志打个招呼，叫他们不要给她……"没有把话说完高亦尚又转头问林涛的爱人："你叫什么名字呀？"肖桂庭替她回答："她叫李艳芳。"高亦尚接着说："叫后勤中心不要给李艳芳安排其他工作，林涛住院期间李艳芳就在医院照顾。"李艳芳听到高亦尚这么讲哭的声音更大了，不知道是感激还是放下了什么思想包袱。杜爽见高亦尚这么讲也补充说："具体的事情你可以多找工会，我们会按照高行长的指示办好。"肖桂庭在一旁也附和地"嗯嗯"直点头。

在他们说话间谭启德和李彬过来了，与他俩一同过来的还有三个人，其中一个穿着警察制服。谭启德给其中一个年龄稍大的着便装的人介绍："这是我们高行长。"

"你们辛苦了！"高亦尚猜到这里的应该都是出现场的警察，便主动和他们一一握手。

便装男说："高行长您好，请借一步我们有情况要向您汇报。"高亦尚略微感到有些诧异，心里想有什么事要跟我说，还要借一步避开众人？他随着警察的引领来到这间医生办公室，便装男神秘地关上房门，自我介绍是省交警总队高速支队的警官，说他们在勘察事故现场时发现异常，原以为司机酒后驾驶，但是查验司机血液的结果发现有催眠的药物。现在司机伤势很重无法询问他本人，经过初步了解，这次省分行领导是下基层对案件做调查的，因此，他们不排除车祸有人为因素。他们向省厅领导报告后决定了对这起车祸朝刑事案件的方向侦查。因为涉及的人员包括银行高级管理人员，所以必须保密，暂不要向其他人透漏消息。有其他需要的时候他们会与分行保卫处联系。

情况骤然变得复杂起来。这对于高亦尚来讲太突然了。他冷静地思考片刻，很平静地对便装男讲："怎样去决定案件的侦破方案是你们公安同志的权力，我没有任何意见。但我们是一级党的组织，保密也应该有一个合理的范围，我们现在能不能把这个范围确定下来？"

"当然。"便装男笑了笑说，"怪我没有把话说清楚，保密当然有范围。我们建议除省行党委领导、省行纪委领导、保卫处处长以外，对省行其他人特别是涉及的银行有关当事人都应该保密。"

高亦尚喜欢这样的快人快语，回答说："行。但是我必须向我们的上级行汇报，有些具体的工作是办公室在承办，所以我们的办公室主任应该知晓情况。"

便装男说："完全可以。"谈完了保密问题，警察同志又简单地介绍了现场勘查的情况和他们认为的疑点。说完后他们与高亦尚告别，高亦尚叫肖桂庭把警察送到楼下。

三、走漏风声

徐光钊遇车祸的消息几个小时后就传到了漳河市分行，吴效梅最早得到这条消息。

这几天吴效梅的情绪格外不好。先是省银监局到分行检查，她原本满怀期望，盼着银监局的检查对行内存在的违规违纪行为有一些震慑，让那些一门心思想发财的人收敛一点。吴效梅很不满意当时的一些社会风气。不论哪个行业、哪个部门眼睛都盯着钱，只要有一点机会都要往自己怀里扒，大的扒小的也扒，外面的扒里面的也扒。她最看不过眼的是市里的一些党政机关，把财政预算的钱存在银行里，除了要银行支付规定的利息以外，还要另外加点支付高额利息，把这一块额外的利息收入用于机关干部的福利或奖金。对于那些身居领导岗位和财务部门的人，银行在过年过节时还必须再单独送红包，否则，说不准哪一天存款就转到其他银行。这种风气带到银行，让一些行内员工也学会了投机取巧。本来对银行业务人员考核存款业绩再正常不过了，银行没有了存款就没有了生存的基础。可是有些业务员却只关心月末、季末那几天的存款的考核数，有的甚至不惜用虚假手段来冲高月末季末数字，凭此来获得高额的业绩奖。这不仅扰乱了银行的经营，而且搞坏了员工的作风。吴效梅作为分行存款业务的主管部门负责人，大会小会不知道呼吁过多少次要改变现行的考核方式，扭转这种不正常现象，可是她的建议从来都是泥牛入海，就是她尊重的戈召行长对此也只能无奈地一笑了之，说他缺乏回天之力。吴效梅心想银监局进场检查正是一个纠错的好机会，哪知道银监局这次的检查却发现了一个漳河圆融公司的账户，而且怀疑戈召在经商办企业，更要命的是在被查出的漳河圆融公司的印章卡上还有自己的名章，而自己对什么"漳河圆融公司"的事情一点也不知道。摊上这种事叫吴效梅怎能不心烦。

吴效梅作为分行的计划财务科长，银监局查出了漳河圆融公司的印章卡上有她的名章，当然要向她询问情况。银监局的同志在检查进场前就打过招呼，要求各部门自查自报违规行为，吴效梅曾信誓旦旦，保证计财科不会有违规违纪情况。可是，检查的第一天就发现了银行内部人员经商办企业，而且吴效梅还是当事人之一。当银监局的同志来向她询问时她却一问三不知。银监局认为她不配合检查，对她的答复很不满意。吴效梅自己也满腹委屈，她确实对漳河圆融公司的情况一无所知。她去问戈舀，戈舀却叫她不要多问，说有什么事由他来解释。吴效梅更有没想到的是省行领导会亲自来漳河调查，而且是常务副行长带队。在领导谈话的过程中，吴效梅觉得自己就像是在接受审讯一样。徐光钊是她比较景仰的领导，从戈舀口中她知道徐光钊是一个很有水平、有正义感的领导，在行内的口碑一向也很好，可是今天在与徐行长的接触中吴效梅感觉不到亲切，徐行长阴沉的脸上半点和蔼也没有。监察室谭启德主任的问话更好像自己违纪违法被抓了一样。吴效梅满腹的委屈不知道怎样去发泄。

吴效梅是前些年行内机构改革，计划专业与财务专业合并时从计划科并入到新的计划财务科，虽然是分行的计财科长，可是财务上以前的事情确实不知道。银监局从开户印章卡上看到戈舀的名章，顺藤摸瓜查出了"漳河圆融公司"的账户，吴效梅也被巨大的金额吓坏了。戈舀要她这个计财科长不要多问，其中必然有蹊跷。虽然吴效梅相信戈舀不会贪赃枉法，但这毕竟是一笔巨款，而且弄得神神秘秘，她心里的一个大疙瘩难以解开。面对徐光钊这样的大领导询问，吴效梅真不知道怎样回答，既不能为了推脱责任乱说一气，又没有办法把问题的来龙去脉说清楚，所以只能讲"不知道"。她无法知晓省行领导如何看待自己这个计财科长，但是从徐光钊的目光里分明能读出他的不满甚至是怀疑。特别是徐光钊"不要因为个人感情而纵容一个同志犯错误"那句话，太叫人难以理解。

吴效梅的先生今天在医院值夜班，孩子在学校住读没回来，她一个人把所有的家务活都做停当，靠在床上漫无目地把电视频道来回翻了个遍，所有的节目都觉得索然无味。她关掉电视机想睡觉，可是没有一丝的睡意。这几天发生的事情像电影一样在脑海里不停滚动，她没有办法让自己平静下来。不知道过了多久，她慢慢地有些迷糊，似睡非睡地躺在床上，电视里还响着音乐声。突然，一阵清脆的电话铃声把她惊醒。

是吴效梅堂弟吴越风打来的电话。吴越风是漳河市公安局刑侦队的一名警员，吴越风的爱人是漳河市中心医院的护士，他俩的结合是吴效梅做的媒人，所以两家走得特别近。吴效梅想这么晚打电话来一定是两口子又闹得收不了场。吴越风因为办案长期无法正常回家，孩子和家务全都落在弟媳周娇娇身上。周娇娇的职业本身就很忙，加上又是业务骨干，院领导还打算叫她做外科的护士长，可是家里家外确实叫周娇娇应接不暇。为此，两口子之间的战争就是三天一小闹十天一大闹。吴效梅心里想："周娇娇不会又跑回娘家了吧？"她拿起手机叫道："越风！"

"你们行长出车祸了。"吴越风电话里冷不丁的一句话，吓得吴效梅手中的电话差点掉下来。她以为戈晷出了车祸。

"谁？你说谁出车祸了？"吴效梅赶紧问道，她感觉到自己的声音在颤抖。

"你们省分行一个姓徐的副行长在从漳河回郚都的路上出车祸了。"

听到不是戈晷以后吴效梅才感到悬着的心放下了，悄悄地长舒了一口气。接下来她心里又是一阵不安，问："徐行长怎么啦？他在哪里遇到车祸？"吴效梅清楚地记得下午领导与她谈话完了以后，徐行长又去找了其他一些同事，到傍晚六点多钟才到分行隔壁他们住宿的酒店去吃晚饭，分行的几个行长陪徐行长和谭主任他们，吴效梅自己和漳河后勤分部的主任陪两个司机在旁边的小桌上吃饭。司机先吃完饭，是后勤分部的主任陪他们到酒店客房休息的。省行领导每次到漳河都是在隔壁的漳河大酒店住宿。"他们不是住下了吗？怎么会出车祸呢？"吴效梅感到诧异。

再后面吴越风才把事情慢慢说清楚。汽车是在郚漳高速路上出的事，距郚都只有38公里。省高速公路交警支队勘察现场后，对车祸司机血液进行了例行检查，发现司机血液里有催眠药成分，且出事汽车的乘员是调查经济案件的省行领导，办案民警对这种情况十分重视，认为有故意作案的可能，立即向省公安厅领导做了汇报，厅领导同意办案民警的分析，指示刑侦警察介入，并通知漳河市公安局全力配合。吴越风讲自己刚刚接到配合办案的命令，接到这个任务后想向吴效梅了解一些情况。当听到吴效梅讲自己参与了接待省行领导后，吴越风马上意识到堂姐可能就是当事人之一，出于办案规定和保密原则他立即终止了两人的电话。

得到吴越风传来的消息后，吴效梅增加了更多的不安，特别是对戈召的担心。这个时候的吴效梅烦透了戈召。戈召过去在她眼里是一个充满活力的男人，也是一个值得尊重的领导，但是戈召从不消停的一些所谓"改革创新"又让吴效梅难以理解和接受。自从戈召当上一把手行长就没有安分过，在行里搞什么"技术比武"，规定每个专业的员工一周业务训练的时间要有多少，不同专业的业务技能应该达到什么标准，还要按季度考试，按年度搞比赛。除了业务"技术比武"又开展什么业务技术讲座，要求分行的分管行长和业务科长带头讲课，提倡做什么"专家型管理者"。大家都知道戈召自己爱学习，也能讲，他自己在干部中讲了几次课后反响比较好，从大家的反应中感到了讲课的成功，立马就像打了鸡血样地兴奋起来，要求分行的其他行长和科长都来讲课。可是很多人都没有他那样的文化素养和语言表达能力，特别是储蓄科的宋科长，一个五十岁出头的女同志，文化水平又不高，非要逼着人家讲课，结果宋科长拿着别人替她写的讲稿在讲台上出了丑。戈召最能折腾的是搞什么拓展训练，不惜花大价钱从郢都、深圳请了一些拓展训练机构到漳河给行里干部员工搞训练。开始大家都不理解什么是拓展训练，以为就像小伢们做游戏。比如弄一根方木让两个人站在上面分别从两头出发，然后在木头的中间交会，那么窄的木头两人根本无法通过，唯一办法只有两人紧紧地抱着慢慢地转身才能通过。参加训练的都是同事，男的和女的都不好意思抱在一起，可是拓展训练师却拼命鼓动拥抱通过，解释这样的训练可以提高员工的团队意识和合作精神。见一部分人对拓展训练不积极，戈召就强行规定凡拓展训练不及格者一律调离管理岗位和业务岗位。这样的低强度的训练刚搞过两次，哪里知道他又把一些骨干拉到山里去，硬逼着人家在几十米高的峭壁下攀爬，虽然每个人都有保护措施，可是看着都头皮发麻的地方谁还敢爬呀？吴效梅至今还记得当时真的差一点吓得尿裤子了。这不是折腾人嘛！美其名曰什么"增强团队意识""增强斗志""激发高昂的工作热忱和拼搏精神"，说的都是高大上，可是戈召哪知道别人在背后骂娘呢！当然，戈召这样做不是没有人拥护，可是反对的人也不少啊！何必呢！全省其他分行没有哪一家像漳河这样，漳河市的其他商业银行也没有哪一家像我们这样做，也难怪有人说他标新立异。总之，戈召担任一把手行长以来所做的这些事，不知道得罪了多少人，骂他甚至告他的人都不少。对这些辱骂和告状他倒像与他无关一样，仍旧天马行空，我行我素。吴效梅私下劝过戈爸多少次，每次他完全当作耳边风，还说吴效梅不懂男人的心。这一次弄出一个"经商办企业"的名堂，而且数额巨大，银监局检查的风声传出去以后，行内早已是议论纷纷，可是戈爸还是没有事一样。今天省行领导来检查了他也不陪，跑到郢都去搞什么项目营销。现在该怎么办？省行领导出了车祸，公安部门还在怀疑有人故意作案，戈爸你在哪里呀！

　　吴效梅之所以对戈爸的感情这样复杂，是因为她与戈爸有过一段失之交臂的情缘。她承认在她的心里至今对戈爸还有一种特殊的情感，这种情感既有点像男女之间的爱慕，但更多的是像兄妹间的依恋，有时甚至有点像女儿对父亲的景仰和依靠，吴效梅不知道这是不是就是人们所说的"蓝颜知己"。这种怪怪的感觉埋在她心里谁也不知道，她不愿意对任何人讲，只有在无人的时候才会像反刍的黄牛一样，把过去的东西倒出来咀嚼、回味。她知道外面有关她与戈爸的风传，开始她很害怕，戈爸说清者自清，这样的事越是解释越是说不清，就像墨越洗越黑一样。是戈爸的满不在乎感染了她，自己也越来越不在乎这些嚼舌。可是这一次的银监局检查就不一样了，查出的漳河圆融公司是事实，自己不仅一点不知晓并且戈爸还不让问，行领导下来调查不仅没问出名堂还遇到车祸，而且公安部门怀疑有人谋害，省公安厅都被惊动了。这样的事情一股脑倾倒在眼前，吴效梅真是不知所措。她感觉戈爸要摊上大麻烦了，偏偏这两天戈爸又要出差去争取什么营销项目，她替他干着急，想要帮他但又不知道从哪里可以帮得上忙。吴越风电话里讲到的新情况，让她感到了事态的严重性，她决定要把徐光钊车祸和公安部门怀疑有人做手脚的消息告诉戈爸。

　　犹豫一会儿后吴效梅终于拿起了电话。

四、下情上达

　　与警察分手以后，高亦尚又来到手术室门口，杜爽和另外几个人仍候在这里，林涛家属的情绪也趋于平静。高亦尚问了问情况，又安慰了林涛的爱人，嘱咐杜爽、肖桂庭他们一定要等到手术结束再离开，有新的情况要及时报告。见众人纷纷点头后，高亦尚便离开了医院，他要司机送他回了家。

　　参加工作以来高亦尚从来没有遇到过这样的事情。原来在总行遇到小的行政性事务部里的综合处都处理了，大一些的行政事务就交给总行办公室或总行机关党委，没有什么棘手的行政性事务会到高亦尚的手上来，他只需要一门心思抓业务。到郢州省分行后他的思维模式需要转换，急需尽快地了解全行的经营情况和干部员工思想动态，提出全行新的经营思路。他还需要熟悉和了解郢州省的地方文化和社会情况，与郢州省主要党政领导和有关的党政机关建立联系，与郢州省所在的金融监管部门取得联系，加上还有大量的日常工作和必要的干部调整要完成，等等。几乎是马不停蹄地连轴转，高亦尚才觉得刚刚有点头绪。现在又摊上高管经商办企业的违规案件和眼前的车祸，还有公安部门提示的可能存在的刑事案件，简直又乱成了一团麻。哪里是头绪呢？他依靠谁呢？分行领导中最能够干事的就是徐光钊，可是徐光钊今天躺在病床上需要别人照顾。自己该怎么办？

　　回到家里高亦尚靠在沙发上两目紧闭，脑子却在不停地思考，但思绪太乱实在想不出什么办法。"噗——"他嘴里长长地吐出一口气，睁开眼睛手撑在沙发两边的扶手上准备站起来走走，这时他左手碰到一个物件就顺手抓了起来。这是他经常把玩的一串沉香手珠。他像抓到救命的稻草一样赶紧拿起这串沉香手珠放在鼻子上用力地嗅了起来，一股淡淡的幽香飘然进入他的鼻道，慢慢沁入他的肺腑，他的心绪渐渐平复。

　　高亦尚手上的这串沉香手珠是一件年代久远的宝物。这是民国初高亦尚的曾祖父行医时别人的馈赠。那时他的曾祖父出道时间不长，遇到一家富户人家的公子求医。公子成婚五年还没有子嗣，访遍当地的知名郎中，可就是不见任何动静，全家上下无一不焦虑万分。当时高亦尚的曾祖父虽不见经传，但经过他治好的病人却口口相传，慢慢有了一点名望，富户人家知道了有一个后生郎中医道了得，将信将疑地把高亦尚的曾祖父请到家里给公子夫妇号脉、开处方，吃了高郎中的药不到两个月富户家媳妇就有喜了。旧时中国传统认为"不孝有三，无后为大"，儿媳妇有了喜就是解决了富户人家最大的忧患，全家老小都喜欢到了天上，他们把高亦尚的曾祖父视为恩人，执意要送田产、宅院给这个郎中。高亦尚的曾祖父执意不收，说治病是医生的本分，收取了诊费就医患两清，不能再取分毫。双方如此相持不下，最后在富户人家的一个好友的劝解下，高亦尚曾祖父接受了富户赠送的这一串沉香手珠。沉香本身是一味名贵中药，《本草纲目》上有专门记载。郎中觉得有这串沉香也是对自己悬壶济世的警示，于是接受了这串沉香手珠。后来这串手珠传给了高亦尚的爷爷，爷爷又把它传给了高亦尚的父亲。高亦尚小时候就问过父亲："这沉香手珠有什么用啊？"父亲告诉他说沉香的特殊香味可以帮助人提神醒脑，稳定心绪。说罢父亲还把手珠递给高亦尚闻了闻，果然香气特别，很好闻。

  一次高亦尚他们所在的居民区失火，邻居们吓得大呼小叫、惊慌失措。高亦尚当时就看见父亲一点也不慌乱，望着火场神情凝重，手里就拿着这串手珠，他还不时嗅嗅。不一会儿，父亲就让高亦尚叫上几个年龄和他一样的十五六岁的街坊小伙子，带着锤子、榔头来到进入居民区的小道路口，把立在小道中间的一个水泥墩给敲碎了。原来这里是居委会防止有外来车辆进入居民区而筑起的水泥墩，如果它耸在这里待会儿消防车一定无法进来。在别人慌乱时自己不乱，冷静思考，当机立断，高亦尚见识了父亲的临危不乱，不由得心里佩服。几分钟后消防车开过来没有受到任何阻碍进入居民区，很快将大火熄灭。后来有人讲，如果不是高医生带人敲掉水泥墩，大火起码要多烧十分钟，还不知道会毁掉多少人家。这是十几岁的高亦尚第一次看见父亲镇定自若的表现，也真正相信了父亲所说的沉香手珠的神奇功用。后来，高亦尚做了交易员，成天高度紧张地在风浪中搏击，父亲就把这串手珠赠送给了高亦尚，附带的赠言就是"遇事不慌"。

现在，高亦尚拿着手珠在鼻子下不停地嗅着，淡淡的香气钻入他的鼻道，慢慢沁入他的肺腑。他看了墙上的时钟，现在是凌晨一点十五分，他必须在一点半之前拿出办法来。他给自己规定了最后的时限。

高亦尚为了调整情绪，强迫自己烧了一壶水，按照闲时喝茶的流程温壶，用滚烫的开水冲淋茶壶，烫淋茶杯，随即将茶壶、茶杯沥干，再用茶勺舀了满满一勺茶叶放入茶壶，接着将开水冲入茶壶中，顿时，带着淡淡茶色的茶汤溢出壶口、壶嘴，高亦尚又放下开水壶，倒掉第一遍的茶水，再向茶壶里续水，茶壶里保留了八分满的开水。稍后，将泡好的茶汤倒入茶杯。做完这些高亦尚自己感到情绪完全平静下来。他没有急于品茶，而是在考虑自己现在该做什么。

"要不要报告总行？这么大的事情不报告总行肯定不行。可是报告哪些内容？戈昝违规经商办企业的情况还没有查明，车祸的原因还只是怀疑，这其中哪一条自己都说不清、说不透。不报告？分行主要领导受伤，还可能涉及刑事案件，隐匿不报的责任不小。还有，现在已经是深夜，唐宏运行长一定休息了，贸然地去打扰似乎也不妥。"高亦尚一边思考一边端起渐渐凉下来的茶杯，仰起头一饮而尽，一丝茶水从嘴角流出，慢慢经过他的下巴快流到脖子了，他在抬起手准备抹流出的茶水时，突然灵光一闪："报告！向总行值班室报告！"

高亦尚一分钟也没有耽搁，拿起电话接通了肖桂庭："你在哪里？赶快回省行，我在办公室等你！"

肖桂庭接电话时他和杜爽都站在徐光钊的病床前。在高亦尚离开医院手术室后，肖桂庭交代了办公室的一名科长，要他在手术室门口等候，有了林涛手术后的消息立刻向他汇报。交代完之后肖桂庭就和杜爽一道来了徐光钊的病房。经过与院方的交涉，徐光钊已经转到一个单人病房，虽然环境不再嘈杂，但毕竟外科病房不如医院的干部住院楼。肖桂庭也不管徐光钊此刻想不想听他唠叨，嘴里自顾自地说："对不起徐行长，只要您病情允许了我们立刻把您转到干部楼……"一大堆的讨好话不停。站在旁边的杜爽看不过眼了，轻声地对肖桂庭讲："老肖，徐行长刚受伤要好好休息，让他静一会儿。"这样他才停下了唠叨。高亦尚的电话打进来时肖桂庭才歇息没两分钟。高亦尚挂断电话以后，肖桂庭就转过身对杜爽说："高行长叫我立马回省行去，估计是有什么紧急情况，你看我是……"说这里他停顿下来，用看着杜爽的余光瞟了瞟病床上的徐光钊，他希望自己的话能被徐光钊听见。

杜爽有些不快地说："你看着我干吗！高行长叫你你就去吧。"说罢又缓和了一下语气："徐行长这里有我在，待会儿我也去林涛那边看看，有新情况会给你们打电话。"

"那好，那好！"肖桂庭习惯性地弯腰点了点头，又转脸朝徐光钊病床看了一眼，他估计自己与杜爽的对话徐光钊都听见了，就没再说什么转身离开了病房。

当肖桂庭赶到省分行大楼时高亦尚已经到了。肖桂庭走出电梯间瞥见高亦尚办公室亮着灯光时下意识地拔腿就一溜小跑，到了高亦尚办公室呼吁直喘。高亦尚正低头在桌子上写什么，听见肖桂庭气喘吁吁的声音便问："来啦，医院那边情况怎样啊？"问话时头都没有抬起来。

"对不起高行长，我来晚了。"肖桂庭顾不上回答医院的情况赶紧做检讨。

"不晚，我也是刚到不久，你从那么远赶过来一点都不晚。"高亦尚没有理会肖桂庭的检讨，很随便地说。

肖桂庭走近高亦尚的桌子，拿起桌子上空空的茶杯一看："没有开水吧，我去开水房打。"一边说一边转身准备去拿热水瓶。

"别，别！"高亦尚见肖桂庭要去打开水就放下笔抬起头来对他讲："老肖，你来坐。"他指指桌子面前的椅子："我考虑了一下，徐行长遇车祸的事情我们要赶紧向总行报告。你没有来之前我草拟了一个文稿，把大致的经过简单讲了，当中徐行长什么时间离开的漳河，什么时间发生的车祸我都不清楚，这两个地方我空着没写，你去找谭启德他们具体落实。徐行长到漳河去的原因我只写了'为了配合银监局检查'，车祸发生后我写了'公安部门正在积极的调查中'，这两句话你不要有一个字的改动，其他地方你去修改，"说到这里高亦尚看了看时间，"给你半个小时，三点钟之前务必将报告传真给总行值班室。我现在在办公室休息，有情况马上通知我。"说完高亦尚站起身来，将文稿递给肖桂庭，然后朝他挥挥手："快去吧。"

肖桂庭赶紧接过高亦尚递过来的文稿说："好的，您放心。"转身出门轻轻地将房门带上。

见肖桂庭离开，高亦尚也从办公桌后走出来。他的办公室有五十多平方米大小，除了一排书柜、办公桌和沙发占了一些地方外，办公室中间有很大一块空间。高亦尚在这块空地上缓缓地踱步，他要思考接下来怎样开展工作。省行领导班子里徐光钊一时半会儿上不了班，纪委书记和巡视员两个干不了事，还有一个副行长在国外学习半年后才能回，只有杜爽可以承担一些行政事务。他把省分行重要的业务部门在脑子里一一过滤，信贷管理处、计划财务处、公司业务处、法律事务处、办公室……这些部门负责人平日的工作状态也在他眼前一一晃过，他想，把这些人抓住了工作中的困难就会小一些。分行现在经营上很难，资产质量不高、经营亏损严重都不是一日能够解决的。在当下的特殊时期自己不能急，要稳扎稳打、步步为营，等待时机成熟再下猛药。他一边走一边思谋，觉得自己的思路在当前是可行的。"哦，还有当下，明天徐光钊遭遇车祸的事情会闹得沸沸扬扬，一定要稳住阵脚，在这件事上不可大肆宣扬，要尽可能地降低调门，车祸就是车祸，与银行高管经商办企业、与人为破坏都没有关系。破案的事情让公安部门和保卫处去做，我需要稳定的局面，这是第一位的大事"，在踱步中他的思路渐渐明晰起来，随后他把这个思路归纳为"稳定局面、抓住骨干、循序渐进"十二个字。

  约莫过了不到二十分钟，门口传来敲门声，他喊道："进来。"

  肖桂庭手里拿着稿纸进来报告说："高行长，按照您的指示我们向总行值班室报告了，值班的同志记录了我们的报告，并将按程序向总行领导汇报。他们要求我们分行在一个小时以内将具体情况向总行报送一份书面报告。"说完将手中的稿纸递过来说："这是您起草的报告内容，因为没有大的改动就没有再拿过来请您审看。"高亦尚接过肖桂庭递来的稿纸，迅速地浏览一遍，发现肖桂庭在他原稿有几处修改的地方，遣词用句和口吻都非常精妙，没有很高的文字驾驭能力很难做到这一点。这让高亦尚对肖桂庭又另眼相看了。"不错！"高亦尚称赞道。"你叫人去医院把谭启德和李彬接回来，你们把向总行的报告碰一碰，尽量在总行规定的时间以前写出来，我在办公室等你们的报告，写好后送过来我看看。"高亦尚又是一番嘱咐。

  布置完这些高亦尚才松了一口气，等肖桂庭离开以后才靠在沙发上慢慢睡着了。"叮叮叮，叮叮叮……"一阵急促的电话铃声把高亦尚从迷糊中拉回来，他赶紧抓起手机一看，是唐宏运行长家里的号码，高亦尚马上清醒过来："唐行长，您好！"

电话那边传来的声音很平和，是唐宏运的一贯风格，高亦尚心里稍稍平静。简单地汇报后，唐宏运既没有责怪也没有过多地提问，只是嘱咐对徐光钊的车祸事故原因一定要查清楚，伤员要尽全力抢救，特别是分行领导这样的高管人员，身体上不要留下任何严重的后遗症，员工也要尽量安抚。"小高啊，你到鄞州去工作大家都很关注的啊，你一定要明白鄞州分行的事情绝不是一个分行本身的事，它关系到我们整个全局。现在全行的股份制改造正在紧锣密鼓地进行，中央和国务院领导都在关注我们，国外的银行、国外的战略投资人也都在关注我们的一举一动，如果哪一家分行因为自己的行为不慎，在国内国际造成负面的影响，导致了我们股改的延误甚至是失败，我们就是千古罪人哪！这个历史的责任我们谁都担当不起呀！"听到后面两句话时，高亦尚感到了千钧的压力。

高亦尚这时不禁站了起来，挺直了腰背，就像站在唐宏运的面前一样铿锵地回答道："您放心，我会百分之一百的努力，誓与鄞州分行共存亡！"

高亦尚听到电话那边传来爽朗的笑声："哈哈，还没有严重到要'共存亡'的程度，你们小心工作就行，有什么困难可以多向总行汇报。你是从总行下派的干部，总行的人都熟悉，有困难不要客气。"接下来高亦尚把他的"稳定局面，抓住骨干，循序渐进"的十二字思路简单地做了汇报，得到唐宏运的首肯。最后唐宏运说："你明天替我问候徐光钊同志，要他安心养伤。我也会通知总行人事部和工会的同志，要他们派人到鄞州慰问慰问。"说完唐宏运挂断电话。

五、刎颈之交

在同一个时间里有一个人受着与高亦尚不一样的煎熬，他就是戈啬。

按照鄢州省"第十个五年计划"，漳河市要兴建一个两座六十万千瓦发电机组的火电厂，总投资近七十个亿。本来这个项目早就应该启动，但是由于国家电力系统改革实行厂网分家，漳河电厂项目管理人由原省电力公司移交给新成立的中国第一发电集团，所以项目工作拖到了"十五计划"的最后年份，中电集团和漳河市都很着急。漳河电厂项目是1949年以来鄢州省最大的单个火电项目，戈啬一年前得到这个消息后就一直死死地盯着这个项目。如果能够拿下电厂项目，增加十到二十亿的贷款投放，整个漳河分行目前的经营困难局面就能得到舒缓。为了电厂项目，戈啬早就与中电集团鄢州分公司总经理葛景明联系上了。葛景明原来是省电力公司的一名处长，十多年前在漳河市青龙山坑口电厂建设时就与戈啬相识。戈啬与葛景明性格上很相似，很快他们俩就打得火热，加上"葛"和"戈"谐音，葛景明见到戈啬就说戈啬是自家兄弟。漳河电厂项目启动以后戈啬找到了葛景明，老葛知道很多银行都在争抢电厂项目，他倾向与小兄弟戈啬的银行合作，但是他当不了家，项目贷款的合作银行最后还是由集团公司选择决定，而且漳河市政府在这方面的话语权也很重，虽然人家只有15%的股权，但是在人家的地盘上还得将就人家一些。葛景明把这些情况都如实告诉了戈啬，但是戈啬信心满满地说："我只要你第一个给我通风报信就行，其他的事我来搞定。"前两天中电集团通知，集团计划发展部的主任荆显涛要来鄢州做项目立项申报前的最后审定，老葛第一时间把消息告诉给戈啬，戈啬今天一大早就追踪到鄢都，跟葛景明一道从机场接机开始，一直黏着荆显涛到现在。

戈啬清楚从项目立项到贷款发放是一个很长的过程，在这个过程中他必须做好两件事，第一件是及时掌握项目进展的每一个消息，然后见机行事，争取得到项目的贷款权,第二件事就是培养与项目业主的感情,让他们在众多的银行中只钟情于自己。白天戈玙和荆显涛耗在一起就做了第一件事。晚上戈玙和荆显涛又耗在一起就是要做第二件事。劳累一天以后的荆显涛说要放松一下,点名要到天堂寨,戈玙就陪到了天堂寨。

　　天堂寨是郢都市眼下最红火的娱乐城。它坐落在郢都市东郊的凤凰山脚下。一条小河从凤凰山的主峰顺着蜿蜒的山势由北向南流淌过来,到了天堂寨自然把这片区域划分成东西两片。目前东西两片都开发变成了娱乐城,绿荫环抱的建筑错落有致。小河东边的建筑高台厚榭,飞阁流丹,娱乐项目以餐饮、茶肆、演艺和卡拉OK为主。所以小河的东边热闹喧嚣,车水马龙。小河西部的建筑桂殿兰宫,碧瓦朱甍,娱乐项目以洗浴和棋牌为主。所以小河的西部宁静幽深,人影稀疏。东西两边俨然是完全不同的两个世界。

　　这是郢都最负盛名的娱乐场所,郢都有脸面的人物消遣娱乐大多都要选择这里。戈玙他们在天堂寨东边主楼"万客来"酒楼要了一个包间,荆显涛和葛景明酒都喝多了,戈玙要一同来郢都的信贷科副科长万志勇与葛景明的司机一起送葛景明回家,自己与作陪的中电郢州分公司计划发展处的胡处长送荆显涛回酒店,荆显涛却吵着要唱歌,胡处长和戈玙只好陪同。他们到了天堂寨的天籁之声音乐厅,要了一间KTV包房。看着荆显涛肥头大耳的笨拙样子,戈玙原以为今天的唱歌会胡闹,哪知道荆显涛还真能唱,美声、民族、通俗什么都能来。唱完歌,荆显涛说:"戈行长,我们'三十年河东,四十年河西'吧。"

　　"好!三十年河东,四十年河西。"戈玙不懂荆显涛说的是什么意思,鹦鹉学舌般把荆显涛的话复述了一遍。在吧台结账时戈玙悄悄问胡处长荆显涛的话是什么意思,才知道荆显涛要到河西去潇洒。无奈,戈玙结完账从天籁之声出来,陪着荆显涛他们沿着天堂寨的内部道路跨过小河上的云鹊桥,步行到河西边的云霓楼。

　　云霓楼的药浴池里除了戈玙他们三个再没有其他的客人。荆显涛半坐半躺地靠在水池的壁上,只有一个头露出水面,微微闭着眼睛。胡处长不停地变换着自己的坐姿,寻找冲浪的水头,让水头对准自己的腰眼,享受冲浪按摩带来的惬意。戈玙则危坐在与他们相对的一边,直勾勾地看着荆显涛和胡处长两个人,一言不发。

　　短暂的安静后,荆显涛睁开眼睛开口说话了:"这个药浴有点意思。"

他改变自己半躺的姿势坐了起来问:"戈行长你感觉如何?"

戈劄从沉思中回过神来,回答道:"我第一次来,谈不上感觉。"

"我们的天堂寨不一定比北京差哦!不过我也没有体验过,都只是听别人说。"胡处长说完呵呵笑了几声,不知笑声里隐藏的是对这种生活的羡慕还是对自己见识不广的一种惭愧。

荆显涛说:"老胡,你现在不就在体验吗?还要听谁去说什么!"

胡处长猥琐地笑着说:"我说是那种体验。"

荆显涛说:"你可以尝试一下嘛。"

胡处长讲:"我可不敢。我有个同学就是因为拈花惹草得上了性病,老婆都和他闹掰啦。"

正苦于不知道怎么说的戈劄抓住机会插话道:"你同学算运气好的,只是弄丢了老婆,我们漳河市有一个副县长据说是第一次在外面找小姐,结果被扫黄打非的警察逮了一个正着,最后老婆跑了,官帽丢了,还被开除了公职。这事吓得我们那里的一些官员好一阵都不敢随便出去喝酒、玩乐。"

就在戈劄与胡处长你一言来我一言去的时候,荆显涛有些坐不住了,刚才还是眉飞色舞的脸沉了下来,一对浓眉也挤成了一个倒"八"字,鼻子嗤嗤地出着粗气,肥厚的肚皮明显地一起一伏。戈劄注意到了荆显涛的这些细微的变化,感觉到自己和胡处长的这番话起到了阻吓的作用。戈劄正想用什么话来缓解一下目前的这种尴尬的场面,只见荆显涛突然站了起来,弯着腰用手掌舀起浴池的水朝自己的肚皮上狠狠地浇了几下,然后直起身大声地说道:"够了,回去吧!"

不明就里的胡处长感到有些蒙头:"回去?我们刚来呀。"

荆显涛也不答理胡处长的问话,径直走出浴池,在旁边码好的一摞浴巾中抓起一条,胡乱地把自己的身子擦了一遍,回到更衣室里换好了自己的衣服。荆显涛什么话都没说,但是戈劄和胡处长都感觉到他好像肚子里充满了怨气,只好紧跟在荆显涛后面,匆匆更换好衣服。戈劄赶紧在吧台上结了账。

戈劄感觉事情弄成这种模样,他与荆显涛的关系可能今天就走到了尽头,电厂项目贷款的事也可能泡汤。戈劄提醒自己,不要轻易地对一个人下结论,自己与荆显涛的联络也不能放弃。

从云霓楼出来走到天堂寨东部的停车场,一路上三个人都没有开口说话。

葛景明的车送他回去了，戈岊带着荆显涛他们来到了自己的车前，刚刚掏出车钥匙却被荆显涛一把夺了过去："我来开车！"

戈岊愣了一下马上反应过来说："荆主任，您刚喝过酒，让交警给碰上了可不好。"

"戈行长，你太不够意思。你以为我老荆就是喜欢干违法乱纪的事？"荆显涛的话语里显然还带着怨气。

戈岊赶紧解释道："荆主任您误会了，我担心酒后驾车不安全。"

荆显涛不容戈岊解释，一边打开车门一边反问道："你没有喝酒？是不是你的技术比我要高明一些？"说罢就坐到了驾驶员的位置。戈岊一时不知道再说什么。荆显涛这时大声叫道："老胡，坐我边上带路。"说罢关上车门，扣好了安全带。胡处长绕过车头打开副驾驶的车门坐了上去，戈岊也灰头土脸地坐到了车的后排。

荆显涛的驾驶技术真不赖，他在胡处长的引领下驾车一路飞奔，很快就从凤凰山回到了市区。市区路上的车和行人多了起来，荆显涛仍然没有放慢速度，继续在车流中穿梭，一辆辆车都被甩在了身后。戈岊坐在后面心情又紧张起来，担心荆显涛的鲁莽会造成车祸。"荆主任开慢一点，市区里人多车多。"戈岊小心地提醒道。

荆显涛回答说："戈行长还是对我不放心啊。"接下来车内又是一阵沉默。当胡处长看见了荆显涛住宿的酒店的霓虹灯时兴奋地叫道："好，我们到啦。"其实，上车以后胡处长的心也是一直悬着。

这时荆显涛把车速放慢。再过一个十字路口就到酒店了，荆显涛也完全放松下来。他一只手搔了搔蓬松的头发，痛痛快快地打了一个很大的哈欠。平下气来以后问道："戈行长现在可放下心来啦？"说完扭过头来想看看身后的戈岊。哪知说时迟那时快，就在荆显涛扭头的一瞬间只听得"砰"的一声，车急速冲向马路的右边。

撞车了！

原来荆显涛下榻的酒店在一个相对偏僻的地方，酒店的左前方是一个十字路口，由于平时这里的车辆比较少，这里的红绿灯没有配套安装电子眼，有一些胆大的司机在夜深人静或车少的时候总喜欢闯红灯。今天的这个主儿就是这样。荆显涛憋着满肚子的气一路狂飙，快到酒店的时候他发泄得也差不多了，就在他放慢车速回头与戈岊讲话的时候，车刚行驶到十字路口，一辆越野车从路的右边疾冲过来。两车交会时，荆显涛的车撞到了越野车的左后角。两车相撞后荆显涛的车冲向了路边的人行道，被道旁的一棵大树挡下，越野车则在原地转了一个圈。

就在荆显涛回头说话的时候，戈召瞥见一辆车横冲过来，警示的话还没喊出口两辆车就相撞了。他的胸部在荆显涛座椅靠背上狠狠地撞击了一下，好在这时的车速不快，并无大碍。荆显涛和胡处长都系上了安全带，也没有受伤，戈召稍稍安心。他赶紧下车打开驾驶员一侧的车门急切地对荆显涛说道："赶快到后座去。"说罢就小步跑到了越野车旁。

越野车上只有司机一个人。司机是一个二十几岁的年轻人，可能是因为撞车让他蒙了头，也可能是因为他闯红灯知道害怕了，他坐在车上一动也不动，戈召敲车窗他才回过神来。年轻人解开安全带打开车门走下来，戈召见他身体没有问题才暗暗舒了一口气。"小伙子，你怎么能够闯红灯？"戈召和气地问道。

回过神来的年轻人这时却狠了起来，梗着脖子、瞪着眼睛对戈召说："谁说我闯红灯啦？"年轻人昂着头用下巴朝红绿灯挑了挑，戈召看到这时年轻人行车方向的红绿灯已经由红变绿了。戈召明白，此时与年轻人去争论这些是没有用的，善意地拍拍年轻人的肩说："没伤着人就是万幸，今后多注意安全吧。"说完扭头准备走开。年轻人明显地嗅到戈召身上的酒气，一把抓住戈召的胳膊大声说道："你酒驾了还说我闯红灯，你要赔我的车呀？"戈召顺着年轻人手指的方向一看，越野车的左后角完全被撞烂了。戈召想息事宁人，就说："你看修车要多少钱，我们赔。"年轻人觉得自己在道理上占了上风，便不依不饶地说："我不要钱，你把车修好就行，要不老板非开了我不可。"说完自顾自地在一旁打电话报警了。

在戈召和年轻人理论的时候，荆显涛和胡处长早就走了过来，旁边还围了一群看热闹的人，不停地有人在指指点点。胡处长拉过戈召说："戈行长，这可该怎么办？"戈召冷静地说："没关系，你们都别吭声，让我来处理。"说完戈召与荆显涛握了握手，他感受到荆显涛握手的力量，从荆显涛的眼里还读出了几分信任和感激。

不长的时间交警就到了。年轻人抢先向交警介绍了情况，但隐瞒了自己闯红灯的事实，当说到对方司机酒驾时，一个脸庞消瘦的中年警察回头朝身后的人群问道："谁是司机？"荆显涛正迟疑要不要说话，戈召一个快步走到警察的面前说："我是司机。"

31

警察看了戈咎一眼，面部毫无表情地说道："钥匙拿出来，手机拿出来。"戈咎回到自己的车前，拔下了车钥匙转身递给警察，不解地问道："要手机干吗？"戈咎不知道警察要求这么做是为了防止肇事者打电话搬救兵来说情。警察有些不耐烦，提高了嗓门说："叫你交你就交，多什么话！"又扭过头喊道："小张带人去验血。"小张是正在勘验现场的一名年轻警察，听到中年警察的吩咐，小张应声道："是。"然后跟另一名警察小声做了一些交代，走过来接过了戈咎的手机交给中年警察，然后用警车将戈咎带离现场。

　　荆显涛和胡处长对这种局面完全束手无策，看见戈咎被警察带走以后，荆显涛和胡处长慌忙打车赶到葛景明的家，把已经熟睡的葛景明从床上叫起，又通过七拐八弯的关系把戈咎从交警那里捞了出来。

　　荆显涛和葛景明一起去接戈咎的时候已经是深夜。荆显涛见到戈咎从交警队大门出来，走上去一把紧紧地抱住戈咎感激地说道："好兄弟，吃苦了！"戈咎不知道荆显涛曾经有一个同事在北京也是因为酒驾肇事被免除了职务，戈咎的顶缸让荆显涛逃过了可能的一劫。荆显涛的这种感激是由衷而发的，但戈咎不知道这些，只是淡淡地说道："这没什么。"

六、怀疑对象

葛景明和荆显涛提出要送戈召回酒店，戈召谢绝了："我和荆主任不住一个方向，别把大家都弄晚了，老葛你送荆主任回去，我打车就行。"已经是深夜时间，他们没有过多的客套，说了几句话就握手告别了。

见葛景明的车已经走远，戈召拦下一辆出租车，在车上坐定以后习惯性地拿出手机。已经人机分离几个小时了，看有没有什么人找过他。手机上有六个未接电话，全是吴效梅的，最后一个电话是十分钟前。戈召有些惊异，吴效梅从没有晚上给他打过电话，更何况是深夜。连续六七个电话，一定是有什么特别紧急的事情。戈召马上回拨过去，铃声没响到三声吴效梅的话音就传过来了："你在干什么呀，这么长时间不接电话？"

"陪中电集团的一个领导在桑拿，这么晚有什么急事打电话？"戈召反过来问吴效梅。

"徐行长出车祸了，你还有心思去玩！"戈召听到一句没头没脑的话。

"哪个徐行长出车祸了？"戈召有些莫名其妙。

"省分行徐光钊行长，他今天到漳河来了，在回去的路上出车祸了。"

"徐行长什么时候到漳河的，省行和分行为什么没给我打电话？"戈召对省行领导到漳河没有通知他而感到恼火。

"你不是出差了吗？徐行长今天专门为银监局检查的事情到漳河，是他不让办公室通知你。跟他一起来的还有监察室的谭启德主任，内控合规处的李彬处长。徐行长来了以后找分行的几位副行长都谈了话，也专门找我谈了话，他们谈话的主要内容就是问漳河圆融公司的事情。"

戈召问："他们都问了些什么内容？"

吴效梅回答说："找行长们谈的什么内容我不知道，他们问我主要是了解漳河圆融公司是谁在经营，公司那么多钱是从哪里弄出来的，他们特别注意印章卡上我的名章，肯定怀疑我和你在合伙做生意，弄得我人不人鬼不鬼。"吴效梅显然有些不满。她停顿了一会儿接着说："我如实地告诉他们我什么都不知道，估计他们不会相信。从他们的眼神里我都感觉到好像怀疑我和你一起在搞鬼。我问过你漳河圆融公司的情况，你什么都不跟我讲，现在人家要我坦白交代我又交代不出来，里外都不是人。哼！"戈咎听得出来吴效梅是在埋怨他。

戈咎接着说："你别那么想，你不知道就是不知道，也没有说假话，哪里去搞什么鬼？"

吴效梅说："我是没说假话啊，可是谁相信？"

戈咎问："他们怎么又出了车祸呢？你是怎么知道的？"

吴效梅这时才想起来把正事给忘了。她告诉戈咎说："是吴越风打电话告诉的。徐行长他们在离郢都只有几十公里的地方翻车了，现在公安部门怀疑有人作案，省公安厅的领导要求吴越风他们协助省公安厅调查。他是想从我这里了解情况所以电话打到我这里。"这时她才把事情原委大致说清楚了。

"有人作案？"戈咎有些不相信。他自言自语地说："翻车怎么会跟作案联到一起呢？"吴效梅在电话那头听到了他的自语，就说："吴越风讲公安部门的同志知道了徐行长是下来调查经济案件的，他们发现了司机的血液里有催眠药的成分，就把两件事联系起来，怀疑有人作案。"

戈咎在心里暗暗叫苦："坏了，把调查经商办企业的事和车祸联系在一起事情就弄复杂了。"他继续问："徐行长的伤势怎么样？他现在在哪里？"

吴小梅说："徐行长的伤势怎么样我也不清楚，只知道他们现在可能是在省人民医院抢救。"

戈咎说："知道了，你不要瞎想，我现在就到省人民医院去。"挂断电话后他赶紧叫司机掉头去省人民医院。

打完电话戈咎的心情变得格外沉重。徐光钊是他的老领导，从参加工作不久就认识了徐行长。虽然有人说徐行长清高、孤傲，但戈咎并不这么看，他认为徐行长是一个正直、不庸俗的人。尽管自己与徐行长没有太深的个人感情，但始终觉得自己和徐行长有某种心灵上的默契，自己也始终把徐光钊当作榜样。戈咎隐隐有一种感觉，就是在自己成长的每一个关键时候都有徐行长的帮助。他还记得在1992年左右，自己在漳河分行做信贷科长，那个时候全国的经济都不太景气，漳河市的情况就更加突出。漳河市是郧州省的第二大城市，工业基础比较好，机械制造、纺织、化工、轻工和医药在全省都有一席之地。由于体制的问题，那个时候全市的工业都陷入了低迷的状况，大量的工业产品卖不出去，货款收不回来，原材料又买不进来，所有的矛盾都突出地反映在资金短缺上。其实，当时银行的经营情况更为严重，信贷资金被严重占压，贷款周转几乎停顿，收回到期贷款的唯一办法就是借新账还旧账，利息拖欠不还，银行存款严重短缺，经营亏损巨大。只不过银行的经营体系实行总、分行制，分行的经营并入总行统一核算，分行经营亏损的包袱由总行背着。所以，当银行与企业在资金供求上出现矛盾时，地方政府的天平总是朝企业倾斜，所有压力全部集中在银行。戈咎是个爱动脑筋的人，经过调查分析，他发现企业资金紧张问题的症结是企业没有适销对路的产品，为了盲目追求产值，工厂生产出来的东西要么没有买家，要么赊销出去后货款回不来，没有了资金的补充就无法采购新的原材料，工人的工资也发不出去，只能逼着银行无止境地增加贷款。戈咎觉得这样做只会是饮鸩止渴，于是他就针对性地弄出来一个"以销售合同定资金计划，以销售回笼比例调节贷款供应"的资金管理办法，凡是没有销售合同的生产都不提供贷款，凡是销售收入没有百分之百回笼的企业，银行都按同比例减少贷款供应。这个办法受到了很多企业的反对，漳河市经委的领导也很反感这个方法，书记、市长虽然没有公开批评这个资金管理办法，但在很多场合多次批评银行对地方经济发展支持不够，后来市经委领导干脆告到了省分行。徐光钊当时是省分行主管信贷业务的副行长，发现了戈咎这个办法当中的亮点，便肯定了漳河分行的做法，并且把全省的各二级分行的信贷科长都召集到漳河市分行开现场会，向全省推广了漳河分行的方法。这个工作方法经过总结、整理以后报到总行，在总行的《行内资讯》刊物全文刊发，向全国介绍了这个做法。这件事为戈咎后来的提拔奠定了重要的基础。所以，徐光钊对戈咎有知遇之恩。

当戈咎知道徐光钊是因为银监局怀疑自己经商办企业的事情去漳河而引起的车祸，心里更有说不出的内疚。他知道对经商办企业银行有禁令，是一个谁都不能碰的"炸弹"。他曾经想过对这个问题要不要给省行的领导做一个交代，可是他明白这件事只要挑明了对谁来讲都是一个烫手的山芋。最好的办法只能是拖，拖到没有办法的时候再让它水落石出，不能光顾着自己的清白而把别人往坑里踹。想到这些的时候他拿定主意这件事暂时对谁也不讲，就是一个拖字。此时，他只剩下一个想法，就是赶快到医院去看看什么情况。

出租车很快来到省人民医院。他找到了住院部的外科大楼。大楼病房的分布把戈舀搞蒙了。这里有胸外科、肝胆外科、肠胃外科、骨科等，他不知道徐光钊具体在哪个科室，他只好又给吴效梅打电话："你知道徐行长是在哪个科室吗？"

吴效梅说："我也不知道，我只听吴越风讲徐行长是脊柱和脖子受伤。"戈舀放下电话想了想，徐行长应该是在骨外科。他很快找到骨外科所在的楼层，来到护士站询问有没有徐光钊这样一个病人，半夜刚刚送进来的。护士告诉了他病房号，戈舀找病房的时候，病房的门外已经聚集了不少的人。戈舀和熟识的人点了点头，就要进入到病房里去。病房门口站着省行办公室的一个年轻的科长，他拦住戈舀说："戈行长，徐行长刚到病房不久，他现在很疲劳，医生嘱咐他休息，不让人打扰。"戈舀小声说："我进去只看一会儿就出来。"小科长看拦不住戈舀，只好说："那您尽快。"戈舀点点头"嗯"了一声就走进病房。

二十多平方米的病房看上去还比较整洁，病房的墙壁、床铺、门窗都是白色的，地面铺着浅蓝色的地板胶，一对简易沙发的架子也是白色的钢管，蓝色的沙发布套也镶了一圈白色细边。整个病房虽然洁净但也给人森冷的感觉，戈舀不喜欢这种感觉，他觉得用一种暖调来烘托病房的气氛更有利于病人的康复。他走到徐光钊的病床前默默看着徐光钊。此时的徐光钊静卧在床上，脖子上套着一个肉色的脖套，看得出他笔直的脖子和挺直的头部是在外力的作用下形成的一种姿势。"这样一定很难受"戈舀心想。病床的右边的挂架上面吊着四五个塑料药袋，一根塑料管上的针头从其中一个药袋的底部插进，药水顺着塑料细管迅疾地流下来，通过扎进静脉血管的一根细小的针头流进徐光钊的体内。徐光钊身上盖着薄薄的被子，只有打针的手臂露在外面。戈舀不知道他还有没其他地方受伤，他想询问但房间里除了他和徐光钊没有第三个人，他拿下插在药袋上的医嘱想有一点发现，结果什么也没有看出来。他把医嘱放还原处，弯下腰轻轻地叫了一声"徐行长，我是戈舀"。徐光钊好像听见了他的叫声，眼皮微微动了一下但还是没有睁开眼睛，他的嘴唇有明显的翕动，但也没有发出声来。戈舀观察到徐光钊蹙起了眉头，不知道是疼痛还是烦躁引起徐光钊的蹙眉。戈召停止了对徐光钊的呼唤,又直起身来,忽然无意中瞥见徐光钊打针的手有几个指头在动,显然是有意识的动作。戈召有些欣喜,他知道了徐光钊的神志是清醒的,悬着的心放下了一半。戈召再次弯下腰,把手轻压在徐光钊的手背上,对着徐光钊的耳朵轻声讲:"您安心养伤,我会再来看您的。"这次戈召更明显地感到徐光钊的手在动。"这是徐行长在打招呼。"戈召心想。"医生要您安心养伤,我不打扰你了。再见徐行长。"说完话戈召在床边稍稍站了一会儿就转身走出了病房。

戈召走出病房第一眼就看见了站在远处的谭启德和李彬两个人。他记得吴效梅讲过他们俩是陪同徐光钊一同去漳河的,这样大的车祸也一定让他们受惊吓了。戈召出门后就径直朝谭启德和李彬走过去。"让你们受惊吓了!"戈召一边跟他们握手一边有些歉意地讲。谭启德面无表情淡淡地说:"我们没事,让徐行长和林涛他们遭罪了。"

戈召突然记起要去林涛那里看看,但是他嘴里还在继续说:"你们去漳河出了这样的事故,都是我的罪过。"

李彬年轻,没有城府,愣愣地说:"调查归调查,车祸与那些事没有关系。"李彬本来无心的话反倒让戈召感到一些尴尬,他不知道接下来该再说什么。

老道的谭启德接过话茬儿:"哎,天灾人祸哪个人能料得到。"

谭启德想把这话头给岔开,谁知不明就里的李彬兴致反倒被挑起,他马上绘声绘色地讲起来:"当时我们跟在林涛后头一直走得很顺利,哪晓得快到郢都的时候林涛的车像蛇一样在路上扭起来,我正迷糊要睡着听到张本泓一声大叫,吓得睁开眼睛刚好看到林涛的车在地上打了一个滚然后滑到了右边车道。幸好我们的后面没有紧跟的大货车,要不然真不晓得是什么后果。万幸,万幸!"

戈召记得吴越风给吴效梅的电话,就有意识地问:"你们今天是在哪里吃的饭,林涛喝酒了没有?"

李彬回答说:"还不是在你们隔壁的漳河大酒店吃的饭,我们几个人是肖强安排在包间里吃的饭,徐行长喝了不到一两酒,我和谭主任大概也没有喝到三两,肖强稍微喝得多一点。林涛和张本泓他们是在包房外面吃的饭,是你们后勤分部的主任和计财科长陪的。"

他们在说话的时候没有发现省分行保卫处长叶和平急匆匆从外面快步走过来。叶和平好像听到了李彬的讲话，就冲着李彬问："李处长在讲什么呀？"

李彬一本正经地回答："我在讲当时的经过。"

叶和平马上打断李彬的话，面带严肃地说："出了事故对公安部门来讲都是案件，涉及案件的事最好不要随便说，不问你你就不说，要说就到该说话的地方去说。"

李彬一头雾水："有这么严重吗？"

叶和平讲："我现在就是请你们两位回分行的，总行要我们马上书面报告事情经过，高行长还在行里等我们。"

谭启德好像感觉到了什么，没有吭声站起来就准备走。这时叶和平才和戈昝打招呼："戈行长也来了，消息还是蛮快呀！"说完跟戈昝握握手，竖起大拇指朝外示意了一下："我们回省行了。"扭头三个人都离开了病区。叶和平对戈昝没有了往日见面时的热情。

戈昝对叶和平的举止有些不太理解，因为记挂着林涛就没有多想。他来到外科手术室的时候林涛的手术还没有完，不过留在这里的人讲，刚才手术室医生出来说了，林涛的手术比较成功，已经没有生命危险，现在正在缝合伤口。听到这些戈昝放下了心，安慰了林涛的爱人，然后给了她两千元钱，并嘱咐以后有什么需要可以来找他。两个人为钱拉扯了一会儿，林涛的爱人收下钱谢了戈昝。

戈昝告辞了林涛的家属，回到下榻的酒店已经是凌晨三点多钟。他没有一点睡意，靠在床上仔细梳理这两个小时里发生的事情，一幕一幕地在脑子里过，慢慢有了头绪，有个念头让他自己吃了一惊："我被怀疑了，吴效梅也被怀疑了！"仔细想想应该是。徐行长去调查经商办企业的事我不在行里，计财科长说对经商办企业的事情完全不了解，外面又传闻我与吴效梅有私情，徐行长的车在回程中翻车，司机血液里有催眠药，吴效梅又陪司机吃过饭，所有这些与叶和平说话时含含糊糊的表现联系起来，就说明自己和吴效梅很可能被怀疑了。开始，戈昝对徐光钊车祸是有人作案的说法一点都不相信，哪一个会与徐行长有深仇大恨非要加害于他呀？这只会是公安部门的臆断。如果把车祸与经商办企业的事或者叫经济案件联系起来问题就复杂了，而自己就是这个"案件"中的重要角色，被怀疑理所当然。戈昝心里很坦然，不管经济案件还是刑事案件,他自己一点也不担心谁去调查,清者自清。可是,如果把吴效梅也扯进来了戈召就觉得有些不公平了。这件事本来与吴效梅就完全没有一点关系,无端地让她受到怀疑,这使戈召增加了对吴效梅的歉意。所以他觉得自己有责任帮助吴效梅、保护吴效梅。他只要吴效梅不受伤害就行。"案件,案件!"他在心里诅咒这个从天上横降的"案件"。

"明天一定到省行去找高亦尚行长把问题说清楚。"戈召下定了决心,只盼着天快亮起来。

七、不得其解

　　戈昝来到病床前的时候徐光钊都清楚，他不是不想说话而是说不了话。现在他的整个脊柱非常疼痛，从后脑勺一直疼到腰部、尾椎，两条腿特别是左腿胀痛得厉害，这种感觉一直传到到脚趾尖。四肢没有一点力气，头也炸裂般的疼，颈部被一个什么东西箍着顶着一动不能动，非常难受。口很渴，整个口腔火烧火燎，吞咽时喉咙都干涩得生疼，想开口说话都不行。他不知道自己伤得怎么样，有些担心自己今后的身体，常识告诉他脊柱受伤最容易导致瘫痪。在整个的治疗过程当中，医生说了些什么他都没听清楚。他暗暗庆幸自己的肢体还有知觉，头脑还算清醒。徐光钊今年就满五十四周岁，按规定也接近退居二线的年龄了。原来打算自己退下来后就好好地读点书，写一点东西，以后自己虽然没有事可以干，但是还能说能写，一定要给后人留一点东西。自己几十年的磕磕碰碰长了不少见识，这些见识是书本上看不到老师也教不了的，它们可以说是经验也可以说是教训，写出来让后来人看看，他们今后就会少撞一些木钟。万万没想到在"船到码头车到站的时候"出了这么一档车祸，不知道会给身体留下什么后果。他想到自己的爱人，自己亏欠她的太多了。孩子从小到大的教育和生活自己没有操过心，都是孩子妈一手打理。原来打算退下来就可以多陪陪她，到国内国外去走走，如果车祸给身体留下什么严重的后遗症，恐怕不仅陪不了她，反而还会成为她的累赘。前两天爱人到在深圳的儿子那里去了，估计自己车祸的消息行里会很快通知她，不知道她会担心成什么样。

　　就在徐光钊胡思乱想的时候护士走进病房，大声问："有没有不舒服的地方？"她也不管徐光钊回答还是没有回答，例行问话结束后抬头看看挂架上的药袋，又大嗓门地对外叫道："家属要注意，药打完了就叫我们。"说完转身走了。站在门口的办公室小科长听到护士的喊叫后走进来，抬头看看挂架上的药袋，搬过一把椅子在挂架下坐了下来。

徐光钊估计行里的同事可能都走了，他的心也慢慢静下来。他回忆出车祸那时候自己在做什么，好像正在在琢磨漳河分行的戈召经商办企业的事，后来就迷迷糊糊睡着了，醒来的时候是张本泓他们在搬动自己，把自己抬到路边。"这个戈召！"徐光钊心里想到，如果不是戈召的事情这次自己就不会去漳河，不去漳河这场车祸就完全可以避免。本来经济案件调查的事情是纪委书记的职责，可是那位高贵的夫人没来上班，高亦尚行长刚来郚州，又不宜亲自管这样的具体事，更重要的是因为自己对戈召特别关心，所以主动要到漳河去调查。其实徐光钊去漳河调查还有一个更深的原因是他对时下社会风气的不满和痛恨。他觉得这些年国内的社会风气越来越坏，官场上的风气也越来越邪乎，银行在这样的环境当中受到各种风气的污染，有些地方也是弄得乌烟瘴气。他觉得戈召还算是在这种社会环境中为数不多的干净人，更应该帮助戈召防微杜渐。他本来打算到漳河跟戈召做一次深入的交谈，可是戈召出差了，只好打乱计划找他们在家的其他行长和科长了解情况。但是让他没有想到的是事情比预料的要复杂。明显的是漳河分行的班子就不团结，这么大的事班子其他人竟然都不清楚，那个重要的当事人吴效梅又一口一个"不知道"。吴效梅和戈召之间本来就有绯闻，她的话当然要更加细致地辨别。这不能不让徐光钊感到疑惑，是自己看错了戈召，还是戈召这些年蜕变了呢？不管是哪一种情况他都感到很心疼。我们培养一个干部不容易，培养一个政治可靠又懂业务的干部更不容易。戈召一直是他心中的好苗子，可是，这次给他的印象却完全变了。六百万元的巨额资金来源不明，这是一个什么性质的问题？戈召就不怕触犯法律吗？是什么渠道弄到的这么多钱？还有多少钱弄到哪儿去了？一连串的疑问在徐光钊的脑子里转。他知道戈召胆大敢冒险，敢于做一些常人不敢碰的事情。可是原来做的一些"大胆"的事情可以说都是一些工作上的改革尝试，都没有触碰法律没有触碰纪律啊！不过从今天戈召还敢到医院来这一点分析，样子上倒还比较坦然，是在装模作样还是心底敞亮呢？不管怎么讲，漳河圆融公司和六百万元巨款摆在那里是事实，戈召必须有一个清楚的交代。联想到郚州省分行目前的状况让徐光钊更加焦虑。新来的高行长是一个本质很好的人，但是他对基层的情况太不了解，书生气又重，他要能在郚州分行有建树必须得有人去帮他。自己的年纪已经到了该退二线的时候，对高亦尚可能是有心无力了。本来他想把戈咎推一把，让他来顶替自己的位置好好地帮帮高亦尚，按现在的情况分析，戈咎面临的就不是能否上得来的问题了，能不能够继续干下去可能都是问题，那样高行长的工作压力会更大。

……

这个时候像徐光钊一样睡不着的还有吴效梅。

吴效梅和戈咎通了电话以后越发难以入睡，索性起床来到客厅坐在沙发上发呆。她相信戈咎不会贪赃枉法，这么多年在信贷岗位工作，他要有那种贪赃枉法的念头早就栽跟头了。经商办企业一定是误会，但是戈咎为什么不讲清楚呢，难道还有难言之隐？再看他像什么事情都没有一样的态度，吴效梅觉得自己的判断不会错。对戈咎做了结论后吴效梅又开始猜想是谁对徐行长下毒手，这个人一定是为了嫁祸戈咎，不然漳河分行谁会与徐行长有深仇大恨要如此之狠？一定是那些仇恨和反对戈咎的人。吴效梅的思绪就像没有根的浮萍随波逐流，四处游荡。

在漳河市分行的人当中吴效梅第一个怀疑的就是闵洁。吴效梅觉得自己是能够把闵洁看透的人。女人最懂女人的心，女人的眼泪和撒娇只会蒙住男人的眼睛。起码，她认为戈咎就被闵洁蒙住了双眼。吴效梅知道闵洁曾经疯狂地追求过戈咎，戈咎也没有理会闵洁抛给他的绣球。这无所谓，做不了夫妻还可以做朋友，感情才是最珍贵的东西。可是吴效梅发现闵洁不是这样的，私下里处处对戈咎使坏，简直就是蛇蝎心肠。吴效梅永远记得几件事情。

第一件事是黎德春被撤职。黎德春是一位部队的营职转业干部，当兵时曾经参加过对越自卫反击战。转业到漳河分行后被安排到行政科任科长，这个人其实什么都不错，就是嗜酒、头脑简单。那年正是干部考驾照热的时候，黎德春兴致来了，悄悄叫上行里的一个司机，趁周末时间开着银行的车到乡下去练车，无证驾驶的他偏偏又嗜酒如命，中午喝过酒以后还要开车，司机不敢阻拦，结果在一条小路上看见横在路中间的一头牛，手忙脚乱中撞死了牛撞坏了车。这件事压下来没有送到公安部门，但是赔偿农民的牛和修理撞坏的车，让银行损失了近十万块钱。戈咎十分愤怒，提出要给黎德春撤销职务的处分，但分行党委意见不统一，最后戈咎提出要么黎德春承担十万元的损失给予记过处分，承担不了损失就一定给予撤职处分。在这种有分量也有弹性的意见下，想替黎德春说情的人都闭上了嘴，黎德春拿不出赔偿的十万元钱，党委最后通过了撤职的意见。本来黎德春知道惹的事不小，自己也害怕，虽然很不情愿但还是接受了给予他的处分。可是后来闵洁却挑拨他与戈召大闹一场，闵洁的使坏吴效梅是亲耳听到的。事情也非常凑巧，那几天吴越风和周娇娇又在闹矛盾，周娇娇提出要离婚，吴效梅这个既是姐姐又是媒人的角色当然不会同意，她约了周娇娇一起吃饭聊天。周娇娇在一家小餐厅订了座，吴效梅进去的时候，就看见周娇娇坐在靠近角落的一个卡座里，当她走进卡座时瞥见靠里的一个卡座里好像坐着的是黎德春。坐下后吴效梅示意周娇娇不要出声，她打算要换一个地方。就这时吴效梅听到一个十分熟悉的声音，这个声音从隔壁卡座里传来，是闵洁。这让吴效梅感到很意外，这两个人怎么可能坐到一块儿了！闵洁的声音不大但是吴效梅听得还是很清楚："黎科长，您去闹呀，您是一个上过前线冲锋陷阵的功臣，怎么能说撤职就撤职，哪个人工作中会没有错误，因为错误就撤职为什么不先把自己行长撤啦？"吴效梅不想偷听别人的谈话，向周娇娇招招手离开了这个地方。后来，黎德春果真去找戈召闹了，而且十多次缠在办公室不让戈召办公，听说两个人有一次还差点动手干起来。吴效梅没有为这件事问过戈召一句话，她知道戈召很讨厌别人问自己不该知道的事。闵洁挑拨黎德春的事吴效梅也只字未对戈召讲。但是，吴效梅从此认定闵洁是个有蛇蝎一样心肠的女人。

还有一次戈召在通信费里列支给每个科长和支行的行长买了一部BP机，谁知道BP机刚刚发到大家的手上，举报信就到了省分行，说戈召给每个中层干部买了一部手机，弄得群众意见很大。省分行派人下来调查，虽然买手机的举报不实，但买BP机同样是错误的，要求漳河分行立即纠正错误，要么退掉所有的BP机，要么由个人承担BP机的费用。戈召为此很犯难，退掉机器肯定是不可能的事情，通信产品的规矩就是打开包装只要不存在质量问题一律不许退货。如果要每个科长和支行行长承担费用也很难，且不说BP机不是每个人都有消费意愿，单单它的不菲价格就是难以逾越的坎。戈召绞尽脑汁，最后在福利费里列支给科长、行长发放了一笔通信津贴，然后科长、行长用发放的津贴和个人出资各占50%的比例凑起来的钱，归还了原来购买BP机的款项。事情糊弄过去了，可是消息马上就走漏出去，闵洁又在到处说行里的领导把职工的福利费给瓜分了，弄得行里的员工意见很大。因为这属于二级分行的职权范围，省分行接到举报后也没有再干涉。吴效梅知道闵洁背后的这些行为后，还是那句话评价闵洁："蛇蝎一样的女人！"

吴效梅继续沿着自己的思绪漫天游。

分行大楼里的人都知道分行班子里就肖强喜欢故意与戈启作对，其实这背后也有闵洁搞的名堂。谁都知道肖强是个扶不起的阿斗，凭着父亲是市领导的因素占得副行长这么一个位置。肖强与闵洁搅在一起完全不是因为什么工作关系，闵洁就是因为看中了肖强好糊弄，她要利用肖强来做自己想做的事情，所以两个人才沆瀣一气。凭肖强的那一点智商哪里能和戈启过招，可是有时候肖强确实弄得戈启不好下台。这背后不是闵洁的小花招肖强哪里能够做到？吴效梅清楚地记得那一天，全行的中层干部都在三楼的会议室参加中心组学习，楼下的营业部上来一个会计员拿着法院的《协助执行通知书》来汇报，说河西省邵洋市中院要求强行扣划漳河轻机三百万的资金。戈启知道这个在漳河市几乎家喻户晓的地方保护主义的所谓"经济纠纷案"，就对营业部的人说："漳河轻机案件虽然已经二审败诉，但是轻机已经向最高法院提起申诉，这个案件执行可能还会有问题，想办法把它拖一拖。"他又转过头对分行的会计科长讲："你去处理一下，如果漳河轻机账上有钱我们就提前收回贷款，给他们账上留几千元钱备用。"几分钟后会计科长报告贷款已经收回，戈启这时才对肖强说："肖行长，你再签字同意执行。"等到这个会计员把肖强签字后的《协助执行通知书》拿下去以后，没过几分钟就从楼下打来电话，说法院的执行人员在楼下闹开了。因为中心组在学习，戈启就对肖强和会计科长说："你们下去处理一下。"没想到事情越闹越大，大约十多分钟，楼下就有人气喘吁吁地跑上来说："法院的人把肖行长用铐子给铐起来了，还要带他到河西省去。"说话的人吓得直打哆嗦。中心组学习的人听到这样说就一下都涌到了楼下。戈启对其中一个好像是领导的法官讲："我是这个行的行长，有什么事跟我说，请你放开我们肖行长。"为首的这个法官讲："你们这个姓肖的行长干扰执法。我们来执行的时候轻机的账上还有钱，等了好半天才签完字，轻机账上的钱给划走了。这是严重干扰执法的行为，我们依法要把他带回法院。"戈启说："当事人就这个案件已经向最高人民法院提出申诉，等到结果出来后你们再来执法我们一定配合。"法官说："你说这些我都不知道，我是奉命来执行划款任务的，划款以外的什么事情我都不清楚,有事你联系我们院长,我听我们院领导的指令。"说完他真的要强行带走肖强。

见状戈召急忙在法官的前面挡住他们的去路说:"要带你们带我走,放开肖行长。"

法官完全不理会戈召的要求,一边推搡挡住去路的戈召一边说:"是这个姓肖的签的字,我们就找他。"

"我是行长,对这里的事情全权负责,有事你们找我!"戈召面带愠色提高了声调。

为首的法官全然不顾戈召的要求,对同行的法官手一挥说:"带人走!"说完用力推了戈召一掌,就要强行离开。

法官的一掌让戈召猝不及防地打了一个趔趄,他被激怒了。情急之下戈召大声下令对保安说:"关上大门,谁也别想走!"

锁上大门后,戈召丢下这几个法官,亲自给漳河市中级法院的领导拨通了电话,请求他们出面做一些协调工作。不长的时间后,漳河市中院执行庭来了一位庭长,就案件的执行情况与河西法院的法官有了一个沟通,最后河西法院的法官总算同意给肖强松开了手上的手铐,带着不满离开了银行。

等法院的法官走以后肖强可不乐意了,回到会议室他冲着戈召大喊大叫:"主意是你出的,吃亏的事你叫我顶在前面,你什么意思?"开始戈召还给肖强赔着笑脸:"肖行长是吃了亏,待会儿我请你喝酒给你压惊。"肖强一肚子不高兴:"我不要压什么惊,今后你要做的事情你自己去做,别拿我们当炮灰。"关键的时候闵洁跳了出来,她给肖强端过茶杯递到手上说:"肖行长消消气,我们是做业务的,有些亏应该我们去吃,这事不能怪戈行长。"不会听话的好像闵洁在劝肖强,会听话的人一眼就看得出闵洁分明是在挑拨。肖强哪里听得这样的话,不等闵洁把话说完他几乎咆哮起来:"他妈的老子不干了,谁愿意干谁去干!"这时候戈召才严肃起来,说:"肖行长,中层干部都在这里,你说话还是要注意方法。有意见我们两个人怎么讲都可以。"肖强听戈召这么讲反倒更来劲:"我跟你讲个屁,爱咋样就咋样。"说完他扭头就离开了会议室,弄得戈召下不来台。吴效梅心里想,就是闵洁那句话把肖强的火给弄得更大,她就是要坐在黄鹤楼上看翻船。

吴效梅想了这么多还是想不明白到底是谁要加害徐行长,自己想了很多

45

又把自己的想法全部给推翻。她想就算这些都是真的，闵洁也不会胆子大到要去对徐行长下毒手，她最多是给戈召使小坏罢了。还会是谁这么大胆呢？肖强？肖强也不会，他不过就是一个纨绔弟子。会不会是黎德春呢？更不会，黎德春只不过就是一个牛脾气，他绝不会干出伤天害理的事。吴效梅实在想不出来有谁要加害徐光钊。她要等戈召快点回来，好向他问个究竟。

八、老友相逢

终于熬到了天亮。

在酒店简单吃过早餐，戈召就吩咐万志勇今天还要到中电集团郓州分公司去，把荆显涛给贴紧一些，尽量不让其他银行的人与荆显涛有接触。与万志勇分手后戈召开着万志勇的车来到省分行，把车停到了省分行的后院。他估摸着高亦尚已经吃完早餐，自己就径直来到高亦尚的办公室。

省分行办公室在行长办公的这一层楼设了一个服务台，在宽大的楼梯中堂里搁置了一套沙发，为的是方便来访的客人或基层行的干部在等候领导时可以歇息。戈召来到行长办公的楼层时，服务台后坐着的于芬芬热情地站起来跟他打招呼。戈召问："高行长在办公室吗？"于芬芬回答说："高行长来了好一会儿了，您跟高行长约好了吗？"知道戈召没有预约便说："高行长在处理事情，您稍坐我去通知一声。"不一会儿于芬芬出来说高亦尚在等总行的一个电话，可能需要一些时间，要戈召忙完别的事后再过来。戈召执意要等，在沙发上呆坐了半个多小时后还是没动静，戈召就给高亦尚的秘书刘杰打电话。刘杰在担任高亦尚秘书之前是省分行计划处的一名科长，因为工作上的原因，再加上戈召与他都是郓大的校友，所以两个人彼此都很熟悉。戈召问："刘杰，不在行里呀？我到省行了。"刘杰说："在。您稍等，我马上过来。"没到半分钟时间刘杰从一旁小办公室出来，与戈召寒暄后告诉戈召："行长一早情绪就不好，可能跟徐行长遇到车祸有关系，我也不敢多问。您去其他地方转转，待会儿行长有时间了我打电话给您。"戈召没办法只好点点头，起身走了。

刘杰见戈召走后便转过身来到高亦尚办公室，敲了敲门没等应声就进去了，他给高亦尚的茶杯续上水后问："有什么事要办没？"

高亦尚答非所问："戈召走了？"

47

刘杰回答道："他办其他事去了。"

高亦尚没再说话，闭上眼重重地往大班椅上一靠，椅子轻轻地摇晃了起来。刘杰见状轻手轻脚退出顺手带上门。他走到于芬芬台前，小声嘱咐："今天谁来都说行长没时间。"于芬芬会意地点了点头。

戈舀离开高亦尚的办公室来到了三楼的信贷管理处。在处长办公室门前轻轻地敲了两下，办公室里马上传来了一个快活的声音："进来。"戈舀推开门进了办公室。

信贷处长办公室里是一个与戈舀年纪相仿的男子，高瘦的身躯穿着一身得体的藏蓝色西服，梳着一个大背头，白净的脸上架着一副金丝眼镜，眼镜后面透着一种机敏、跳动的目光，风流倜傥，光彩照人。男子见敲门进来的是戈舀便大呼一声："嗨，什么风把你小子吹来了？"说完从桌子后面站起来，走到门口热情地与戈舀单只手臂拥抱了一下，顺手关上了房门。此人是郢州省分行信贷管理处处长张华涛。张华涛把戈舀让进门后将他按在沙发上，然后给戈舀倒上一杯茶，又从抽屉里拿出一包香烟甩给了戈舀。戈舀毫不客气地撕开香烟，抽出一支点上，"嗞——"他长长地吸了一口后再慢慢地吐出来，然后很随意地靠在沙发上，把一只手臂抬起垫在脑后，一只脚也随意地跷在了茶几上。张华涛看见戈舀进来后一声不吱，便问："怎么啦？看你气色不对啊！"

戈舀回答说："倒霉了知道吗？"

张华涛平静地问："你倒什么霉？"

"真不知道啊？徐行长昨天去漳河在回来的路上出车祸了。"戈舀说。

张华涛平静地说："刚刚听说，怎么啦？他出车祸跟你倒霉怎么挂到一起了？"

戈舀问："你没听说他是因为调查经商办企业的事情到漳河去的，怎么就跟我没关系了？"

张华涛又说："你经商办企业的事倒是听有人在传，我不相信！像你这样的人打死我都不会相信去干这种事情。"

戈舀说："漳河圆融公司是真的。"

"什么？"张华涛瞪大了眼睛问，"你不是一直以廉洁自诩吗？怎么也干这样贪赃枉法的事情。"

戈啓放下跷在茶几上的腿直起身子来，用手弹了弹烟灰道："去你的贪赃枉法，那种事情只有你干。"说完他故意岔开话题，笑着拿起了水杯喝了一口茶，"嘿，大红袍！是谁给你进贡的？分一半给我。"

　　张华涛笑呵呵地说："在柜子里头，你要就都拿走。"

　　说笑间戈啓认真起来了，他问张华涛："徐行长受伤了你没去看啊？"

　　"这不是刚听说吗？徐行长现在不分管我，我去早了不好。等一会儿去的人高峰过以后我再去。"接着又自言自语："不知道徐行长那里差不差点什么东西，我带点什么东西去好啊？"

　　戈啓接过话说："人家在病床上差什么呀，你早些去看看就行。"

　　张华涛白了戈啓一眼说："呆子！"

　　原来，这嬉笑打闹的两个人是一对好朋友。他们是郐州大学的同一届的同学，戈啓是郐大金融学院的学生，张华涛是郐大国际经济学院的学生，虽然两个人不同院系但是同一年级又同一寝室。他们俩一个是金融学院学生会的组织部长，一个国经学院学生会的外联部长。这两个一样从农村考入大学的同学性格却完全不一样，一个刻板一个灵活，一个眼睛容不得一点沙子，一个可以忍受任何委屈，只有在学习刻苦上两个人十分相似。在生活上戈啓靠家里的微薄资助和助学金日子过得拮据，张华涛却靠在同学中倒腾一些小商品赚钱日子过得很滋润。寝室里同学的关系都很融洽，有人看张华涛很富裕就时常揩一点他的油，分享他搁在寝室里的各种物品。时间长了张华涛对此有意见但他又不直接说出来，一天张华涛有意无意给大家讲了他高中时的一个故事。说他在乡下读高中的时候大家生活都很困难，班上有一个同学家境稍好。那时男同学上厕所都没有什么讲究，扯到什么纸都可以充当手纸，只有这个家境稍好的同学讲究，从家里带来一种最廉价的草纸。草纸放在他的枕头下，同寝室有一个同学为图方便经常去偷他的草纸。这个家境稍好的同学为了让图方便的同学吃些苦头，一次他不动声色地在草纸上悄悄撒下了一些辣椒面，等到那位不知就里的同学再来偷草纸上厕所的时候就被害苦了。据这个同学自己后来讲，他在用第一张辣椒纸的时候只感觉有点不舒服，用到第二张纸的时候屁眼就像突然被火烧一样钻心的疼，他以为屁眼流血了，看了看茅坑的大便上没有血，再看看刚擦过屁股的草纸上也没有血，无意中他瞥见草纸上淡淡的红色粉末，辣椒面！家乡的这种辣椒面谁都认得。他知道上当了，可是他尽管疼痛难忍却又不能发火，因为他占小便宜亏了理。辣椒面火烧火燎地在屁眼上肆虐，他没有一点办法，情急之中他只好不顾大冷天跑到小河边把屁股在冰凉的河水里泡了近一个小时，火辣辣的感觉才消失。

同寝室的同学听了张华涛的故事全都笑翻了，有的同学捧着笑疼了的肚子问："张华涛，这个撒辣椒面的人是不是你？"张华涛不恼也不辩解，只是笑着说偷纸的那个同学再也不敢贪小便宜了。自从张华涛讲过这个故事后，他们寝室里的同学再也没有人未经允许去动过张华涛的私人物品。有人不喜欢张华涛，戈召则不然，他认可张华涛的机敏和勤奋，至于张华涛的性格毛病戈召觉得可以和平相处。两个性格完全不一样的同学在校四年当中一直相处得不错。

张华涛养成的这种性格在入职以后也帮了他的忙。不知道什么原因，大学毕业分配工作时张华涛最倒霉。那一届学经济专业的同学有一大批被分配到银行，有到总行机关工作的，也有分配到省分行或地级分行的，只有张华涛一个人回到原籍，到了县支行后居然被继续向下分派，去了当时一个偏远镇上的营业所。可是，张华涛这种性格的人生存能力特强，分配到镇上仅三个多月他就回到县支行，不到两年调到地区中心支行。张华涛当上地区中支信贷科副科长时入职才四年刚出头，正当旁人对张华涛的快速成长惊讶不已的时候，他竟然又调到省分行机关。没有人说得清张华涛是靠什么魅力神速成长，所有关于张华涛的话题都只是传说。有人说张华涛刚刚分配到镇上去的时候，正好他们县支行的行长在老家建房子，张华涛听到消息以后就叫自己的两个兄弟到行长的老家去帮忙，分文不取地白白劳动了两个多月，等行长家里的房子建好了，张华涛也调到了县支行。到了县支行以后，他又通过一个机会结识了当时地区中心支行的一位副行长，几番折腾差一点就成了这位副行长的乘龙快婿，自然他又很快调到了地区中心支行。至于这些传说是真是假则无法考证。大家对张华涛只有一个感觉是真的，就是如果要你正式评价张华涛时你想不到他有什么缺点，只能说他好，如果在一个私下场所谈论张华涛，你在他身上又找不到什么优点，只觉得这个人不咋地。在省行曾经有一个被证实的真实传言：那年省行一黄姓处长家突然接待一位不速之客，来客送给黄处长读高中的儿子一台英语复读机。那个时候复读机算奢侈品，一个月的工资买不了一台，一般不是特别富裕的家庭不会买。黄处长觉得纳闷，平时与这位来客的交往并不深，自己也没有给他帮过什么忙，中国人讲究无功不受禄啊。后来才知道，原来客人从小道消息听说黄处长要升任省行副行长，这就提前给自己铺路来了。再后来黄处长提拔的事黄了，来客也再没有登过黄处长的家门。当然，这位来客就是张华涛，当时他已是省行商业信贷处副处长了。这件事要人怎么评价呢？要在桌面上评价一个人总不会把这事拿出来说，要在私底下谈论此事呢？明眼人肯定要骂张华涛滑头。

戈咎从小受父兄的影响特别讲义气，只要他认定了的朋友就一定是长久的朋友，哪怕这个朋友有什么毛病。他总是说"有毛病的朋友"这几个字中间"朋友"是中心词，"有毛病"是修饰词，修饰词要服从中心词。所以不管别人说张华涛有什么毛病，在戈咎眼里张华涛始终是自己的朋友。他们俩几乎是无话不谈，刚才张华涛问经商办企业的事的时候戈咎想了要不要告诉张华涛真相，最后他还是下决心不讲。漳河圆融公司的事谁惹上谁麻烦，张华涛更没有必要了解真相。没想到哪壶不开提哪壶，张华涛竟然又提到这件事。他问："伙计，你那经商办企业的事到底是怎么回事？"

戈咎说："唉，你别问了。我为这件事已经恼火透了。"

张华涛还是很关心地说："我告诉你，徐行长不是肯轻易出山的人，凡是他出山了说明问题比较严重了，你自己可要小心。"

戈咎说："我有难言之隐，也不是不愿意告诉你真相，这件事谁知道真相谁倒霉。不过你放心，我绝对不会乱来，不会做那些贪赃枉法的事。"

"你真是小心眼，以为我就不相信你呀？"张华涛以为戈咎还在计较刚才开玩笑说的"贪赃枉法"。说到这里张华涛又给戈咎续上水，给自己的杯子也添满水，拖过一把椅子坐在戈咎的对面说："现在徐光钊伤成这个样子肯定没精力再来管你的事，你要抓紧时间去找高亦尚。"

戈咎说："是啊，今天我一大早就赶到高行长办公室去，可是这老兄明摆着就是不想见。我在他办公室门口坐了半个多小时的冷板凳。"

张华涛接着说："嗨，坐冷板凳就坐呗，这么一点委屈就受不了。不想做孙子就别想做爷爷。"戈咎知道这句话是张华涛的座右铭。

张华涛说到高亦尚马上来了劲。他很小心地把办公室门打开，向两边看了看没人，马上又把门关上。他压低嗓门对戈弢说："我告诉你，高亦尚这老兄是个书呆子，好弄。"他认真地给戈弢介绍了高亦尚的一些习惯，强调说："你跟高亦尚打交道注意千万别去顶撞他，他说的东西都是对的，他说错了也是对的，你尽管哄着他，只是你在执行时照自己的想法做就行了。这个办法我已经试过多少次，非常灵验。"

戈弢听了张华涛的话问道："你这样做嫌不嫌累呀？"

张华涛接着说："累什么呀？你这个人的毛病就是自以为是，这世界哪有那么多正确的东西。我可不管那些，只要对我没有伤害，你说错就错，你说对就对。"

戈弢笑着问张华涛："你还记得在学校里同学都叫你'奸商'吗？"

张华涛没有一点恼火，很正经地说："奸商怎么啦，奸商才是天经地义。中国不是有句老话叫'无商不奸'吗？别忘了我们银行广义上来说都属于商人，你弄明白这个道理你就不得不承认自己也是奸商。"说完张华涛笑着对戈弢说："你坦白说坑人的事你做过没有？"

戈弢说："我从来不做坑人的事。"

说到这里张华涛也不愿再继续讨论下去，他转移话题问："高亦尚那里你今天还去不去啊？"戈弢说："这不是等召见吗？他不叫你还要赖着脸皮去找冷板凳坐啊？"

正在这时张华涛桌子上的电话铃声响起，接过电话张华涛一阵"嗯嗯"之后，一边说："我们喝酒不叫他。"一边满脸坏笑地瞅着戈弢。戈弢好像领会到什么就马上问："是长源兄？"

张华涛讲完话挂断电话说："晚上别安排其他事，长源要聚一聚。"原来他们所称的"长源兄"叫刘长源，是戈弢的老乡，大学毕业后分配到央行郢州省分行，现在在省分行货币信贷处当处长。戈弢是在回乡时结识的这位老乡，后来成为朋友。戈弢把刘长源介绍给张华涛认识，张华涛与刘长源吃过两次饭后，不想后来他与刘长源的联系比戈弢还热络。戈弢想他们都在郢都上班，这样的联络很正常，并不介意。这次来郢都前戈弢给刘长源打过电话，因为电厂项目和徐光钊的车祸忙昏了头，到郢都后他没再联系刘长源。没想到在张华涛这里联系上了刘长源。张华涛告诉戈弢，晚上的聚会订在郢都情酒楼 VIP888 包间，有几个重要的外地朋友也过来，嘱咐戈召不要带其他人去。

正说话间刘杰的电话打过来问:"戈行长您手上事办完没有?高行长后面还有一个安排,您只有半个小时时间。"

戈召回答"马上来"。他给张华涛做个鬼脸后招招手走了。

九、针尖麦芒

挂断刘杰电话时戈召看到了一个未读短信，离开张华涛办公室戈召打开短信一看，是刘杰的一段话："行长担心徐的车祸影响全行的股改，现在情绪不好，您要控制好自己。"戈召来不及给刘杰打电话细问，只是简单回复了刘杰："收到，谢谢。"戈召在心里头很感谢这位小学弟，虽然短短两句话，却让他清楚了高亦尚此时的心态。戈召快步地向高亦尚的办公室走去，一边走一边揣摩高亦尚："车祸怎么能跟全行的股改联系在一起呢，有些小题大做了吧？"他联想起刚才张华涛说高亦尚是一个书呆子，觉得这个人真有一点呆气。

戈召对于高亦尚了解实在太少，高亦尚来鄂州省分行任行长已经几个月的时间，而与他的近距离接触也不过两三次，戈召对高亦尚的了解更多的是来自于高亦尚开会时的讲话或布置工作。多年来戈召就是这个习惯，很少主动往领导的办公室里跑。他觉得有事情汇报就该去找领导，没有事三番五次往领导那里跑的人一定怀有企图，上下级之间拉拉扯扯既庸俗了关系又把做下级的人格给扭曲了。戈召觉得不管做什么行当，人格是最金贵的，没有人格做再大的官、有再多的财富又有什么意思呢？这点上他不赞成张华涛，而最佩服的就是徐光钊了。他并不觉得珍惜自己的人格是一种性格缺陷，中国文化人的传统就是最看重人格平等，素有"不为五斗米折腰"的风骨，在这种传统的熏陶下，历代很多在朝廷为官的读书人都把"犯颜直谏""刚正不阿"当作合格文化人的标配终身追逐，甚至为此不惜舍命，戈召性格中就有这种文化基因的传承。

胡思乱想中不知不觉他来到了高亦尚办公室。

于芬芬依旧坐在服务台后面，看到戈召快步走过来便点点头微笑示意。戈召用微笑回礼并用手指指高亦尚办公室问："有人吗？"戈召没有发出声来，于芬芬看到戈召的口型就知道了他的问话,便摇摇头,她脸上始终挂着笑容。戈召来到高亦尚办公室门前轻轻地敲了两下,里面没有回应,再敲,等了一会儿还是没有声音。戈召站在门外有些尴尬了。

　　高亦尚此时坐在办公桌后面,桌子上放着一份文件,但是高亦尚的目光并不在文件上。他知道敲门的是戈召但不愿吭声,有意要冷落一下戈召。高亦尚来郢州这么长的时间,戈召进这办公室大概没超过三次,其中一次是高亦尚要找部分二级分行了解情况,戈召与其他几个行长一起被请进来。高亦尚隐约听人讲戈召很傲气,对他自己瞧不起的人就不爱搭理,哪怕官比他大也是如此。高亦尚记得肖桂庭曾经对他讲过戈召是一个有"政治抱负"的人,从肖桂庭的语气听得出来他所说的"政治抱负"其实就是"政治野心"。高亦尚并不在意肖桂庭不怀好意的进言,反感背后说人坏话的恶习,但是对戈召这么长时间从来不汇报,甚至电话里的汇报都没有还是心存芥蒂。不管怎么讲,作为下级银行的行长,向新来的领导汇报和介绍情况应该是天经地义的,这是今后协调和配合工作的基础和前提。高亦尚也想找时间到漳河与戈召做一些交流,苦于省分行的日常事务太忙,他这个想法一直没有能够兑现。本来高亦尚对戈召不汇报的这种毛病就不喜欢,银监局通报要求查处经商办企业后戈召仍然不闻不问,高亦尚就忍无可忍了。总行三令五申不许经商办企业,省分行还专门为此向高管人员打过招呼,可是戈召居然还敢顶风干,最不能容忍的是银监局检查过后戈召竟然一个字的汇报都没有,全当什么事情都没有发生一样。若不是他的目无组织纪律怎么会导致徐光钊遭遇车祸?虽然高亦尚也不相信戈召会对司机林涛下毒手,但是司机血液里的催眠药是事实,这种"蹊跷"对所有当事人而言都不能完全排除嫌疑。徐光钊遇车祸不仅影响了省行当前正常的工作秩序,弄不好还可能因为刑事案件负面的消息对总行正在紧张操作的股份制改造带来麻烦。高亦尚对戈召恼怒不知道该从哪里宣泄,只能冷落这个家伙。约莫几分钟后高亦尚才低声道:"进来。"

　　被冷落了好半天的戈召忍着憋屈推开门:"高行长您好!"

　　"好吗?难得见到你啊。"说话时高亦尚的目光没离开手上的文件。

　　戈召:"这不来了吗?"

　　高亦尚:"你是无事不登三宝殿,有何贵干啊?"

　　戈召感到一股压力,竟一时不知如何开口。在门口受冷落本来就窝了一肚子的火，进门以后高亦尚没抬头正眼看一下，话语中还带着讥讽口吻，让戈昭有一种受到侮辱的感觉，他甚至忘记了到高亦尚办公室要干什么，就愣在那里了。他想发火，想扭头就走，可是他记得刘杰在给他的短信里"要控制好自己"的提醒，眼前突然晃过徐光钊躺在病床上的情景，一股强烈的歉疚顿时涌上来盖过了他心里的不满。戈昭缓过一口气后说："给省行领导添乱了，对不起！我给省行党委作检讨。"

高亦尚这才从文件上抬起头，他看见戈昭还站在那里，就挑挑下巴示意桌子前面的椅子说："坐吧，要喝水自己去倒。"说完自己端起茶杯喝了一口水，见戈昭坐下后接着问："知道错啦，那先说说错在哪里。"

戈昭一时语塞，心里嘀咕道："错啦？我一点错没有。"但嘴里可不能这么讲，便搪塞道："我知道来晚了，但我的确是听到徐行长的消息就马上赶到医院的。"

高亦尚听到戈昭的无理辩解不禁怒火中烧，重重地放下文件顺势在桌上一拍："戈昭，你太不像话！这就是你的检讨？你的错就是徐行长出车祸你来晚了吗？省分行不差你这么一个人，来不来由你。"高亦尚看到戈昭不肯认错的态度，想到因为他惹出的一些麻烦，气就不打一处来。

高亦尚的这种态度让戈昭更感到委屈，心想："我来怎么啦，这不是一种态度吗？徐行长出车祸我一样难受。车不是我开的，我自己既没有给司机做手脚也没有指使别人做手脚，你们还真的怀疑我呀？"他知道肚子里嘀咕的东西不能讲出来，可是看到高亦尚满脸怒气的样子自己也是火冒三丈，顶着高亦尚的话说："要怎么检讨呢？我不知道徐行长出车祸我们的错在哪！"

高亦尚毕竟在总行机关待的时间长，机关文化的长期熏陶让他养成了儒雅的处事风格。今天的表现让他感到了自己的失态，为了掩饰这种失态，他端起自己的茶杯呷了一口茶，放下茶杯后把甩在桌子上的文件拢了拢，缓和了口气但仍不失威严地说："戈昭，你进我办公室第一句话说的什么呀，不是说你们给省行添了乱要做检讨吗？这就是你检讨的样子！"

戈昭被高亦尚的问话给噎住了。"给省行添乱"是自己说的，"作检讨"也是自己说的，戈昭现在后悔自己的胡诌，说出去的话泼出去的水，想把原来的话掰过来是不可能的。戈昭想到了刚才张华涛还在说高亦尚是个书呆子，他一点也不呆！戈昭压住心里的窝火，耐着性子说："我说给省行党委添乱了是因为徐行长是到漳河去调研时出的车祸，如果不到漳河去可能就躲掉了这次车祸，想到这些我心里非常不安。"

高亦尚心里想，既然你说到漳河的事情就一定会讲到经商办企业的事，那好，就让你顺着这个说，"漳河分行有些什么情况要向省行报告的，你拣重点的讲。"

戈啓心里也在揣摩，你不就是想问漳河圆融公司的事吗？我今天绝对不会讲。我来这里想说的就是徐行长的车祸不可能是人为的，更不可能是漳河分行的哪一个人下毒手，我要把话题慢慢引到这个上面来。他说："我不知道徐行长是带着什么题目到漳河去做调研的，因为我昨天一早就为一个项目营销的事情到了郢都，与徐行长没有碰上面。"

高亦尚现在才从戈啓的谈话里知道他和徐光钊没有见上面，心里就埋怨谭启德他们回来没有把这个情况说清楚。高亦尚接着说："哦，没有碰上徐行长，那你是不是应该把分行的工作好好捋一捋，近期是不是有什么问题应该向省行党委报告。"

戈啓心里有些好笑，他想你高亦尚是省分行党委的一把手，有什么问题直接问不就得了，用得着这样绕弯子？还真是个书呆子。哼，我就不被你绕进去。想到这戈啓接着问："徐行长去漳河调研开车的司机是林涛，这次出车祸林涛有没有什么不当的问题？"

高亦尚察觉到戈啓似乎在有意回避，便说："林涛的事情有公安部门去鉴定和调查，我们只管我们的事情。"

"公安部门讲了林涛有什么问题吗？"戈啓要把话题往自己想的方向上引。

高亦尚听了有些警惕，语气也有些变化："公安部门的事情你不要去打听。"

戈啓听到这种口气心里又火了，他说："弄得这样神神秘秘，像是我们做了什么见不得人的事一样。"

高亦尚听到戈啓这样说话心里也不高兴，反问道："你自己做了什么事心里不清楚吗？"

戈啓马上接过高亦尚的话说："我做的任何事情心里都清楚，但没有见不得人的事。"

这种谈话的气氛让高亦尚很不满意，他知道发火是没有意义的。在总行机关从来没见过哪一个领导曾经发火。高亦尚本来就缺乏行政管理经验，车祸这样的事本身就够怵头了，现在又有这样一位高管人员当面抢白自己，一时不知怎么是好。他只好端起桌子上的茶杯掩饰自己。戈召察觉到这种尴尬，但就不肯认输让步，坐在高亦尚的对面，自己两只手对握放在桌沿上，两眼直直地盯着高亦尚。

高亦尚的茶杯里水早喝干了，但还是装模作样地喝了两口茶，把茶杯放在桌上，又拿起杯盖轻轻地盖上。他已经回过神来了，非常清楚自己是郢州省分行的最高领导，在这个地盘上还只能自己说了算。这是来郢州分行前老朋友耿峰给自己上"培训课"讲过的话。耿峰有过在省分行当一把手的经历，他给自己"培训"的最后一个内容就是讲如何维护好一把手的权威。耿峰说如果自己不能很好地维护一把手的绝对权威，你今后不管说什么话别人都会打折扣，就无法做到令行禁止，无法政令畅通，最后就会灰溜溜地拿着铺盖走人。高亦尚想今天就是对耿峰"培训课"的检验。

高亦尚也拿目光对视着戈召，摆起了大领导的架势。双方沉默了一阵，高亦尚先开口说话，他有意用一种低沉缓慢的语调对戈召："你不是来做检讨，那么等了一上午你要汇报什么呢？"他把"汇报"两个字明显加重了语气。高亦尚记不清是在哪一次的饭局上，有一个人在聊天讲到过，如果在谈判中自己遇到尴尬冷场的时候，有一种解救自己的绝招就是向对方提问，如果问题提得妙不仅可以给自己解围，还可以牵着对方的鼻子走。高亦尚没想到多少年前的一次闲聊竟然在今天帮了自己的忙。他神凝气定地把问题抛给了戈召，看他怎么接招。

戈召本身是城府不深的人，他也不知道高亦尚在喝茶、放杯子这么一会儿的时间想了这么多。当高亦尚的问话刚落地戈召就接住话说："我是来汇报……""汇报"两字后面竟没茬了。汇报什么呢？戈召这时才感到自己的唐突。他脑子在飞转，怎么就想到要来省行找高亦尚的呢？哦，他记起是昨天半夜接到吴效梅的电话，说公安部门怀疑车祸是有人谋害后，因为可能会涉及自己和吴效梅，为了不让吴效梅被连累才想到要找高亦尚。现在看来完全是一时冲动，来找高亦尚说什么呢，说吴效梅没有谋害徐行长？人家若问你的消息哪来的，或者问你是否有证据证明吴效梅没有谋害，不管怎么问自己都回答不了。那还能向高亦尚谈什么呢，谈漳河圆融公司的真相吗？如果能讲出真相当时自己就给银监局讲明白了，哪会一直瞒到今天，甚至还瞒着吴效梅。

戈吾觉得没法回答高亦尚的问题，只好改口说："我到省行来就是看徐行长受伤需要不需漳河分行做点什么。"话说出口戈吾都在骂自己"这是狗屁话"。高亦尚看见戈吾前言不搭后语，他在心里笑了，觉得用提问题的办法去制服对方真灵，心里有一点小小得意。他没有让得意流露到脸上，而是继续冷着面孔说："省行不需要帮忙，你要做的就是配合省行调查。"他正想逼戈吾说出漳河圆融公司的真相时，刘杰敲门进来说："高行长，客人已经到楼下了。"

戈吾也正盘算着怎样找借口离开，刘杰进来帮了他的忙。戈吾赶紧说："请省行领导放心，一定按要求做好我们的工作。"话音未落就起身告辞："高行长您有客人，改时间再来汇报。"

高亦尚冷冷地说："好，你去吧。"

十、五湖四海

　　戈召历来没心没肺，什么事过了就不再留在心里。他离开了高亦尚办公室就再也不想那些烦心事，觉得反正事实就摆在那里，不值得去和谁争辩，他们爱怎么样就怎么样，只要不伤及无辜。他心里惦记着电厂的项目，走出省行大楼赶紧给万志勇打电话，问他是不是在中电郢州分公司，荆显涛今天的行踪怎么样。万志勇在电话里告诉戈召荆显涛在郢州的工作告一段落，今天下午要回北京。戈召觉得在荆显涛身上的工作还没有做牢固，必须趁热打铁把这个关键人物锁定。他赶紧给荆显涛打电话："荆哥，昨天休息好了没有，听说今天就要赶回北京？"

　　电话那边传来荆显涛的声音："嘿嘿，是戈老弟呀，你休息得怎么样啊？"荆显涛反过来关心地问道。接着说："集团催得急，有一批项目要集中上报，我今天必须回北京。下午的机票已经订好，四点半起飞。"

　　戈召说："那么中午一定要给你饯行，要让郢州给你留下不可磨灭的印象。"

　　"哈哈，哈哈……"电话那边又传来一阵咳嗽般的笑声："好，好，我也想和老弟再见见面。不过吃饭可以简单点，我们之间什么都不要讲究。"荆显涛非常乐意地接受了邀请。

　　戈召说："农家乐，我们去尝尝郢州的土鲜菜。"

　　荆显涛接着说："中午就只要老葛、你和我，我们三兄弟好说话。"

　　戈召说："一言为定！我把土菜馆的地址告诉老葛，中午你坐老葛的车来，我先去等你们。"跟荆显涛说定之后，戈召又给葛景明打电话做了交代，最后吩咐万志勇去"农家乐"土菜馆订餐后就一个人先回漳河，并告诉他自己明天回漳河。

　　所有的事情安排妥当后戈召感到了疲倦，这时才想起来昨天晚上几乎一夜没有合眼。他驾车回到酒店痛痛快快冲了一个热水澡，调好手机上的闹钟时间，蒙头就睡了一个囫囵觉。闹钟在中午十一点准时把戈召叫醒，他简单地洗漱后一个人先来到预订好的"农家乐"土菜馆。这时的戈召早已饥肠辘辘，他叫菜馆的老板先给自己煮了一小碗面条，安抚了要造反的肠胃。随后戈召点了几道郢州的特色土菜，向老板要了一斤自家酿造的粮食酒，做好中午与荆显涛大战酒桌的准备。十二点钟过了不多一会儿，戈召听到外面传来荆显涛说话特有的瓮声瓮气便起身出门相迎。荆显涛见到戈召不由分说地将他拥起，嘴里不停地叫道："好兄弟，好兄弟。昨天的事哥记住了！"戈召虽然高出荆显涛几乎半个头，但还是被荆显涛巨大的臂力抱得喘不过气。戈召挣脱了荆显涛的拥抱说："荆哥，我们是好朋友，谁也不能再提昨天的事。我们今天只品尝郢州当地的土菜和农家自酿的粮食酒，你见过大场面别嫌郢州的土菜不好哟。"

荆显涛说："土菜好，土菜是真正的健康食品，嘿嘿。"戈召把荆显涛和葛景明安顿坐好后通知老板可以起菜了。

荆显涛接过戈召递过的香烟自己点上了火，兴致勃勃地对葛景明说："葛总，戈老弟是一个值得交的朋友。"

葛景明笑着说："我给你介绍的朋友不会有错吧？"

"那是，那是。葛总是什么水平呀！"荆显涛也一句搭一句。

戈召见缝插针地笑着问："荆主任，咱们郢州的投资环境怎么样？"

荆显涛回答说："郢州的投资环境不错，郢州的人更好。我们一定要把漳河电厂这个项目做到扎实。"

葛景明说："你一定帮帮我们的戈老弟啊！"

"当然，当然。"荆显涛回答的时候充满了诚意。他说："这个项目六十个亿的贷款，其中开发银行的贷款占三分之二已经定下来，因为他们的利息低。另外三分之一的贷款由商业银行配套提供。目前，中国基建银行总行的人跟中电集团已经有了一个初步的合作意向，你们如果真的要争取参与贷款，建议你们总行到中电集团去多做工作。不过，开发银行因为在基层没有营业网点，他们的贷款会委托给一家商业银行代理，能够通过开发银行争取到代理这个项目，再去争取项目的商业贷款是非常有利的条件。"荆显涛这时才透出争取商业贷款的关键。他抽了一口烟继续说："如果你能够把工作做到了开发银行总行，你们就可以改变基建银行目前的竞争优势。"

戈甾获得这样的关键消息非常高兴，不等老板的土菜全部上齐他就要与荆显涛连干三杯，荆显涛说："今天中午我们都不喝酒了，你也再别酒后驾车了。"他们以茶代酒碰了杯，轻松地吃了一顿午饭。饭后戈甾和葛景明把荆显涛送到了机场。

从机场回来戈甾又开始了新的焦虑。戈甾从荆显涛嘴里得到电厂项目贷款的信息固然可喜，但是开发银行特别是基建银行捷足先登的事实却令人着急。戈甾回到了酒店后，赶紧给刘长源打电话："长源哥，今天晚上的聚会我可不可以不参加？"

刘长源问："你有什么急事？"

戈甾说："我这次到鄞州是为了争取漳河电厂的项目贷款，今天得到消息说开发银行和基建银行已经与中电集团接上头了，而且开发银行的话语权很重，我要想办法尽快联系上开行的人。"

刘长源问："你要去找开发银行的哪个人？"

戈甾说："开行的人我一个都不熟，我正着急怎么想办法。如果今天的聚会不重要我就不参加了，下次来鄞州我请哥喝酒。"

刘长源语气坚定地说："今天你哪儿都别去，晚上这里就有你想找的人。"

听到刘长源这么讲戈甾高兴得都要跳起来了："太好了！谢谢哥，晚上一定到！"

真是天无绝人之路！喜出望外的消息让戈甾高兴得手足无措，接连抽了三支香烟才蒙头安心地睡了一大觉。

晚上，戈甾来到鄞都情大酒店 VIP 包间时屋里已经坐满了人。刘长源坐在正对着门的主陪席上，见戈甾进来后他赶紧招手让戈甾来到身边，然后对来宾一一做过介绍。刘长源指着他右边主宾席上微胖的人介绍说："这是沪发银行总行人事部总经理潘汉胜，是潘汉年的远房弟弟。"他后面的补充惹得大家一阵哈哈大笑，大家知道潘汉年不会有这么年轻的远房弟弟。笑罢，刘长源又指着他左边副宾席上的瘦高个说："这位是当前炙手可热的开发银行鄞州分行的项目信贷处长熊大有，是什么都有的人。"又是一阵哄笑。潘汉胜的旁边坐着张华涛，他笑容可掬地看着戈甾。刘长源扭头问戈甾："这个不用介绍吧？"然后对着大家讲他们既是同窗又是同事。说完，刘长源环视其他几个人后对戈召说，这都是金融界的朋友，那些人也都点头示意。最后，刘长源拍着戈召的肩，对桌子上的所有人介绍："宇宙银行漳河市分行的戈行长，郢州金融界的佼佼者，我的小老乡。"戈召听到刘长源这样介绍自己赶紧说："刘哥是既是我兄长也是我的老师，承蒙抬爱。各位领导幸会，幸会！"说完向四周行拱手礼。刘长源指着熊大有旁边的空位置对戈召说："你就在这里陪好熊处长。"戈召坐定后不禁暗暗称赞刘长源："长源哥真是了不得，这样的场面在他那里就像小孩过家家一样随意，这个功夫要好好学习。"刘长源见席上大家都已经坐好，就对着张华涛说："席长，我们都饿着肚子啊，哈哈。"张华涛赶紧站起来对服务员说"起菜了"。

今天这样的热闹场面实际是张华涛做东。在得知沪发银行要在郢都设立分行，张华涛就盯上了沪发银行副行长的位置，经过多方打探知道了刘长源是沪发银行总行人事部总经理潘汉胜的同学，就央求刘长源向潘汉胜做一个推荐。最近正好潘汉胜带领分行筹备组的人来郢都，刘长源就促成了今天的聚会，顺便邀请了他们的大学同窗中央开发银行郢州分行的项目信贷处长熊大有。聚会上张华涛竭尽全力讨好潘汉胜，就是希望能从潘汉胜手上拿到跳槽的"通行证"。天赐良机，让戈召意外地结识了熊大有，给他的电厂项目贷款的营销添了几分胜算。

十一、特立独行

戈召和高亦尚争执以后，有一个多月没有再和他直接照面。戈召到省行开过两次会，与高亦尚只是有过远远的对视，没有交过言。戈召在有意回避高亦尚，而高亦尚为什么这么长时间没有主动询问经商办企业的事戈召不得其解。

转眼就是季度考核的时候。这一个多月里高亦尚忙得不亦乐乎。在国外培训的副行长还没有回来，徐光钊仍躺在医院的病床上，纪委书记时来时不来也不能帮高亦尚做什么事情，"一不做二不休"的巡视员更是见不着身影，好的是省分行工会主任杜爽还能帮忙对付一些琐碎的事，虽然工会主任不算行领导，但副厅的行政级别和平时的行事风格，让杜爽在省行机关里有一些威信。尽管杜爽帮高亦尚消解了一些琐事，但是高亦尚还是恨不得分身变出几个人来。地方政府的一些会议、省行各专业的重要决策、行政和业务文件的签发、接待重要客户的来访等等，这些必须省行领导亲力亲为的事，把高亦尚逼得焦头烂额。刚调任郢州省分行行长的时候，郢州大学就派人登门，盛情地邀请他去做郢州大学的客座教授，他婉拒了郢州大学的盛情邀请，但还是答应了去给他们的金融学院做几次专题讲座。本月就是他计划中的第二次讲座，这也耗费了高亦尚很多的精力，等他能够安静地坐下来的时候，待处理的文件已经在桌子上摞了很高很高。有两份文件办公室把它们放在显眼的位置，一份文件是总行对全国各一级分行的业绩考核排名，另一份文件是省银监局对郢州省各商业银行的业务通报。两份文件有一个共同之处就是本行在系统内的排名不仅落后，而且位次在继续下降，在郢州省内各商业银行的排名，特别是五大家国有商业银行的排名中市场占比和位次也在下降。看到这些高亦尚感到头皮阵阵发麻。

不安和烦躁一起向他袭来。他习惯性地拿起电话拨通了徐光钊的办公室，电话铃响了半天没有人接，他这才想起徐光钊还躺在医院。放下电话沉思了一会儿，高亦尚对着门大叫了一声："刘杰。"刘杰循声进门看见高亦尚铁青着脸，便小心翼翼地问道："高行长，您有什么吩咐？"高亦尚没好气地说："去叫肖桂庭过来。"不到一分钟的时间，肖桂庭小跑着来到高亦尚办公室，他站在高亦尚桌子的对面，微微屈下腰看着高亦尚，小心地问："高行长有什么事？"

高亦尚把总行和银监局通报的两份文件往他面前一甩问道："你看过没有？"

肖桂庭看着高亦尚不知道应该怎么回答。他知道全行业务发展不好，排名靠后，"这跟办公室没关系呀，应该是业务部门的责任！"肖桂庭这样想。他琢磨不透高亦尚要他来的意图，所以不敢开口，他想再看看高亦尚怎么讲。高亦尚已经习惯了肖桂庭这样的做派，就问："你怎么看这两份通报？"

肖桂庭看到高亦尚没有责怪自己的意思，心里松了一口气，回答说："现在全行业务发展的状况不好，这对上对下都不好交代。但是造成这种状况是有原因的。"

"你觉得主要是什么原因啊？"高亦尚接着问。

肖桂庭说："我觉得既有主观原因，也有客观原因。"

高亦尚没吭声，用眼睛盯着肖桂庭让他接着往下说。肖桂庭直了直腰，轻轻地咽了下口水，手扶着桌子边沿继续往下说："我看客观原因主要是李行长在国外学习没有回来，徐行长又遇到了车祸，行领导的人手太紧。主观原因是漳河分行经商办企业的案件影响了全行的士气。"

高亦尚不满意肖桂庭的回答，知道省分行当前的经营困难与肖桂庭所说的两个原因都扯不上，肖桂庭的回答只是想迎合自己的情绪。高亦尚觉得这个办公室主任太没骨气，太猥琐，甚至有一些市侩，但是现在又不能立马把他换掉，一是因为拿不准谁来替换肖桂庭合适，二是因为肖桂庭就像一个活档案，只要是郓州分行历史上曾经发生过的情况，问问肖桂庭保准都能得到准确、细致的答复，这对于情况尚不熟习的高亦尚来讲确实离不开。高亦尚并不在意肖桂庭胡言乱语的分析，他知道作为一家国有的大型商业银行，体制上、机制上的弊端太多，像肖桂庭这样的庸才存在不足为奇。他现在不想跟肖桂庭说这些，而是交代："你通知几个主要业务部门，叫他们把这个季度的业务分析情况赶快送上来，然后办公室做一个总体归纳送给我，我们尽快把季度经营分析会开了。"

肖桂庭从衣兜里掏出一个小小的笔记本和笔，看着高亦尚问："您还有什么具体指示？"高亦尚没有再提其他要求，只是强调一定要把情况弄清楚，存在问题的原因找准，特别是另外几家国有银行的市场占有情况要有一个对比分析。高亦尚下决心要在全省的干部会上给大家换换思想了。

肖桂庭很快就把分析汇总材料准备好。高亦尚看了看也没有说什么，因为，他只需要一个客观的数据就行，怎么讲他自己已经做了充分的准备。三天以后省行召开了季度经营分析会，这次会议的规模比以往都大，并通过视频会议系统在各二级分行设立分会场。中心会场设在省行机关的会议大厅，各二级分行的行长、计划财务科长、信贷科长、储蓄科长和省行各业务处室的处长、副处长到中心会场参会，二级分行的副行长、主要业务科室的副科长、县支行行长、办事处主任到各分会场参会。上午，省行各主要业务部门通报了情况，计划财务处做了经营状况和盈亏分析，会议开得很紧凑。

下午会议的时间全部留给了高亦尚，他用了两个多小时的时间做了一个报告。他讲话的前半部分非常精彩，有浓厚的理论色彩，他切合中国加入WTO以后的新变化，在报告里融进了很多新知识、新观念。高亦尚首先结合郧州省分行的经营状况对银行改革的必要性作了一大通的推演。他说改革开放使我们慢慢地融进了世界经济体系。现在我们要和全球做生意，买进来我们需要的东西，也要把我们生产的东西卖出去。但是我们不是世界贸易组织的成员国，我们没有资格和这些成员国在一起享受同样的游戏规则。中央决定要加入WTO，加入WTO就要有成本有代价，这就是要进一步放开我们的市场，要遵循国际上公认的贸易规则。其中，我们银行业就要遵守国际清算银行所订立的《巴塞尔协议》。按照我们国家商业银行目前的管理水平，我们无法和国际上的大银行在同一条水平线上竞争。我们的市场向全球敞开以后，如果不能迎头赶上，其结果就会被人家吃掉，哪怕是在自己的国土上。因此我们必须尽快地学习和适应国际上银行业统一的经营规则。在我面前有两条路，一条就是闭关自守，另一条就是改革开放。大家不要小看了我们的改革开放，这是一个关系到我们生死存亡的决战。所以每一个人都要有这种紧迫感和自觉性，我们这些国有银行的管理人员和高级管理人员应该有这样的悟性。他还讲了当前国际金融业的竞争态势，分析了国有商业银行机制和体制上的弊端与不足，描绘了改革开放可能给国有商业银行带来生机。下面听报告的人在高亦尚的鼓舞下都有一种很振奋的感觉，不少人纷纷交头接耳、窃窃私语，各自谈论着自己的感受和认识。

高亦尚报告的下部分讲的是改善经营的具体措施和办法，由于他所提出的措施办法不接地气，下面的人听着听着就没了兴趣。他讲了一个《把信送给加西亚的故事》。这个故事描述的是在美西战争爆发时，美国总统麦金莱与古巴岛的起义军首领加西亚将军取得联系的过程。故事中的英雄是一位美军中尉罗文，他在没有任何护卫的情况下，只身秘密地登陆古巴岛，历经艰险，冲破敌人的重重包围，依靠自己绝对的勇气和不屈不挠的精神把信送给了加西亚将军。高亦尚讲，《把信送给加西亚的故事》就是说明在这世界上只有想不到的没有做不到的事情。他说自己很欣赏一句商业广告词，就是"眼光有多远就能走多远"，这就是要给自己制订更高的目标。高亦尚特别强调跳起来就能够摘得到的桃子那不算高目标，高目标管理就是明知道跳起来都摘不到桃子但还要跳，制订这样的目标才是科学管理的目标。高亦尚按照他的这种思路布置了下一个季度全行的存款、贷款、中间业务收入、利润和资产质量等一系列的考核指标，提出了所谓"跨越式发展"的要求，体现了他"跳起来也摘不到"的观念。他要求省行各业务部门要迅速地把这些指标分解到各二级分行，各二级分行要把它们迅速地分解到县支行和办事处，一直要落实到每一个员工身上，做到"横到边、竖到底"。

高亦尚讲话时自己很兴奋，在各会场听到他讲话的人反应却不一样，有人觉得耳目一新，有人觉得是夸夸其谈。戈咠在中心会场，听着高亦尚的讲话大脑却在不停地思考，他赞成高亦尚关于国有商业银行体制和机制弊端的分析，但是他觉得高亦尚并没有找到一个正确的方法来有针对性地解决这些问题，没有找到牵"牛鼻子"的那根绳。戈咠有些替高亦担心更为自己担心，他想，如果照着高亦尚的这个思路来抓工作，可能又是一个人仰马翻的局面。

中心会场的参会人员留下来参加了第二天的分组讨论，戈咠没有打算发言。经商办企业的怀疑乌云未散，银监局一直要求省分行拿出对漳河分行相关人员的处理意见，到今天没有见到省分行的动静，也不知道最后的结果是怎么样，对高亦尚在报告中提出的经营目标和措施，自己也没有来得及好好消化，漳河市分行如何贯彻省行提出的新的经营思路，还需要认真思考。戈召打算先听听兄弟分行的发言，希望在其他人的启发下能找到自己的灵感。

会议讨论并不是十分热烈。发言的人多数都顺着高亦尚的思路，有的人发言无关痛痒，有的则唱着不着边际的高调，好像明天我们就能与国际先进银行接轨。张华涛的发言也得到高亦尚肯定。戈召不屑于这些人的无味发言，自己低头翻阅一本杂志。眼看着大部分人都发言完了，主持讨论会的肖桂庭用眼睛扫过会场，眼光停在戈召的桌子上说："戈行长，漳河是全省的一个大行，你们的体量接近全行的五分之一，是除营业部以外业务种类最多的、业务规模最大的行，今年发展情况也不尽如人意，你怎么打算的啊？发个言吧！"

戈召被肖桂庭逼得没有退路，只好合上正在翻阅的杂志，清了清嗓子说："我简单地谈谈自己的认识。"他边说边打开工作手册，把在听高亦尚发言时记在笔记本页眉上的几点心得翻出来，快速理了理自己的思路，便开口说道："我非常赞成高行长对国有商业银行机制、体制弊端的认识，也同意高行长对郓州当前金融竞争态势的分析。但是，具体怎么抓落实我是这样想的。"他正了正身子后侃侃说开："关于体制的改革属于战略层面，是国家和总、省行考虑的问题，我们基层行重点应该放在机制改革上。这些年我们说'机制'嘴都说出茧子来了，但是到现在还没有真正摸到门。机制是什么？书面的解释机制就是有机体的结构、功能及其互相联系，这种文绉绉的话不太好理解，我最直白的理解就是人感冒就要打喷嚏、发烧，这种抵抗疾病的过程就是人体的一种生理机制，又像我们开汽车用脚轻轻点刹车汽车就减速或停车，这就是汽车的传动机制。科学的或者健康的机制其最大特点就是触发其中一点，整个体系就会自动应对和调节，以保证整个体系正常地运行。我们的银行经营机制是否属于科学、健康的呢？不是！现在我们郓州省分行经营机制的现状就是权力上收、责任下放，责任与权力严重脱离，经营机制的反应调节功能越来越迟钝。"说到这里戈召停下来环视了会场，发现大家都在聚精会神地听他发言，觉得心里又了底气。他接着说："基层行在市场的一线营销信息得到最快，但是在决策时却要层层上报,从二级分行到省行有些甚至是总行,等到决策下来市场早变了。这有些像部队打仗士兵扛着枪瞄准,然后让长官来扣扳机,等到千呼万唤长官来了但目标早都已经走了。"戈召关于士兵和开枪的比喻引起与会者的一阵哄笑。

等大家笑声停下来戈召继续说:"这样的机制能够打胜仗吗?丢掉市场的责任就一定是基层行的吗?完成我们下一个季度的经营目标,不仅要加强基层行的营销管理,更要提高上级行的决策效率,考核不仅要针对基层行,上级行各职能部门的履职情况都要纳入考核范围,这样形成一个每个层级都围绕市场转的经营机制,这才是我们需要的。"

戈召发言时高亦尚听得很认真,虽然他认可戈召的基本观点,但总觉得戈召发言里有一种牢骚情绪,这让高亦尚心里有些不痛快。戈召仍然滔滔不绝地说:"现在我们在基层营销一个信贷项目,在市场上到处求爷爷告奶奶,可是回到银行还要去求姑姑拜舅舅,去求那些握有贷款审批大权的人。我们不管营销回来的是多大的项目,行内的一个普通的审批人员就可以否掉一个团队辛辛苦苦几十天的成果。是的,审批人员应该有否决权,但是对审批人员的自由裁量是不是应该有一个限度?这就是我们的机制设计的缺位。现在,在我们的行里信贷审批上有两种情况,一个是怕承担责任怕出风险,怕以后贷款出了问题追究终身责任,什么贷款都不敢批。不批当然不会出错,但是我们怎么发展?还有一种情况就是不管客户情况的好坏,我们有少数审批人员不管客户情况的好坏,只要你肯请他吃饭、喝酒或者肯塞红包,不能批的贷款想办法也给批了,因为责任首先是营销人员的。我们想一想,生活在这样的环境里能把信送到加西亚的手上吗?"说到这里会场一阵哄笑。

本来戈召的发言内容反映了一定的现实,应该引起重视,可是把存在的问题与"把信送给加西亚"扯到一起是什么意思?这让高亦尚很不高兴,会场的一阵哄笑更让他恼怒。是成心捣乱吗?肖桂庭看到高亦尚的脸一阵红一阵白,知道他恼怒了,就站出来给高亦尚解围说:"戈召,你要联系漳河分行的实际讲一讲应该怎样合规经营。"显然,肖桂庭要攀高亦尚这棵大树。戈召也非常恼火,提高了嗓门说:"什么意思?不是要讨论发言吗?规定了什么能讲什么不能讲吗?"说完把自己的笔记本一合说:"我讲完了。"便起身朝会议室外走去。

张华涛知道戈召是要去洗手间，就跟着出来赶上戈召，他说："你小子发言怎么把我们信贷管理处当成了你的靶子？"戈召说："我是在说事又不是说哪一个人，你也要把你手下的那些人好好管管。"

张华涛嬉皮笑脸说："好，我们都是牛鬼蛇神，就你是好人。"

十二、投石问路

回到家高亦尚看到有妻子淑珍的一个未接电话，他赶紧回了过去。平常高亦尚把手机放在刘杰那里，重要的电话刘杰都会及时地把手机递过来。这两天省行开业务分析会没有太多的其他事，高亦尚放了刘杰两天假，让他回去照顾生产后的妻子，手机就放在高亦尚的手提包里，所以淑珍的电话高亦尚没有接到。回过去的电话铃响了好一会儿淑珍才接听，原来她正在开车。淑珍电话里埋怨高亦尚这么久才回电话，她说瑶瑶最近有些新情况，现在开车不方便，回家后再详细跟高亦尚说。高亦尚嘱咐淑珍小心开车。

挂断了淑珍的电话高亦尚开始担心起来。瑶瑶是高亦尚的独生女，今年十九岁，正在读高中。瑶瑶从小是姥姥姥爷带大的。瑶瑶出生时正是高亦尚工作上最紧张的时候，他们家住在西城，淑珍是东城一家区级法院民事审判庭的庭长，每天也是忙得脚不沾地，抚养瑶瑶的任务全部交给了瑶瑶的姥姥姥爷。隔代教育最大的问题就是老人对孩子的溺爱。高亦尚夫妇对姥姥姥爷溺爱瑶瑶虽然有些不满意，但基本还是由着老人。瑶瑶长得特别漂亮，活生生就是一个洋娃娃。姥姥姥爷不管把瑶瑶带到哪里总有人夸赞，自然瑶瑶更得姥姥姥爷的宠爱，慢慢养成了娇气的习惯。瑶瑶七岁时她舅舅在老家添了孩子，姥姥姥爷回老家带孙子去了，瑶瑶刚好上一年级，淑珍没有办法只好辞去庭长的职务，想办法调到西城一个区法院的立案庭，瑶瑶的生活起居和学习辅导全落在淑珍身上。在高亦尚到国外工作的三年时间里，淑珍更是既当爹又当妈。对此，高亦尚觉得既对不起淑珍也对不起瑶瑶，当生活条件和工作环境都有了改善以后，高亦尚只要有时间就会尽量陪她们娘俩。瑶瑶对高亦尚特别亲，特爱在高亦尚面前撒娇，有时淑珍都笑话说瑶瑶抢了她的爱，每到这时瑶瑶都得意地说："爸爸就是我的情人！"高亦尚到郓州工作后心里就是对瑶瑶放心不下。

十多分钟后淑珍到家给高亦尚打来电话，大致说了瑶瑶的情况。原来学校里有一个男生追瑶瑶，开始瑶瑶没有理会，时间长了后这男孩越追越紧，天天上学时在家门口等，放学时在学校门口等，已经影响到瑶瑶的正常学习。淑珍对此束手无策，只好电话里与高亦尚商量对策。

"男孩是什么样的家庭背景？"高亦尚问。

"听说他父亲是部队的一位军官。这男孩并不调皮，就是痴情，学习成绩也一般，瑶瑶特别反感。"淑珍在电话里讲。

"你不能去找老师或到男孩家里去找他的家长？"高亦尚问。

淑珍说："这样的事情能找老师找家长吗？那样对男孩的自尊心会有多大伤害，他们都还是孩子。"

高亦尚有些着急："那总得有办法呀，我们能够做什么呢？"

淑珍说："我懂年轻人的心理，这样的事情只能来软的，硬来可能会出问题。"

高亦尚说："别绕了，软的怎么来？"

"最好的办法是瑶瑶跟这个男孩谈，告诉他不可能。可是瑶瑶坚决不愿意单独见这个男孩，我跟瑶瑶谈了多少次都不行，看你说她听不听。还有一个软的办法就是瑶瑶离开这所学校，但这在瑶瑶那里会是一个很大的障碍，再说西城这边我完全不熟悉，换学校也不是容易的事。"

"好，这两个我都来想办法。你不要急，好好安抚瑶瑶。"高亦尚说到这里时门铃声响起，只好说："有人来了，我要挂电话。"

高亦尚打开房门看见站在门口的张华涛，他手里还提着两瓶茅台酒。到郢州省分行后行里按规定给高亦尚租了一套三居室的公寓，知道他住址的只有少数几个人，高亦尚拒绝有人上门。省分行后勤服务中心安排了彭师傅每天下午来给他做饭、打扫卫生，后勤中心的科长耿毕荣有时候也过来添一些日常用品，刘杰每天把高亦尚送到楼下就和司机离开了，很少上楼来。行里几乎没有再多的人知道高亦尚住哪，只有张华涛在一次与高亦尚到央行的郢州分行开会后，搭乘高亦尚的便车回家才知道了这里的住址，偶尔也到这里来坐坐。今天是张华涛第一次提着酒上门。

"你这是搞什么名堂？"高亦尚眼睛看着张华涛手上的酒，脸上毫无表情地问道。

张华涛觍着脸道："外甥结婚我没时间去参加他们的婚礼，他们给我送来两瓶酒，今天高兴来陪您喝两杯。"

"你担心我买不起酒？"高亦尚口气缓和下来，略带一点调侃。

"岂敢，岂敢。"张华涛见高亦尚没有真正责怪就嬉皮笑脸起来，"今天行长的一席讲话让我们茅塞顿开，这个酒应该是庆功酒。"

"少来一些拍马屁的话。"高亦尚来郢州后觉得张华涛这个信贷管理处长不错，能够识大体顾大局，懂得维护党委的权威，在群众中的口碑也比较好，所以，跟张华涛说话比较随便。

"绝不是拍马屁。"张华涛说："您今天讲话中有两个重点我们过去思考的不多，一个是中国加入WTO后银行改革开放的必要性，一个是把信送给加西亚的精神，真是胜读十年书。"高亦尚虽然察觉到张华涛在恭维自己，但是对于自己提出的两个观点得到认可心里还是比较滋润的。

两人交谈的时候彭师傅从厨房里出来，高亦尚对他说："彭师傅，今天张处长在这里吃饭，你多做两个菜，我们要喝点酒。"

"好。"彭师傅回应了高亦尚的吩咐。

高亦尚打开了电视机，和张华涛有一句没一句地闲聊起来。彭师傅做好菜端上桌的时候高亦尚要他一起吃饭，彭师傅谢绝他的邀请说："你们有话要说，我就走了。吃完饭您把碗筷放到盥洗池就行，明天我来清洗。"说完转身走了。

张华涛打开了酒瓶，一边给高亦尚倒酒一边在想今天在桌上怎样把话题从银行改革引到新型银行的设立上面来。他要为自己跳槽到沪发银行做准备。那天沪发银行人事部的潘汉胜私下跟他讲，一级分行行级的高管人员必须走调动程序，辞职跳槽的不能安排。张华涛知道，他真要调到沪发银行必须有高亦尚同意才行，所以一定要事先做一些铺垫。

"酒倒到外面去了！"高亦尚提醒说。

这时张华涛才发觉自己走神，赶紧抽了几张纸巾擦干了溢漏在桌子上的酒，又马上给自己的杯子倒满酒，双手把酒杯举过头说："行长您别动，我先敬您一杯。"说罢一饮而尽，很巧妙地掩饰了刚才的走神。

高亦尚也端起杯子呷了一口酒，说："吃菜吧，彭师傅的手艺不错。"

觥筹交错之中他们都喝了不少，但是张华涛始终没有能够把话题引到他想说的问题上来，刚刚开了头就被高亦尚打断，如此反复几次弄得张华涛不敢再讲，他揣摩不透高亦尚现在的想法，只好闲扯一些家长里短。

张华涛还要给高亦尚斟酒，被挡住："喝了不少，不能再喝。"

张华涛摇摇酒瓶说："我们两个人半斤酒都没喝到，再斟一杯？"

高亦尚坚持不再倒酒张华涛也只好作罢，两个人都吃了一小碗米饭，张华涛就把碗筷收拾到厨房，轻手轻脚地洗刷完毕。当他来到客厅时高亦尚正坐在沙发上看一个访谈节目。张华涛看见高亦尚有些闷闷不乐的样子就问："行长您哪里不舒服？"

高亦尚摇摇头："没有，我只是有些想孩子啦。"

"您孩子多大？是男孩还是女孩？"张华涛问，当高亦尚告诉他是女孩时张华涛马上说："女孩好，养女孩大人操心的事情少。"

"怎么就不操心？"接下来高亦尚就把瑶瑶最近遇到的烦心事告诉了张华涛。

张华涛关心地说："您回北京一趟啊，把孩子的事安顿好，这马虎不得。"

高亦尚说："我回北京也解决不了问题，平常我与北京地方上的交道很少，换学校也不知道去找谁，瑶瑶老师我也没有联系过，平时都是瑶瑶的妈妈在管这些事。西城这边她妈妈也不太熟悉，这个事只能靠瑶瑶自己处理了。"

张华涛略作思考后说："领导别着急，这个事情我来弄。记得我老婆家好像有个亲戚在北京教育局工作，我们有些时间没联系了。这件事我找这个亲戚看看能有什么办法。转学不应该是太难的事情，不像高考、中考管得那么严。"

高亦尚说："你不要小瞧了这件事，瑶瑶就读的是一所重点中学，再转到另外一所重点中学不是一件容易的事。"

张华涛这时又显露出他不正经的特点，笑着说："行长今天自己讲的话都忘记了？"

"我说什么了？"高亦尚一头雾水。

"把信送给加西亚，眼光有多远就能走多远，您忘记啦？"张华涛脸上有一丝丝的坏笑。

"哈哈哈哈。"

"哈哈哈哈。"两个人都不禁大笑起来。

这时张华涛向高亦尚问清楚了瑶瑶学校和班级的情况就起身告辞："孩子的事您别急，有消息我立马告诉您。"

张华涛就有这样的本领，他相信天下没有办不到的事情。高亦尚在讲怎样把信送给加西亚时张华涛就觉得可笑，心里说："小菜一碟！我还可以把斧头卖给小布什。"这是他最近在网络上看到的一个热门的营销学故事。在张华涛那里这些东西他都不信，他相信人只要心里怀有"活得更好"的根本欲望，天下就没有做不到的事。他认为自己从一个农民的儿子到大学生、从分配到最边远的小镇的柜员到省分行的处级干部，自己走过来的路就是"活得更好"的例证。所以只要能让自己活得更好，任何人向他提的任何要求他都敢揭榜。

从高亦尚家里出来很快他就有了主意。张华涛站在一处路灯旁的黑影下，掏出手机翻到一个号码拨打过去，很快对方有人接听："张处长您好！"一个清脆的女声传过来。

"你好。"张华涛对电话里的人交代说："高行长有一件私事你去处理一下。"

"什么事情，我能够做吗？"对方问。

"你只要愿意，怎么做我会告诉你。"张华涛说完等候对方表态。

电话那一头的是漳河市分行的信贷科长闵洁，他们之间有很多私人往来，完全不需要寒暄和客套，刚才对话时两边都在猜度对方。张华涛料定了闵洁会应承这事，对于地位高的人闵洁都有套近乎的欲望。而闵洁掂量的是代价，她知道张华涛介绍的事情都不会轻松，她要看甜头有多大，值不值。

闵洁心里这样想嘴上却说："张处说的事情我都愿意做，只要我有这个能力。"

"好！事情是这样的……"张华涛把高亦尚女儿当前遇到的问题简单

给闵洁做介绍，告诉她高亦尚女儿所在的学校和班级，然后说："这事你去找兰天翔，我知道他在北京那边有朋友，只要他舍得花钱这样的事情很简单。"

闵洁说："张处长，我们找别人的事情也不少了，再去要人家做只出不进的事情他肯干吗？"

张华涛听得懂闵洁的话。当初就是闵洁介绍兰天翔跟自己认识的，那时兰天翔刚刚在漳河市摘牌拿了一块黄金地段的地块，土地的价款没有完全支付，土地证也没有到手，兰天翔就向漳河分行提出开发贷款的申请，显然不符合贷款条件。闵洁带着兰天翔来郓都找到张华涛寻求帮助。张华涛听了他们的情况介绍后笑他们"端着金饭碗要饭"。然后，告诉兰天翔如何联合几家建筑商提前为工程垫资，然后用建筑商的垫资缴足土地款，取得土地证，再对财务报表做一些合理的调整，等具备了贷款的形式要件后再向银行申请，保证开发贷款能够到位。用兰天翔的话说是"得到仙人指点"，不出三个月兰天翔就取得了二点五亿的开发贷款。开发工程也进行得非常顺利，不到一年楼盘开始预售，两年多的时间楼盘销售一空，兰天翔也挣得盆满钵满。取得贷款后兰天翔多次单独邀请张华涛吃饭都被拒绝，后来兰天翔到张华涛办公室给了一张五十万元的银行卡也被张华涛拒绝。此后张华涛再也没有和兰天翔见过面。在兰天翔的楼盘开始预售时张华涛找到闵洁，说自己有几个朋友想买几套房，要闵洁跟兰天翔说这几套房价格上折扣要大一点，允许买房的首付款晚一点缴。兰天翔知道张华涛是他的"财神爷"，完全不敢怠慢，一切按张华涛的要求办理。后来闵洁从兰天翔那里知道，这几套房全是张华涛自己假借朋友的名义买的，没有太长的时间就炒出去了，据说张华涛几套房赚下的差价比兰天翔送给他的银行卡上的金额翻两番还不止。

张华涛猜到闵洁的话里就是指要给兰天翔放水，回答说："你告诉兰天翔，他花的钱都记上账，我们保证加倍补偿。"

闵洁说："要不要安排你们见见面，有些细节也好商量。"

张华涛说："我不见面了，你也最好不要和他多见面。这些私人老板都是一些定时炸弹，跟他们搅得太深当心哪一天会伤着自己。告诉你，跟这些人打交道做一单结一单，听我的不会有错。"张华涛说到这里突然打住，他觉得自己今天的话说多了，是喝了酒的原因。

闵洁也在掂量，她知道如果能够搭上高亦尚这条线，在鄞州分行今后什么事都不在话下，这样的事她当然乐意。于是对张华涛说："说定了，按张处长的意思办。"

十三、剑走偏锋

戈舀回到漳河分行以后并没有完全按照省行的要求贯彻会议的精神。

省分行工作会议结束的时候肖桂庭提出了贯彻分行会议精神的要求。那天肖桂庭在会上说："今天高行长给我们做了一个十分重要的讲话，既分析了国际、国内的经济形势和金融竞争的形势，又重点剖析国有商业银行改革的必要性和紧迫性，生动地给我们讲述了《把信送给加西亚》的故事，提出了'以跳起来摘不到桃子为目标才是科学的目标管理'的崭新观念，给我们全行干部员工很大的启发、很大的教育，我们要认真地学习，深刻地领会，要把高行长讲话的精神融入到我们经营业务的每一个环节，要成为我们全行每一个干部员工的自觉行动。"肖桂庭让人肉麻的奉承话还没说完就被高亦尚打断。高亦尚说："不是要把我的讲话落实到行动当中，而是各单位、各部门要把改革的措施和争夺市场第一的措施落到实处。"他插话后示意肖桂庭继续发言。肖桂庭明白高亦尚在有意打压对他的吹捧，只好调转话头接着说："会议以后每个二级分行和省行各处室，都要在第一时间里迅速地把高行长的讲话传达到每一个员工，并且要在员工中组织不少于三次的讨论。同时，各部门各分行要尽快拿出本部门、本单位改革的措施方案，要制定本专业或本单位争夺金融市场第一的措施。员工讨论发言的情况汇总和改革措施的落实意见要在月末之前送省行办公室。"

肖桂庭在讲这番话时戈舀脸上露出不屑，觉得这样的人为了讨好领导竟然完全不顾自己的人格，众目睽睽之下只差给领导摇尾乞怜，人这样活着真是没有意思。戈舀对现在社会上的一些不良风气很反感，不管是什么级别的领导，也不管是在什么场所讲话，只要是领导开口立马就有人吹捧是"重要讲话"；不管是什么级别的领导，也不管领导做一件什么事，马上要编成《要情通报》四处散发。可悲的是有些领导对此也很受用，以为只要有了这些自己的形象就树立起来了,他们是真没有听见老百姓在背后怎么戳他们的脊梁骨。

戈召对高亦尚的感觉不错,觉得高亦尚身上没有太多官僚的气息,尽管有些书呆子气,但是他的心思都放在工作上,对溜须拍马的奉承还有清醒的认识。戈召特别佩服高亦尚的世界目光,他能够把中国银行业的改革放到世界的范围去比较,能够把加入WTO和我们当前的银行改革结合起来,让人有一种茅塞顿开的感觉,在当前银行错综复杂的经营困难中,高亦尚能够准确地说出银行经营困难的问题核心就是体制和机制的弊端,这种一针见血的分析能力让戈召佩服。高亦尚的理论水平和演讲能力也让戈召折服,像WTO这样的问题,就可以用几句通俗的话语讲得大家都明白,戈召觉得高亦尚的这些优点都值得自己去学习。佩服之余戈召也认为高亦尚书生气太重,不了解基层的情况,提出的一些方法也不接地气,什么以跳起来摘不到桃子为目标才是科学的目标管理,什么眼光有多远就能走多远,这些提法不仅违背常理,还会挫伤员工的积极性。戈召下决心要把高亦尚有益的思想和自己的思路融为一体,在这样的基础上再来制定漳河分行的改革措施和经营目标。

戈召回到漳河后没有按要求第二天就开传达会议,他要等自己的思路成形以后再召开会议。为了理清思路,戈召把自己关在办公室,认真地把高亦尚的讲话稿再三看了几遍,又通过电子邮件向刘长源弄来了不少有关银行改革的资料,经过仔细琢磨,他决定把对机制的突破作为贯彻省行意见的重点,确立两个着力方向,一个是干部的末位淘汰制度,一个是员工的等级制度。戈召认为高亦尚所说的机制体制问题,在国有银行中反映最突出的就是干部员工干得好和干得不好结果都一样,干得好的得不到奖励和提拔重用,干得不好的不受任何处罚,干部的末位淘汰制和员工等级制就是要打破这种格局,让干得好的人得实惠,不好好干的人承担责任。

可是让戈召没有想到的是他的这种改革思路首先在党委会上就遇到了阻力。那天戈召把他的思路刚刚讲完,肖强就站出来说话了:"我不同意这种做法,高行长在会上提出来的是要我们制定跳起来摘不到桃子的目标,我们研究这个目标就行了,弄什么末位淘汰、等级员工制?"

戈召说:"仅仅定一个目标有什么用,如果没有人的积极性,不管定什么目标都是水中月镜中花,我建议的这两个办法就是用来调动干部员工的积极性。"

肖强说:"调动积极性的方法很多,但从来没有听说什么末位淘汰,从中央到地方,从总行到省行你在哪里看到过末位淘汰和等级员工啊?"

"那只能说明我们的眼光太窄,在沿海城市人家早就实行了这样的制度。"戈劭有些不高兴地说。

"我们这里不是沿海,沿海城市普通的员工一个月就有上万元钱的工资,你有这个实力学沿海?"肖强顶着戈劭的话说。

戈劭继续说:"高行长的讲话核心就是改革,改革的重点就是机制和体制问题,我们贯彻省行党委的意见,就要把上级的精神和我们的实际情况结合起来。这是一条原则,不可以商量。"

肖强是漳河市分行的副行长,主管信贷业务。他比戈劭小两岁,两人同一年进入漳河市分行领导班子。肖强在漳河市小有名气,也算一个不大不小的"官二代"。肖强的父亲原来是漳河市委副书记,在漳河市的根基很深,说话也很有分量。肖强从漳河市商业学校会计专业毕业后就分配到银行,以后一直在柜面做会计业务,工作平平,也从来不惹事。后来社会风气慢慢变了,很多领导的子女走上了从政的道路,肖强也开始受到了重视。从办事处的会计股副股长、县支行副行长再到分行会计科副科长一路走来,他一直都担任副职,因为业务上的好些事都需要一把手拍板,而肖强当一个副手就可以很安心地躲过一些棘手的业务难题。那次漳河市分行调整领导班子,谁都没有想到的是会计科副科长肖强破格与信贷科长戈劭同时进入分行领导班子,班子里分工戈劭主管信贷业务,肖强主管会计和办公室。戈劭当了一把手以后就让肖强主管了信贷业务。戈劭清楚肖强什么事都做不了,只能把他当作一个牌位供在那里,肖强主管的业务做不好自己可以去补位。这样肖强也落了个自在,只要不触犯他个人的利益,一般情况他也不去给戈劭添事。今天肖强站出来这样反对戈劭提出的改革措施,是因为他心里害怕,怕这个制度实行下来会危及到他的位置。不管肖强怎么反对,戈劭坚持按照自己的观点反复讲解,分行党委的其他人也同意了他提出的思路,肖强最后只好保留自己的意见。分行党委会通过了《干部末位淘汰制(试行)》和《等级员工制(试行)》两个办法的试行意见,并且要办公室把两个办法试行意见的讨论稿迅速地下发到各部门和县支行、办事处。

让戈昝没有预料到的是,他这个鼓励先进鞭策落后的办法受到了很多干部和员工的抵触。两个办法发下去讨论之后,戈昝要求分行人事科到各县支行、各分理处去了解情况,可是反馈回来的信息却让他堵心,最让他不理解的是漳阴县支行储蓄股的股长刘兰英也坚决反对。

刘兰英是漳河市著名的老劳模,曾获得过"全国三八红旗手"的称号,是郢州省的劳动模范和"五一劳动奖章"获得者。她在工作中摸索出来的一套记账、查账和查找差错的工作流程曾经被省分行命名为"刘兰英工作法"在全省推广,大大提高了储蓄业务的柜面工作效率和工作质量。省分行曾经几次要调刘兰英去省行工作,她都推说县行的工作上离不开,婉拒了对自己的重用。漳河市分行要提拔她任漳阴支行的副行长,她说自己的文化水平不高当不了领导,就一直在县支行储蓄股长的位置上勤勤恳恳地奉献。可是这一次的干部末位淘汰制却在她那里的反应最为强烈。

戈昝要分行的人事科长黄勤富对到基层的座谈调查情况做了一次汇报,汇报中他专门问到刘兰英。"老黄,你把漳阴支行刘兰英的反应详细说一说,细节都不要漏掉了,我们看看问题出在哪里。"戈昝说。

"好,"黄勤富回答说:"我们去漳阴县支行的时候,原本没有打算去找刘兰英,只是想听听县支行领导和一般员工的反应。刘兰英知道我们是为了两个办法下去听意见的,就主动找到我们。她走进会议室看见我们就哭了,说自己要申请提前退休。我们要她把自己的想法慢慢地跟我们说,她就讲自己年龄大了,又没有什么文化,业务上的手脚越来越慢,按照分行的考核办法自己只会给组织上丢脸,她说自己丢不起这个脸,所以要求提前退休。同时,刘兰英也说到了现在柜面员工的收入本来就不多,物价水平越来越高,有些青年员工养小孩都还要靠双方的父母资助,如果实行了等级员工制,大家的收入减少了可怎么能够生活下去,目前这个样子大家生活还能够马马虎虎地混下去,要是再一折腾大家连饭都会吃不上,到时候银行会不得了。"说完黄勤富就看着戈昝。

戈昝问:"她还说了其他什么没有?"

黄勤富说:"她说完后就一个劲地哭,我们劝都劝不住。"

听到这里戈昝半天没吱声,过了一会儿才问:"你们征求了县支行领导和员工的意见吗?"

黄勤富回答说:"该找的我们都找了,支行的领导什么都没说,只表示分行党委决定的事情他们就坚决执行。不过我感觉到他们有些想法没有说出来。员工里面的反应就更多了,比较杂,我们需要归纳一下再向你汇报。"

"不能再等你们归纳了,有什么情况现在就说,不要怕说错了,我们关键是要研究一下这两个办法本身有没有什么问题。"戈呂说。

黄勤富翻了翻他的工作手册,停顿了一会儿说:"员工的反应大致可以这样归纳,一是员工希望稳定,不希望折腾。"说完似乎觉得有些不妥,他又改口说:"员工不热心改革。"他把"折腾"两个字给删掉了。"二是员工只希望增加收入,不希望减少收入。三是员工希望什么事情都从领导做起,领导做好了再来要求员工。"

看黄勤富说完了,戈呂问:"还有没有什么新的内容?"黄勤富摇了摇头。戈呂掏出香烟递了一支给黄勤富,然后给自己点上烟,在房间里踱了一会儿就站在黄勤勇面前问:"你觉得这些反应说明了什么问题,特别是刘兰英的这种态度?"说完话他看着黄勤富。

黄勤富被戈呂的眼光盯得有点不自在,借抽烟的动作把眼光挪到了旁边,停了片刻才对戈呂说:"起码我们的宣传发动工作做得还不够。"其实,黄勤富觉得这两个办法还是有一些瑕疵的,但是他了解戈呂,他认定的事情一定会坚决地做下去,有些补救的工作只能靠自己下去慢慢地来做。

戈呂同意他的意见说:"看来我们还必须做层层发动的细致工作。要不这样,我们把末位淘汰制在干部中先弄起来,《办法》发下去,因为考核在年末,时间上还有一个熟悉和理解的缓冲过程,不会出大问题。干部多数都是党员,我们要相信在改革的大局面前共产党员能够经受得起考验。至于等级员工的制度我们还是要多宣传,要让每一个员工都懂得改革的意义,懂得牺牲眼前的利益是为了更长久的利益。要不我们可以在分行的后勤服务中心或者后勤车队里面先进行试点,有经验后再全行铺开。"黄勤富一边点头一边在工作手册上记录。

后来的事实证明戈呂采取这样的谨慎方法是正确的。在后勤服务中心的试点的成功,让戈呂对所推行的改革措施更加有信心。戈呂交代人事科在后勤中心或在司机班先行等级员工制的试点后,黄勤富为了尽量减少改革试点的震动,在方案中仅仅把司机的出勤补贴拿出来试行等级差别,按照司机的驾龄、技术级别、安全出勤率、行驶里程等因素规定不同的权重，根据考核的结果发放司机的出勤补贴。方案公布当天司机班就闹开了，骂娘的、捶桌子的、摔椅子的都有，最突出的是司机窦连喜，看到改革试点方案的当天他就到分行人事科去闹，没有闹出什么结果后就扬言要找行长算账，说谁要动了他的合法收入就和谁拼命。戈召知道这个窦连喜是营业部的司机，很早就从市汽车运输公司调入银行。曾经在一次押运现金的时候窦连喜的车与一社会车辆碰撞，双方司机都有过失，因为规定运送现金的车辆不能在途中滞留，而对方司机又缠着他不让走，拉扯中窦连喜与那司机打了起来，结果把对方给打得不轻，经法医鉴定为轻微伤，公安局提出要给予窦连喜治安拘留一周。当时吴效梅的堂弟吴越风在分局刑警队，通过他给对方做调解工作，最后银行赔了人家钱，窦连喜上门给对方道了歉此事才了结，侥幸躲过了一次牢狱之灾。

窦连喜的老婆和孩子都有病，生活一直都比较拮据，司机出勤补贴是他的收入来源之一。听到实行员工等级制后认为自己的收入要受到影响就很不爽，找人事科没闹出名堂后他真的过来找戈召了。

"戈行长，我没有饭吃了，你要给我饭吃。"见到戈召窦连喜就是这样一句没头没脑的话。

"没有给你发工资吗，怎么会没有饭吃？"戈召笑着问。

窦连喜说："老婆孩子有病，工资不够用。"

"我们不是还有绩效奖吗？你们司机每月的出勤补贴也不少啊。"戈召很有耐心地说道。

听到出勤补贴窦连喜马上就急了："你们不是要搞什么等级制度扣发我们的出勤补贴吗？"

戈召问："谁跟你说等级制就是要扣发补贴了？"

窦连喜没吱声。戈召继续说："我问你，在你们司机里面有没有技术水平很高的师傅？"

"当然有啊！我的技术就很高，还有技师的资格和聘书，每个月跑的里程数也是我最多。"说到这里时窦连喜还得意地翻了翻眼睛。

"你们当中是不是每个人出勤跑的里程数都一样？"戈召又问。

"有些人死懒，一个月跑的路赶不上我一个礼拜跑的。"说到这里窦连喜明显有些不服气。

戈弢又问:"你们司机跑得多和跑得少的拿一样多钱应不应该?嗯,想好再回答。"

窦连喜不假思索地说:"那还用去想,我早就对这有意见了。"接着他又补充道:"做得好就应该多拿钱,做得不好就应该不拿钱。"

戈弢说:"那好,等级员工制就是要让干得好的人多拿钱,不好好干的人少拿钱,你担什么心啊?"

窦连喜听戈弢这么说,搔搔头有些不好意思地说:"嘿嘿,他们谁都没有这样跟我们讲,如果是这样我当然欢迎等级员工制了。"

"好吧,回去安心工作!"戈弢说着站起来走到窦连喜身边,拍拍他的肩膀说:"回去以后跟司机班的同事都讲讲,大家都努力工作我们的收入会越来越多。"

"好!好!我一定说。"窦连喜说完红着脸转身离开了戈弢办公室。

十四、水落石出

　　高亦尚一直盯着各二级分行怎样贯彻省分行的工作要求。这天是要求各分行、各处室上报改革措施和经营目标的最后一天，他一早上刚到办公室就对刘杰交代说："你去办公室看看各行、各部门的材料汇总弄齐了没有。"不一会儿，刘杰把办公室正在起草的汇总材料和各分行、各处室报给省行的原始文稿都拿了过来。办公室秘书科的人已经把汇总材料基本定稿，只剩下了一点文字上的收尾工作。高亦尚看到材料页面上一行俊秀的钢笔字感到很满意，自言自语道："这老肖的一手钢笔字写得真不错。"刘杰听见了就笑着解释道："这是办公室的田彬彬写的，他写材料时就喜欢在页面上用钢笔书写材料的题目。"

　　高亦尚一边翻阅材料一边问："现在还有人喜欢用钢笔？"

　　刘杰说："田彬彬是郢州大学中文系的高才生，经常写一些文学作品在刊物上发表。这钢笔是他作品获奖的奖品，可能是情有独钟吧。"

　　高亦尚有些意外地说："哦，我们行里藏有这么样的一位高手，肖桂庭从来没给我讲过。"高亦尚这时想到了那天晚上徐光钊出车祸给总行报告的文稿可能就是出自于这位田彬彬之手。

　　看见高亦尚在认真地阅读办公室的汇总材料，刘杰就坐在沙发上没吭声，他要看高亦尚还有没有其他的吩咐。后来刘杰发现高亦尚看材料的速度越来越快，到后面连材料看也不看就把它翻了过去。刘杰猜想这材料写的可能会有问题。果然，高亦尚把材料甩到了桌子上问刘杰："肖桂庭呢，肖桂庭在哪儿啊？"

　　刘杰站起来回答说："我去办公室的时候肖主任还没有来。"

　　"你给他打电话，叫他马上到我这儿来。"高亦尚说话的时候有些不耐烦。

　　刘杰赶紧给肖桂庭打电话，不到一会儿肖桂庭就气喘吁吁地过来了，问道:"高行长您找我?"

高亦尚问:"这个汇总材料你们是怎么弄的?"

肖桂庭说:"上周五的时候我们把各分行、各部门的讨论汇报材料全部收齐,我已经向秘书科的同志交代了,要他们抓紧时间把汇总材料做好,一定要体现省行党委新型目标管理和跨越式发展的指导思想。"

高亦尚说:"既然是汇总材料,就要如实地把各分行、各部门的情况反映上来,弄那么多拍马屁的话有什么意思?你们这些人可不要把人家年轻的干部带歪了,尽弄这些虚东西!"

肖桂庭听了高亦尚的话吓坏了,说:"高行长,这个汇总材料我还没来得及看,对不起。不过各分行和各部门报上来的材料我都看过了,绝大多数部门和二级分行都能正确地理解省行党委的意图,只有个别的分行脱离党委的思路,搞了一些别出心裁的什么突破。"刘杰听到肖桂庭的这些话就在猜想肖主任又在给哪一家分行上药?

高亦尚看见肖桂庭都这个样子了就放缓了语气说:"不要怪我批评你们办公室,作为省分行的中枢部门、党委的参谋部,你们就应该当好党委的智囊,多去了解一线的实际情况,多给党委建言献策。我们不是封建的官老爷,不需要那些好听的虚话,关键在于工作怎么落实。我们体制机制上的弊端应该怎么突破,从哪些地方突破你们想过没有?下面的同志有没有好的办法?你们应该在这个上面多下些功夫,而不是要顺着领导的意图去讲,去说一些让领导开心的话。领导今天听着开心了,明天的工作下来了,你负得起这个责吗?"说完高亦尚把办公室的汇总材料递给了肖桂庭,手里拿着各分行和省行处室的汇报材料原稿说:"把这个留下来我看一看,你们把汇总材料再琢磨琢磨。"

肖桂庭拿着汇总材料从高亦尚的办公室退出来,心里有些找不着北了。他在想"什么以跳起来摘不到的桃子为目标才是科学的目标管理",这种屁话不是你高亦尚自己说的吗?我们照着你的意思去写了反倒又成了拍马屁。你讨厌那个戈爸,怎么你说话的意思又和戈爸如出一辙,你们到底是搞的什么名堂?肖桂庭觉得高亦尚越来越难伺候。

其实,像肖桂庭这样猥琐的人是永远不能理解高亦尚和戈爸的。肖桂庭是省分行机关的老人,从一个办事员混到省分行办公室主任的位置,几十年的忍辱负重才有了今天。肖桂庭不欢迎任何的改革，他只需要稳定。他认定只要顺从了领导的意志就行，在肖桂庭眼里领导的要求就是他的使命，完成了领导的任务他就可以心安理得。他不愿意得罪人但也喜欢偷偷地使一些小坏，只要妨碍了他的人他都会悄悄地去报复。因为他在领导的身边，可以充分地利用领导的力量帮助自己消除掉给自己造成麻烦的人。肖桂庭不喜欢戈啓，因为他从戈啓的言行之中感觉到戈啓对他的不屑，肖桂庭也察觉到了高亦尚对戈啓的不满，正好可以利用高亦尚的这种不满来给戈啓使一点绊子。可是没想到一贯得心应手的办法，怎么到了高亦尚的面前就失效了，他觉得高亦尚是一个琢磨不透的人。

　　肖桂庭离开了办公室以后，高亦尚就把各分行的材料拿过来仔细地阅读，当他看到漳河分行的汇报材料的时候眼睛不觉一亮。首先，他非常赞成漳河分行党委提出的"把机制的突破作为改善当前经营的主要目标和手段"，认为他们抓住了当前的主要矛盾。再往下看，对漳河分行提出的管理干部的末位淘汰制和员工等级制度产生了极大的兴趣，他想再往下看却没有了下文。他很想知道漳河市分行在新型目标管理和跨越式发展上有哪些具体措施，可是分行的报告里面没有详细的说明。高亦尚有些意犹未尽，抬头看见刘杰还默默地坐在那里就问："你怎么还在这里？"

　　刘杰给他提醒道："刚才肖主任讲徐行长上班了，要不要去看一看？"

　　高亦尚这时如梦初醒地说："哎呀，差一点忘了。走，我们去看看徐行长。"

　　高亦尚和刘杰走进徐光钊的办公室，看见徐光钊正在抹桌子。高亦尚对刘杰说："刘杰，快去把徐行长手上的东西接下来。"

　　徐光钊被刘杰换了下来，高亦尚走上去热情地要和他握手，徐光钊连连摆手说："手脏，手脏。"

　　高亦尚顺势牵扯徐光钊的手臂把他引到沙发上坐下说："怎么就来上班了，身体恢复得怎么样？都有半个月没去看你啦！"

　　徐光钊笑着说："好多啦！要想恢复到原来是不可能的。我呀，看见你一个人这么忙于心不忍啊！"

　　高亦尚笑着说："嗨，日子难过天天过，没有迈不过去的坎儿。"

　　刘杰把徐光钊的桌子抹完了以后，回到了高亦尚的办公室把他的水杯拿了过来，又给徐光钊斟满了茶，悄悄地退出了徐光钊的办公室。

徐光钊喝了一口茶，对高亦尚说："忙得够呛吧？"

高亦尚笑着回答说："是啊，恨不得生出三头六臂来。"

徐光钊很快就把话扯到正题上来了："听说这次分析会开得很不错，给大家换了脑筋。"

高亦尚说："鄄州的情况太复杂，我们行市场占比的下降和市场排序的落后，绝不只是营销力度的问题，思想观念的落后和机制体制的弊端搅和在一起才是最大的问题。"

徐光钊接过他的话说："听说你给大家作的报告还是挺有鼓动性的。"

高亦尚说："烦恼的就在这里，反映上来的都是一些唱赞歌的东西，我哪来那样大的能耐？都是往五十岁奔的人了，这一点自知之明还是有的。不过现在确实难得听到真实的情况。"

徐光钊看见高亦尚说话这样真诚，就试探着问："听说戈孥在会上提了一些不同的意见，你的感觉怎么样？"

高亦尚笑着反问道："你听到反对的意见感觉是怎么样的？"

徐光钊笑着说："我会心里不舒服。"

高亦尚脸色也认真起来说："我也不舒服，我是省行的一把手，当众让一个部下那样说，你说我心里会是什么感受？不过我觉得戈孥这小子还是一个干事的人，他不像是一个挑刺的主。"高亦尚说到这里顿了顿接着说："我刚才看了各分行报送改革方案和目标措施，漳河分行的东西还有一点看头。"

徐光钊说："戈孥这个人我还比较了解，他是一个有事业心的人，受污染也不重，你有时间可以到漳河去看一看。不过……"说到这里徐光钊欲言又止。

高亦尚很敏感地接过了他的话问："你担心经商办企业的事情？"

徐光钊坦诚地点了点头说："是的。按照我对戈孥原来的了解，他不会干出这样出格的事情，但是银监局的检查不会出错，这就让我非常难以理解。其实，你有必要到漳河去找一找戈孥。"

高亦尚郑重地点了点头说："行，我到漳河去一趟。"

说到这里的时候，刘杰敲门进来说保卫处的叶和平有事情要向高行长汇报，高亦尚估计是有关车祸的调查，就对徐光钊说："走，到我办公室一起听听。"徐光钊的上班让高亦尚情绪发生如此明显的变化，这可以看出高亦尚对徐光钊的倚重。

其实，高亦尚对徐光钊的认识有一个变化过程。到郢州任职之前高亦尚就听说徐光钊是老资格的副行长，业务熟，经验丰富，但性格孤僻高傲，做事喜欢认死理不转弯，不好打交道。总行还传说曾经几次要提拔徐光钊做郢州省分行一把手，但是征求地方党委意见的时候总是遭到反对。总行也曾经想把徐光钊挪到其他省份的分行去任行长，但是他个人又以身体和家庭的理由拒绝了总行的安排，一直待在郢州。高亦尚长期在总行的国际业务领域工作，徐光钊又从来没有分管过省分行的国际业务，所以他们俩从未有过直接的交道。高亦尚与徐光钊第一次近距离接触是高亦尚到郢州任职的时候，当时郢州省分行的原任行长因病去世，徐光钊在临时主持工作，按照常理高亦尚从北京来郢州任职，徐光钊应该到机场去接机，但是徐光钊只派了省行办公室主任和后勤服务中心的主任到机场，第二天总行一位副行长来郢州宣布任职命令，还是高亦尚叫上徐光钊一起去机场迎接的。徐光钊给高亦尚的第一印象就不及格。高亦尚与省行干部的任职见面会，虽然会议都按安排程序进行，但是作为会议主持人徐光钊的态度不冷不热，高亦尚只给他打了六十分。进入正常工作程序后，徐光钊向高亦尚有一次详细的工作汇报和临时主持工作情况的一些交接，非常精炼和清晰，徐光钊还给高亦尚提供了一个他自己编写的《工作索引》和相应的一些数据、资料，并夸口说按照索引去熟悉相应的材料，可以用更短时间熟悉全省的基本情况。徐光钊拿出来的东西虽然漂亮，但是显露出的态度却有些骄傲，高亦尚给徐光钊打了八十分。当高亦尚开始去熟悉情况的时候发现《工作索引》太有用了，当时就有一种按图索骥、囊中取物的感觉，事后高亦尚悄悄给徐光钊的《工作索引》的打分调到了九十分。在接下来的时间里，徐光钊总是能在高亦尚犯迷糊时给他指点迷津，在高亦尚很为难的时候接下棘手的事，虽然徐光钊始终是一种冷峻的面孔，但高亦尚给他的打分再没有低于九十分。银监局通报漳河分行违规违纪的案件以后，又是徐光钊主动协调处理，直到他遇到车祸，高亦尚对徐光钊评分都打到九十五分了。当然，这个打分是高亦尚在自己心里头悄悄给徐光钊的评判，这个秘密谁也不知道。

高亦尚等人进到办公室的时候叶和平已经坐在沙发上，见到高亦尚后就要站起来，被高亦尚示意制止。高亦尚问："有什么新情况？"

叶和平回答说："公安部门的最后结论出来了，向领导报告。"

高亦尚看见跟进来的刘杰，便问："莫大姐来了没有？"莫大姐是指纪委书记莫亚丹。

刘杰说："我去看看，是要莫书记在也请她过来吗？"见高亦尚点头，刘杰就去找莫亚丹了。几分钟后，莫亚丹手里捧着保温茶杯不紧不慢地走过来。高亦尚说："莫书记，徐行长车祸的调查结论出来了，您一块儿听听。"

叶和平起身给莫亚丹让座，把高亦尚办公室门关上以后自己搬了一张椅子坐下，看着高亦尚用眼神问："可以汇报了吗？"

高亦尚也拿出了自己的工作手册准备记录，他朝叶和平点点头。

叶和平用不长的时间把车祸的调查情况讲清楚了。最初引起公安部门怀疑的原因是在对肇事司机的血液例行检查时发现有安眠药成分，由于徐行长是去对漳河分行的经济案件开展调查的，加上又是银行的高级管理人员，所以公安部门非常重视，决定以刑事案件入手调查。可是调查走了一段弯路，公安部门的同志对涉案的有关人员进行了大量的排查，发现都没有作案动机和作案条件。后来公安部门把调查的重点放在司机身上，一次民警在林涛家走访时无意中发现林涛的床头柜上摆放有抗焦虑类药品，这引起他们重视，通过与家属的谈话才了解到最近林涛家庭连续发生变故，使林涛的精神抑郁越来越重，半年前就开始服用药物，而且剂量在逐渐加大。这种药物就有催眠的成分。由于以前林涛都是在临睡觉前服药，对平时的驾车并没有影响。林涛手术后能与人交流了，办案民警向他了解具体情况，林涛讲那天在漳河晚饭后他以为当天不回省城了，所以回到宾馆就接着服用了药物，当徐行长提出要回省城的时候，他不敢讲自己服过药就坚持着上路了，开始他能挺得住，结果车快到郓都时就开始犯迷糊了，出事那会儿他什么都不知道。说到这里叶和平说："这是一起纯粹意外的车祸，与其他事情没有任何关系，公安部门的同志特别要求我把这一点向党委汇报清楚。"

徐光钊说："我是在身体恢复了以后才知道这些的，把车祸与漳河分行违纪违规的事连在一起，误导了公安局的同志，我们还要去给公安部门的同志道歉才是。"

高亦尚说：“经济案件调查的问题不是我们故意诱导公安部门的，没有关系。不过他们帮我们澄清了问题，是应该去感谢这些同志。叶处长你代表省行去一趟。”

“好。”叶和平答应说。

莫亚丹这时也说话了：“不管怎么讲，经商办企业是引发这起交通事故的根本原因，银监局也要求我们处理相关人员。而且漳河分行漳河圆融公司背后还有没有其他违法乱纪的事情，我们还要进一步调查，决不能够轻易放过。”

徐光钊想说话但又有些犹豫，停顿了一会儿才说：“漳河分行情况比较复杂，漳河圆融公司到底是戈砮个人行为还是集体行为，有没有更严重的违法违纪行为，我们一定要认真地调查，但是，所有的结论都要在调查之后，我们对自己的干部也要有一个基本的信任。”说完他转过脸对高亦尚说：“我建议高行长尽早去漳河看一看。”

高亦尚似乎感觉到徐光钊有些袒护戈砮，心里又觉得有一点异样地说：“合适的时间我一定去。”

十五、茅塞顿开

戈弨忙了一天，快到下班的时候他正靠在椅子上闭目养神，一阵电话铃声响起，戈弨看了来电显示是吴效梅办公室的电话，便拿起电话："喂，效梅有事吗？"戈弨已经习惯了这么多年吴效梅凡是工作上的事情都会按照程序先找分管的行长，然后再到他这里来，从不越级汇报。今天把电话打到办公室来了，一定是她个人有什么事情要说。在没有人的时候戈弨总是叫她效梅。

吴效梅说："我有事要找你。"

戈弨笑着问："工作上的事情？工作上的事情你不是从来不直接找我的吗？"

听得出来吴效梅在电话那头的情绪不是很好，她说："我也不知道这算不算工作上的事情，反正要找你好好地谈一谈。"

戈弨问："急不急？如果不急我们就改时间，这两天我太累了。"

吴效梅说："这件事再累也要谈。"

戈弨说："如果不是工作上的事情就到家里去，你和浩天都到家里来吃饭，今天你嫂子在家。"戈弨说的浩天是吴效梅的爱人，漳河市中心医院的秦浩天博士。

吴晓梅说："浩天这几天出差到上海了。"

戈弨说："那你就一个人来吧，下班你坐我的车一块儿回去。"

吴效梅在电话里犹豫了一会儿说："我还有点事，你先走，我晚一点到。"说完挂断电话。

戈弨放下电话后赶紧给妻子丽娜打了电话，告诉她吴效梅晚上要过来吃饭。下班后戈弨特意绕道菜市场买了一条吴效梅最喜欢吃的鳜鱼，回到家里的时候吴效梅还没有来，戈弨提着买回的鳜鱼进了厨房，放进了洗菜的水池。

他对正在择洗蔬菜的丽娜说:"今天的鳜鱼我来做吧。"

丽娜一边择菜一边笑着说:"怎么呢,又想显摆你的厨艺呀!"

戈召对丽娜很认真地说:"我觉得效梅情绪不太好,下班之前打电话要找我谈事,我问她是工作上的事情还是私人的事情,她自己也说不清楚。"

丽娜关心地问:"不会是和浩天怎么了吧?"

戈召说:"不会,都老夫老妻了他们还能够有什么?"

丽娜说:"他们一家都好好的,有什么事情会影响情绪啊,你没有什么让她不高兴吧?"

戈召说:"越扯越远,我有什么事情会弄得她不高兴啊?"

他们两个人在说话聊天的时间里把饭菜都料理停当,见吴效梅还没有来,戈召就到书房里去了。快七点钟的时候传来敲门的声音。丽娜一边叫道"来了来了",一边赶紧跑到门口,打开门的时候,吴效梅提了一袋水果进来了。丽娜把吴效梅让进了屋里后接过吴效梅手中的水果。听见吴效梅来了戈召也从书房里出来说:"快吃饭吧,都饿死了。"

丽娜笑着对吴效梅说:"今天沾你的光啦,戈召下厨房烧了鳜鱼,你不来他可难得下一次厨房。"

吴效梅笑着说:"嫂子是吃老戈的饭吃腻了吧?"吴效梅在私下的场合对戈召称呼为老戈。她和丽娜说笑的时候,戈召把饭菜都端到了桌子上说:"你们不饿就聊天,我可要吃饭啦。"

吴效梅没有理会戈召的问话而是跟丽娜说:"嫂子,小妍和凌子她们周末从学校回来后,我把凌子带过来,叫老戈做一顿好饭给他们吃。学校的那种伙食把他们都养成瘦猴了。"吴效梅和戈召的孩子在同一所学校里住读,周末才能回来。

丽娜说:"还是原来住在宿舍的院子里好,有什么好吃的叫一声就来了。现在不住在一起有什么事情还要提前预约,真不方便。"说话的时候丽娜给吴效梅盛好饭端上来,她关切地对吴效梅说:"戈召讲你情绪有些不好,有什么事情吗?"

吴效梅说:"我哪有什么情绪呀,还不都是他惹的一些事。"说完白了戈召一眼。

戈召有些纳闷,放下筷子说:"我怎么惹你啦?"

吴效梅说："你哪里是惹我呀？你已经把全行的人都惹火啦。"

看见吴效梅这么认真地说话，丽娜扭过头看了戈召一眼说："你们谈工作的事情我不听吧。"

吴效梅拽住丽娜说："嫂子你别走，你听听戈召最近在干些什么事，你要好好劝劝他。"

"要不我们先吃饭，吃完饭你们再聊。"丽娜把筷子递给了吴效梅，戈召也给吴效梅夹上了一大块红烧鳜鱼说："你看看老戈的手艺有没有提高？"说说笑笑中他们这顿饭几乎用了一个小时。

吃完饭吴效梅要帮丽娜收拾，丽娜说："得了，得了！你们谈工作吧。"她叫戈召和吴效梅到客厅的沙发上去坐着谈。丽娜给戈召和吴效梅沏好了茶就去忙自己的了。

戈召先开口问吴效梅："我怎么把全行的人惹火啦？"

吴效梅反问道："你真的一点感觉都没有？"

戈召说："我感觉很好啊。是不是有人对推行两个办法有意见？有意见很正常，还值得你这样忧心忡忡！"

吴效梅满脸认真地说："最近无论是中层干部还是一般员工，对你提出的改革方案都很反感。"

戈召脸色凝重问道："反感？有这样严重吗？"

吴晓梅接着说："可以说是人人自危了！"

戈召不理解地问："我们的末位淘汰和等级员工制所针对的只是少数不能干又不愿干的人，为什么大家都这样反感呢？"

"我也不明白，这可能就是你的制度设计有问题了。"吴效梅看着戈召说："我在学习这两个办法的时候，也觉得制度规定的每一条都有道理，但是，如果我拿这两个办法去和行里的员工和干部去做挂钩对比的时候，又觉得这两个办法都行不通。"

戈召有些不解地说："你是怎么想的给我说具体一点。"

吴效梅接着说："先说末位淘汰制。办法规定对干部考评的末三位实行淘汰，按理说这也是应该的。但实际是末后三位也可能有自己说不出的苦衷。你看，我们现在各专业考核指标是省行的业务主管部门下达的，现在有些业务处室在分配下达业务考核指标的时候就缺乏科学性，有的甚至按感情的亲疏去下达任务，如果省行某个业务处室给漳河下达的指标严重偏离实际，就是把我们的人累死了也不能达标，因为这个原因考核被排在末位，这样的干部应不应该淘汰？还有，现在存款部门一些爱动小脑筋的人，在完不成存款任务的时候可以在月末季末花钱去买存款，就是用变相的高利率争揽存款，一方面增加了我们的经营成本，一方面在考核期的最后一两天虚增了我们的存款基数。但是，这样的人考核的数据却很好看，反而不在淘汰之列。我们的末位淘汰制对这样的人应该怎么办？"

　　吴效梅所提出来的问题是戈呰原来没有想到的，着实让他陷入了沉思。吴效梅接着说："员工里头做得好与不好分个三六九等也有道理，但是，有的网点的经营条件好，员工不用经过太大的努力就能完成任务，经营条件不好的员工怎么努力他们的业绩也赶不上经营条件好的员工，按照这样的结果去划分员工的等级，结果只会是谁也不愿意在条件差的经营网点工作。还有就是在你的等级员工制当中，提到了学历但是对资历却没有多讲。我们是应该鼓励那些高学历的年轻人，但是也不能忽略了有丰富工作经验的老同志，有些学历不高的老同志在某些地方的作用甚至超过一些高学历的青年员工。像这样的问题在考核办法中就应该充分考虑如何协调平衡。"

　　听到吴效梅说这些戈呰点了点头说："你分析得有道理，但是你觉得解决问题的出路在哪里呢？"他既像在给吴效梅提问又像自言自语："按照目前的状况不改革绝对死路一条，可是改革起来这条路又走不通，问题在哪里呢？"

　　吴效梅接过他的话说："太深的问题我也可能想不到，我感觉你在方向上肯定没有问题，但是在具体的措施上很多地方脱离了我们的实际。我觉得你面临的最大问题是单枪匹马，分行领导班子有那么多人，谁给你什么支持了？不是袖手旁观就是故意作对，包括分行人事科他们也不能只是执行你的意图，他们要给你做参谋、给你出主意才是。还有一个问题就是你的改革内容很多都超出了漳河分行的职责范围，你想改变一些东西却没有权力，但是那些东西却是捆绑你手脚的绳索。"

　　戈呰说："你说得很对，我也感觉到我们现在的改革环境很糟，推出一个东西的阻力非常之大，但是我们不能坐以待毙。"说完戈呰目光凝重地望了吴效梅一眼说："效梅，谢谢你！真的，非常感谢你对我的支持和理解。"

丽娜这时候也起来给吴效梅续上茶说:"效梅,真的谢谢你。戈弨有你这样的好朋友真是难得。"丽娜什么时候坐在旁边的他们都没有察觉。

吴效梅对丽娜说:"嫂子你又说客气话。其实老戈当行长挺难的,亏了有你的支持。"

听到这话丽娜又笑着说:"是啊,我怎么摊上这么一个倒霉的人?"

听到丽娜的玩笑话,戈弨也假装正经地制止说:"行啦,不许拿一个苦命的人来开涮。"说完三个人都大笑起来。

吴效梅见自己的话说得差不多了,就起身告辞说:"好啦,我回家了。"

丽娜要戈弨送吴效梅,吴效梅不答应。戈弨说:"我送你回去吧,顺便我到老行长家去一趟。车我已经留下来了。"

老行长和吴效梅都住在银行宿舍大院,吴效梅听戈弨说要去老行长家就没有再推辞,丽娜也把吴效梅送到了楼下。

戈弨说的老行长是他的老领导文祥韬,戈弨多年养成了一个习惯,只要工作上遇到难题就来向他这位老领导请教。

戈弨与文祥韬结缘是在他参加工作的第一天。那天和戈弨一起分配到漳河分行的有好几个大中专毕业生,因为刚刚参加工作大家都很兴奋,下班以后不觉得聊天聊过了头,来到分行食堂吃晚饭的时候已经很晚,食堂的师傅正准备打烊。市商校的毕业生贾兴华冲在买饭的最前面,递过饭盒和餐券说:"师傅,我买四两饭一个炒白菜。"

"下班了,下班了!"卖饭的师傅说。

贾兴华说:"谢谢您师傅,我们刚参加工作,不知道您这里什么时候下班,我们明天赶早。"

那人不耐烦地说:"我说下班就下班了。"说完就要关掉售卖饭菜的窗口。贾兴华看见以后赶紧用手挡住了要关上的窗子说:"谢谢您,师傅请帮帮忙,我们就几个人。"

贾兴华的话音还未落,食堂卖饭师傅拿着勺子就挥过来打在贾兴华扶在窗框的手背上,嘴里还不耐烦地说:"滚,他妈的哪来的乡下人?"

贾兴华原来叫贾杏花,因为家里叔叔、伯伯和他家一共生养了十几个男孩而没有一个女孩,奶奶想抱孙女就给他从小取了杏花这个名字,家里人也一直把他当作女儿来养,自然他身上的阳刚之气就少了,直到读中专时才把贾杏花的名字改为贾兴华，同学们还给他起了一个绰号叫"假姑娘"。"假姑娘"在买饭时受到这样的委屈气得哭了起来，一边哭一边抚摸被打疼了的手。

戈峹本来排队在最后，开始卖饭的师傅要打烊关门，他觉得自己来晚有点不好意思一直没吭声，当看到卖饭的师傅这样欺负贾兴华的时候心里就有一些不平，当卖饭师傅动手打人时他就遏制不住了，一个跨步上来抢到窗前，一把抓住卖饭师傅手上的勺子说："你怎么打人，乡下人又怎么啦？"

卖饭的师傅怎么也没想到刚参加工作的这帮小年轻会有人站出来和他顶撞，就用力地想拉回勺子，可是怎么也拉不动，他恼怒地丢下勺子从厨房里冲了出来，对着戈峹骂道："你他妈的算哪棵葱，要你来管这些闲事？"

戈峹毫不示弱地冲着他说："你打人了，要给他道歉！"

"老子从来不知道什么叫道歉！"卖饭师傅说完一掌猛地向戈峹胸前击来，戈峹眼疾手快抓住了他的手腕，卖饭人也不由分说另一只手挥拳就向戈峹的脸打去，戈峹把脸一侧躲过挥来的拳头，提脚就向那人的脚踝踢过去，那人毫无防备突然被踢倒在地上，从地上爬起来后像疯了一样抓起饭桌旁的一条长凳逼向戈峹，戈峹也顺手拿起一条凳子与他对峙。戈峹说："我劝你不要动手，你敢动手我就叫你再也爬不起来。"那人被戈峹的虎气给镇住了。站在旁边准备买饭的其他几个新员工给闹蒙了，都不敢吱声愣在那里。正在这个时候突然一个声音响起："搭壳，把凳子放下。"一个领导模样的人走过来，又指着戈峹说："你叫什么名字，把凳子也给放下。"

原来卖饭的师傅姓淡，叫淡鞠华，因为脾气很坏大家都叫他"坏蛋"，郢都的方言把变质的坏鸡蛋叫"搭壳蛋"，时间长了"搭壳"就变成淡鞠华的诨名，他真正的名字就没有几个人叫了。叫"搭壳"把凳子放下的这个领导模样的人就是文祥韬，他当时是漳河地区中心支行的副行长。下班的时候文祥韬听人说食堂有人打架，他过来就看到了刚才的一幕。问清楚原委之后文祥韬狠狠地批评"搭壳"，要他给贾兴华赔礼道歉并给新来的员工提供饭食，同时文祥韬也批评了戈峹，告诉他遇到了不合理的事情一定是通过讲道理解决问题，在一个文明社会里靠武力是不能解决问题的。参加工作的第一天文祥韬与戈峹彼此就留下了如此深刻的印象。

再到后来戈峹的每一点一滴的进步都和这位老领导分不开。文祥韬在戈峹的成长过程当中倾注了很多的精力，戈峹也一直把文祥韬当作他人生当中的导师和恩人。戈召在自己遇到想不通的事情或迈不过去的坎时，就会第一个想到文祥韬。这一次他推行员工等级制和干部末位淘汰制遇到了意想不到的阻力，自然就想到了老领导。

把车开进了宿舍院子后，戈召与吴效梅分手就来到了文祥韬家里。家里只有文祥韬老爷子和他老伴两个人。戈召进来后没有扯几句闲话就和文祥韬谈到了正题上。文祥韬说："银行的情况虎子都跟我讲了。"虎子是文祥韬的侄子，在分行会计科工作，因为文祥韬的子女都在外地工作，所以虎子经常过来。

戈召问："虎子觉得有压力吗？"

文祥韬淡淡地说："好像压力还不小。"

戈召拿出香烟递给文祥韬，老爷子说："不抽啦，最近咳嗽得厉害，老太婆都叫我禁烟了。"

戈召只好把香烟放回了口袋，问老爷子道："我不知道是怎么回事，这一次提出来的两个办法遇到了从来没有过的阻力。"

文祥韬问："你自己想到了问题出在哪里吗？"

戈召说："没有，我还在为这两个办法的推出感到兴奋，真没有想到会是这样。"

文祥韬说："你又盲目乐观了吧。这样伤筋动骨的大动作，怎么可能会轻轻松松地实施呢？"

戈召说："吴效梅今天到我那儿去了，她倒是提了两条意见。"

"嗯？"文祥韬问："小吴提了两条什么样的意见？"

戈召告诉他说："一是说我们没有形成团队力量，不能靠我一人孤军奋战。二是说这次改革的内容超过了分行的职权范围，靠我们自己不可能完成。"

文祥韬问："你怎么看小吴给你提的这两条。"

戈召说："我觉得有一些道理，但是觉得还没有摸到病根。"

"你的这个感觉是准确的。你和小吴现在站的角度很难看到根本的问题。"文祥韬说。

"您觉得这两个办法的根本问题出在哪里呢？"戈召渴望从文祥韬那里得到答案。

文祥韬说:"世界上有很多在道理上应该做的事情但是没有人去做,或者有人做了但做不好。为什么?是因为做任何事情都要合乎时宜。这就像农民种地一样,农民种庄稼一定要找准时机,季节不到或超过了这个季节所有劳动都不会有好的收成,这是一条定律。你的等级员工制是一个很好的思路,在国外银行甚至是广州深圳都有类似制度,但是你看看现在郅州形成气候了没有,全省银行系统有这样的一个氛围吗?不要说你的员工不拥护,甚至上级行的领导都不一定支持。"

"还有一个重要的原则问题,"见戈昝没有什么反应文祥韬接着说:"你知道'民以食为天'这种说法,这句话的道理就是讲一般的老百姓最关心的是他的柴米油盐,我们不能要求普通的老百姓都那么讲奉献,奉献要靠思想去引导靠制度去约束。从这一点出发,你在分配制度的改革上,要多去想怎么增加大家的总收入,而不是用减少一个人的收入来增加另一个人的收入这样的办法。增加大家的总收入,然后再实行有差别的分配,这样反对改革的人就会少,拥护改革的人才会多。否则,那些遭到剥夺或收入减少的人会拼命去反对你。所以在分配的问题上应该多在增量上做文章,在存量上做文章一定要谨慎。"听到这个戈昝好像悟到一些东西,频频点头。他看到文祥韬的水杯里的茶水快没了,赶紧给老爷子续上水。

文祥韬喝了一口水,用手抹了抹嘴,又接着说:"对待干部问题也是这样。人家辛辛苦苦干了十几二十年工作,好不容易才当一个股长、科长,你出台一个办法就让很多人失去他的位置,会有人拥护吗?"说到这里老爷子的语气有些变化:"我们毕竟是经历了几千年封建社会的国家,我们民族血液里的那些文化基因甚至某些文化糟粕是能够马上丢掉的吗?所以我们的改革就要考虑到这些因素,因势利导,循序渐进。对老同志要适当的宽,对新提拔的一定要严。这样你的工作才能够得到大多数人的拥护。改革是一个渐进的过程,它不是革命式的暴风骤雨,要有耐心。"

听到这里戈昝才觉得茅塞顿开,心里的疑惑也慢慢淡去。接下来他与文祥韬老两口又谈了一些生活的琐事,见时间太晚怕影响老人休息,才告辞回家。

十六、推心置腹

季度经营分析会以后，高亦尚觉得心里踏实许多。他这一次在会上的讲话是经过精心准备的，其中既包含了他对国家大政方针的理解，也体现了总行当前改革工作的意图，但更多的是高亦尚多年理论积累和工作经验的阐发，有一种强烈个人意志的体现，高亦尚对自己的讲话很满意。尽管在会后的讨论中有一些不同意见，也有一些只顾迎合自己讲话的不切实际的发言，但是高亦尚还是真切地感受到了多数干部员工奋发向上的精神，体现了大家对银行事业真挚的热爱，对当前银行改革的渴望。高亦尚从这些干部员工当中感受到了一种力量，一种过去从来没有感受过的力量。他不觉得自己孤独。

高亦尚批评了肖桂庭以后，把秘书科的田彬彬叫到了自己办公室，让他从报送的材料当中筛掉了那些虚浮的东西，把能够真实反映情况的材料稍作归纳整理后再集中送过来。收到这些材料后高亦尚给肖桂庭和刘杰打过了招呼，说自己要看几天材料，叫他们没有特别的事情不要打扰，日常的事情请徐行长处理。然后他把自己关在办公室，对各行各部门报上来的材料仔仔细细地看了三天，中间他还要刘杰给找来了一些相应的材料和数据进行了对照分析，几天下来高亦尚心里产生一种震撼。

田彬彬的工作能力和工作效率都非常强，他在给高亦尚送来归纳整理的各分行和各部门的讨论材料时，特意做了一个索引，按不同的问题分类，标明了可以查阅哪个行、哪个部门什么人的发言或查阅哪一个报告的第几页，这让高亦尚节省了很多时间，更容易去发现问题和分析问题。几天下来高亦尚了解到很多情况，使他对郢州省及各地市经济环境、金融竞争的大势认识更加清晰，对银行自身经营的困难的感受更加真切，更可贵的是他从中看到了基层干部员工对改善当前银行经营的强烈的愿望和高涨的热情，这正是银行改革的力量所在和希望所在。思考之余，高亦尚也深深地感到了自己的不足，他觉得自己最缺乏的不只是基层管理工作的经验，更缺乏对基层干部员工的了解和对地方经济、金融实际情况的了解。他从心里头产生了一种对总行领导把自己下派到鄞州来学习锻炼的感激之情。他想如果没有这样的经历，自己仍然高高在上，今后工作中所作出的决策很可能就会脱离实际，会因为不接地气给工作造成损失。高亦尚在心里有一个自省过程，他提醒自己今后布置工作时一定要接地气，尽量少用一些标新立异的口号，多用干部员工能够接受的通俗话和大家交流。他知道"楚王好细腰，宫中多饿死"的道理，提醒自己千万不要形成恶劣的官僚习气。对鄞州省分行的改革和业务发展，他内心里产生了一种巨大的责任感和使命感。

接下来高亦尚亲自主持了省分行业务发展规划的制订，在广泛吸纳各二级分行和省行各处室意见的基础上，省分行出台和颁布了《鄞州省分行关于深化改革、加快创新、全面振兴业务发展的工作规划》，对改革和业务发展作了统一部署。针对前一段时间省分行《要情通报》过多报道行领导行踪的情况，高亦尚对办公室布置，除了总行和省委、省政府要求的内容之外，省行领导的活动不要专门进行所谓的"领导行踪"的报道。他还要求省行办公室和信息管理处联合创办一个《各行动态》，加强对各行业务发展和改革的报道，重点宣传各行干部员工在业务发展中的典型案例和经验做法。对省分行业务主管部门，他提出要深入基层、深入一线，直接参与市场营销，凡各二级分行有重大的业务活动省分行必须派人参加，及时总结经验在全行推广。

高亦尚几乎每天在第一时间里阅读《各行动态》，对于一些文字材料报道不够充分的事例，他会与相关二级分行和省行业务部门的同志一起深入地进行分析和讨论，很快他就抓住了几个典型。最典型的就是省分行营业部关于电力系统存款的营销案例。省分行营业部就是原来的鄞都市分行，前几年国务院统一部署银行机构改革，鄞都市分行保留建制，改名称鄞州省分行营业部，服务对象是鄞都市区域内的工商企业、部队、学校、事业单位和省市党政机关。鄞都市供电局是鄞都市的一个存款大户，也是营业部的传统优质客户。鄞都市域内八百多万人口和二百三十余万户家庭，加上成百上千计的大小企业，每一年收缴的电费是一个巨大的数字，也是各家银行必争的金融资源，市供电局成为所有银行争抢的香饽饽。今年鄞都市供电局为了降低管理成本，提出寻求最佳合作银行方案，其中最苛刻的要求是合作的银行必

101

须无偿提供一处两千平方米的电费缴纳营业厅用房和收费所需要的计算机设备。做银行的人一眼就能看出这是供电局向银行转嫁其业务成本的做法。营业部接到供电局邀标通知，明知无法满足供电局要求，但还是按照力所能及的范围制订了标书，参与了合作的竞争投标，结果是意料之中的流标，另一家商业银行以沉重的财务支出为代价中标。

这次存款业务竞标活动的失利，给营业部带来的结果是不仅没有争到更多的存款，反而原来市供电局存入本行好几个亿的存款也转入了中标的商业银行，对于营业部来说是一个很大的业务损失。这正在省分行上下鼓足了劲要以改革创新的精神争夺市场领先地位的当口，营业部的人哪里输得起、哪里肯服输呢？他们另辟蹊径，通过与省分行的机构业务处和科技处联手，为省电力公司提供了一套财务管理软件，省电力公司通过这个软件运行，全省各地供电局收缴的电费收入每天营业终了全部回到省电力公司财务中心。而省电力财务中心又在营业部开立了电费集中账户，全省电力系统的电费收入又全部回流到营业部，原来那家为郓都市供电局提供了营业用房的商业银行，到头来没有留下一点存款，"赔了夫人又折兵"。

这一次营业部和省行的业务处室联手做得非常漂亮，他们在竞争对手完全不知晓的情况下，用极短的时间满足了省电力公司的管理要求，达到了银行的投入小、收益大的目的。高亦尚发现这是一个了不起的突破，而且这种方法可以复制和推广，如果全省的其他系统客户，如省高速公路、省烟草公司、省石油公司、省财政厅等这些单位分散的资金都集中起来，既有利于各单位的财务管理，也能给银行带来巨大的利益。这对于打好存款业务的翻身仗，重新夺回市场占有第一名是一个重要的契机。省电力公司的营销案例的推广一定可以重振士气，为各行业务工作提供有益的借鉴。

高亦尚决定要亲自来抓这项工作。这几天他已经多次与省行相关业务处室分析和讨论了这项工作推广问题，今天又召集了一个小型座谈会。他对参加会议的营业部主管存款业务的副总经理邓云飞说："老邓，讲一讲你对这个营销案例的心得是什么？"

高亦尚的点名发言让邓云飞有些喜形于色，他说："我有两点最深刻的体会，一是做任何事都要有锲而不舍的精神。我们当初丢掉了市供电局电费的缴纳业务确实忧心如焚，我们的客户经理吓得哭了几次，市供电局所在的开户支行行长也提出了引咎辞职。我们知道这个责任不是基层同志的，这是一种畸形市场竞争带来的结果。我们在既不能满足市供电局提出的不合情理的苛刻要求，也无法阻止我们的竞争对手不惜成本的投入的情况下，只能够另辟蹊径，按照省分行新型目标管理要求去抓落实。"说到这里邓云飞停顿了一下，看了看高亦尚。高亦尚心里明白这是因为自己多次强调不要把省分行的要求当作口号挂在嘴边，邓云飞有所顾忌，便笑着对邓云飞说："老邓，随便说没关系。"邓云飞接着说："在营销对策研究会上，我们的电子银行业务部的同志建议说，总行刚刚推出了集团客户集中资金管理的新产品，是一种客户端软件，可以帮助集团客户加强财务收支管理，对于省电力公司非常适用。我们组织了有关的业务部门认真分析了总行产品与省电力公司财务管理要求的契合点，主动找到了省电力公司向他们推荐这一新产品。由于我们准备工作做得充分，路演非常成功。省电力公司财务部的人兴奋之余，还特意安排我们向省电力公司的领导班子专门做了一次路演汇报。由于我们的产品刚好能够满他们公司几年前就提出来但一直没能做到的资金集中管理的要求，省电力公司的领导当场就拍板要使用我行开发的这套系统，而且收入集中的账户就定在我们营业部。我们很快为电力公司安装了这套软件，并开立了电费集中的结算账户，就是这样被竞争对手花大钱挖转的存款又折回到了我们银行，而且存款数额比原来提高了好几倍。"说到这里邓云飞高兴得笑出了声。突然，他又像想起了什么说："对了，我的第二条体会就是营销工作要贴近客户，研究客户的需求，从满足客户需求的角度出发去争取客户。"

听邓云飞讲到这里高亦尚插话说："邓云飞同志的总结非常到位，他提到的两点，一是锲而不舍的精神，二是要研究客户、满足客户的合理的需求。"他环视了参加会议的人员接着说："我提议大家鼓掌，祝贺营业部的同志取得这样了不起的成绩。"这时邓云飞又红着脸举起手说："我还有一条要补充。"这时正在鼓掌的同志都笑了起来。高亦尚也笑着说："看来邓云飞的经验还没有说完。你说吧，我们洗耳恭听。"

邓云飞这次很认真地说："我觉得团队精神和合作精神非常重要。本来到省级大公司去营销，仅仅靠我们营业部的力量是不够的，但这一次的营销活动我们得到了省分行机构处和科技处的大力支持，没有他们的支持，省电力公司的项目我们拿不下来。"高亦尚接过话说："云飞说的非常对，我们各级行对外营销要形成一个整体，必须上下同心协力才行。请办公室的同志做好记录，我们在做这项工作总结、表彰的时候对省分行的有关部门和人员要一并表彰和奖励。"

在高亦尚的提议下，省分行专门在营业部召开了存款业务工作经验交流暨总结表彰大会，营业部和省行机关有关处室得到了表彰和奖励。会上省分行推广了营业部的做法，对"系统客户资金集中管理和存款挖转攻坚战"进行了动员和布置，提出了省烟草公司等十大系统客户的存款挖转目标。

高亦尚满怀欣喜地等待着存款工作很快结出一个更大的硕果，但实际工作进展却十分缓慢，高亦尚对此有些不满意。省烟草公司是省分行定下的第一个必须拿下的目标，可是时间过去了不少却没有看到一点动静。高亦尚叫刘杰把机构处的刘昌顺处长叫了过来。见到刘昌顺高亦尚没有好脸色地问："老刘，烟草公司的集中收款为什么一点动静都没有？"

刘昌顺回答说："省分行与省烟草公司的资金集中管理的协议草稿双方已经认可，省烟草公司提出来要各地方的烟草分公司与我们的二级分行之间也要有一个补充协定，由各分行对资金的划转真实性和安全性负责。现在各分行的协议还没有报送上来。"

高亦尚不理解地问："为什么分行的协议没有报上来？"

刘昌顺说："目前郢都市烟草公司与营业部、漳河市烟草公司与漳河市分行的协议报送上来了，其他的都没有动。"

"是什么原因你知道吗？"高亦尚不高兴地问。

刘昌顺含糊地说："每个地方烟草分公司与我们分行的关系都不一样，现在很难有一个定论说是什么原因。"

高亦尚不满意这样的回答说："你是业务主管部门，推广的主要责任在你这儿，到现在推广不动的真实原因都说不清楚，你的工作是怎么做的！"

刘昌顺满脸委屈的样子说："省烟草的情况可能特殊一些，要不我们从省石油系统开始来推广，您看行不行？"

高亦尚说："省分行在会议上定下了的事就要不折不扣地执行，我们不要搞朝秦暮楚。"

刘昌顺离开了办公室以后高亦尚就来到徐光钊这里。进门以后高亦尚就往沙发上一坐说："真不知道为什么推一项工作这样难。"

徐光钊见高亦尚进来了以后就从办公桌后走过来，他给高亦尚沏上一杯茶后坐在高亦尚的旁边，关切地问："怎么，又遇到什么麻烦啦？"

徐光钊上班后的这些日子高亦尚和他越走越近了，有些什么想不明白的事就过来和徐光钊聊，徐光钊也很乐意给这位一把手行长出谋划策。

听见徐光钊问他的话，高亦尚就反问道："你看到了省电力公司的材料吗？"

徐光钊说："看了呀，很不错。你不是又推出了十大系统资金集中管理和存款挖转攻坚战吗，进行得不顺利？"

高亦尚端起茶杯摇摇头说："正在为这件事情苦恼呢。"他喝了一口茶，放下茶杯接着说："我们专门开会定下了要推广营销电力公司的做法，并把省烟草公司的资金集中管理作为下一个目标，哪知道布置任务好长时间竟然没有明显进展。"

徐光钊看着高亦尚问道："是不是我们的二级分行配合得不太好？"

高亦尚感到有些意外，问道："你听谁说啦？"

徐光钊说："谁也没跟我说，我是猜想的。"

高亦尚觉得有些奇怪，就问："你怎么就能猜想得这么准？"

徐光钊没有回答问话却反问道："你在抓这项工作的时候忽略了一个问题，你察觉到没有？"

高亦尚不理解问："什么问题？"

徐光钊不紧不慢地说："现在各二级分行的绩效工资是按照业绩考核拿回去的，存款又是业绩考核权重最大的指标。你想如果二级分行系统大户的存款全部都转到了营业部，这对二级分行意味着什么？"

高亦尚说："那他们的存款肯定下降了。"

徐光钊说："对，二级分行的存款下降了就意味着他们绩效收入的减少。如果我们在考核政策上没有相对应的调整，二级分行的积极性肯定会受到影响，他们当然不会很好地配合资金集中管理。"

高亦尚有些气愤地说："我们的干部难道就是这样的思想境界？资金集中管理还可以把其他银行的资金挖转一部分到我们行里来，难倒我们的干部连起码的全局意识都没有？"高亦尚发出了一连串的问话。

徐光钊说："高行长，这样的事情你真不能简单地看。涉及员工的切身利益，涉及二级分行干部的考核评价，我们在政策上真是要考虑周全和细致一些。"徐光钊停顿了一会儿说："其实这个事我也有责任，事先我就想到要给你提个醒，但是又怕我这是多虑了，犹豫了一会儿就搁下来了。真有些对不起。"

高亦尚有些感激地对他说："老徐又说客气话，难得有你这样直言的好同事，以后你想到什么就直接给我说，说错了也没问题，我们是同事也是朋友。"

"行！"徐光钊坚定地说。

高亦尚看见徐光钊的水杯没水了，他就起身给徐光钊续水，结果被徐光钊拦下来。徐光钊抢过水瓶给高亦尚和自己续上了水，然后坐下来继续交谈。

高亦尚问："这种情况刘昌顺清楚吗？"

徐光钊回答说："老刘肯定很清楚。"

"那他为什么不给我讲清楚呢？"高亦尚问。

徐光钊回答说："这项工作推广的速度不快，实际上就表明了刘昌顺的态度，无非是他没有用语言来告诉你。"

高亦尚觉得非常难以理解地说："怎么把事情就弄得这样复杂呢？讨论的时候说出来不就行了吗？"

徐光钊笑着说："我讲一句难听的话，你可别不高兴。"

高亦尚说："有什么不高兴的，你说吧！"

徐光钊说："讨论的时候大家不讲真话，有一种可能性就是你'一言堂'的作风太重。"

高亦尚愣了一会儿没有马上回答，稍后他说："你说的问题我没有想过，平常也没有感觉。不过你这么一提我倒觉得有可能，因为我一直在强调令行禁止。"

徐光钊见高亦尚没有愠色就说："令行禁止当然没有错，只是要做到在下达的命令前要有一个充分讨论的过程，要允许人家说不同的意见，是合理的意见就要接受。一旦形成决定之后就应该坚决执行，不能打折扣。"

高亦尚听了连连点头说："是的，是的。这可能是我今后要注意的地方。"

徐光钊接着他的话说："你别看已经是二十一世纪了，我们的领导要都能做到当'明君'真不是一件容易的事情。"

高亦尚感慨地说:"在基层当领导真是一门大学问。"

徐光钊见高亦尚这么讲就问他:"你刚才提到刘昌顺说要把省石油公司作为推广资金集中管理的第一个目标,是吗?"

高亦尚说:"是啊,有什么问题吗?"

徐光钊说:"这里面真还有一个更复杂的问题。刘昌顺肯定愿意把资金集中管理推广开来,作为机构业务处长这是他的职责。但是把省烟草公司作为第一个目标他就犯难了。因为刘昌顺来机构业务处之前是夷陵市分行副行长,省烟草公司在夷陵市有一家大的卷烟厂,香烟的零售全省除郢都之外也是夷陵的销售额最大。省烟草公司集中资金对夷陵市分行的存款影响最大。作为夷陵市分行的前任副行长,刘昌顺当然不愿意看到这样的局面,他对夷陵有很深的感情。所以省烟草公司集中资金管理对他来说是一件两难的事。这就是刘昌顺为什么提出来要以省石油公司作为第一个攻关目标的真正原因。"

高亦尚听完徐光钊的话说:"老徐,我都要投降了,一项很正常的工作怎么就弄得这么复杂呢?你要不说打死我也弄不明白。"

徐光钊笑了起来说:"呵呵,这就是我们人情社会的现实,这里面没有大道理但是这个弯谁也绕不过去。弄不明白这些东西在工作当中就会碰壁。"说到这里徐光钊还自嘲地说:"我算是一个老江湖了,在基层干了二三十年,也是到现在才把这些东西整明白。"

高亦尚这时站起来说:"嘿,这真是长见识!如果不来郢州这些东西我可能一辈子也弄不明白。"

十七、宾至如归

在新的工作思路指导下,郢州省分行的各项工作正在如火如荼地进行。省行调整了业绩考核办法以后,十大系统客户资金集中管理和存款挖转攻坚战取得重大突破,高亦尚的工作规划正在一步步得到落实。这时总行的会议通知来了。

与以往不同的是,总行的这次会议除了省分行办公室主任参加以外,计划财务处、信贷管理处、风险管理处、法律事务处、人事处都要派人参加。从参加会议的阵容来看,总行的这次会议一定与股改有关。高亦尚十分重视这一次会议,这是继年初全国分行行长会议以后规模最大的一次会议。年初分行行长会议召开的时候高亦尚来郢州省不到两个月,那个时候他对郢州情况不熟,也没有人要求他立竿见影做出成绩来。现在可不一样了,高亦尚来郢州已经过了半年的时间,如果对郢州省分行的情况还不能说出一二三来,高亦尚就是一个不称职的人。这一次回北京不管唐宏运行长找不找自己,高亦尚都下决心要去向他作一次全面的汇报。

给唐宏运行长汇报什么内容是高亦尚费心思的地方。来郢州半年多的时间,高亦尚发现银行很多问题的症结都不是在基层,而是我们体制和机制内存在的一些痼疾,说具体一些就是总行的现行制度和办法不适应当前社会和经济建设的发展。自己看到这些真实情况要不要向领导汇报,高亦尚心里有些矛盾。问题说多了会不会形成对总行的工作的否定,如果看到的真实情况不讲,而领导从其他分行了解到真实情况,那就说明自己的工作不够深入和扎实。这种苦恼纠缠着高亦尚,他想去找徐光钊商量一下,结果自己就给否定了。如果徐光钊知道了自己这样的心思,不就暴露了自己的心胸狭窄吗?
"嗯,真是心胸狭窄!"高亦尚在心里这样自责。自己在郢州省分行要求部下不要迎合领导,回到总行怎么就考虑到要迎合领导了呢?这一点自己还没有徐光钊磊落。

他一个人在办公室做了一番自省谁都不知道。静静地思考过后理清了思路，高亦尚把刘杰叫了进来。他说："刘杰，下周二开始总行有四天的会议。"

刘杰答到："这个我知道，我看到了会议通知。"

高亦尚拦住了刘杰的话："你听我讲，这次参加总行的会议除了办公室准备的汇报材料以外，我还要准备一个小范围汇报的提纲，这个提纲我们自己来做。现在我说你来记，如果发现我哪个地方说得不准确你就提醒我。"

刘杰回答："好。"说完刘杰在书架拿了一扎材料纸，在高亦尚桌子上的笔筒里抽出一支笔来，到沙发上坐下后抬眼望着高亦尚，等待他口述的开始。高亦尚发现刘杰拿着材料纸，就说："材料纸不行，我给行领导汇报应该是拿我的工作手册。"

刘杰起身又要去找高亦尚的工作手册，高亦尚制止了刘杰说："你去领一本新的工作手册吧！"

趁刘杰去领工作手册的当口，高亦尚快速地捋了捋自己的思路。刘杰回来坐定以后，准备好记录高亦尚的口述。高亦尚关心地说："坐在沙发上怎么写，坐到桌子上来写。"刘杰拿起工作手册坐到了高亦尚大班椅的对面。

高亦尚没有回到他的座位说："我尽量慢点讲，你仔细听仔细记就行。"嘱咐完这些高亦尚就开始了他的口述。

刘杰的书写速度很快，基本上都能跟得上高亦尚的口述，个别听得不太清楚的地方刘杰也会请高亦尚复述一遍。差不多用了两个多小时的时间，两个人把高亦尚汇报的提纲写完。终于高亦尚说："我讲完了。"

刘杰几乎是同时间站起来把工作手册递给了高亦尚说："您再审审。"

高亦尚非常满意地看了刘杰一眼："小伙子辛苦啦！"当他看到工作手册上一排排娟秀的钢笔字时夸奖刘杰道："你的这一手钢笔字和田彬彬也差不到哪里去啊。"

刘杰谦虚地说："田彬彬属于专业水平，我这差远啦。"

高亦尚说："你先去休息，明天上午帮我去把郓州省地方社会经济发展的基本情况做一个提纲给我。"

刘杰离开办公室以后高亦尚就坐了下来。他要仔细地阅读工作手册上的内容，把这些内容都要记在脑子里。见到领导可不能拿着工作手册照本宣科。

高亦尚用默读的方式审看刚才他自己口述的这一篇汇报提纲:"一、鄞州省社会经济发展的基本情况。"这里只有一个题目,下面留有几页纸的空白,高亦尚在称赞刘杰心细,这是给还未收集整理的资料留下的空当。

"二、鄞州省分行几年来的业务发展。"写这一段的时候高亦尚是经过认真思考的,尽管鄞州省分行现在面临着很大的困难也有不少问题,但是上一届党委还是做了很多工作的,特别是一线干部员工都非常努力非常辛苦。自己决不能为了表现自己而去否认别人的工作。特别是前任的行长因病去世,那就更要尊重逝者。在这一段的内容当中高亦尚反复记忆了这样一段话:"鄞州省分行资产质量的进一步夯实,经营绩效大幅度提升,经营规模快速增长,优质信贷市场争'大'的工作进一步明显,部分新业务有较强的市场竞争能力,队伍建设有了新的进展,社会形象逐步改善,风险管控水平有了新的提高。"高亦尚对鄞州省分行前一段工作的总结是斟词酌句的。他了解唐宏运行长的讲话特点,他讲的每一句话、每一个字都深有含义,改动其中的任何一个字都会有新的意味。高亦尚斟酌词句就是在学习和模仿唐宏运行长的这种高超的文字艺术。

高亦尚汇报提纲的第三个内容是"我们的忧患"。他详细地分析了忧患来源于以下几个方面。忧患之一,来源于我们自身。我们面对的现实就是干部员工感受到了竞争的压力,但是怎么去有效地竞争却不清晰。在市场意识方面,很多干部习惯于跟自己过去比,习惯于跟计划完成率比,没有把自身的工作成效放在市场环境里去研究思考,对机遇的把握和认识不到位。忧患来源于自身的另一个问题就是我们的资源配置机制存在重大的缺陷,缺乏前瞻性配置,考核体系明显不到位,考核的结果不准确、不精细、不透明。这种现状的存在就导致干部队伍的压力不够、动力不足、活力不强,而由于压力、动力、活力的问题,没有形成一种很好的链式传动机制,致使我们这支队伍潜力没有充分地展现出来。

忧患之二,来源于同业竞争的强大压力。我们所面临的竞争对手已经不是几年前的竞争对手,他们的竞争能力、竞争意识、竞争手段已经远远超出了我们的想象。这里面既有另外的几大家国有银行,也有后来居上的股份制银行。同时资本市场、信托市场、保险市场正在对银行的传统金融资源进行全力的分割。我们面临的竞争形势是空前的。

忧患之三，来源于客户的金融服务要求的多元化和复杂化。第一，表现在个人高中端客户金融服务需求的复杂多样化。这部分客户群体的特征是金融投资意识强，他们对金融服务需求的层次不断地在变化提高，他们的忠诚度也在摇摆，如果我们不能够迎合和满足这一部分客户的需求，未来几年我们就会流失大量的高端客户。第二，是公司、机构客户金融服务需求的复杂多样，很多大型公司和集团客户他们的财务管理能力、金融工具的运用能力、金融产品的组合能力、金融风险的控制能力都超出了我们的想象，对于这样高端客户的金融需求，我们靠过去一个信贷员或一个层面的团队很难满足，大客户的这种变化也要求我们要改善我们的营销模式，不断地提升我们自身的经营能力。

通过分析我们的忧患，可以得出两个结论：第一，就是一定要认识到差距就是潜力，就是市场空间。第二，就是知忧患才能有进步，我们各级管理层，必须具有强烈的远忧近患的意识，要考虑到远期的忧在哪里近期的患在哪里，只有具有忧患意识，才能找到发展的方向。

看到这里的时候，高亦尚觉得有些累了，他翻了翻后面的汇报内容还有"我们的机遇、我们的发展愿景、我们的发展目标、我们的措施"几个方面。他想歇一歇换换脑筋，就打电话给肖桂庭，叫他请徐行长一起到自己办公室来。不一会儿徐光钊和肖桂庭来到了高亦尚的办公室。高亦尚说："徐行长，下周总行开会通知了不少部门参加。我估计总行可能会有股改的大动作。我想请你和老肖把参加会议的同志召集在一起开一个预备会，每个参会的同志都要做好汇报发言的准备。我去开会的这些天，你在家里就辛苦了！"

"没有问题。参加总行的会议我们是应该做一个认真的准备，出去了就要有鄢州分行干部的精神风貌。你有没有什么具体的要求？"徐光钊问。

高亦尚说："我没有什么要求。"他转过身对肖桂庭说："预备会什么时间开你和徐行长商量，会务的问题你做准备。"徐光钊和肖桂庭都点头称是，见高亦尚没有其他的吩咐就都回到了自己的办公室。高亦尚也开始了自己的汇报准备。

几天后参加总行会议的人出发了。在去机场的大巴车上，坐在高亦尚旁边的肖桂庭对高亦尚耳语道："高行长，我们到总行开会的队伍从来没有今天这样整齐过。"高亦尚扭过头看了看车厢里的人，微笑点了点头，然后靠着椅背闭上了眼睛。

高亦尚记得接到会议通知的那天肖桂庭过来问:"您准备乘哪一天的航班到北京?"

高亦尚有些纳闷,他问:"什么我乘哪个航班,我们不是一起走吗?"

肖桂庭说:"我们参加总行的会议从来都是各人自己走的。"

"这闹的什么名堂,我们不是一个团队吗?"高亦尚说:"老肖,我们今天就立一个规矩,凡是参加总行会议两个人以上的必须同行。后勤中心能够安排一辆车的就不要安排两辆车。办公室要形成一个文件下发下去,这是你的职责。"看见肖桂庭惶恐的样子,高亦尚没有再顺着这个话题说,接着布置任务:"我们这一次去六七个人,安排一辆大巴走。不要给我买头等舱,跟大家一起坐经济舱就可以。"肖桂庭吓得不敢吭声,只是点头。高亦尚又说:"总行的会议安排在金山宾馆,我就住在家里,如果总行安排了房间能退就退。"

肖桂庭离开了办公室以后,高亦尚想到了郢州省分行的文化建设。上一次徐光钊讲到刘昌顺对省烟草公司资金集中的态度,就让高亦尚醒悟到这就是中国所谓的人情社会。这种人情社会和圈子文化在郢州分行太突出。

通过徐光钊给予的这把"钥匙",高亦尚解开了原来很多他都不解的谜。上一次戈峇在办公室里与自己发生争执,刘杰就明显在给戈峇解围,其实他们工作中的交集很少,当时高亦尚就弄不懂刘杰为什么会有那样的举动,现在明白了,原来刘杰和戈峇都是郢州大学的毕业生,他们在省分行属于"郢大圈"的人。原来他总不解,省分行开会的时候有工作餐,有的桌子上人不少但就是冷冷清清,有的桌子上人并不多可总是热热闹闹,原来热闹的桌子一定都是一个圈子的人。冷清的桌子一定是凑起来的临时人马。高亦尚想,如果这种现象只是存在于业余的生活也没有多大的影响,但是一旦侵入了我们的工作领域,就一定会带来很大的破坏。

高亦尚记得有人给他讲过这么一件事。几年前郢州省分行要提拔一位副行长,当时夷陵市分行的行长已经进入任职前的考核阶段,由于原来呼声很高的漳河市分行行长没有进入拟提拔范围,漳河圈子里的人被激怒了,包括省政府那边漳河籍的一些人都被调动起来。铺天盖地的告状信送到了总行和省纪委,告状信的内容大多是检举夷陵市分行行长的经济问题和生活作风问题，接下来是漫长的调查、核实，等问题澄清以后夷陵市分行行长的任职机会也错过了。一气之下这位分行的行长跳槽去了沿海，据说现在干得很不错。过了一年多时间漳河市分行的行长却被提拔了，不过是提拔到邻省的一个省分行任副行长。高亦尚对这样一种文化感到害怕。他想如果在自己的手上要调整全行的干部，将会面临一个什么样的局面。

高亦尚睁开眼回头看见这样一群沉默的干部，心中不觉一阵悲凉。上飞机以后肖桂庭还要坐在旁边陪高亦尚，高亦尚说："刘杰年轻，叫他陪吧。"一路上都没有说什么话。

到首都机场，总行国际业务部的老部下开车来接高亦尚，分行其他人都坐出租车直接去了金山宾馆。上车后，高亦尚直接要通了唐宏运行长秘书的电话："喂，钟秘书吗？我是郢州省分行的高亦尚。"

"您好，高行长。"小钟回答。

高亦尚说："我想问一下，领导在会议期间哪天有时间？我想来汇报一下。"

高亦尚听见小钟一阵低语后回答说："您稍等，领导和您说话。"

这时电话那边传来了唐宏运行长的声音："亦尚到北京了？这一次会议我的日程安排得非常紧，没有时间和你见面了。如果你有事一定要见面，现在我在办公室，可以等你来。"

唐宏运行长的回话让高亦尚喜出望外，赶紧回答："谢谢领导，我尽快赶过来。"

汽车赶到总行大院的时候，时间已经过了下午六点半，下车后高亦尚对刘杰说了一声："你就在楼下大厅里等我。"说完提着包就向大楼电梯间急步走去。这时唐宏运的秘书小钟已经在电梯口等候着高亦尚，两人握过手后一起走进轿厢，小钟说："高行长，领导最近的工作非常辛苦，您汇报的时间最好不要超过半小时，不好意思。"

高亦尚点头说："知道了，谢谢你。"

唐宏运行长见到高亦尚走进办公室时便站起来，笑着从桌子后面走过来嘴里还调侃说："你好，我们的封疆大吏。"唐宏运让高亦尚坐下，钟秘书给高亦尚倒上一杯水便无声地退了出去。唐宏运问："到郢州有半年多了吧？"

"七个月又二十五天了。"高亦尚准确地回答。虽然是总行下派出去的干部,因为半年多没有这样近距离向领导汇报,高亦尚心里还是有些激动和忐忑。

"哈哈哈哈,"唐宏运听见高亦尚连"又二十五天"都报出来了,就关切地问:"在下面过得很艰难吗?"

高亦尚这时把准备得烂熟的汇报提纲忘记了,一时竟不知从哪里说起。唐宏运见状就问:"你回到总行还需要紧张吗?别急,慢慢说。你是要跟我汇报你的困难呢,还是要汇报你的收获?"

高亦尚端起水杯喝了一口水,慢慢地平静下来说:"我主要给领导汇报我到基层的收获。"他按照自己准备好的内容,拣重要的向唐宏运提纲式地做了汇报。听到高亦尚有条不紊的汇报,唐宏运慢慢地收起了笑容,有时点点头表示肯定高亦尚的观点。有时他也沉思不语,可能是在考虑更深一层的问题。

当高亦尚还要继续汇报时,唐宏运把他拦下说:"亦尚,看来你到郢州去的这半年时间收获不少,也发现了一些带有根本性的问题。看得出来你到基层还是下了一番功夫的,有进步。但是我们对有些问题要正确认识。你所看到的问题有些是银行本身所存在的,有些问题则是全社会共性的问题。有些问题是全系统的问题,有些问题只是郢州本身的问题。对不同性质的问题,就要用不同的解决问题的方式。譬如你谈到的人情社会和圈子文化,在全国都有这种情况,可能郢州就有郢州自己的特点。作为现代企业的领导人,我们就要学会用先进的文化去影响自己的队伍,这是每个高管人员的责任,更是共产党人的责任。"

对高亦尚的汇报做了简单的点评之后唐宏运告诉高亦尚,这次总行会议的主要内容是部署剥离不良资产[①]工作,这是股改和上市前的攻坚战。说到这里唐宏运有些激动:"我们银行从计划经济时代的国有银行脱颖而出,即将蜕变为股份制的现代商业银行,我们还要与世界上所有的大银行在同一个

[①]剥离不良资产指的是针对计划经济时期,我国几大商业银行所遗留下来的巨额不良资产(包括不良贷款、投资失败等形成的难以收回的坏账),通过交易的形式转划给专门为此成立的资产管理公司,后者以债权人身份对不良资产进行追索,从而尽可能地为国家挽回损失。

水平线上去竞争，我们靠什么？我们就是靠党中央的正确领导，靠我们银行人坚持把改革作为突破发展障碍的出发点，把发展作为解决前进中各种困难和问题的根本方法，把转变发展方式作为实现可持续发展的根本途径，把创新作为增强竞争发展能力的战略举措，把加强管理作为实现健康发展的基础工程，把发挥党的政治优势作为推进改革顺利发展的根本保证。只有坚持了这些，我们才能在短时间内实现脱胎换骨的变革，这个过程就是凤凰涅槃。"

看到唐宏运激动的神情，高亦尚说："您说得非常对，我们绝不会辜负国家的重托，绝不会辜负时代的重托。"

唐宏运满意地看着高亦尚问："在鄞州生活上还习惯吗？你家里的情况怎么样？"

高亦尚回答说："生活上我没有问题，只是孩子的学习我爱人一个人有些顾不过来。"他没有细说家里的情况。

唐宏运说："自古就是家国难两全哪。看来我们对下派、交流干部的具体困难还是研究和关心不够啊！"

高亦尚马上表态说："领导，我们自己一定能克服困难。"

唐宏运摇摇头说："不止是你一个人的问题啊。"

这时高亦尚看见钟秘书在门外给自己示意时间到了，就主动提出了告辞。

十八、其乐融融

唐宏运与高亦尚谈话的时候刘杰一直守候在一楼大厅。当他看见高亦尚从电梯轿厢里出来就赶紧迎了上去，要从高亦尚手里接过他的手提包，被高亦尚用手拦住。看见长安街上的路灯都亮了，高亦尚问刘杰："现在几点钟了？"

刘杰不假思索地回答："七点十五分。"

高亦尚说："肚子饿了吧，跟我回家吃饭去，瑶瑶的妈妈知道今天晚上我要回。"

刘杰讲自己在街上随便吃点东西就回宾馆，高亦尚就没有坚持邀请，他说："那也好，你就在附近吃点什么，估计这会儿宾馆里也没有吃的了。"

"我送您回去吧。"刘杰说。

"不用，北京我比你熟悉得多，你自己路上当心。"说完高亦尚就出门拦出租车去了。

看着高亦尚的背影刘杰心里发出感慨："北京就是不一样！在鄞州的时候自己看见高行长就像见到了皇帝一样，怎么到了总行还是那个人，原来看到的那些威严就荡然无存，他身上的那些霸气和豪迈都不知去哪儿了。北京就是一个帝王之都！所有地方的人到北京就是矮一截，哪怕你是从北京出去的人。"刘杰为自己的这个"发现"感到震惊。远远看着高亦尚上了一辆出租车，他才放心地给自己的肚子找吃的去了。

见完唐宏运以后，高亦尚心里头现在只剩下瑶瑶了。从那次淑珍在电话里通报了瑶瑶在学校的情况以后，自己与瑶瑶有几次电话沟通，后来淑珍又打过来一次电话，说瑶瑶的学校帮助瑶瑶调换一个班，调班以后学校李校长还特意给淑珍打过一个电话，安慰她不要过分担心瑶瑶的学习。没有了那个男生的干扰以后瑶瑶的学习恢复了正常，但具体的情况淑珍也讲得不多。高亦尚还是不太放心，打电话回老家请瑶瑶的爷爷到北京来陪瑶瑶一段时间，到现在也已经过了两个多月，不知道这祖孙俩过得怎么样？

回到家里给他开门的正是他的父亲。

"爸，让您受累了。"高亦尚见老父亲第一句话就表示了对他的感激。

老先生弯腰要给进门的高亦尚拿拖鞋被高亦尚赶紧制止："让我自己来，爸。您去休息吧！"

在厨房的淑珍听到外面的动静，就大声问了一句："是致远回了吗？"

高亦尚冲着厨房的方向答应了一声："哎，我回来啦！"

"你陪爸聊聊天儿，我的饭马上就好啦。"淑珍在厨房里回应说。

看见老父亲依然精神矍铄，高亦尚非常高兴。他拉着老父亲坐在沙发上问："我妈还好吧！家里都好？"

老先生笑着说："都好着呢。有我给你妈做保镖她还能差到哪里去呀，呵呵。"

"小妹呢？"高亦尚问。

"你那个妹妹院长可当得热闹啦。现在她的那个中医院除了正常的门诊和住院治疗之外，还弄了一些什治未病、中医养生科普，搞得可火热呢。"

高亦尚说："这不是您最愿意看到的吗？"

原来高亦尚的父亲是一名老中医，虽然是一介布衣，但是一直遵从祖训"崇德尚学，敦行致远"，把行医和报国紧紧地连在一起，嘴里总是唠叨"上医医国，其次救人"，在他眼里治病救人和治理国家就是一个道理。虽然他没有做过一天的领导，也从来没有管理过一个人，但他对天下发生的每一件事都有自己的认识和看法。他特别注意对子女的教育，就是在大环境不好的时候也没有放松对高亦尚他们兄妹几个的文化学习的督促。家里的书籍被抄走或被烧掉，老先生就凭他脑子的记忆，给孩子们讲《声韵启蒙》《弟子规》，讲唐诗宋词和四书五经，从中医的理论出发，给孩子们讲做人、治学和治国的道理，在"读书无用"年代里高亦尚兄妹的文化基础打得很牢实。所以后来高亦尚兄妹三人都考取了大学。三人中只有小妹继承了老先生的衣钵，从中国中医药大学毕业后回到了太行省苍岩市老家，当上了一名医生，现在是苍岩中医院的院长。老先生希望高亦尚和他哥哥走从政报国的路，可是高亦尚的哥哥学工，是当今中国石化行业里的一名顶尖专家，而高亦尚则选择了金融，在这个行业里也算小有名气。老先生知道高亦尚到郓州省分行任行长非常高兴。按老先生的说法:"你们国有银行是官商,你当行长的自然是亦官亦商,如果能够你把治下的银行调理顺当,就是最好的报效国家啦!"这次老先生能够放下他疼爱的外孙到北京,高亦尚知道他绝不止是为了瑶瑶,他真正担心和关心的是自己在郓州任职的情况。高亦尚还清楚地记得自己被派到美国学习的时候,老先生不顾当时身体不好,匆匆从苍岩赶到北京与自己连续几个晚上的长谈,无非就是"不要忘记了自己是中国人""师夷长技以制夷"之类的话题,那架势就好像自己出去了不再回来一样。

淑珍做好饭菜后端上了桌子,高亦尚请老爸上座以后,陪老爸喝了一点酒。吃完饭高亦尚交代淑珍收拾碗筷,然后把老先生请到书房里,认真地交谈了到郓州后的体会和困惑。

"致远,看到你这样憔悴,是不是工作上不太顺心啊?"老先生开口问道。致远是高亦尚的小名,按照中国的传统习俗,高亦尚兄妹出生时父亲在给他们取名的时候是有名又有字的,只不过名是家里人称呼的,字是用来上户口本的。他们不能像古代等到孩子行成人礼的时候再正式取字,名和字就在孩子襁褓中都取好啦。

"爸,我都很好,你是因为很长时间没见到我才觉得我憔悴了吧。"高亦尚说。

老先生说:"我是医生,你的什么情况我不能够一眼看出来?你是太劳神啦!"

看见老爸一语中的,高亦尚也没有再隐瞒什么,把自己在郓州遇到的情况和自己的苦恼大致地给老父亲讲了一遍,最后说:"我现在最头疼的就是这么复杂的问题搅在一起,我不知道该从哪里入手是好。"

老先生疼爱地看着高亦尚说:"我没做过官也没有管过人,本来你工作上的事情我不便插言,但是你讲到复杂的局面不知道该怎么入手,我就想起了自己怎么面对疑难杂症。"

讲到了医道的时候老先生就滔滔不绝地说开了:"什么是疑难杂症?疑难杂症就是病症的复合性。人的机体是一个有机的整体,病有新旧之分,单复之别,而多数疾病的表现就是单一的少复合的多。中医复方治疗的思路就充分地体现了复合性的这一基本特征。针对疾病的发生、发展规律和病症的表现形式，解决疾病的方法无外乎两大疗法，一是凡机体出现对抗性疾病的应变态势，表现为大热大寒、大虚大实之证时，医生就采用对抗的方法，寒则热之，热则寒之，虚则补之，实则泻之，这叫纠偏疗法。还有一个是凡机体出现非对抗性疾病应变态势，表现为非寒非热非虚非实的阴阳错杂之证时，医生就主要采用非对抗性的办法，平和阴阳，调畅气血，协调机能，这叫协调疗法。"①

高亦尚见老先生说高兴了，赶紧倒了一杯茶说："爸，您慢些讲。"

老先生喝了一口茶接着说："中医不仅讲究有针对性地因症施治，在处方上也讲究君臣佐使，这是中医进行复方配伍时遵循的一个重要原则。组成复方的药物可按其作用分为君药、臣药、佐药、使药，君是复方中针对主证起主要治疗作用的药物，臣药是辅助君药治疗主证或主要治疗兼证的药物，佐药是配合君臣药治疗兼证或抑制君臣药毒性，或起反佐作用的药物，使药是引导诸药直达病变部位，或调和诸药的药物。君臣佐使中君的作用最重要，但是其他的药物也不可以忽略。"老先生看见高亦尚听得认真又补充说："中医因症施治和君臣佐使的思想，其实都可以用来治理国家。只要你真正理解和掌握了中医的思想本质和方法，在哪里它都可以起作用。"老先生一生为他的中医事业感到骄傲，说到这里也自然流露出一种神圣的神情。高亦尚佩服老爸一辈子没有跨进过任何一所大学的门，也没有做过一天官员，讲出来的话却总像个哲学家、政治家，这也可能是深埋在老爸心里的"上医医国"意识的一点折射吧。

老先生意犹未尽，正准备往下说的时候瑶瑶回来啦！

瑶瑶一进门看见了衣架上挂着高亦尚的手提包就高兴地大叫起来："爸爸！爸爸！"

高亦尚顾不得和老父亲打一声招呼就跑出了书房，大声叫道："高彧涵同学！"然后张开了双臂，瑶瑶见状也猛扑了过来，双臂搂住高亦尚的脖子，像一个小姑娘一样地撒起娇来。

淑珍看见高亦尚父女两个这样尽情地撒欢，就说："瑶瑶，你也不看看自己多大啦，有个样子吗？"

---

①引自《刘绍武三部六病传讲录》第十二页、十六页。

这时老先生已经从书房里走出来，他帮着瑶瑶说："瑶瑶的姑姑比她还大都这样撒娇呢。"

"都是您给惯的。"淑珍嗔怪了一声就到厨房里去了。

高亦尚把瑶瑶拉到了沙发上说："让老爸看看是不是长得更漂亮啦。"

"当然啦！"瑶瑶还故意摆了一个姿势。

高亦尚用手指刮了瑶瑶的鼻子一下说："你这个鬼丫头。"

"爸爸，"瑶瑶突然歪过头看着高亦尚问："您回北京怎么也不给我打电话呀？"

高亦尚说："给你一个惊喜不好吗？"这时高亦尚看见墙上的时钟才九点半，他感到有些奇怪，便问："瑶瑶，你不是每天都十点多钟才能到家的吗，今天怎么回得这么早？"

瑶瑶说："我是蹭我们老师的车回来的。"

原来学校给瑶瑶调班以后，她的数学老师对瑶瑶很关照，这位年轻的女教师比瑶瑶仅大几岁，她们之间的共同话题多，加上瑶瑶性格活泼、外向，很快她们成为了好朋友。刚好这位刘老师住的与瑶瑶家也不远，于是就主动让瑶瑶每天放学的时候坐她的顺风车。瑶瑶很得意地说："我们刘老师是我的姐们！"看到瑶瑶的精神面貌这样好，高亦尚心里非常高兴，觉得对瑶瑶的担心也成为多余。有时候高亦尚自己都感到好笑，原来总是说老爷子对我们这一代人不放心，今天我们对自己的儿女何尝不是如此。中国的父母真辛苦！

淑珍把瑶瑶的夜宵做好端了上来，看见高亦尚他们祖孙三代坐在一起温馨的场景，一股幸福的热流涌上来。她知道这个家多亏了老爷子严格的家教，才有了这样一个事业和温情都不缺少的家庭。她感激地看着老爷子说："爸，瑶瑶回来啦，您早点休息吧！"高亦尚也跟着说："爸，我在家还要住两三天，您休息吧，有些什么话我们改天再聊。"

老先生去休息了，高亦尚就坐在桌子上看着瑶瑶吃夜宵。瑶瑶问："爸爸，您认识我们的李校长？"

高亦尚说："不认识啊，我怎么会认识你们校长，他是男的是女的我都不知道。"

瑶瑶说："奇怪！我们刘老师怎么说李校长知道您在郢州工作呢，她还说等您回北京李校长要来拜访您。"

高亦尚不介意瑶瑶的话说："他们可能是听我的哪个同事或者其他的什么人讲的吧。"

瑶瑶吃完了夜宵，洗漱完毕后回到了自己的卧室。高亦尚关切地说："快点做作业，尽量早点休息。"然后帮瑶瑶关上了卧室的门。

高亦尚帮淑珍很快把家里的活收拾停当，进到了自己的卧室。高亦尚详细地向淑珍询问了瑶瑶的学习情况。淑珍说道："近两个月以来瑶瑶的变化确实很大，真多亏了这位刘老师的帮助。"

高亦尚问："这个刘老师是什么背景你知道吗？"

淑珍说："不清楚，有些情况我自己也不理解。刘老师就是瑶瑶的数学老师，可是对瑶瑶的帮助超过了瑶瑶的班主任，这种情况不多见。"

高亦尚说："老师关心学生天经地义，难道她还会有什么企图不成。"

淑珍说："是啊！刘老师从来没有给我们提出过什么要求，连我送给她的一点小礼物都叫瑶瑶退了回来。"

高亦尚说："我说不是吧！现在热爱教育事业的老师还是有的，不要把这个社会都看得那么灰暗。"说话间高亦尚突然想起一个问题问淑珍："你说刘老师不是瑶瑶的班主任，瑶瑶的事情她是怎么知道的呢？"

淑珍说："我也有些疑惑。瑶瑶说刘老师那些天特别奇怪，有一次她把瑶瑶留了下来，专门询问了那个男生的情况。因为刘老师比瑶瑶只大几岁，而且带了瑶瑶她们这两个班一年多的课，彼此的印象都不错。瑶瑶就把那个男生怎么追她的情况告诉了刘老师，刘老师告诉瑶瑶别着急，学校会想办法给瑶瑶换一个班。没多久瑶瑶就调到了一个新的班集体，而且这个班的学生质量比原来的那个班还要好。没有那个男生的干扰，瑶瑶的情绪也渐渐地稳定下来，学习成绩慢慢地恢复了，而且有了明显的提高。"

高亦尚说："你不是讲瑶瑶学校的校长给你打过电话吗，这又是怎么回事呢？"

淑珍说："你不问我都忘记了，瑶瑶换班后是有一个姓李的校长给我打过电话，我想应该学校是对这类问题的一个回访，当时校长也没有说其他问题。"

"刘老师主动说过校长没有呢？"高亦尚问。

淑珍说："也没有。瑶瑶换班后我去见了刘老师两次，请她吃饭她不来，送礼物她也不收，只说青春期的孩子们都会有些特殊情况，安慰我放心，真是让人很感动。不过，她说到学校领导很关心瑶瑶这件事。"淑珍看了高亦尚一眼后接着说："瑶瑶还讲刘老师有时候也给瑶瑶开点小灶，告诉瑶瑶一些高考的经验，她们都快成为无话不谈的好朋友啦。"

高亦尚说："瑶瑶有这样一个好老师真是她的福气。不过刘老师跟她提到校长认识我，给你也说学校领导很关心瑶瑶，这到底是什么情况我们还是要心里有底，方便的话你想办法侧面了解一下。"说完高亦尚把床灯关掉躺了下来。

瑶瑶的事情让高亦尚放下心来，他的心思又回到了工作上。回想起今天唐宏运行长的一番谈话，他又感到了肩上沉重的担子。明天总行又有新的工作任务要布置，不知道对郢州省分行是福还是祸。

高亦尚的思绪还停留在工作上的时候，淑珍用手踹了踹他问："想什么呢，在郢州有心上人啦？"

高亦尚这才回过神来，他想起自己和淑珍已经有好几个月没有肌肤的亲热，他应该和淑珍行周公之礼了。他马上回应淑珍说："怎么啦，心里有醋意了吧？"

淑珍说："你是文化人，你可是知道'醋意'两个字是怎么来的？"

高亦尚说："不就是说房玄龄纳妾，他老婆心里不高兴吗？"说到这里他马上意识到自己口误，赶紧解释说："夫人息怒，在下不是那个意思，我没有纳妾，你也用不着不高兴，我是在问你现在想不想吃酸东西了。"说完高亦尚笑了起来。当初淑珍刚怀上瑶瑶的时候成天嚷着要高亦尚去买酸东西吃，"吃酸的"后来就成了他们夫妻之间的暗语。

十九、醍醐灌顶

第二天高亦尚来到金山宾馆会议大厅时，会场已经坐了将近一半的人。刘杰等在会场的门口告诉高亦尚，他的桌签在第二排的位置。按规定刘杰不参加会议，高亦尚要他回宾馆的房间去休息了。在座位上坐定了以后高亦尚打量了会场的布置，感到很多与以往的不同。首先是从主席台上的桌签看，总行领导一个不落全部参加了今天的会议。靠唐宏运行长右边的桌签沈兴旺这个名字高亦尚不熟悉，左边的是银监会银行监管一部的主任宋锷。主席台下前四排的座席是全国各省、市一级分行的行长和总行各部室的主任和总经理席位，也是一个不落。总行召开业务工作会，人员到得这么整齐的时候不多，足见这次会议的重要性。高亦尚再看桌子上的文件袋鼓鼓囊囊地塞满了，打开看除了唐宏运行长的讲话稿之外，还有财政部、银监会和总行的文件及一些辅导资料。高亦尚来不及翻阅这些文件，但是他已经感受到了它们的分量。

八点二十五分，唐宏运行长出现在主席台，他总是那样面带微笑，从主席台侧面走出来时稍稍停顿，把他的目光朝台下从左至右轻轻扫过，然后信步走到他的座位前，工作人员帮他挪开椅子他从容地坐下。总行的其他领导也尾随而至，到各自的座位落座。唐宏运行长与他左右两旁边的客人握握手，耳语两句后便正襟危坐。八点二十八分，主持会议的常务副行长常路达用手敲了敲麦克风，对着话筒说："同志们，我们准备开会了。"会场立即安静了下来。八点三十分，常路达宣布会议开始。他用略带江南口音的普通话开始了他的开场白："同志们，总行资产重组暨不良资产剥离工作部署会现在开始。今天参加会议的有总行唐宏运行长和其他所有行级领导，有财政部金融司沈兴旺司长，银监会银行监管一部宋锷主任。参加会议的还有各一级分行行长、计划单列市分行行长、总行各部室主任和总经理，有各一级分行有关处室的处长和总行机关的所有处级干部。下面请总行党委书记、行长唐宏运同志作主题报告,大家欢迎。"

在热烈的掌声当中唐宏运行长起身走向发言席。他保持着一贯的儒雅风格,步履轻盈,神采奕奕。在发言席前唐宏运抬头环视了整个会场,然后用他特有的不疾不徐的节奏和抑扬顿挫的声调开始了他的讲话。

他讲话的大意是,总行召开的这次会议是股份制改造的一次重要会议。按照国务院的统一部署,国有商业银行的股份制改造进程正在加快,而当前制约银行股份制改造最大的障碍就是巨额的不良资产所形成的包袱。银行的不良资产不仅影响到银行的当期经营收入和利润,更影响到按照国际统一标准对银行的评价。银行不良资产数额越大,对银行资本的要求越高,不良资产累积达到一定的限度,银行甚至会失去经营的资格。中国加入WTO后对各成员国有承诺,经过若干年的保护期,中国的市场要逐步向外国银行开放,到时候中国的银行就要按照国际银行业统一的经营规则与外国银行开展同业竞争,同时我们还要走出国门主动参加国际金融的竞争。如果我们不争取尽早地消化处理掉不良资产,在未来的银行竞争中,中国的银行业将处于绝对的劣势。不争取尽早地消化处理掉不良资产,我们正在进行的股份制改造也很难做到彻底改制。因为不良资产会就是横亘在国际战略投资人和社会公众投资人面前的巨大障碍,不消化这些不良资产,现代银行制度的建立也将成为一句空话。所以,不良资产的处置是国有银行股份制改造和现代银行制度建设的重要环节。这一次国家下决心帮助银行消化巨额的不良资产,对我们是一次千载难逢的天赐良机,只能百分之百的成功,不能有一丝半缕的疏漏。

唐宏运行长从理论和方法上把不良资产剥离工作讲得十分的透彻。唐宏运行长讲话后总行的另外两位副行长分别从财务和资金管理、法律和风险管理的角度对不良资产剥离进行了专题的部署。会议按照大会和专业会结合的方式进行,各省、市分行专业处室的同志参加了各自的分组讨论,各分行领导则参加了大会讨论。这实际是通过以会代训的方式对不良资产剥离工作进行了一次培训,参加会议的每一个人都感到了空前的压力。

会议议程共安排了四天。会议期间高亦尚抽时间去拜访了总行有关领导和有关部室的负责人,汇报了自己到郢州省分行工作的基本情况,征求了他们对郢州省分行工作的意见。整个会议下来对高亦尚来说收获不小。

会议结束的前一天晚上,高亦尚约了总行风险管理部的总经理耿峰、总行办公室副主任杜山泉和开发银行计划局的局长王晓炜一起吃饭。他们都是原来总行机关的几个铁哥们,是同一年毕业分配到总行的大学生。当时,高亦尚和王晓炜是研究生毕业,年龄比那几个要大,他们都是当时总行机关篮球队的骨干,住在一个单身楼,感情非常不错。随着年岁增长他们都进步不小,全部走上了不同的领导岗位。其中,王晓炜的机遇最好,他在借调到国家计委临时工作的时候,被当时国家计委的领导看中,在开发银行成立的时候被推荐调到了开发银行,担任了正局级的领导。

今天这些昔日的伙伴走到一起喝酒的时候,还像原来那样率性开怀,一边喝酒一边嬉闹。杜山泉在给高亦尚敬酒的时候说:"亦尚兄,郢州可是一个是非之地,那里的人告状成风,你可要小心一点。"

高亦尚问:"什么情况,有我的检举信吗?"。

杜山泉说:"真有你的检举信我也不能告诉你,何况检举信都直接交给纪委,到不了办公室。不过我知道郢州的检举信从来没有断过。"

高亦尚很有信心地说:"检举信我一点不担心,我就是一个遵纪守法的大良民。"

耿峰插话说:"是不是有这样一种传说,讲郢州人是两头蛇,当遇到对手的时候两个头一起去咬对手,在没有对手的时候两个头就开始自己咬自己?"

高亦尚到郢州工作了半年多的时间,对郢州开始有了感情,他不愿意听别人说郢州的坏话,便笑着说:"哪里没有双头蛇?如果都能团结起来,那就不会有'兄弟阋墙'这个成语了。"

耿峰很关心高亦尚的未来,他对高亦尚说:"亦尚兄,机关里关于你要回来当副行长的呼声越来越高,你在郢州资产剥离的这一仗一定要打好啊。"

高亦尚笑着说:"你不给帮忙恐怕我难得当副行长吧!"

耿峰继续说:"我不知道你对唐行长的讲话是不是真的理解,给你透露一个核心机密吧!"说到这里他放下酒杯很认真地讲起来:"这一次上边给总行不良资产核销和剥离的总数已经敲死,分别是这么多亿和这么多亿,"他用手势做了两个数字,"以我们一季度报表为基数,损失类的贷款核销用我们的利润留存,最后我们与财政部算账。可疑类的贷款全部剥离,我们要卖给四家资产管理公司。所需要的资金通过以银行认购财政部发行的特种债券的方式筹集，财政部通过把筹集到的资金借给资产管理公司，由他们认购银行的不良资产，在规定的时间内按照一定的缩水率处置这些不良资产，财政部承认他们的损失。通过这样的方式来解决国有银行的不良资产，实现中国银行业的翻身。"说到这里耿峰还大发感慨："这样一个了不起的思路也不知道是谁提出来的，这个人起码要给他颁发孙冶方经济学奖。"

高亦尚还想听他说下文，可是耿峰又拿起筷子品尝起美味佳肴。高亦尚笑着夺下了他的筷子说："这算什么机密，这不是行长在会上都公开讲的吗？"

耿峰拿起来筷子说："你想听机密先喝三杯酒。"

王晓炜这时发话说："耿峰你就别卖关子啦，有话快说有屁快放。"

耿峰笑着对王晓炜说："晓炜兄别管，这家伙以后当上了副行长我们还有没有给他灌酒的机会都不知道，让他喝酒。"

杜山泉说："你的什么消息这么值钱，可以保证他当副行长啦！"

耿峰这会儿自顾自地吃菜喝酒说："爱信不信吧！"

高亦尚这时过来抢过酒瓶说："你小子看着我喝，别说副行长，我就当了副总理咱哥们儿还是一样喝酒。"说完饮酒三杯。

耿峰这时才把筷子重重地往桌子"叭"的一放，说："还是哥们儿。"他拍拍高亦尚的肩说："这次国务院、财政部批准我们核销的损失类贷款和剥离的可疑贷款的数字比我们一季度报表的数字要大，主要是我们有一些实际上已经形成风险的不良贷款，仍然在业务报表里反映为正常类和关注类贷款。我们多次向上反映这些情况，得到了认同。这次剥离除了报表已经反映为不良贷款的资产以外，还要把潜在的风险贷款从正常类、关注类当中挤出来一同剥离，做到真正的轻装上阵。这一类的潜在风险贷款怎么样劣变①，总行正在研究对策，到时候再向各分行公开，哪家分行如果能在劣变潜在风险贷款上抢占了先机，哪家分行通过劣变剥离的空间就能相对大一些，今后就能真正轻装上阵，否则还要背一些不良资产包袱。你回鄞州以后要在化解潜在不良贷款的工作上抓紧，等到总行的文件下来的时候，你们的报告就可以马上出来。我准备向行长建议，在劣变潜在风险贷款的问题上谁报告得

---

①劣变即把仍然反映为"正常贷款"的不良信贷资产从财务报表中予以更正，列入不良信贷资产剥离范围。

早就核准谁，因为上面批准的用于核销潜在不良信贷资产的资金数额十分有限。"说完，他又拿起酒杯问："老兄，我的机密值钱不值钱？"

高亦尚连连说："值钱，值钱！"说完了他又斟满了一杯酒站起来说："老弟，我再敬你一杯。"

耿峰说："我们四人一起干吧，预祝你早日回北京任职！"

王晓炜看他们几个这样热闹，也凑过来说："你们都给亦尚送了礼，我也送一个礼物给你。"他看着高亦尚问："郢州省有个漳河市吗？"

高亦尚说："有啊，怎么呢？"

王晓炜说："漳河市有一个很大的电厂项目需要几十个亿的贷款。开发银行是主办行，其中一部分贷款需要商业银行的配套，更值得做的是开发银行的贷款需要委托商业银行代理，这里面既有可观的代理费收入，又可以给商业银行带来大量的存款。郢州省有些银行机构都已经找到了开发银行的总行，可是就是没有你们的身影。前些天我们郢州分行的一个处长来汇报，说你们漳河市分行有一个姓戈的行长已经跟他联系。我们的这位处长说戈行长这个人很不错，对他夸赞不已。我不知道你是否了解这个情况，如果你们想接这个项目，我可以拍板。"

高亦尚说："这个项目我们当然要啦！我们的漳河分行怎么没有向我汇报这件事呢？"

王晓炜讲："你官僚了吧，自己不了解情况就怪人家没有给你汇报。"

高亦尚说："我们的那位分行长傲气得不行。"

王晓炜说："亦尚也变了，原来最讨厌拍马屁的人现在也希望别人拍上了。"

高亦尚说："那倒不是。"

王晓炜善意地提醒到："亦尚，你是从学校的象牙塔进入到总行的象牙塔，外面的社会是个什么模样你都没摸清楚，不像我们后来都到基层去锻炼过。我告诉你，社会就是一个大染缸，你到郢州去了别把自己本质的东西弄丢了。现在像你这样的人可属于稀有动物了。"

高亦尚说："至于吗，我还是一个书呆子？"

王晓炜说："我们现在不谈那个，免得你今天又睡不着觉。"他转开话题说："只要你说这个项目愿意做，我就给我们的郢州分行打招呼，

127

你们派人去接洽，我说的话那帮兄弟是会给面子的。"末了王晓炜说："还有一条告诉你，现在一些官员都牛得不行，见到商业银行的人就牛皮哄哄，倒是在我们面前还老老实实，如果你们遇到政府那边有什么问题给我打电话。"

高亦尚说："今天这顿饭太有收获了，感谢老兄老弟，我给你们敬酒啦！"他又斟满了酒和三位兄弟碰杯干了。

耿峰这时说话倒正经起来，他问："亦尚你在下面做一把手最难的是什么地方呀？"

高亦尚回答说："人，就是干部的问题。"

"对，就是干部的问题。"耿峰对王晓炜说："你还说他是书呆子，你看一句话就说到了点子上，一点也不呆。"

杜山泉笑着说："士别三日当刮目相看哪。亦尚兄半年的长进可真不小。"

王晓炜在旁边自斟自酌，笑而不语。高亦尚倒是有点着急地说："你们都来点正经的，有些什么窍门儿告诉我。"

耿峰说："现在官场流行一个说法，就是要让反对你的人理解你，让理解你的人支持你，让支持你的人忠于你。允许有人不喜欢你，但是不能让他恨你，万一他要恨你也要让他怕你。"

耿峰的话说完杜山泉就鼓掌说："高明！"

王晓炜也笑着问："耿峰，你小子哪来的这一套，是自己总结的还是从别人那里学来的？"

耿峰笑着说："这是我在越北市挂职任副市长时，在一帮同事闲聊中听到的。我琢磨这个话有道理就记住了，你看把它送给亦尚兄管用吗？"

王晓炜说："管用不管用就看亦尚的悟性了，他吃透了当中的道理，并且能够活学活用就管用了，他不明白其中的道理，你说再多不过就是一堆段子笑话。"

高亦尚说："我还真悟不明白，怎么能让反对的人理解呀，他能理解了就不会反对了。"

耿峰说："果然还是一个呆子。要让反对的人理解你，就是要求你对持反对意见的人态度要好，要多沟通，多说好话。不是有一句俗语叫'伸手不打笑脸人'吗？你是一把手都能够放下身段去给他说软话，他还好意思反对你？"

高亦尚还是不解，就问："如果他坚持反对意见呢？"

"那就让他怕你，"耿峰不假思索地说："每个人都有软肋，你把他的软肋找准，他要是反对你你就敲他的软肋，这样反对派就一定会被你搞定。"

王晓炜见他们说得这样火热就打断了他们的闲谈："算啦，你们这样真会把高亦尚教坏。现在像他这样纯洁的人真不多了，还是给我们留一点纯洁的种子吧。"

"哈哈哈哈。"大家都不约而同地大笑起来。

见时间差不多了，高亦尚要去结账被耿峰拦住说："回北京了哪能要你去掏腰包，晓炜兄去买单，我们当中他最有钱。"

刷卡买单后，他们都散去了。

二十、沆瀣一气

　　高亦尚第二天早上来到金山宾馆，张华涛仍然在宾馆大门口等候。总行的会议所有驻会人员都在宾馆里用餐，高亦尚虽然每天都回家住宿，但是每天早晨都与其他人员一样来宾馆用餐。刘杰要每天去接被高亦尚拒绝了，刘杰就没有再管高亦尚。非常巧的是每当高尚来到宾馆的时候，都会在宾馆大门附近碰到张华涛。

　　为了每一次都能够在宾馆门口"巧遇"高亦尚，张华涛做足了功课。他对一起来开会的其他同事说自己有早锻炼的习惯，每天起床要去走路锻炼，要其他的同事吃早餐的时候不要等自己。然后，早早起来到街上去转悠，差不多时间就来到宾馆大门旁边的一个不起眼的地方等候高亦尚到来。第一天他吃亏最大，因为不知道高亦尚到宾馆的具体时间，他提前了一个多小时就守候在宾馆门口，等看到高亦尚时发现刘杰也在等他，不好意思凑上来。当张华涛得知高亦尚不让刘杰再每天这样等后便觉得机会来了，他根据高亦尚到宾馆的大致时间，每天提前半个多小时在宾馆门口晃，今天张华涛来到老地方不久高亦尚就到了。张华涛从高亦尚关上出租车门那一刻开始迈腿，他走到宾馆的大门口和高亦尚几乎同时到。他很自然接过了高亦尚手上的提包。高亦尚从未问过他是不是在这里专门等候，张华涛也从未作过解释，两个人就这样达成了一种默契。

　　走进餐厅找到没有人坐的空位，张华涛把高亦尚的手提包放在了椅子上，高亦尚什么话也没说就径直去自助餐台上取自己需要的食物，当他端着托盘过来的时候张华涛才起身去取自己的食物。张华涛每一次取回的食物品类都和高亦尚几乎一样，他是准备高亦尚在品评食物味道的时候与高亦尚有共同话题。

　　金山宾馆培根腌制的味道不错，很地道。高亦尚说："在美国我每天早餐就是几片面包，几片培根，一直这样度过了几年，所以到现在都还很喜欢吃培根。"

张华涛说："我也喜欢这种肉，觉得跟我们家乡的熏肉味道有点像。"两人一边吃，一边闲聊天。高亦尚突然想起瑶瑶的事情说："昨天人多不方便问，你们家的什么亲戚在北京教育局工作？"

张华涛突然被问得一愣，马上想到可能是瑶瑶的事情，便回答说："是我们家小殷的一个远房亲戚。"他说的小殷是他的妻子殷秀枝。张华涛脑子在飞转，他想到瑶瑶的事情上一次给闵洁交代过以后就把这桩事情给忘了，不知道兰天翔办得怎么样。张华涛在心里头骂自己"真混账"！他不知道该怎样面对高亦尚，如果自己主动问瑶瑶的事而这件事又没办好，那就等于给自己挖了一个坑。如果高亦尚关心的真是瑶瑶的事而自己又不闻不问，高亦尚又会怎么看自己呢？他只好含糊地问了一声："怎么啦？"

高亦尚说："现在瑶瑶在学校里很好。不知道是不是小殷的那个亲戚做过什么工作。如果是那样就应该好好地谢谢人家。"

听到瑶瑶在学校里很好，张华涛心里放下了一块大石头，暗暗地吁了一口气。他对高亦尚说："我跟我们家小殷说过好多次，要她催催这个亲戚。事情办好了就成，谈什么谢谢。"他在回答高亦尚的时候就把"远房亲戚"的"远房"两个字给省掉了，而且说他是催过多次。他现在有些懊悔为什么要说是小殷的亲戚呢，而且还是远房的，如果说是自己的一个近亲不是更好吗？他意犹未尽地又补了一句话："这样的事情对他们来说是举手之劳，何必要言谢。"

高亦尚说："怎么那样讲？滴水之恩涌泉相报才是。"

张华涛说："领导言重了，如果是那样我可得挖一条河来感谢您。"

高亦尚笑着说："你这个人很会说奉承话，我对你有什么恩可言啊，还要挖一条河？呵呵。"说完就起身又去取食物了。高亦尚回到桌子边对张华涛说："会议今天上午十点半结束，你和大家一起回郢州，我到总行还要办点事明天再回来，刘杰留下来陪我就行。"

张华涛说："肖主任已经安排好，我们下午三点钟的飞机。"

吃完早餐，他们一起参加了大会的总结。

张华涛他们一行下午一点钟不到就赶到了首都机场。肖桂庭是办公室主任，他一手拖着自己的行李箱一手还提着总行大会上发给各行的会议资料。从出租车上下来，张华涛就热情地从肖桂庭手上接过会议资料，说："肖主任我来帮你拿。"

肖桂庭见张华涛要帮他拿资料心里乐呵呵嘴上却说："别客气，这是我的事。"

张华涛说："你年长我帮你应该。你看我的箱子这么大，我把它放在箱子里头去托运很轻松的。"他从肖桂庭手上接过资料以后，到了机场行李打包处，打开自己的行李箱把会议资料放了进去，然后在打包处用打包带把行李箍了一个紧。在换登机牌的时候，张华涛把自己的行李托运了。其他人也打算托运，张华涛说："托运行李起码要多等半个小时，如果你们行李不重就跟着自己走好啦。"打算托运行李的人见他说得有理就拖着行李上了飞机。

飞机在郢都霓裳机场降落时晚点一个多小时，天色已经暗下来。在机场的廊道上肖桂庭征求大家的意见，是吃了饭再回去还是各自回家吃饭，多数人都要求自己回家吃饭。在机场到达厅的出口张华涛跟大家告别说："你们先回家吧，我还要等行李。"肖桂庭要留下来陪张华涛，张华涛说："肖主任你别客气，这几天会上大家都辛苦了，你也要回去休息好。明天早上我就把会议的资料送到你那儿去。"肖桂庭表示了谢意就和张华涛分手。

张华涛找到了本次航班的行李出口处，看见行李架上的转盘在空空地转动，估计行李送到还会有一段时间，就将手机打开找到一个熟悉的号码拨过去。对方接通了电话，张华涛就问"你到机场了吗？好，我在等行李，你就在车上等我。"原来张华涛在北京就约好闵洁，他在机场托运行李就是要甩掉一路同行的同事。

上午大会的总结张华涛没有认真听。高亦尚说了"现在瑶瑶在学校里很好"这样一句话，具体是什么情况完全不清楚，是转学了比较好还是就在原来的学校比较好，张华涛觉得自己蒙头蒙脑，又不敢向高亦尚再问详细。瑶瑶的事情后面会怎样发展他心里没有一点底。兰天翔在北京这边手下得深不深？找的是什么人？后面如果高亦尚还有其他的要求能不能够满足？这些问题必须弄清楚，不然自己就会陷于被动。张华涛信奉"小心驶得万年船"，他办事从来不忽视细节，他知道有时候一个小小的疏忽就可以让一幢大厦倾斜，"千里之堤溃于蚁穴"，这样的古训不能不牢记在心里。张华涛心里不踏实，就溜出会场给闵洁打了电话，说瑶瑶的事情有进展，高行长比较高兴，要闵洁务必今天找到兰天翔问清情况，问清楚了之后下午五点半赶到鄂州霓裳机场去接机，见面后还有其他事情谈。

闵洁也明白张华涛是她往上攀的重要通道，对张华涛要求的事情闵洁从来不怠慢。这一次给高亦尚的女儿办事是一次绝好的机会。事情办好了可以与高亦尚搭上线，事情办砸了不仅与高亦尚无缘，还有可能连张华涛这条路也会被堵死，所以，张华涛交代了高亦尚女儿的事以后，自己催过兰天翔几次。放下电话以后闵洁估摸了到鄂都需要的时间，安排好手上的其他事，然后叫上自己的先生楼汉唐一道开车赶往鄂都。在汽车上闵洁就打电话告诉兰天翔，说自己要来鄂都了解所托北京的事情办得怎么样。

闵洁赶到兰天翔的公司大楼时已经是下午三点多钟。楼汉唐因为在高速公路服务区只吃了一点简陋的午餐，一肚子不满，停车就要去找吃的。闵洁非常恼火说："吃饱了去找阎王？你再嘀嘀咕咕我踹你一脚。"吓得楼汉唐不敢吭声。

进了兰天翔宽大的办公室，兰天翔表现出极大的热情："楼总你好！"他首先给了楼汉唐一个非常夸张的大拥抱。在闵洁的撮合下兰天翔与楼汉唐有生意上的往来，他们早已结成一对酒肉朋友。与楼汉唐拥抱过后兰天翔跟闵洁却是中规中矩地握了手问候到："闵科长您好。"

楼汉唐很不会看场合，他也不管闵洁到兰天翔这里来是干什么的，看到兰天翔桌子上新添了一个玉石的大貔貅，就大大咧咧地问："兰总，你这貔貅是哪个地方请的，我在漳河鄂都转了几个圈都没看到这样大的貔貅。"貔貅是传说中龙的第九个儿子，嘴大无肛，只进不出，生意场上的人特别是好赌的人把它奉为财神。楼汉唐看见兰天翔这里有一个体态非常大的貔貅心里就很羡慕。兰天翔回答楼汉唐说："这是我在辽宁请的，你想要我可以帮你弄一个更大的来。"

"好哇，好哇。"楼汉堂唐连连答应。

"你们的貔貅谈完了没有？"闵洁坐在沙发上语气中透着不高兴。

兰天翔和楼汉唐互相做了一个鬼脸，楼汉唐说："我到柳总那里去看看。"柳总是兰天翔公司的一位美女副总。看见楼汉唐出去，兰天翔坐到了闵洁的

133

对面。闵洁问:"事情办得怎么样?"

兰天翔说:"办得妥妥的,出了什么问题?"

原来两个多月以前闵洁把瑶瑶的事告诉兰天翔以后,他也想借这个机会结识高亦尚,所以办起此事来就很卖力。很快他就通过自己在北京的铁哥们,找到了瑶瑶学校的一个李姓校长,校长讲像瑶瑶这样的事情中学里不少见,用不着转学校,给瑶瑶换一个班级就可以解决问题,然后再找一名合适的老师适当关照一下,保证瑶瑶在学校里不受干扰,瑶瑶事情就这样办成了。因为没有合适的机会,兰天翔一直没有告诉闵洁。今天闵洁找上门来问这件事,想必一定是背后有什么原因。没弄清楚原因之前兰天翔不愿意把真相告诉闵洁,更不愿意闵洁把真相马上转告给张华涛。兰天翔觉得张华涛太精明、太滑头,他要把瑶瑶的故事编造得曲折、复杂一些,要把这件事作为以后与他们交换的砝码。但是到现在他还没有把故事编造好。

闵洁问:"高行长的女儿转到哪个学校啦?"

兰天翔胡编一通说:"你们行长女儿的事可费劲了,北京重点高中转学比上名牌大学还难,还有那个小男生的家庭背景非常硬,我的那些朋友不敢得罪男生家,既要办好你们行长的事,又要安抚好那个小男生,他们可是花了血本啦!"

闵洁知道兰天翔的话里会有很多水分,但又没有什么依据去戳穿他,便说道:"具体怎么弄的你还是没有讲清楚。"

兰天翔说:"哎呀,我忘了问具体事怎么弄的,要不最近我去北京一趟,把这事弄清楚。"兰天翔猜到了张华涛和闵洁对这件事都还不知底细,自己正好利用这一点。

"好吧,有什么进展尽快告诉我,不然,高行长问起来张处还不知道怎么回答。"闵洁见在兰天翔这里问不出更多的东西,就叫楼汉唐过来与兰天翔告辞,提前来到了机场。她也想探探张华涛的底。

他们在机场等候张华涛已经好几个小时了。

张华涛拿到行李之后,按照闵洁的提示来到停车场找他们。看见张华涛大老远地拖着行李箱走过来,楼汉唐快步地迎了上去,非常殷勤地把张华涛的行李接过来。闵洁看到楼汉唐的这种举动非常厌烦,她想不明白一个部队高官的子弟,怎么会对人这样奴颜婢膝,亏了还在军营里打过几年滚。

认识楼汉唐时闵洁正处于感情上的一段空白时期。一个偶然的机会遇到了楼汉唐，一米八的高个，国字脸，浓浓的眉毛，刀削的鼻梁，宽阔的嘴巴，非常入眼的帅哥形象。当时有人介绍这是漳河军分区楼司令员的公子，年轻的营职转业干部，市税务局的副科长。闵洁非常讨厌小男人，她喜欢那种充满阳刚之气，甚至有一些野性的男人。从中学时代开始追求闵洁的人就没有断过，但是很少有人能让她动心，直到读大学遇到比她高一年级的戈昚，她认定戈昚就是她的意中人。闵洁开始了对戈昚的攻势，除了不在一个教室上课，所有的社交活动中哪里有戈昚哪里就有闵洁。戈昚分配到漳河第二年闵洁也主动要求来到漳河。但是他们中间有一道墙始终没有打通，就是闵洁和戈昚之间从未表白过爱意。不知戈昚是不懂还是装傻，无论两个人之间的交往有多密切，但他从没有对闵洁有过亲热的举动，甚至是与爱相关的话题都未曾谈过。虽然闵洁在心里对戈昚爱得死去活来，但是女人的矜持也告诉她不能主动向男人低头。在学校几年的苦苦追求未果，闵洁又追到了漳河，表面上闵洁对戈昚始终如一，内心却慢慢滋生了对戈昚的怨气，直到戈昚成婚闵洁才彻底失望。闵洁甚至下过决心要独守一生，是楼汉唐的出现，她才重新燃起爱的火焰。

第一次见面闵洁在心里给楼汉唐打了一个高分，但是对楼汉唐还是保持着一种矜持和高傲的姿态，她对男人的要求不只是相貌上的伟岸，"眼里要有江山，心里只能有我"才是她的婚姻标准。闵洁长得非常漂亮，漂亮得几乎没有一点缺陷。楼汉唐看见了这等美女哪有不追的道理，可是用尽了办法还是得不到闵洁。最疯狂的时候楼汉唐连续一百天每天拿着一束鲜花在银行门口等待闵洁，这种举动虽然让闵洁的自尊心得到了极大的满足，但是她仍未松口答应楼汉唐的求爱。一次闵洁因为营销活动与几个男同事一起陪同客户在KTV唱歌，刚好遇到当地公安分局"扫黄打非"，民警把闵洁连同包房里的几个"三陪小姐"一同带到了公安局，无论怎么解释当事民警都要罚款了事。银行同事中有人给楼汉唐透了信儿，几十分钟后楼汉唐带来几个人大闹公安局，摔了水瓶又掀了桌子。当事民警知道此人是军分区楼司令员的公子，加上他们确实是因为要完成罚款任务而抓错了人，只好当面认错道歉，立马放人。这次遭遇让闵洁彻底放弃了对楼汉唐的抵御，闪电般地嫁给了楼汉唐。他们成婚不到两年的时间楼司令员去世了，失去了官爸爸的撑腰后楼汉唐的劣根性全暴露出来了，他撑不起失去大树庇护的家。老一辈的社会关系越来越淡，楼汉唐自己觉得在税务局混不下去了，于是就下海办了一个公司。其实，这家公司也完全靠闵洁撑着，闵洁现在越来越瞧不起楼汉唐，她对楼汉唐唯一能够接受的就是他对自己的言听计从。

看见张华涛对楼汉唐替他拖行李很受用的样子，闵洁心里产生了对张华涛的鄙视，暗自咒道："小人得志！"张华涛走近了汽车闵洁才说："张处长辛苦了！"闵洁与张华涛握握手后说："我们到天翔空间去吃饭，一边吃饭一边再把情况告诉你。"然后打开了汽车的副驾驶室，自己坐了进去。楼汉唐正在后备箱里给张华涛放行李，张华涛自己打开车门坐进了后排。楼汉唐的车技非常好，他开着自己的路虎车一路上连赶带超，不到四十分钟就来到了天翔空间度假村。这是兰天翔自己的一个规模很小的度假村，虽然对外营业但多数都是关系户。闵洁有这里的金卡终身免单消费，这是兰天翔给她的优惠。闵洁给兰天翔帮过不少忙，但从来不向兰天翔张口要物质上的回报。她觉得有楼汉唐这个渠道可以去挣钱，不愿意再向人乞讨。兰天翔给她这个终身免单消费的金卡，她也觉得受之无愧，这也是社会地位高人一等的一种体现。但真正常来这里消费的是楼汉唐，闵洁不屑这样的地方。

楼汉唐要了一个比较私密的小包间，点了一壶碧螺春的茶后拿过菜单给张华涛说："张处长您今天要点什么？"

张华涛推开菜单说："你是美食家，你点的菜我都喜欢。"他知道楼汉唐对吃绝不会错。楼汉唐看着闵洁问："小洁，你吃什么？"

闵洁说："来一份法式红酒鹅肝和一盅松茸野菌汤就行。"闵洁为了保持自己姣好的身材从不沾大鱼大肉。楼汉唐说："好啦，我到厨房去看看，别把我们的菜做砸了。"他对这里熟悉得跟自己家一样。

见楼汉唐离开以后，张华涛不加掩饰地问："兰天翔怎么讲的？"

闵洁说："接到你的电话我就给兰天翔讲，要他赶紧把北京的情况问清楚，我到他们公司的时候他已经问过了，不过给我讲得比较简单，只是说事情办得妥妥的。我问高行长的女儿转到哪所学校了，兰天翔说不清楚具体情况。"

张华涛说："能不能肯定是已经转学了？办妥了不等于肯定转学了呀！"

闵洁说："从语气上不好判断，我想应该是已经转学了。不然高行长怎么会说她的女儿在学校很好呢。"

张华涛无意识地点着头，眼睛也在眼眶里转动，沉思片刻以后说："兰天翔在跟我们卖关子，转学和没有转学都有可能，他是故意不给我们讲清楚，吊我们的胃口。这个消息一定要弄得十分准，不然我们后面会很被动。"说完张华涛拿起茶杯看了看，然后放下茶杯说："你找机会告诉他，我们最近要搞不良信贷资产剥离，是一次难得的商机，要他好好掂量，说不准我们又能帮他一把。"说完拿起茶杯一气喝了个底朝天。

"还有，"放下茶杯张华涛说："我还要给你创造一个机会，直接跟高亦尚挂上钩。"

闵洁听了张华涛的话没有应声，她在揣摩张华涛的用意。

"来啦，来啦。"随着楼汉唐的叫声，服务员用托盘把他们的菜肴端上来，楼汉唐手里还拿着一瓶茅台酒。

二十一、秣马厉兵

这次北京开会高亦尚感觉很好。首先见到了唐宏运行长，给他汇报工作得到了他的肯定，这是很难得的。唐宏运行长是一个睿智的银行家，谙熟社会的各种复杂关系，给他做部下如果没有足够的努力很难跟上他的脚步。高亦尚非常珍惜这次和唐宏运行长的见面。还有让他高兴的事是见到了老父亲，近八十岁的老人身体状况还这样硬朗，头脑还如此清晰，这是做子女的福气。老父亲"上医医国"的一套理论虽然不能够照搬到工作中来，但是他所提到的一些思路对自己也是有启发的。最让他担心的瑶瑶现在的情况也好了，有一个像姐姐一样的老师经常陪着、呵护着，这在哪里都很难求。只是刘老师这种举动背后的原因还不清楚，使高亦尚多少有一点疑虑。淑珍也很好，她还是像原来一样充满了活力，这让高亦尚很满足。最让高亦尚觉得感动的是他的那帮朋友。从二十多岁开始大家一路走来，尽管现在的岗位不同，身份也有了一些变化，但是大家的感情还是跟原来一样真挚，这在今天这种人情淡薄的社会里是难能可贵的。他们都是当今的社会精英，他们的见识和他们对自己所提的一些意见建议，对于自己在鄠州分行的工作会有很大帮助。高亦尚此时觉得自己就是一个书呆子，怎么生活在同一个时代、同一个社会，自己对社会的认识就没有他们那样细致、那样深刻呢？这可能就是晓炜批评的那样，自己一直关在象牙塔里，脱离了这个社会的实际，所以说话做事情有一些就不接地气。这是自己今后一定要特别注意的。他联想到自己在给唐宏运行长汇报的时候说到鄠州省分行的人情社会和圈子文化，那么我们这一帮年轻时的好朋友算不算也是一个圈子啊！难怪唐宏运行长说有些问题是全国性的问题，要用先进的文化来引导。领导的目光就是不一样，还没有发生的事情就像看到了一样。看来对人情社会和圈子文化的认识和判断不能太简单。

回到郢州后，高亦尚的思路转到了思考怎样尽快地把总行的部署贯彻下去。他觉得自己应该像唐宏运行长学习，做任何事都要举重若轻，把一件工作琢磨透，深思熟虑之后再轻巧地开展，没有必要事事都弄得轰轰烈烈。他想到了耿峰给他提示的潜在不良贷款可能就是资产剥离工作当中最关键的环节，也是最容易被忽略掉的环节，就想在开会布置之前对全行潜在不良贷款基本情况有一个细致了解。他打电话叫来了张华涛。

"我们的正常、关注类贷款①里有没有隐性的不良贷款在里面？"张华涛走进办公室还没有落座高亦尚就问。

张华涛被劈头盖脑的问话弄得愣住了。他没有立刻回答而是在揣摩高亦尚问话的意图。按照银行机构的职能划分，已经出现了风险的不良贷款管理由风险管理处负责，未出现风险的正常类和关注类贷款管理由信贷管理处负责。如果正常类和关注类出现了风险，问题的责任就一定是信贷管理处的。高亦尚的问话是发现了什么问题还是要了解情况？不清楚他的意图不能乱回答。张华涛就说："我们的管理一直都比较严，正常和关注类贷款一般不容易出问题。"他给了高亦尚一个模棱两可的答案。

高亦尚不知道张华涛肚子里的"小九九"，就直接把自己的想法告诉了张华涛："我在总行听说这一次的不良资产剥离除了报表中已经反映出来的可疑类和损失类贷款以外，还可能对隐藏在正常和关注类贷款中的潜在风险的贷款实施剥离。这一块儿是哪个省情况清楚总行给哪个省消化潜在风险贷款的机会就多。我们要提前做调查、做准备。"

弄清楚了高亦尚的意图张华涛马上改口："我们的正常、关注类贷款当中的潜在风险贷款还真是隐藏了不少，原来我们一直要求把它暴露出来，但是由于不良贷款率②在总行的绩效考核中占有很大的权重，马行长原来一直不允许我们把它暴露出来。"张华涛这一句话既暴露了问题也把责任推给了别人。马行长是刚去世不久的前任一把手行长。

高亦尚问："大概会有多大的数字，你能说清楚吗？"

---

①商业银行的贷款实行五级分类，其中能完全正常运行的贷款为正常类，出现可能引起贷款变化因素的贷款为关注类，出现问题并可能造成较小损失的贷款为次级类，出现较大问题并可能造成50%以内损失的贷款为可疑类，出现较大问题、并可能造成超过50%的损失的贷款为损失类。后三类贷款统称不良贷款。

②不良贷款率是商业银行考核的重要经营指标，它是指不良贷款占全部贷款的比率，监管部门允许的不良贷款率是2%。

张华涛马上回答："大约五十几亿左右。"张华涛回答的语气比较肯定。因为潜在风险贷款是信贷管理部门经常要盘的情况，他脑子里有个大概印象，关键是他所说的数字不管对与错，最后核实的时候由他这里把关，松一点或严一点最后都可以把数字控制在五十几亿左右。他说话从来都是给自己留余地，这是他的一贯行事风格。

高亦尚嘱咐他说："你现在就要着手去调查全行具体有多少潜在风险的不良贷款，分布在哪些行业、哪些企业，潜在风险贷款形成的原因和收回这些贷款可能性有多大。这些问题你比我内行，要尽早做好准备。而且要注意做好保密工作。"

给张华涛交代完毕后，高亦尚又来到了徐光钊的办公室。这是高亦尚最近一段慢慢形成的习惯，只要有重大的工作他就会主动来找徐光钊商量。

"老徐，办公室把总行剥离不良资产的文件给你送来了吗？"高亦尚在沙发上坐定了以后问。

"送过来了，我正在看。"徐光钊起身走到了高亦尚旁边坐下。

高亦尚问："你看了总行的文件有什么感觉？"

徐光钊说："中央的决策充满智慧和勇气，用这样的霹雳手段割掉银行背负的沉重包袱，让银行在最短的时间内获得新生，很了不起！甩掉不良资产的包袱然后经过几年的磨合，我们与外资银行站在一起的时候就不会那么害怕了。"

高亦尚说："你看得很准，总行领导的讲话都透着这种意思。"

徐光钊解释说："我刚看了唐行长的讲话，总行其他文件还没有来得及都看，感觉到剥离工作我们分行有很多细节问题值得仔细研究，譬如我们不仅要看到反映在报表中的可疑类贷款和损失类贷款，其实，我们还有相当一部分的不良贷款仍然隐藏在正常和关注类贷款里，这一类的问题不解决，我们的不良资产剥离工作做得还是不够彻底，今后，也还会拖累我们的工作。"

高亦尚听到徐光钊这样讲心里不禁暗暗佩服，心想徐光钊没有到总行去参加会议，但是他看到的问题和耿峰所表达的意思完全契合，耿峰是代表着决策层的意见呢。徐光钊这个人真是高水平！高亦尚心里甚至有些替徐光钊鸣不平，这么能干的人为什么就不能到更重要的岗位上去工作？

高亦尚回答徐光钊说："是的，确实很多问题要我们去做细致的研究。"

说完高尚向徐光钊要香烟抽，最近他思考问题的时候有时也会抽一两支烟。

徐光钊说："车祸以后我就没有再抽烟了，你要抽我叫他们送一包过来。"

高亦尚制止了徐光钊说："算了，我是抽着玩儿，你没有就算了。"接着高亦尚很认真地对徐光钊说："徐行长，信贷业务这一块儿我不太熟悉，涉及不良信贷资产的剥离就更复杂，你可要多费心。"

徐光钊说："这是我们的工作职责，你没有必要和我讲客气。我想这项工作有几个关键点我们是要认真研究的。"

高亦尚很想听徐光钊的意见，他看着徐光钊什么话也没有说。

徐光钊知道高亦尚想听自己发表看法，就接着说："我想起码有这样几个问题我们现在就要着手准备，一是干部员工的培训。不良资产剥离的政策复杂，涉及的借款人范围广、时间跨度大，剥离不良信贷资产是银行不良资产的结束，也是资产管理公司追债的开始[①]，这样的复杂程度，我们不可能保证每一个干部、每一个信贷员都能够准确地操作。有必要对相关人员进行一次事前培训辅导，工作正式铺开以后我们的阻力就会小许多。二是我们要立即对有问题贷款的客户划一条红线，规定这些企业从现在开始一分钱的贷款也不能增加，对有些企业现在要抓紧清收贷款本息，防止逃废银行债务。三是要制定严格的剥离纪律，坚决杜绝有人借剥离不良贷款的机会捞一把，防止国有资产流失。四是我们赶紧要向省政府做一次汇报，因为剥离的工作会涉及很多企业，甚至涉及司法，我们必须取得政府对我们的支持。虽然总行没有要求我们一定要向地方政府报告，但是我觉得还是应该尽早做这件事。"

高亦尚听了说："徐行长，你说的这几条非常好，你看我们需不需要成立一个临时机构来专门协调这项工作？"

徐光钊问："总行是哪个部门在牵头负责？"

高亦尚说："总行领导好像没有明确由哪一个部门来牵头负责，不过我看到了总行有一个财务重组及股份制改造领导小组这样的临时机构，不知道不良资产剥离工作属不属于这个小组的职权范围。"

徐光钊说："应该属于这个小组吧！我建议咱们与总行一个步调，成

[①]国务院规定国有商业银行的不良资产剥离，对不良贷款所形成的债权要按照一定的损失率折价卖给国有资产管理公司，并向资产管理公司移交所有债权凭证及相关资料档案，由资产管理公司继续行使债权人职责。

141

立不良资产剥离工作领导小组,你牵头我做你的助手,这次到总行开会的部门和其他各有关部门都参与进来,有重大的工作就以领导小组的名义来进行部署。"

高亦尚说:"我看可以,要不我们明天上午就开会研究。"

徐光钊答应道:"完全可以,今天还可以给我们自己留点时间来做一些准备。"

第二天的会议开得很顺利,就如何贯彻总行会议精神确定了成立省行不良资产剥离领导小组,明确了各职能部门的主要任务,布置了剥离工作正式展开前的几项重点工作。会议确定下来的内容马上都得到了落实,信贷管理部草拟的《关于财务重组(不良资产剥离)期间严禁向存量不良贷款的企业新增贷款的意见》、风险管理处和人事处联合草拟的《关于信誉等级BBB以下企业不良贷款和应收利息清收的特殊奖励办法》、信贷管理处和风险管理处联合草拟的《潜在风险贷款甄别标准》《潜在风险贷款认定程序》等近十个具体操作办法的文稿都集中送到了办公室。在领导小组办公会上讨论这些办法时,除了决定《潜在风险贷款甄别标准》《潜在风险贷款认定程序》两个文件以征求意见稿下发以外,其他的文件都批准通过了。上述两个征求意见稿是因为徐光钊建议要等待总行最后的意见,以免发生与总行的意见相左的情况,各行可以按征求意见稿先期做好调查和准备。高亦尚很赞赏徐光钊这种细致的工作作风。办公会决定召开的不良资产剥离工作动员会也在紧锣密鼓的准备中。

在省分行不良资产剥离工作动员会的筹备期间,省分行办公室与省政府办公厅联系了高亦尚向政府领导汇报的事宜,省分行风险管理处也联系了总行风险管理部关于干部培训的事宜。很快总行风险管理部有了回信,答应了在省分行召开不良资产剥离动员会的期间,耿峰总经理来郢都给全行的干部做半天的专题培训。

省分行风险管理处于海军处长兴冲冲地来到高亦尚的办公室向高亦尚报告:"高行长,总行风险管理部的耿峰总经理答应了来给我们全省的干部做一次培训。"语气里带着一种兴奋和得意。"这些年总行没有哪一个部室的领导到我们郢州来给基层的干部培训过,耿峰总经理这一次亲自到郢州来,说明总行对我们郢州工作的重视和肯定。"

高亦尚不便把自己与耿峰达成默契的事情说穿，以免扫了于海军的兴。就说："总行领导对我们这样重视，我们一定要不辜负总行领导的期望，把工作抓扎实。你最好做一个准备，把培训多大的范围、培训当中有什么特殊要求这样的一些问题，要事先跟耿总做一个汇报，好让耿总的培训有的放矢。"接着高亦尚又嘱咐道："于海军，你要不到北京去当面给耿总汇报一次，再说你去上门请人家也体现了我们郓州人的礼节。"

于海军说："好，我等分行动员会准备工作差不多了就立马赶到北京去。"

高亦尚告诉他："你不要等会议的准备了，会议的准备工作叫你的副处长和信贷管理处联手就行。你早点去北京，让耿总有点时间给我们做一些有针对性培训的准备。"

"好，我马上去找张华涛。"说完于海军离开了高亦尚的办公室。

为了准备好会议的动员报告，高亦尚把田彬彬叫到办公室，详细阐述了自己对剥离不良资产工作的认识，要求田彬彬在起草报告的时候以唐宏运行长的讲话精神为基调，结合郓州分行的实际，把自己刚才所说的对剥离不良资产工作的理解糅进去，要让这个动员报告既不脱离唐行长的讲话精神，又具有十分明显的郓州特色。高亦尚强调多了田彬彬有些紧张，担心他起草的报告达不到高亦尚的要求。高亦尚宽慰他说："你放开去写，做动员的时候我不会照本宣科，我会适当地脱稿去展开说。"他这样一说田彬彬更加紧张。高亦尚就笑了起来说："我不再说啦，你在报告里面要体现我刚才所说的大意就行啦，你自己去发挥吧！"田彬彬果然不负厚望，起草了一篇很有说服力、很能煽情的动员报告。高亦尚把报告草稿给徐光钊看了，让徐光钊在政策层面和技术层面把了关。

省行的这一次不良资产动员会开得非常精彩。

除了高亦尚的主旨报告，动员会上最大的亮点就是耿峰的业务辅导。耿峰的辅导有一种京官的霸气，他上台的第一句话就说："我是你们高行长的好朋友，我就是冲着高行长来郓州的。现在请我做辅导的地方很多，很多分行都派人到北京排队找我，但我就第一个到郓州省分行。我不怕别人提意见，因为高行长在北京开会期间就对我提出邀请的。今天各位听了我的辅导，我就会让你们知道资产剥离是干什么、应该怎么去干、什么样的方式剥离才能最大限度地给我们今后的工作减轻包袱。有一个重大问题我不讲，也讲不好，就是我们为什么要搞不良资产剥离。这个问题刚才你们高行长讲了,讲得很透,很精彩,我再有任何话都是多余。"耿峰恰到好处地给高亦尚撑了腰。

耿峰的辅导两个半小时下来,大家都觉得不累,听得很过瘾,从他的辅导中获得了大量的信息,也懂得了不少道理。这次辅导最绝的是耿峰搞了一个突然袭击的考试。在辅导报告即将结束的时候耿峰说:"我的辅导讲完了,但是我的辅导报告不能白听,当然我也不会收讲课费。听了辅导的人都要送我一份东西,就是考试的答卷。"说到这里他要于海军把印制好的考卷拿上来说:"其实,所有的考试都有两个作用,一个是检查学习的人学得好不好,还有一个作用经常不被人重视,就是检查讲课的人讲得好不好。你们的答卷既是给你们自己的画像,也是对我刚才辅导做一个评价。如果你们有百分之六十以上的人都及格了,说明我的辅导讲课及格了,如果有百分之四十一的人不及格说明我的辅导是失败的。"说完他叫于海军找人去分发考试的卷子。他还解释说:"今天的会场里就我和于海军两个人不考试,因为考题是我出的,卷子是于海军印的,我们俩考试没有意义。今天所有听了辅导的人都要考试,包括省行领导也不例外。"说到这里他冲着高亦尚笑了起来说:"对不起高行长,希望你对我的辅导有一个好的评价。"看到会场一部分人手上已经拿到卷子,耿峰说:"我的这份卷子很容易,只要听懂了都做得出来。卷子有三种题型,一种是判断题,一种是选择题,一种是填空题。判断题最简单,懂和不懂都可以蒙,总会蒙对几题。选择有单选和多选,填空只有唯一的答案。考试的时间只有十五分钟,十五分钟后我看前面几排座位上的行长、处长做的卷子,看完了我就回北京,下午三点半的飞机票已订好。其他的卷子由于海军去判卷。"看见于海军在发卷子还没有全部发完,耿峰补充说道:"这个考试是开卷的,大家想看什么都可以,看总行的文件看刚才的笔记都行,就是不许互相交头接耳。"

耿峰的这种做法让高亦尚感到非常意外,但是他明白这是耿峰对他的帮助。

二十二、巧借东风

省政府大楼五楼右边的第二个房间里，鄢州省常务副省长张良继正在听省政府副秘书长叶玉堂的汇报："他们已经第四次通过办公厅请求约见了，因为您的时间安排不过来，所以一直没有给他们明确答复。"原来他在汇报鄢州省分行高亦尚他们请求见面的事情。

张良继说话的嗓门不大，音调也不高，但他的声音却很有张力："他们三番五次地要见面，有什么具体的要求没有？"

叶玉堂回答说："他们向办公厅提出的就是向政府领导汇报工作。"

张良继的语气带有疑惑："省里几次开会他们不是都有人参加的吗，为什么他们在会上不提而一定要专门安排时间见面呢？"他的话语中显然透着不愿见他们的成分。

叶玉堂接着说："我叫办公厅二处向银监局和人民银行了解了情况，他们银行最近的重点工作是股份制改造，可能是为不良资产剥离要向政府汇报。"

张良继说："你代表政府和他们见见面，如果是程序性的东西你就对付一下，如果真有事情要商量我们回头再说。"

叶玉堂按照自己的思路继续说："银行剥离不良资产是国务院统一布置的工作，全国统一行动。虽然国务院没有向地方政府提出具体的任务，但是有些地方已经开始和银行联手行动。我们适度地参与对鄢州的地方经济应该是有好处的。"

张良继抬头若有所思地看着叶玉堂问道："你是觉得我还是见见他们好？"

"是的。"叶玉堂回答。

张良继稍稍想了一会儿告诉叶玉堂说："你去把情况弄清楚，然后给我做一个大致的准备,我们再确定什么时候和他们见面。"

叶玉堂答应了之后就退出了张良继的办公室。

与省政府这么长的时间没联系上,高亦尚也有些着急。他叫肖桂庭把徐光钊请到了自己的办公室,一道分析为什么省政府这么长的时间没有准确的答复。

徐光钊问:"老肖,你们和省政府什么时候联系的?"

肖桂庭回答说:"行长办公会定下来高行长要去见政府领导以后,我们就及时联系了政府办公厅综合二处,他们的答复是张良继副省长的工作现在安排得很满,有时间再通知我们,一连几次的电话联系都是这样。我见总没有一个具体回答,自己又专门去了办公厅一趟,见到了综合二处的毕处长。毕处长告诉我说良继省长是常务副省长,现在主管经济工作的各条战线,中央经济工作会议以后省里头也正在筹备相应的会议,很多工作都集中到良继省长这里,他确实抽不出时间来。"

高亦尚听得出肖桂庭的这一通汇报无非就是要说明他已经做了工作,只是别人的原因才没有完成任务。他很不喜欢这样推卸责任的工作态度说:"老肖,我现在要的是你的结果,不是要你讲工作过程。"

肖桂庭连连点头说:"好,我们再去联系。"

这时徐光钊插话说:"老肖你再联系,如果仍然没有消息,我再给张副省长跟前的副秘书长叶玉堂联系看看吧!"

给肖桂庭说完以后徐光钊就对高亦尚说:"这个事情可能还有背后的原因。"

高亦尚瞪大了眼睛问:"你该不会说省政府对我们有什么不满意吧?"

徐光钊说:"满意不满意不好说,但省政府近几年对我们的某些工作措施确实曾经有过误会,认为我们对地方经济的支持力度不够,为这个我们挨批评不少了。"接下来徐光钊就给高亦尚说了一些曾经发生过的事情。前两年因全省的财政收入情况不好,很多地方的行政、事业单位甚至学校都发不出工资来。郓州钢铁集团、郓都纺织集团、健民药业、漳河轻机等十几家省里的龙头企业严重欠税。因为税收上不来影响到省里的财政收入,很多工作都等米下锅无法正常开展。在各种催缴税收办法都无效的情况下,主管经济的副省长亲自主持召开了一次税收的协调会议,参加会议的有大额欠税单位、税务局、财政厅、各有关银行的省级分行。会议中省财政厅拿出了急于开支的重点清单，税务局确认了各欠税单位的欠税金额，各欠税单位确认了自己愿意当期认缴的欠税，剩下的就是逼着各欠税企业的主办银行承诺贷款缴税。在这样的高压态势下，当时参会的一大半银行都承诺了贷款交税。徐光钊当时就在会场，因为总行刚刚下发文件严禁贷款交纳未实现的税款，徐光钊就在会上向副省长报告了总行刚刚下达的文件精神。副省长在会上逼得急，他扣住总行文件的字眼说："未实现的税收不能贷款，但是今天上会的企业都是已经实现了销售收入的应缴税款。"其实他俩心里都很明白，好多企业都是为了完成计划虚开发票形成的虚假销售收入。当时徐光钊不愿意在会上让副省长难堪，推脱说请示了总行以后再做答复。哪知道副省长不依不饶，逼着徐光钊就在现场给总行打电话。结果，总行在电话里坚决回绝了用贷款交纳税收的要求，弄得个性强硬的副省长在会上下不来台。徐光钊给高亦尚解释说："在计划经济时期贷款缴税这样的事情司空见惯，后来的时间我们的银行开始了由国有专业银行向国有商业银行的逐步转型，计划经济时期的一些做法都遭到了摒弃。但是一部分政府官员的思想跟不上形势，所以就遭到了这样的嘲弄。"

高亦尚听完徐光钊的故事就说："这位强硬的副省长就是张良继？"

徐光钊答非所问："其实工作上有分歧很正常，但是把情绪带到工作上就不好了。"

高亦尚好奇地问道："这样的大领导不会因为工作上的分歧而跟我们赌气吧？"

徐光钊笑着说："我从来不认为大领导在情感上跟普通人有什么不同。大领导只是说明他的职务高，责任大，应该胸怀开阔，至于大领导能不能做到这些，也是因人而异。说到这件事在这位副省长那里留下的什么东西，我确实说不上来。"

高亦尚问："后来我们与省政府在工作关系上受到什么影响吗？"

徐光钊说："变化肯定是有的，就是不知道这些变化是否与这件事有关。比如原来在我们行里的财政性存款后来陆陆续续地转移到了其他银行不少，留在我们这里的只是少部分。再就是对省政府那边后来新成立的社保金账户、公积金收缴账户在开户行的选择上，我们经常处于不利的位置。前年总行的唐宏运行长专门到郓州，拜访了省委书记和省长以后，这种情况得到了一些缓解。"其实还有一个情况徐光钊没有讲，就是总行两次准备提拔徐光钊，在征求地方党委意见时都遭到强烈反对，最后都无果而终。

讲完这个故事徐光钊接着说："与政府的关系一定要协调好，我们既然是央企驻郓单位，我们的职责就是为郓州的经济发展服务，只有在这个前提下我们才能做好自己的业务发展。我们这样的态度一定要鲜明，一定要让省委省政府领导对我们放心，不然我们在郓州的生存就会困难。你是新来的行长又是从总行下来的，用你的身份去表明这个态度会更有说服力。我们的不良资产剥离离不开省里的支持，向政府领导汇报的事情再不能耽搁了。"徐光钊又对肖桂庭说："肖主任也要去做个准备，把这几年来我们行对地方经济建设的贡献从各个方面好好地捋一捋，弄一个材料给高行长熟悉一下。手上没有实际的东西这个门不好敲。"

高亦尚听了这些又觉得头晕，跟人打交道是他的弱项，遇到复杂的人际关系心里更是觉得没有底。徐光钊好像读懂了他的心思说："你去政府汇报是必须的，因为你是一把手，只有你最能代表省分行。你去的时候我陪你去，我是省行的老人，过去有些事情处理得不当责任在我身上，再去接受一点批评教育也应该。"高亦尚苦笑着说："把担子往别人身上卸可不是我的风格哦。"他又转过脸对肖桂庭说："徐行长的建议很对，你去做两件事，一个是今天就按照徐行长说的去准备材料，把我们对郓州省经济建设的贡献讲透，再一个是你明天再去一趟省政府，不要老是打电话。约定好去的时间再通知我，徐行长去还是不去我们再商量。"

肖桂庭像得到了特赦一样赶紧溜走。

肖桂庭走了以后高亦尚对徐光钊说："徐行长，我知道你是为了给我减轻压力才要陪我去见政府领导，我非常感谢你。但是我也要直言，我去见领导的时候你就别去了，既然过去有这么一档事，还是回避一下的好。"

徐光钊说："既然你能够这样理解那当然好。不过去之前确实要做好准备，最好带一个比较灵活的人一块儿去。"

"你说带谁去好？"高亦尚问，"肖桂庭？"

徐光钊说："肖桂庭肯定要去，他是办公室主任，联系政府的工作也是他做的，他当然要去了。但是他去起不了太大作用，还得有一个人去。"

高亦尚问："谁去比较合适，于海军？张华涛？"

徐光钊说："张华涛去比较合适，他这个人脑袋灵光，对付这样的事情他的办法多。"

高亦尚说："我也想到他。你怎么看张华涛这个人？"

"什么怎么看？是怎么评价这个人吗？"徐光钊问。

"是的，我是问你怎么评价这个人。"高亦尚接着说："我告诉你，那天考试后耿峰把卷子交给了我，所有的处长、二级分行行长当中就张华涛一人不及格，考了58分，戈啓的分数最高，他考了96分。你是92分，我是88分。这个问题你怎么看？"

徐光钊见办公室门开着就要起身去关门，高亦尚拦住他说："刘杰今天请假了，我这边没人过来，说话没关系。"

"考试不及格是他没把这当一回事，照他的聪明劲考100分都不难。"徐光钊说："如果要我谈对张华涛的看法，我只能说这个人的优点缺点都很突出。优点就是工作能力强，思维反应快，群众关系好，也还能自律，他愿意做的事情一定能做得非常好。缺点就是这人太过聪明，对事对人的真诚度不高。我对这样干部的看法是可以用但要有节制地用。"

高亦尚说："我对干部的了解还不够，只能一边干一边观察，谢谢你。"

这时外面传来有人走路的脚步声，他们停止了这个话题的谈话。肖桂庭走进来脸上挂着喜色报告说："高行长，徐行长，刚才省政府办公厅那边主动打电话过来了，答复张副省长后天下午三点半在省政府与行领导见面。"

"好！"高亦尚听到也有些高兴地说："后天你、我、张华涛、刘杰我们四个人去省政府汇报，徐行长那天有其他的工作。现在，就去通知张华涛，到我办公室里来，我们一起研究一下去省政府怎样汇报。"

按照政府办公厅通知的时间，高亦尚他们提前十分钟来到省政府大楼五楼的第二会议室。他们到达时省政府副秘书长叶玉堂、省政府办公厅二处的毕处长已经在会议室。肖桂庭抢先一步走进会议室与办公厅二处的毕处长握手，介绍说："这是我们省分行高亦尚行长。"

毕处长往后退了半步指着叶玉堂说："这是省政府办公厅叶玉堂秘书长。"

高亦尚主动走上前与叶玉堂握手说："秘书长，对不起我们迟到了。"

叶玉堂笑着说:"没迟到,是我们提前到了。"

高亦尚说:"谢谢领导能够安排时间听我们汇报。"

叶玉堂说:"是的,最近良继省长特别忙,能够挤出时间来确实很不容易。你们联系了这么长时间,也请你们理解。"随后,宾主分别坐下。

政府第二会议室实际上是一个小型的接待室。会议室面积不大,约四十平方米左右,房间里摆放着三对沙发。其中一对单人沙发正对着会议室的房门,沙发中间的茶几上放着一个小盆景,墙的上方是一幅笔力雄劲的书法作品。显然,这是主人和主宾的座位。房屋的两边还各放一对单人沙发,主宾席的对面有一件三人沙发,沙发与沙发中间放着几把木质的靠背椅。进到会议室就能够看出省政府会议室的简朴与整洁。毕处长安排叶玉堂和高亦尚在主宾的座位上坐定,又让肖桂庭、张华涛和刘杰在他们对面的三人沙发上落座,然后要给他们倒茶水。张华涛看见了主动走过去帮助毕处长给大家倒水,趁机也与毕处长交换各自的名片。

宾主坐定以后,高亦尚主动地向叶玉堂做检讨说,自己调来郓州以后因为班子的人手不齐,自己又在熟悉情况,除了参加省里的一些会议外,还没有来得及专门向政府领导汇报,对此表示了歉意。

叶玉堂打着哈哈说:"完全能够理解,现在的生活节奏太快了,每个人都恨不得能够生出三头六臂来。"谈话间他对马行长的不幸去世表示了悼念。

他们正谈论着,这时外面传来有人说话的声音,毕处长小声地提醒道:"良继省长来了。"叶玉堂赶紧站起来,高亦尚也跟着站起来走到了门口,其他的人也都站了起来。

高亦尚去省政府汇报的时候徐光钊也没有闲着,他在紧张地策划全省不良资产剥离的安排步骤。徐光钊是从信贷员岗位成长起来的,从参加工作到现在没有离开过信贷专业一天,对全省的不良信贷资产状况了如指掌。他知道这一次的不良信贷资产剥离是银行彻底摆脱经营困境的绝好机会,容不得半点的马虎和失误。他要把这次战役中的每一个步骤甚至每一个细节都考虑周全。徐光钊在思考这些问题时自然想到政府部门的支持。他懂得政府这只有形的手对经济干预的力量是强大的,用好了这支力量对银行的工作就是一个很大的促进。更何况这次不良信贷资产剥离的主体是国有企业,剥离工作与国有企业的改制正处在一个时间节点上,如果两个工作能够合拍就会形成一个双赢的格局。徐光钊希望高亦尚向张良继副省长的汇报能够带来好消息。

就在徐光钊心里记挂着高亦尚的汇报时，他听到了廊道里传来高亦尚爽朗的笑声。徐光钊赶紧放下手中的文件走出办公室，看到高亦尚满面春风便问道："有收获？"

高亦尚主动伸出手来握着徐光钊连连说："喜出望外，喜出望外！"接着招呼跟在后面的肖桂庭等人："来，就在徐行长办公室聊聊。"

徐光钊被高亦尚的情绪感染，乐呵呵地说："看来你们是满载而归呀！"

高亦尚坐下来以后，接过刘杰递过来的水杯"咕咚咕咚"大口喝了两口水，放下水杯稍稍歇了一口气才说："你说对了，就是满载而归。"

接下来高亦尚兴致勃勃地向徐光钊介绍了到省政府汇报的过程，最后说："我们现在要做的工作就是把我们需要政府支持的内容列出清单来，包括需要司法部门协助的内容，一并向省政府打一个报告，希望在政府专门为我们召开的协调会上向有关部门做统一的要求。"

徐光钊听了这些以后觉得高亦尚可能把问题想得过于简单，毕竟他经历这样的事情很少，对地方错综复杂的利益关系认识得不是那样清楚。于是徐光钊提醒说："我们是不是要把今天汇报会中张副省长提出的要求再逐一地学习研究一下，在这个基础上再给省政府打报告。不然，如果我们的报告与省政府领导的要求差距过大，再想改都很困难了。"

徐光钊的这番话让高亦尚似乎不再那样兴奋了，他若有所思地说："徐行长的这个建议很好，我们要把自己的每一个工作都做扎实，不能出一点纰漏。"说完这些高亦尚向刘杰要来自己的工作手册，翻开了与张良继谈话的记录说："首先，我觉得省领导对金融工作的认识非常到位。在我汇报中提到请求省政府对不良资产剥离工作支持的时候，张副省长就说，金融是经济工作的生命线，对金融的支持是政府的分内事，要我们有什么困难和要求都可以提。"

徐光钊说："'金融是经济工作的生命线'是郢州省委老书记的名言，郢州省经济战线的老同志几乎都知道这句话，我们省改革开放二十几年来金融业的发展就与省委领导的战略眼光分不开。"徐光钊说这些时肖桂庭和张华涛都在点头。

高亦尚说："不管怎么讲，省领导有这种高度的认识就是我们开展工作的良好条件，我们的不良资产剥离的顺利开展就多了一份保障。"他一边说一边继续翻阅他的工作手册，过后他侧过脸来对徐光钊说："张副省长还真是一个内行领导，在我刚刚汇报完毕的时候他就抓住了问题的核心问我，'老高，可不可以这样理解，不良资产剥离工作的好坏与否决定了你们银行股改的成败？'在得到我的肯定回答后他爽快地说'既然决定了银行的生死存亡，再大的困难我们也要帮！'听到张副省长这样讲当时我都感觉到自己激动地在战栗。"说到这里高亦尚脸上露出了一丝难以察觉的羞涩。

徐光钊宽厚地打趣说："我现在听了都在战栗，呵呵。"坐在屋里的人都和善地跟着笑了。

高亦尚等大家笑声停下来后接着说："领导人的水平高就体现在他们的思维敏锐和入木三分的洞察力。在汇报中张副省长就关于债务的豁免和追索问题做了深入思考。我们的这段谈话你们谁的记录做得详细？"说完他的眼光在肖桂庭他们三人脸上扫过。张华涛第一个把头低下装着翻阅记录，肖桂庭则看着高亦尚，嘴里嗫嗫嚅嚅不知说的什么。高亦尚问刘杰："你做了记录吗？"见刘杰默默点点头便说："刘杰你讲讲吧。"

刘杰看着他的笔记本有条有理地说开："张副省长问'你们剥离不良资产对于债务人来讲是不是意味着银行对他们的债务的豁免？'高行长说'不是。'并解释说'剥离要分两类情况，一个是损失类贷款的由银行用自己留存的利润核销，除依法破产的企业我们参与财产清偿之外，其他债务我们仍然账销案存①，保留最后的追索权。另一种情况是我们对可疑类贷款将转让给资产管理公司，资产管理公司在承接我们转让资产的同时也承接了对债务人的权力，同样可以对债务追索。'听到高行长解释后张副省长继续问'你们是怎么定义损失类贷款和可疑类贷款的？'在得到高行长的解答后张副省长又突然提出一个比较刁的问题。"

高亦尚这时纠正刘杰道："怎么能说领导的提问刁呢？"

这时半天不语的张华涛接过话说："张副省长接着问'既然剥离前和剥离后同样对债务人存在着贷款的追索，那么对于企业来讲剥离的意义在哪里？'"

---

① 账销案存是指银行在自己的财务报表中核销掉不良贷款，但在法律上不放弃对债权的所有，保存对债务的追索权，一旦债务人具备了偿还能力银行还可以追回损失。这样做是为了防止债务人作伪。

高亦尚红着脸说:"剥离债务对企业有何意义,我确实没有思考过这个问题,听到张副省长的这个问题后我当时真是有些挠头,我担心如果不能很好地回答这个问题,误导了领导的决策就是我的罪过了。多亏了华涛递过话来。"

张华涛这时脸上露着得意却假惺惺地说:"嘿嘿,我也是蒙的。"

高亦尚用赞赏的口气说:"华涛的那个补丁打得好。他说'剥离工作对于债务人的意义就在于剥离前后两个债权人的性质不一样,对债务要求也不同。'他的这句话让我马上找到感觉。我给张副省长解释道'银行对企业发放贷款的资金主要来源于社会公众的存款,不良贷款的存在就危及到社会的稳定。资产管理公司对于企业的债权,它的主要资金来源是国家对他们的借款,这里不会涉及社会公众的资产安全,与社会稳定的关联度比银行要小得多。更重要的是国家对资产管理公司有授权,允许他们对这一部分债权处置时可以按照一定的比例缩水。'这些问题耿峰在培训中都讲过。"

徐光钊饶有兴趣地问:"张副省长听了解释后怎么讲?"

高亦尚说:"听到这里张副省长把茶几轻轻地一拍说'好!资产剥离工作对银行减轻包袱,加快市场化的改革非常有利,同时对国有企业的改革也同样是一个福音,我们完全可以借银行不良贷款剥离的东风,把国有企业的改制和重组狠狠地推一把。中央的决策英明,了不起!'说到这里我看张副省长就是一副摩拳擦掌的神情。"

听到这徐光钊也感叹地说:"领导人的眼界和胸怀就是不一样。"

高亦尚说:"还有我没有想到的,张副省长说到这里时他转脸对叶玉堂指示'你要立即着手准备召开一个专题会议,请工商局、国资委和其他国有企业的有关主管部门,还有,要请高等法院的同志也参加,专门研究如何配合银行做好不良信贷资产剥离。'最后对我说'这个会你们要派人参加,跟与会的同志们讲讲剥离的意义,做一些技术辅导。'你们说这不是喜出望外吗?"

徐光钊没有想到会是这样好的结果,他觉得过去对张良继的那些认识都是自己心胸狭窄所致。乘着高亦尚去省政府汇报的这股子喜气,他把自己对剥离工作的思考和计划安排,一口气给他们说完。高亦尚一鼓作气,把相关业务处室的负责人叫到会议室,对不良资产剥离的工作方案做了最后的讨论和敲定。

153

二十三、闲情逸致

到省政府汇报以后，高亦尚又走访了华夏资产管理公司。

在二十世纪八九十年代全球性的金融危机的背景下，各国银行都产生了大量的不良资产，为了化解危机西方国家首先成立了处置不良银行资产的金融机构，对银行不良资产进行了大规模的重组，很大程度上化解了金融风险可能带来的危害，改善了银行经营。我国在亚洲金融风暴之后也组建成立了几家规模较大的资产管理公司，收购了厂家大型国有商业银行的部分不良信贷资产，利用资产管理公司特殊的法律地位和专业优势，通过建立资产回收责任制和专业化经营，实现了不良贷款价值回收的最大化，同时支持了国有大中型企业的改革，促进了国有商业银行的资信改善。华夏资产管理公司就是其中的佼佼者。

这一次银行不良资产的剥离当然又要与这些资产管理公司合作。总行规定以省级分行为单位，将银行不良资产分类打包，通过竞价的方式寻求与几家资产管理公司合作。高亦尚的走访就是提前与他们沟通情况，加深互相的了解，为不良资产剥离的正式操盘做一些铺垫。华夏资管郓州分公司的班底大都是原来从郓州省分行分离出去的干部员工，大家情况熟悉，有一种天然的亲切感。前期的接触华夏公司对郓州分行的不良资产表现出最大的热情，所以，高亦尚与华夏资管郓州分公司的刘总交谈自然很融洽，双方除了讨论了不良资产交易的可能性以外，他们还谈论了人员交流问题，谈论的话题比较广泛。双方对这一次的会晤都感到满意。

从华夏公司出来还没有到下班的时间，高亦尚就叫司机把自己送回了家，叫刘杰也回去了。连续在外面的奔波让高亦尚感到有一些疲惫。像高亦尚这样的交流干部生活上一般都比较清苦，因为家不在身边，生活上没有规律，缺乏亲情和感情的交流，所以有许多交流干部在独居的时候出现过这样或那样的问题。高亦尚因此对自己有严格的要求，为了避免瓜田李下的误会，高亦尚拒绝银行的人来他的居所，甚至他住在哪里知道的人也极少，平常进出他家的只有做饭的彭师傅和后勤服务中心的耿毕荣。

耿毕荣是后勤服务中心的一位副科长，矮小的个子，四十多岁头发已经开始稀疏，一对眼睛很大，但是眼球有些往外凸，右边的脸颊有一点点的歪曲，嘴唇上还有一排长短不齐的稀疏胡子，整个人看起来就像戏剧里面的丑角。年轻的时候他喜欢笑，见到谁都是满脸笑容，不知是谁跟他开玩笑说他的笑比哭还难看，自那以后再也没有人见过耿毕荣笑。耿毕荣不喜欢多说话，特别是在领导面前始终只有"您好""是的""可以"这样几句话。他特别尊敬领导，认为一个人所有的东西都是领导给予的，所以他觉得只要给领导服务好了就会一生平安。他刚到银行的时候是作为炊事员招工进来的，他在卖饭菜的时候只要见到领导，勺子里的菜一定会多一些。过了几年耿毕荣就从炊事员当上了食堂的管理员。工作岗位变了可是他的行事风格还是那样，只不过他关心领导的范围就更宽了。鄞州地处秦岭以南没有集中供暖，冬天寒冷的天气里洗澡对鄞州人来讲是一件很痛苦的事。食堂利用小锅炉的热能，为整天油腻的炊事员在银行后院的一个小房间建了一个简陋的洗澡房。当时省分行行长是一位老红军，家就住在银行的附近，冬天天冷的时候总是到银行里来洗澡，每到这个时候耿毕荣就会把水烧得热热的，领导洗澡的时候他就会站在旁边给领导不停地浇热水。老行长很喜欢耿毕荣，不久他就调到了当时的分行行政处，成为一个什么工作也不分管的副科长。老行长每年都有外出休养的时候，耿毕荣也就成为每一次当然的陪同人员。慢慢大家背后叫耿毕荣是"跟屁虫"了，后来有胆大的或者跟他关系好的同事当面叫他"跟屁虫"，他也不恼不怒。分行的行长换了好几茬，耿毕荣对任何领导的态度都始终如一，直到高亦尚来鄞州省分行任职，"跟屁虫"还是干着他的老营生。

耿毕荣的故事是张华涛闲着无聊的时候讲给高亦尚听的。

按照制度规定交流干部到达任职地之后，单位应该给他提供一套住房和生活起居的必要用品。高亦尚到鄞州之后没有提其他的要求，他只跟办公室和后勤服务中心提出他的住址要保密，每天只需要有一个人做晚餐和日常的保洁。做饭和保洁的人一定要男性。这样彭师傅就被委派了这项工作。虽然"跟屁虫"是一个副科级干部，但具体什么事也没管，后勤服务中心叫他每隔一两天也来高亦尚这里看看，他对派来给高亦尚服务没有一点怨言。"跟屁虫"到高亦尚家里走动已经近半年的时间，但与高亦尚并没有什么交流，高亦尚对"跟屁虫"的印象就是你需要他的时候，他就会站在你的跟前，你不需要他的时候这个屋里就像没有这样一个人。"跟屁虫"每隔一天下午都要到高亦尚家里来一趟，高亦尚的贴身衣物每天都是自己清洗，其他的就放在卫生间，"跟屁虫"看到需要洗涤的衣物就会拿到洗衣店去，有时候他也会与彭师傅一起做做家里的卫生。

高亦尚今天回到家里的时候耿毕荣正在打扫房间的卫生。高亦尚主动跟他打招呼："老耿你好。"耿毕荣也回了一声："您好。"高亦尚更换了在家休息时候的衣服，便坐在沙上歇息。

到鄄州来的这一段时间，高亦尚的业余生活非常单调。不是鄄都没有消遣的地方可以去，也不是高亦尚没有生活情趣，而是高亦尚为了防微杜渐给自己砌了一堵高墙，让自己远离喧嚣、抵制诱惑。他心里非常明白有人觊觎着自己手上的权力，它可以为不法者带来万贯财富，自己绝不让自己手上的权力受到玷污，只有在自己内心里筑起高高的堤坝，才可能经得住惊涛骇浪的冲击。高亦尚知道自己是一个凡夫俗子，既没有视金钱如粪土的情操，也没有坐怀不乱的定力，自己能够做的就是防微杜渐，把所有的灯红酒绿拒之门外。因此他拒绝了所有的商务宴请，也不让别人知道他住在哪里，他要给自己营造一个相对安全和洁净的环境。

这几天忙下来虽然体力上感到有些累，但是高亦尚心情还是比较高兴的。在沙发上稍事休息以后，他就起身去拿毛笔和宣纸，想写写字放松放松。正在旁边做清洁的耿毕荣看见高亦尚拿出了笔和纸，自己就放下了手中的活走到书桌的旁边，在右边最下面一层抽屉里拿出了砚台和墨汁，他把砚台在桌上摆好之后又拧开了墨汁的瓶盖，将墨汁瓶放在砚台旁。高亦尚不知道耿毕荣已经把墨汁的瓶盖打开，往桌上铺放宣纸的时候手往前一抹，"叭！"墨汁瓶倒在桌上，听到响声高亦尚马上用手扶起了墨汁瓶，但是墨汁还是泼到桌子上污染了一大片。一小股墨汁从桌面顺桌子脚一直流到地上。耿毕荣看到这样竟不知所措，犹豫片刻以后，他马上用自己的双手在桌子上要去堵住往下流的墨汁。墨汁顺着他两手间的缝隙汩汩继续往下流。高亦尚赶紧到茶几上拿来纸巾盒，"刷刷刷"接连抽出好几张纸巾，很快吸干了桌上的墨汁。

结果两个人的手完全被墨汁染黑。高亦尚大笑起来："哈哈哈哈。"耿毕荣这时非常紧张，脸也憋得通红，像个做错事的小孩站在旁边一声不吭。高亦尚安慰他说："没事儿，是我不小心弄泼的。赶快洗手吧！"耿毕荣的脸上这时才慢慢褪去窘色，走到洗手间拿来了两块很大的抹布擦净了桌上残余的墨汁，又用墩布清洗了地上的污渍。

这时高亦尚已经完全没有了写字的心情，当他准备把笔和纸收起来的时候，耿毕荣瓮声瓮气地问了一声："不写了？"

高亦尚随意地"嗯"了一声，却瞥见耿毕荣脸色又难看起来。高亦尚知道如果这时自己不写字了，会让耿毕荣心里更加自责和紧张。他马上改口答复说："写啊，写！"又重新铺好宣纸，摆好笔和砚台，小心地倒上墨汁。这时做饭的彭师傅开门进来，耿毕荣见机赶快溜到厨房去了。

高亦尚的毛笔蘸好了墨汁但是提笔久久未动，他要酝酿自己的情绪。高亦尚兄妹在父亲的严格要求下很小就开始练习书法，一直到参加工作他养成的书写爱好一直没有放弃。只有到美国去的几年因为没有条件才暂时搁笔。经过这么多年的学习和熏陶，他对书法的理解比较到位。他知道，当中国的书法由文字工具演化为艺术的时候，书法就成为一种宣泄情绪的表现形式。有人对书法的要求是写的字要能够入眼，要看着舒服。其实这是对书法审美的一种误解。上乘的书法作品是作者饱满的激情通过笔尖在纸张上倾泻，没有激情的书写不能算书法作品，最多是写得好看的文字。他承认书法要讲笔力，讲结构，讲章法，没有书法艺术的这些基本功不可能写出好的作品，但是这些基本功只能是书法艺术的工具，只有书者在心潮澎湃、思绪万千的时候娴熟地运用这些工具才能够创造上乘的书法作品。所以他认为，情绪和精神才是书法作品的灵魂，中国书法史上传世的优秀作品无一不是这样。

高亦尚在酝酿自己的情绪。他研习书法到了一定的程度时就开始了这样，只要提笔就要酝酿情绪，没有情绪他不会动笔。此时他想到了瑶瑶想到了淑贞。瑶瑶现在情况已经很好，淑珍也还是那样贤惠温存，高亦尚心中流出一阵暖意。宋朝词人秦观的一首《鹊桥仙》在他脑子里跳了出来。他在心里默念了一遍："纤云弄巧，飞星传恨，银汉迢迢暗度。金风玉露一相逢，便胜却人间无数。柔情似水，佳期如梦，忍顾鹊桥归路。两情若是长久时，又岂在朝朝暮暮。"高亦尚提起笔，当他的笔落在纸上的时候，他的手却感到无力地软了下来，宣纸上只留下个枣大的墨迹。"不行，写不了。"高亦尚心里这样说。他把写废的宣纸揉成团扔到了纸篓里，重新铺好宣纸，凝神静思。他思绪回到工作上，想到了来鄂州半年多的经历，想到了唐宏运行长和自己的谈话，想到了正紧锣密鼓进行的银行股份制改造，他开始憧憬将来中国的银行在世界市场上叱咤风云……情绪顿时变得激昂起来，随即提笔饱蘸浓墨，奋笔疾书："大江东去，浪淘尽，千古风流人物。"苏东坡的《赤壁怀古》从他的胸中喷薄而出。在他一气写到"人"字的一捺的时候，高亦尚已经明显地感觉到笔尖上的墨已经干涩，他赶快抬肘轻轻提笔，小臂发力运气到腕上把力量传到了笔尖，笔速慢了下来，"人"字的捺笔在尾上慢慢变细，高亦尚觉得手越来越重，笔头就像刀尖在木板上行走一样。他故意把这一笔拖长，超出了"人"字所在的这一行字的边界。"人"字刚刚收笔他又疾速写下"物"字，"物"右边的"勿"几乎都是枯笔写成。他没有停下笔，重新蘸墨一气呵成，把苏东坡这首《赤壁怀古》的上半阕一挥而就："故垒西边，人道是，三国周郎赤壁。乱石穿空，惊涛拍岸，卷起千堆雪。江山如画，一时多少豪杰。"

高亦尚从提笔到收笔几乎没有思索也没有意识，苏东坡惊世骇俗的豪情从高亦尚胸中汹涌而来，从天而降地倾泻在他面前的这张纸上。他放下了笔轻轻喘了几口气，一种如释重负的感觉。再回头来审视他刚才的作品，他最满意"人物"两个字，他看到墨色迥异，章法突兀的这两个字，就像看到了在千年的历史长河中顶天立地、气吞山河的众多历史人物，秦皇汉武，屈子鲁迅，仿佛触摸到他们的脉搏，嗅闻到他们的气息，与他们有了一种穿越时空的交流。他站着感觉有些累，想把苏轼的这首词下半阕写完，但是他感到激情不再。索性他放下笔给自己沏了一杯茶，在沙发上靠下了。

高亦尚坐下的时候听到有人敲门。他猜想是张华涛来了。因为知道他住在这里的没有几个人，彭师傅和耿毕荣正在厨房做事，刘杰来了以后会在楼下打电话，敲门的只会是张华涛。

耿毕荣把房门打开让进张华涛。高亦尚靠在沙发上不想动，听见张华涛对耿毕荣说："'跟屁虫'，这两瓶酒放到厨房里去。"

听到张华涛走过来的声音高亦尚睁开眼睛打招呼说："你来了。"

张华涛说："我看您这几天很累，我想过来陪陪您。"

高亦尚说："大家都很累。我看今天没有特别的事，就想早点歇一会儿。"

张华涛说："我带来了两瓶谷魂酒的三十年陈酿，陪您喝两杯。彭师傅过来之前我已告诉他准备了一点菜。"谷魂牌白酒是郢州本地最有名的佳酿，三十年陈酿市面上不多见。

高亦尚说："留彭师傅和老耿他们一起吃饭吧！"

张华涛听了有一点不乐意但又不好说出口，就反问："跟屁虫？"

高亦尚说："你要学会尊重人，怎么能这样叫人家。他年纪不比你小吧！"

"好朋友叫习惯了。"张华涛脸红着说。

高亦尚说："你去问问他们，随他们的意。"实际上给了张华涛一个下台的阶梯。

张华涛从厨房出来说："他们今晚都有事不在这里吃饭了。"接着问："您今天又写字啦？"不等高亦尚回答他接着说："上一次看您写字以后我就想到有个东西给您看。"说着从自己的手提包里拿出来一个牛皮纸文件袋，又从文件袋里面拿出一张折叠着的书法作品递给高亦尚。高亦尚接过来打开一看脱口而出："黄自牧的作品。"高亦尚很兴奋，赶紧拿着黄自牧的作品到书桌上。刚才他写字的笔墨纸砚还没有收拾，他现在要去收，被张华涛给拦住了："这个我来。"高亦尚就不客气地趴在桌子上欣赏起黄自牧的作品。他一边点头一边不停地称赞："好东西！"

张华涛收拾好笔墨纸砚便站在高亦尚的背后，一句话也没有插言。高亦尚不管张华涛懂还是不懂，一边欣赏作品一边说："黄自牧先生是中国文史馆馆员，当代著名书法家，也是从我们郢州省走出去的书法大家，他通史学工诗文，还擅长国画，他在书法上以隶书和行草见长，特别是他的行草能独领风骚！"高亦尚指着桌子上的作品讲："你看这幅作品，真是行云流水，奇正相生。他的行草中蕴含有一种魏碑的神韵，这个非常独特。难得一见这样开门的东西。"

高亦尚俯着身子看了好长时间才直起腰来，他问张华涛："这幅作品怎么到你手上的？"

张华涛说："我们乡下一个亲戚跟黄老先生的子女好像有点什么关系，怎么拿到这幅作品的我不太清楚。"

高亦尚说："黄老子女的年纪可不小啦，现在也不可能还住在乡下，你们家什么亲戚跟他们有联系,这个话好像有点水分。"

张华涛不敢搭茬儿,他知道这个时候越是解释窟窿会越大。在瑶瑶学校的问题上和耿峰的考试上已经冒过两次险,他不敢再轻举妄动。他还有好多事情要靠高亦尚。稍后张华涛故意岔开话题问:"郢州还有没有比黄自牧影响力更大的书法家?"

高亦尚笑着说:"郢州省是一个文化大省,各方面有建树的大家不少,但是在书法上能够独树一帜、并能够有这样巨大影响的书法家当代可能就黄自牧先生一人。"

张华涛:"他的书法作品收藏价值大吗?"

高亦尚说:"当然,黄自牧先生的真品能够看上一眼就很幸运,更别说收藏了。"

张华涛说:"那您把这幅作品收藏了吧。"

高亦尚听了一愣说:"你来考验我?"

张华涛吓得赶紧摇头:"不敢,不敢!"

高亦尚说:"讲一个我自己的故事给你听。几年前的一个周末我去逛北京琉璃厂。像我们这种收入的人在收藏市场肯定买不了大件的东西,偶尔捡漏还是有可能的,关键是买货人的眼力。那天我什么东西都没有淘到,在离开琉璃厂的时候我突然想到一个问题,假如琉璃厂市场上的宝贝全是我的我会怎么办?想了半天我得出的结论是,如果琉璃厂市场上的宝贝都是我的,我一定会按博物馆的要求去建立库房、雇保安等等,还要做其他许多事,到那个时候就不会有现在的心情去欣赏这些宝贝了。与其那样,倒不如就像现在这样,我把市场就当成自己的,要看就来看,还不花钱请人保管。等我死的那一天这些东西不管放在哪里,它们都与我无关了。这样一想,天下所有博物馆的东西都可以当成是我自己的。收藏品不过是拿来把玩,拿来欣赏的,纯粹的占有就失去了收藏的乐趣。回答了这个问题后我就弄明白了什么叫作'身外之物'。"说到这里高亦尚问张华涛:"你说我把这个问题想通了,还会不会接受你手上的这幅作品?"

张华涛说:"我没有您那样高的境界。恭敬不如从命,这东西我拿走了。"说罢只好收起了作品。

高亦尚说:"我这个算不了什么境界,不过是懂了一个道理。我给你一个建议,把这个东西还给人家。送东西给你的人一定有意图,不管是不是亲戚都退给人家,不要被人把鼻子牵住了。"

张华涛慌忙解释:"真是亲戚的,我一定会退还给他。"为了给自己的难堪解围,他说:"我到厨房看彭师傅的饭做好了没有,今天喝酒时请高行长给我上上收藏知识的课。"

今天吃饭张华涛趁高兴,约定他们下周一起去郊县度周末。

二十四、各怀鬼胎

张华涛最近也觉得自己的精力不济。这么多的事情突然集中在一起，让他有一些应接不暇。他把自己关在办公室，苦苦思索这些事该怎么办。

跳槽去沪发银行的事最值得去花力气。他想如果能够去沪发银行担任分行的副行长，社会地位一点不掉价，个人收入可能比现在翻番还不止。而且沪发是新银行新体制，人际关系比国有银行简单，少有扯皮拉筋的事，干部员工做事有动力，当领导操心着急的时候少，能够到副行长的位置就可以跷着腿享清福。可是张华涛想到要办理调动手续就感到头疼。他给潘汉胜去过电话，试探能否在履行调动手续的问题上有变通，潘汉胜没有一点可以商量的余地，他说分行行长以上的高管入职必须有调动的手续，这是总行办公会上定下的一条原则，谁也没有办法更改。潘汉胜还说如果张华涛同意到分行部门总经理岗位任职，他现在就可以答复接受跳槽，但这种没有赚头的买卖张华涛也不同意。去沪发银行的问题上张华涛觉得越来越没戏，本来还想在高亦尚面前磨一磨，争取能够走调动的路径，可现在又来了一个全系统的不良资产剥离的大动作，这样繁忙的时候绝对不可能同意任何一个干部调动。如果等待资产剥离工作完成了以后再说调动，沪发行的分行机构估计早就开门营业了。要放弃这个机会张华涛又实在不甘心，他想到了刘长源，知道刘长源说话对潘汉胜还是有分量的。张华涛拿起桌子上的电话给刘长源拨了过去："刘哥，我是华涛。"

"嗯，华涛你好！"刘长源回答，"你调动的事情谈得怎么样啦？"

"如果谈调动肯定是不行的，我们正在搞不良资产剥离，人手紧得不得了，哪里好意思开口说调动啊。"

"要不我找人给高亦尚打个招呼，你看行吗？"刘长源问。

"不行的，刘哥，高亦尚那种书呆子的性格谁打招呼可能都行不通的。

您能不能跟潘总再说一说，叫他在总行那边做工作，如果那边答应接受跳槽，我明天就可以辞职。"

刘长源说话有些语重心长："华涛，你怎么犯糊涂啦，总行办公会上定下的事，他一个人事部总经理敢去改变吗？"

张华涛说："刘哥，如果一定要办调动手续我的事可能就黄了。"

刘长源那边显得无所谓："黄了就黄了，以后一定会有其他的银行要来郢州，到时候我给你推荐。"

"谢谢您刘哥，找时间请您喝酒。"说完他们挂断电话。

张华涛想沪发银行的事情看来要当机立断，不能再耗费自己的精力。剩下来要做的事情当然是要把高亦尚维护好。张华涛觉得高亦尚这个人虽然呆，但是有些地方他把握得很好，比如社交场所他一概不去，送给他的礼物一概不收，这样想在他身上找突破口就很难。昨天在喝酒爽心的兴头上，张华涛邀请高亦尚下周末到郊县去散散心，他总算是答应了，但是说好了不能有其他人参加。一定要策划好这个活动，既要让高亦尚开心又要让他对自己更贴心。张华涛的目标是要让自己成为与高亦尚走得最近的一个人，要让高亦尚只要有好事第一个想到的就是自己。张华涛这样暗暗地下定了决心。他马上想到了瑶瑶。瑶瑶学校的情况现在还不明朗，显然是兰天翔在做手脚。要通过闵洁去把兰天翔搞定。张华涛自己不愿意去接触兰天翔，他感觉到这个人的能量很大，而且周身又充满了危险，自己与兰天翔单打独斗并不一定能占上风，对这样的人要退避三舍，借其他的力量去和他斗，然后自己再收渔翁之利。

"丁零零，丁零零……"桌上的电话铃声响起，他没有接电话。知道打到办公桌上的电话都是公事，不用着急去接。等第二遍电话铃声响了一阵以后他才拿起电话："喂，你好！"

"张处长，您好。"电话那边传来了闵洁的声音，张华涛心里一阵暗喜，正要找你你就上门来了。闵洁在电话里接着说："我和我们的戈行长、肖行长在一起，我们今天为漳河电厂的项目到了市发改委，希望能够做这个项目的商业贷款的承办行，我们市发改委的牛主任说电厂是市里头的重点项目，很多银行都表达了对这个项目的兴趣。市里的意思是哪家银行对漳河市地方经济建设支持的力度最大，这个项目就和哪家银行合作，并且提出来一个企业贷款需求清单，要我们研究以后给他们一个总的答复。我们戈行长的意思是要向你先做一个汇报，先听听你的意见，然后再去与市里接洽。"

张华涛听见闵洁说这些心里就有些烦，不愿意管这样的事。他说："总行信贷资金投向的政策文件早就发到了二级分行，你们自己可以根据市政府提出的清单与总行信贷政策做一个对比，然后你们自己做出取舍后去答复政府。"

闵洁说："这样重大的项目省行信管处最好还是有一个指导性的意见。"

张华涛向来心里不高兴也不发脾气，他还是耐着性子对闵洁说："我的小姐姐，现在的中心工作是剥离不良资产，你们的戈行长是不是头脑不清醒啊？"然后降低声调小声问："我叫你找兰天翔你找了没有？"他现在关心的是兰天翔。

闵洁说："戈行长在这里，他要跟你说话。"说完把电话就递给了戈咎。闵洁听到张华涛提到兰天翔就想到他可能又有私事要说，故意把电话转给戈咎。

"华涛。"

"戈咎。"

他们俩几乎同时在电话里叫响了对方的名字。戈咎说："漳河电厂有两台六十万千瓦的发电机组的项目，项目总投有九十多个亿，其中六十个亿的贷款，中央开发银行占三分之二的份额已经定了下来，另外三分之一贷款由商业银行配套提供。其他的银行早已经开始做工作了，我们如果能把这个项目拿下来，对我们今后三到五年时间的存款、贷款和利润都会有很大贡献，这个项目我志在必得。华涛，这件事你要给我下气力，不然我就不饶你。"

"戈咎，你怎么这么糊涂！现在最重要的事情是什么？从总行到省行资产剥离都放在最重要的位置，从大道理讲这是关系到银行的改革成败，从小道理讲这也关系你业绩啊！领导盯着看的是这个，你管以后几年的经营干什么，你知道你在漳河还能干多长时间吗？"张华涛说。

戈咎不同意张华涛的观点，再加上他们两个人之间的谈话从来就没正形，戈咎不介意他的话。问道："我到市政府去的时候他们怎么也知道我们资产剥离？"

张华涛说："高行长为资产剥离专门到省政府去向张良继副省长做过汇

报,政府也答应了给我们做一些配合、协调的工作。你们市政府知道这个情况,估计是省政府那边已经开始有行动了。"

戈弢说:"明白。我们的剥离也已经启动了,你放心。但是电厂的项目我们还得要争,你要帮我琢磨琢磨。在基层行我们既要顾今天也要顾明天,只有剥离和营销两不误才有饭吃。"

戈弢结束和张华涛的通话后对肖强和闵洁说:"张处长提出重视剥离工作的想法不是没有道理,我们要好好地琢磨一下,看我们放在剥离工作上的精力是不是足够了,你们也去思考一下。"

肖强和闵洁离开办公室以后,戈弢关上门细想张华涛的话,觉得自己应该把工作的重点与总行省行的部署一致起来,不能偏移了方向。他赶紧把高亦尚在省行开会所做的动员报告和耿峰做培训的课件找出来,他要看看自己的部署与省行的要求有没有差距。

张华涛放下电话以后有些替戈弢惋惜。他不明白戈弢为什么要这样去折腾。四十岁出头的年纪,混到这样的一个位置也算不错了,要名有名要利有利,文化水平和工作能力都不差,想上一步也完全有可能。可是干什么事偏偏要我行我素,处处要逞能。不把领导哄好,得罪了领导有你好果子吃吗?工作上搞不好就搞不好,银行也不是你自家的,领导决策作错了有领导兜底,照领导说的去做,错了对了,关你什么事!在张华涛的心里不担心戈弢走得比他快比他高,他铁定相信戈弢混好了一定会拉自己一把,自己上去了也一定会帮戈弢。有一个好朋友好帮手对自己绝对只有好处没有坏处。他想打电话再去劝劝戈弢,马上又打消了这个念头。他知道戈弢只有在他自己想通了的情况下,才会去采纳别人的意见,要不九头牛都拉他不回。

放下了戈弢以后张华涛的心思又回到了高亦尚身上。自己和高亦尚处得不错,但是瑶瑶的事情就是一个潜伏的危机,现在最大的问题就是不清楚北京那边的情况。他猜想兰天翔一定很清楚北京的具体情况,之所以不给自己讲清楚是兰天翔又要开价码。张华涛并不忌妒这一类发了财的老板,尽管这些人有钱但是他们没有权,他们同样羡慕体制内的人。这些人虽然花天酒地,快活逍遥,但是他们付出的成本是常人不能够承受的,他们因为自己的不义之财,一只脚始终在监狱里面,这些人内心的恐惧会像魔鬼一样缠住他们让他们不安。所以,跟这些人打交道要保持足够的安全距离,否则稍不小心就会被他们拖下水，使自己万劫不复。对这样的人也用不着一味地拒绝，这些人智商极高，恰当地利用自己手中的权力与他们做交换，自己也是可以获利的。跟这些人在一起就是与魔鬼打交道，靠的就是斗智斗勇。

张华涛思忖与兰天翔打交道闵洁就是一道很好的防火墙。因为在同一个系统，他对闵洁的了解就要多得多了。他对闵洁的评价就是"一个心机很多、心气很高的漂亮女人"。这种女人你只要在气势上能够压住她，然后切记不要去占她肉体上的便宜，就可以永远把她玩弄于股掌之间。

他猜想闵洁现在一定在等他的电话，因为刚才自己的电话里提到了兰天翔。闵洁会保持女人的矜持，甚至也会利用自己急切的心情。张华涛觉得自己这时主动给她打电话就会处于下风，所以一定坚持现在不主动打电话给闵洁，这就是考验各自心理素质的时候。张华涛心里有底，因为他认定自己是庄家，所以他耐得住。想到这里他索性给自己泡上了一杯茶，靠在沙发上闭目养神。过了一段时间，张华涛接连给自己茶杯续了三次水，闵洁的电话还没有打过来，张华涛提醒自己，这是闵洁最难受的时候。等！

张华涛第三次续水的茶还没有喝完，桌子上的手机响了。张华涛一把抓起手机，一看是闵洁的电话号码，他马上把电话挂断，过了五分钟才给闵洁发过去一条短信："正在开会，晚上六点钟打我办公室电话。"短信发出去以后张华涛端起水杯牛饮一般把茶喝干，打开房门迈着方步走出了办公室，嘴里还哼着京剧《空城计》中诸葛亮的一段唱词："我正在城楼观山景，耳听得城外乱纷纷……"他要到隔壁的办公室去转转，活动活动自己的筋骨。

下班时间过了快半小时，张华涛回到办公室，桌子上的电话铃准时响起。张华涛拿起电话："喂，你好！"

电话里传来闵洁的声音："张处长您好，我是闵洁。"

张华涛问："你们戈行长怎么还在说电厂的事？"

闵洁这时说话不拐弯抹角："现在不谈那个事儿，我问兰天翔什么事？"

"兰天翔的事我不交代过吗？"张华涛明知故问。

闵洁说："可是到现在他还没动静，我们该怎么办？"

张华涛说："这个事不用急，回头再说。我告诉你，我已经安排了高行长下周末到郊县去做一次郊游，原来打算叫你去，但是高行长谁也不允许带。

我想和你商量怎么样能找到一个你与高行长不期而遇的机会，然后我们再安排在一起活动。"张华涛知道要把闵洁此时感兴趣的事提出来先稳住她。

闵洁果然上钩，她问："准备到哪个地方？"

张华涛说："我现在还没考虑清楚，你有没有值得去的地方？"

闵洁略作思考后说："我听楼汉唐讲夏口县双峰山刚刚建了一个狩猎场，是农家乐的形式，山上圈有两千多亩地养着野猪，可以上山去采野菜、打野猪。"

张华涛说："这个地方不错，你去问详细一些后再给我打电话，我们还有时间琢磨。"

"兰天翔的事怎么办？"闵洁主动提出来。

张华涛问："你感觉兰天翔北京的事办得怎么样？"这时候张华涛知道闵洁已经和自己站在一条壕沟里，他用不着再绕弯子。

闵洁说："办得怎么样了我不清楚，但可以肯定兰天翔知道真实情况，他故意不跟我们讲。"

张华涛说："办好还是没办好都没有关系，但是关键我们要了解真实情况。你一定要再找到兰天翔把情况弄清楚，这样我们才能有主动权。"

闵洁问："如果他还掖着怎么办？"

张华涛告诉她："你找到兰天翔的时候不要问北京的事。你去告诉她这一次剥离是一次大好的机会，政策用对了又是一次'挖金矿'。然后你把我们的政策讲给他听，但是操作上的一些技术问题不能告诉他，让他知道有机会可以发财但不知道用什么方法去发财，把他的胃口给吊起来。不信你看，他一定会主动告诉你北京的情况，到时候我们再商量下一步怎么走。"

闵洁赞叹道："妙！张处长的办法太高明了。"她心却在骂："你这只狡猾的狐狸！"

世界上的事情从来就是鱼行鱼路，虾行虾路。就在张华涛和闵洁谈得火热的时候，肖强正在家里忙今天晚上的请客。

最近肖强心里越来越烦躁。他内心深处有很强的自卑感，虽然他的家庭背景在漳河市算得上显贵一族，但是他本人学历低、能力不强，加上做任何事情都不太上心，银行里真正服他、听他的人不多。虽然他还是行领导，但感觉越来越被边缘化。肖强忌妒戈咨，甚至对戈咨怀有恨意，但做什么事都比不过戈岢，在戈岢面前始终居于下风。肖强最近觉得戈岢比过去更加强势，工作上提出的要求压得他喘不过气。总、省行部署不良资产剥离后，肖强知道这又会让人累得脱层皮。他不想干了，想挪个窝。今天特意在家里请客，就是为自己挪窝探路。

今天只邀请了两个人，一个是市发改委主任牛粮山，一个是市国资委副主任曾建国，这三个人曾经在一个县共过事。肖强最初的提拔是以青年干部下放锻炼的理由，下派到县里任县支行副行长。当时牛粮山是副县长，曾建国是县工业局的局长，虽然牛粮山与他们俩是上下级关系，但因三个人年龄相仿，性格相近，同时又都不是本县原籍的干部，在县里没根没基，所以三个人就扎成了团，关系非常好。回到市里以后，三个人都不在一条战线，各自管辖的范围也比原来大得多，工作忙，见面的时间自然就比在县里少了许多，但平均每两个月总会有一次小聚。他们在半个月前就曾经见过面。今天见面是肖强为自己跳槽的事，邀他们到家里来就是想要有一种很融洽的气氛。

肖强和他爱人为这顿饭忙乎了半天，差不多到约定的时间，他们的菜肴也都上桌了。肖强跟他爱人已经解释清楚，今天是要有事商量，做完饭他爱人就去接孩子了，并说好娘俩到爷爷那里去吃饭，肖强就在家里静候两位客人。

约定的时间过了不到十分钟，曾建国先到了，进门就说："粮山被德元市长叫走了。他打电话来叫我们俩吃饭别等他了。"说完看见菜肴都已经摆上桌子，诧异地问："搞什么名堂！菜都做好了，你老婆呢？"

肖强说："我们谈事女人在旁边不方便。"

曾建国笑着说："搞得神神叨叨的，你是不是干了什么坏事？"

肖强说："去你的，你才干坏事！"说完让曾建国在餐桌旁坐下，自己拿出一瓶茅台酒，一边给曾建国斟酒一边说："粮山不来这瓶酒就该我俩喝，我们边吃边聊。"

第一杯酒他们端起酒杯碰过后都一饮而尽。肖强给曾建国斟第二杯酒，曾建国在盘中挑了一个肥硕的白灼基围虾，剥掉壳蘸了佐料放进嘴里，吧唧吧唧地咀嚼几下后咽下肚里，然后开口问道："你叫我们到家里来应该是有什么事情吧？"

肖强给自己也倒上第二杯酒，吃了一口菜说："我不想在银行干了。"

接下来说了自己跳槽的想法，特别强调了戈召的强势，当然，对自己不被员工待见只字未提。最后说："老爷子退休多年再也没有办法，我只能找粮山帮忙，反正政府换届他就是副市长了。"

曾建国压低了声调说："听说粮山副市长候选人的事黄了。"

肖强有些惊讶："为什么呀？历届的发改委主任都升任副市长，为什么粮山就不行了？前一阵他的呼声还很高的。"

曾建国说："有人传出话来，杨柳书记有新的打算。"杨柳是漳河市委书记。

曾建国拿起酒瓶给自己和肖强斟满，说："我们来干一杯，祝粮山兄好运！"他们干掉这一杯酒以后肖强放下酒杯，低声问："粮山出了什么问题？"

曾建国一边夹菜一边说："从台面上讲是粮山工作不力，这两年政府给发改委的工作目标都完成得不好，特别是新电厂的建设缓慢，德元市长很不满意。你想啊，马上政府就要换届了，当年德元市长在人代会上对电厂项目是拍了胸的，他怎么去向人大代表作交代？"

肖强说："完不成工作目标的又不只是粮山一个人，为什么就该他倒霉？"

曾建国说："你小子就是死心眼。有些事桌面上当然只能这样说，另外的事就是心照不宣了。"

肖强问："粮山还真有事？"

曾建国说："我也是听别人讲，粮山和发改委那个女科长的事传到杨柳书记那里了。你想，杨柳书记这么严厉的领导怎么会容得了，更别谈提拔了。"

肖强说："我早就提醒过粮山，要他别跟那个女人走得太近，他还不认账。咳，荒废了自己的前程。"

曾建国嬉笑地说："也断了肖行长跳槽的门路。"

肖强骂道："你真混账！就是哪壶不开提哪壶。"

骂过后肖强又给曾建国倒满酒，两个人一边吃喝一边继续聊着，一直到肖强的老婆和孩子回来。

二十五、秀色可餐

　　与张华涛的电话结束以后，闵洁就考虑怎么样和兰天翔见面，这是与张华涛交换的条件，不从兰天翔那里弄清楚瑶瑶的事情，张华涛肯定不会安排自己与高亦尚见面。可是这一头，让兰天翔办事不给他好处他也肯定不会干，所以不良资产剥离的消息要透露给兰天翔。闵洁希望与兰天翔见面不要让人知道，毕竟给兰天翔通风报信是不能拿到台面的事。最好楼汉唐也不知道，因为楼汉唐那张管不住的臭嘴喜欢有事无事到处乱说。见面的地方要私密，既不能到银行里来，也不能到兰天翔的公司去，人多眼杂的地方都不适合谈这事，只能找一个僻静的地方。想了半天也没想到好的去处。她想这个地方还是叫兰天翔去找。

　　她给兰天翔打去电话："兰总，你好！我是银行闵洁。"

　　"闵科长啊，你好！领导有什么吩咐？"兰天翔的回答有点戏谑。

　　闵洁说："找你当然是有事情。现在有一个很大的商业机会看你愿不愿意尝试？"

　　兰天翔回答说："呵呵，闵科长的话从夹就是点石成金，在下愿意洗耳恭听。"

　　闵洁干脆地说："电话里不方便说，咱们见面谈。"

　　兰天翔也毫不迟疑地说："行，你在哪里？我在漳河，可以马上过来。"

　　闵洁说："这么晚怎么谈？你明天选一个安静的地方，定下来以后发短信给我，不要带其他的人。"说完没等兰天翔回话就挂断电话。

　　接到闵洁打来这样的电话兰天翔有些惊讶。过去银行有事情要找自己闵洁从来就是公事公办，会先通过银行信贷员给他打通电话，然后闵洁才会和自己通话。不是私人的事闵洁一般不会直接给自己打电话。联系到上一次闵洁到公司来，然后又和张华涛到天翔空间去见面，兰天翔感到一定是张华涛又在背后指使闵洁，说不准他们手上还拿着一个大诱饵。

兰天翔有些瞧不起张华涛，觉得这个人太没有器量，过于滑头。他认为体制内的人想发财就要像自己当初那样敢于一赌，赢了就是社会精英，就是企业家，输了就是魔鬼，就是囚徒。兰天翔内心带有原罪感。创业的当初没有原始积累的正当路径，兰天翔创业的第一桶金是"挖墙脚"得来的，他也不相信有人真能从一毛钱、两毛钱的小生意上完成原始积累。他当初就是利用在外贸公司当业务科长的便利，凭借自己熟悉的销售渠道和众多的客户资源，帮助乡镇企业搞"三来一补"①和农副产品的出口，用拿干股的方式从中分得一杯羹，完成了他的原始积累，一夜间就"堂堂正正"地成为了一名企业家。兰天翔下海以后也没有人去追究他过去利用国有资源干私活，虽然冒过险但已经安全上岸，这样多好。他认为张华涛这样的人既想发财又不敢冒险，还要抓人给他垫脚，让人瞧不起！兰天翔也清楚闵洁是被张华涛利用的，这个女人的心气太高，处处都是一副女强人的模样，她不懂柔软才是女人最厉害的手段。兰天翔思谋，要驾驭闵洁真是小菜一碟，只是这个小女子太漂亮了，漂亮得让人不忍心去算计她。这时兰天翔心里有些想入非非……

兰天翔打电话叫公司的人预订了明天与闵洁见面的地方，然后拿起手机给闵洁发去一条短信："明天上午十点漳河嘉华大酒店2008房间，不见不散。"

第二天，闵洁如约来到2008房间的门口，按响了房间的门铃。

闵洁来之前有过考量。接到兰天翔的短信时她不喜欢到这样的地方来，孤男寡女两个人到酒店里，就算什么故事都没有发生让人撞见了也说不清楚。不过细想只有在酒店里才做得到私密，虽然自己只身前去，谅兰天翔也不敢有其他企图。她觉得兰天翔是一个高深莫测的商人，但也算得上一个彬彬有礼的人。况且，自己经历了那么多的风雨，没有一个人在自己的身上讨到过便宜，光天化日在一个大酒店里应该放心。左思右想以后，她觉得还是要谨慎为好，便告诉楼汉唐说要到嘉华酒店里去与兰天翔商谈一件重要事情，叫楼汉唐送她到酒店以后在大厅里等候，一个小时后可以到2008房间来找。

房门打开，兰天翔笑容可掬地站在门口。

闵洁的两手拿着名牌的小手包自然地贴在自己的小腹上，眼睛直视着兰

---

①三来一补是我国改革开放初期的政策和外贸形式，即来料加工、来样加工、来件装配与补偿贸易的简称。

天翔没有出声。兰天翔开口打破了这种沉默:"闵科长请进。"并伸出自己的右臂做了一个请的动作。

闵洁傲然地走进客房。这是一个豪华套间,外间有一对单人沙发和一件三人沙发,一张硕大的茶几放在沙发的中间,茶几上面摆放着新鲜的水果和巧克力,看得出来房间是宾馆按客人的要求做了专门布置。闵洁径直走到三人沙发上坐下,把自己的手包放在茶几上。兰天翔很礼貌地搬过一张椅子坐在闵洁的对面,中间正好隔着茶几。

"闵科长喝茶还是喝咖啡,要不我们来点红酒?"兰天翔说。

闵洁说:"喝茶吧,我后面还有其他的安排,时间很紧。"

"既来之则安之,为什么把事情安排得这么紧张?"兰天翔起身一边说着话一边走到房间的小吧台旁,拿出酒店的茶叶盒说:"这里的乌龙茶还可以,酒店一般不会放什么好茶。"他泡好了两杯茶,一杯放在闵洁的面前,一杯放在自己的面前。所有的程序完了以后,兰天翔微笑地看着闵洁,好像等待着闵洁说话。

闵洁说话没有绕弯子:"找你来是要告诉你一个消息,我们总行最近有一个大的商业行动,就是剥离不良信贷资产,通俗地讲就是把我们有问题的贷款卖给资产管理公司,然后资产公司按照打折的办法把这一部分债权处理掉。"

"这个消息对我有意义吗?"兰天翔一时不明白,他问闵洁。

闵洁说:"我只能从一般的意义上讲,对于有实力的公司而言,他们可以对这次银行剥离的信贷资产或者说银行剥离出去的企业,根据自己的需要实施购买或者参与重组。因为国家政策允许资产管理公司按照一定的缩水比例处置这部分资产,这是有实力的公司买便宜的一个机会。另外一个就是对现有的负债企业来说,只要符合银行政策规定,剥离就意味着部分债务的豁免。"

兰天翔接着问:"是不是借了银行一百万,如果划拨到那家叫什么的公司后就不用还一百万了?"

闵洁纠正他说:"剥离就是剥开、分离,不是划拨。把银行有问题的贷款剥离给资产管理公司。"

兰天翔听了以后说:"是划拨还是剥离我不管,反正是借一百万可以不还一百万，这样的事情当然好。"

闵洁说："可能是我没有讲清楚。银行是剥离不良贷款，也就是对银行而言没有办法收回的问题贷款，符合这个条件的才可以剥离给资产管理公司，资产管理公司可以缩水处置这种债务。不是你想的借一百万可以不还一百万，两码子事。"

"这不是银行的政策吗？"兰天翔说："我借了银行的钱不想还，它就变成不良贷款！"

闵洁有些急："兰天翔我警告你，你的两个亿的开发贷款都是有抵押物的，你敢动一点歪脑筋我让你倾家荡产。"闵洁很清楚如果兰天翔所借的开发贷款出问题她是要负责任的。

兰天翔笑了说："我怎么会那样！你是怕我搞银行的鬼对吗？告诉你闵科长，我从不做违法的事情。我是商人天生就想发财，但我不去做触犯法律的事。钻空子的事肯定是有的，除非别人不留空子，但我只钻洞绝不翻墙，我要留着脑袋吃饭，没有脑袋了发再大的财有什么用。所以我做事肯定是安全的，你放心。"

兰天翔的这一番话让闵洁对他刮目相看。原来她以为兰天翔只是一个唯利是图的商人，没想到他还是一个有头脑、懂得守底线的人，这一点楼汉唐就要向他学。闵洁不知不觉中对兰天翔产生了一丝好感，但是她仍然不露声色地说："我端银行的碗，吃银行的饭，对你翻墙钻洞不感兴趣。"

"为什么不感兴趣？你给我提供了商机我就要给你回报，而且这种回报是安全的，你可以放心。实际上在你给我提供消息的时候我们就已经形成利益共同体，既然是利益共同体你拿你的回报就天经地义。"

闵洁想让兰天翔说下去，只是目视着他没有吭声。兰天翔仍然滔滔不绝："如果你不放心，这种利益共同体我们还可以用法律形式固定下来，你可以要楼总参股我的公司或者我们共同注册一家新的公司，股权比例我们友好协商。"

闵洁有些动心，便试探地说："汉唐做的是小本生意，他没有本钱跟你合作。"

兰天翔说："闵科长观念落后了不是，这年代还谈什么本钱哪，知识就是财富，关系就是资源。楼总背后只要有闵科长那就是滚滚财源。只要你们同意我就干，楼总的股份我们可以在公司章程中注明，不搞'干股'那一套虚东西。"

闵洁继续试探道："商人的话都是无锚的船，随风飘。"

兰天翔一脸正经地说："我说话是认真的，楼总做的那点建材生意有什么意思？现在钢材水泥都是买方市场，用不着为挣那一点小钱跟人去说好话，好歹你们都是有身份、有脸面的人，凭你闵科长的聪明才智我们为什么不玩玩资本呢？信贷剥离正是时机！"

闵洁有些不屑："你懂玩资本？"

见到闵洁这种神情兰天翔有些不快，他也用油滑的腔调说："小瞧人了吧，我兰某人好歹也是名牌大学风投研修班的学员，如今中国风投界叱咤风云的大佬当中有几个都是我当年的同窗。"

闵洁见兰天翔把话题扯远了，就把他拉回到今天急于要解决的问题上来。她说："你就吹吧！一个学生转学的事都弄不定还厚着脸皮谈什么叱咤风云。"

"哈哈哈哈！"兰天翔大笑起来。闵洁被这突如其来的大笑弄得有些蒙，瞪眼望着兰天翔。

兰天翔看着闵洁问道："华涛兄又对你有交代吧？"

兰天翔的问话让闵洁心里一个"咯噔"，自己的心事竟然能够被兰天翔看透，闵洁在惊讶之余也多了几分对兰天翔的钦佩。兰天翔看到闵洁的脸色有细微的变化就说："你不要回答，让我告诉你真相，是张华涛指使你来打探你们高行长女儿事情的，你刚才所谈商机既是实情也是诱饵。其实，张华涛完全可以不用这样做。我把你们高行长的女儿的事告诉你吧。"这时兰天翔脸上也露出不屑，把瑶瑶学校的事情和盘告诉了闵洁。

说完他又剥开一块巧克力递给了闵洁说："小妹妹，我跟你说真心话吧，有些时候你真要提防一些张华涛，这么多年，他把你当真朋友了吗？他跟你讲真话了吗？大滑头一个！你看看我和张华涛之间打了这么长时间的交道，他有事情就要你出面，自己都躲在后面，我是魔鬼吗？张华涛是既想吃鱼又怕沾鱼腥。他什么好处没有捞到？在郓都和漳河我给他的低价房，如果前几年转手都能够赚得盆满钵满，如果房子持有到今天再出手他可就是几百万的富翁啊！他以为谁都不能抓到他的错，买房子最多只能算他贪小利、买便宜。世界上哪里有几百万的小利，几百万的便宜！张华涛把机关算尽了，我不过是不愿意揭穿他而已。"兰天翔可能感到自己语气有点不对，他缓缓气说："是的，汉唐跟我在一起也赚了一些钱，但他是在正常经营，公开的！"

兰天翔的话打动了闵洁，她对张华涛也有同样的看法，可是从来没有像兰天翔看得这么透彻。她记得当初把兰天翔介绍给张华涛认识后，他们三个人在一起仅见过一次面，吃饭喝酒都很简单，一点都不奢华，谈话的内容也很正常。再后来张华涛有什么事都是通过闵洁与兰天翔联系，张华涛假借别人名义在漳河买了兰天翔开发的几套房屋，价格极低，但是所有的环节张华涛都没有跟兰天翔见面，完全是自己居间操作的。兰天翔有事要找张华涛帮忙，都是通过自己的"公事公办"来完成，干什么事在张华涛那里都没有违法违规的痕迹。

兰天翔的一番话也让闵洁对兰天翔本人开始重新认识。她赞叹兰天翔的机敏，与人谈话时他总能很快地抓住问题的要害，并好像有一种魔力能让与他交谈的对手顺着他的思路走。更让闵洁感到佩服的是兰天翔的洞察力，有些事情只要露出端倪他就能够窥到全貌，比如，他对张华涛的看法竟然是那样的透彻，就像给张华涛拍了一个 X 光片，比与张华涛打了很多交道的自己看得还清楚。闵洁还第一次感觉到兰天翔身上有一股男人的气息，他敢坦承自己想发财，公开承认自己钻法律和政策的空子，又大胆地豪言自己不会触犯法律。这种霸气只有那种怀有野心又具有胆识的人才会有。张华涛与兰天翔相比相差得太远，楼汉唐也不能与他相比，楼汉唐只是一个中看不中用的银样镴枪头。闵洁觉得在她认识的男子当中只有戈咨才可以和兰天翔比，只是他们走的不是一条道，还有一点就是兰天翔更风流倜傥。眼前的这个男人让闵洁有了不少好感。

兰天翔似乎察觉到了闵洁内心的活动，他从自己坐的地方起身，绕过茶几挨着闵洁在沙发上坐下。闵洁感受到这个男人的气息，这种气息撩拨了她的心房，让她的心产生一丝的颤抖。很快闵洁控制住自己的心态，"腾"地从沙发上站起来对兰天翔严厉地说："你要干什么？"

兰天翔满脸嘻哈地说："干吗这么紧张，我们就要是合伙人了，不能感情再近一些？"

闵洁说："谈正经事，什么感情不感情！"

兰天翔说："正经事更要谈感情，我从来就觉得干事业就要和惺惺相惜的朋友合作，感情真挚、思想接近的人在一起才可能做大事。我们既然能够走到一起就一定有走到一起的缘分。"

在只有一个男人和一个女人的房间里，男的风流倜傥，女的貌若天仙，两人身体散发出的气息混合在一起，让整个房间弥漫着撩人的气氛，这种气氛让闵洁感到有些晕眩。当兰天翔的嘴里蹦出"缘分"两字时闵洁心里突然一个冷战，让她从晕眩中惊醒过来。

经历过那个撕心裂肺的夜晚之后，她怕听到"缘分"两个字。

闵洁的爸爸妈妈都是省歌剧舞剧院的演职人员，妈妈是院里的一号台柱，爸爸是院里的编剧兼导演。在闵洁记忆里从她十来岁开始，爸爸妈妈经常在家里吵吵闹闹，家里总是平静不了多久就又是一场大战，这样的状况一直持续到闵洁高中毕业。在闵洁接到大学入学通知书的当晚，爸爸妈妈就在家里谈起了两人的离婚。闵洁一个人躲在自己的房间里，听到爸爸和妈妈在客厅的谈话。

爸爸说："我们不是约定了吗，小洁高中毕业了以后我们就办手续。"

妈妈的哭腔："不是的，不是的！这么多年难道你还没有回心转意？"

爸爸说："婚姻的基础都没有了，谈什么回心转意。"

妈妈说："谁说婚姻的基础没有了，我是爱你的，我是真心地爱你的。"

爸爸叫着妈妈的名字说："我们都是知识分子应该有理性，你想嘛，婚姻是双向的，仅有一方的爱是不能够成为婚姻的。"

妈妈哭得更厉害说："你为什么不爱我？当初不是答应会爱我一辈子的吗？你不是说我们有缘分吗？"

爸爸大声吼道："缘分尽了，知道吗？缘分尽了！"

接下来是一阵沉默。

不一会妈妈又哭着哀求道："你别离开我们好吗？别离开这个家，我求你。"

爸爸提高了调门："不行，明天必须办手续。"

"啊！"妈妈凄惨地大叫起来。

"叭！"是水杯摔到地上的声音，爸爸大声地嚷道："别闹了！"

闵洁开始听到爸爸妈妈的对话时只是无声地流泪。她从小就爱自己的爸爸，她是被爸爸用手心捧着长大的，爸爸也是她的骄傲。每当风流倜傥的爸爸出现在学校的时候，都会引起同学的羡慕和追捧，这给闵洁带来了足够的心理上的满足。随着闵洁年龄的长大，她对爸爸的爱变成了一种仰慕和崇敬，爸爸的形象在她心里定格为自己将来择偶的标准。爸爸妈妈在家里经常吵嘴，每一次闵洁的心都是偏向在爸爸这一边，她觉得妈妈太絮叨了。可是，今天爸爸妈妈的对话让闵洁知道了真相，爸爸不爱妈妈了，不爱这个家了。突如其来的变故让她有一种肝胆俱裂的痛苦。她承受不了，她不能没有家，不能没有爸爸和妈妈。而这些都是爸爸造成的！她对爸爸过去的爱瞬间变成了仇恨，当听到爸爸对妈妈的吼叫时闵洁再也按捺不住心中的愤怒，打开自己的房门冲着爸爸大喊："滚，滚出去！这个家里没有你。"

就是那个晚上，在妈妈不断絮叨的"缘分"故事里，闵洁知道了许多以前不知道的事情。在爸爸妈妈年轻的时候，妈妈很早就是院里的台柱，爸爸只是一个默默无闻的小编剧，当时追妈妈的人很多，可是妈妈偏偏看上了不见经传的小编剧，他们的结合成为院里的一大奇闻。后来，爸爸在妈妈的鼓励和帮助下，创作越来越勤奋，有一年爸爸创作和导演的作品在参加全国会演的时候一炮打响，几乎红遍了大半个中国。爸爸头上的光环越来越亮，就在闵洁读小学三年级的那一年，有一个比妈妈年轻的女人闯进了他们的生活，从此他们家里失去了宁静，爸爸提出了离婚的要求。为了不影响闵洁的学习和生活，在妈妈的苦苦哀求下爸爸答应了等闵洁高中毕业以后再离婚。没想到闵洁的大学入学录取通知书刚到达，爸爸就迫不及待地提出来要办理离婚手续。闵洁到这时才明白十多年来家里吵吵闹闹的根本原因。她跟妈妈说："妈，让他走，我陪你一辈子。"妈妈却哭着说："小洁，你还小，不懂。"闵洁不明白妈妈说的她不懂是什么。从那一天开始闵洁在心里就埋下了对"第三者"的仇恨，也发誓以后绝不做插足别人家庭的"第三者"。

看见闵洁沉思不语，兰天翔轻喝一声："喂，想什么呢，动心了？"

闵洁从回忆中惊醒过来，她感到了自己的失态，赶紧起身说："我走了。"拿起手包头也不回拉开了房门就走了。

从兰天翔那里出来，闵洁满脑子里晃动的都是兰天翔的影子，越是想驱赶那个影子它却越清晰。闵洁匆匆下楼上了楼汉唐的车，坐在副驾驶的位置上一副失魂落魄的样子。楼汉唐见她这种模样就问："怎么这样，你们谈崩了？"闵洁赶紧从失态中回过神来，掩饰地对楼汉唐说："我在想怎样给张华涛回电话。"顺便她把瑶瑶学校的事情和张华涛准备安排与高亦尚见面的事情也说给了楼汉唐听。

楼汉唐一边驾车一边与闵洁策划了与高亦尚见面的方式。

闵洁在车上给张华涛打电话:"张处长,双峰山狩猎场那边我已经完全安排好,买单的时候你只要报上你的电话号码就行啦。"

张华涛说:"好,那我们还是按照约定的方式在狩猎场见面。"

闵洁说:"张处长,我觉得你们领导的私人活动我在旁边会给你们造成不方便。我还是不去的好。"

张华涛感到有些奇怪,他想听闵洁下面说什么,就问:"你不是想和高行长见面吗?"

闵洁回答:"我看有没有合适的时间吧。您出发的时候给我打电话就行。"

张华涛稍有迟疑后回答说:"好吧!到时候见。"张华涛挂断电话以后感觉有些蹊跷。他知道闵洁不会轻易放弃这个机会,但是她不去狩猎场又怎么能见到高亦尚呢?张华涛猜想闵洁只会在路上做文章,不然,她不会叫自己告诉她出发的时间。张华涛只好依了闵洁,因为这一次出去活动的主动权都交给了她。

让张华涛万万没有想到的是闵洁竟想出了一个绝妙的办法,让她自己与高亦尚碰上面。那天早上出发时张华涛给闵洁发过去短信,告诉已经上路。汽车在公路上行驶两个多小时什么事都没发生。下了县道,去狩猎场的道路变得崎岖起来,汽车在路标的引导下七拐八弯地在山坳里穿行。在一个拐弯的坡道上一辆挂军牌的吉普车挡住了他们的去路,吉普车停在路旁差不多占据了路面的二分之一。道路的路面很窄,高亦尚的车如果要强行通过,要么可能与吉普车擦碰,要么可能会翻到路边的小坡下。车上的人只好都下来,他们看到吉普车上空无一人,车厢里只有一堆捆绑得很好的旧图书。四下张望也没有看到人影,离吉普车不远的地方有一所学校,学校的院墙里隐约有人在说话。司机按了按汽车喇叭,试探吉普车的司机是不是在学校里面。果然喇叭声响起后有几个人从学校里走了出来,后面还跟着七八个学生模样的孩子。当这一群人还没有完全走到跟前的时候就有人叫道:"张处长,您怎么到这儿来了?"

张华涛一听是闵洁的声音,心里暗暗叫绝:"这女子真不得了。"

高亦尚觉得奇怪，他看着张华涛问："这里有人认识你？"

张华涛说："不知道，好像是漳河市分行信贷科长闵洁。"

等到那群人走近了，张华涛就说："闵科长你怎么到这儿来了？高行长也在这儿。"

"高行长您好！"走近后的闵洁冲着高亦尚微微一笑。她前额挂着一排细细的汗珠，白皙的脸上有几道搬运东西留下的淡淡的黑色痕迹，更让她显现出一种别样的风情，楚楚动人。闵洁指着身后一个高个的男子对高亦尚说："这是我老公，我们是来给希望小学送图书的。"

高亦尚饶有兴趣地问："你们怎么想到给这里送图书呢？"

闵洁笑着回答说："我们来完成老爷子的遗愿。"

楼汉唐站在后面补充说道："家父生前是漳河军分区司令员，这个学校是在他手上建起来的。"

闵洁这时转身对身后的一位五十来岁的男子介绍说："这是我们的领导，"又对高亦尚介绍说："这位先生是这所学校的校长。"

高亦尚主动与这位校长握手说："您好！"校长说："楼家的两代人都是我们的恩人。"又低头问周边的学生："你们说是不是，孩子们？"孩子们几乎是齐声回答："是的！谢谢楼叔叔，谢谢闵阿姨。"

闵洁好像突然有所醒悟："车把路挡了吧？汉唐赶快把车挪开。"

高亦尚说："我们一起搬书吧，也给希望小学做点有益的事。"

闵洁马上说："谢谢您高行长，不用啦，我们马上就搬完了，您去忙自己的。"

张华涛也不想在这里久待，接过闵洁的话说："好吧，我们走吧！"便拽着高亦尚上车离开了这里。

二十六、良师益友

徐光钊正在阅读总行关于各分行不良资产剥离的情况通报。

自从高亦尚到郓州省分行来工作以后，徐光钊焕发出了极大的工作热情。从学校毕业以后徐光钊的工作和仕途一直都很顺利，他最早在县支行工作，别人以各种理由丢下工作，徐光钊就接过别人甩下的工作，不知不觉中锻炼了他的业务能力。后来，他因为业务能力超强被调到了省分行，以后一路顺风，很快从副主任科员升迁到科长、副处长、处长，三十多岁就出任了省分行的副行长，这个年龄的副厅级当时在省直机关里面都为数不多。可能是因为起步太早，走得太顺，缺少复杂人事关系的磨砺和政治经验的积累，他完全不顾及官场上的一些潜规则，认为只要是出于公心什么事情都可以做，什么话都可以说，不懂得妥协和让步，慢慢地得罪了不少人。最要命的是不论是在什么场合，只要是他认准了的事就敢与任何意见不同的领导去碰撞，得罪了人也全然不知。后来社会风气变得越来越糟糕，那些有能力有水平但身上长刺的人生存的环境越来越差，反而那些阿谀奉承、见风使舵的人则要风得风，要雨得雨，徐光钊这样的人的日子也变得越来越难过。总行了解徐光钊的情况，也认可他的工作，可是总行两次准备提拔徐光钊，在征求地方意见的时候都遭到了反对。总行不愿意在干部问题上与地方党委弄得太僵，想把徐光钊调到其他省分行去做一把手，可是徐光钊又不愿意离开郓州，提拔只能作罢。在这种情况下，徐光钊的工作积极性自然会受到一些影响。高亦尚到郓州省分行工作以后，徐光钊看到高亦尚有很强烈的事业心和很旺盛的工作热情，身上也没有太多官场恶习，徐光钊很赞赏高亦尚的这两点，就很乐意配合他多做一些工作。徐光钊知道自己这个年纪能够工作的时间不是太长了，很快自己就要退居二线，更要抓紧剩余不多的工作时间为银行多做一些有益的事。上一次他到漳河分行去调查，既是担心戈峚捅了娄子，同时也是想为高亦尚分担一些工作。车祸以后尽管徐光钊身体尚未完全恢复，但他还是坚持上班，要在不良资产剥离工作的关键时刻，给高亦尚当好拐杖。

徐光钊在总行的通报上看到郅州省分行的剥离工作中四个重点有三项落在了全国后面，他有些着急也有些不解。徐光钊把电话打到风险管理处于海军的办公室没人接，他又给风险管理处的副处长打电话，好长时间才有人过来接电话，接电话的人说处长、副处长全部到二级分行跑情况去了。徐光钊只好把电话又打给了信贷管理处的张华涛。

"喂，你好。"张华涛接起了电话。

徐光钊问："张华涛，我们现在贷款确权[①]和不良清收[②]工作推进得怎么样啊？"

张海涛听出了是徐光钊的声音赶紧说："徐行长您好。现在全行的贷款确权和不良清收工作推进得很不错，进展顺利。"

"不是那样啊。"徐光钊的语气有些不悦："总行的通报下来了，我们的贷款确权在全国排第二十七名，不良清收排第三十二名，你还在这里'进展顺利'地满口胡说。排名暂时落后没有关系，但我们一定要清楚是什么原因造成的。你知道是什么原因吗？"

张华涛赶紧撇清责任："徐行长，不良清收是风险处在抓，具体情况我不清楚。"

"贷款确权呢，这不是你们在负责吗？你是不是觉得这项工作还不错！"徐光钊责问道。

张华涛被徐光钊一连串的责问吓到，继续解释说："对不起徐行长，总行的通报我确实没有看到。"

徐光钊说："这与看到通报和没看到通报没有关系，业务主管部门就是要随时掌握全行的动态，发现问题。我看你们信管处也应该到下面去跑一跑啦。"徐光钊说完挂断了电话。

徐光钊不满意张华涛的这种工作状态，放下电话后自己又拿起通报材料，仔细分析了四项重点工作排名的情况，其中贷款确权工作在全国三十七家考

[①]贷款确权是为了避免出现差错，在剥离不良信贷资产前银行与企业双方对债权债务的确认，债权人和债务人在《贷款确权书》上写明贷款的具体数额和贷款的发放日及到期日，并加盖双方公章。
[②]不良清收是在正式剥离前对有一定还款能力的企业催收其逾期的不良贷款。

核行当中排名第二十七名,这是四项重点中排名最好的一项。不良贷款清收排名第三十二名,损失类资产核销① 排名第三十二名,抵贷资产处置② 排名第三十五名。这些落后的排名几乎都是与西部一些经济不发达地区的分行排列在一起,这让徐光钊心里很难受。是什么原因造成这样的结果呢,不能说省分行对剥离工作不重视,也不能说鄢州分行的干部员工不努力,这里面一定有我们工作思路上的问题。徐光钊重新拿出唐宏运行长的报告认真地学习,咀嚼其中的精神,在有些觉得还不太明白的地方,又拿出国务院和财政部相关的文件对照进行学习,结合鄢州省一些工业、商业企业的经营特点,他问自己,如果我是一个企业的厂长、经理在面对银行剥离不良资产的时候我会采取什么态度?设身处地地思考以后,他又把银行和企业放在一个平台上进行博弈推演,思考在什么情况下双方才能够获利最大。这种转换角色的思考以后,似乎让他找到了问题的答案。

紧张的思考让他感到头有些闷。他用手揉了揉自己的太阳穴,又站起身来用双手抱着自己的脖子稍稍地用力做了一会儿头部向上的引伸动作。自从车祸以后他的脊柱和颈椎一直没有完全恢复,一种姿势坐久或站久了就会有一些隐隐作痛。稍稍活动活动筋骨以后,徐光钊又回到了自己的座位上。当他再次拿起总行通报的时候,才注意到在领导签批单上高亦尚只写下一个"阅"字,感觉这与高亦尚平常的做法不同。高亦尚平常在传阅、签批文件的时候总会或长或短地写上自己的意见,极少看见他直接签一个"阅"字。徐光钊想这是高亦尚在等待自己发表意见,因为他知道下一个传阅文件的就是自己了。他能够理解高亦尚,像剥离不良信贷资产这样复杂的工作,对于不是做信业贷业务出身、在基层工作时间又不长的高亦尚来讲,叫他拿出具体的意见确实有些难。想到这里徐光钊给刘杰打了电话:"刘杰,高行长下午有其他安排没有?"刘杰回答:"今天没有其他安排,他在办公室。"

"好,我马上过去。"徐光钊说。

当徐光钊拿着总行文件来到高亦尚办公室的时候,高亦尚已经站在门口了,他笑着与徐光钊握手说:"听刘杰说您要过来。"徐光钊没有注意到高亦尚在称他"您"。

---

① 损失类贷款核销是指银行对已经确认不能收回的不良贷款按法定程序销账。
② 抵贷资产处置是指银行对借款人抵偿给银行的有价资产的变卖处置。

高亦尚与徐光钊一起走到沙发旁边坐了下来。刘杰给徐光钊泡好茶放在茶几上,关上门退出去了。

徐光钊看见高亦尚的桌子上摆满了文件,显得有些凌乱,心想这些都是心情不好的表现。他指着手上拿的总行文件对高亦尚说:"总行的通报情况我看了。"

高亦尚急切地问:"看了文件有什么想法?"

徐光钊说:"有一点着急。但着急也没有用啊!"

高亦尚说:"我看了也很着急,我们怎么会出现这种情况?"他从徐光钊的手上拿过总行的通报说:"我们的工作比西部地区的一些分行都不如,该怎么向总行交代?"

徐光钊说:"我现在担心的不仅是进度,最关键的是我们工作落后的原因在哪里?"

高亦尚没有做回答而是看着徐光钊,希望从他那里得到答案。

徐光钊知道高亦尚在等待自己的回答。他接着说:"总行通报的四项重点工作中什么最重要?"他与高亦尚四目相对,停顿了一会儿他自己回答说:"银行和企业之间的配合最重要。"

徐光钊看见高亦尚有一些不理解的表情解释道:"你看我们的贷款确权,只是需要借款人在确认书上盖章确认就行,在这一点上银行和企业一般不会有意见分歧,除非是赖账企业和僵尸企业。这一点我们的难度小一些相对来说也做得好一点,排名也好一点。贷款清收是要向目前本身就经营困难的企业收回一部分贷款的本金和利息,企业当然不乐意,特别是有的企业把不良贷款剥离误认为是银行债务的豁免,他们就更不愿意在这个时候归还银行的贷款本息,当然我们就会遇到阻力,完成任务的情况也不会好。损失类资产的核销是对已经根本无法收回贷款的本息或者只能够收回极少贷款本金的债权的销账,这里的核心关键是要提供有足够说服力的法律文书证明贷款本息无法收回。这就需要企业给予充分的配合,还有政府的工商部门、企业主管部门甚至是法院都要给我们做一些工作上的支持。现在有很多困难的企业门开不了,人都很难找到,必然会加大这项工作的难度。资产处置是要求我们对以物抵贷的资产进行处置,这些资产需要分门别类,其中绝大部分抵贷资产都没有通用性,除了少数的厂房和土地。这部分资产只能找同类的企业收购才可能发挥作用，或者就是由原来的债务人重新组成新的公司购买这些设备。这当中的法律问题就更复杂了。"

徐光钊说到这里停下来喝了一口水："所以我认为关键在于银行和企业做好配合，换一句话说就是我们的信贷员要有去逼企业的积极性，企业也要有配合银行的积极性。"

高亦尚似乎还是不明白："是不是我们两个积极性都缺乏？"

徐光钊说："是的。我重新学习了总行的文件，感觉到我们过高地提出了清收处置的标准，既打压了企业配合银行资产剥离的积极性，也影响了信贷员清收的干劲。我们布置清收和处置工作的时候，对各行不良贷款清收、抵贷资产处置收回现金的要求都高于总行，基层行执行起来确实有难度，结果欲速不达。"

高亦尚不同意徐光钊的看法，他说："我们更多地清收一些贷款本息，处置资产更多地收回一些现金难道还有错误？"

"从道理上讲更多地清收贷款本息没有错，但是，在不良资产剥离的背景下清收，收到什么程度合适确实需要斟酌。"徐光钊说。

高亦尚问道："您认为我们资产剥离准备工作的进度不快，就是因为我们提出的收回标准太高？"

徐光钊认真地回答道："不能说我们工作进度落后完全都是清收标准过高造成的，但是，标准过高肯定是重要原因之一。"

高亦尚不认同徐光钊的这个结论说："您刚才提到两个积极性我非常赞同，信贷员清收的积极性和企业配合的积极性都属于主观能动性的问题，与我们提出清收标准的高低没有关系嘛。"

徐光钊感受到高亦尚话语中的不悦，但是他仍然坚持自己的观点："高行长，你不觉得就是因为我们提出过高的标准，导致了信贷员和企业主观上的抵触？"

高亦尚说："我觉得两者没有因果关系。"

"我们应该拿几个案例来做具体的分析，"徐光钊想缓和一下说话的气氛，起身给高亦尚和自己的茶杯续了水，然后接着说："假如某个企业有五千万不良贷款，企业领导也了解我们的剥离政策，我们要求收回八百万或一千万的贷款，企业这样做了还能勉强维持基本经营，坚持到剥离完成以后他们就有了重组的希望，这样企业就会配合我们归还八百万或一千万的贷款。如果我们过高地要求收回一千五百万或两千万贷款，就会导致企业的经营马上中断，到剥离完成后企业就是一具僵尸或一个空壳，只能等着被兼并或破产，这样企业就一定不会配合我们清收。信贷员在清收无望的时候也会消极对待了。"

高亦尚不假思索地回答道："我承认您说的这种可能存在，但是，企业不配合我也要坚持收回两千万或者更多，这对银行保全资产不是大有好处吗？"

徐光钊笑着说："问题在于企业一旦不打算配合，他们的账户和资金就会马上转到其他银行去了，我们不仅可能一分钱都收不了，甚至确权都成为困难。我们在剥离前不能清收一部分贷款，潜在风险贷款的劣变就要落空，这才是我最担心的。"

高亦尚说："我觉得已经暴露的不良贷款是不良资产的大头，我们抓问题就应该抓住这个大头不放，尽量地多收本息，对处置抵债资产也要尽量多收现金。"高亦尚和徐光钊的思路还是无法统一。

徐光钊回答说："如果把目光仅仅是放在剥离已经暴露的不良贷款上倒可以不着急，因为这是财政部早就锁死的数字，我们哪怕进度慢一点，完成对这一部分不良资产的剥离应该是没有问题的，可是那些还隐藏在正常、关注类贷款当中的潜在风险贷款要挤出水分就困难啦！我们只有在正式剥离前抓紧清收不良贷款和处置抵贷资产，为潜在风险贷款的劣变腾出空间来，我们的剥离才会彻底一些。"

高亦尚说："我完全同意您对潜在风险贷款的判断，我们要求多清收不就是要让更多的不良贷款真实反映出来吗？我和你并不矛盾啊。"

徐光钊说："在大方向上虽然我们没有分歧，但是在清收掌握的力度上我和你的认识就不一样，而恰恰就是这种力度的大小，才决定了我们能不能在有限的时间里更多地清收。"

高亦尚说："我怎么就像听绕口令一样越听越糊涂。"

徐光钊还是耐心地解释道："我提出要调低清收处置的标准，就是要降低清收处置的阻力，让我们在实际清收和处置中尽可能地多收回一些贷款。"

高亦尚的语气变得更加坚定："您这话不就是一个悖论吗？一方面降低

清收标准,也就是要降低收回比例,一方面又说尽可能多收,不可能做到这一点嘛。"

徐光钊明白人的思维在几种观点纠缠时容易犯糊涂,这个时候再去给高亦尚做更多的解释无益,只能等他静下来以后再做解释,心急吃不了热豆腐。他说:"我们能不能把清收标准的问题放一放,谈谈务虚的东西?"

高亦尚笑道:"跟老兄谈什么问题都受益,洗耳恭听。"其实高亦尚明白这是徐光钊要打破这种相互争执的尴尬局面,他从内心里很感谢这样一位好同事,一位难得的诤友,愿意与他广泛地讨论。

徐光钊说:"我们这次剥离中最重要的问题是潜在风险贷款劣变,最难的问题也是潜在风险贷款的劣变,牵住了劣变这个牛鼻子,我们的整个不良资产剥离工作才算顺手了。"

高亦尚说:"是啊!总行最近在信贷管理系统中好像把潜在风险贷款余额也锁定了,我不理解总行锁定潜在风险贷款余额的意图是什么。"

徐光钊说:"我理解总行这样做是加强对潜在风险贷款的甄别,防止出现'一窝蜂'走极端的现象。其实,我们行里就已经出现这种迹象,就是有些同志怕以后出现新的不良贷款被追究,就把仅仅出现一点问题苗头的贷款都塞进潜在风险贷款里面,想借剥离的机会把这部分贷款也挤走。这其实是一个对工作极不负责任的态度。"

"把有问题的贷款剥离出去了您认为不对?"高亦尚问。

"不能简单地这样看问题,"徐光钊说,"我们银行不良信贷资产的形成原因非常复杂,我们现在剥离不良信贷资产实际上是在笼统地消化过去各种原因形成的包袱。但是对于银行来讲,我们并不是剥离得越多越好,不是剥离得越彻底对我们今后的经营越有利,特别是对于潜在风险的不良贷款。"

高亦尚说:"我不理解您这句话。"

徐光钊说:"我们可以对今后的经营做一个假设。"说完他看着高亦尚的态度。

高亦尚微笑着回应:"您说,我在听。"

徐光钊说:"不良信贷资产剥离完了以后,我们银行还要继续经营,这是一个不需要讨论的问题。我估计总行在剥离完成以后会作出一个规定,即凡是在我行有不良贷款剥离的企业将不允许我们对他再有新的贷款发生,这是一个顺理成章的理由。因为不能这边刚刚给你的不良贷款剥离了马上再给你增加新的贷款。但是，我们要清醒地看到，这一批剥离不良贷款的企业是我们国家工、商业企业的基础，起码在鄞州省是这样。全省百分之七十以上的企业都会在我们银行有不良贷款剥离案底，如果这些企业今后不能和我们发生信贷业务关系，或者说有一段时间里不能和我们发生信贷关系，我们就会失去一大半的信贷业务市场，这是我们今后的经营不能承受的压力。"

高亦尚听懂了徐光钊表达的意思，但是他还不能完全同意徐光钊的看法，继续问徐光钊："按您的看法我们就陷入了一种两难的处境，如果彻底地剥离就可以改善我们的资产质量，但是也会对我们今后的经营带来负面影响，如果考虑对我们今后的经营有利，剥离就很难彻底或者说还会有不良贷款存在，是这样吗？"

徐光钊回答说："可以这样理解。这就是对我们的一个严峻考验，看我们能不能够拿捏好剥离的力度。"

高亦尚问："如何判断这个力度是否合适，您能提个标准吗？"

徐光钊说："我正在考虑这个问题。潜在风险贷款的判定，我们还是要以央行的五级贷款分类文件作为标准，在这个基础上省分行应该再补充提出进一步判定的技术指标，比如按照央行的标准可以初步列为可疑类贷款的企业，我们要提出一个原因分析和发展趋势的判断标准，对于那些不属于自身经营管理不善，而且生产技术先进，生产设备优良，产品有市场，资金周转或经营暂时有困难的企业，我们可以把它放在次级类或者是关注类贷款里，这样就不会剥离出去，下一步通过银行与企业的合作、银行与政府的合作帮助企业走出困境。这样我们既可以经过优化提高我们的贷款质量，又可以保证我们今后应有的市场份额。"

听到这里高亦尚似乎接受了徐光钊的观点。他说："您的这个观点有多少同志知道，有多少同志理解？我们是不是也应该有一个专门的布置才好。"

徐光钊说："这个也只是我个人的看法，我建议最好组织有关同志坐下来，一起分析和讨论后再拿出应对的办法和措施。"

高亦尚说："集思广益更好，要不现在通知办公室安排一个会议？"

徐光钊没有忘记要对清收处置标准作调整，他诚恳地对高亦尚说："关于清收处置标准的问题，我建议也让大家讨论一下。"

高亦尚说："完全可以，您看明天下午开这个会行吗？"

徐光钊没有回答高亦尚的问话而是说："我刚才找于海军他不在，说是到二级分行跑情况去了，这样很好。分行每个部门的同志都应该掌握第一手的情况，这样我们的决策才不会脱离实际。我建议大家都下去跑一跑，这个会晚一两天开不影响，磨刀不误砍柴工。"说到这里徐光钊关心地说："高行长，我和你都要到下面去跑一跑，了解一下基层的实际操作，开会发言时我们的底气也会足一些。"

"您身体不好不要跑了，我正计划到漳河分行去。"高亦尚说。

徐光钊说："漳河市分行是我们省除了营业部之外最大的二级分行，那里的情况都具有一定的代表性，到漳河去调查是比较有意义的。还有银监局最近对戈咎经商办企业的调查处理又在催办了，你也该去找戈咎谈谈这件事。银监局那边我们再也不能拖了。"

"行。"高亦尚回答说。徐光钊离开了办公室后，高亦尚还想再仔细分析一下潜在风险贷款的具体情况，他把电话打到了张华涛的办公室，张华涛接到高亦尚的电话马上说："高行长，我们的资产剥离工作在总行排位不是很好，我正在分析造成问题的原因。"

高亦尚听到张华涛的话心里一阵高兴，心想如果我们的干部都能像张华涛这样敏感和负责任，全省的工作开展起来一定会顺利很多。他对张华涛说："我正想和你谈这个问题，你在做分析就算了，弄完以后到我办公室来一起研究研究。"

张华涛在刚才挨了徐光钊批之后就害怕高亦尚再来找他，听到高亦尚这样讲他怦怦乱跳的心才放下。

二十七、上下融通

肖桂庭来到高亦尚的办公室毕恭毕敬地问:"高行长,明天到漳河分行去您看还需要哪些部门负责人随行?"

高亦尚有些生气地反问道:"我没有交代过吗,说了好多次到基层要轻车简从,浩浩荡荡一帮子人去干什么?"

肖桂庭赶紧辩白说:"高行长,是我没有表达清楚,我就是问明天谁跟您一块儿走?"

高亦尚说:"就你和刘杰跟我一块儿去吧,你通知漳河分行没有?"

肖桂庭回答:"早就通知了。"

"好,你去忙自己的吧。"高亦尚说。

刚刚离开高亦尚的办公室肖桂庭就在心里骂开:"真是官大一级压死人,老子想讨好你却这么不识好歹。"回到办公室肖桂庭在椅子上坐了好一会儿,还是觉得心里堵得慌。他要想好这几天在路上怎样陪好高亦尚,不然又会吃力不讨好。想了一会儿后他给戈峇打去电话:"喂,戈行长吧,我是省分行办公室的肖桂庭。"

"你好,肖主任。"戈峇回答。

肖桂庭编好了一大套话:"你知道了明天高行长要到漳河分行吧,高行长历来提倡轻车简从,你们就不要搞迎送那一套了,一切都按照你们正常的工作秩序进行。有一些话我告诉你,你知道就行啦!"肖桂庭用一种关心戈峇的语气说:"高亦尚行长因为剥离工作在全国排位靠后心情非常糟糕,最近经常发一些无名火,听说徐行长也沾上火星了。如果他到漳河来说些过头话你能够忍就要忍,尽量不要去和他争论。反正他在漳河待的时间不长,他走了后还是你说了算。"说到这里的时候肖桂庭把嗓门压低了许多。他说这些话并不是真的关心戈峇,就是想在戈峇这里埋下一些不满情绪,让高亦尚和戈峇这两个火药包碰到一起的时候能够爆炸起来,以解自己心中的这股闷气。

戈召并不理会肖桂庭的说话,他很讨厌这种性格猥琐的人,答复道:"知道了,谢谢你。"

戈召他们是在今天上午才接到省分行办公室通知,高行长明天要到漳河分行来调研。这让戈召感到有些棘手,因为他们早就安排了明天要召开全辖的县支行行长、办事处主任的工作会议。这是他们的例会制度,会议安排在月初的工作计划中已经下发下去,估计地处偏远县支行参加会议的同志今天就已经动身来漳河了。戈召正在对例会改期还是不改期犯难的时候,肖桂庭的电话打消了他的顾虑。戈召很赞赏高亦尚这种务实的作风,认为领导只有轻车简从才能够真正下沉到基层,真正了解到基层的情况。他对那些喜欢走过场、爱作秀的领导总是嗤之以鼻。挂断电话戈召对正在商量工作的几位副行长说:"好啦,刚才省行办公室打电话通知,高行长要我们按照自己的工作计划正常进行,明天的会议我们不用改期了,请各位行长还是按照原来的工作计划去进行准备,我估计高行长来了是要到处看看的,这一次我们就要呈现一个真实的漳河分行给他看。"

李玉芬说:"你还是应该到路口上去接吧,现在市里的好些部门都到地界上去接省里来人,你连路口都不去接怕不好。"

王铮也说:"你去接高行长,上午的会是各支行的汇报,我们几个在家里照看得住,下午你再做会议小结。高行长来了机会难得。"

戈召坚持自己的想法说:"没关系,高行长很务实,我们开自己的会,他来了我们再说。"

第二天上午漳河分行的会议进行得正热火朝天的时候,高亦尚的车经过了漳郓高速公路的漳河收费站。汽车缓缓通过收费闸口,肖桂庭故意按下了车窗四处张望,嘴里还自言自语地道:"唉,漳河分行怎么没有人来接啊!"

正在闭目养神的高亦尚这时也睁开了眼睛,从驾驶室的前窗往外望去,收费站路口空空如也,没有任何有人迎接的迹象。他闭上了眼睛说:"走!不是不让搞接送这一套吗?"司机张本泓听到高亦尚的指令后便缓缓地驶出收费站路口,向漳河分行而去。其实,此时此刻的高亦尚心里还是有一点点的别扭。行领导下基层不让各二级分行搞迎送是他自己提出来的,但在实际执行中每一家分行还是羞答答地在迎来送往,真正没有搞迎接的戈召还是第一人。高亦尚倒不是因为戈召没有来接而让他不满，关键是戈召与他发生过几次工作上的冲突，他觉得戈召现在的这些做法可能是对自己有抵触情绪。汽车下了高速公路以后高亦尚没有再说一句话，车内的气氛有些沉闷。

高亦尚的车离漳河分行的办公楼不太远的时候，刘杰给戈召打通了电话："戈行长，高行长大概还有五分钟左右到达分行大楼。"说完刘杰挂断电话，他知道这个时候他多说什么话都不合时宜。

几分钟的行程，汽车来到了漳河市分行，戈召一行人已经站在马路边迎候。漳河分行领导班子的成员身着藏青色的西服和浅蓝色的衬衣，佩戴枣红色的领带，显得非常气派和精神，他们站在马路边就像一道风景线一样夺目。

车还没有完全停稳，肖桂庭就赶紧打开车门下车站在路旁，用手扶在车门框上。肖桂庭的这种姿势让高亦尚非常不适，他觉得下车不是不下车也不是，可是他又不能坐在车上不动，只好硬着头皮下了车。戈召迎上来与高亦尚握手："高行长您好，欢迎到漳河分行指导工作。"然后一一地介绍了漳河分行的班子成员。高亦尚与大家握手之后，在戈召的陪同下来到了分行大楼。大楼门口的两名保安见戈召一行过来，马上立正敬礼，见戈召颔首致意，高亦尚也微笑点头示意。这时一个念头在高亦尚脑子里一闪："省分行大楼的保安要向漳河分行的保安学习。"

在电梯的轿厢里戈召对高亦尚说："高行长，我们分行正在召开月度工作例会，您去跟大家见见面，给我们的工作作一些指示吧。"

高亦尚扭头看着戈召问："是因为我要来漳河你特意地安排这种会议给我看的？"

戈召笑着回答说："我们昨天上午才接到省分行的通知，说您要到漳河分行来检查工作，这个月度工作例会我们月初的工作计划里就安排了。听说您来漳河我们原来打算取消这次例会，恰好昨天下午肖主任又特意打电话，说您嘱咐我们按正常的工作秩序进行，所以，我们照常召开了会议。"

高亦尚听到昨天上午办公室才通知漳河分行，他压住心中的不满瞥了肖桂庭一眼，他记得非常清楚，肖桂庭昨天说早就通知了漳河分行，他相信戈召不会当着肖桂庭的面说假话，这一定是肖桂庭又在做小动作。肖桂庭看见高亦尚不满的眼神后脸上有一阵细微的抽搐，吓得一声不吭。高亦尚对戈召说："好吧，去看看大家。"

当戈召陪同高亦尚来到会议室的时候，参加会议的人全体起立鼓掌欢迎领导的到来。看到这种情景高亦尚心里一阵高兴，他想如果戈召不是特意的安排，这种突然袭击式的工作检查能够看到干部队伍这样的饱满精神，说明他们平时的工作抓得不错。他给自己提醒说，看来对戈召还要加深了解才行。

戈召等高亦尚一行坐定了以后继续主持会议。他说："今天高行长一行到漳河分行来指导工作，对我们是一次难得的机会，大家在汇报自己工作的时候要畅所欲言，平时工作中有什么困难和要求，借今天的机会统统说出来。下午会议结束前我们再请高行长给我们作指示。"

高亦尚微笑着对大家说："大家好，我来漳河的时候不多，主要是来看看大家，看看漳河分行的员工，大家按自己的想法畅所欲言，我们可以互相学习，互相讨论。"说完，他用期待的目光看着会场上的同志。

会场一阵沉默。戈召就挑起话头说："大家是不是因为见到省行领导有些紧张？其实用不着，高行长非常平易近人。你们除了汇报自己的工作以外，对我、对省分行有什么建议，甚至是批评的意见都可以说，不会有问题，高行长没有带打屁股的板子来。"他的话音刚落会场一阵笑声。

"我发言。"这时闵洁举起了自己的手。戈召给高亦尚介绍："这是我们分行信贷科闵科长。"高亦尚微笑着冲闵洁点了点头说："闵洁同志，有什么想法大胆说。"听到高亦尚叫闵洁同志时，很多人都诧异高行长怎么知道她的名字。

闵洁说："前面大家都说了很多对于干部的末位淘汰和员工等级考核制的看法，我没有新的意见。分行最近的工作安排对于不良资产剥离工作投入不足，我觉得这有些不妥。前些日子我们参加了省行的剥离工作的动员大会和培训学习，了解到资产剥离工作是股份制改造的重要步骤，关系到我们银行的生死存亡，这也是我们漳河市分行逃不掉的课题。可是我们分行在布置工作的时候没有引起足够的重视，或者说我们的工作投入在这个上面的精力不够。大家可以看我们今天的会议上，有多少人的发言涉及了资产剥离的工作。我觉得这里面既是一个工作方法的问题，也有下级党委如何与上级党委保持步调一致的问题。"

闵洁的发言让戈召感到很意外。虽然她的发言有一些道理，而且上次与张华涛通电话以后自己已经在开始调整自己的精力分布，这些闵洁应该都是知道的,在这种情况下闵洁的这个发言就有些不正常。戈咎隐约感觉到闵洁的发言有一层另外的意思。会场出现了短暂的冷场。

高亦尚见戈咎没有讲话,就接过了闵洁的话说:"我听了闵洁同志的发言觉得有几点需要肯定的,首先是她敢于对分行领导的工作提出自己的看法或是批评、建议,这对于我们分行的一个中层干部来讲是非常值得肯定和表扬的,因为漳河分行是大家的,是我们自己的集体,我们就要像爱护自己的生命一样热爱它,有什么想法,有什么建议都可以说。从这一点上讲,我们要表扬闵洁同志。闵洁同志还有一点要肯定的就是虽然身处基层,但是她却能关心全局的问题。不良资产剥离的工作确实是目前总行、省行也包括漳河市分行的中心工作,甚至是一段时间内压倒一切的工作,我这次到漳河分行来有一个任务也就是要调研不良资产剥离工作的开展情况。作为一个基层行的干部,能抓住全局性的中心工作,说明这个同志政治上的成熟和敏感,值得表扬和值得大家学习。至于闵洁同志发言内容的真实与否,我现在没有发言权,不作评价,等我的调查研究完了以后才能有自己的判断。"

高亦尚说完话以后戈咎带头鼓掌,闵洁听到高亦尚的这番评价后心中一阵暗喜,脸上一丝不易察觉的笑意一闪而过。

闵洁发言的时候吴效梅心里就有些愤愤不平,她听出了闵洁的话外音。高亦尚的讲话完了以后也拼命地鼓掌,她是在给高亦尚后面的那一句话在鼓掌。

"还有哪位同志发言?"高亦尚用鼓励的目光看着下面。

"高行长,我要发言,"吴效梅举手说:"我是分行计划财务科科长,叫吴效梅。"

高亦尚说:"好,我们听吴科长发言。"又笑着对戈咎说:"漳河分行出巾帼英雄啊!呵呵。"

吴效梅说:"首先我要对分行党委表示感谢。分行刚刚推出干部末位淘汰和员工等级考核制的时候,我们大家都不理解。认为这种制度的出台会伤害大多数员工和干部的积极性。当时我也有抵触情绪,同时我也听到其他一些员工对这些办法和制度的不同意见,因为按照最初的制度设计很难让多数员工理解和支持。让我没有想到的是正当我们想不通的时候,分行人事部门分别召开了很多不同类型的员工座谈会,广泛地听取了不同的意见,及时修改了办法,同时又在小面积的范围进行了试点。这种既敢于创新又实事求是的精神让我们感到满意，这种对干部员工负责任的态度让我们感动。所以，我既代表自己也代表许多的干部员工对分行党委表示感谢。"说到这里吴效梅歇了一口气，她想一定要替戈昝在省行领导面前扳回一分。

"第二条，"吴效梅接着说："我对省分行提个建议。现在省分行在考核各单位的存款任务的时候只重视对期末数的考核，忽略了对日平均存款的考核，这样每到期末的时候，就有一些人弄虚作假虚增存款，这样既把干部员工的作风弄坏了，另一方面又加重了我们缴存存款准备金的压力。这种风气到现在越演越烈，对我们正常经营的伤害太重。我强烈建议省分行修改和完善现行的存款考核办法。"

高亦尚第一次听人反映这个问题，他很重视。就问："存款怎么能够弄虚作假，资金没有到账吗？"

吴效梅说："最典型的弄虚作假就是在月末最后两三天把资金存进来，到月头就把资金转走，我们既不能实际使用资金又要多支付利息。更大的影响是我们要按照期末存款余额向中央银行缴存存款准备金，反而加重了我们的资金压力和资金成本，一种错误行为带来多重不利影响。"

高亦尚又问："期末划转存款在其他银行行得通吗？"

戈昝插话回答说："现在有些银行只考核存款的日平均数，期末划转资金的难度就小多了。"

高亦尚问："小吴同志，你能不能说一些具体的数据？"

吴效梅回答："我不知道您今天要来漳河，有些数据我没带，会后我会整理一套比较完整的数据报给您。"

高亦尚说："好。"他又转头对刘杰说："刘杰，你和吴科长联系，叫她把数据资料发到你的邮箱里。"

高亦尚在说话的时候漳河市分行办公室主任与戈昝耳语了几句。戈昝趁高亦尚说话停歇的时候说："高行长，午餐的时间已经到了，我们吃饭后下午接着开，您看可以吗？"

高亦尚很想再多听一些发言，但又担心影响了大家吃饭，只好说："行，下午再听大家的高见。"

下午的会议按照高亦尚的要求改变了议程，增加了基层干部的发言时间，戈昝也大大缩减了自己的讲话，高亦尚最后作了即兴发言。会议中高亦尚最感兴趣的是基层干部的发言,大家的发言谈到的等级员工考核制度和干部末位淘汰带来的变化,谈到了县域经济的资源匮乏及信贷资产质量变化,谈到了员工收入偏低等等。这些发言观点上并不一定完全正确,甚至有的观点是错误的,但是,他们带来大量的信息让高亦尚感觉视野变得开阔起来,对基层银行的现实状况了解更加全面、更加清晰。他很满意这次到漳河分行来开展调研,甚至有些后悔原来为什么没有多到基层去走一走。

在银行和大家一道吃过晚饭以后,高亦尚对戈訡说:"戈訡,下午把你发言的时间给挤占了,听你有些话好像都没有讲透,晚上就到我房间里去聊一聊。"

戈訡说:"能够给高行长汇报我当然高兴。"他们一边走一边闲聊,很快就来到了高亦尚下榻的漳河大酒店。进了房间以后,高亦尚对肖桂庭说:"老肖,你年纪大,今天忙了一天你去休息吧!"刘杰给高亦尚和戈訡泡好了茶放在了茶几上,然后望着高亦尚,用眼神在询问:"我是留在这儿还是离开?"高亦尚对刘杰说:"你就坐这里听吧,如果精力还可以,我们俩的谈话你可以做些记录。"

戈訡感到了高亦尚的谈话比较正规,就直起腰振作起精神来。

高亦尚说:"我们从哪里开始?这样吧,就说漳河市分行或者鄞州省分行目前经营管理上最大的问题是什么,或者说你最想解决的问题是什么,可以吗?"

戈訡笑着说:"我把今天的谈话当作一次领导对我的考试。"

高亦尚反问:"我不能考你吗?"

戈訡说:"哪里,不胜荣幸!"说着他就开始他的发言:"如果要我谈对当前经营管理的认识,我认为我们行当前要解决好三个问题。第一就是如何创造核心竞争力,保持我们在金融竞争中的优势。面对日益激烈和复杂的市场竞争,要保证我们在业务上长盛不衰,关键是要有自己的核心竞争力。所谓核心竞争力它的实质只有两点,一是我们的竞争手段必须是竞争对手没有的。二是我们的竞争手段必须是竞争对手复制不了的。有了这两条我们在竞争中才能立于不败之地。在金融产品同质化严重、金融产品又缺乏严格的知识产权保护的背景下,有什么东西可以做到我有而对手没有,并且我的东西竞争对手还无法去学习和复制呢?只有企业文化可以做到独有,特殊人才可以独有,而且只有企业文化和特殊人才竞争对手无法学习和完全复制。当然科技手段今后在竞争中的作用也会越来越重要。这些就是我们的核心竞争力，是我们银行个性化经营的根本体现，是银行的灵魂。因此，竞争力的提高就要在企业文化建设和人才培养上下功夫。而目前银行业的竞争大多数停留在关系营销、情感营销的传统手段上，尽管这些手段仍然有效，但是一家银行能够做的其他的银行一样能做，这里没有优势可言。"

高亦尚过去一直在总行业务部门，很少关心基层行经营管理的问题，听到戈弨的这一番议论觉得耳目一新。他说："有点意思，你再说。"

戈弨接着说："第二是解决好分配问题。平常在工作中我们比较头疼的是如何提高员工收入。古人讲'民以食为天'，工资收入就是员工天大的事情。合理地发放薪酬，既是满足员工的这种本能的需求，也是我们调动员工积极性的重要手段。可惜，我们现在的机制不能够满足这一点。换句话说，就是做得好的和做得不好的在薪酬分配上没有太大的区别，我们分行正在进行的员工等级考核制就想在这上面做一点突破性尝试。"

高亦尚见戈弨停了下来，就催促他："接着说。"

戈弨有些犹豫："第三点我不知道该讲不该讲。"

高亦尚说："这不像你戈弨的风格。你怕观点和我不一致我不高兴啦，我还不至于那样狭隘吧！"

戈弨说："那我开炮了。这第三就是关于执行力的问题。我觉得提高执行力要具备三个条件，一个是决策层提出的任务和目标要具备可执行的条件，只有确定了一个科学合理的目标，执行者才会拼命去努力，如果明知是一个无法完成的任务，执行的结果很可能是意想不到的糟糕。"说到这里，戈弨盯着高亦尚看他有什么反应。

高亦尚说："别看着我，接着说你的第二个条件。"高亦尚知道这是戈弨对他提出的新型目标管理观点提出的挑战。

戈弨说："第一个还没有说完。我们的经营管理不同于战争管理，战争是一种你死我活的斗争，信不送到加西亚的手上就可能全军覆没。商业竞争很少达到你死我活的程度，吃不到满汉全席还有粤菜大餐，再不济还有米粥加馒头。战争有时候需要不惜代价，商业竞争不能不计成本。《把信送给加西亚》最大的赢家就是这本书的出版商，这本书所鼓吹的并不适合商业竞争。"

高亦尚说："你的观点我不能苟同，但我会思考。讲你的第二。"

戈召笑了，接着说："第二个条件是要对执行的全过程进行考核。执行一项指令通常是多部门协同完成的过程，类似于一条生产线，生产过程中的任何一个环节执行得好坏都会影响到最后的结果，因此我们需要建立事权划分清晰、责任界限明确的办事流程，每一件事要经过多少环节就应该有多少相应的责任岗位，要明确每一个部门或者岗位在这件事当中的责任。否则，一个人的原因造成失败，结果却要全体的人员来承担责任，这个既不公平也不科学。第三个条件是建立事后的检查评价制度，工作质量的好与不好，办事效率的高与不高，事后都要有一个检查与评价，按照规定的标准和时间要求，对执行结果进行评价，对执行结果好与坏要实行严格的奖与罚。"

戈召一口气说完了三个问题，在一旁做记录的刘杰心中暗暗佩服自己的这位学长。他想，不管读多少书，如果没有在工作中的长期积累和勤奋的思考是想不到这些问题的。

高亦尚说："你刚才说的观点也包括你今天下午的发言，听起来都有道理，但是你的观点是不是真理，我们还要靠实践来检验。这不是对你的不信任，对我而言也是一个学习的过程。我曾经很坦率地给你们讲过我的基层管理经验不足，我不怕献丑，可是你也别想糊弄我。"

戈召感受到高亦尚话语绵里藏针，回答道："怎么会！"

"那好，我给你交办两件事！"高亦尚说，"一是我想去拜访漳河市委和市政府领导，你尽快联系。再是我要到你们的网点随便走走，你指派一名副行长给我做向导就行，不要你陪同。"

戈召回答："行，您拜访市领导的时间怎么约定？"

高亦尚说："我在漳河期间都行，看他们的方便。"

"您看要哪位副行长陪您？我指定了又该说我作假了。"戈召问。

刘杰从他们之间的对话感受到他们之间还存在隔阂，便从中调和说："你们分行领导的电话号码我都有，高行长定下后我来联系吧。"

戈召见高亦尚没有再说什么就主动告辞："高行长辛苦了一天，您早些休息。明天中午我陪您吃饭。"

高亦尚本来还想谈经商办企业的问题，因为刘杰在这里，只好另选时间再谈。他与戈召握手后要刘杰把他送到楼下。

二十八、"微服私访"

高亦尚不习惯陌生环境，第二天天没亮就醒来。

他静静地躺在床上，梳理昨天来漳河市后不足一天时间的见闻。从他下车开始到进入分行大楼，又有半天多的时间参加了分行的工作例会，他所看到的都是热情饱满、精神抖擞的员工面貌。昨天晚上与戈啓的交谈让他对戈啓有了更多了解，虽然有些不喜欢戈啓咄咄逼人的风格，但平心而论，戈啓是一个非常敬业的干部，而且有一定理论水平和实践经验。转念高亦尚又想，不能只听他们怎么说，更要看他们是怎么做，要有一个真实、完整的漳河分行全貌。昨天晚上告诉了戈啓今天要下去看一看员工是怎样工作的，不知道这次"微服私访"会不会变成"皇帝的新衣"。

七点半刘杰准时敲响了房门，见到高亦尚以后他就报告说："高行长，我已经告诉了肖主任让他今天上午去漳河分行人事科，了解干部末位淘汰制和员工等级制的考核办法的执行情况。"

高亦尚说："好，我们走吧。"

高亦尚他们来到一楼的时候，张本泓已经把车开到了酒店的大门口。张本泓在上次林涛出现车祸后就被调来给高亦尚开车了。

上车以后，刘杰对张本泓说："张师傅，您看漳河哪个地方的早点比较有特色，带高行长去尝尝。最好离漳河第一储蓄所不要太远。"

张本泓说："漳河市我太熟悉了，第一储蓄所附近就是一个集市，那里有很多的摊点，各色各样的早餐都有。如果我们找一个好一点的地方，还能够看得到第一储蓄所门口的情况。"跟领导时间长的司机都能够揣摩到领导的意图。

刘杰说："我们就去那个地方。"

张本泓很快就把车开到了漳河第一储蓄所附近，他把车停好以后，在一家早点摊位上找了一个角度比较好的座位请高亦尚坐下。很快刘杰和张本泓把颇具地方特色的早点端了上来。他们一边吃早餐一边观察四周的民风民情。

高亦尚的注意力始终就在第一储蓄所那个方向。他来郓州工作以后就知道了第一储蓄所。这是漳河市最大的一个储蓄所，它不仅是漳河市成立最早的一个储蓄机构，而且员工人数多、营业面积大，更重要的是它的储蓄存款量在漳河市最大，遥遥领先其他机构一大截。近些年来，由于其他一些银行机构的纷纷成立，第一储蓄所虽然仍保持着存款量第一的地位，但是在市场上的占有份额却在逐年减少。这种情况不仅是第一储蓄所存在，本行系统的其他机构也都不同程度地存在。高亦尚到第一储蓄所就是想做一些市场调查，同时也考察一下漳河市分行的管理情况。

高亦尚在观察中发现，从快到八点钟的时候开始，第一储蓄所就开始有员工陆陆续续地上班了，员工到的最密集的时间是八点十分左右。张本泓看见高亦尚观察得认真，就小声地告诉说："第一储蓄所八点十五分有一个晨训会，我见过多次。"

"什么晨训会？"高亦尚不理解。

刘杰解释道："就是他们利用上班前十五分钟由储蓄所主任对昨天的工作做小结，然后强调一下今天工作中要注意的问题。"

高亦尚看了看手表，很感兴趣地说："走！我们去看看。"

刘杰赶紧陪着高亦尚向第一储蓄所走过去。在路上高亦尚告诉刘杰说："我们静悄悄地看，不要去惊动他们，也不要暴露我们的身份。"

"嗯。"刘杰点头答应道。

他们来到第一储蓄所门前，储蓄所的栅栏还没有打开。里面两扇玻璃大门将晨训会讲话人的声音几乎全部阻隔。高亦尚他们听不清里面的人在说什么，只见一排员工整整齐齐地站在大厅里，一位年轻的女性面对着这群人，看着手里拿着的一个小本指指点点说着什么。他们的着装与昨天在分行看到的中层干部着装完全一致，只是今天女员工的脖子上多了一条浅玫瑰色的小纱巾，显得更加俏丽和灵动。

八点二十五分送钞的押运车到了，荷枪实弹的押运员站在汽车的两边，刚刚结束晨训的员工鱼贯而出，登记领取了装钞的箱包以后，迅速坐到了自己的位置上。八点三十分第一储蓄所的大门准时打开。

已经在储蓄所门口等候的储户很快涌进了储蓄所。高亦尚没有马上跟进去。他告诉刘杰说："你给李玉芬打电话，说我们在第一储蓄所。"待刘杰的电话打完高亦尚才进入储蓄所。刘杰站在离他稍远的地方。

"您好，请问您办什么业务？请在这边取号。"一位年轻的女性员工迎了上来。

高亦尚回答说："我随便看看。"他看见女性员工的胸牌上有"大堂经理"四个字。

大堂经理仍然很热情地问："您是需要存款还是需要投资？如果存款我们的利息牌上有存款的档期和利率可以参考，如果您需要投资我们可以给您专门介绍。"

高亦尚说："把你们的投资产品给我介绍一下好吗？"

大堂经理满脸笑容地说："您这边请。"他把高亦尚引到了一个挂有"理财室"标牌的房间沙发上坐下，倒上茶水以后与高亦尚打招呼说："您稍候，我叫我们的理财经理来给您介绍。"

不一会儿大堂经理领进一个二十多岁的青年男子，介绍说："这是我们的理财经理小方。"

小方挨着高亦尚的沙发坐下来说："您好，请问您有多大的投资需求，我可以根据您的需要向您推荐一些合适的投资产品。"

高亦尚故意要考考这位理财经理说："你给我推荐一些收益高的投资产品吧！"

小方说："投资是有风险的，一般的情况下收益越高风险相对越大。我可以给您做一个风险承受能力的测试，然后根据风险承受力再给您一些建议，您看这样行吗？"

高亦尚答应："可以。"小方就按照总行规定的服务流程，先给高亦尚做了一个风险承受能力的测试，测试结果是八十五分属于积极型。然后小方开始对已经上柜的高风险理财产品向高亦尚做一一介绍。小方的理财产品还没有介绍完，刘杰匆匆从外面进来对高亦尚说："李玉芬行长来了。"刘杰的话音还没落下李玉芬的声音就跟着进来了："高行长，对不起！对不起！"

李玉芬的到来让理财经理小方一时不知所措，站起来喃喃叫道："李行长。"

李玉芬赶紧对小方说:"这是省分行的高行长。"

小方的语言顿时失去了刚才介绍理财产品时的流畅,红着脸说:"高行长,我不知道是您,请您对我的工作多批评。"

高亦尚笑容满面地站起来与李玉芬握了手,然后又握着小方的手说:"小伙子不错,我要表扬你。"高亦尚正在说话的时候,刚才主持晨训的那位女员工也走了进来。李玉芬向高亦尚介绍说:"高行长,这位是第一储蓄所的主任姚璐璐。"高亦尚与姚璐璐握了手说:"你们这里抓得不错。我八点钟不到就过来了,一直看到你们开门营业。我是有意没有提前通知你们的,就是希望看到一个真实的情况。你们的情况我看到了,很高兴。"讲话的时候高亦尚想,今天看到的不像是提前做好准备的样子,戈咎还真能经得起检查。

李玉芬发现大家都还站着就说:"高行长您请坐。"高亦尚也招呼大家都坐下。小方小声地问:"我可以走了吗?"高亦尚说:"小方你坐,我很想听一听一线员工的声音。"看见大家都坐好了高亦尚就用询问的目光看着姚璐璐说:"姚主任,你把第一储蓄所的情况介绍一下行吗?"

姚璐璐有些忐忑,她望了李玉芬一眼。李玉芬鼓励说:"没关系,你大胆地说。"

姚璐璐定了定神才开口说:"我们储蓄所现在有十八名员工,到上个月末,我们的储蓄存款余额有十九亿五千四百六十九万,其中定期存款……"

说到这里高亦尚打断了她的话说:"小姚,这些具体的数字你可以不说,因为我们突然来你没有一点准备,要你说得非常准确很难,说错又该紧张了。"

李玉芬说:"小姚记数字特行。"

高亦尚说:"没有必要谈数字,这个我回去可以看报表,小姚你就讲一讲,你们储蓄所目前面临最大的问题是什么,你们的对策又是什么。"

姚璐璐听到高亦尚的提问不假思索地回答:"我们最大的问题就是客户资源的流失和竞争对手对客户的挖转。"

高亦尚问:"你说的其实就是客户流失的问题,你为什么分成了两个问题讲?"

这时刘杰走过来附在高亦尚的耳朵旁小声说:"戈行长打电话来,已经与漳河市委联系,市委杨柳书记下午三点钟在市委与您见面。"

高亦尚现在不想谈论其他问题,对刘杰说:"叫戈咎现在过来一起听小姚的汇报。"说完他示意姚璐璐继续发言。

姚璐璐说:"我说的客户流失是指在城市改造的过程当中由于老城区的空心化,我们一部分原来的老客户由于搬迁离开了我们。我说的客户挖转是讲的同行业通过一些正当和不正当的手段,挖走了我们一部分的老客户。虽然我们第一储蓄所仍然保持了体量最大,但是我们增长的幅度和市场占有比例都在相对下降,这是我们最揪心的地方。"

高亦尚鼓励说:"作为最大的储蓄机构,你们能够有这样的忧患意识是值得肯定的。那么面对新的形势你们采取了什么措施呢?"

姚璐璐回答说:"这就是分行给我们提出来的客户发展战略课题。分行要求我们在居民个人财富的日益积累和金融需求不断升级的条件下,根据'二八定律'把争揽优质客户作为首要的目标。我们的具体做法就是:第一细分客户,对我们二十几万账户进行分类,从当中挑出了金融资产五万元以上的重点客户一万余户。第二是巩固基础,即在这一万多户当中,找出我们铁杆的客户。所谓铁杆客户就是在我们这里业务交易活跃,产品覆盖率比较高,而且开户的时间比较长的客户。这一部分客户是我们的基础,一定要维护好。戈行长总是提醒我们'基础不牢地动山摇'。同时我们还要加大另外一部分存款余额比较大的中、高端客户,提高对他们的产品覆盖率,让他们也变成铁杆客户,让我们的基础越来越大,越来越牢固。第三是实行盯人的战术,就是对金融资产在一百万以上的一百三十多名客户实行'一对一'的客户经理负责制。这部分客户的成长性强,户均的贡献度高,但是,对银行的服务要求也很高,是各家银行竞争的焦点。我们'一对一'的策略就是对这些高净值的客户实行个性化的服务,特殊的大户我们分行的行长都要和他们交朋友。"

高亦尚回头看着李玉芬问:"你有交这样的朋友吗?"

李玉芬回答说:"戈行长要求我们班子的成员每一个人都要结识十名左右的高净值的个人客户,对支行和网点实行分片包干。我有十二名这样的客户朋友。"

高亦尚饶有兴趣地继续问道:"除了这些措施以外,你们还有其他的经验吗?"

姚璐璐说:"经验我们不敢说,但我们确实还有一些与之相配合的措施。

譬如我们开展了'唤醒工程',就是对在我们这里交易活跃度不高的存款大户我们实行有针对性的上门服务。这些客户多是历年沉淀下来的定期存款客户,他们除了定期存款到期的转期以外,其他的投资理财业务都在其他的银行。'唤醒工程'就是要唤醒他们对我们产品的认识,把投资理财的交易拿到我们的银行来。再譬如我们'新户争揽工程',在市场经济的条件下客户的流动以后会成为一种常态,流水不腐户枢不蠹,其他的银行可以挖转我们的客户,我们同样也可以去争揽其他银行的客户,这个活动通过公、私业务部门的合作联动效果比较好,分行要求信贷、结算等对公业务部门的员工在开展对公业务的时候也要为储蓄的个人业务介绍客户,仅代发工资一项就为我们增加了不少的资源。"

高亦尚说:"你们的做法是应该好好地总结一下。刘杰记得回省分行以后告诉个人金融业务处,叫他们派人到漳河来做一次调查和总结。"

"我们有些方法现在还不太成熟,不到总结的时候。"戈昝插话说。他进来的时候谁也没有发现。

高亦尚看见戈昝来了就说:"你来得正好,我也听听大家对等级员工制考核的看法。"

姚璐璐说:"我们……"

高亦尚拦住了姚璐璐的发言说:"小姚对不起,这个问题我只听小方怎么讲。"

小方没想到高亦尚会点他发言,紧张得不知道该说什么。高亦尚启发他说:"你不要紧张,你就说你知不知道员工等级考核,你喜欢不喜欢这样的考核方法。"

经高亦尚这样的提示小方真的不紧张了。他说:"员工等级考核我们听了动员,也搞过几次讨论。开始的时候我们大家都不喜欢这个方法,或者说都害怕这个方法,因为我们的收入本来就不高,害怕通过这个办法的考核,让我们的收入越来越少。后来分行人事科的黄科长带人到我们这里来做宣讲,又反复地讨论,对办法还做了一些修改,我们慢慢地理解了这个方法。实际上现在多数员工都欢迎这个考核办法,因为做得好和做得不好的人确实在分配上区分开来了。"

高亦尚问:"你的这个观点能够代表多数员工吗?"

小方没有回答高亦尚的提问而是说："我对这个办法还是有些意见。"说到这里他胆怯地看了看戈召和李玉芬。

高亦尚笑着对戈召说："戈行长看到没有，你们的员工还是害怕你们哪！"

小方说："我不害怕戈行长，我害怕您。"小方的话音刚出口，大家都笑了起来。

高亦尚也笑着说："县官不如现管，你害怕我什么呀？"

小方说："我们实行了等级员工的考核，实际上就是把原来分配面包的方法做了调整，不管我们做得有多好，面包在总量上也没有增加，我们害怕做好了以后省行不给我们增加面包。"

高亦尚说："你提的这个意见非常好，我要表扬你，感谢你。回去以后全省就可以调整面包的分配方法，到时候你们的面包总量就有可能会增加。然后我再到总行去要求给我们全省增加面包。小方，改革是一步一步来的，走完了第一步才能走第二步，你们要理解戈行长他们的苦心和难处，你也要去给员工做些解释。"

戈召看见高亦尚的兴致不减，便提醒说："高行长，下午还要和杨柳书记见面，我们回分行有些不良资产剥离的情况我还要向您作汇报。"听了戈召的提醒高亦尚才打住话头。他对姚璐璐说："问你最后一个问题，你们的晨训会是谁发明的？"

姚璐璐把眼睛瞟向了戈召。戈召回答说："是我到深圳出差看到好多银行都有晨训会，回来以后就要求各网点学习借鉴。第一储蓄所坚持得最好。"

高亦尚把目光转向姚璐璐："效果怎么样？"

姚璐璐说："非常好，十分钟解决大问题。"

高亦尚没有再继续深问下去，他在姚璐璐的陪同下走到了柜台里面，与柜面员工一一握手，说了一些慰问的话才离开。

因为下午要去见市委书记，午餐在分行食堂做了简单的安排，戈召利用午餐前的一段时间，向高亦尚粗略地介绍了漳河市社会经济的基本情况，汇报了分行不良资产剥离的准备情况以及与政府有关部门的衔接情况，最后也提到了漳河分行正在营销的电厂项目受到了一定的阻力。

回到宾馆休息的时候，高亦尚对戈召的好感又在加深。他相信，今天在第一储蓄所看到的、听到的都是真实的情况,这说明漳河分行的干部员工对戈召的工作是认可的。昨天晚上向戈召交代了联系市委、市政府的领导,今天上午就得到了落实。高亦尚知道漳河市委杨柳书记是省委常委,和张良继副省长一样都是省部级领导,一般的情况下约见上级领导是需要时间的。戈召的这种办事效率与肖桂庭相比不知道要高多少。这也是一种工作能力的体现。

中午的休息高亦尚无法入睡,因为与杨柳书记见面和与张良继副省长见面的角度完全不同,他必须想好重点要表达什么内容。戈召刚才简要介绍的漳河市社会经济的基本情况,对于高亦尚下午与书记见面是有帮助的。高亦尚想好了自己谈话的切入点。

下午高亦尚与杨柳书记的见面相当顺利。

从漳河市委出来的时候,高亦尚还在回忆刚才与杨柳书记的见面,有几个场景是他万万没有想到的。第一个让高亦尚没想到的是杨柳书记对金融工作竟然是那样的关心和熟悉。他几次引用省委老书记的话说"金融是经济工作的命脉",他还要求参加会面的市里其他领导要学习金融理论,学会运用金融工具促进经济的发展,特别强调要把银行的不良资产剥离当作国有企业改革的东风,要学会借东风。谈话中他还讲到他在做县委书记的时候,徐光钊行长在同一个县挂职做副县长,他就是从徐光钊的工作中看到了金融的力量,开始认识到金融对经济的重要。徐光钊有如此丰富的经历,这是高亦尚第二个没想到的。第三个高亦尚没想到的是杨柳书记对戈召如此重视。下午与杨柳书记见面银行方面是高亦尚在主谈,可是在自己讲完话以后,杨柳书记偏偏还要点名戈召发言。戈召也很聪明,在谈完银行工作怎样与政府经济工作要求对接以后,不失时机地提出来要参与漳河电厂项目的贷款。当时主管经济的马副市长还推脱说中央开发银行对项目的意见未最后定下来,商业贷款还不能确定是哪一家银行,杨柳书记立即就说:"商业贷款就选小戈行长这家银行,我跟你们就定下来了,其他的事情你们去落实。"高亦尚也马上承诺一定去开发银行总行把未确定的工作做好。因为王晓炜说过的话高亦尚没有忘记。杨柳书记当即就批评马副市长说:"你们看见了没有,帮助别人实际上就是在帮助自己,高行长这就可以回北京去帮我们做工作。"想到这里高亦尚心里一阵快意。

"叭！"坐在副驾驶上的戈昝手用力地将仪表盘一拍，让开车和坐车的都吓了一大跳。从市委大院出来的时候戈昝执意要陪高亦尚，把刘杰撵到了后面的车上，自己就坐在高亦尚车的副驾驶上。他这一拍之后赶紧向后坐的高亦尚和肖桂庭赔笑脸，说："对不起，我想到电厂项目已落实太兴奋了。"

高亦尚批评说："当领导的人还这样喜怒形于色。"

戈昝满不在乎地说："敢爱敢恨才是真男人！"

高亦尚没有接戈昝的话而是问："你过去与杨柳书记很熟？"

戈昝回答说："有过一些接触，市里每一次开会杨柳书记总是要点我发言，一来二去就这样熟了，我们有困难也会去找书记，他秘书的电话我有，所以今天约他见面很简单。"

高亦尚明白了其中的原因，就说："这样一种关系要好好地保持下去。还有电厂项目有什么困难就来找我。"

二十九、真相大白

张本泓平稳地驾车穿过一段复杂的路段，前面是一个岔路口。

见到岔路戈呇兴致很高地对高亦尚说："高行长，为了庆祝今天的巨大成功，建议您到我们漳河最有特色的农家乐'三大盆'去乐呵一次怎么样？车往右拐要不了很长时间就到。"

高亦尚说："去公款消费啊？"

戈呇回答："咳，这个地方我个人掏得起腰包，吃饱喝足要不了一千元钱。"

肖桂庭说："高行长到郢州来了以后任何的娱乐场所没有去过，你还是别破例吧！"

高亦尚也说："还是到你们食堂去吃饭，可以做点漳河的地方特色菜，喝一点你们地方的酒，为你庆祝成功嘛！现在什么时间啦？"

肖桂庭看着手表回答说："现在四点刚过十五分。"

高亦尚嘱咐戈呇说："我们现在回宾馆去休息一会儿。你五点钟来宾馆，我还有事跟你谈。"

戈呇说："那行，我五点钟来接您。"

高亦尚和肖桂庭刚进宾馆大厅刘杰就跟着到了。刘杰帮高亦尚打开房间的门，高亦尚说："你们都在这里坐一会儿。"刘杰猜到高亦尚是有事情要说，把高亦尚的手提包放到套房里的床头柜上后，烧好了开水给高亦尚和肖桂庭泡上了茶，自己也赶紧坐了下来。

"老肖，你到人事科去看了他们的两个考核办法，大家的反应和实际效果怎么样？"高亦尚问。

肖桂庭说："实际效果现在还看不到，大家的反应倒是众说纷纭，什么样的意见都有。"

"都是一些什么样的意见？"高亦尚又问。

肖桂庭说:"我看了讨论的记录,反对的意见居多。归纳起来无非就是说这两个办法标新立异,挫伤了大多数干部员工的积极性,出台的两个办法没有体现改革给大家带来的好处,没有带来收入的增加。记录材料还反映了郢州省的老劳动模范、漳阴县支行的储蓄股长刘兰英因为反对干部末位淘汰办法的出台,上班的时候都哭了好几次。"

　　"有没有正面的意见?"高亦尚问。

　　"有,但是拥护这两个办法的人不多。"肖桂庭回答说。

　　高亦尚问:"拥护这两个办法的少数人是什么样的意见?"

　　肖桂庭说:"主要集中在一条,就是干得好和干得不好的跟过去不一样,他们认为这两个办法好。"

　　高亦尚又问:"我在网点跑的时候听说戈昝他们先后对这两个办法进行了很大的改动和补充完善,你看到了他们修改后的办法没有?"

　　肖桂庭回答:"我听黄勤富科长说,他们办法出台以后开过多次的员工座谈会,还到网点进行了巡回演讲宣传,然后对办法进行了修改,但是我没来得及对修改前后的办法做对比。"

　　高亦尚停下来思考了一会儿又问:"你刚才说拥护的意见少,反对的意见多,这是在办法修改前还是修改后,或者是从始至终都这样?"

　　高亦尚的这一问就把肖桂庭给问蒙住了。本来他就不喜欢戈昝,也估计高亦尚不喜欢戈昝,他想借这样模糊的汇报让戈昝在高亦尚面前多一些不好的印象,没想到高亦尚这样一问却让自己露馅了。他感觉到自己的失算,不知道怎样回答高亦尚的问话,语言也不利索了:"我,我,我不清楚修改前后赞成和反对意见的变化。"

　　听到肖桂庭这样的回答,高亦尚的声音提高了几度说:"老肖,我讲过多次,办公室是党委和行长室的重要参谋部门,你们给领导提供的情况直接影响到领导的决策,就你刚才这样模糊不清的汇报,到底是在给我挖坑呢还是想给戈昝抹黑呢?"

　　自从高亦尚到郢州工作以来,刘杰从未听过高亦尚的话分量如此之重,语气如此之严厉。他作为部下,看着自己的上司挨批,双方都会很难堪,但是他又不敢离开,只好拿起热水壶来给两位领导加水,但其实他们的茶杯都是满的。刘杰的举动让高亦尚感到自己的语气可能太重,于是他缓过口气说:

"老肖,你是一个老同志,今天的调查又不是什么复杂问题,犯这样的错误实在是太不应该。"

肖桂庭这时才敢开口答话:"高行长,请您原谅,我承认自己的工作能力不强,但绝不是态度问题,我更不敢给您挖坑。"

高亦尚揶揄了他一句:"那就是敢给戈弢抹黑啦。"说完高亦尚自己也禁不住笑出声来,刘杰也笑了。肖桂庭看见他们都在笑,自己也跟着笑了起来:"嘿,嘿。"不过这笑声显得很勉强。

高亦尚这时对刘杰说:"刘杰,戈弢是你的校友吧,谈谈你对他的看法。"

刘杰没有想到高亦尚会给他提出这样的问题,他感到有些突然。略加思考以后他很认真地回答说:"我进学校时戈行长已经毕业了好多年,但是学校的老师经常提到他,我们好多学弟学妹都把他当作校友中的楷模。我参加工作以后与戈行长直接联系不是太多,他给我印象最深,也是我最佩服的就是他的率真。"

高亦尚听了刘杰的回答,点了点头什么都没说,他觉得刘杰说的是真话,说不准刘杰以后又是一个"小戈弢"。

这时肖桂庭补了一句话说:"我觉得戈弢太妄自尊大了,谁都不在他的眼里。"

高亦尚瞥了肖桂庭一眼,心想这个肖桂庭可能是第一次公开说出自己心里的话。他见肖桂庭和刘杰都没有再讲话,就说:"你们去休息吧,戈弢来了以后我还要跟他谈话,吃饭的时间可能会晚一些。"

他们都走了以后,高亦尚就静静地盘点这两天的收获。高亦尚知道他来到漳河也只能算是蜻蜓点水,没有能够真正深入到基层做广泛的调查研究,但也总算是接到了地气,看到了一点真实的情况。他对漳河市分行总体情况还是比较满意的,干部员工的精神面貌,营业网点的硬件建设,员工营销和服务的意识,分行班子的经营思路和改革创新的措施都还不错,他们有些工作在全省各二级分行当中可能还走在前面。这当然与戈弢分不开,作为二级分行的一把手,戈弢无论是在工作态度还是工作能力上都没有可挑剔的,但是一个优秀的领导干部除了工作态度端正和能力强之外,良好的性格修养同样很重要,不然班子的成员怎么跟你去合作,上下级怎么才能做到步调一致?戈弢就像是一把刀刃锋利,但使用硌手的刀剑。刚才刘杰和肖桂庭对他的评价都是准确的，率真和妄自尊大其实就是戈昝同一性格的两种表现，他稍稍内敛一点给人就是率真的感觉，他放任自己的时候就是一种妄自尊大的形象。在高亦尚的印象里，戈昝是内敛的时候少放任的时候多。这样的性格怎么去跟人合作，高亦尚心想要给戈昝更多一些的磨砺。

高亦尚正在思考这些问题的时候门铃声响起，他知道是戈昝来了。让戈昝坐定了以后高亦尚就对他说："戈昝，有一件事一直要找你谈，但总没找到合适的时间，我们今天好好聊一聊。"

戈昝很敏感，马上回答道："您是要谈经商办企业的事，上一次我到您办公室就是想汇报这件事，但是没有谈成。"

高亦尚说："我不找你你也不找我，就敢一直这么拖着？你知道银监局一直在催我们报告对你的调查处分吗？"

戈昝开口的时候好像有些犹豫，他说："我这么做其实是想给省行领导减轻负担。"

高亦尚说："笑话！你犯了错误反倒说要给省行领导减轻负担，这是什么逻辑？"

戈昝说："您别急，我犯了错还是没有犯错，您听我讲完了再下结论。"接下来戈昝讲了一个让高亦尚瞠目结舌的故事。

十几年前，漳河市分行一把手行长还是文祥韬的前任赵乐绪。那个时候社会上存在一种全民经商的乱象，各行各业靠山吃山靠水吃水，都纷纷办起了公司。这些兴办的公司既不纳入主体企业的经营体系，也没有一个主管部门，大多是依附在主体单位上，利用主体单位的资源和渠道牟取一些经济收入。这一部分经济收入大多成为了企业的"小家当"，用于职工的奖金和福利发放，也有一部分被用于单位领导的挥霍。当时漳河市分行也办起了自己的公司，银行的人不会经商，既没有资源也没有渠道，自办公司也没有赚到钱。不知是谁想出了这样的主意，漳河市分行向省分行提出申请报告，大意是漳河分行向漳河市天宇电脑设备公司租赁二百套电脑设备及一套电子办公系统，用于完善漳河市分行和全辖所有县支行、办事处的办公自动化，租赁金额一千八百万元，租赁期为五年。那时全行正在加速办公自动化建设，由于费用不足办公自动化的速度有些跟不上。漳河市的方案能够通过租赁把即期的费用压力分解到五年的时间，解决当前急需的办公自动化问题，省行领导非常认可这个方案，很快就批准了漳河市分行的租赁计划。其实，漳河市分行报告中提到的天宇电脑设备公司就是漳河市分行的自办公司。接到省行的租赁批复以后，漳河市分行与天宇电脑设备公司签订了二百套电脑设备及一套办公系统的租赁合同，随后天宇公司以进货需求为由，向漳河分行申请取得了一千五百万元贷款。天宇电脑设备公司实际花费一百二十余万元采购了二十套电脑设备提供给漳河市分行，贷款剩余的近一千四百万元又全部以利润形式上缴给了漳河市分行，这笔钱就存入了子虚乌有的漳河圆融公司的账户，这个空壳公司除了一个公司名字和一个银行账户之外什么都没有。后来天宇电脑设备公司通过漳河分行每月虚列的租赁费，陆续偿还了一千八百万元的贷款本息。再后来国家要求清理自办公司，天宇电脑被注销，公司与银行租赁一档事后来也无人知晓、无人过问了。而自办公司都算不上的漳河圆融公司的账户却被保留下来，一千四百万资金也陆陆续续花费了不少。那些年漳河市分行员工的奖金和福利在全省行都是高水平，就是得益于漳河圆融公司的那笔钱。再后来赵乐绪行长被提拔到太行省去做了省分行的副行长，文祥韬接任后对漳河圆融公司剩下的钱再没有动用过。文祥韬退休戈召接任，文祥韬才把漳河圆融公司向戈召做了交接，印章卡的名章也换成了戈召和吴效梅。文祥韬向戈召介绍了账户来龙去脉，特别解释说在戈召当副行长的时候这些情况都没有讲，那是不想让戈召承担知情不报的责任。今天戈召当了一把手，这个责任就再也无法推卸。文祥韬还说漳河圆融公司的形成有当时的历史原因，用现在的标准再去评判过去的是非曲直，谁都不好说。告诉戈召现在要做的事情就是保持沉默，这件事除了账户的经办人员以外谁都不能讲，再就是不要动里面的一分钱。到了要揭开盖子的时候，自然就会有结论。

讲完了这段故事戈召就看着高亦尚。此时的高亦尚目瞪口呆地坐在那里，不知说什么是好。

漳河圆融公司刚被发现时戈召的心里也很矛盾，他认为这是迟早的事，晚发现不如早发现，现在发现了自己还可以承担责任或者想办法化解，如果在自己任期内没有被暴露，自己都不知道在离任的时候应该怎么去做交接。对于要不要向省行领导把事情的真相说清楚，他犹豫不决。如果把事情的来龙去脉说清楚了自己的责任也就解脱了，但是皮球就会踢到省行领导的怀里。省行领导知道了真相会怎么办，去向银监局说清楚吗？那样会把我们整个银行系统弄得天翻地覆，过去的账要查，钱是怎么用的会要求一笔笔地说清楚，可是能够说清楚的人现在又身居高位，赵乐绪行长到太行省几年后就升迁为一把手行长，现在在总行的一个二级机构任总裁。省行领导有舍得一身剐的勇气吗？况且，文祥韬曾经说得很清楚，用现在的标准去评判历史上的事情是很困难的。左思右想之后戈弢下定决心把责任揽过来，只要能让银监局不继续往下查，宁可自己接受一个纪律处分，用它来换天下太平。

可是让戈弢没有想到的是银监局在检查中怀疑漳河圆融公司是自己在经商办企业，甚至还怀疑自己收受贿赂。要不要向省行党委讲清楚，这让他更加感到为难。后来徐光钊行长来漳河调查时又出了车祸，公安部门还怀疑有人对司机下毒手，事情被弄得越来越扑朔迷离，他不想组织上为这再耗费更多精力，打算找机会给省行党委说清楚，苦于平时的工作太忙，一直没有时间。今天高行长问到这个问题，他索性说出事情真相。

高亦尚听完戈弢所讲的故事，足足憋了几分钟一声没吭，然后两眼冒着火愤怒地大声说道："乱七八糟！"

戈弢有些不解："您说什么乱七八糟？"

"漳河分行乱七八糟！"高亦尚被问得心烦，把嗓门又提高几分。

听到高亦尚这样评价戈弢的火气也被燃起，他没好气地问："高行长，您说的乱七八糟是指漳河分行的现在还是过去？"

高亦尚问："现在的漳河分行我不能评价吗？"

戈弢顶撞道："如果评价现在的漳河分行乱七八糟我不接受。我们工作有不足也不是乱七八糟。"

高亦尚问："你要和我辩论是不是？"

戈弢说："我没胆量和您辩论。漳河市分行是郢州省分行的一个部分，您这样评价漳河市分行对我们、对省分行公平吗？对您又公平吗？"

戈弢的话让高亦尚冷静下来，他意识到自己说话有一些过头，便缓过语气来问戈弢："问题刚刚暴露的时候你为什么不及时向省行报告？"

戈弢说："我当然想过！我知道向省行报告只会给领导添难，所以才迟迟不报。"接着戈弢反问道："我现在报告了您觉得好办吗？"

高亦尚看着戈弢不说话。

戈弢继续说："您处分戈弢吗？戈弢在这件事情上就没有错误可言。您处分赵乐绪行长,他是总行管理的干部,这件事暴露出来就要从头至尾地向总行再报告一遍,而且,他在这件事之后连续得到总行的提拔,总行怎样评价自己使用的干部?您看我向您报告了,这是在帮您还是在为难您?如果您今天不问,我还会犹豫报还是不报。"

高亦尚很认真地说:"戈召,你和我都是领导干部,难道我们的原则立场都不要了吗?"

戈召说:"高行长,您提的问题我也曾经问过我的老行长文祥韬,您猜文行长怎么回答的?"

高亦尚问:"怎么回答的?"

"文行长送了我两句话,一句话是'历史的问题历史看待',第二句话是'不是不报,时候未到'。"戈召回答说。

高亦尚不解地问:"这是什么意思?"

戈召说:"我到今天也没有想明白这是什么意思,不过我猜想文行长的话一定有他的道理,所以我保持了沉默。"

高亦尚脸色稍稍好转,便问道:"你也要我保持沉默?"

戈召很认真地回答说:"我不敢给领导提任何建议,领导觉得该怎么办就怎么办。我只有一个表态,为了大局给我处分我可以接受。"

高亦尚需要时间思考问题,他岔开话题问:"几点钟啦?现在肚子咕咕叫啦。"

戈召看着时间告诉说:"六点半已经过了。"

高亦尚说:"现在去吃饭。刚才谈的这桩事情待省行研究了以后再作处理。"他们一行人到漳河市分行食堂里吃了一顿非常冷清的晚餐,庆功酒都没兴趣喝了。

三十、网开一面

第三天,高亦尚从漳河市回到省行已经是中午十二点多。高亦尚在食堂里碰到徐光钊,因为人多他们没有深入地交谈,匆匆吃过午饭后都回到了办公室。

高亦尚问:"老徐,今天不午休撑得住吗?"

徐光钊猜到高亦尚可能有事要说便回答:"没问题。"就跟着高亦尚进了他的办公室。高亦尚要给徐光钊沏茶,徐光钊拦住他说:"别浪费了,我去把自己茶杯拿过来。"徐光钊在回自己办公室拿茶杯的当口儿猜想到,一定是戈咎经商办企业的事情复杂了,不然高亦尚不会急着跟自己通气。他回到高亦尚的办公室,对坐在沙发上的高亦尚说:"你的脸色不太好看。"

"是吗?"高亦尚说:"我还批评别人喜怒形于色,其实自己也没做好。"

徐光钊宽容地说:"这个得靠岁月的磨砺。"

高亦尚问:"上了年纪就能够喜怒不形于色?"

徐光钊说:"当然不是纯粹的年纪问题,是岁月中的苦难把人的心胸撞击开了,当一个人的肚量能够装进世间万物的时候,自然就能够做到什么事情都不动声色。"

"哦,要饱经风霜。"高亦尚随意附和了一句。

徐光钊把话转到了正题:"你到漳河看到了烦心事?"

"岂止是烦心!"高亦尚向徐光钊详细地讲述了戈咎所汇报的漳河圆融公司的故事。

徐光钊问:"肖桂庭知道这件事吗?"

高亦尚说:"我和戈咎谈话的时候没有其他人。"

"好,"徐光钊说:"这件事在没有商量出来意见之前,一定要严格保密。"

高亦尚默默地点点头，他希望徐光钊能够给他拿主意。

徐光钊说："我现在才体会到戈弢为什么迟迟不向省行报告，他承受的压力比我们现在还要大，这是需要担当精神的。"

高亦尚说："他担当了什么呀？"

"我们现在不谈戈弢。你对这件事是怎么打算的？"徐光钊不愿意在戈弢的问题上多纠缠。

"我不正在和你商量吗？"高亦尚说。

"你觉得从目前的复杂性来讲，我们首先要做什么？"徐光钊不客气地问。

"我们要……"高亦尚说不下去。

徐光钊体谅地说："你一定是感到很难。对于复杂的问题特别是历史遗留下来的问题，处理起来就是很棘手。如果按历史的标准去处理可能与现实的导向相悖，按现在的标准去处理，对历史形成的问题显然不公道。我们只能在现实和历史的政策中间尽量寻找兼容的地方，或者说历史和现实的政策都做一些让步，只有按这样的标准去处理遗留问题，最后的结果才能被多数人接受。"

高亦尚不以为然："一千五百万元贷款被挪用，一千八百万元的经营费虚列，而且近千万元资金的用途不明，这都不是小数目啊！"

徐光钊继续耐心地解释说："如果当初一千八百万元是被某个人或者少数几个人侵吞了，我们当然应该义无反顾地站出来揭发这种行为。可是当时的背景就是全民经商，乱发钱物，挤占经营费用的情况也相当普遍，如果今天我们要对这段历史重新翻烧饼，那只会是一种'剪不断，理还乱'的格局。你想这对我们正在进行的各项改革和资产剥离工作将是一个什么样的影响？"

高亦尚问："你说我应该怎么办？"

徐光钊说："我非常理解你的难处，因为你是一把手，这件事不好绕。"

高亦尚又是一阵沉默。

徐光钊说："有一个办法可行，就是对这件事你授权由我来处理，今后有什么责任都由我来承担。"

高亦尚立马说："肯定不行！那样做太不厚道，也对不起朋友。"稍作思考后高亦尚语气坚定地说:"这件事要冷处理,有什么问题由我负责。"

"这个时候我们来想戈�当初,他还是能够担当的。"徐光钊说。

高亦尚没有吭声,他默认了徐光钊的观点。停了一会儿高亦尚问了一句很无奈的话:"老徐,你说赵乐绪为什么要干这样的事情?"

徐光钊说:"老赵就是这么一个人。"接下来他给高亦尚讲了赵乐绪的一些往事。

赵乐绪原来是一所乡镇中学的语文代课老师,口才好,脑子活,也能动手写一点东西,在当地也算是一个比较有名的"土秀才"。后来他被抽调到公社去帮忙,由打杂的临时工变成了公社正式干部,一直做到了公社党委书记。人民公社撤销以后他又成为一个乡的乡党委书记。那个时候银行干部归地方管理,不知道什么原因赵乐绪又由乡党委书记调到了县支行任行长。他虽然对银行业务一窍不通但是脑子活,总能弄一些让领导感到满意的事情。在他任县支行行长期间提出"金融促进县域经济大发展"的口号,通过一些办法措施,确实让当地的经济有了一些起色。当时的县委、地委对他特别器重,到县支行没有三年时间他就被提拔为漳河地区中心支行副行长。那时候文祥韬是漳河地区中心支行老资格的副行长,徐光钊已经是省分行副行长,就是从那个时候开始徐光钊认识了赵乐绪。

听罢徐光钊的讲述,高亦尚苦苦一笑说:"赵乐绪到了太行省以后也是大刀阔斧,特别是当了省行的一把手以后更是势不可当。"原来高亦尚就是太行省籍的人,太行省分行有人到总行办事经常到高亦尚那里坐坐,也给他带去了一些赵乐绪的信息。赵乐绪在当上太行省行一把手的第二年就搞了一个大动作。他与省民政厅、省农业厅联手发起了当地一百家企业捐款,帮助太行省的部分贫困县建立生态农业基地,利用太行省的地理环境大量种植党参、鸡头参、羊肚菌、山药、核桃等名贵中药和食用植物,很多地方也借此开始脱贫。这项工作得到了省委、省政府的高度赞扬,太行省分行从此也有了自己的土特产供应基地,职工福利和业务公关都能买得到一些价廉物美的土特产。赵乐绪成了上下都欢迎的人。当然,银行也有一些人对此意见很大,因为很多捐款企业是在得到了银行贷款利率优惠以后才出手捐款的,实质是牺牲了银行利益。

徐光钊听了说:"这就符合赵乐绪的特点,他这个人总会别出心裁做一些打擦边球的事情，讨员工老百姓的欢迎，上面也很喜欢，最后自己落一个顺风顺水。如果不是到龄了他在职务上还可能更上一层楼。"

高亦尚又问道："遇到违规违纪的主要领导，他们的班子成员就不能顶？"

徐光钊说："能啊，也有很多同志就敢跟主要领导的错误顶着干，但多数都没有好结果，不是被调离就是坐冷板凳。"

高亦尚说："我们的环境就这样恶劣？"

徐光钊说："这些当然是局部情况，但是它们造成的影响却是非常恶劣的。"

高亦尚不解，他继续问道："老赵弄这个漳河圆融公司的时候，班子里其他同志团结一致也没有力量与赵乐绪去抗衡吗？"

徐光钊说："其他同志怎么可能团结一致呢？一把手如果有问题，就会把'拉帮结派'的帽子扣在这些同志头上，他们最后还得屈从。我不知道当初赵乐绪违规弄这个子虚乌有的租赁业务的时候是怎么在他们的会上通过的，但我估计其他同志的态度要么随波逐流，要么就是明哲保身。"

高亦尚问："戈召的这事情怎么处理才好呢？"

徐光钊说："我刚才给了你一个建议。我再带人到漳河去一次，与戈召达成默契，违规账户的责任由戈召揽过去，我们不往下追究，给戈召一个处分，此事到此了结。今后如果出了问题就由我来承担处理不当的这个责任。"

高亦尚说："刚才我也讲了，这个办法我肯定不同意。"

徐光钊问："你打算怎么办？如果向银监局如实报告，那么我们也必须向总行报告。总行党委该如何处理？赵乐绪已经被重用了近十年，现在还在重要的岗位上。我们不是把这个棘手的球又传到了总行吗？"徐光钊见高亦尚在认真地听，他接着说："对赵乐绪我谈不上个人感情上的恩怨，也不为他个人开脱，但客观上讲在当时的环境下，他的这种做法与贪赃枉法还是有本质的区别。历史的问题还要历史地去看。"

高亦尚有一些动摇，他问："银监局那边怎么交代？"

徐光钊说："我们就事论事给戈召一个处分，这个结果估计银监局不会深究。如果他们想深究当初查账的时候就会一查到底。"

高亦尚说："这样对戈召不公平。"

徐光钊说："为了全局的利益总需要有人做出牺牲。要相信戈召的胸怀，他这么长时间没有向省分行报告,已经承担了很大责任。"

高意识说:"具体什么样的处分合适呢?"

徐光钊说:"这要去查阅有关的规定,最好由监察室提出来。不过我们要定一条原则,就是给戈晷的处分不要影响今后对戈晷的提拔任用。"

高亦尚问:"你想重用他?"

徐光钊反问:"你不想重用他?"

"哈哈哈哈……"两个人同时用笑声回答了对方。

徐光钊问:"漳河市分行资产剥离工作情况怎么样?"

高亦尚说:"从汇报来看他们的剥离工作没有太大的特点,不过我到漳河分行两天的时间还是看到了他们工作上的一些亮点,如果他们的办法确实效果好,我们可以总结在全省推广。漳河分行第一储蓄所搞的'客户关系战略'和在他们实行的'等级员工考核制度'听起来还是蛮有趣的。我打算叫有关的处室到漳河分行去再做深入的调查,不能只看一些表面现象。"

徐光钊说:"这样很好,叫分行处室的干部下去一来可以帮助基层同志的工作,同时也可以促使我们改进机关作风。长期坐办公室不下基层只会养成官僚的作风。找时间我也再去漳河看看。"

高亦尚突然想起一个问题问道:"徐行长,你觉得我们现在存款的考核办法有缺陷吗?"

徐光钊回答:"我虽然没有分管这一块儿,但是我已经注意到现在存款考核办法已经到了非改不可的地步。"

高亦尚说:"漳河市分行的计财科长也是这么说。"

徐光钊说:"是吴效梅吧,她的业务很熟,是全省计划资金专业上的老手。"

高亦尚觉得有些诧异:"下面的科长你也认识?"

徐光钊说:"工作的时间长,下面一部分有特点的科长认识一些。存款考核办法不适的问题在我们有些分行已经很严重了。由于我们单纯考核期末存款数,而且根据期末数据来计发绩效工资,我们有些人就和企业的财务人员串通起来,每到期末的时候把存款搬过来过渡一到三天。这种存款我们不仅不能够使用,我们还要多缴存准备金,还要多计发绩效工资。拿到了绩效工资或奖金后银行的业务员就会给企业财务人员送礼送红包,个别地方据说还出现了明码实价买存款。"

"这样的人要严厉查处。"高亦尚愤愤地说。

"我们还是要冷静，他们这样做只是钻我们制度上的漏洞，谈不上违法违纪，处分就更无从说起。这里面监管部门也有失察的责任。这种买存款的做法最早是在股份制银行搞起来的，他们发现问题以后堵住了这个漏洞。后来这些毛病就传到了我们的银行。"

"这种情况正说明总行提出把制度创新和改革作为我们的首要任务是有的放矢的。我到郢州来工作不到一年的时间胜过了我在学校几年的读书。"高亦尚感慨地说。

徐光钊说："干部的交流锻炼是我们共产党干部政策的一个重大的发明，了不起！西方政党想学都学不了。"

"你到下面当过县长？"高亦尚想起了杨柳书记的介绍。

"是副县长，你听谁说的？"徐光钊问。

高亦尚说："我到漳河去见到市委杨柳书记了，他说跟你学了很多金融知识。"

徐光钊说："那是杨柳书记的谦虚。杨柳书记的学历不高，但他是一个特别勤奋、特别善于思考的人，我在县里挂职的时候他是县委书记，我从他身上也学到了不少东西。"

"学习他的管理经验？"高亦尚问。

徐光钊回答说："我是在城市里长大的，过去对农村社会完全没有了解，是到了副县长这个位置我才知道了农村社会的现实状况，也是在做副县长这两年的时间，我才由过去的一个愣头青学会了宽容和退让，懂得了处理复杂的问题一定要有全局的意识。从这一点上说杨柳书记应该是我的老师。"

高亦尚说："我和唐宏运行长在一起的时候对他就有一种师长的感觉，跟杨柳书记的接触当中也感觉到他的亲和力和他的睿智。这就是所谓的人格魅力吧！"

徐光钊说："中国台阶式的干部培养制度是一种极大的优势，从县委到地委再到省委直至中央，我们的队伍中的人才在成长过程中经受过各种各样的磨炼和熏陶，而西方的一个议员甚至是一个律师就可以直接竞选做总统，两种政治制度下产生的国家领导人内质是完全不一样的。西方国家的行政管理体系中官僚和雇员阶层才起大作用。"

高亦尚说："所以政治家才能有资格做领袖。"说到这里他把话题一转："交谈中我感觉杨柳书记好像很关心戈名,在戈名提到了漳河电厂的项目时,杨柳书记当场就拍板电厂的项目给戈名做。我看旁边的那位副市长一脸的不乐意但又不好反对。"

徐光钊说："杨柳书记是省委常委,他有这个权力。"

"戈名的事情怎么办,给他一个处分事情就到此结束?"

徐光钊说："我完全同意。现在就可以叫谭启德过来。"

监察室主任谭启德过来以后,高亦尚简单地告诉他漳河分行漳河圆融公司是前任留下来的,请监察室按程序再做一次案件调查,如果情况属实,在处理上不要把事情搞得太复杂,处理对象到戈名为止,处理结果报银监局备案。最后徐光钊补充说："处分文件不下发,不装个人档案。"谭启德望着高亦尚,高亦尚点头默许。

三十一、兵棋推演

　　进了办公室，戈剳习惯性地要把一天的工作计划在脑子里再重新捋一捋。这是他从文祥韬那里学会的一种工作方法。他在刚刚担任县支行行长的时候，工作起来总是一天到头有忙不完的事情，人累得要死不说，事情还是没有一个头绪，经常有些重要的工作被耽误。一次文祥韬到县支行去检查工作，看到了戈剳的这种状况就告诉他，工作一定要有计划性，每天要做哪些事情在自己心里应该有一个安排，按照轻重缓急的顺序，首先去解决最重要、最急迫的问题，然后依次解决后面的问题，有些不重要的事情在后来没有时间解决了，也不会造成大的影响。一天是这样，一周、一个月乃至一年，都应该按照这样的原则来制订自己的工作计划，这样下来自己的工作就会有条不紊，循序渐进。按照文行长的指点，戈剳在实践中发现用这样的方法非常有效，慢慢地就养成了这样的习惯。

　　今天最重要的事情就是漳河分行的经营活动分析会。他昨天就对经营活动分析会做了充分准备，查阅了有关数据，草拟了发言提纲。他要把经营活动分析会开成经营活动的动员会和鼓劲会。除了这个会议，他还要与中电集团郓州分公司的葛景明总经理联系一次，通报一下关于电厂项目与漳河市领导这边联系的情况，剩下的时间就可以安排其他的事情。戈剳感到今天的工作不紧张，他的心情也放松下来了。现在是上午八点半还不到，离开会的时间还有半个多小时，他自己泡上了一杯茶，想在椅子上小憩片刻。

　　前一阵他太累了。先是被怀疑经商办企业，加上徐光钊行长的车祸耗费了他太多的精力。他不怕工作上忙，就怕那些无中生有的是非耗费精力。经商办企业事情的了结对他来说是一个很大的解脱。前天接省分行通知，他去见了徐光钊行长和监察室主任谭启德，那是对漳河圆融公司案件处理的正式谈话。徐行长代表省分行的意见就只一句话："根据对漳河圆融公司事实的调查，决定给予你行政记过处分。"谭启德询问他有没有需要申诉的意见，在知道没有意见的时候，谭启德要他在《处分意见书》上签了字。离开徐行长办公室的时候，徐光钊默默用力地与他握手，戈弢能够体会到那是一种理解与信任的握手。特别是事后谭启德在电话里告诉戈弢，两位行长向他明确地表示，对戈弢的处分不下发文件、不进档案。这个决定让他心里感到一股暖流。他没有感到委屈，因为他是这个分行的行长，是当家人，必须为这个行的平稳健康发展负责任，哪怕做出再大的牺牲都是应该的。省分行对自己做出这样的处分，而且明确不发文件、不进档案，省分行领导为此也冒了很大的风险。

戈弢此时的心情很轻松，他要趁开会之前的时间与葛景明通电话。他拨通了葛景明的电话："喂，老哥！我是戈弢呀。"

"哈哈，好久没你的电话啦，兄弟。"葛景明在电话里亲热地应答。

戈弢说："告诉老哥一个好消息。前几天我和我们省行的老板到漳河市委去见到了杨柳书记。杨柳书记答应了，漳河电厂项目的商业贷款交给我们银行来做。"

葛景明说："我正在为你的事情担心呢，漳河市发改委主任带着农商银行的人到我这里来了好多次，一直强调市领导要把这个项目的商业贷款交给农商银行。我一直在推脱，说这样的事情由总公司决定，我决定不了。这下好啦，市委书记发话我这里也不会再有压力了。"

戈弢说："还有一个好消息，我们省行老板与中央开发银行的领导非常熟悉，如果这个项目在开发银行遇到了困难，我们还可以在中间做一些工作。"

葛景明说："荆显涛正在为有事找开行而发愁呢！你赶快打电话告诉他。"

戈弢说："还是老哥跟他打电话吧，绕开你我直接跟他联系不好。"

葛景明说："我们哥俩谁跟谁呀，你直接打电话给他吧。"

戈弢说："不行。我马上有一个会要开，麻烦老兄给荆主任打电话吧，如果他有事需要我们老板给开行那边协调就打电话给我。"说完他们就挂了电话。

开会的时间快到了，戈弢端着自己的水杯来到会议室，看到其他人都已经到了。戈弢的开场白以后，要求各部门开始汇报分析。

按照惯例，计划财务科应该是第一个发言的部门，因为全行经营的全部数据都综合地反映在计划财务科,只有他们对全行经营的基本情况进行了综合分析以后,其他的部门才能够在此基础上进行专项的深入分析。可是此时,计划财务科长吴效梅却满脸愁容地坐在那里一声不吭,大家都很纳闷地看着她。

"吴效梅,怎么不发言?"戈名点名问道。

"这种情况怎么分析?"吴效梅说。

戈名问:"是你没有做好准备还是全行的经营情况不好?如果是准备工作没做好就要批评。"

吴效梅没有回答戈名的提问而是说:"经营的有关动态数据我们每天都送到行长室,你们应该清楚我们目前的经营状况。"

"仅仅行长室知道还不行啊,今天的经营分析会不就是把情况拿出来大家来共同分析,寻找解决问题的办法吗?"戈名说。戈名知道吴效梅是在为全行的经营困难着急,但是她的这种表达方式很多人都不理解。

吴效梅见戈名这么说,就拿出自己准备的分析材料进行了通报。她从不同的口径对各专业的经营情况进行了通报以后归纳说:"自从实行了等级员工的考核办法和干部的末位淘汰制以后,全行干部员工的精神面貌发生了巨大的变化,大家干工作的积极性更高,储蓄存款和财政性的公存款都有较大幅度的增长,但是,由于有贷户[①]的存款下降幅度超大,导致我们整个存款总量下降,借入资金增加,经营成本上升,加上我们的贷款利息收入减少,上个季度我们经营亏损的增加幅度和绝对额双双破了历史记录。"

李玉芬这时插话说:"这里还有一个严重的情况不知道大家意识到了没有,我们经营业绩的下降会导致我们从省分行拿回的绩效工资减少,而我们有些部门的业绩按照新的考核办法还要给他们增加绩效工资的发放,这部分钱从哪里来?如果不按考核办法兑现,就会挫伤这一部分干部员工的积极性。"

吴效梅说:"哪个部门完成任务情况不好就扣罚他们的绩效工资,扣出来的这一部分作为其他部门超额完成任务的奖励的来源。"

坐在一旁的闵洁这时不冷不热地补了一句话:"信贷部门的人只做事不

[①]有贷户是指向银行借有贷款的工商企业。

吃饭算了。"

人事科的黄勤富知道大家议论的绩效工资的话题属于自己的责任范围，他就主动说："请大家相信，目前的困难我们一定能找到合理的解决办法。"

戈召见讨论的议题偏离经营分析的重点，就招呼大家说："绩效工资的问题我们放在后面讨论。现在我们都来分析一下是什么原因造成目前的这种困难。"

肖强这时发牢骚说："什么问题都推到信贷部门头上，这个信贷工作谁愿意谁来做。"

戈召马上制止了肖强说话："肖行长，你是行领导，怎么能说这样的话？大家都在讨论分析嘛。"

闵洁这时看见肖强不吭声了，便接过了戈召的话说："刚才计划财务科分析的有贷户存款下降和贷款利息的欠收，这是客观事实。"闵洁一开口整个会场马上安静下来，大家要听她的解释。她接着说："问题的关键在于，造成这种局面的原因是信贷部门的同志主观上不努力，还是我们遇到了不可逾越的困难？大家都知道亚洲金融风暴对国内经济的冲击还没有完全消化，很多企业结构性生产过剩严重，要么产品积压，要么货款长期收不回来，造成严重的资金短缺，少数困难企业连职工的工资都无法按时发放，自然偿还银行贷款和利息就受到了影响。原来企业贷款到期还不了我们可以重新签约展期，2000年后总行取消了贷款展期，只允许对生产经营正常的企业'借新还旧'。所谓'借新还旧'就是对企业发放一笔新的贷款用于偿还原来的旧欠，但是'生产经营正常'一条要求，就把一大批生产经营不正常的企业挡在了'借新还旧'门外，这些企业贷款必然形成了逾期。按规定对逾期贷款银行必须强行在企业账户上扣收贷款本金和应收利息。很多企业本身资金就很紧张，为了躲避银行的扣收，他们就到别的银行重新开户，资金再也不回到我们这里。这就是刚才计财科讲到的有贷户存款大量流失的具体原因。我想请大家给我们出出主意，这样的问题我们该怎么办？"

闵洁的话滴水不漏。戈召明显感到闵洁是在利用客观因素给自己找托词，但是自己是行长，此时不适合出来与一个科长来展开辩论。用眼光瞧着会场，看大家有什么反应。李玉芬是分管计划财务的副行长，这时她也很着急，便说："难道我们就束手无策吗？我们能不能到法院去起诉这些企业？"

闵洁说:"您说起诉的法律事务问题应该由风险管理科负责,您听他们怎么说。"

风险管理科科长刘晓东本不想搅到闵洁与吴效梅的争论当中,不料被闵洁推到了前面。他只好出面回答说:"大面积的起诉肯定不行。第一,按照贷款金额的标的起诉,我们会产生巨额的起诉费用,这是我们所承受不起的。第二,这一类的贷款债权起诉,我们胜诉的把握是百分之百,但执行起来的效果也不一定理想,很可能是赢了官司拿不回钱。第三,大面积地起诉拖欠贷款的企业,我们要投入大量的人力,我们科现有的人手也难以做到。所以,用起诉的方法去追索贷款,只能是针对个别恶意逃废银行债务的企业。"

刘晓东说完会场一片沉默。肖强看到这种场面心中有些暗暗得意,因为闵洁和刘晓东的发言都无形中给肖强免除了一部分的责任。他作为分管信贷业务的副行长,贷款利息收不回来,贷款企业的存款下降他是负有责任的。肖强用一种胜利者的目光扫视会场,当他看到吴效梅的时候心里便生出来几分挑衅的冲动,他对着吴效梅说:"吴科长你给出出主意,信贷科该怎么才好啊?"

吴效梅没想到肖强会给她出这样的难题。闵洁的发言明显是在给自己没有做好工作找托辞,可是吴效梅离开信贷岗位多年,不熟悉现在的信贷业务政策,她无法从闵洁的发言中找到破绽。对于肖强的刁难吴效梅没有接招,而是把球踢了回去。她说:"我不熟悉信贷业务,肖行长您是分管信贷业务的行长,应该是您给闵科长出主意才对。"

肖强被吴效梅的话呛得一愣,稍有迟疑后他马上把球踢给了戈岊。"嘿嘿,"他自我解嘲地笑了两声说:"戈行长是我们的一把手,水平最高,我们还是请戈行长来给我们指点迷津。"

戈岊很大方地接过了肖强的话说:"刚才大家的发言都有一定的道理,贷款企业大面积地逃避银行的债务,这是我们所面临的一个新问题。请大家注意,我刚才说的是逃避不是逃废。刚才闵科长谈到企业逃避银行债务的原因是存在的,这是一个不需要辩解的事实。"说到这里他有意观察了闵洁和吴效梅的神情,她们都在全神贯注地听自己的发言。戈岊接着说:"但是这里的原因也要分主观和客观两个方面。客观上讲长期的计划经济中,银行对于国有企业的流动资金贷款实质上有很大一部分就是一种铺底性质的资金,类似于企业经商的本钱，就是闵科长刚才讲的企业贷款到期了以后我们就办理展期，企业可以长期使用贷款。当我们由国有专业银行向国有商业银行转型之后，就向市场经济迈出了实际的步伐。其中一个内容就是取消了贷款的展期，实行了借新还旧，这背后的实质就是银行收到企业提出新的贷款申请的时候，要按市场经济规律来办，具体地说就是根据企业经营的好坏来决定是否提供贷款，根据企业的生产经营周期来确定贷款的期限。一个经营正常的企业从买回来原材料到组织生产，再到销售产品收回货款，一个周期完结之后，就应该毫无困难地归还银行的贷款。如果我们约定的贷款期限与企业的生产、经营周期同步，我们有什么理由不能收回企业的贷款本息？"说到这里戈舀停了下来，用眼光看着肖强，又看看闵洁，他故意停歇了稍长时间，见他们都没有吭声，戈舀接着说："这就是我说的主观原因。总行调整了经营的思路，我们不去认真地学习和领会，在给企业贷款的时候拍脑袋，脱离企业生产经营周期而随意确定贷款期限，企业货款回来了我们的贷款没有到期不能强行收贷，再等贷款期限到了企业的货款也使用完了，这样贷款到期后肯定难以收回，回头来又我们又把责任完全推给客观的原因，这样的说法我是不赞成的。"

吴效梅听到戈舀这样的发言在内心里给他鼓掌，赞赏他的业务水平和举重若轻的神情。闵洁这时心里却对肖强恨得牙齿发痒，你为什么要去挑起戈舀讲话，这不是自找没趣吗？

戈舀接着说："其实判断我们的工作做好了没有，还有一个参照物，就是我们的兄弟行。我们在同样一个信贷政策下面，在差不多的经济环境当中，把我们的工作与兄弟行做一个比较，好坏自然就出来了。我看过全省的通报，有些兄弟分行有贷户的存款在上升，拖欠贷款本息都在下降，从中我们应该看到工作上的差距。"

吴效梅听到戈舀说到这里，感觉堵在心口的一股恶气吐出去了。可是她没想到接下来戈舀却又在帮他们说好话。戈舀说："当然，我们也要看到信贷部门同志工作环境的恶化，国有企业改制遇到了瓶颈，国际金融危机对国内经济产生负面影响，这些东西叠加到一起，无形中增加了我们信贷工作的难度。信贷部门的多数同志工作还是很努力的。刚才李行长谈到绩效工资的问题，该奖励的一定要奖，该处罚的也要处罚，但是，绝对不会让努力工作了的同志没有饭吃。这个问题人事科黄科长要与省行人事处联系，我有时间也要去向省行领导汇报，要争取一个合理的收入来源。"

接下来，分行其他部门也对自己的工作进行了汇报分析，最后戈召对下一个季度工作的重点进行了布置和安排。在安排工作中，戈召对不良资产剥离的工作做了强调。他说："关于剥离不良资产我们开了多次会，我这里不再多讲，各职能部门按照职能分工抓紧进度。有一个问题要在会上作一个明确。这次剥离中，总行要求不良信贷资产剥离由风险管理部门和信贷部门负责，非信贷资产剥离由计划财务部门负责。我们手上还有一笔与信贷资产和非信贷资产都搭界的业务，就是宏远公司的贷款。宏远公司是我们原来与市建委合资兴办的公司，当初我们的投资实际列入了贷款科目，因为公司停办贷款也早就形成不良，公司名下还有一块价值不菲的土地资产。所以这次宏远公司剥离既涉及不良贷款资产，也涉及账外非信贷资产的一块土地，我们今天要讨论的就是宏远公司剥离由计财部门负责还是信贷部门负责。再一个就是我们对轻机公司的持股也属于这一次的剥离范围，股权属于非信贷资产，但是也涉及我们的信贷客户，我们也要商量由哪一个部门主要负责清退。"

肖强从来就是多一事不如少一事的态度，对于这两个事项的态度他抢先发言说："现在信贷部门工作压力太大，加上这两件事的本质都属于非信贷资产剥离，我觉得应该由计财科负责。"吴效梅说："我们现在手头上事情也很多，人手也很紧，是不是请行领导考虑就放在信贷部门来处理？"戈召看看李玉芬，但她却不置可否，戈召思考后说："这两件事就交由计划财务科来负责，请信贷科将有关资料做一个交接。吴科长，你要尽快地熟悉这两家公司的情况。"

三十二、一众生相

漳河分行信贷科这会儿热闹非凡。

他们刚刚从戈召召集的信贷业务座谈会上回到办公室，大家伙儿屁股都还没坐下来就叽叽喳喳地议论开了。

戈召为了解决好当前大家对信贷业务工作中的几个认识误区，扎实推进不良信贷资产剥离，召集了一个信贷业务座谈会，县支行和办事处的分管领导和信贷股长参加了座谈，分行信贷科的全体信贷员也都参加了会议，戈召在会上的讲话引起了分行信贷科众人的纷纷议论。

说话嗓音最尖的是信贷员傅丽萍，不管在什么场合只要一开口，她特有的那种高频尖声就会毫无顾忌地往别人耳朵里钻，这时用什么办法都压不住她的声音。大家习惯了，只要傅丽萍开口所有的人都闭上自己的嘴。她正在愤愤地说道："我不同意戈行长的意见，凭什么业绩考核不直接到个人，股份制银行早就这样做了。"这是刚才在座谈会上傅丽萍给戈召提出了建议，要求对信贷员的业绩考核直接兑现到个人，不需要先考核集体再二次兑现到个人。戈召肯定了她的建议有其合理性，但是又说目前直接考核到信贷员的条件尚未成熟，一时不能满足这种需求，实际上是否定了她的建议。

傅丽萍是一个尖刻的女人，四十多岁的年纪打扮却非常入时，傅丽萍的先生是市委组织部的一位科长，这更让她觉得自己的身价比一般人要高。所以在与人打交道的时候她总是一种颐指气使的做派。在今天的座谈会上，她的发言并不是真心要得到什么，她就是要表现得与人不同，戈召肯定了她的建议有一定的合理性，这更让她感到沾沾自喜。

"傅姐，你为什么要求考核直接兑现到个人？"向她提问题的是信贷员贾兴华。

闵洁说："你以为她是为了你？"

傅丽萍听得出来闵洁的话对她没有好意，但是她没有接茬儿。在信贷科甚至在整栋分行大楼，傅丽萍最怵的就是闵洁。因为她知道自己说不过伶牙俐齿的闵洁，而且闵洁的公公是军分区的司令员，比自己老公的官大得多，相比之下自觉矮人三分。

贾兴华听了闵洁这么说就嚷嚷起来："傅丽萍，我以为你是为我们大家在说话呢，原来你是为了你自己呀！"

"假姑娘你干什么呀？脑壳进水啦？"傅丽萍尖厉的声音又响了起来。

贾兴华被她的尖叫声弄得灰头土脸。闵洁不屑地瞟了傅丽萍一眼，埋头继续做自己的事，万志勇见闵洁没有吱声他才起来制止说："傅丽萍，上班的时间小声点。"

傅丽萍有些不服气，嘴里嘟囔了一声："你怎么不去管贾兴华，只知道盯着我。"

坐在办公室角落里的张宪军一直没参与大家的议论，听见万志勇制止傅丽萍的时候他才搭腔："万科长，傅丽萍是嘚瑟，她手上管着利达公司这样的好客户，心里滋润着呢。"

傅丽萍又与张宪军接上火："张宪军你别笑话我，你手上的漳河轻机多牛啊，又是上市公司，又是省里的重点企业，有什么好事情落下过轻机公司的，你就等着吃香的喝辣的吧。"

张宪军说："轻机公司也过不了几天好日子了，你就看我喝西北风吧，到时候把你的利达公司给我管行不行？"

傅丽萍说："那可不行，利达公司是在我手上一步一步培养起来的，开始就是三百万贷款的一家小公司，现在做到了销售额过亿元，贷款从来没误过事，也不差一分钱的银行利息。做到今天我多不容易啊！你说如果不按照业绩来兑现绩效工资，这样公平吗？"

张宪军说："三十年河东，三十年河西，你啊，小心一点哦！"

"就你这张乌鸦嘴。"傅丽萍嗔怪道。

在他们这样有一句没一句的你来我往的时候，贾兴华从中窥到了其中的奥秘，他恍然大悟似的叫了起来："哦，原来傅丽萍是怕我们手上的这些劣质贷款客户拖了你的后腿，影响了你的绩效工资，所以你才要求绩效工资直接兑现到个人。"

闵洁这时笑了起来说:"呵呵,假姑娘脑壳里的水现在被挤出来了。"

贾兴华说:"这样不公平,我也要管优质贷款户。"贾兴华从分行会计科调到信贷科的时间不到半年,这之前他一直在柜面做会计核算。调入信贷科以后,分配给他经管的贷款客户都是一些经营情况不好的企业。这是一种惯例,只有等他完全掌握了信贷业务技能以后,才能够视情况重新分配所经管的客户。

张宪军说:"假姑娘,好好学业务,学熟了把轻机公司交给你管。"他们这种民间式的闲聊谁都可以对自己说的话不负责任。

他们正说在兴头上肖强走了进来,接着他们的话音说:"老张又在做教师爷?"漳河的方言把有水平的师傅或教练称作教师爷。

张宪军不冷不热地回答到:"我哪能啊,只有你够格当教师爷。"张宪军打心眼里瞧不上肖强。张宪军是77级的大学生,经过上山下乡磨砺的这批人到大学里回炉,重新回到社会后体现了惊人的能量,参加银行工作仅仅两三年的时间,他就成为漳河市分行信贷专业上的顶尖骨干,因此也滋养了一种傲慢的性格,戈召和肖强等一批后来分配到银行的大学生和中专生都不在他眼里。当年戈召堵住了漳河轻机厂以"补偿贸易"为名的技术改造后,张宪军才对戈召另眼相看。后来银行把张宪军作为重点后备干部培养,他却因为一桩违法事件在小河里翻了船。那一年他家里翻建住宅,因为面积扩大需要大量的建筑材料,张宪军利用职务之便,用极低的价格强迫所经管的企业卖给他三立方的木料和几万块红砖,因而涉嫌索贿受到举报。那年月对这类事情要求很严,涉案金额超过五千元被判劳教半年。重新回到工作岗位以后他失去了被提拔的可能,但我行我素的性格却一点没改。戈召和肖强同时被提拔为分行的副行长,张宪军对戈召心悦诚服,但却更加瞧不起肖强,认为他是一个扶不起的阿斗,靠爹的背景才混到现在的位置。刚才他说肖强够资格当教师爷,实际上是对肖强的讽刺。

肖强不愿意碰刺头,佯装不明白张宪军的意思说:"好哇,闵科长把大家的需求搜集一下,我们可以集中讲讲课。"

"嗯。"闵洁随意应了一声,在她心里同样瞧不起肖强,只是因为觉得肖强是一个可以利用的人,所以也不轻易得罪他。

肖强在信贷科办公室转了一圈,没有太多的人答理他,一会儿他就离开了信贷科，办公室里马上又热闹起来。

"傅姐，凭什么你手上的客户可以'借新还旧'，我的客户却都要求'收回再贷'，总行是不是在信贷政策上就对一部分企业歧视？"贾兴华开口说话。

傅丽萍平时做事只会照葫芦画瓢，从道理上她说不出一二三来。但她又不肯轻易认输，便拿着腔调说："认真拜师，哪那么容易告诉你。"

贾兴华从兜里掏出香烟递给她说："师傅请抽烟。"

"去去去，抽烟的人在那里。"傅丽萍把贾兴华支到了张宪军那边。

张宪军接过贾兴华递过来的香烟，点燃后嘻哈着说："一根香烟就能学艺了？哪那么便宜。"

贾兴华大着嗓门说："请你喝酒。"

傅丽萍起哄说："我们这里的都是你师傅，要请就一起请。你们说是不是？"说完她还要逗大家一起起哄。

"是的。"

"是的。"

"我们也要喝酒。"大家七嘴八舌地回应道。

贾兴华被逼到这个份上，就拍着胸脯说："行，今天晚上我请大家到醉仙楼喝酒。"醉仙楼是贾兴华的舅哥开的一个小酒楼。

张宪军看见喝酒之事弄假成真了，有点不好意思。他赶紧对贾兴华说："借新还旧是有条件的，总行规定的四个条件当中的第一条就是客户生产经营活动正常，能够按时支付利息。你经管的企业生产经营正常吗？"

贾兴华说："正常个屁！现在借款人没有踪影，我的贷款确权都不知道去找谁？"

万志勇问："你说的是青春服装厂吧，应该去找它的贷款担保人。"

贾兴华说："担保人已经是'泥菩萨过河，自身难保'，他们自己的经营都勉勉强强。"

张宪军告诉贾兴华说："你一定要把担保人死死地抓在手上，他现在就是你唯一的救命稻草，不然你哭都没有眼泪。"

贾兴华暗暗地记住了张宪军这句话，他毕恭毕敬地问："张师傅，'还旧借新'是指的什么东西，它和'借新还旧'弄到一起我就糊涂了。"

闵洁插话说："总行已经取消了'还旧借新'的叫法，现在推出一个新名词叫'收回再贷'。"

张宪军说："'借新还旧''还旧借新'和'收回再贷'实质上都是指的一个东西，玩的不过是文字游戏。"

贾兴华看着他说："我不明白。"

张宪军说："很简单，这些东西都是针对企业到期贷款继续融资的操作。'借新还旧'是先办一笔新增贷款，然后收回到期的贷款。'还旧借新'和'收回再贷'的操作是先还掉到期的贷款，然后再发放一笔同等金额新的贷款，它们和'借新还旧'的实质区别就在于贷款到期的那一天借款人的账上有没有与贷款等额的资金。"

贾兴华问："这样区分两者有什么意义吗？"

"当然有意义，"张宪军说，"账上有没有足额的资金是对企业经营能力和经营好坏一个重大的检验。"

贾兴华说："我觉得'借新还旧'比'收回再贷'要宽容得多。"

张宪军说："你脑壳没有进水啊！"

贾兴华很得意地问："我说对了？"

张献军说："'借新还旧'比'收回再贷'当然要宽容得多，但是'借新还旧'的对象是经营正常、不欠利息的企业。你肯定没有认真学习总行的文件，总行规定AA以上的企业今后要取消'借新还旧'和'收回再贷'，符合新增贷款条件的按新增贷款掌握，贷款到期以后可以办理'再融资'。"

贾兴华说："又弄出来一个'再融资'，更糊涂了。"

张宪军说："别犯糊涂！'再融资'操作上与原来的贷款展期没有两样，但是'再融资'只有生产经营正常的优质企业可以办理，那些经营不正常的，要死掉的企业都被关在了门外。总行这样就从制度层面切断了新增不良贷款的源头。"

贾兴华说："哦，明白啦，这样我们的新增贷款的质量就有保证啦。"

张宪军拍拍贾兴华的脑袋说："对了！你也可以保证不再犯糊涂了。"办公室的人听到都笑了起来。

傅丽萍问："老张，有没有人在这上面作假，把不符合条件的企业做成了'借新还旧'或'再融资'？"

张宪军回答说："你没到计算机上试试？只要系统里锁死了你什么都操

作不了。谁也动不了那种歪脑筋。"

傅丽萍说："我还有一个问题。"

这时贾兴华拦住傅丽萍说："打住，今天晚上我请客，你不要在这里蹭顺风车，你要提问题你就请客。"

傅丽萍骂道："你这个砍脑壳的假姑娘，老张被你包啦？"

贾兴华笑着说："好，你去把老张包了！"

张宪军也笑着说："萍妹妹，你真要愿意包，在下也只好卖身了。"说完办公室里一片大笑。

"咯咯咯，你们这些人。"傅丽萍也跟着他们笑个不停。

闵洁觉得气氛有些过头，便出来制止大家说："不要开玩笑啦！今天晚上我请客，还是到醉仙楼。现在大家还有什么问题可以互相提问讨论一下。"闵洁是一个懂得怎样笼络人心的人。

张宪军不喜欢这样一本正经的样子，他听见闵洁这么说，就起身掏出一支烟点燃以后猛吸一口，然后叼着烟出门了。

傅丽萍也没有了讨论的兴趣，她突然向闵洁说："闵科长，能安排我休公休假吗？"

闵洁扭过头但没有正眼看傅丽萍说："剥离工作这么忙，哪里能安排公休！"

傅丽萍辩解说："我手上没有不良贷款客户啊，你们忙我空着手干什么呢？"

"你别急，会安排工作给你的。"闵洁说。

"哼！"傅丽萍觉得自己讨了一个没趣，心里愤愤的。

贾兴华见谈到了剥离便对闵洁说："闵科长，我自己手上的几家不良贷款户不知道该怎么做下去了，分两户给傅姐去做怎么样？"

"假姑娘，有毛病啊！"傅丽萍又尖叫起来。

闵洁完全不理会傅丽萍，她问贾兴华说："你的剥离做到什么程度啦？"

贾兴华回答说："我手上的五户企业全部是可疑类贷款，除了青春服装厂之外其他的四户企业全部确权完毕。我不知道下面再该做什么。"

闵洁狠狠地训斥贾兴华说："你没长脑袋瓜，省行的文件和戈行长在会上讲过多少次，四个步骤八个字记得吗？"

贾兴华说:"我只记得确权。"

闵洁说:"我再给你讲一遍,你一定要好好地记住,'确权、清收、核销、处置',四个步骤八个字,你要死死地记住。"

"假姑娘是信贷员,他记住这八个字有什么用。"张宪军替贾兴华打圆场说道,他是什么时候回到办公室的谁都没注意。

闵洁有些不高兴地说:"老张,四个步骤八个字是省行的统一部署,为什么贾兴华就可以不管?"

张宪军说:"这八个字是针对全局的部署,是行长和科长考虑的事情。对于信贷员来讲手上有什么类型的客户就做什么事,像傅丽萍这样手上没有一家不良贷款客户,她就可以完全不管剥离这茬事。假姑娘,你把确权的事做完了就可以万事大吉。"

贾兴华问:"为什么省行要提出八个字的策略呢?"

张宪军说:"'清收、核销、处置'这都是为了在正式剥离前能够多收回一部分贷款,为潜在风险贷款①劣变腾出空间。行长、科长要对这些负责任,不过信贷员清收不良贷款是有奖励的。"

闵洁说不过张宪军也不愿意跟他说,索性就不吭声了。

贾兴华不会察言观色,他不管闵洁脸色多难看仍不停地问道:"张师傅,您说我现在该怎么办?"

"逼,就一个字。"张宪军说:"你找不着借款人就去找担保人,他们之间一定有联系。找到了人以后手不要软,现在这个世界上谁都怕狠,能抖出狠的就是爷爷,尿了就只能做孙子。"

"哈哈哈,"傅丽萍又是一阵不怀好意地笑。她说:"假姑娘你要是尿了只能做孙女,连孙子都做不成。"又引起大家的一阵哄笑。

贾兴华说:"去去,要你幸灾乐祸!"

好长时间没开口的万志勇这时对张宪军说:"老张,小刘跳槽以后坑口电厂的报表一直是我在做,它过去没有什么事要做,这次剥离你把这个户接下来怎么样,你过去管过这个厂情况比较熟,比其他人做起来要轻松

---

①潜在风险贷款是指已经出现风险情况,但是在银行业务报表中仍然列入正常类或关注类的贷款。把潜在风险贷款正确地反映出来并列入业务报表,这就是贷款的"劣变"。

一些。"

张宪军说："刚才闵科长不是说了要给萍妹妹增加一点工作吗？坑口电厂给她管正好。"

闵洁说："老张你把户接下来，你是教师爷做这点事轻车熟路，傅丽萍的那点水平拿不下这个活。"闵洁这个话说得很高明，既给张宪军戴了高帽子，又敲打了傅丽萍，不管他们俩怎么互相推诿，这桩活会是其中一个人接下来。

张宪军受到了恭维心里乐滋滋，但是还是假意地推辞了一下："我的水平不行，还是萍妹妹去做吧！"

傅丽萍是真心怕接手，她说："张哥您是教师爷，您做好了我们都来学习，我也请您喝酒。"

贾兴华高兴得直拍手说："今天的酒喝不完了，我已经让醉仙楼安排好了，喝酒去。"

没等到下班，他们一个个地都溜到醉仙楼去了。

三十三、唇齿相依

张宪军自傲的性格让他一直认为他的信贷业务水平在漳河市分行是首屈一指的，就算大家公认的高手戈舀与自己比也是不分伯仲。只要有人恭维他，哪怕叫他做再多一些事情他也乐意。自从那天他当众接下坑口电厂的管户工作，他就开始琢磨用什么路径来解决问题。这会儿他正在翻阅坑口电厂的相关资料。

"嘟嘟，嘟嘟……"他的手机响起来了，他不愿意接电话，继续翻阅手上的资料。手机响个不停，他很不耐烦地接起来电话："喂，谁呀？"

"张老师吗？我是会计科的小李，您在不在银行？"电话那边传来了声音。

张宪军回答："我在银行，什么事？"

小李说："您到我这里来一会儿吧，轻机公司账上没钱，支付不了贷款利息。"

张宪军说："不对吧，昨天账上还有六百多万，完全可以支付利息的。"

"您到我这里来一下吧，看看就知道了。"小李急迫地说。

张宪军只好放下手上的资料去一楼营业大厅的会计科。他一边走一边思考轻机公司的近期情况。轻机公司虽然属于省里的重点企业，也是鄄州省重要的工业创汇单位，但是由于2000年亚洲金融风暴的冲击，公司主要的产品成套塑料机械出口受到了严重的影响，最近轻机公司在上交所的股价也连续下跌。针对市场的剧烈变化，公司及时地调整了产品结构，开发了国内市场急需的汽车零部件的注塑设备，但是进口替代是一个漫长和艰苦的过程，下游企业的新产品在国内市场还正处在一个培育和成长的阶段，轻机公司新产品的销售也极其有限。外忧内困的局面导致轻机公司生产和经营情况正处在低谷。张宪军对轻机公司这些情况比较熟悉，但是他怎么也没有料到轻机公司会出现支付贷款利息困难。今天是贷款收息日，他昨天在对外营业终了的时候，还特意到会计科去查看过轻机厂的账款，明知账上的存款有六百多万，支付本季度的四百八十多万元的应付利息应该没有问题。

他来到一楼营业大厅的时候，会计员小李和会计科长正等着他。"昨天账上的余额不是还有六百多万吗？怎么就支付不了利息呢？"他开口就问。

小李手上拿着几张会计凭证对他说："张老师您看，今天早上轻机公司有四张支票从清算所回来，总共有两百三十多万，营业开门的时候轻机公司开出汇票一百二十多万，大额支出就有三百六十多万，但是今天公司账上完全没有回款，现在账上的余额还不足三百万，本季度应付利息四百八十六万就没有着落啦！"

"怎么没有把轻机公司的汇款压一压？"张宪军问道。

小李回答说："谁知道他们今天有这么多支票要回来啊，再说，没有信贷部门的意见我们也不能随意压企业的汇款。"

小李的回答是有道理的。银行的会计部门只负责企业资金的结算和核算，信贷资金的使用和管理由信贷部门负责，贷款的投放和收回，应收利息的催收，什么款项能付或不能付，这些工作都应该由管户信贷员对柜面的会计人员发指令。轻机公司资金的这些变化张宪军没有事先完全掌握，他负有一定责任。听到会计员小李的介绍，张宪军内心也有些着急了。他对会计科长和会计员小李说："你们别着急，我马上联系轻机公司，有情况及时和你们通气。"说完他马上回到了办公室。

接通了轻机公司财务部部长孙佳媛的电话："孙部长，你们的贷款利息付不了是怎么回事？"张宪军开口就问。

"是的呀，张老师。我正在为这件事着急呢。"孙佳媛是从江浙地区应聘到轻机公司的，她的话音都是带有软软吴语腔的普通话。

"我马上到公司来，你等我。"张宪军有些急。

"你不过来了，我马上到银行还有其他事要和你商量。"孙佳媛这样说。

在等待孙佳媛的时间里，张宪军想去向戈昝报告此事，去了两趟戈昝办公室都看见他在打电话，张宪军只好向闵洁通报了情况。闵洁说："孙佳媛来了后去请肖行长来一起商量怎么办。"

孙佳媛刚走进信贷科办公室，张宪军还没来得及招呼闵洁就站起来："孙部长，好久没见你了。"孙佳媛也用软软的吴语腔回应道："哎呀！闵科长，你真是越来越漂亮，越来越让人忌妒耶！呵呵，呵呵。"两个女人就像一对久别重逢的好姐妹，又是嘘寒又是问暖好半天。张宪军见她们慢慢地平静下来，才有些不耐烦地问道："闵科长，是就在我们办公室谈还是会议室去谈？"

闵洁仿佛才记起来要谈正事就说："去会议室吧。"说完便挽着孙佳媛的手臂亲热地向会议室走去。

张宪军赶到他们的前面去打开了会议室的门和电灯，闵洁招呼孙佳媛和与她一同来的一个小伙子坐下以后，对张宪军说："去看看肖行长在不在。"张宪军佯装没有听见，转过身去给孙佳媛和小伙子倒茶水，闵洁担心张宪军当着客人顶牛起来难堪，小声对孙佳媛说："我去看看行长在不在。"说罢悄然离开了会议室。

张宪军刚给孙佳媛他们倒好茶水就听见门外肖强大大咧咧的声音："孙部长，你又在给我找麻烦！"

孙佳媛知道是肖强来了便起身迎到门口，看见肖强后主动与他握手说："哎呀，肖行长真是对不起，我们也没有想到会出现这种情况。"

肖强坐定以后又问："不是说昨天账上有钱吗？你们宁可欠利息也要把钱花光？"

孙佳媛赔着笑脸说："我们原计划今天有几百万收入到账，昨天把支票开出去了以后才接到外贸公司的通知，说他们的资金今天到不了账。"

肖强说："耽误一两天问题不大，月底前保证资金到账，不欠一分钱利息，不然对我们影响就太大了。"

孙佳媛说："肖行长，问题就在这里，外贸公司的钱十天半月可能都回来不了。"

张宪军关切地问："出了什么问题？"

孙佳媛的目光与张宪军稍有对视以后又看着肖强说："我们的产品对亚洲的出口受影响以后，又开辟了非洲的市场，虽然销售情况不错，但是由于非洲国家的管理水平不高，经常在结算上出现一些问题。我们这一批产品出口的单证在对方口岸出现纠纷，解决起来估计是一个马拉松的时间。"

肖强有些不耐烦地说："银行等不了那么长的时间，你们要尽快地筹款偿付利息。"

张宪军又说:"你们还有几十万美元存款,可以结汇后用来支付利息。"

孙佳媛说:"我们的美元存款是准备进口一批电器元件的,对方已经发货,托收单据到了以后我们就要立即付款。"

肖强说:"你们能不能压压托收,先把银行的利息支付了。"

孙佳媛苦笑着说:"对方是我们多少年的供应商,我们不敢有任何不良信誉。再说国际结算中托收不是说想压就可以压的。"

肖强说:"孙部长真会说笑话,这边欠着我的利息,那边却讲不敢给外国人造成任何的不良信誉,中国人就好欺负啦。"肖强的话带着一些蛮力。

孙佳媛又赔起笑脸说:"肖行长您别生气,我过来就是要和银行一起商量怎么办。"

张宪军问:"孙部长,您知不知道下月初有一笔两千万的贷款到期?如果利息支付不了,两千万的贷款就可能会形成不良。"

孙佳媛说:"我知道的呀,我过来就是想请银行给我们帮帮忙的。"

肖强说:"孙部长,你们一件事没完又一件事,我不客气地说你这个忙我帮不了,你和闵科长商量看她有没有办法。我还有一个会要开,对不起失陪啦。"说完就起身离开了会议室,弄得孙佳媛一脸窘色。

"孙部长别着急。"闵洁也不满意肖强的表现,她觉得一个做行长的对待客户应该有风度和雅量,而这种市侩作风只会伤银行的颜面。她对孙佳媛好言相劝说:"我们一起来想办法,出路总会有的。"可是,他们几个人讨论了半天,也没有找到一个万全之策。最后孙佳媛说:"那我只能回去给赵总和董事长汇报,看他们有没有其他的办法。"

闵洁和张宪军把孙佳媛他们送到了楼下。在回办公室的路上,闵洁对张宪军说:"老张,轻机公司的事情马虎不得。"张宪军说:"我知道分量,你放心。"张宪军作为一个经验丰富的信贷员,他知道一个优质企业出现了这样的问题就意味着遇到了大麻烦,接下来他要花费很多的精力去扭转这种局面,既要维护银行的利益不受损害,也要维护企业的正常生产经营。闵洁这时也在思考轻机公司的问题,但是她思考问题的角度与张宪军完全不同。她不担心轻机公司经营出现什么问题,因为那些问题对她的生活没有任何影响。她只关心轻机公司出现贷款利息不能偿付是不是自己工作上疏漏造成的。她回忆了整个工作过程,没有发现自己有任何问题,甚至张宪军工作上也没有疏漏。闵洁放下心来,继续判断事情的下一步会怎样发展。闵洁估计轻机公司的董事长应该早就知道了事情的全部真相,孙佳媛到银行来只不过是为了摸摸银行的态度,然后采取相应的对策。要不了多长时间公司董事长就会直接找戈弢。事情如果能够到戈弢那里去是最好不过,因为戈弢对重点客户的事情从来就是亲力亲为的。那样一来自己就可以从这桩麻烦事中脱身出来。

事情果然如闵洁所料。孙佳媛离开银行没有太久,轻机公司董事长张义盛的电话就打到了戈弢的手机上。

戈弢手机响起的时候他正在用座机与市国资委主任杨柯通电话:"我完全同意国资委的这个方案,我们在制订不良信贷资产剥离预案的时候一定把国企改革的因素考虑进去,也请国资委在安排上把时间再提前一些,因为我们不良资产剥离的时间性要求很强。"

杨柯在电话里回答:"我马上向书记、市长汇报,对方案立即作一些调整。"

戈弢说:"谢谢杨主任,请你向书记、市长报告,我们一定会把国企改革和资产剥离做成双赢的结果。"

杨柯:"好,具体情况我们再商量,再见。"

戈弢:"再见。"

戈弢挂断了杨柯的电话再拿起手机时,手机的铃声戛然而止。看到是轻机公司董事长张义盛的电话,戈弢赶紧回拨过去。电话等待提示的声音没响到三声,张义盛的说话声就传过来了:"大行长在忙什么,电话都不接?"

戈弢回话说:"谁借胆量我也不敢不接你的电话,你又有什么吩咐?"

这是一对老朋友,开口说话就互相戏谑、调侃。戈弢做了很长时间轻机公司的信贷员,担任信贷科长和行领导的时候也没有少与轻机厂打交道。张义盛在轻机公司也是从业务员开始逐步成长为公司领导的,轻机厂改制上市以后,张义盛就是公司的董事长。他们两人从认识到密切交往经历的时间都快二十年了,互相帮助、互相支持的过程不仅让他们彼此十分熟悉,而且建立了深厚的感情,所以他们之间的讲话不需要客套。

"我敢吩咐你什么呀,"张义盛说,"你们的小闵还没有给你汇报吗?我又有事要求你帮忙。"

戈弢说:"我就知道你'无事不登三宝殿',有什么事情说吧。"

张义盛说：“电话里三两句可能说不清楚，是我到银行去还是你到公司来？”

戈砮说：“多大的事情非要见面，你先说说看。”

张义盛说：“我的锅揭不开，你的钱我也还不了啦，你说我们要不要见面？”

戈砮听到张义盛这么说知道事情不那么简单，一定是轻机公司在经营上遇到了很大麻烦。他丝毫不敢怠慢，赶紧说：“我到公司来，你等我。”

二十多年的银行生涯，让戈砮深深理解银行与客户唇齿相依的关系，只有客户的合理要求得到最大限度的满足，银行才会有更大的获利空间，银企间的合作从来就是双赢或双输的格局。对于漳河市分行辖内的重点客户戈砮几乎全部了然于心，轻机公司又是重中之重。它不仅是省里的重点企业，也是漳河市工业企业中唯一的上市公司和重要的出口创汇企业，他们生产的塑料机械在全国市场占有很大的比例，产品还行销东南亚市场。如果轻机公司在生产经营上出现问题，不仅会引起地方经济一定幅度的波动，还会对银行的经营造成很大的负面影响。戈砮知道必须尽快了解情况，采取相应的对策，遏止事态继续发展。

戈砮匆匆来到信贷科办公室，闵洁看见他便主动起身打招呼：“戈行长来了。”她知道戈砮一定是为轻机公司的事而来，便报告说：“孙佳媛部长刚走，还没有来得及向你汇报。”

戈砮自己拿过一把椅子坐下，这时张宪军也走了过来。戈砮问：“具体是什么情况？”

张宪军简要报告了因为外贸公司的资金延迟到账，导致轻机公司不能偿付银行利息的情况，特别提到了即将到期的两千万贷款可能会形成逾期。

闵洁在张宪军汇报完了以后补充说道：“老张的工作做得还是比较细致的，昨天下班前他还查阅了轻机公司的账上余额足够支付银行利息，是公司的支出安排过大导致存款余额不足。”这些话是戈砮来之前闵洁就早已想好的，她一定要为张宪军去辩解，因为张宪军没有了责任她就没有责任，替张宪军说话还可以笼络人心。

戈砮不在意闵洁说的这些，他按照自己的思路继续说：“现在没有说要追究责任，想一想应该怎么样处理这件事。”

张宪军心里还是觉得有一些愧疚，说话也失去了往日的神气："戈行长，我分析外贸公司的货款近期回来的可能很小，轻机公司要能保证支付利息，只能压缩其他的开支。"

"嗯，开源节流是一种思路。"戈弢说道，"还有什么办法我们要积极思考，在路上继续商量。闵洁你去叫肖行长，我们现在一起到轻机公司去。"

戈弢一行来到轻机公司的时候，张义盛和孙佳媛都在董事长办公室等候，公司的总会计师赵长江也在这里。戈弢一行四人的到来，让董事长宽敞的办公室显得有些拥挤。孙佳媛张罗戈弢他们落座以后，就开始了正式的交谈。在人多的场合张义盛与戈弢的交谈中规中矩。

张义盛说："要不要孙部长把情况做一个汇报？"

戈弢说："基本情况都清楚了，我们一起商量一下怎么办。"

张义盛说："我现在没有一点抓手，谈到资金问题你是专家，你给我们出出主意。"

戈弢说："这个需要我们双方的共同努力。我的意见是首先要保证公司的生产经营不能停，绝对不能出现骨牌效应。在这点上我表态，银行的应收利息可以往后摆一摆。"

张义盛马上说："感谢银行对我们的理解与支持。"孙佳媛脸上也露出了欣喜的笑容。

戈弢接着说："下面的事情就需要银企之间互相配合，打通各种渠道增加公司的现金流，尽早地偿还银行利息。"

张宪军这时插话说："董事长，如果利息到月底不能够支付，下个月初的一笔到期贷款就不能'借新还旧'，可能会形成不良贷款。"

张义盛不懂什么叫"借新还旧"，扭头问孙佳媛："怎么会有不良贷款？"

孙佳媛解释说："如果我们账上有应付未付的贷款利息，贷款到期后就不能展期，会形成不良贷款。"

张义盛听明白了意思后对戈弢说："戈行长送佛送到西，你就给我们办理展期不行吗？"

戈弢说："这个事我真没有办法。现在我们的贷款总行全部利用计算机系统管理，如果贷款出现异常，计算机系统会自动锁死，很多操作就做不了。"

张义盛的脸色开始凝重起来，他说："如果形成不良贷款，作为上市公司对外披露消息，这可是一个重磅炸弹啊！绝对不能允许出现这种情况。"他转脸对总会计师赵长江说："老赵你有没有什么其他办法？"

赵长江回答说："我跟孙佳媛说过。"

这时孙佳媛面有难色，对张义盛说："改时间向您汇报。"

戈召感觉到孙佳媛有不便公开说的隐情，便说："你们自己商量好了，具体的想法可以和肖行长和闵科长他们商量，我们回去以后也向省行做一个汇报，看看技术上有没有可以操作的空间。"说完就准备告辞。张义盛起身挽留戈召说："还有一事想跟你商量。"

戈召问："还有什么事情？"

"听说银行持有的上市公司的股权必须转让？"张义盛单刀直入。

戈召说："是啊，你想回购公司的股权吗？我正在寻找愿意收购股权的对家。你想什么价格收购？"

张义盛笑着说："你是什么价格买的我就什么价格收购，按照贷款的利率支付这一段时间的资金成本。"

戈召也笑了起来说："你这个奸商，哪里有这么便宜的股票？"

张义盛笑着说："我有历史依据啊，你当时的投资不就是贷款转成股权吗？"

戈召说："是啊，但是你想过没有，贷款转成股权以后所承担的风险和原来的贷款就完全不一样了。我们还有一些投资失败的亏损靠什么去弥补？"

张义盛说："你别把账算得那么精，我们之间还是要体现互惠互利的。"

戈召说："互惠互利我不反对，但是你刚才的报价就不是互惠互利。我们今天都不谈具体的价格，按照互惠互利的原则，各自回去算算账再来碰头，你看行吗？"

张义盛说："行。"戈召起身告辞的时候，张义盛把他们送到了楼下。

三十四、不足与谋

从轻机公司回银行的路上，肖强一上车就抱怨："戈行长，你不应该答应他们缓收利息，他们的生产经营正常了，压力就到了我们信贷部门的肩上。"

戈召解释说："肖行长，账不能简单地这么算，如果我们强行收回了这个季度的利息，就有可能打乱他们全部的生产经营，接下来将会是不断地出现拖欠银行贷款利息，不良贷款就有可能不断地往外涌。只有他们的生产经营正常了，我们的利息收入和资产安全才会有保证。这就是牺牲眼前的利益来保证长远的利益，我们要这样算大账才行。"

肖强还不服气说："你说的当然简单，张宪军和信贷科这个季度的绩效工资收入怎么办？"

戈召说："同样也要算大账，是担心一个季度的收入受影响，还是担心几年的收入受影响。眼光还是要放长远一些好。"

张宪军说："我倒不担心绩效工资问题，如果轻机公司出现不良贷款麻烦可真叫大。"他说的是真心话。

戈召问："你们知道刚才孙佳媛可能要给张义盛说什么吗？"

坐在副驾驶上的闵洁这时回过头回答说："赵长江跟孙佳媛说过多次要把公司的账户从我们这里转到外汇银行去，但他们都不敢跟董事长讲。估计孙佳媛要说的就是这件事。"

戈召说："这件事我们要提高警惕，像轻机公司这样经营比较好的上市公司，哪一家银行都会争着抢着要。所以我们一定要把对他们的服务工作做得更好。赵长江提出这种建议背后一定有利益驱动，张宪军你一定要盯紧一点。"

张宪军说："赵长江的儿子在外汇银行做信贷员，我在公司里碰到过好几次。赵总这样就是为了给他的儿子找资源。"

戈峉说:"如果我们的服务工作做得让他们无可挑剔,赵长江就不好向董事长开口说转户的事。不过上市公司总会计的权力是很大的,我们绝不可以马虎大意。你们要在银行承兑、结构化融资方面多动动脑筋,看怎样能够既保证他们的生产经营正常,又不影响我们的贷款质量和利息收入。"说完他又转身对坐在他右侧的肖强说:"肖行长你最近也要多费心督促一下剥离的事,刚才市国资委的杨柯主任给我打过电话,他们提出了一套国企改革与我们剥离工作对接的方案,总体上对我们剥离工作是有利的,你注意衔接一下。"刚说到这里戈峉的手机铃声响起,漳河市分行办公室向他报告说,省行信贷管理处的张华涛处长一行到达分行。

自从上次高亦尚到漳河分行检查工作以后,省分行有关的业务处室就不停地到漳河市分行来,为了了解员工等级考核制度和干部末位淘汰制的实施情况,省分行人事处来了四个人,在漳河分行待了一周的时间。接下来是个人金融业务处要了解第一储蓄所客户战略的实施效果,也派人来到漳河。后来省分行工会、计划财务处都有人过来。对于省行各部门下来的人漳河市分行都要派人陪同,有的还要做专门的汇报。如果省分行有处级干部来到漳河,戈峉是一定要见面的,而且一定要陪同他们有一次工作餐,这样才能体现漳河市分行的热情和礼貌。戈峉被这些繁文缛节弄得焦头烂额,他实在不愿意接待下来检查工作的人,那样太耗费他的精力了。听说张华涛来了戈峉的心情有些不同,毕竟他们是多年的好朋友。

回到分行大楼的时候,戈峉看见李玉芬正陪着张华涛他们一行。"为什么没有事先给我打电话?"戈峉在与张华涛握手的时候问。

张华涛说:"我们从夷陵市过来的,很早就出发了,一路上都很顺,不然这个时间到不了漳河。"

戈峉与张华涛同行的三位科长一一握手说:"辛苦,辛苦你们啦!"他回头征求张华涛的意见:"正是吃饭的时间,我们先吃了饭,工作的事下午再说怎么样?"

张华涛说:"你的事情多,吃饭你不要陪啦。"

"要不这样,"戈峉说,"李行长叫人通知刘晓东和闵洁来陪这几位科长吃饭,我和张处长好久没见面,我们俩单独说说私话。"

大家都知道戈峉与张华涛是大学的同学,又是好朋友,对戈峉的提议谁都没有异议。随后他们俩与大家分手，戈岙把张华涛带到了一个叫"外婆的小屋"的小酒店。"外婆的小屋"面积不大，它没有小包间也没有楼上，整个店面只有十来张小方桌，虽然没有一点豪华的气派，但是给人一种安静的感觉。戈岙选了屋角靠窗的一个小桌坐下。

张华涛说："很有情调，常来？"

戈岙说："这里的菜很有特色，我们家的小妍和吴效梅的女儿特别喜欢这里的菜，我们几乎是每个月都要来一次，老顾客了。"

一个五十来岁的中年妇女走过来问："您今天要点什么菜？"

"老三样，再帮我炒一个时蔬。"戈岙说："我们要喝一点酒，你给我把分量做多一点。"

"好咧！"中年妇女答应着转身走了。戈岙告诉张华涛说："她是这里的老板，说要给外孙读书挣钱，小酒店取了'外婆的小屋'这个名字，生意还不错。"

张华涛诧异地问："你还可以要她把分量做多一点？"

戈岙答应说："可以啊，做多一点就多给钱，很灵活的。"

张华涛听了一边摇头一边说："还有这样的经营方式，第一回听说。"

戈岙掏出香烟递了一支给张华涛说："别看这一个小小的举动，可为她带来了很大的利润。"

张华涛不屑地说："这里面难道还有什么学问？"

戈岙语气非常肯定地说："满足了客户的需求啊！就靠这一点他们的回头客特别多。我觉得对我是很有启发的。"

说到这里张华涛的话题自然转到了戈岙身上。他问："听说你还在忙什么狗屁的营销？"

戈岙说："我是行长，我不忙营销还忙什么？"

张华涛说："你知道现在全行的中心是什么吗？剥离！不良资产的剥离！你知不知道，高亦尚现在的全部精力就盯在剥离不良资产上。"

戈岙问："我为什么要关心他的精力盯在什么地方？"

张华涛说："你没听人说，资产剥离完了以后他就回总行当副行长啦！"

戈岙说："他当行长、当部长都是他自己的事。我在漳河，一两千个人还指着我吃饭，我不去抓经营大家吃什么？"

张华涛说:"去去,你又讲一些大道理啦。"

戈舀说:"这是最小的道理,如果吃喝拉撒都搞不定,我们还能够做什么?"

这时老板的菜端上来,戈舀要了一斤白酒。张华涛说:"下午要上班少喝一点。"戈舀说:"知道,一斤酒我们一个人都不够。开心就行,喝到哪算哪,坚决不喝醉。"

色香味俱佳的菜肴勾起张华涛的食欲。他给戈舀和自己斟满了一杯酒,两个人一饮而尽,接下来一边喝酒一边聊天。张华涛问:"戈舀,你真的一点也不在乎高亦尚?"

戈舀说:"在乎啊,他是行长我哪能不在乎他。"

张华涛说:"你又不说老实话。"

戈舀说:"华涛你真不是东西,我什么时候跟你说过一句假话?"

"你说你在乎高亦尚,为什么又老是去跟他顶撞呢?"

"哪是顶撞啊,那是跟他的意见不一致。"

"你不会换一种方式和他交流吗?在那么多人的场合下你去顶撞他,你考虑过他的感受吗?"张华涛问。

戈舀说:"我真没考虑,如果连不同的意见都不能听,我觉得这个人就不够格当领导。"

张华涛说:"够格不够格他都是你的领导,如果他要报复你非常简单。"

戈舀问:"你记得我们在大学的时候听过的《论语》讲座吗?孔夫子说过'道不行,乘桴浮于海'。我相信自己能够找得到一碗饭吃。"

张华涛端起酒杯与戈舀碰了后呷了一口酒,压低了嗓门问:"你真的就不想再上一层楼?"

戈舀脱口而出:"想啊!我读书的时候就想过要当一个省长或者部长,那样自己的好多想法都可以实现了。你说当一个省分行的行长算个什么?"

张华涛说:"我没有你那么大的野心,我要是能够当省行的副行长就满足了。"

戈舀也和张华涛碰了杯说:"你太小心谨慎,谁都怕得罪,见了领导就像老鼠见了猫一样。我觉得那样活着太累。"

张华涛说:"我是农民的儿子,什么背景都没有,如果不是忍辱负重怎么可能走到今天？"

戈召说："我也是农民的儿子，我一点都不觉得需要忍辱负重。老老实实地做事情，要你干你就干，不要你干就算了。"

张华涛说："你真不懂。活在这世上只有先做孙子才能做爷爷，你看见过生下来就是爷爷的吗？"

戈召说："我不想做爷爷，更不愿意做孙子。你这个人什么都好就是软骨头。"

张华涛说："你这个人什么都好，就是二杆子。"两个人说完都哈哈大笑起来。

张华涛和戈召大学毕业以后像今天这样推心置腹的谈话确实不多，有着白酒的助兴，两个人都感到很轻松。张华涛非常诚恳地对戈召说："戈召，高亦尚除了有些书呆子以外这个人真的不错，他身上没有一点官僚的那种恶的东西，你要对他忍让一些。他到漳河来了一趟以后，回到省分行要各业务处室都到漳河来调研和学习，这不是对你工作的一种肯定吗？你要顺着他一些，说不准他就会推荐你来做省分行的副行长，那样你就可以关照我啦。"

戈召说："谢谢你华涛。高亦尚如果能够推荐我做副行长，我当然高兴。但是要低三下四地去乞求我做不到。"

张华涛说："不是要你去乞求，只是今后不要在工作上去顶撞他。人都是感情动物，假如你伤害了他的感情，他还会重用你吗？哪怕你有再大的本领。"

戈召说："重不重用是他的事情，这个我管不了。"

张华涛说："人家都说戈召是个聪明人，我看你就是一个猪脑壳。"

戈召也很认真地说："华涛，今生今世我们两个人性格很可能都无法改变了。有时候我也想不通，我们这样两种性格的人怎么能够成为好朋友的。"

张华涛模仿小品演员的腔调说："大哥，缘分！"两个人又是一阵大笑。

戈召这时想起了轻机公司的事情说："真的还有一件事要你帮忙。"

张华涛说："你的事就是我的事，什么帮忙不帮忙。"

戈召解释说："是工作上的事情。我们这里的轻机公司资金上出现一点问题，贷款利息暂时支付不了，下月初有一笔两千万的贷款到期不能'借新还旧'了，如果出现不良贷款，上市公司对外披露信息对他们将造成很大的负面影响。你能不能在技术上操作一下,让他们能够通过'借新还旧'?"

张华涛说:"技术上能不能行我说不上来,我要回去问问那几个科长再答复你。"

戈刭笑着说:"你是什么狗屁的信贷管理处长,这点小问题还要去问手下的科长。"

张华涛反问道:"我把这些小问题都弄清楚了,要那么多科长干什么呀?"

戈刭问:"你要在他们面前做爷爷吧,如果高亦尚要问你就马上变成孙子。"

戈刭的一句话弄得张华涛不知该怎么回答,也让他的自尊心受到了打击。他好长时间没吭声,低头喝闷酒。戈刭也感到自己的话说得有些过头,带着一种歉意拍着张华涛的肩说:"华涛,你的这种习惯真要改一改。"

"江山易改,禀性难移。你刚才不说了吗?我们的性格今生今世都难得改。我和你谁也说服不了谁。"张华涛说完后与戈刭又干了一杯。

戈刭看张华涛的情绪不太好就说:"华涛生我气啦?"

张华涛说:"我怎么会生你的气?我在想自己一路走来多辛苦。"

张华涛真的没生戈刭的气,只是戈刭与他今天的谈话触动了他。他希望自己飞黄腾达,能够过一种人上人的生活。可是他自己没有一点背景,所有的进步和变化都必须靠别人的赐予。可是现在做上司的哪一个不是如狼似虎,稍有不慎就可以把自己撕得粉碎。所以他必须小心谨慎地把自己裹得严严实实,让那些想撕咬自己的人无处下口。他很羡慕戈刭的那种豪爽甚至是一种霸气,每次看见戈刭冲动的时候他的内心也有一种回肠荡气的感觉。但是他不敢像戈刭一样率真地表达自己的情感,他害怕失败,一旦失败他将万劫不复。只有在自己部下面前,在他感觉力量的对比自己占绝对优势的情况下,他才会说一些有分量的话,因为那样不会给自己带来危险。他要积蓄力量,如果有朝一日他能像戈刭说的那样,当上省长或者是部长,一定会用雷霆万钧的气概去指挥千军万马。但是他知道对他而言那是不可能的事情。

一斤酒喝了大半瓶,戈刭见张华涛低头不语,就说:"我们吃点主食就去银行。"叫老板盛上两碗米饭,吃过以后他们回到了银行。

下午张华涛没有叫戈刭陪同,他带着同行的科长与肖强、闵洁等一批漳河分行信贷专业人员进行了座谈，了解了漳河分行不良信贷资产剥离的情况，抽查了部分剥离企业的资料档案，认为基本上符合总行省行的要求。张华涛指出漳河分行剥离在整体进度上已经落后，大部分二级分行的工作已经走在他们的前面。与张华涛一同前来的几位科长也对剥离当中的具体问题提出了各自的建议。下午的时间很快就过去了。

闵洁在座谈休息的时间，把张华涛叫到了会议室的一角，告诉他高亦尚的女儿瑶瑶在学校的情况基本稳定，请张华涛放心。张华涛问："兰天翔是通过什么关系找的学校？"

"他说是通过公安局这条线找到学校的。"闵洁故意不将真实情况告诉张华涛。

张华涛心里又是一阵烦躁。当初他答复高亦尚说自己妻子的一位远房亲戚在北京市教育局，可以帮瑶瑶解决学校的问题。如果高亦尚弄清了事实的真相，自己不就栽了吗？事实是不可以改变的，他最大的希望就是瑶瑶学习稳定的状况能够维持到她高中毕业，那时候高亦尚肯定不会再问瑶瑶学校的事情。想到这里他赶紧给闵洁说："你告诉兰天翔，要他盯住瑶瑶学校的情况，一定要保证她学习环境的稳定。"

闵洁说："这话我早就跟他讲过。我想再给他创造一个赚钱的机会，你看行不行？"

张华涛问："你具体的想法是什么？"

闵洁说："我们这里轻机公司的资金上出现问题，他们向其他银行借款比较困难，我想把兰天翔介绍给他们做一些民间融资。"

张华涛问："你想让兰天翔放高利贷？这是他们自己的事情，我劝你不要插手。"

闵洁说："我当然知道这是他们之间的事情，但是有一件事可能要你帮帮忙。"

张华涛说："这种事情我绝对不管。"

"张处你听我说完，"闵洁见张华涛有些急就向他解释说："轻机公司已经拖欠银行利息，下月初他们有一笔两千万的贷款到期，戈呇可能会找你通融解决轻机公司的'借新还旧'，只要你坚持不同意剩下的都是兰天翔的事。"

张华涛说："戈呇已经找了我，我答应只要技术上没问题就可操作的。"

闵洁说:"总行规定只要有拖欠利息系统就会自动锁死,不能操作'借新还旧',但是拖欠利息不足一个季度,经省行信贷管理处批准可以解锁。这种具体的细节规定戈咎肯定不清楚,只要你咬死说总行规定不行,这件事就成了。"

张华涛琢磨自己如果按照闵洁所说的去做并没有明显违规,而且又给兰天翔和闵洁放了一笔人情债,对戈咎也说得过去。这是一笔划算的买卖。但是他没有直接说出自己的想法,又变着样回答闵洁:"你想好的事你自己去做,我也不清楚你的想法。"

闵洁心领神会地回答:"好。"她知道这就是张华涛滑头的表现,他一定会暗地里阻止轻机公司在"借新还旧"上做变通,但表面上他又与兰天翔的高利贷完全无关。

座谈重新开始后,闵洁溜到会议室外面给兰天翔打了电话,通报了情况。

三十五、男欢女爱

下午快下班的时间，李玉芬还一直在戈召的办公室耗着。

她几乎是央求地跟戈召说："剥离的事情我实在弄不清楚，宏远公司和轻机公司都与贷款相关，吴效梅很多情况也不清楚，有问题她又不直接找你，什么事都到我这里绕一圈再来找你，我看你直接把非信贷资产剥离的事情管起来好啦。"

戈召笑着说："你不清楚的事情可以问我，我可以把原来的情况向你们介绍，但是非信贷资产剥离一定是计财部门负责，这是总行省行的规定，也是我们在办公会上确定下来的，你又是分管计财的领导，为谁负责这项工作换来换去不妥。现在把吴效梅叫过来，我给你们俩再介绍一下情况。"

李玉芬说："吴效梅去市税务局开会了。"

戈召："那我再简单地给你说一下。"接下来戈召给李玉芬分别介绍了宏远公司贷款和轻机公司持股的来龙去脉。宏远公司是在二十世纪九十年代初期全民经商的背景下，漳河市建委与漳河分行合资兴办的一家二级房地产开发公司，双方各出资五百万元，银行的投资实际列入了贷款科目，对方投资是以两块土地的实物作价。当其中一块土地的开发进行到一半的时候，国家明令各单位要清理自办公司，银行与市建委经过协商对公司进了清算，分配了公司财产，各自承担了相同比例的公司债务。在尚未完工的在建工程项目中，因为有很复杂的后续事务要办理就分配给市建委，银行分得了凌波路上的一块九十七亩的净地，承担九十万元应付工程队工程款。这些年每年工程队都有人上门催款，银行陆陆续续垫付了九十万元的工程款。自办公司撤销后对宏远公司的实际投入的五百万元贷款，就列入了可疑贷款，到现在应付利息也有三百多万元。凌波路上的这块土地实际对应有近一千万元的债务，不过凌波路上的土地现在升值都比较快，宏远公司的工商登记未注销，房地产公司的二级资质也还在，这都是处置这笔资产的有利因素。戈召的个人意见是处置要按土地当前的市场价值为准，不能简单地收回贷款本息和垫款完事。

听到这里李玉芬叹了一口气说："有这么复杂呀，绕来绕去我都晕啦！"

戈召说："轻机公司持股的事就简单多了。轻机公司在筹备上市的时候需要几个发起人，当时银行充当了发起人之一，将一千万元的贷款按每股1元的价格转成一千万股的投资，我还曾经担任过公司的副董事长。新的《商业银行法》颁布以后，不允许商业银行直接投资，我们原来的持股都要转让出去。因为上市公司的股权收益不错，加上轻机公司上市以后股票的溢价丰厚，银行转让持股因没找到合适的转让对象就拖到了现在。这次我们银行股份制改造要求规范管理，所持有的投资一定要转让出去。现在上市公司的股权很多人都抢着要，只是在转让价格上有一些分歧。法人持股是非流通股权，完全按照市场价格转让没有人接受，但是，按照公司净值转让对我们就不公平了。"

戈召还要给李玉芬解释，李玉芬连连说："停！停！你说多了我都听不明白。这两件事最后的决策还是要请你拍板，我叫吴效梅多来请示。"

戈召说："闵洁对这两个公司的情况都很熟悉，我不在的时候你们可以去找她咨询。"

李玉芬回答道："好，有不清楚的地方我去找闵洁。"

此时闵洁正与兰天翔在漳河嘉华大酒店2008房间里交谈。

那天从轻机公司回银行的路上，戈召提出要从结构化融资的思路帮助轻机公司，这个提议触动了闵洁。闵洁知道赵长江把轻机公司转到中国外汇银行去的想法已经很久，如果不是碍于张义盛早就转户了。孙佳媛为了不得罪赵长江，把公司的外汇业务给一些赵家公子做，也曾经向外汇银行申请过贷款，可是赵长江的公子的答复是要么业务全部转户过去，要么一分钱的贷款都没有，实际是赵长江在给孙佳媛施加压力。这些情况孙佳媛都告诉了闵洁。闵洁分析轻机公司这一次出现了资金困难向其他的银行去申请借款赵长江都会同意，在求贷无门时民间融资有可能是孙佳媛的一个选项，闵洁就想到了兰天翔。这一段时间与兰天翔的频繁接触，闵洁对他的好感日益加深，觉得这才是一个干大事的人。楼汉唐成为兰天翔的合伙人以后，他们的利益就捆绑得更紧,闵洁自然对兰天翔的利益考虑得多起来,她要为兰天翔创造更多的赚钱机会。有了这个想法后,闵洁悄悄地给孙佳媛打了电话,向她推荐了民间融资方式,孙佳媛表示如有合适的渠道可以尝试。闵洁就不失时机地介绍兰天翔,孙佳媛与兰天翔就融资的问题很快进行了接触。今天晚上就是兰天翔要求见面,要向闵洁通报与轻机公司洽谈的情况。

兰天翔与闵洁并排坐在沙发上,这时闵洁不再提防兰天翔。兰天翔把切好的水果递到闵洁的手上说:"今天与孙佳媛的谈判比较成功,但只能算第一步。从孙佳媛的口气上判断她借钱的态度不是十分坚定。"

闵洁说:"她心存侥幸,以为还有后路可走。我已经把他们的后路堵死了。"

兰天翔不解地看着闵洁说:"你堵他们的后路?"

闵洁说:"轻机公司是上市公司,他们最怕负面的消息,如果有不良贷款的消息披露,对他们的影响非常恶劣。他们已经出现了拖欠贷款利息,下月初到期的一笔贷款如果不能按时归还,不良贷款就成为了事实。"

兰天翔问:"借钱给他们就是归还这笔到期贷款?"

闵洁回答:"是的,就是借给他们'过桥'①。不然孙佳媛怎么肯放下身架来与你谈融资。"

"你不是说她还心存侥幸吗?他们还有其他的路可走?"兰天翔问。

"戈舀答应了要给他们做贷款展期,但是技术上是否可行戈舀说不太清楚,他要向张华涛咨询。"闵洁说。

兰天翔感到奇怪地问:"你们不都说戈舀是信贷业务的专家吗?这样的事情他还要咨询?"

闵洁说:"他的业务水平确实很高,但是像计算机系统中这样的细节他不可能了解,这是业务科长、处长应该掌握的。不然行长哪有精力去管好银行的大事。"

兰天翔又问:"他为什么不咨询你,有些事情在你的手上操作不是更好吗?"

闵洁说:"很多业务操作的权限在省分行。不过张华涛那里的事情好办,

---

①把短期的民间融资用来归还银行到期贷款,并借此次取得银行新的贷款,再用银行新贷款归还民间融资的行为称作"过桥"。

我们还有事情牵着他。"此时闵洁的潜意识里已经与兰天翔成为了"我们"。

兰天翔问："你把这件事情告诉张华涛啦？"

闵洁说："非告诉他不行，没有他的配合我们干不成。"

兰天翔说："我感觉张华涛会坏我们的事。"

闵洁说："不用担心，高行长女儿的事就是牵住他的一根线，我故意给他透过口风但又没有完全给他讲明白，他如果想坏事一定会投鼠忌器。"

"嘿嘿，"兰天翔笑了起来，他说："想不到你真是一个小妖精！"说罢又起一片切好的水果递到闵洁的嘴边。闵洁顺从地张开嘴咬住了水果，捏起拳头在兰天翔身上不轻不重地捶了一下，然后用手接住嘴上的水果说："谁是小妖精了？你才是个大混蛋。"

闵洁的这一亲昵的举动，让兰天翔心中暗喜，他咯咯咯地笑个不停说："好，我是大混蛋。要不要我讲一个大混蛋的故事给你听？"

闵洁也笑着问："你有不混蛋的故事讲吗？"

兰天翔做出一副很神秘的样子说："我把故事讲完了你再说混蛋不混蛋。"说完他有意识地朝闵洁靠拢低声问："利达商贸公司你知道吗？"

闵洁不假思索地回答："知道啊，怎么啦？"

"是谁的公司知道吗？"兰天翔又问。

闵洁说："是一个温州姓翟的老板，一看就像一个乡下人。"

兰天翔得意地说："是我的！利达商贸公司是兰某人的。"

这句话对闵洁无异于平地惊雷，她张着嘴瞪大了双眼看着兰天翔，半天才说出话来："你的？"

兰天翔语气平缓地说："正是兰某的。"他看见闵洁的神情慢慢地平静下来后说："我把利达商贸公司的秘密全部告诉你。"然后娓娓说开。

当年张华涛向兰天翔低价购买了几套住房以后，兰天翔就认定这位信贷处长就是他的财神，下决心一定要把财神利用好。兰天翔在漳河市注册了一家利达商贸公司，聘请了一位温州籍的经理，他给这位经理下达的任务就是，利达公司的生意只是一个幌子，实质要把利达公司做成一个融资平台。他要求公司做两套财务账目，一套账交给税务局，账面要把经营的规模做得很小，只缴纳定额税。一套账交给银行，账面要把经营规模做得很大，效益水平很高，然后据此向银行申请贷款。第一笔贷款兰天翔给张华涛打过电话，说有一个温州的朋友需要帮忙,请他关照。不知道张华涛是怎么操作的,反正三百万元的贷款很快就批了下来。利达公司的文章做得很足,不仅是账面上好看,而且每一次贷款到期都能够准时归还,并且不拖欠一分钱的贷款利息。随着良好信誉的建立,利达公司的借款额越来越大,从最初的三百万元借到最高时的五千多万元,现在的贷款还有两千万元。借来的这些钱实际上被兰天翔用到了房屋开发。因为有这样一笔活钱的周转,兰天翔的开发业务比其他的公司都做得更加灵活,一直顺风顺水。

说到这里兰天翔对闵洁说:"你们那位叫傅丽萍的老姐姐真是一个大草包,从来不去认真地查阅我们的账目,只要有一些恭维的话就可以把她搞定,甚至在她的身上不需要花什么钱财,遇到年节的时候送一束花一瓶香水她就很满意。如果没有她的帮忙利达公司发展不会这么顺利。"讲到这里兰天翔神色诡秘地看着闵洁。

闵洁放下了手中的水果,两眼盯着兰天翔:"你好像还有话要说。"

兰天翔躲开闵洁逼人的目光,从沙发上站了起来,用一种怪怪的腔调说:"知我者,闵洁也。"

闵洁装着有点不耐烦的样子说:"你还有什么阴谋诡计,快快说出来。"

兰天翔赶紧又坐回到沙发上,靠得比刚才更近,两个人的腿几乎碰到一起。闵洁没有挪动自己的身体,等待着兰天翔的回答。兰天翔说:"我要对利达公司实行重组。"

闵洁猜到了兰天翔的意图。她既对利达商贸公司的真实背景感到十分意外,又对兰天翔超人的计谋叫绝。她在心里暗暗赞叹,这真是一个做大事的男人,这么长时间地操作了一家空壳公司,竟然能做到神不知鬼不觉,如果不是他把实情告诉自己,自己会永远蒙在鼓里。兰天翔能把这样的秘密告诉自己,说明他完全把自己当成了他的人。

闵洁就这样一步一步落入兰天翔的圈套,在她的心目中兰天翔已经演化成一个顶天立地的汉子。

就在这时,兰天翔抓住了闵洁的手,闵洁下意识地要抽回自己的手,但是被兰天翔有力地拽住,闵洁没有做更多的挣扎。兰天翔见闵洁甘心受缚的样子,就缓缓地低下了自己的头,用他的双唇在闵洁的脸上轻轻地一吻。当兰天翔厚实、温驯的双唇与闵洁的肌肤刚刚接触的刹那,闵洁感到一股电流迅速的传遍全身,传到她的每一处神经末梢。她不知道是紧张,是兴奋,还是期待,自觉到身体在微微颤抖,她紧闭了自己的眼睛。

……

一场紧张、兴奋的激情过后,闵洁和兰天翔都筋疲力尽,双双躺在被子里一动不动。不大一会儿,闵洁就听到兰天翔"呼呼"的鼾声,自己却一点睡意没有。此刻她的心情非常复杂。

平静下来以后她觉得自己很对不起楼汉唐。自从知道父母离婚是因为另一个女人的插足后,闵洁就非常痛恨"第三者"。爸爸过去在她心里的完美高大的形象完全坍塌,几乎让她精神崩溃。这一切源自于那个女人,那个可憎恨的"第三者"。闵洁曾暗自发誓一辈子绝不插足别人的家庭,绝对不做"第三者"。没想到今天自己却投入了另一个男人的怀抱,一个十足的"第三者"!

眼泪从眼眶里涌出来闵洁也没有去擦,任泪水顺着两个眼角往下流。她躺在床上仍然一动不动,旁边的兰天翔鼾声却越来越大。

心里一阵撕痛过后,闵洁开始为自己开脱。她在心里对自己说:"我与兰天翔的交往并不是为了寻求肉体的欢愉,我只是为了寻找精神上的同道者。"

闵洁的生命历程里,在兰天翔之前曾有三个男人在她心里矗立过。第一个男人是她爸爸,那是她从小的偶像。可是,因为"第三者"的出现这个偶像在她心里毁灭了。第二个男人是在大学里遇到的戈驽。在她眼里戈驽充满活力,充满智慧,特别是他身上那股"天不怕、地不怕"的霸气,让闵洁钦佩得五体投地。为了得到心仪的男人,闵洁丢掉了女孩子身上惯有的矜持,主动地追求戈驽,这种追求甚至到了疯狂的程度,从学校一直追到漳河。可是,闵洁抛出去的绣球戈驽就是不接,直到戈驽结婚成家生子,闵洁的心才死。第三个男人是楼汉唐,初识楼汉唐时闵洁对他的印象非常好,不仅楼汉唐长得魁梧英俊,还有过从军的经历,家庭背景又非常好,这是戈驽之外让闵洁唯一觉得可以托付终身的男人。哪知道他们结婚后闵洁才发现楼汉唐是一个中看不中用的"银样镴枪头"。可能是楼汉唐娇生惯养的原因,除了仪表堂堂的躯壳外,楼汉唐没有一样让闵洁瞧得上,更遑论钦佩。之所以与楼汉唐还能过下去,除了楼汉唐很听话以外还因为闵洁太爱面子,她不愿意因为婚姻破裂而让人耻笑。所以,至今她都没有要孩子。

至于兰天翔，闵洁对他有一个认识变化的过程。开始兰天翔在闵洁眼里就是一个商人，当楼汉唐在生意上与兰天翔合作时闵洁觉得这个人还算仗义，因此也多了几分好感。在操作高亦尚女儿学校的事情当中，闵洁看到了兰天翔的机敏和狡黠，如果用朋友的观点审视兰天翔的作为就是一种睿智。这时闵洁对兰天翔就有了几分佩服。当今天兰天翔向闵洁和盘托出了利达商贸公司的真相，特别是告诉了他对利达商贸公司重组的想法，她感到既大胆又刺激。闵洁彻底被兰天翔折服了，她走进了兰天翔的圈套，自己却全然不知。此时，她正在庆幸自己找到了能与自己心灵呼应的朋友，觉得自己今后的精神世界和事业都会打开一个新天地。刚才她心里的自责和对楼汉唐的愧疚都慢慢淡去。

　　闵洁心里轻松了许多，不由自主地在床上挪动了一下。她轻轻地掀开被子起身，蹑手蹑脚走到卫生间，草草地冲了一个澡。穿上衣服后兰天翔还没有一点动静，闵洁拿上自己的手包悄悄地离开房间。

　　离开房间时闵洁在心里想，今天是第一次也是最后一次。她不知道，这道闸打开后是很难关上的。

三十六、同咨合谋

不良资产剥离的工作离既定的时间目标越来越近,对各级行的压力也越来越大。总行现在几乎每一周都有一次视频会议,针对剥离工作中出现的具体问题及时对各行给予指导。今天下午的视频会议结束时,总行常路达副行长提到个别分行潜在风险贷款劣变的速度太慢,告诫不要给历史留下包袱,不要给股改以后的银行留下隐患,实际上这是对落后行提出了批评。按照总行通报的数据看,高亦尚知道郢州省分行就属于所谓"个别行",常路达副行长的批评让高亦尚惴惴不安。总行的视频会议还未结束,高亦尚就与徐光钊商量,是否要把在各二级分行视频会分会场的同志留下,省分行再提新的要求。徐光钊建议高亦尚考虑成熟以后再召开会议,毕竟召开视频会比较容易。

高亦尚很晚才离开办公室。离开前他把各二级分行的剥离工作统计报表又认真看了一遍,对省分行的剥离工作的思路和部署又做了梳理,对照总行通报的各兄弟省分行的工作并没有发现郢州的问题在哪里。高亦尚走出办公室的时候,看见徐光钊的办公室里还亮着灯,猜想徐光钊一定和自己一样在为剥离工作的进度慢而苦恼,他一定是为如何克服这种困难局面在苦思冥想。刘杰以为高亦尚要找徐光钊,正要过去敲徐光钊的门,被高亦尚悄悄制止了。回到家里彭师傅和耿毕荣都还没有走,高亦尚才想起来今天忘了通知他们自己要晚些回来,赶紧给他们两位道了歉,留下他们俩一起简单地吃过晚饭。

深夜,高亦尚还在苦思冥想的时候耿峰打来电话,劈头盖脑地骂:"高亦尚,你这个书呆子!我还提前给你打过招呼,告诉你潜在风险贷款的劣变是我们工作的重点,你们怎么掉在全行的后面呢?"

高亦尚说:"我也正在为这事烦心。"

耿峰说:"我一直盯着你的进度,其实你们前一段工作做得还不错,为什么在潜在风险劣变上就落后了？"

高亦尚说："二级分行不良贷款的清收比例达不到统一的要求，我们就没有批准他们的劣变计划，这样劣变的进度就掉下来了。"

耿峰觉得有些诧异："统一的清收比例是谁提出来的，不是在给自己设障碍吗？"

高亦尚说："是我提出来的。我觉得从保存银行实力来讲应该多清收一些贷款，所以提出了必须要按照一定比例清收贷款以后才能批准各行的劣变计划。"

耿峰说："你傻呀！清收贷款当然没有错，但是企业的情况千差万别，统一提出一个比例当然就会影响实际操作了，有一些情况特别不好的企业能收多少是多少，保证劣变才是重中之重。"耿峰见高亦尚没有吭声接着又问："你们徐行长的业务不是很熟吗？他没有给你讲这样的道理？"

高亦尚说："他提过和你类似的意见但我不同意，还与他为这个问题争执过。"

"你真是暴殄天物，糟蹋了一个好副手！"耿峰对高亦尚骂道："赶紧调整你的思路，时间上还来得及，你们要抓紧劣变潜在风险贷款，把这作为当前的头等大事。"

挂断耿峰的电话高亦尚几乎一夜未眠。

早上六点多钟，高亦尚就打电话给刘杰，叫他通知张本泓七点钟来接自己。七点还差几分钟的时候高亦尚就出门了，当他来到一楼的时候张本泓早已把车停到了大楼的门口，见到高亦尚刘杰赶紧从车里下来，接过高亦尚手上的提包为他打开了车门。汽车到达省分行高亦尚没有去食堂，而是径直朝自己的办公室走去，当他走近办公室的时候惊讶地发现徐光钊办公室的门虚掩着，灯也亮着。他心想徐光钊怎么比自己来得更早，他没有进自己的办公室而是敲响了徐光钊的门，徐光钊看见是高亦尚便惊讶地问道："上班了，现在几点钟？"

"你在这里熬了一个通宵？"高亦尚看到徐光钊桌子上方便面盒子里的残渣。

徐光钊从桌子后面站起来，揉了揉太阳穴说："我爱人到儿子那里去了，我一个人在家也一样，所以在办公室凑合了一宿。"

高亦尚说："你年纪大了身体也不好，可不能这样熬。"转头对跟在后面的刘杰说："你去食堂看看早餐做好了没有，做好了叫他们送两份过来。"说完拉着徐光钊一起在沙发上坐下。

徐光钊说："我昨天仔细看了我们的材料，也对比了总行通报兄弟分行的一些案例，发现了我们的问题所在。"

高亦尚静静地看着徐光钊，等待着他的下文。

徐光钊说："经过归纳和对比，我发现在潜在风险贷款劣变问题上我们的着力点有问题，我们把清理收回资金的比例卡得太死、太严，反而忽视了暴露风险这个主旨，实际误导了二级分行的劣变工作。"

高亦尚觉得徐光钊的观点和耿峰很接近，但是昨天耿峰电话里并没有把道理讲得很透彻，现在他想听徐光钊怎么解释，于是说道："昨天耿峰给我打了电话，跟您一个意思，看来是我的认识有问题，误导了大家。"高亦尚语气里带有很大的歉意。

徐光钊说："我们把剥离不良信贷资产放在总行的股份制改造的背景中去看，就会发现剥离现实的不良贷款和劣变潜在风险的不良贷款都是为了保证股改后我们有一个优良的资产质量，在外资银行进入中国市场以后我们能够有能力参与竞争。如果我们因为几十万、几百万的清收达不到我们规定的比例要求，让大量有潜在风险的贷款不能真实地暴露出来和剥离出去，就会给今后的信贷资产质量造成巨大的隐患。我明白了总行领导为什么对劣变问题看得如此重要。"

高亦尚听明白了徐光钊的解释，说道："我们不应该在具体的每一家企业上死死地扣住清收的比例，要根据实际情况灵活掌握，清收比例适度放宽。"

徐光钊点头说："现在不是放宽比例的问题，我们应该首先强调以暴露风险、真实反映贷款质量为前提，在这个基础上尽量多地清收贷款本息，原则上我们可以提清收比例要求，但是绝不能因为清收达不到比例要求而影响风险暴露和不良资产剥离。"

高亦尚自我检讨说："这是我的错。当初在研究实施方案的时候你已经提到了这一条，是我坚持清收必须不低于规定比例。"

徐光照也检讨说："我也没有能够坚持自己的意见，这个助手当得不好。"

就在他们两人做自我批评的时候，刘杰带着食堂的师傅把早餐送过来。

刘杰说:"今天食堂的早餐是馒头和白米粥,我叫师傅煎了几个鸡蛋。"早餐就放在沙发前的茶几上,刘杰给两位行长盛好白米粥就与食堂的师傅退了出去。高亦尚主动给徐光钊碗里夹了一个煎鸡蛋,一边吃早餐,一边商量如何调整工作思路。

高亦尚说:"我们应该马上召开视频会议,对潜在风险贷款劣变工作再作部署。"

徐光钊说:"会议要尽早开,但是会议的内容和要求还需要认真研究,如果我们仅仅强调潜在风险贷款的劣变是为了提高股改后的信贷资产质量,而不科学地界定劣变的标准,这样也可能会导致事情走向反面。我们会议的主题应该强调实事求是地认定信贷资产质量,既要确保潜在风险贷款能够真实反映和据实劣变,又要防止随意扩大对潜在风险贷款的认定。"

高亦尚问:"这个道理你上次讲过,我记得。"

徐光钊说:"记得上一次在你办公室我们讨论时我说过,对企业生产技术先进、生产设备优良、产品有市场、资金周转暂时有困难的企业不能轻易剥离。最近我发现就在我们强调'资产质量是银行的生命线'这个问题时,出现一些人因为害怕今后对资产质量实行问责,而把一些稍有瑕疵的贷款也准备塞进劣变贷款里,这种现象必须制止。"

高亦尚感叹地说:"不偏不倚地把一件事做好有多难!"

徐光钊说:"你看我们的会议怎么开,定好时间赶快通知下去。"

高亦尚说:"会议的基调就按我们俩刚才商量的意见定,你看要哪个部门起草一个讲话提纲?"

徐光钊说:"潜在风险贷款在业务报表中还列为正常、关注类,这两类贷款应该由信贷管理部门负责,讲话提纲要张华涛他们来起草吧。"

高亦尚说:"完全可以。还有一个问题要讲,就是昨天我看到银监局传来的一份文件,他们要对贷款形态偏离度做现场检查,各行一定要做好配合。"

徐光钊说:"文件还没传到我这里来。银监局的偏离度检查应该也是为了配合我们正在进行的股份制改造。如果我们的贷款形态划分得不准,银监局是会做出一些干预的。关于配合银监局做好贷款偏离度检查的问题我们在会上也要做一个强调。"

高亦尚说:"一定要强调配合好银监局的工作,不要再弄出一个不配合检查的问题。"

徐光钊提议说："我们的视频会可不可以让全体信贷员都听一听？"

高亦尚说："有些远道的县支行同志到二级分行的会场可能不方便。可以叫有条件参加会议的同志都听一听。"

徐光钊说："好，我马上去安排。"

高亦尚拦住了他说："都没来上班呢！好好吃早餐，等会儿我叫刘杰去把肖桂庭和张华涛叫过来。"

上班后他们按照商量好的思路，办公室和信贷管理处迅速做出安排，省分行的视频会如期召开。

在参加省分行剥离工作视频会时，张宪军的情绪特别沮丧。他为轻机公司两千万元到期贷款借新还旧的努力彻底失败了。张宪军觉得自己很丢脸面，一家 AA+ 级别的上市公司资金链出现问题，自己竟没有能够提前预警，一直到不能支付贷款利息才被动地知道消息，这对他是一个很掉价的事。轻机公司的问题出现以后自己没有能够提出一个解决问题的办法，还是戈召行长大胆承诺了暂不收取贷款利息并尽量争取办理贷款的借新还旧，才保证了轻机公司正常的生产经营，给进一步解决问题带来了一线希望。张宪军明白资金连续运转对企业的重要性，如果资金链条真的出现断裂，再强大的公司生产经营都会陷入绝境，多米诺骨牌坍塌的趋势谁也不可阻挡。张宪军赞赏戈召的精明和大胆，为了维持企业正常经营，竟然敢于承诺暂时不收取银行的应收利息。轻机公司只是因为外贸单证纠纷引起的资金困难，迈过这个坎公司还有很大的发展空间，虽然作出这样的决定戈召冒有违规的风险，但是这个决策无疑是正确的。看到自己的行长这样敢于担当，张宪军也暗自鼓劲一定要尽快把这借新还旧落实到位。没想到他的努力会完全失败。

那天从轻机公司回到银行，恰好省分行信贷管理处的张华涛处长也到了漳河分行。张宪军猜想戈召行长一定会把轻机公司贷款借新还旧的要求向张处长提出来，省分行对轻机公司这样的优质信贷客户做出一些通融是完全有可能的。张宪军对此很有信心，他抓紧搜集了轻机公司生产经营的有关数据和情况，对出现拖欠贷款利息的情况进行了说明，分析了轻机公司近期和中期的发展趋势，形成了一个比较完整的分析报告。然后他又找到孙佳媛，要求轻机公司在提出借新还旧申请的时候，要着重说明贷款的安全性，并对尽快偿还应付贷款利息和保证全部信贷资金安全做出承诺。孙佳媛完全按照要求提交了书面的材料和借款合同的文本。当张宪军拿到这些资料回到银行却遇到层层阻力。

他把轻机公司借新还旧的申请书和借款合同文本递到闵洁手上,她莫名其妙地问了一句:"谁同意接受轻机公司的借新还旧申请的?"

"这不是戈行长在轻机公司跟我们大家说的吗?"张宪军有些生气地回答道。

闵洁看见张宪军有抵触情绪,就缓和了语气说:"戈行长说要争取能借新还旧,这要看我们的系统里能不能操作。"

张宪军还是不耐烦地说:"我当然要把全部的准备工作做好,计算机能不能操作你们要告诉我啊。"

闵洁反问张宪军:"你没有电脑吗?你自己不会操作试试看。"

张宪军知道自己理屈了,回到自己的办公桌打开电脑进行了操作,当他全部数据输入完成之后,计算机提示"不符合借新还旧条件,操作失败"。他把计算机操作失败的结果告诉了闵洁,闵洁回答说:"这说明省分行并没有给轻机公司解锁。我去向领导汇报,由他们向省分行请求支持,你把手头上的资料保管好。"

可是闵洁说过这些话以后就再也没有消息。张宪军在苦苦等待闵洁回复而无果的情况下找到了戈峇,戈峇又当着张宪军的面给张华涛打了电话,请求对轻机公司到期贷款的借新还旧给予支持。过了两天省分行来电话要求把有关的资料报送到省分行,张宪军感觉到后面有了希望,可是再过两天后闵洁却告诉张宪军说,接到省行信贷管理处的通知,轻机公司的借新还旧被总行系统锁死,没有一点可以操作的余地,这件事算彻底失败。张宪军几天来就像霜打的茄子完全蔫了,今天视频会上说的什么东西他完全没注意听。

闵洁聚精会神地在听徐光钊的讲话,一边听一边记着笔记。这些天她的心情一直很好,手上的事情都很顺利,甚至还有一些意外的收获。她知道资产剥离工作的分量,各级行的管理层都会重视这项工作,这对她个人而言就是一个绝好的机会。她想自己可以两条线做努力,在行内可以借助张华涛的渠道联络高亦尚,争取能够尽早升迁,瑶瑶的学校的事和希望小学门前的"巧遇",自己已经在高亦尚面前埋下"伏笔"。另一条线就是配合兰天翔在这次剥离中捞一把，只要做得巧妙就不会有危险。就在她心猿意马的时候手机振动起来，是兰天翔的电话。她现在不能接，马上挂断了电话。"嘟嘟，嘟嘟"几分钟以后兰天翔发来短信："轻机公司的融资顺利完成，晚上嘉华大酒店西餐厅见。"

上一次和兰天翔激情过后闵洁就再也没有与他见面。她的心情很矛盾，在他们没有肌肤的欢愉之前，闵洁认可兰天翔是因为他的狡黠和大胆，还有那种敢于吞噬一切的狼性。可是当闵洁把自己的全部都交给了兰天翔以后，这种感觉就变得复杂起来。当她的激情消失以后又产生了罪恶感。她是楼汉唐的人，虽然楼汉唐外强中干，但他毕竟是自己的丈夫，自己与兰天翔的这种交往就是对楼汉唐的背叛。转念，闵洁又觉得她和兰天翔的交往不是以性为目的的，他们是一种惺惺相惜，是两个强者的互相爱慕，是两个灵魂的交融。闵洁一会儿对自己强烈地自责，一会儿又千方百计地为自己开脱，两种想法像蛇一样缠着在她的脑海里不停地翻腾，折磨得她茶饭不思。

兰天翔发来短信后闵洁非常犹豫，去还是不去下不了决心。当屏幕上的徐光钊讲到防止不良资产剥离当中的国有资产流失的时候，闵洁想到利达商贸公司的剥离还没有来得及仔细商量，这件事不能操之过急，特别是不能被人抓住把柄。她担心不长脑子的楼汉唐掺在中间会稀里糊涂地捅娄子，给楼汉唐和他的家族声誉带来影响，决定要给他提提醒。闵洁的潜意识里并不愿意背叛楼汉唐，她决定今天晚上与楼汉唐一道去见兰天翔。想到这里她马上给楼汉唐发了短信："下班来接我。"她知道如果没有楼汉唐和自己在一起，今天在嘉华酒店一定又是一个不平静的夜晚。

在去酒店的路上闵洁把对兰天翔重组利达商贸公司的担心，大致告诉了楼汉唐，特别嘱咐了这件事不能张扬。不到十分钟他们的车就到了嘉华大酒店。候在大厅里的兰天翔看见楼汉唐与闵洁一同到来心里一惊，过后马上露出热情的笑脸："欢迎欢迎。"与楼汉唐一个热情的拥抱然后对闵洁说："欢迎闵科长，请坐。"桌子上两个人的餐具让兰天翔略感尴尬，他对服务生说："给我们加一套餐具，把我们的菜肴按人头做一个调整。"大大咧咧的楼汉唐没有感觉到任何的异样，像惯常一样与兰天翔打着哈哈。

闵洁问："兰总，今天与轻机公司的融资操作得顺利吗？"提问的时候她的眼睛没有正视兰天翔，看着手上玩弄着的餐具。

兰天翔说："你觉得孙佳媛是一个省油的灯啊？！"说话的时候他打量着闵洁，揣摩她今天为什么要把楼汉唐带过来。

闵洁玩弄餐具的手并没有停下来，但她抬起头看着兰天翔说："把你们谈判的过程说说看。"兰天翔从闵洁的眼神里看到一丝渴求掠过，他放下心来，绘声绘色地介绍了他与孙佳媛谈判的过程，讲到末尾他说："最后我们在月息是两分还是两分四的问题上相持不下。我坚持说如果有抵押我的月息可以到一分六，没有抵押不能低于两分四。我知道上市公司的抵押一定要对外披露，他们绝对不会愿意披露民间融资的事情，我的要求可以把他们卡死。孙佳媛反过来又提出融资的时间由原来所谈的时间重新约定延长一个月。我一点也不担心轻机公司会垮台，何况背后还有你给我撑腰。所以，她提出这个要求后我毫不犹豫地答应了。"

闵洁再一次感到兰天翔的精明能干，楼汉唐真是没有办法与这个男人相提并论。她问："你的钱什么时候划到他们的账上？"

兰天翔说："签好合同后我就把签发好的支票交给了孙佳媛，明天上午就可以用钱。"

一直在云雾中的楼汉唐问："兰总又在做什么大生意？"

兰天翔笑着说："那都是蝇头小利，真正的大生意在这里。"说完他变戏法似的拿出一个硕大的牛皮纸信封递给了闵洁说："这是利达商贸公司的操作方案，请闵科长过目。"

闵洁拿过信封问兰天翔："已经深思熟虑了？"

兰天翔说："一切按照闵科长的教诲办。"闵洁想起那天两个人曾经谋划过利达商贸公司的资产重组。她要打开信封的时候，兰天翔说："闵科长和楼总回去以后再过目，方案中对楼总的位置做了很好的安排。我们现在喝酒，今天我还要赶回郢都。"说完他悄悄地瞪了闵洁一眼，闵洁佯装没有看见。此时，闵洁最关心的就是利达商贸公司重组方案的具体内容，她不允许这个方案操之过急，不能因贪大而惹出纰漏来。兰天翔和楼汉唐在闵洁的不断催促下，草草结束了这顿丰盛的晚餐。

三十七、晴天霹雳

　　省分行不良资产剥离视频会议就像一场及时雨，给焦渴的花草树木注入了新的生命能量，让它们重新绽放出勃勃生机。

　　由于省分行调整了不良贷款的清收尺度，加大了对清收和劣变不良贷款的奖励，漳河市分行的信贷员全部被调动起来，他们以极大的热情投入到新一轮的工作。贾兴华对青春服装厂不良贷款的清收工作也进入了"白热化"。

　　青春服装厂原来是街道办的一家小集体企业，原来叫青春布料加工厂。开始只是利用床单厂的边角料生产一些抹布、墩布、围裙等厨房用的小商品，产品也没有固定的销售渠道，日子好一天坏一天地过着，直到业务员于向阳承包了这家小企业后，日子才慢慢地红火起来。于向阳是岭南省固冈县一个小镇上的农民，来漳河市的打头几年一直在床单厂打工做搬运，时间长了于向阳慢慢与青春布料加工厂来床单厂买边角料的业务员熟悉起来，工余的时间他把青春布料加工厂的产品拿到夜市上去售卖，赚一点外快。于向阳的脑子灵活，很快就发现青春布料加工厂的产品物美价廉，很受消费者的欢迎，干脆就辞掉了床单厂的工作，做起了青春布料加工厂的专职销售业务员。在不长的时间里，他不仅建立了固定的销售渠道，而且为工厂里拿回一些厨师工作服的订单，青春布料加工厂从此有了正规的产品。当工厂的生意越来越红火的时候，于向阳提出要承包工厂，否则他就辞职另起炉灶。如果于向阳离开了工厂，青春布料加工厂就面临关张的危险。迫于这种情况，街道领导同意了于向阳承包青春布料加工厂，条件是于向阳每年向街道缴纳十万元的管理费。承包的几年时间，除了上缴的管理费，工厂的利润全部进入了于向阳的个人腰包，工厂的工人虽然都领着一份不算差的工资，但于向阳却着实发了财。承包期满了以后于向阳又提出要买断工厂，当时的大背景是很多国有企业都开始实行改制，一个街道小厂的私有化就更没有政策的障碍。当时街道政府正在筹措资金兴建干部宿舍，于向阳提出买断青春布料加工厂的价格也比较诱人，很快买卖双方达成协议，于向阳用八十万元人民币买下了青春布料加工厂。尔后，他将青春布料加工厂更名为青春服装厂，于向阳高薪从深圳聘请了一位服装打版师，专门模仿生产沿海地区的流行时装，生产冒牌产品向二三线城市销售，生意一度十分火爆。也是在生意最好的时候，他与银行发生了信贷关系。青春服装厂虽然被于向阳买断，但是头上还是顶着街办小集体企业的"红帽子"，在申请贷款的时候又找到一家实力尚可的担保人，贷款并不困难，从五十万元开始，贷款慢慢累积到三百万元。市场经济的规律是风水轮流转，青春服装厂在火爆一阵以后，随着人们的消费品位和消费实力的提升，他们这类的小企业慢慢被市场淘汰。生意的萧条让于向阳手上的资金越来越紧张，到后来连发放工资都出现了困难。一天人们突然发现于向阳人间蒸发了。当大家明白于向阳逃逸以后，才发现工厂里值钱的主要设备和布料已被他转移，工厂只留下七八十个毫无着落的工人和几百万元的债务。厂房是租赁一家工厂的仓库，也面临着被拆掉的危险。贾兴华在接手青春服装厂信贷员工作的时候，从未见过于向阳和活着的青春服装厂，他看到的只是孤零零的仓库的破败景象。

参加了省行不良资产剥离工作视频会，贾兴华只记住了一个道理，就是剥离工作最能体现信贷员水平的就是清收，不良贷款清收的比例越大信贷员的水平越高。青春服装厂的不良贷款是贾兴华手上的一块硬骨头，他想要通过对青春服装厂不良贷款的清收来证明自己信贷员的价值。原来他觉得自己没有一点招数，对贷款确权和清收应该从哪里下手两眼一抹黑，是张宪军的话点醒了贾兴华。那天在办公室里闲谈的时候，张宪军说找担保人追债是唯一的救命稻草，要死死地抓住不放。贾兴华曾经去找过担保人，他是于向阳原来床单厂的工友，本地人，在漳河市小商品市场有一档纺织品店铺，从店铺的大小规模和客流量分析担保人的生意应该还不错。贾兴华找到他的时候，担保人却推得干干净净，说当时由于一个领导出面做工作，他才提供担保，现在他也不知道于向阳在哪里，所以无法履行担保人的责任。贾兴华回来向银行的法律顾问做了咨询，被告知提供担保的原来那家公司法人代表虽然也是这个老板，但那家公司已经关闭，现在他所经营的纺织品店铺不是原来提供担保的公司，在法律上无法执行他现在经营的店铺。贾兴华听到这样的解释还是不死心,因为张宪军说过只要担保人在就有办法,关键自己不能孬,谁狠谁就是爷。但是贾兴华却狠不起来,他爱人知道了他的苦恼给他出主意说:"你为什么不去找哥?"这让贾兴华脑洞大开,他知道自己开小酒店的舅兄在黑白两道上的朋友非常之多,何不去找舅兄给自己出力。

"哥,我有事找你。"贾兴华在舅兄面前表现得很驯服。

"我妹妹又欺负你了?"舅兄问。

"嘿嘿,"贾兴华傻笑着说:"不是,是我工作上的事要找你。"

舅兄说:"扯淡,银行的事我能帮上什么忙?"

当贾兴华说清楚了原委以后,舅兄答应了他的要求。舅兄说:"我有个朋友弄了一家什么咨询公司,也帮人讨债,听说生意还不错。"

贾兴华高兴地说:"正好,这样的朋友正好可以帮我的忙。"

舅兄说:"你高兴什么呀,人家咨询公司是要收费的,你为公家的事情去掏钱哪?"

贾兴华说:"哥,你看我好不容易当上信贷员,如果这个债务都不能收回,很可能信贷员做不成了。"

舅兄很同情这个老实巴交的妹夫,在家里总是被妹妹吆五喝六,当上信贷员是他唯一感到可以扬眉吐气的事情,可是马上又会被换岗,怪可怜的。他真心地想帮助他说:"你别担心钱的事,我找这个朋友他不会收钱的,我请他喝酒就行。"

贾兴华又小心翼翼地问:"哥,他们会不会杀人?听说催债的人下手挺黑的。"

舅兄说:"你怎么像老鼠的胆量,事情还没开始就害怕啦。这些人最多是吓唬吓唬人,只要对方不乱来他们一般也不会下黑手。如果完全靠下黑手他们怎么混饭吃?"

舅兄很快就帮贾兴华联系上了他的这位朋友,还特别嘱咐贾兴华说:"你跟他们在一起的时候只能看,不要多嘴更不能插手,你是吃公家饭的人。"

催债的第一天,贾兴华一整天都跟着催债的那帮人。

那天担保人的店铺刚开门,一个长得很斯文的小伙子找到老板:"请问你是顾老板吗?"

顾老板回答:"是啊,你要什么布料?"

小伙子说:"我们不要布料,我们是来催债的。"

顾老板诧异地望着他说:"你是谁,我什么时候欠过你的债?"

小伙子说:"你是不是曾经帮于向阳担保过?于向阳现在跑了,你作为担保人就应该替他还债。"

顾老板说:"于向阳差银行的钱,与你何干?"

小伙子指着贾兴华说:"这位先生是于向阳的信贷员,于向阳逃债现在银行要开除这位先生。他今天委托我们催债。"

贾兴华曾经找过顾老板几次,他们彼此面熟。当顾老板回头怒视贾兴华的时候,贾兴华的两腿有点微微发抖,一声不吭。小伙子见顾老板瞪贾兴华就说:"你别看这位先生,他因为你马上就要失业了,希望你能和平地了结此事,不然你的日子会非常难过。"

顾老板提高了嗓门说:"别在这里吓唬人,我什么场面没见过?"

小伙子说:"我没有吓唬你,我们只负责要债。现在我给你三个选择,第一告诉我们于向阳现藏在哪里;第二如果你不愿意告诉我们,你就替于向阳偿还他的债务;第三如果你不愿意告诉我们于向阳在哪里也不偿还债务,就管我们兄弟吃饭,我还有很多兄弟没有来。顾老板你好好考虑,两个小时后给我答复。"

顾老板蛮横地说:"不用考虑,我现在就告诉你三条我都做不到。"

小伙子不再答理顾老板,拿过一把椅子坐在那里自顾自地抽烟,顾老板也照常做生意,贾兴华闲着没事就在店铺里外闲逛,这里好像什么事情都没有发生过。

两个小时的时间很快就过去了。小伙子站起来问:"顾老板,你想好了没有?"

顾老板还是坚定地回答:"没有考虑的,你说的三条都做不到!"

小伙子再也没与顾老板多说一个字,拿出手机拨打了一个号码,只说了一句话:"你们来吧!"不到十分钟的时间,来了一拨与小伙子年龄相仿的青年人。顾老板一看这阵势吓得脸色发白,说话都有些哆嗦:"你,你们要干什么?"小伙子说:"你别害怕,我们不偷不抢,我们只要债。"新来的一拨人像事先分好工一样的,在店铺里只要能坐的地方都有人坐下,剩下的人坐在店铺门口的台阶上,没有一个人的行为举止鲁莽。顾老板开始还有一点不以为然，强装镇定地坐在那里抽烟喝茶，这时有顾客上门，顾老板还没有来得及开口，就有一个小伙子站起来说："您到别家去买吧，这里老板差我们的债。"顾老板没想到小伙子会有这样一招，他有些恼怒但是看见满屋子的小伙子，他又不敢发火，只好忍气吞声地坐在那里。从这以后再也没有一个顾客能够跨过店铺的门槛。到了中午的时间贾老板说："你们走不走，我要去吃饭了。"小伙子说："我们都没吃饭，你吃什么饭啊？要吃饭大家一块儿去。"就这样双方僵持住了，一直到满大街的店铺都打烊关门。

"你们走不走，我要打烊关门了。"顾老板说。

小伙子给大家使了一个眼色，屋里所有的人都退到了店铺门口。顾老板关好电灯，锁好店铺的大门准备离开的时候，发现这群小伙子跟着他寸步不离。顾老板早已饥肠辘辘，他再也经不起折腾。他说："我要回家，你们跟着我干吗？"小伙子说："跟你一起回家，是你害得我们没饭吃，我们今天都到你家去吃。"顾老板这个时候才感到问题的严重性，如果这一帮小伙子真的跟着他回到家里，家里的孩子和老婆不知道会吓成什么模样。他对小伙子说："我们家房屋小坐不了你们这么多人。"

小伙子说："你们家不小，巴黎春天小区五栋二十三层的二百平方米的复式楼。"

顾老板听到小伙子的话心里开始发颤，知道这一帮人完全是有备而来，把自己的情况了解得如此清楚，看来不好对付。他开始对小伙子说软话："小兄弟，我们混一口饭吃非常艰难，请你高抬贵手。"

小伙子说："我们都要吃饭，你看我的这些兄弟，一天没吃饭走路的力气都没有了。"

顾老板这时只好忍住心里的疼痛说："我请兄弟们吃饭。"把这一帮小伙子带到附近的酒店，菜肴和酒钱花掉了顾老板七八百元。顾老板看见大家吃饱喝足了就说："兄弟们都回家去吧，大家辛苦了！"小伙子说："我们还不能回去，我们老大交代了，要和顾老板寸步不离。"顾老板说："兄弟，你们到我家里去实在是不方便。"小伙子说："是啊，顾老板你为什么要去为一个骗子承担这么大的麻烦呢？于向阳把钱骗跑了，你在这里为他承担风险划算吗？你明年就要抱外孙，小儿子明年也要考大学，正是享福的时候，何必呢？"小伙子的话让顾老板心里又是一阵发紧，他家里的情况小伙子几乎完全掌握，这叫他感到不寒而栗。他对小伙子说："兄弟，我求求你千万别到我家里去，我老婆她承受不了的。"小伙子想了想说："顾老板，既然这么讲我们就不到你家里去了，我叫两个兄弟跟着你，在你楼下的电梯旁边值班，他们的饭你要管好。你也不要耍滑头，你家里的那些事我们都清清楚楚，对付你的方法多得很。"顾老板见小伙子话说到这样的份上，只好点头说："不会不会。"说完小伙子就委派另外两个人跟顾老板一起打的回家去了。

贾兴华看见顾老板走了以后，心里一直暗暗叫过瘾，他从来没见过这样的阵势。不过他还是有些不放心问小伙子："顾老板会不会去报警？"小伙子说："报警怕什么，我们一点违法的事都没做。"贾兴华又问："他会不会去请黑道上的人来跟我们对着干？"小伙子说："我们了解他是一个没有任何背景的人，就是真有什么人要给他帮忙，我们也不怕。"贾兴华问："顾老板会不会替于向阳还这笔贷款？"小伙子说："我们这里只能逼一逼他，就看他是不是知道于向阳住在哪里，如果他知道就挺不住三天，生意人不会为别人牺牲自己。如果他真不知道于向阳住哪里我们也没辙，这就要看你老兄的运气好不好。"

第二天和第三天，贾兴华再也没有随小伙子一起行动，待在银行等消息。从电话里他了解到顾老板连续两天都没敢出门，窝在家一动也没动，他的店铺也没有人打理。贾兴华心里还是有些忐忑，他既担心小伙子们闹出事来，也担心顾老板不肯开口告诉于向阳的真实去处，就在这种不安当中挨过了一个小时又一个小时。

就在这时，一个细柔的声音传来："傅姐！"

傅丽萍听到声音马上兴奋起来："菲菲！"傅丽萍尖叫的声音让满屋的人生厌。刚进信贷科办公室的菲菲是利达商贸公司的出纳员，也是傅丽萍为数不多的朋友之一。傅丽萍每次到利达商贸公司去，菲菲总会拣一大堆好听的话说给傅丽萍听，让傅丽萍的自尊心得到了极大的满足，渐渐地两个人成了朋友。

"你今天到银行是取钱还是进账？"傅丽萍问。菲菲一般到银行办事时来信贷科办公室不多，多数情况都是傅丽萍到利达公司去找菲菲谈天说地。

"我要走了。"菲菲压低嗓门告诉傅丽萍说。

傅丽萍不明就里，仍然尖着嗓音叫道："多坐一会儿，为什么刚来就走？"

菲菲说:"我辞职了,我是来向你告别的。"

傅丽萍大吃一惊:"你为什么辞职,家里有事吗?"傅丽萍知道菲菲是外地人,猜想她家里有事。

菲菲神秘兮兮地说:"我们公司出事啦。"

傅丽萍尖叫道:"瞎说!你们公司能出什么事?"傅丽萍的叫声把大家的目光都吸引了过来。闵洁这时走过来问:"菲菲,你们公司出什么事啦?"

菲菲站起来说:"听老板说他有一大笔货款收不回来了,公司可能会倒闭。"

闵洁大声地问:"你们公司要倒闭?"

菲菲说:"具体情况我也不清楚,平常我只管管现金和银行往来账,其他什么情况我都不清楚。"

傅丽萍问:"你为什么慌着辞职?"

菲菲说:"老板都快没饭吃了怎么还会管我?我要再找一份工作养孩子。"

闵洁严肃地问傅丽萍:"利达公司的情况你知道不知道?"

傅丽萍问:"什么知道不知道,我每个月的工作汇报不都讲了吗?"

闵洁问:"菲菲说的公司货款回不来知道吗?你是管户信贷员,事情到今天这一步还毫不知晓,这是失职。"

闵洁的话把傅丽萍吓得不敢吭声,菲菲也吓得直吐舌头,跟傅丽萍挥挥手悄悄地离开了办公室。闵洁叫万志勇道:"万科长,你过来我们商量一下,利达公司的事该怎么处置,要赶快向领导汇报。"

三十八、峰回路转

　　闵洁正在按她给兰天翔提供的"剧本"修改后的版本排演一场好戏。那天兰天翔当着楼汉唐的面给了闵洁一个文件袋，里面是他对利达商贸公司重组的方案，基本想法是把利达商贸公司做成严重资不抵债，剥离后用一家新公司的名义花少量的资金从资产管理公司把利达商贸公司买下来。闵洁看过以后认为这个方案太贪心，风险太大。于是闵洁提出了自己意见，最后与兰天翔达成统一。今天就是改版后的"活报剧"的上演。

　　傅丽萍耷拉着头哭丧着脸坐在桌子旁，老老实实地回答着闵洁和万志勇的提问，自然卷的头发遮住了她的半边脸。

　　闵洁问："你反映的利达公司的这些情况都是真实的？"

　　傅丽萍说："我每次的汇报都是真的。"

　　闵洁又问："菲菲说公司快要倒闭的情况也是真实的？"

　　傅丽萍说："菲菲说公司要倒闭了，这就肯定是真实的。"

　　闵洁："你每个月的分析汇报都讲利达公司的经营情况很好，你刚才还在讲你汇报的都是真实的情况，那么菲菲说公司要倒闭也是真实的，这不是互相矛盾吗？"

　　傅丽萍急得都快要哭出声来了："我每个月的分析汇报材料都是要利达公司的会计帮我写的，他们公司的经营情况到底怎么样我不清楚。"

　　万志勇听她这么说非常生气："傅丽萍，你要公司的会计帮你写分析材料？简直莫名其妙！"

　　闵洁问："利达公司给了你什么好处？"

　　傅丽萍吓得连连否认说："没有，我什么好处都没有要。"

　　闵洁说："你不要撇得这么干净，仔细想一想，把事情说清楚了我们还能帮你一起分析利达公司是什么目的，看现在有没有办法能够挽救。"

听见科长要帮自己挽救这种局面，傅丽萍心里涌出了一丝希望，她赶紧老实地说："企业的财务报告我看不太懂，所以有些分析和汇报的材料我只能找他们帮忙。我从来没有接受过公司的东西，就是菲菲有时候请我吃饭或者送点香水这样的小礼物给我。"

闵洁马上接过傅丽萍的话说："菲菲送你的东西都是公司的，菲菲能够请得起客？"闵洁声色俱厉："吃人嘴软拿人手软，你接受了别人的东西当然就任别人摆布，说得难听一些你们这就是内外勾结！"一句话就给傅丽萍完全镇住了，傅丽萍听闵洁这样说心里不服可是嘴上却不敢顶："闵科长，你看我们现在该做什么？"

闵洁对张宪军大声叫道："老张，你过来帮帮傅丽萍，我和万科长去找行领导汇报。"

张宪军不耐烦地回答道："轻机公司的事情我都没招了，我哪有闲工夫去帮别人。"其实闵洁就是希望听到张宪军说这样的话，张宪军的话音刚落闵洁就撂下傅丽萍带着万志勇去找肖强了。

"张师傅，你说我这个事情会是一个什么结果呀？"傅丽萍的尖嗓音今天降低了八度。

张宪军本来就讨厌傅丽萍，加上今天自己的心情不好，正好可以借傅丽萍出出气，他一本正经地说："这要看贷款的损失有多大，你赔得起就赔，赔不起就要追究责任，轻则可能开除，如果有收受贿赂的行为还会坐牢。"张宪军的话把傅丽萍吓得不轻，喃喃地说："我收了几瓶香水又不能算受贿。"说完不一会儿就趴在桌子旁嘤嘤地低声哭泣起来。办公室的同事看见了都躲着偷偷地笑了。

张宪军是唯一一个没有笑的人。轻机公司的贷款压力让他笑不起来。轻机公司到期贷款的"借新还旧"操作被计算机系统锁死以后，银行再也没有任何操作的余地，为了避免出现不良贷款，轻机公司也做出了很大的努力，通过压缩开支减少支出，月初就偿还了应付银行利息。张宪军还从孙佳媛口中得知，轻机公司通过民间融资借到两千万元的资金，准备贷款到期日做"收回再贷"的操作。孙佳媛还告诉张宪军说两千万元的民间融资是赵总批准的，董事长并不知道，民间融资的成本很高，约定的借款时间也不长，希望银行在"收回再贷"时能保证收回去的贷款能够等额地再贷出来，不然公司就会承受很大的资金成本压力，赵总和自己在董事长那里也不好交代。张宪军觉得轻机公司的"收回再贷"完全符合总行规定，对孙佳媛提出的要求当然是满口应承。谁也不会想到的是完全符合总行规定的"收回再贷"在实际操作的时候竟然又出现新问题。

在贷款到期日的前一天张宪军特意到一楼大厅的会计科查看了轻机公司账面的资金余额有两千三百多万元，收回再贷应该没有问题。可是第二天上午，接到省行信贷管理处的通知，全省所有的信贷业务当天只能收回不能发放，电话咨询省行信贷管理处才知道，总行下达给郢州省分行压缩信贷的计划没有完成，所以信贷管理处决定从即日起只收不贷，一直到完成总行的任务再另行通知。突如其来的通知把所有人都打蒙了。

张宪军觉得自己的运气背，每到临门一脚的时候总是功亏一篑。刚才他找到闵洁，要闵洁与省分行信贷管理处做一些交涉却受到闵洁的抢白："自己不会联系？"张宪军当时不愿意与闵洁争吵，轻机公司还有好多事情要靠闵洁去协调和支持。张宪军在电话里把情况向孙佳媛做了简单的通报，告知孙家媛有两种选择，一是贷款收回以后暂时不能发放新贷款，两千万元的民间融资可能会较长时间占用，一是不使用民间借贷，就让到期贷款逾期形成不良，公司会面临要对外披露不良贷款信息的窘境。孙佳媛在非常无奈的情况下同意了用民间借款还贷，并请求银行尽快地补足他们被收回的两千万元贷款。压力就落到了张宪军的肩上。

收回再贷受阻的消息传到兰天翔那里的时候，他第一个想法就是张华涛在使坏。他不担心轻机公司偿还不了他的借款，时间拖延了他还可以收取更多的利息。不过这两千万元资金兰天翔确实另有安排，听到这消息以后，他在电话里告诉了闵洁怎样去与张华涛交涉。

轻机公司的人也没有消极等待，孙佳媛接到了张宪军的电话后赶紧向赵长江作了汇报。赵长江的观点非常清楚，第一，转移账户重新向中国外汇银行申请，还掉戈行长他们的全部贷款。第二，我们就这样长期背负高利率的民间融资。最后如何决策，问题摆到了董事长的案桌前。

"谁叫你们借高利贷的？"张义盛生气地问道。

"是我。"赵长江回答，"其他银行的钱我们不能借，如果不能筹措到资金还掉这笔到期贷款，我们就要向外披露不良贷款的信息。已经是无路可走。"

见赵长江的解释有道理，张义盛也不好再发火，只说了一声："我考虑以后再通知你们。"赵长江和孙佳媛只好悻悻离开。张义盛是一个很重情义的人，他知道像轻机公司这样的企业哪家银行都会欢迎，老赵早就想把公司户头转到他儿子的银行，但是，轻机公司几十年都是与现在的开户银行一道走过来，公司在最困难的时候一直得到银行的支持，真不能够忘恩负义。他不愿意把公司户头转移到其他的银行，但是今天的情况把他逼得无路可走，只好向戈咨做最后的通报。

他拿起了桌上的电话准备打给戈咨。

戈咨的办公室里现在挤满了人。当闵洁和万志勇向肖强汇报了利达公司突然的变故时，肖强除了发火以外拿不出任何的办法，闵洁也僵持在肖强的办公室不哼不哈，万志勇感觉到这样僵持不是办法，就提议去向戈行长汇报。他们就一同来到戈咨办公室，戈咨听了闵洁对利达公司的情况汇报说："一个长期经营正常的公司，突然之间贷款出现这样的问题，说明我们信贷管理的每个层面都有问题。但现在不是追究责任的时候，我们要立马把情况彻底地调查清楚，然后采取相应的措施，把损失尽量地控制在最低限度。你们准备让谁去做调查？"

闵洁和万志勇面面相觑，两个人都没有说具体的意见。戈咨说："叫张宪军负责去调查，傅丽萍现在可能连东南西北都找不着啦！"

闵洁说："我和万科长刚才给张宪军说过了，但是他说轻机公司的事情都忙不过来，没有办法去帮傅丽萍做调查。"此时的闵洁心里很不愿意张宪军去，张宪军去了很可能就会把兰天翔的计划给搅黄。所以刚才在办公室闵洁说要张宪军给傅丽萍帮忙，就是防着戈咨的点将。

戈咨说："那不行，利达公司的调查是突击性的，叫张宪军把轻机公司的事情稍稍放一下。"

戈咨正说到这里的时候张义盛的电话过来了，他在电话的那一头说："戈行长，如果这两千万元的贷款你们银行不能解决，我们这边就只能去找其他

277

银行了。转银行户头的事我们赵总向我提出过多次一直被我压着。如果今天的事情处理不好我就没有办法了。"戈召叫张义盛给他几天时间，他一定把事情处理好。放下张义盛的电话戈召只好改变主意，对闵洁说："轻机公司提出要转户到其他银行去，张宪军确实不能够去做利达公司的调查。你去叫张宪军现在就到我这里来，利达公司的调查你亲自去做，最后的结果向肖行长和我汇报。"

闵洁在心里长长地吁了一口气。回到信贷科办公室，闵洁通知张宪军立刻到戈召办公室去，然后走到傅丽萍跟前，看到傅丽萍还是一幅悲戚戚的样子，借机狠狠地敲了她一顿："平时业务学习你总是找借口不参加，批评你的时候你的嘴比谁都厉害，分配绩效工资你生怕少了一分钱。今天捅了这么大的娄子你说该怎么办？"傅丽萍本来就吓得不行，闵洁的这一番狠话让她更加胆战心惊："闵科长，平常都是我不好，您批评得对。今后我一定加强学习，痛改前非。"见到傅丽萍的这种模样闵洁心里一阵快意。她对傅丽萍说："别光坐着不动，你去把利达公司这两年来的财务报告表和你每个月的分析材料拿出来整理一下，我们做好准备以后再到利达公司去，看看到底出了什么问题。"

傅丽萍听说闵洁要和她一起去利达公司就像见到救星一样的高兴，连连说"谢谢，谢谢"，边说边起身去找她的资料。

闵洁在傅丽萍整理资料的时候，走到办公室外的楼道里给张华涛打电话。她拨通了张华涛的手机，电话一直呼叫但张华涛没有接听，闵洁第二次拨通了张华涛的电话但马上被对方挂断。在轻机公司到期贷款的"收回再贷"的问题上，闵洁相信了兰天翔的分析，事情的背后肯定是张华涛在与兰天翔较劲。上一次闵洁请张华涛在轻机公司的"借新还旧"时设卡，让兰天翔的高利贷有机会进入，张华涛虽然暗地里帮了忙，但实际上是给兰天翔做了一个笼子，让兰天翔的融资进去了却出不来，起码是在短时间内出不来。今天兰天翔在电话里给了闵洁一个锦囊妙计，要轻巧地化解张华涛的计谋，这个信息要靠闵洁传递过去，但是张华涛却不接闵洁的电话。

张华涛挂断闵洁电话的时候，他正挨着戈召的骂。

张宪军来到戈召的办公室，把自己知道的情况全部做了汇报。戈召感觉问题出在省分行信贷管理处，张华涛没有尽职尽责。戈昝知道总行的信贷政策虽然要求很严，但是遇到了特殊情况，只要有利于企业的生产经营，有利于地方的经济发展，不造成信贷资产的风险，经省分行向总行做出情况说明和申请，总行都会作出通融办理。轻机公司是 AA+ 信誉级别的企业，又是上市公司，遇到这样的情况属于特殊，如果张华涛认真负责地向总行做出说明，总行一定会有合理的解决方法。事情到了今天这种局面，肯定是张华涛工作不力。

戈昝打通了张华涛办公室的电话。"喂，张处长，漳河市分行有事向你汇报。"戈昝从来不叫张华涛处长，今天例外。

张华涛也诧异地说："戈昝你什么毛病？"

戈昝态度依旧地说："我们漳河市轻机公司的收回再贷希望张处长能够给予通融。"

张华涛电话里说："戈昝你说人话，不要怪腔怪调。"

戈昝很不客气地说："你还是人吗？跟你说人话听得懂？轻机公司在借新还旧的时候我就给你说过，你说总行的系统操作不了我也没吭声，在收回再贷的时候你为什么要突然把所有的贷款都停下来，你不是成心坑人吗？"

张华涛说："压缩贷款规模是总行的任务，现在全省都没有完成，当然要把贷款停下来。"

戈昝说："总行说压缩贷款规模是要压 AA 以上的企业的贷款吗？轻机公司的贷款也在省行压缩贷款的范围内？"

张华涛在电话里听出戈昝在较真就问道："戈昝，你知道他们两千万元贷款的用途是什么？"

戈昝说："你以为呢，他们是去贩军火还是贩毒？"

张华涛说："真是'牛无力拉横耙，人无理说横话'。你今天怎么这样不讲道理？"

戈昝反讥道："难道卡着优质客户的贷款不放你还有道理了？"

张华涛说："你真是不见棺材不落泪！轻机公司两千万元的贷款要去还民间的高利贷，你知道吗？"

戈晗说："我知道他们要去还民间融资，你要问一问民间融资是什么情况下发生的，那样做是有利于轻机公司的生产经营，还是危害了轻机公司的生产经营。"

张华涛开始卡着轻机公司贷款，就只是想给闵洁和兰天翔一点颜色看，没想到戈晗搅进来，而且还这样不依不饶，这让张华涛大为光火，也与戈晗顶牛起来："戈晗你告诉我，总行的贷款规定里面有没有贷款用途可以归还民间高利贷这一条，如果有这一条规定马上就可以放款。"

戈晗说："张华涛我告诉你，如果这一笔贷款解决不了，轻机公司就很可能转户到外汇银行，你自己去掂量轻重，如果出现了这种情况我会扒你的皮。"说完把电话狠狠地摔到桌子上。

张宪军从来没看过戈晗发这么大的火，在戈晗打电话的时候站在那里一动也不动，当戈晗把电话摔到桌子上的时候，张宪军才小声说道："戈行长，要没事我就走了。"说完溜出了戈晗的办公室。

回到信贷科张宪军把戈晗与张华涛通话的情况告诉了闵洁，闵洁就开始了盘算。她不关心戈晗与张华涛之间的矛盾，闵洁现在关心的是张华涛下一步会怎么做。她分析张华涛既然动了与兰天翔较量的念头，他就一定不会轻易地放弃。张华涛一贯做事谨慎，他能够主动叫板一定是自认为稳操胜券。在轻机公司两千万元贷款贷与不贷的问题上，张华涛确实有绝对的主动权，张华涛也不会因为戈晗的要求而放弃与兰天翔较量，他们的较量谁胜谁负，关键要看兰天翔的锦囊妙计是否奏效。闵洁对兰天翔的计谋没有十足的信心，他觉得兰天翔过于自信。闵洁现在还不想把兰天翔的计谋拿出来，她要等等看。她今天给张华涛打了两遍手机，按张华涛的习惯打手机是有私人的事情要找，他一定猜得到闵洁的电话是为了兰天翔的民间借贷找他。因为闵洁早就把底交给了张华涛。如果张华涛主动给闵洁回电话过来，说明他可能会做出一些让步，如果他对闵洁的电话不理不睬，说明他会硬扛到底，到这时候就要把兰天翔的锦囊妙计拿出来。

一直快到晚上十点钟张华涛的电话都没有过来。闵洁再次主动把电话打到了张华涛的手机上，他这次接听了电话，还没有等到闵洁开口说话，张华涛一句话就堵住了闵洁的口："轻机公司贷款的事情不要跟我说，我已经跟你们的戈行长全部交代清楚了。"

闵洁说："张处长，我不谈轻机公司的事情，我有另外一件事要向你汇报。"

张华涛一肚子的火还没消，他说："工作上的事情明天到办公室再说。"

闵洁说："张处长，这样一件事我不知道该在哪里跟你讲。"

"什么事你说。"张华涛有些不耐烦。

闵洁说："我们这里有一家利达商贸公司，不知道你记得不记得？"闵洁不等张华涛回答接着说："是一个温州老板开设的公司，几年前在我们这里申请三百万元的贷款。"

"这家公司怎么了？"张华涛问。张华涛这时已经想起来，几年前兰天翔曾经为一个温州人的贷款找过自己，自己虽然答应了给他帮忙，实际上跟谁都没有打招呼。这里面会有什么文章？张华涛在思考。

"这家公司的老板要跑路了。"闵洁说完了这句话就在等张华涛的反应。兰天翔说过把这句话告诉张华涛以后，他的态度就会发生变化。闵洁要验证兰天翔的判断是否灵验。

张华涛说："借款人跑路了应该向你们的行长去汇报，为什么要找我？"

闵洁说："张处长的业务政策熟悉，我向你咨询请教。"

张华涛有大约两分钟的沉默。他想利达公司的事情与自己无关，天大的窟窿都找不到自己的错。闵洁为什么要把这个消息告诉我呢？一定是兰天翔的指使，闵洁已经与兰天翔穿到一条裤腿里了。利达公司取得贷款，兰天翔并不知道自己跟谁都没有打过招呼。他要闵洁把利达公司老板跑路的消息告诉我，实际上就是在对我提出警告，让我知道有把柄在他们手上。他们既然起了这个念头，如果在利达公司的事情上他们扳不倒自己，他们还会在其他的事情上做文章，真要那样自己就要麻烦了。不能跟他们斗，绝对不能为了赌气去冒风险。

拿定主意以后他跟闵洁说："利达公司的事情你们要赶快向行长汇报，方案研究以后可以向省行做一个书面的汇报，需要我们帮助的可以派人参加你们的工作。"

听到张华涛如此淡定地给自己讲如何处置利达公司的事情，闵洁心里想到兰天翔的判断失误。可她没想到不等她开口回话张华涛就接着说："你们还是要把国有企业这个主体抓好，像轻机公司这样的骨干企业生产经营绝对不能出问题。"闵洁的眼前一亮，抓住机会就说："张处长，轻机公司两千万元的贷款还是请你多多支持。"

张华涛说："你们明天把轻机公司的贷款申请再从网上传一份给我，贷款用途一定要符合总行的规定。看到贷款申请后我会到审贷会上去做一个说明。"

闵洁压抑住心里的高兴，淡淡地说："谢谢张处长的支持。明天我就向戈行长汇报。"

挂断了张华涛的电话，闵洁对兰天翔佩服得五体投地，赞叹他料事如神！兰天翔在闵洁心中的形象越来越高大，她恨不得立刻就投入到兰天翔的怀抱。

三十九、蓝颜知己

上班的铃声刚刚落下，闵洁就来到戈召的办公室。从敞开的办公室门望进去，戈召正在电脑上处理什么。闵洁轻轻地敲响了办公室的门，戈召头也没有抬地说："请进。"

闵洁一直走到戈召的办公桌前，他还在奋力地敲打着键盘。

"戈行长。"闵洁轻声地叫道。

"闵洁！这么早有急事吗？"戈召停下手来，抬起头惊奇地看着闵洁。

"有一件事要汇报。"闵洁说。

戈召起身让闵洁在沙发上坐下，转身要给她去倒茶水。闵洁说："戈行长不用倒水，我说完了就走。"

戈召说："别老是戈行长、戈行长，你叫戈召我更习惯。"

闵洁听了淡淡地一笑。

在戈召结婚之前，闵洁对他的称呼一直就是戈召。在大学的时候，戈召走到哪里闵洁银铃般的叫声就响到哪里，"戈召，戈召！"学校里追闵洁的男生多，可她偏就只喜欢戈召一个人，因为"戈召"与"哥哥"谐音，以后只要是闵洁叫戈召，很多男生都会齐声答应"哎"！这成为那几年学校中的奇特风景。戈召毕业分配到漳河市，第二年闵洁也追到了漳河，仍旧是"戈召、戈召"叫个不停，直到戈召在县支行当上了行长，人们都开始对他以职务相称的时候，闵洁没有使用过一次职务来称呼戈召，戈召习惯了闵洁对自己这样。但是不管他们两个人之间的交往如何密切，戈召对闵洁就是产生不了爱意。闵洁不仅长得漂亮，而且非常的强势，而恰恰这两条是戈召在骨子里头不能接受的东西。在他从小生长的那个封闭的小山村里，世世代代的婚姻观就是男人要顶天立地，女人要相夫教子，女人最不需要的就是漂亮和能干。漂亮不能当饭吃，能干会惹是生非，这是那地方成年男人经常在一起唠叨的话。戈召虽然接受过现代高等教育，但是从小浸透在血液和骨头里的文化基因却怎么也丢不掉。所以，戈咎和闵洁在一起的时候从来没有提过一个与情和爱沾边的字。不管闵洁对戈咎追得有多紧，戈咎并不觉得在感情上亏欠闵洁。直到有一天闵洁突然称呼起戈咎的职务，让戈咎觉得特别别扭，戈咎说："你叫戈咎我更习惯。"闵洁也是淡淡地一笑，不过那笑容很勉强。戈咎终于明白，因为自己的成婚让闵洁失去了最后的希望，这时戈咎才觉得有些对不起闵洁，这种愧疚感一直到闵洁与潇洒英俊的楼汉唐结婚，才慢慢地在戈咎心里淡去。闵洁与戈咎的生分是自然的，吴效梅总是提醒戈咎说闵洁在背后使坏，但戈咎从不相信，认为这是女性的狭隘让吴效梅产生的误会。

戈咎坐到闵洁对面的沙发上问道："这么早有急事吗？"

闵洁说："昨天张宪军告诉我，为轻机公司贷款的事你与省分行张处长发火了，这都是我们的工作没做好。我考虑了好久，昨天晚上还是与张处长在电话里进行了沟通，他最后答应我们今天可以重新向省行信贷管理处提交轻机公司的贷款申请和分行的情况说明，他准备亲自到审贷会上去做解释。估计轻机公司的贷款问题解决了。"

戈咎愤愤地说："我正在起草报告，准备拉张华涛一起去找高亦尚！张华涛太不像话。"

闵洁说："你也用不着发那么大的火，今后漳河市分行还会有不少的事情要求省分行，谁都得罪不起。"这时闵洁对戈咎说的是真心话，自从心里有了兰天翔，戈咎在闵洁心里也慢慢地褪色，她与戈咎的交谈也越来越自然，越来越公事公办。

从戈咎那里回到了信贷科办公室，闵洁找到了张宪军："老张，你到我这里来一下。"闵洁叫张宪军到自己这边来。

张宪军心里很不情愿过去。昨天戈咎在电话里与张华涛发火以后，张宪军觉得轻机公司的贷款希望更加渺茫。俗话说"官大一级压死人"，虽然张华涛与戈咎同属处级干部，但是张华涛身居省分行的重要岗位，他要是从中作梗漳河市分行的什么事情都会做不成。传说戈咎与张华涛是好朋友，但是从昨天电话里发火的样子看，他们之间的友谊恐怕也就终结了。照这样发展下去，轻机公司迟早要转户到外汇银行去，那样自己就开始过苦日子啦。张宪军来到闵洁旁边无精打采地问："有什么事情？"

"做好给轻机公司发放贷款的准备。"闵洁单刀直入。

"什么！你是哪来的消息？"张宪军有些不相信。

"你把我们写的轻机公司拖欠利息的说明和轻机公司生产经营的分析报告稍作一点修改，连同轻机公司的贷款申请一并发送到省行信贷管理处综合科，抄报一份给张华涛处长，下午省分行有一次审贷会，争取我们的材料今天能够上会。"闵洁没有回答张宪军的提问，而是把要做的事情向他做了吩咐，她故意卖了一个关子。

听见闵洁说话这样斩钉截铁，张宪军判断轻机公司的贷款有戏了，一定是戈召又找了张华涛。"好！"张宪军响亮地回答了闵洁的吩咐，乐呵呵地回到自己的位置，打开电脑操作起来。

闵洁见张宪军喜滋滋地回到了自己的位置，觉得不能让他太得意，一定要找点东西把他给罩住。想了一会儿闵洁就大声地给张宪军说："邮件发出以后，你给张处长打电话告诉他。轻机公司的贷款办妥以后，你要把坑口电厂的剥离抓紧，国有企业不良信贷资产剥离的预案就差电厂没做了。"吩咐完这些事，闵洁就带着可怜兮兮的傅丽萍去了利达商贸公司。

戈召这边闵洁刚刚离开办公室，李玉芬就走了进来。戈召看见李玉芬满面愁容就笑着问："遇到什么麻烦了，脸色这样难看？"

李玉芬说："只有你遇到什么事情都笑得起来，吴效梅找过你没有？"

"没有啊。"戈召回答说。

李玉芬说："你一定要去找找吴效梅。非信贷资产剥离说起来是交给了计财部门，可是现在成了吴效梅一个人的事情，她现在的压力非常大，我也帮不上忙。我叫吴效梅来找你她又一直不愿意，昨天好不容易来找你，又被你在办公室里大喊大叫吓跑了。"

戈召抱歉地说："对不起，我就是个臭脾气。昨天在电话里骂张华涛，工作上就是不敢担担子。"

李玉芬说："你这个脾气要改，不然当上大领导怎么办？"

戈召没接李玉芬的这个茬儿，问道："吴效梅现在在哪里，有什么问题我们一起商量。"

李玉芬说："你打她手机，她今天大概又在外面跑什么手续。"

李玉芬离开办公室，戈召给吴晓效梅拨打了手机，打通几遍都没有接听。

285

在戈昝的银行生涯中吴效梅是他撇不开的人。他毕业分配到漳河市分行信贷科的时候吴效梅已经是一名信贷员，她因高考落榜后选择到省银行干部中专学习，比戈昝早两年分配到信贷科，虽然学历没有戈昝高却成了戈昝的师傅。那时吴效梅已经有了对象，在部队服役，他们是双方父母指定的婚姻，两人并无多深的感情。戈昝不了解这个情况，在工作中慢慢地暗恋上了这个善良温柔的师傅。戈昝参加工作的第二年，闵洁为了追求戈昝放弃了回大城市的机会来到漳河市，戈昝对自己的小学妹虽然非常友好但是却没有一点爱意。当闵洁察觉到戈昝对吴效梅的特殊情感时，三个年轻人的感情就这样在一起纠缠不清。当吴效梅把自己军人未婚夫的消息公开后，戈昝最早快刀斩乱麻，娶了现在的妻子丽娜，吴效梅的未婚夫后来因公牺牲，吴效梅嫁给了漳河市中心医院的秦浩天博士，闵洁最后也与漳河军分区司令的公子楼汉唐成家，这段说不清的"三角情"才最后终结。

　　三个年轻人虽然各自有了自己的家室，但他们之间的感情恩怨却在继续蔓延。闵洁开始对戈昝和吴效梅产生怨恨，吴效梅则认为自己欠了戈昝的感情债，就处处护着戈昝，提防着闵洁的冷枪。戈昝在感情上自然与吴效梅要亲近许多，但是也不相信吴效梅说的闵洁会对自己背后放冷枪，毕竟同学的感情是真实的。几年后，吴效梅与戈昝之间发生了一件至今都不能公开的事情：吴效梅被提拔当了分行计划科副科长，戈昝被提拔为漳阴县支行副行长，那年两个人同时参加了省分行在银行干部学校举办的青年干部培训班。恰逢那是一个多事之秋，郢都有很多学校的大学生拉着反腐败的大旗在街上游行，戈昝和吴效梅有时间就去围观，给大学生呐喊。一天戈昝看见从游行队伍中出来一个人从他们身边夺路而逃，两个身着便装的人从后面追过来，其中一个人问戈昝刚才的人从哪个方向跑了，戈昝出于对游行学生的同情，给他们指了相反的方向。没有抓到逃跑的人，刚才两个便衣过来找戈昝，戈昝已经闪到了一旁。便衣人向吴效梅询问戈昝的情况，吴效梅说是路上碰到的，不认识，便衣人只好记录下吴效梅的身份证和工作单位。半个月后有人到漳河分行来向吴效梅调查情况，吴效梅仍然坚持了那天的说法，此事就不了了之。事后戈昝知道了那天混入游行队伍的人是警察要抓的一个惯偷。戈昝对自己的鲁莽感到非常懊悔。当然，从那以后戈昝对吴效梅多了一份特殊的感情。

戈召再次拨打吴效梅的手机，不一会儿电话接通："效梅你在哪里？李行长说你昨天来找过我。"

吴效梅问："你昨天和谁发那么大的火，就不怕伤着自己的身体？"

戈召说："哎呀，没关系！工作上的事情。你是不是在资产剥离上遇到麻烦啦？"

吴效梅说："麻烦不麻烦都得你最后拍板。我现在都不愿意跟你说了，你听了以后不知道又该发多大的火。"

"是福不是祸，是祸躲不过。什么难事苦事都还要面对，我不会再发火。我在办公室等你，快回来。"戈召这样要求吴效梅。

"我现在没办法赶回来，"吴效梅很无奈地说，"改时间向你汇报。"

戈召也太累了，他自己想放松一下。他跟吴效梅说："我们中午到'外婆的小屋'去，我请你吃饭。"得到吴效梅肯定的答复后戈召才挂断了电话。

戈召来到外婆小屋的时候，吴效梅已经到了，她正背对着小酒店的门坐在小桌旁。看到桌子上摆放着戈召平时爱喝的酒，戈召知道吴效梅一定把他喜欢吃的孜然脆骨和野菌汤点好。每次两家人在一起吃饭的时候，吴效梅是一定要点这两样菜的。秦浩天总是反对点孜然脆骨，说有碍健康，反倒是丽娜拦住秦浩天说"效梅要讨好戈召，你不要管他们两个人的事儿。"两家人相处得就像亲兄妹一样。

当戈召在吴效梅对面坐下来的时候，吴效梅才知道他已经到了。"你还点了什么菜？"戈召问道。

"就等你来点。"吴效梅说。

"外婆，"戈召叫唤老板道："给我们来一条红烧鳜鱼吧。"

吴效梅说："刚才外婆讲他们刚推出了一道清蒸大白鱼，是长江里的野生鱼，我们来一条试试，如果味道好周末的时候叫嫂子和小妍、凌子他们都过来尝尝鲜。"

在等待上菜的时间，吴效梅问："你昨天跟谁发那么大的火？整个楼道里都听得见你的吼声。"

戈召说："是张华涛，我骂了他他也骂了我，呵呵。"说完戈召还得意地笑出声来。

"你们不是好朋友吗？"吴效梅说，"互相吹胡子瞪眼能够解决问题？"

"张华涛的脑袋已经成了榆木疙瘩，你不狠狠地骂恐怕就醒不了。"戈召给吴效梅解释说："轻机公司的一笔贷款，省行做些通融一点问题没有，张华涛就是扣住别人的用途是还民间融资，完全不给一点通融，轻机公司都要转户到外汇银行去了，你说我能不急吗？"

吴效梅说："讲理总比骂人好，你们那样不伤和气吗？"

戈召说："我和张华涛伤不了和气。不扯这个了，你那里是什么情况？"

吴效梅说："听到不高兴的事你能够保证不骂人？"

"快说，别卖关子了。"戈召催促吴效梅说。

"先给你汇报简单的。"吴效梅说，"转让轻机公司的股权进行得比较顺利。我有同学在证券行业工作，我委托他们帮忙找了几家投资公司，现在两家公司有意向收购轻机公司的股权，也同意我们的估价原则，其中有一家开始做尽职调查。"

戈召高兴地说："吴科长的工作效率很高啊！这么短的时间，一个人就把工作推到这样的进度，真不容易。"他提醒吴效梅说："你给投资公司不能把话说太死。因为这个消息还要告诉给轻机公司，如果在同等的条件下，还是允许轻机公司优先回购。"

吴效梅说："我的同学建议我们暂时不要出手，国家正在研究法人股上市交易的问题，一旦能够上市交易，股票价格就会有巨大的升值空间，投资公司就是赌的这一点。"

戈召若有所思地点点头。这时他们的菜肴端上来了。戈召又给吴效梅要了一瓶果汁饮料，给自己也倒上酒，端起酒杯对吴效梅说："第一要祝贺你取得这么好的成绩，第二要感谢对我的理解和支持。"说完他喝尽了杯子里的酒。

"慢点喝，又不是在外面做业务要赌酒。"吴效梅关心地说。

戈召招呼吴效梅吃菜："快来趁热尝尝清蒸大白鱼。"等吴效梅先动了筷子以后戈召才动，两个人一致对这道菜的味道赞不绝口。戈召说："周末的时候，一定要浩天陪我多喝几杯。"吴效梅见戈召的情绪比较好就说："你的情绪好了，再给你讲一点不高兴的事，你不要发火。"她把围绕着宏远公司的转让发生的一些事告诉了戈召。

宏远公司这样已经停业但尚未注销的房屋开发公司，资产转让有两种形式。一种是把公司的净资产就是凌波路上的一块土地转让出去，这种方式会出现一个土地转让的交易费用问题，会增加不少的转让成本。还有一种办法就是把公司整体转让出去，这种方式只需要做一些工商登记的改变，产生的费用不多，但受让方对公司的债权债务会很关注。由于当下开发市场趋热，开办新的房地产开发公司门槛提高，宏远公司原有的二级开发公司的资质也成了抢手货，宏远公司的牌照就是一笔无形资产，加上宏远公司债务简单，吴效梅当然主张用第二种方式转让宏远公司。但是她不懂一家二级开发公司的资质到底在市场上的价值如何，也没有一个权威的机构可以对它估值。就在吴效梅四处打听的时候，有人主动找上门来。

吴效梅告诉戈砮，有天晚上一对陌生的男女找到她家里，刚好秦浩天也在家。男的自我介绍说他姓陈，女的是他的太太，听说银行要转让宏远公司，他们有意收购，而且信誓旦旦地说绝对不会叫银行亏损。奇怪的是他们报出来的价格就是宏远公司所欠银行贷款的本息和银行所垫付的工程款的总数，这个数据不知道他们是从什么渠道知晓的。吴效梅问他们报价的依据时，男的只笑着问银行吃亏了没有。在交谈中女的特别提到转让中如果需要市里哪位领导打招呼，可以跟她说，绝对不会叫银行方面为难。很显然这是银行有吃里爬外的人，把我们所有的底都交给了这对陌生的男女。最可气的是，他们离开的时候，女的从挎包里拿出一个很大的牛皮信封，说是给吴效梅的一点小意思。放下信封他们就匆匆地离开了，吴效梅赶紧叫秦浩天拿着信封追到楼下，甩进了他们的汽车里。吴效梅说：“看架势信封里可能装了几万块钱。”

戈砮关切地问：“他们后来再没找你？”

吴效梅说：“都烦死了！他们每天都有几个电话，问我们最后的意见是什么，我一直拖着他们说还没有商量。你说我该怎么办？”

戈砮说：“既然背后的人没有露面我们就可以不理睬，到时候不管是行内还是行外总会有人露头出来，到时候再说。”他还叮嘱说：“上门送钱这件事你一定要向李玉芬汇报，不然以后很难说清楚。”

“人正不怕影子斜。”吴效梅说，“二级开发公司的资质到底值多少钱，我们应该心里有个底才行。”

戈砮告诉她说：“开发资质不是商品，没有一个可以依循的价格标准。

如果原来公司的声誉好，或者说需要资质的人手上有亟待开发的项目，这个资质就会很值钱，一千万也会有人要。否则，一两百万也就差不多，宏远公司实际还带着凌波路的一个项目，所以是比较值钱的。"

听了戈召这么讲吴效梅感到心里有了底气。

四十、李代桃僵

近来，漳河分行信贷科的人员发生了明显的分化，一部分工作顺手的人每天扬眉吐气，另一部分工作遇到了麻烦的人却整日唉声叹气。张宪军和傅丽萍就特别典型。

几天前张宪军还在黑暗中过日子。轻机公司一连串的事情压得他喘不过气，几经努力最后还是出现了转户的危险，把戈召行长拖进来都没有扭转危局，张宪军几乎绝望了。没想到柳暗花明，省分行又通知轻机公司可以贷款了，为了把事情做得更稳妥，张宪军在把轻机公司的贷款申请和自己书写的说明及分析报告从网络发出以后，立马要轻机公司派车把自己送到郢都，他要赶到省分行坐在那里等待审贷会的结果，如果会上有人提出质疑，他争取能在现场做一些解释和说明。下午当他赶到省分行的时候审贷会已经开始，张宪军托熟人进会场向张华涛通报了漳河分行有人在场外等候，就一直待在省分行信贷管理处。不知道等了多久，张宪军看见张华涛从楼道的那头向信贷管理处走来，就紧迎了上去掏出自己特意买的软包装大中华香烟递过去，自我介绍说："张处长，我是漳河市分行轻机公司的管户信贷员，我叫张宪军。"

张华涛放慢脚步接过香烟点燃以后说："漳河市分行催得真急，昨天晚上你们闵洁科长给我打了半个多小时的电话，今天下午管户信贷员就赶到了省分行，如果今天的审贷会上没有审批通过，你们的戈行长是不是也会赶到省分行来？"张华涛不知道昨天戈召在电话里大发雷霆的时候张宪军就站在戈召的办公室。

张宪军说："不是来催省分行，我们戈行长要我到信贷管理处来感谢张处长的支持。"

张华涛一听这就是套话，因为不管他给戈召做了什么事情或者戈召给他帮了什么忙，他们之间从来都不会说感谢之类的话。张华涛不想把这话挑明，问张宪军说:"你叫什么名字,我刚才没听清楚。是老信贷员吧?"

张宪军听到这样的问话有些不高兴,回答说:"我叫张宪军,1980年开始做信贷业务。"张华涛是何等的聪明,张宪军话里透出来的一点不高兴马上就被他捕捉到,他不愿意毫无意义地得罪一个人,马上换了一种口气说:"哦,先来办公室坐一会儿。"他把张宪军让到办公室后还递给了他一支香烟,详细地询问了轻机公司近期的一些情况后,又随意地问了一句:"听说你们那里的利达商贸公司也有问题啦?"

张华涛的问话让张宪军大吃一惊,作为省分行信贷管理处长,对基层行个别客户的变化了解得如此快,让人不敢小觑。张宪军就把从傅丽萍那里听到的利达商贸公司的所有情况都一一向张华涛报告了。张华涛没有一个字的评价,只是听着或者默默地点点头,他需要知道利达商贸公司的变化和背后的推手,如果拿到了违规违法操作的证据,就是他今后与兰天翔和闵洁交换的筹码,也是保护自己的一道屏障。他不做任何评价是不想让眼前的这位信贷员回去以后又谈及此事,以免引起闵洁他们的警觉。

张宪军是局外人,当然不了解张华涛心里的这些想法,他在得到了轻机公司贷款通过了审贷会的消息后,立马赶回漳河市。轻机公司的贷款办理完毕,张宪军心里的一块大石头终于放下了,在这件事情上他特别感谢闵洁,因为在戈行长与张处长为轻机公司的事情闹得不可开交时,闵洁还愿意居中协调,竟然还能把张处长的工作做通,让轻机公司的贷款如愿以偿。最让张宪军感动的是,闵洁做了工作以后竟然一句表功的话都没有说,还是张华涛处长无意的一句话自己才知道。这让张宪军以前对闵洁所有的成见都一风吹,他想今后一定要多给闵洁捧场,人不可以忘恩负义。

张宪军这些天就是怀着这种愉悦的心情在工作,他满脸都是阳光,见人就笑,兜里的香烟拿出来递给别人的次数也多了。

此时,张宪军正在起草坑口电厂不良信贷资产剥离的预案。见办公室其他的人都出去了,傅丽萍又蹭到了张宪军的跟前:"张师傅,你说利达商贸公司下一步会怎么样?闵科长和我去做了调查回来都好几天了,后面什么动静都没有,我该怎么办呢?"傅丽萍着急地问。

张宪军一脸严肃但没有恶意地说:"不怪我数落你,平常大家都在学习业务,你只关心自己的服装、发型,连经济分析报告都要客户单位的会计帮你写，结果捅出这么大的娄子。你说你现在能够做得了什么？你还责怪闵科长回来没有动静，她一定比你更着急。"

"我总不能甩着两手什么都不干吧！"傅丽萍好像多了一点责任心。

张宪军跟她说："闵科长一定在想办法，到时候她叫你做什么你就做什么，教你怎么说你就怎么说。"

"张师傅，你是专家。"傅丽萍给张宪军戴高帽说，"你帮我分析一下这件事会是什么结果。"

张宪军说："什么结果我不好说，但是我觉得目前有一条最好的捷径可以走，可以减轻这件事的负面影响。"

傅丽萍听到可以减轻影响激动得眼睛放光，急切地说："你快跟我讲讲。"

张宪军给他出计谋说："关键要争取能够进入到剥离不良资产的大笼子。利达商贸公司的贷款目前在正常类贷款里面，当然不能剥离，你要赶快把利达公司贷款出现问题的分析报告放进信贷档案里，银监局正进驻在分行做贷款偏离度的调查，如果他们看到了利达公司的材料，一定会要求我们把它放在不良贷款中，这样利达公司的贷款就可以剥离了。"

"什么是贷款偏离度调查，我不懂，你给我讲讲。"傅丽萍央求道。

张宪军瞪了傅丽萍一眼说："什么都不懂！贷款偏离度是指我们贷款五级分类划分不准确的程度。我们举例说，利达商贸公司的贷款已经出现了重大的风险，但是仍然把它列入正常贷款，这就属于贷款分类的偏离，必须予以修正。明白了吗？"

傅丽萍高兴得两手合十，频频给张宪军鞠躬作揖："谢谢，谢谢！你就是一个活菩萨。"她嘴里还不停地嘟囔。张宪军被她的滑稽模样逗乐了，只说："去去去。"撵走傅丽萍后，张宪军静下心来开始整理坑口电厂的资料。

坑口电厂是漳河市二十世纪七十年代末建立起来的一个小型发电厂。当时各地的工业生产开始恢复和上升，煤炭和电力不足是当时的突出矛盾。漳河市的能源主要靠"西电东送"和"北煤南运"① 的计划解决，但供应与

---

① 我国煤炭资源主要分布在西部和北部地区，水能资源主要集中在西南地区，东部地区的能源资源匮乏、用电负荷相对集中。西电东送就是就是把煤炭、水能资源丰富的西部省区的能源转化成电力资源，输送到电力紧缺的东部沿海地区。我国的煤炭资源多集中在山西、陕西、内蒙古西部，而用煤大户则集中在华东、华南地区，北煤南运就是针对这种经济发展的现状，把煤炭调运到南方地区和中部地区，使煤炭资源得到充分的利用。

需求存在巨大的缺口。在自力更生精神的鼓舞下，漳河市通过资源调查发现市郊青龙山有煤炭的矿源，储藏量在一千万吨以上，这无疑是一个振奋人心的好消息。经过复杂的筹备和审批程序，漳河市终于建立起属于自己的年产三十万吨的煤矿。当煤从地底开采出来之后却发现它的质量不高，主要是矸石的比例过大。煤矿建立没有几年，矸石已经堆成一座小山，为了消化矸石对环境的污染和能源的充分利用，漳河市与省电力局共同投资，在煤矿附近建立起坑口电厂，三台五万千瓦的火电机组不仅吃掉了大部分裸露的矸石，而且给市里补充了一部分电能。好日子过了十多年，还没有到设计的运行年限煤矿资源就接近枯竭，透水和瓦斯爆炸的大小事故不断，煤矿被迫关闭，坑口电厂后来又遇到了电力系统的"厂网分开，竞价上网"的改革，被市场逼到了无法生存的死角，设备的老化，燃料成本的节节攀升，竞价上网的困难，让电厂处于"开工是找死，停工是等死"的尴尬局面，银行三千多万元的流动资金贷款和一千多万元的应收利息也成了死账。

　　面对一大堆的资料和数据，如何找到既能顺利剥离电厂不良贷款，又能让银行的资产尽量减少损失的路径，张宪军把自己的头都想破了，但还是没有想出好的办法。申请电厂破产是一条出路，但是电厂欠发职工的工资、拖欠的应缴税款和应付货款累计高达两千余万元，银行作为一般债权人参与破产清算，能够追偿的债务可能寥寥无几。电厂在青龙山的龙口处，地理环境非常优越，煤矿关闭和电厂停产，周边的小环境也慢慢得到了修复，这里只需要一笔不太大的投入，就是一个旅游休闲的好地方。如果能够引进一家投资商，也是解决电厂不良贷款的出路。张宪军仔细一想也否定了自己的这个想法，因为电厂还有几百个下岗工人，这是任何一个投资商都不敢碰的"地雷"。

　　张宪军想找人聊聊，帮助自己打开思路，可是闵洁和万志勇都不在，科里的其他人大多也都出去了，只有傅丽萍在忙碌着什么。张宪军决定去找戈昭，他们曾经是一个科室里的同事，戈昭也做过张宪军的科长，当了行长以后戈昭也时常与张宪军有一些交流，他想，去找戈行长聊应该没有问题。

　　"戈行长。"张宪军在戈昭办公室口敲了敲门叫道。

　　"老张你好！"戈昭看见张宪军在门口就热情地招呼道："进来，快请坐。"他拿出桌上的香烟递给了张宪军后问道："找我有事吗？"

"我想聊聊坑口电厂不良贷款的剥离问题。"张宪军说。

戈昭满口答应:"好啊,现在有眉目了吗?"

张宪军说:"我想了几套方案,推演下来路都走不通,没有办法只好来找你讨教。"接下来张宪军把他的想法详细地给戈昭做了介绍。

听了张宪军的介绍,戈昭坐在那里有半根烟的工夫没吭声。突然他摁灭了香烟说:"老张,你的思路很有价值,沿着你的想法往下走,很可能就找到了出路。"戈昭掩不住他的兴奋,"如果有人愿意拿下坑口电厂的这块地,又有能力消化电厂的下岗员工,这件事情是不是就有希望?"

张宪军一点都不兴奋:"如果有这样的投资人当然就有希望啦,可是到哪里找得到这样的投资人?"

戈昭不理会张宪军的质疑,继续问道:"坑口电厂现在的股权结构是怎样的?"

张宪军回答说:"原来的股权结构是漳河市国资委百分之二十五,省电力公司百分之七十五。电力系统改革以后股权结构变成省电力公司百分之十五,南方电力集团百分之六十,漳河市国资委股权比例没有变化。因为坑口电厂早就资不抵债,所以三个股东单位谁都没有积极性去管这个电厂。"

"太好了!"戈昭高兴得把茶几一拍,张宪军莫名其妙地看着戈昭。戈昭向他解释说:"中电集团正在漳河筹备投资新建一座大型火电厂,今后新电厂一定需要一个用于员工学习培训的基地,坑口电厂的地理位置正好可以满足这个要求。电厂原来的职工也可以重新在新电厂找到工作岗位。只要我们的预案能够照顾到各方面的利益,这个思路就有可能被大家接受。"

张宪军同意戈昭这样的判断,他补充说:"如果我们银行能够按政策豁免电厂的应付利息,政府能够免掉电厂的应缴税款,剩下的只有几百万元对煤矿的应付货款和应付职工的工资,换句话说只要新的电厂愿意承接坑口电厂三千余万元的贷款本金,支付几百万元的应付货款和应付工资,就能够得到一块价值不菲的风水宝地。"

"你分析得很对。"戈昭对张宪军说,他又给张宪军递上了一支香烟问:"老张,如果你是中电集团的决策人,这样的事你干不干?"

张宪军说:"这样便宜的事我肯定干。"

戈昭说:"剩下的就是坑口电厂原来的三个股东单位的态度,他们如果不同意，这件事情就会泡汤。"

"我觉得你的担心是多余的，"张宪军说，"坑口电厂早就资不抵债，如果按照我们的思路实行了资产重组，实际上是为原来的三个股东单位减少了麻烦，他们何乐而不为？"

戈召不同意他的这种分析，说："你想得太简单，我们现在有些人就是遇到坏事的时候躲得远远的，只要有一点好事又都要分一杯羹。这件事情不会那样简单，我们要有足够的思想准备。"

"我们要做哪些准备工作？"张宪军问道。

"你按照我们刚才说的这个思路，去草拟一个坑口电厂资产重组的预案，预案做出来后你要向闵洁和肖行长做一个汇报。我这几天就会向有关方面的负责任人通气，了解他们对此事的看法。如果大家都有这个意愿，我们就向省分行和市政府报告，请市政府出面来主持这个资产重组案。"最后戈召还向张宪军交代："时间不能够拖，我们要争分夺秒抓紧这件事。"

张宪军刚离开办公室，戈召马上就给中电集团郢州分公司的葛景明打去了电话，把坑口电厂资产重组的设想给葛景明做了大致介绍，强调了这是一个各方多赢的方案，请葛景明给予支持。葛景明特别赞赏戈召的这种工作劲头，他在电话里说："老弟呀，我真佩服你这种'拼命三郎'的劲头，你与中电集团的合作第一桩事还没做完，第二桩事就接着来了，你这猛劲谁受得了？"

戈召说："老哥，我记得坑口电厂还是在你手上建起来的，那里的工人兄弟们还指着你第二次解放他们呢。"

葛景明说："我与坑口电厂还真有感情。这些年电力系统的变化太大，我们现在又不在一个集团内，能够帮他们的机会真不多。我听了你的重组方案觉得有可操作性。我估计省电力公司和南方集团都不会在意他们在坑口电厂的股权，资不抵债的坑口电厂对他们已经没有太大的意义。但是有两个方面的困难你要估计足，一个是漳河市政府在应缴税款上愿不愿意放弃很难说，还有一个就是我们集团公司愿不愿意做这个投资，为一个电厂专门建一个职工的培训基地是不合适的。"

戈召说："漳河市的杨柳书记很开明，这件事对地方的经济利益他应该能算过账来。集团公司那边还希望老兄去多做一些宣传。"

"漳河市管工业的那位副市长我打过交道，"葛景明说，"那老兄就是一个商人。坑口电厂的重组到不了市委书记那里，你当心那位副市长卡着你动弹不得。"

"动不了我就去找书记，我才不怕那些。"戈刍说。

葛景明听见戈刍这么说就笑了起来："难怪有人说你是天不怕地不怕，你要有这个底气就行。集团公司那边我给你指条路，你不是曾经帮荆显涛在开发银行总行解决过困难吗？老荆一直记着你的这份人情，坑口电厂资产重组的事你去找老荆，他正在为集团公司建立干部培训基地寻找地方，我看青龙山龙口的那块地应该符合集团建立基地的要求。你把老荆的工作做通了，这件事就基本上成功。"

听到葛景明这样说，戈刍高兴得要跳起来了。他大声说："太好了！我马上给荆主任打电话。"戈刍正要挂断电话，他又想起来对葛景明说："老兄，如果你碰到荆主任还是要帮我多多美言。"

葛景明爽快地答应："好！"

四十一、各显神通

银监局对贷款形态偏离度的检查是有史以来的第一次。贷款形态分类的标准是监管部门提出来的,但实际操作都是商业银行自主进行。这次银行不良信贷资产剥离是在贷款分类的基础上进行的。因此,贷款分类的准确与否直接决定了这次不良信贷资产剥离的质量的高低。银监局对贷款形态分类偏离度的检查,可以看作是对剥离不良信贷资产的专项检查,也可以看作是对商业银行股份制改造的保驾护航。戈召感受到省分行对这项工作的重视,除了省行领导在会议上的专门布置之外,徐光钊行长还特意给戈召打来电话,嘱咐一定要配合银监局做好这次专项检查,不要因为上一次检查不愉快的事情心存芥蒂。

当银监局检查小组进驻漳河市分行的时候,戈召亲自接待了他们。戈召向银监局检查小组的同志汇报了漳河市分行贷款的基本情况和贷款分类结构比例,介绍了贷款分类标准的掌握力度和操作程序,并向银监局的同志提供了一份按贷款客户分列的逐笔贷款清单。银监局的检查非常严格,他们首先核对了分行所提供的清单与信贷业务报告表的数据,对不良贷款按百分之五十的比例、正常关注贷款按照百分之二十的比例查看了信贷档案和客户资料,又从中随机抽取了二十户的信贷客户,要对信贷员进行访谈,轻机公司、利达商贸公司和青春服装厂都在访谈之列。大部分被抽取的信贷客户都在县支行,所以,检查小组又分成了若干小组分赴各县支行,在分行本部开展访谈只留下了两位同志。

张宪军是第一个被访谈的信贷员。他来到分行小会议室,进门后主动对银监局的同志做自我介绍:"你们好,我是漳河轻机公司的管户信贷员,叫张宪军。"

"你好,"银监局的同志也非常客气,其中一位年纪稍长的女同志站了起来与张宪军主动握手并自我介绍说:"我们是省银监局监管一处的,我叫张静,这位是我的同事马明哲。"旁边这位叫马明哲的年轻男同志也向张宪军点头示意。张静示意张宪军坐下以后继续介绍说:"我们这次到漳河市分行是开展贷款偏离度的专项检查,我们已经对贷款档案资料进行现场检查,现在对管户信贷员进行访谈,听取信贷员对贷款分类情况的介绍。"

张宪军也礼貌地回应:"请问需要我从哪些方面汇报?"

张静说:"你先介绍一下信贷客户当前生产经营的基本情况,然后说说对它的贷款分类和这种分类的依据是什么,最后我们可能有一些问题需要你做解答。"

"好!"张宪军从一个"好"字打头开始了他的汇报。张宪军的思维清晰,记忆力特别好,他对轻机公司的介绍从产品结构讲到技术水平,从市场地位讲到国际竞争,从销售规模讲到资金财务,最后落脚到轻机公司的贷款分类和分类依据,侃侃而谈,一个人足足讲了近四十分钟。银监局的马明哲听了暗自咋舌:"一个信贷员能够把所服务的客户企业情况讲得如数家珍,真是了不得!"张静也在一边听一边做笔录,她看见张宪军的介绍停了下来就说:"张老师对轻机公司的情况真是了如指掌。我对您刚才介绍的轻机公司贷款分类的标准和掌握划分的方法都表示同意,但是有一个情况需要您给我们解释。"

张宪军问:"什么情况?"

张静说:"我们在检查中发现,轻机公司上月末出现了应收利息,按照央行贷款五级分类的标准,正常类贷款不允许出现欠息。这一条请张老师给我们做解释。"

张宪军胸有成竹,非常轻松地对张静解释道:"这个问题有两个解释,第一,您所看到的贷款分类的现状是上季度末的贷款分类结果,当时轻机公司不欠一分钱的利息,这种划分的结果是正确的。第二,央行规定列入关注类贷款的欠息是指超过九十天的应收利息,轻机公司从发生欠息到偿还利息中间的时间只有十六天,按照这个标准也是可以作为正常类贷款对待的。"张静听他的解释有道理便点头不语。张宪军接着说:"这个季度我们怎么样去划分轻机公司的贷款种类还没有最后确定,审慎经营是我们信贷管理的第一要务,我们会认真地对待。"

张宪军的访谈近乎完美。张静站起来与张宪军握手说:"谢谢您,张老师。请你帮忙通知利达商贸公司的管户信贷员到我们这里来。"

傅丽萍听到银监局要向她访谈的时候腿吓得发软。银监局过去对商业银行的检查很多,但是对信贷员一对一的访谈却少见,加上利达商贸公司贷款管理上有明显的漏洞,傅丽萍担心自己在访谈中说话露馅,给自己和银行招惹麻烦,不愿意去面对银监局的访谈。"闵科长,你去帮我参加访谈吧,利达公司的情况你都清楚,我怕自己去了以后说错了话。"傅丽萍央求闵洁道。

闵洁说:"利达公司是你管理的客户,公司出现问题后你参加了全程的调查,所有的情况和数据你都做了记录,调查报告也已经写完,你照着自己的工作手册去汇报有什么东西可以说错的。"

傅丽萍说:"我还是不敢去,你就说我没有来上班,假姑娘不是也没有来吗?"

"你怎么这么爱说假话!"闵洁斥责道,"贾兴华没有来是因公出差了,为什么要说你没上班?你再不去银监局的人就会找过来。"

万般无奈,傅丽萍只好拖着沉重的脚步来到了会议室。好在这些天傅丽萍一直跟着闵洁在利达公司做调查,按照闵洁的吩咐傅丽萍一直在认真地做记录,闵洁提了一些什么问题,利达公司的人怎样做出的答复,查阅了什么账目和数据,傅丽萍一一记录在她的工作手册上,回到银行以后,在闵洁的指导下又对这些调查的情况和数据进行了整理分析,写出了利达商贸公司贷款风险的调查分析报告,这些东西可以帮助傅丽萍应对银监局今天的访谈。

"傅老师,请你介绍一下利达商贸公司的基本情况。"张静说。

"利达公司是我管的一家贸易企业。"傅丽萍一旦张口说话就觉得这种访谈并不可怕,她按照所写的利达商贸公司贷款风险分析报告和记录的有关数据,竟然把利达商贸公司的情况也囫囵说团圆了。张静他们对利达商贸公司得出的基本印象就是:这是一家以纺织品贸易为主的公司,过去一直都是在漳河市组织当地的纺织品,通过江浙沿海的外贸代理公司出口外销,自亚洲金融风暴以后,公司的销售经营遇到了极大的困难,出现了连年的亏损,但公司一直掩盖了经营亏损的真相。为了维护在银行的信誉,公司一直都是通过民间融资的过桥贷款偿还银行到期的贷款本息,所以一直反映为正常类的贷款。近期,由于公司下游的外贸客户出现严重商品滞销和巨额的财务亏损,甚至老板跑路、公司倒闭,导致利达商贸公司高达三千多万元的货款打了水漂,利达公司也濒临破产。

傅丽萍对商贸公司基本情况的介绍实际上也涵盖了张静他们所想提出的问题。傅丽萍说完了以后,张静问:"利达商贸公司没有向银行报送财务报告表吗,为什么出现经营亏损在信贷档案中没有反应?"傅丽萍说:"他们报送的财务报表是经过修饰的,所以我们没有发现。"傅丽萍记得在利达公司调查时闵洁反复问他们的会计为什么要修饰财务报表,所以记住了"修饰"这个词。张静觉得利达商贸公司的贷款仍然放在正常类贷款很不合适,但是这个问题必须等到专项检查结束时由银监局领导向省分行反馈意见,对傅丽萍没有更多的话要问,就说:"谢谢傅老师,请你帮我们叫青春服装厂的信贷员过来。"傅丽萍说:"他出差去了。"张静就请傅丽萍把闵洁叫到了会议室。

闵洁与银监局打交道很多,与张静他们彼此都比较熟悉,所以他们之间的谈话非常随意。张静告诉闵洁今天两个信贷员的访谈都不错,特别是张宪军老师业务很熟,反映了大型国有商业银行的员工高素质。她也特意提到了利达商贸公司的情况,希望今后能够加强对这一类商贸公司的增信手段,防止银行资产的损失。闵洁对于张静的说法表示同意,她说:"利达商贸公司的贷款风险还是反映了我们对国际金融风险缺乏认识和预见性,当国际上的金融风暴波及内地的时候,我们就有些措手不及。"

张静不完全同意她的观点说:"要基层行去预见国际金融风险这种要求确实太高,但是如果我们在实际操作中风险防范措施得力,抵押担保手段有效,出现了这样的问题我们的损失也是有限的。"

闵洁说这番话本来是要淡化张静他们对利达商贸公司贷款的关注,没想到张静反而把问题挑得更加鲜明和具体,赶紧补充道:"我们正在追加对利达公司贷款的补救措施,控制贷款的损失程度。我们这里的青春服装厂老板也是跑路了,我们的信贷员就像侦探一样找到了老板在岭南省的住址,现在正带着人在那里追债。"闵洁马上把张静他们的关注点从利达商贸公司转移到了青春服装厂。

不过,说贾兴华在岭南省追债这句话倒不假。

贾兴华对青春服装厂贷款的清收抓得紧,每天都要向催债的小伙子打听顾老板的情况。催债的小伙子粘住了顾老板以后就一直没歇气，坐在顾老板楼下的盯人小伙子，每十二小时一换班，每天的三餐都由顾老板掏饭钱。这样一直相持到第五天，顾老板主动给贾兴华打电话约好见面谈一谈。贾兴华担心自己谈不好，就把领头催债的小伙子也一起约到了巴黎春天小区外一个咖啡厅。刚见面的时候顾老板还是犹犹豫豫，欲言又止。小伙子跟他说："我们的忍让有限度，再过三天如果你还什么都不讲，我们只好到你家里去吃饭，你的儿子和老婆我们都顾不上了。"

顾老板吓得连连叫饶："好兄弟，千万别到我家里去，你把我杀了都可以。"

小伙子说："违法的事我们从来不做，是你不守信用，该你履行责任的时候你就要负责。"

顾老板很无奈地说："我把于向阳住址告诉你们了，今后怎么有脸和朋友见面？"

小伙子听到顾老板这么讲，马上就明白他一定知道于向阳的去向，就给他鼓气说："我们见到于向阳不会说是你告诉的住址的，你担心什么？"

顾老板像看到了一线希望，对小伙子说："你们一定要替我保密，不能让任何人知道是我告诉你们他的地址，不然在这行当里我是再也混不下去了。"

小伙子说："做我们这一行最讲规矩，一定说到做到。"

到这个时候顾老板才放下心来，他告诉了于向阳在岭南省固冈县的具体地址，透露了于向阳现在还有一个比青春服装厂规模更大的工厂，每隔两个月会到漳河来进一批布料，半月前他刚拖了两百多万元的布料回去。

听顾老板说到这里，小伙子站起身来拍拍顾老板的肩说："顾老板不要有顾虑，是于向阳对不起你在先，你并没有背叛于向阳。我们打扰你多日，这也是受人之托。对不起。"说完给顾老板拱手作揖。贾兴华不懂这些规矩，只给顾老板点点头，就随着小伙子一起撤了。

知道了于向阳的下落，可是下一步怎么办贾兴华还是没有招。他只好又找到自己的舅兄，舅兄把这几天辛苦的几个小兄弟叫到了醉仙楼，酒肉款待后进行了一番策划。

一个小胡子说："我们到岭南去把他绑了，还钱再放人。"

领头的小伙子说:"你就是猪脑壳,知道绑架罪判多少年吗?你要把占理的事儿做成犯罪才舒坦。"小胡子听了不再吭声。

坐在小胡子旁边的大个子说:"我们多去一些人,在他家里吃在他家里喝,像逼顾老板一样逼于向阳还款。"

这个主意也被领头的小伙子否决,他说:"不行,在岭南不比在漳河,那边的人我们都不熟,于向阳在那里有多大的势力我们也不清楚,弄不好我们可能就会被别人给围了。"

贾兴华听了有些着急问:"我们就没有别的办法啦?"

舅兄在旁边指着领头的小伙说:"刚才小哥说得对,你们既不能犯法也不能去撞木钟,其实你们可以叫猴子和大个先去打探打探,弄清楚了回来再商量怎么办?"猴子是他们当中一个很精瘦的小伙子。

领头的小伙子若有所思说:"对,知己知彼,百战不殆。猴子和大个你们今天就动身去岭南一趟,在那里把于向阳的情况摸清楚,特别要弄清楚他有哪些不干净的地方。你们快去快回。"

催债的这些人办事效率真高,三天以后这伙人就开始了行动。猴子和大个去岭南把于向阳的情况摸了一个底朝天,回来后他们一起商量好了去岭南的对策。这天早上出发的时候他们打电话给贾兴华,邀他一起去岭南见识那位逃债的于向阳。他们开了一辆白色的面包车,车身上挂满了泥浆,前后的车牌号也模糊不清,这是他们故意为之。因为去岭南的费用由顾老板承担,所以车上堆放着不少啤酒和卤制的菜肴,这些人有吃有喝,边说边笑。从猴子和大个的谈笑当中贾兴华大致听出了眉目。于向阳现在在固冈县开了一个规模不小的服装厂,他本人还混了一个县工商联副主席的位置,在县城的高档小区里有自己的窝,养了一个年轻的小老婆和一个几岁的胖小子。他乡下的老婆不知道离婚没有,目前还和于向阳家的老人住在一起。于向阳现在每天生活的内容就是打牌、喝酒,工厂的事基本上交给了一个姓张的副厂长打理,于向阳只是每周到工厂去转悠一两次。一路上领头的小伙子向大家交代了自己策划的计谋,反复强调对付于向阳一要下手狠,二要动作快,搞成与搞不成都必须速战速决。

面包车到了固冈县城郊,领头小伙子叫猴子和贾兴华等人下车后他和大个子去了县城。猴子按照吩咐在路边小旅店租了两个房间,贾兴华与小胡子按领头小伙子的计谋布置恐吓于向阳的环境。他们在旅店的卫生间墙角放置了一把椅子，椅子上搁了随车带来的一个很大的空化学药瓶，瓶子的商标上全是外文，商标的上方画了一个骷髅头，骷髅头上有两根骨头形成的一个叉，不知道他们是从哪里弄来的一个装剧毒化学品的空塑料罐。为了增加恐怖的氛围，小胡子摆好化学药罐后他们拧下了卫生间的灯泡，没有窗子的卫生间马上变得漆黑。他们又拿出一只长手电筒搁在盥洗台上，手电筒的灯光打在骷髅头上，黑暗中蔓延着一股阴森和煞气。他们准备停当后就等待于向阳的到来。

一直到天快黑下来的时候，领头的小伙子和大个子才回来，进门的时候大个拽着一个五十来岁的矮胖男人，不由分说进门就把那个男人塞进了阴森的卫生间，把门"嘭"的一声狠狠关上。卫生间里的骷髅头把矮胖男人吓坏了，两腿一软"嗵"地坐在地上，他马上翻过身来抓住开门的手把要开门出去。门外面的大个用手死死地拧住了手把，矮胖男人怎么也开不了门，吓得在里面嗷嗷大叫："开门，求你们了，开开门！"领头的小伙子在外面说："你想死还是想活？想死就喝一口瓶子里面的药。"矮胖男人急促地说："不想死！不想死！"足足有三分钟的时间后大个才把手松开，矮胖男人撞撞跌跌地从卫生间里爬了出来，瘫坐在地上直喘大气。大个子把他拎起来丢在一把椅子上，领头的小伙子对矮胖男人怒目相视。

"我赔钱，我赔钱，你们要多少开口说。"矮胖男人一直以为小伙子他们是来敲诈他钱财的小流氓。刚才大个是以"碰瓷"的方式把他哄骗到这里的。

"于向阳！"领头小伙子大吼了一声。"唉。"矮胖男人答应了一声以后诧异地望着他们，奇怪这些人怎么会知道自己的名字。

小伙子说："我们是从漳河市专门到这里来讨债的，受人之托来向你要债。别看你现在人模狗样的，你干的坏事我们都知道。如果你愿意还债我们立马走人，不愿意还债你就进去喝药把自己了断。"

于向阳说："我愿意还债，我愿意还债。"

小伙子说："你先说说在漳河你欠了多少债？"

于向阳哆嗦着说："我欠了工人的工资，还有房租。"

"还有呢？"小伙子说。

"我还拖欠税款，但是金额多少我都说不清楚。"于向阳说话像牙膏一点点地往外挤。

大个子说："别问了，他不说灌药给他喝。"

于向阳吓坏了："我说我说，还有欠银行的贷款也没有还。"

"你打算怎么还钱？"小伙子问。

"你们放我出去，我马上就去筹钱，马上划到你们指定的账户上去。"

"放屁！你想学鳝鱼耍滑呀？"大个子骂道。

"你工厂里现在有多少货？"小伙子问。

于向阳说："我说不太清楚，成品服装和布料大概有几百万元，这要问张厂长才能知道具体的数字。"

小伙子说："你现在就给张厂长打电话，把厂里库存的布料全部给我们拖走，剩下的钱我们也不再向你要了。如果你敢耍滑头我现在就对你不客气！"

于向阳听到这样的要求稍稍地松了一口气，说："我马上给张厂长打电话。"

小伙子示意大个子把没收的于向阳的手机交还给了他，告诉他说："用免提给张厂长打电话，就说马上有人来拖货。"按照小伙子的要求，于向阳给张厂长打通了电话，开始张厂长不愿意把布料交出来，被于向阳一顿臭骂以后答应见人交货。小伙子要于向阳写了一张内容为"把货交给来人"的字条交给大个，作为去找张厂长的凭据。大个子去后花了不到两个小时的时间，把于向阳工厂的布料拖了过来。在近两个小时的时间里，小伙子还逼着于向阳写了一份悔过书，大意是自己过去在漳河市坑蒙拐骗欠下了不少债务，现在自愿用工厂的布料抵偿过去的债务。这是催债的这些人的自保措施，他们也不愿意违法。

大个把布料拖来以后小伙子开始思考怎样安全撤离。

"你回去晚了老婆找不找你？"小伙子问于向阳。

于向阳说："老婆从来不敢问我的事情，我什么时候回去都可以。"

小伙子给他交代说："布料拖走以后我们不会再来找你，你也不要去给我们惹麻烦。如果你胆敢跟我们添乱一定饶不了你。"

于向阳说："不敢，绝对不敢。"

小伙子说："我们现在走了，为了安全起见你必须把自己绑起来，封上自己的嘴。我给你点上一盘蚊香，几小时以后绑你的绳子会被烧断，到时候你就自由了。如果你不愿意绑自己，还有一条路就是你送我们离开岭南，你的安全可以放心，我们拖走了货就不会再动你一根毫毛。"

于向阳不敢把自己绑了，他说："我愿意送你们走。"小伙子见于向阳这么说，就揣好了于向阳所写的悔过书，叫猴子结了旅店的帐后与大个子一起先押着布料回漳河去了，自己就与小胡子、贾兴华等人坐于向阳的车连夜上路。于向阳的车进入到鄞州省的境内天已经麻麻亮了，快到漳河的时候，小伙子要于向阳把车开下了公路，在一条偏僻的小路上把车停了下来。小伙子把于向阳的手机卡抽出来，将手机还给了于向阳。他对于向阳说："我们就这里分手，希望你以后不要再做坏事。"说完把于向阳的车钥匙拔了下来，朝很远的一块空旷地甩了过去，说："你去把车钥匙捡回来，自己开车回岭南吧。"

在于向阳去捡车钥匙的时候，小伙子带着贾兴华他们扭头走上公路，拦了一客运车回漳河去了。

四十二、瓜熟蒂落

在贾兴华兴奋的时候，张宪军的兴奋程度不亚于贾兴华，因为坑口电厂的资产重组得到最关键的意向认可。

由于戈岢与葛景明和荆显涛有良好的工作合作关系和私人友谊，漳河分行提出的坑口电厂资产重组方案得到他们的热情配合。戈岢在与他们沟通以后，叫张宪军把坑口电厂的有关资料和银行建议的文本通过网络发给了荆显涛和葛景明。作为中电集团培训中心备选地址，坑口电厂所在的青龙山有较大的优势。首先漳河市处于中国的中部地区，交通发达，这有利于集团分布在各地的干部参加培训的交通往来。其次，青龙山山清水秀，自然环境优美，前期煤矿和电厂对自然环境的破坏现在已经得到了一定的修复，再有一定的改造资金投入之后，这里的环境会更加幽静宜人。还有一个更大的优点是青龙山有比较大的发展空间，如果今后需要扩大培训中心的规模或者建立集团的员工疗养中心，征用林地的难度相对小许多。中电集团的分管领导对计划发展部提出的选址建议基本认可。

现在剩下的问题就是坑口电厂的资产重组由谁来正式发起。按照股东结构来看，应该由股权比例最大的南方电力集团发起这次资产重组，可是南电集团在鄞州省没有设立分公司，加上坑口电厂处于完全停产的状态，南电集团正处于初建阶段也没有精力顾及这样一个停产的小厂，只能偶尔划拨一点资金解决员工吃饭的燃眉之急。省电力公司现在隶属于国家电网公司，他们的主要精力放在省内的电力交易和调度上，没有一点发电能力的坑口电厂对于他们也失去了价值。三个股东中只有漳河市政府摆脱不了关系，因为工人在长期发不出工资的情况下，会到政府去静坐请愿，市政府维稳基金每年都要拿出一部分资金解决坑口电厂的职工吃饭问题，从这个情景分析，漳河市政府发起坑口电厂的资产重组应该最有积极性。

不料，事情并没有想象的那样简单。

漳河市国资委在这一轮的国有企业改革中成绩斐然，一大批经营困难的国有企业得到了改造，装备、技术尚可的企业被更强大的企业兼并重组，一部分技术落后、产品没有市场，财务上已经资不抵债的企业实行了破产关停。漳河市在这一轮国企改革中保留了相当一部分技术先进、产品有市场竞争力的国有独资企业或国有控股企业。所有这些都得益于国企改革与银行的不良资产剥离的默契配合，银行拟按政策对不良信贷资产进行剥离和核销，可以大大地降低国有企业改制的门槛和成本，在不到半年的时间里，漳河市完成了一大半国有企业改制的前期工作，剩下的事情只需要与银行的不良资产剥离同步操作。国资委主任杨柯与戈弨在工作中配合默契，这也增进了他们之间的感情，为国资委发起坑口电厂的资产重组带来可能。

戈弨带着张宪军信心满满地找到了杨柯。

"杨主任，国有企业的改革我们还要再接再厉呀。"戈弨见杨柯就这样说。

杨柯笑容满面地说："是啊。可是剩下的都是一些难啃的骨头了，如果这些企业所借贷款都是你们银行的，操作起来就会轻松很多。"

戈弨说："当然还有这样的企业，我就是为这桩事来找你的。"

杨柯说："不会吧！这几家企业的名单我每天都要盘几遍，没有一家企业的贷款与你们银行有关系。"

戈弨调侃说："那是你太官僚了！这么重要的企业都把它给忘记啦？"

杨柯见戈弨说得这么认真就问："真有一家这样的企业？"

戈弨说："坑口电厂的工人每年要到市政府去静坐几次，这样的企业你都视而不见？"

"哦！"杨柯明白了其中的道理说："坑口电厂属于电力系统的企业，不是我们的地方国企，所以在我们的企业改制计划当中就没有他们。"

戈弨把对坑口电厂资产重组的设想告诉了杨柯，也把中电集团对坑口电厂重组的基本态度做了介绍，解释说："现在只差一个坑口电厂资产重组的发起人，如果市政府能够充当这个发起人，我相信其他的几方都会积极地配合。银行方面我可以表态豁免全部的应收利息。"

杨柯解释说："你可能不清楚这一点，漳河市国资委只占有电厂百分之十五的股权，坑口电厂的所有的管理权限和统计归属都不在漳河市，我们不是坑口电厂的主管单位和控股单位，出面做资产重组发起人法律上有障碍。"

张宪军补充说："南方电力集团对坑口电厂有百分之六十的股权。"

戈召说："按照坑口电厂目前的状况来看，南方电力集团不会有精力来顾及一家小电厂的重组。如果错过银行不良资产剥离的这个时机，坑口电厂今后改制的成本会更大。市国资委在这里能不能有所突破？"

杨柯满脸犹豫说："没有先例可循，这个我确实不敢当家。要不我请示了马副市长后给你答复。"

戈召不喜欢杨柯说的这位官僚气十足的马副市长，事情到了他那里名堂可能会更多。他对杨柯说："你别忙着去请示马副市长。你看我这样思考是否可行。首先，银行给电厂的三个股东单位都报送一份坑口电厂不良资产剥离的建议书，然后国资委根据我们的建议书向南方电力集团和省电力公司发函咨询，征求他们对资产重组的意见。在向他们发函的时候注意文字上的技巧，争取他们对国资委授权来发起这次资产重组。"

杨柯听了戈召的意见觉得操作上是可行的，就答应了戈召的要求说："如果南电集团和省电力公司同意委托或授权我们发起重组，我再向马副市长正式报告。"

戈召指着张宪军说："我们这位老张是坑口电厂的管户信贷员，对电厂的情况十分了解，他的笔头子也比较硬，我就把他留在你这里帮忙，一直把这件事做成了为止。"

杨柯笑着说："哪是给我帮忙啊，这就是在逼我给你打工。"戈召和张宪军听了也跟着笑了。

由于张宪军在国资委专心地工作，很多事情都进行得比较顺利。国资委向省电力公司和南电集团的咨询函发出之后的第四天就收到了省电力公司的复函，同意并委托漳河市国资委发起坑口电厂资产重组。更出人意料的是在接到省电力公司复函的第二天下午，南电集团派员来到漳河市国资委，不仅带来了集团公司的复函，同意和授权漳河市国资委发起资产重组，并且带来了集团公司领导对漳河市国资委的谢意。来人是一位副处长，他讲南电集团在初建阶段百废待兴，很多工作都没有力量跟上，感谢漳河市国资委在集团的困难时期能够帮助集团开展工作，表示资产重组正式启动后集团会派员参加。

张宪军按照杨柯与戈昭最初商量的意见，依据南电集团和省电力公司的授权，起草了发起坑口电厂资产重组的请示报告，由国资委正式向市政府请示，不料报告送出去以后就像泥牛入海没有任何消息，张宪军在国资委无事可做就回到了银行。

张宪军带回来的消息并不让戈昭感到意外，他打电话给国资委主任杨柯，证实了自己先前的判断，原来是马副市长不同意由国资委发起坑口电厂的资产重组。杨柯在电话里诉苦说："戈行长，就因为向省电力公司和南电集团发函没有请示他老人家，他把我叫去办公室熊了我近一个小时。这个老板太难伺候。"

戈昭问："他不同意的理由是什么？"

杨柯说："他讲了两条。第一，南电集团是控股股东，应该由南电集团发起资产重组。第二，国资委现在自身的任务就很重，没有精力管别人的事。"

戈昭说："这样的领导太没境界，"他与杨柯商量说："马副市长这里不行我去找书记，杨柳书记肯定与马副市长态度不一样。你觉得这样做行吗？"

杨柯赶紧阻拦戈昭说："我的祖宗，你千万别做这样的事情，不然马副市长会怪罪我去告状，他会给我更多的气受。"

戈昭深怀歉意地说："让杨主任替我受过了，真对不起！看来只有我直接去找马副市长。"

戈昭做事向来雷厉风行，他结束了与杨柯的电话之后驱车来到市政府，没有通过秘书就直接来到了马副市长的办公室，恰好马副市长一个人在办公室。听完了戈昭的汇报马副市长面带愠色批评戈昭说："小戈，你不能为了银行的局部利益就影响市政府的整体部署，我已经批评了杨柯，做工作不能没有一点规矩。"

戈昭说："是我逼着杨主任对电力公司发函的，要批评就该批评我。我看到电厂的员工每年都要到政府来静坐，心里也着急，想通过这次资产重组解决几个方面的困局。"

"你们银行的手伸得也太长了，怎么能够为了你们的目的而干预政府工作。"马副市长的话有些恼怒。戈昭面对马副市长这样横蛮的态度觉得无法再谈下去，只好起身告辞。

从市政府出来戈昭就给杨柳书记的秘书打电话。"戈行长你好。"秘书主动打招呼。

"李秘书你好。请问杨柳书记在市委吗?"

"书记正在参加省委常委会,你有什么事情我能帮忙转达吗?"

戈岊用最简单的语言介绍了坑口电厂资产重组的设想和已经做过的工作,最后说因为我们总行资产剥离截止时间马上就到,我们希望能够得到政府的支持,戈岊没有讲马副市长不同意的事。秘书说:"我明白了,书记有意见后我马上通知你。"戈岊谢过秘书后回到银行。

让戈岊没想到的是很快就有消息过来。第二天上班不久,戈岊接到了杨柯的电话。杨柯在电话里问:"戈行长你是什么本事,昨天跑了一趟今天事情就有了结果。刚才马副市长的秘书打电话,通知我们去拿坑口电厂资产重组报告的批复,马副市长同意啦!"

"太好了!"戈岊高兴地说,"昨天我向马副市长汇报,结果也是挨了一通批评。后来我把电厂资产重组的事向杨柳书记的秘书通报了,希望杨柳书记能够给予支持。但是我万万没想到今天就会有结果。"

杨柯说:"你的胆量也忒大了,如果你的人事关系在市里就等着挨整吧!"

戈岊说:"我不怕,就是让你受连累了我心里过不去。昨天给马副市长汇报的时候我说了,都是我逼着你干的。"

杨柯说:"逼着干不也是干了吗?不过没关系,一个地方总会有几个不怕事的人,你不怕我也不怕。你叫张宪军过来,我们尽快安排把坑口电厂的事料理完。"

市政府这道坎儿过来以后,坑口电厂资产重组的事情办起来相对顺利许多。银行不良信贷资产处置的预案很快得到省行的批准,承诺豁免全部应收贷款利息,贷款本金转入新成立的中电集团员工培训中心,培训中心成立之前由中电鄚州分公司承接。南电集团和省电力公司承诺放弃坑口电厂的全部股权。漳河市政府承诺豁免坑口电厂应缴纳的属于地方税种的应缴税款,但是漳河市政府提出来对培训中心继续保留百分之二十五股权比例的要求,中电集团对此持否定态度。经过反复协商,中电集团同意接收坑口电厂全部在职员工,退休员工交漳河市政府劳动保障系统安排,中电集团授权鄚州省分公司代为接受坑口电厂全部资产和尚未豁免的其他债务,负责集团公司员工培训中心的筹备和建设。

当所有的实质性条款经各方协商确定以后,漳河市政府出面正式主持召开了坑口电厂资产重组协调暨签约会。漳河市政府派出一位副秘书长主持和参加会议,南电集团和省电力公司各派出一位处长,与漳河市国资委主任杨柯共同代表资产重组的转让方,中电集团规划发展部主任荆显涛、中电集团郓州省分公司总经理葛景明代表资产重组的收购方,戈曶和市税务局一位副局长代表相关方面参加了会议。由于重组在事先做了充分的沟通,今天会议实际只需要协调一些操作性的细节问题,很快各方达成一致。最后签约只是一个仪式性的过程,各方代表在协议文本上签字以后,都发表了热情洋溢的讲话,盛赞漳河市政府为电力系统的改革做出的贡献,祝贺坑口电厂员工在改革的春风中获得新生。

会议结束后由中电集团郓州省分公司做东,宴请了参加协调会议的各方代表。协调会议的会址选在漳河市嘉华大酒店,会后的宴请自然就在嘉华酒店的宴会厅举行。宴会结束后副秘书长把戈曶叫住:"戈行长留步,有事情要与你商量。"

戈曶在漳河市工作时间长,市政府里经济战线的干部一般都比较熟悉,但是对这位副秘书长却感到脸生。听到他的招呼声便停下脚步问:"秘书长有什么事情,时间长吗?"

副秘书长说:"叫你的同事回去吧,我待会儿送你。"戈曶知道不是一时半会儿的事后,便吩咐司机送参加协调会的其他同事回银行后再来接自己。副秘书长在酒店一楼咖啡厅要了一个僻静的位置,点了一壶茶和两碟小点心。戈曶猜想,看架势一定是有秘密的私事要谈。他等着副秘书长先开口说话。

"戈行长,我是久闻你的大名啊!"副秘书长首先是恭维话。

"不敢当。秘书长您是……?"戈曶赶回答并接着反问道,"是"说出口以后故意拖着不往下说。

副秘书长和气地笑着说:"戈行长肯定不认识我,我刚从县里调到市政府来,给马市长拎包。"他所说的"拎包"是指专门协助马副市长工作。秘书行当里给领导服务叫"拎包"。副秘书长虽然带"长",其实不过也是个大秘书。当然"拎包"从副秘书长自己口里出来还是带有一种谦虚或自嘲的意思。

"您是领导,对我们工作有什么要求多指示。"戈曶客气道。他不太喜欢这样的应酬方式，希望这位副秘书长赶快进入正题，道出他的真实意图。

副秘书长呷了一口茶，放下茶杯后说了一句漫无边际的话："地方的经济发展需要银行的配合呀。"说话的时候他也没有更多地正眼看戈咎，两只手不停地拣起果盘里的开心果，每剥开一颗丢进嘴里以后，还要用手掸掸落在衣服上的果皮屑，一副漫不经心的样子。戈咎看到他的这种德行就理解了在刚才的会上荆显涛为什么给这位副秘书长白眼。

本来，今天的这种会议荆显涛可以不来，派一个处级干部代表集团公司参会完全符合会议要求。当葛景明把会议的消息告诉荆显涛以后，他就主动要来给戈咎捧场。戈咎上一次在交通事故中给他顶缸，后来又通过高亦尚帮助他疏通与中央开发银行计划局局长王晓炜的关系，对荆显涛的帮助是实实在在的。戈咎在荆显涛心里的分量是越来越重，所以，他主动参加今天的会议。谁知在会议上这位副秘书长大大咧咧，俨然政府领导的模样，缺乏对参会人员应该有的礼貌。荆显涛很不待见这位副秘书长，在他发言讲话的时候，荆显涛故意提高嗓门对葛景明说："老葛我告诉你，我们参加重组坑口电厂，把培训中心放在漳河市，完全是因为集团公司与戈行长他们总行良好的合作关系，你一定要与戈行长配合好，不要因为地方的局部利益而丧失原则。"葛景明何等聪明，他知道荆显涛在调理这位高高在上的副秘书长，于是就与荆显涛唱起了双簧："我们一定按照集团领导的指示去办。如果与戈行长配合不好，集团领导可以削减在漳河地方的投入。"当时戈咎明白这二位老兄在给自己撑场子，自己说什么话都不妥，只好赔笑着。从会议开始一直到宴会席间，荆显涛都没有与这位副秘书长搭讪。戈咎也觉得副秘书长是一个不知深浅的人。

咽下咀嚼了半天的开心果以后见戈咎还没有说话，副秘书长就问："戈行长，你们的不良资产剥离什么时候结束？"

"具体的时间不清楚，按照总行的工作节奏，我估计最长也要不了两个月。秘书长关心不良资产剥离，有什么要求吗？"戈咎对副秘书长突然问到不良资产剥离有些警惕。

"戈行长果然爽快。"副秘书长说，"既然这样我就长话短说。你们手上的宏远公司正在寻求转让的对象，有个领导的亲属想接手，这件事请戈行长给予一些配合。"

事情正如戈咎所料。他说："没有问题，现在想接手宏远公司的对手不少，只是在价格上都没有最终谈拢，不知道这位领导的亲属是什么样的想法。"

副秘书长一边剥着开心果一边说："当然不会叫银行有损失，在这个前提下收购价格越低越好。"

这个口气让戈�马上想到给吴效梅上门送钱的人，问道："这位领导的亲属是不是到银行的一位科长家里去过？我们的科长给我汇报过，就是不知道这位买家何方人士，所以也不好下决心。"

副秘书长巡看四周无人后低语对戈啓说："一位省领导的亲属找马市长多日，马市长觉得对这样的事打招呼不妥。今天来参加电厂的资产重组签约前，我与马市长闲聊谈到此事，我自作主张向戈行长随便问问。"

见副秘书长把话说得滴水不漏，戈啓也与他打起了太极拳："马副市长不管这事就太好了，我们在当中就会少很多为难的事。让这位领导亲属与我们吴科长去交涉，保证会公平公正。"

副秘书长察觉自己说错话，马上改口说："马市长还是很关心这件事的，毕竟省领导有这意思，马市长还是要有态度的。"

戈啓说："如果一定要我帮忙的话，我只能讲在同等条件下保证这位领导的亲属优先。如果要在价格上做让步那就超越了我的权限，我必须请示以后再说。"

"戈行长，"副秘书长用语重心长的口吻说："按照我的经验这种事情谁都不要去请示，不要把事情弄复杂了。有些事情自己担点担子就过去了。"

戈啓说："如果是我自己的东西我不会多一句话，但国家的财产不是我自己的，我当不了这个家。"

副秘书长说："戈行长，我们过去打交道很少，彼此都不太了解，我只是听人说你很认真，今天我真见识了。我可能痴长你几岁，有一句忠告送给你，我们还要生活在这里几十年，'三十年河东，三十年河西'。有些事情要得过且过。"

戈啓认为副秘书长的话可以两种解释，一种可以解释为朋友的忠告，一种可以视为威胁。不管是哪一种解释他都不接受。他说："秘书长的话我记住了。关于宏达公司转让的事情，三天之内我给你准确的答复。下午我还安排有活动就先行一步了，再见。"没有等到来司机来接，戈啓就打出租车回到了分行。

四十三、迫不得已

戈召回到银行后马上把吴效梅叫到办公室,询问宏远公司转让新的进展。吴效梅汇报说除了原来找上门的两口子经常在催促以外,还有两家公司有收购宏远公司的意向,其中郢都市的一家房地产开发公司索取了宏远公司凌波路上项目的一部分资料,可能是对收购项目要做深入的评价。据他们的一位经办人员透露,公司愿意以超过银行成本八百万元的价格兼并宏远公司,因为这是非正式的消息所以没有汇报。

戈召问:"上门的那两口子有没有价格上的松动?"

吴效梅说:"他们是铁公鸡一毛不拔,口头上经常表示今后银行业务上有什么困难他们可以帮助协调。不知道他们到底是什么背景。"

"背后的人浮出水面了。"戈召告诉吴效梅说,"今天市政府的一位副秘书长跟我说了,马副市长要我们关照这一对夫妇,说他们是一位省领导的亲属。"

"你是什么态度,宏远公司是不是就给这一对夫妇?"吴效梅问。

戈召说:"还是那句话,同等条件下他们可以优先,如果他们在价格上不做出让步肯定不会给他们。"

吴效梅露出为难的神色:"如果真是马副市长关照的事情你不给他面子,今后我们会有很多事情要找政府,像网点建设、财政性存款、地方企业的存款哪一样都要政府支持,何况银行员工家属子女的读书就业都离不开政府,得罪了政府官员银行的损失就不是这几百万可以弥补的。"

吴效梅的话在当今中国社会不是没有一点道理,戈召也不是完全不懂,他只是对这种巧取豪夺的行为感到愤慨。见戈召不再说话,吴效梅就向他建议道:"这样的事情你可以向省行做一个请示,听听领导对这件事的意见。"

戈召向来就不愿意就职责范围的为难事去向领导请示,他认为这样做无异于将自己的难题交给了上级。宏运公司转让的问题确实让戈咎犯难了，低价转让了银行明显吃了亏个人得了便宜，不低价转让今后银行的整体利益可能会受到更大的伤害，戈咎不知道怎样取舍才好。吴效梅了解戈咎的性格，知道他不会轻易地去向哪一个领导请示，建议说："其实你可以打电话问问徐行长，这种私人性质的电话不算请示，你听与不听责任都还是你的，但是他的意见可以帮助你打开思路。"戈咎觉得吴效梅的建议有一定的道理，便拨通了徐光钊的手机，可是手机刚响了一声戈咎又马上挂断了，他觉得这样还是不妥。他对吴效梅说："你去吧，我思考以后再说。"

戈咎给徐光钊打通电话的时候，徐光钊正在听取银监局对贷款偏离度检查结论的通报。银监局的一位副局长在通报时说："检查中我们认为贵行在执行央行贷款五级分类的标准上是严格的，程序上是合理的。贵行在贷款形态认定上风险等级越高审批的层级越高，次级类贷款由二级分行认定，可疑类贷款由省分行风险管理专家组认定，损失类贷款由分行的风险管理委员会认定，我们对这种做法表示充分的肯定和赞赏。但是在检查中我们也发现一些问题，主要表现在正常、关注类贷款当中有一部分贷款实际已经出现了风险。基层银行的同志向我们解释说因为上级行要求不良贷款率不能突破，所以，他们不能真实地反映贷款的现状。这可能是贵行总行的要求，因为总行不良贷款信息的对外披露也有为难之处。我们能够理解这种做法的动机，但是作为监管部门我们坚决要求实事求是地反映贷款的真实情况。"这位副局长还特别提到："贵行正在进行的股份制改造和不良资产剥离是纠正贷款形态偏离度的最好时机。希望这次不良信贷剥离之后，我们能够看到一个真实和健康的信贷资产全貌。"通报会后，银监局向省分行提出了整改意见书，其中对明显错误的贷款分类列出了整改清单。

徐光钊代表省行与银监局的同志就贷款形态偏离度的检查结果进行了沟通，解释了形成这种状况的原因，也表态一定按监管要求进行纠偏。送走了银监局检查的同志，徐光钊把省分行有关处室的人继续留了下来提了一些工作要求。徐光钊讲话很直白："我不知道大家听了银监局的检查通报以后是什么想法。我突出的感觉就是人家给我们讲了客气，给了面子。如果是我换一个角色来做检查，我会找出更多的问题，找出更多因为我们的作风不实、技能水平不高而造成的信贷管理的问题。大家扪心自问有没有这样的事？我不是要给大家泼冷水，而是要提醒在座的诸位，提醒全行信贷业务战线上的每一个人，我们要通过这一次的检查，通过不良信贷资产剥离，重塑我们的工作作风，提高我们的业务水平，重新打造一个崭新的信贷管理的局面。眼前我们就是要扎实地把不良信贷资产剥离的每一个环节都做好。留给我们的时间不多了，我们的每一位处长都要把自己的队伍带好，把自己手上的事情做扎实。"徐光钊希望能一鼓作气完成不良资产剥离任务。

戈咎没有在电话里找徐光钊汇报，求助的电话却找了老行长文祥韬。戈咎不愿意向徐光钊汇报是他不想把责任推给徐光钊，因为最后的拍板人对事情的处理结果是要负责任的。但是戈咎确实需要有一个人来给他指点迷津，现在只有文祥韬老爷子最适合给他提供这样的帮助，既可以给他出主意也无须承担责任。他在电话里把宏远公司前后的情况给老爷子做了汇报，讲到自己对马副市长的要求感到左右为难。老爷子没有马上回答戈咎的问题，而是告诉他自己最近正在读一本《解放战争回忆录》，书中详细谈到了胡宗南占领延安时毛主席对延安的得失的精辟见解。毛主席强调的是延安不能不保但又不能死保，战争不能只限于一城一地的得失。存人失地，人地皆存，存地失人，人地皆失。蒋介石占领延安是搬起石头砸自己的脚，解放军就是要等他背上延安这个包袱后再去收拾他。最后历史证明毛主席的论断是英明的。文祥韬问戈咎听了这段故事和毛泽东的论述有什么想法。过去戈咎跟文祥韬在一起的时候，戈咎有什么事向文祥韬请教，文祥韬就是这样很少直接给答案，他总是先启发戈咎去思考，然后两个人一起来讨论该怎么办。戈咎现在明白了文祥韬的意思，回答说："知道该怎么办了。"

徐光钊把手头上的事情处理完了，看到有一个戈咎的未接电话，主动给戈咎回复过来："戈咎，你的电话怎么响了就没有下文啦？"

"徐行长您好！"戈咎在电话里答复徐光钊："刚才我有一件非常棘手的事情想向您讨教，又觉得不该给您添乱，所以打给您的电话又挂断了。"

"现在还不愿意跟我说？"徐光钊追问道。

戈咎说："现在问题已经解决了。这种事情您不知道最好，请您也不要再问。"

徐光钊说："你不让我问我偏要再问，保不准你再弄一个'经商办企业'的事件出来看怎么收场。"

戈玺说："您是哪壶不开提哪壶，非要揭我的短。"

徐光钊在电话里笑了起来说："你不是一贯'胆大妄为'吗，还害怕有人揭你的短。到底是什么事情告诉我，我也帮你参谋一把。"

戈玺非常诚恳地对徐光钊说："徐行长您别逼我，这件事您最好不知道。"

徐光钊也很认真地说："戈玺，你是认为我会与你'同流合污'呢还是担心我承担不起责任？"

戈玺被逼得没有办法只好把转让宏远公司的来龙去脉、文祥韬讲的故事和自己的想法和盘告诉了徐光钊。戈玺说："我的力量斗不过姓马的市长，我也不想把省分行和马副市长背后的领导牵扯进来，打算就按银行的贷款本息和垫付的工程款作底价向他们转让。"

徐光钊听了以后稍作思考对戈玺说："你知道为了大局而牺牲局部的利益，这是一个很大的进步。但是世界上的事情不是懂得了道理就一定能够把事情做好，这件事情的操作上你一定要做到程序合法。你听懂了我的话没有？"

"程序合法！"戈玺重复了这四个字，咀嚼其中的含义后回答道："您是告诉我在这件事情操作的具体环节上要能够站住脚，是这样吗？"

徐光钊说："是这样的。不仅是这一件事上应该这样，今后所有的工作上都应该这样。做事情不能因为出发点和动机良好，就可以在操作程序上违法违规。"

"谢谢徐行长。"戈玺表态说："我一定会在操作的每一个环节上小心谨慎，绝不会重蹈覆辙，请您放心。"

徐光钊明白戈玺是在说他不会弄出第二个经商办企业的事件来，便对戈玺说："有什么事情随时给我打电话，用不着客气。"挂断电话以后徐光钊的心思好久都还放在戈玺身上，他对这位耿直坦诚、敢作敢为的年轻干部充满了欣赏。

第二天上午，那对夫妇就被吴效梅通知来到银行，吴效梅陪着他们见到戈玺。从这对夫妇的着装和气质上看，丝毫没有出自豪门深宅的那种颐指气使的做派，反而有一种谦谦君子的气质。这让戈玺没有产生太多的反感情绪，他也不想去深究这对夫妇的真实背景。吴效梅介绍说："这是我们的戈行长。"

戈召主动与他们握手："请问先生怎么称呼？"

男子自我介绍说："我姓陈，叫陈化文。这位是我太太夏雪。"夏雪对戈召颔首微笑。

戈召请他们坐下后吴效梅给他们倒上了茶水。戈召与他们说话没有转弯抹角："昨天市政府副秘书长找了我，向我推荐你们接手宏远公司的转让。"

陈化文说："那是马市长的意思，马市长希望秘书长能够把他的意思转达给您。"

戈召说："我们同意按你们提出的价格转让宏远公司，但是必须满足两个条件。第一是给我一个把宏远公司转让给你们的理由。因为你们现在是自然人，我们转让的价格也没有经过竞价，这种转让是经不起检查的。不管是政府哪个部门给我一个理由哪怕是建议也行，我们就可以操作。第二你们收购公司的资金必须一次性到账，资金到账后我们立刻启动转让的手续。"

戈召的话说得简单明了，陈化文一听马上明白。他说："你需要一个转让的抓手，这个没问题，三天之内给你一个政府部门的公文。"说这话的时候他的底气十足，看来他背后的实力不小。对戈召提出来的第二条陈化文说："收购资金当中我们把应付银行利息和银行垫付的工程款一次付足，贷款本金我们希望能够由新的公司继续承贷，还是凌波路地段的土地进行抵押。"

戈召听到这话不禁火冒三丈："你们怎么能够得寸进尺？我们提的两个条件没有讨价还价的余地，做不到就免谈。吴科长送客。"戈召对他们下了逐客令。

陈化文没料到戈召如此火爆的脾气，他赶紧换了一副商量的口气说："戈行长别发火，我所说的只是一个建议。如果你说不行我们就无条件照你的意见办。"

坐在旁边一直没说话的夏雪这时插言道："其实还有一个方法，就是我们偿还了贷款的应付利息和工程垫款以后，银行把公司过户到我们的名下，我们向其他银行申请抵押贷款，用来偿还贵行的贷款本金。中间最多只需要一周的时间。"

吴效梅担心戈召的态度会把事情弄僵，就从中和稀泥地说道："你们先去把政府的公函拿过来，我们再来商量怎么落实第二条要求。"

戈召这时也冷静下来，没有否定吴效梅的话，陈化文也借势下坡说："我

319

们现在就去按照吴科长的要求落实第一条,把政府的公函拿到以后再来向戈行长汇报。"他们起身离开办公室的时候,戈昱没有送他们,吴效梅把这对夫妇送到了银行的大门口。

陈化文夫妇离开办公室以后,戈昱慢慢地平静下来,反省最近一段时间自己的表现,做什么事情都沉不住气,遇到不顺心的事就像汽油碰见火星说燃就燃。他怨自己不能做到喜怒不形于色,天生就不是一个做大事的人。今后一定要向徐行长学习,人家经历了那么多的坎坷和风雨,就能做到心如止水。昨天文老爷子和徐行长对自己指点了那么多,如果不是他们教会的很多东西,自己不知道会撞多少木钟摔多少跟头。

戈昱思考了宏远公司转让过程当中应该注意的问题,他觉得起码有两条底线必须死守,一是银行贷款的本息和工程垫款一分都不能少收,二是不允许转让后的公司继续用土地抵押承接原来的贷款,这两条如果做不到,谁来帮忙替陈化文说话都不行。戈昱考虑在程序合法上还要做哪些工作时想到,除了要逼他们拿政府部门的公函以外,分行还要开会集体作出决策。虽然贷款本息不受损失的剥离案件不需要报省分行批准,但是在分行范围内也要走集体审批的流程。想到这里他把李玉芬叫过来,向她简单地通报了宏远公司这两天发生的事情,要求李玉芬和吴效梅做好准备,开会审查宏远公司转让的方案。

省分行没有要求二级分行对口成立资产剥离工作领导小组,二级分行权限内的剥离案审批都在分行常设的风险管理委员会进行。风险管理委员会由二级分行的行长、分管业务的副行长和相关业务科室的科长组成。非信贷资产的剥离由计划财务科承办,所以李玉芬和吴效梅今天也列席了风险委员会的会议。会前戈昱嘱咐吴效梅在介绍公司转让的时候不要提及市政府领导打招呼的细节,避免节外生枝。在讨论宏远公司转让的时候与会者大都没有提出异议,只有在谈到转让价格的时候,闵洁提出了应该竞价转让的问题。闵洁的问题刚一提出来就被肖强给压住了:"你怎么这样教条,银行转让宏远公司有损失吗?如果按照你的竞价办法去操作剥离早该晚了三秋了。"闵洁看见肖强这样敏感,察觉到肖强在这背后一定有文章,她再看戈昱也没有任何反应更感到奇怪,明眼人一看这笔转让背后肯定有猫腻,戈昱为什么会缄口不语呢,难道他也会与肖强狼狈为奸?这世界太不可思议!

就在闵洁揣度戈召时,戈召接到副秘书长的电话。戈召离开会议室来到楼道上:"秘书长你好!"

"哈哈哈哈。"一阵爽朗的笑声后副秘书长才开口说:"戈行长谢谢你呀,马市长托我传达他对你的谢意,转让完全按你的要求办,有什么要求你尽管向小陈他们提,后面的事情我负责落实。"戈召很反感这种嘴脸,不愿意与这位副秘书长长谈下去:"我们正在开会研究这个事情,后面的事怎么办你叫陈化文联系吴科长。对不起不能聊了,再见。"

后来果真在一周的时间内,按照双方达成的妥协条件完成了宏远公司的转让,银行收回了全部贷款本息和垫付款项,此笔不良资产得到彻底转化。

戈召对陈化文手眼通天的本事惊奇不已。

四十四、柳暗花明

青春服装厂的老板跑路,三百万元贷款成为死账已经是铁板钉钉的事情,谁也没有料想到老实巴交的贾兴华居然能够追讨回一百五十多万元的贷款本金。这几天银行的上上下下都在谈论这件事,让贾兴华足足风光了一阵。

那一天去岭南省讨债回来,贾兴华望着一车的布料发愣,操心怎样才能把布料变成现金。领头的小伙子笑话他是骑着驴找驴说:"顾老板是做布料生意的,这些布料到了顾老板手里就变成了钱。你操的哪门子心?"贾兴华和领头小伙子找到顾老板,要他把拖回来的一车布料拿去变现还贷款,被顾老板一口回绝:"我不能碰他的布料,这些布料一面市就会被人知道,如果让于向阳知道了就会该我倒霉。"

小伙子狠狠地说:"顾老板你好了伤疤忘了痛,是你给于向阳贷款担保,我们替你追回来布料你倒甩手啦?那好,布料我们也不要了,你今天就还贷款,不还不行!"

顾老板又被吓着了,赶紧说:"我不是这个意思。"

"你不是这个意思是哪个意思?"小伙子追问道。

顾老板开口说道:"我的意思是讲这车布料不能在店子里面卖,如果有合适的服装厂,我们悄悄地处理就行了。"

小伙子说:"怎么处理我们不管,于向阳说这车布料值两百万元,你给银行还两百万元就行了。"

顾老板又开口叫饶:"我的爹你饶了我!于向阳张嘴说两百万元你就相信了,如果不值那个钱又会把我坑了。你可以派人跟着我一起,卖了多少钱就还多少钱,绝对一分钱不敢少。"

小伙子编瞎话唬他说:"我告诉你别耍滑头,于向阳少还了一百万元的贷款,少了两个手指头。你也当心!"

布料交给顾老板后的第三天，他就拿着支票到银行替于向阳还了一百五十六万元的贷款。顾老板打电话告诉贾兴华的时候，他正在信贷科办公室等消息。贾兴华听到消息急匆匆地跑到一楼会计科，查阅了青春服装厂的账目，确认已经收回贷款一百五十六万元后高兴得蹦了起来。

一笔形成多年的损失类贷款，经过信贷员锲而不舍的努力，追回贷款本金超过百分之五十，这是一个很了不起的成绩，按照省分行的要求青春服装厂的剥离预案就完全可能获得批准。闵洁在信贷科专门开会表扬了贾兴华，戈咎也到信贷科对贾兴华进行了慰问。同事们都争着要贾兴华介绍去岭南追债的经过，贾兴华没有把追债的真实过程告诉大家，特别是追债公司所使用的那些不能上桌面的手段他只字未提，只是说找到了于向阳在岭南省的工厂，在那里死缠烂打逼他还了款。大家都在替贾兴华的成绩高兴，谁也没有在意贾兴华说话细节上的漏洞。

利达商贸公司的贷款剥离没有一点动静，傅丽萍的心情黯淡，她没有像往日那样去调侃贾兴华，只是说"假姑娘的运气真好！"

"什么叫运气好？"闵洁替贾兴华抱不平，"这叫肯下真功夫，能吃苦耐劳，你要能学学贾兴华，利达公司的贷款就不会这样了。" 闵洁这一阵只要逮住机会就会打压傅丽萍，她要把傅丽萍调理得服服帖帖，不能让她遇到事情就作梗，这样后面利达公司的事情操作起来阻力就会小很多。

"贾兴华，青春服装厂的贷款确权书还没有归档，你不要忘记了，这是最重要的法律文书，别搞丢了。"万志勇提醒道。

万志勇的一句话马上让贾兴华掉进了冰窟窿。贷款确权书是不良信贷资产剥离当中的第一份重要文件，它既是借款人对银行债务的确认，也是今后银行或资产公司继续追偿债务的重要凭证。贾兴华在与于向阳待在一起的短暂时间，把这桩事情忘记得干干净净，对万志勇的提醒他只能"嗯嗯"地应声，不敢道出实情。

接下来的时间里贾兴华竟不知道该怎么办。

就在贾兴华没有方寸的时候，闵洁正按"剧本"导演着利达公司资产剥离的另一场戏，今天要上演的是第四幕。

这出戏的第一幕是不明就里的菲菲听到老板说公司要倒闭的消息以后与傅丽萍的道别，实际上给银行施放了烟幕，让大家都觉得利达商贸公司贷款是由于下游公司的倒闭而引起的资金链断裂无法收回。第二幕是闵洁带着傅丽萍到利达商贸公司的调查。傅丽萍在信贷业务上是一个白痴，在没有第三人参加的情况下，利达商贸公司的情况到底如何，只有闵洁说了算。兰天翔在利达商贸公司财务账目上的手脚做得特别干净，不是深入地查账很难发现其中的破绽。所以，闵洁指导傅丽萍撰写的对利达公司的调查报告一般情况下谁也不会怀疑。第三幕是老天爷的相助，它比剧本的策划还要精妙。谁也没有预想到银监局会开展贷款形态偏离度专项检查，闵洁只需要傅丽萍把写好的调查报告放入信贷档案中，很容易让银监局在检查中看到这份报告，自然就会提出对利达公司贷款的分类纠编、将其列入可疑类贷款的要求，后面的剥离就成了必然结果。

今天上演的第四幕是闵洁带领傅丽萍到利达商贸公司上门催收。原来兰天翔打算利达商贸公司走破产这条路，闵洁阻止了他的这个想法，劝兰天翔不要太贪心。上一次省分行剥离工作的视频会上，闵洁听到徐光钊讲到防止国有资产流失的一些严厉措施时，当时她心里就犯过嘀咕。如果利达公司破产就只能按损失类贷款核销，银行按规定必须账销案存，闵洁担心如果哪一天戈晷要重翻旧账，盯上了利达公司，那样对兰天翔和自己就是一场灾难。她见识过戈晷的本领，曾经那么多作假骗贷的人都被戈晷戳穿，他就像有火眼金睛一样。出于这样的担心，闵洁建议兰天翔增加一些抵押物，把利达公司作为可疑类贷款剥离出去，到资产管理公司以后只要有一些可以变现的资产，再浑水摸鱼就容易得多。兰天翔接受了闵洁的建议并给闵洁交代，利达商贸公司的总经理翟俊仁并不知道闵洁与兰天翔的这层关系，闵洁上门催收的时候尽可能下狠劲逼，逼得越凶旁人看到才会越相信，至于最后逼到什么程度由闵洁顺势而定。闵洁心里有足够的底气，在与翟俊仁的交锋中语言特别犀利："翟老板，银行的政策和要求我跟你已经说了无数遍，我对你的态度很不满意，你必须满足银行提出的偿债要求，不然我们只能走司法程序。"

翟俊仁说："闵科长，你不能说我们没有诚意。浙江风顺公司老板跑路，财务总监跳楼自杀，我们的销售货款颗粒无收，其实我们也是受害者。现在我们公司还在尽可能地用我们现有的财产来抵偿银行的贷款，我们是很有诚意的。"翟俊仁所说的浙江风顺公司的倒闭是一个真实的存在，全国各大媒体对此都有报道，只是利达商贸公司与风顺公司的往来是编造的谎言。

闵洁厉声说道:"我才不要你那不值钱的诚意,银行两千万元的贷款就换你那几句所谓充满诚意的空话?要有诚意,你就拿出值钱的东西来。"

"公司所有值钱的东西都在这里,我们可以全部抵偿给银行。"翟俊仁说,"我们办公用房有二百多平方米,现在价值大约二百万元,公司还有三台商务用车,这些都可以抵偿给银行。你说我们这样还没有诚意吗?"

闵洁说:"我查过你们的财务账,你们除了浙江风顺公司以外,还有其他公司二百多万的应收货款,另外你们好像在两年前还购置过一处商品房。这些你都没说,你还能够说有诚意?"

翟俊仁被逼得面带窘色说:"那二百多万元的应收账款账龄都在三年以上,实际上是一些无法收回的死账,公司原来打算盈利丰厚的时候核销处置的,这笔应收账款不值钱。公司两年前在漳河买了一处商品房,价值一百多万元,做了公司的员工宿舍,我们不能叫员工住在街上,所以没有把它拿出来。"

"你缺乏诚意被我抓住了吧?"闵洁乘胜追击说,"公司前几年盈利丰厚,你们股东分配的利润就不能拿来补偿贷款吗?"

翟俊仁反驳道:"我们是有限责任公司,分配了的利润属于股东的私人资产,与公司的经营和财产无关。要股东另外掏钱来弥补公司经营的损失,没有这个道理。"

闵洁有些蛮不讲理:"你是这样的态度我们就走司法程序,想办法让利达商贸公司和翟俊仁的声誉扫地。你可知道好的声誉是花钱也难买到的,今后你别想在生意场上东山再起。你自己好生掂量。"

傅丽萍因为业务不熟一直插不上嘴,她看见闵洁这样声色俱厉就悄声地劝道:"闵科长,可疑类贷款只要清收回百分之二十五就可以做剥离的预案,我刚算过翟老板所说抵借物资已经超过百分之二十五。"

闵洁咬着牙愤愤地对傅丽萍说:"你是不是得过他们的好处,这样为他们说话?"

翟俊仁说:"闵科长你别生气,我说的话于情于理都站得住脚。你要是觉得我没诚意,我把职工宿舍的这套商品房再加上我在漳河的一套一百二十平方米的私人住宅全抵押给银行。"

闵洁的态度也有些好转说:"抵押不是抵偿,是你们对债务的一种增信措施，你们什么时候偿还了贷款这些抵押物全部会释放。我们还是寄希望于利达商贸公司有重振旗鼓的那一天。"

闵洁和傅丽萍到利达商贸公司催收贷款，虽然不能说是满载而归但也确实小有收获。回到银行以后，闵洁带着傅丽萍专门向肖强和戈召做了汇报，特别提到增加了五百余万元的不动产抵押。闵洁把翟俊仁表态愿意增加贷款抵押物的情况汇报完了之后，傅丽萍为了表现催收的艰难还添油加醋地把闵洁怎样对翟俊仁发火描述了一番。肖强没有发表任何意见，戈召说："利达公司贷款的教训在于我们事先没有采取有效的增信手段。商贸物流公司的特点就是固定资产的占比相对很小，一旦借款人经营出问题我们补救的措施极其有限。利达商贸公司拿出这些抵押物我们要立即办理抵押登记手续，完善法律程序。信贷科要抓紧做好剥离预案，分行初审以后尽快报省分行。剥离工作结束的时间不会太远了，我们都要抓紧。"

剩下来的工作就是傅丽萍撰写利达公司剥离预案的文本草稿。

利达商贸公司贷款增加了部分抵押物，贷款确权书得到签章，傅丽萍也开始撰写资产剥离的预案，这些都进一步刺激了贾兴华，青春服装厂没有贷款确权书成了他的心病。因为贾兴华的谎话说在前面，他不可能再找银行的人帮他出主意，他爱面子也不好意思再去找自己的舅兄，走投无路的时候他想起了一同去岭南催债的小伙子，把他叫来一起喝酒解闷，那些天天在一起的日子增加了他们之间的感情。他给小伙子打了电话："小哥，我是兴华，晚上请你喝酒，你过来。"

小伙子爽快地答应了贾兴华，他们另外找了一家小饭馆喝酒，没有去醉仙楼。小伙子见贾兴华喝酒闷闷不乐就问道："贾哥，你的债催回来了为什么还这样愁眉苦脸，是不是你们的行长怪你没有把于向阳的机器设备搬回来？"

贾兴华端起酒杯说："喝酒不提这个，说了你也不懂。"

小伙子与贾兴华碰杯后喝干了杯中的酒，夹了一块牛肉塞进口里，一边嚼着一边含糊不清地说道："三个臭皮匠顶个诸葛亮，你把你的难处告诉我，说不准我还能给你帮忙。"

贾兴华也猛喝了一口酒说："确权你懂吗？贷款确权。"

小伙子说："什么是确权我不懂，你解释一下我不就清楚了吗？"

小伙子这么一问贾兴华的劲倒上来了,他与小伙子再次碰杯喝酒,也夹了一筷子菜放进嘴里慢慢地嚼完咽了下去,放下筷子后对小伙子说:"贷款确权就是要借钱的人认账,承认他向银行借了这一笔钱。"

小伙子说:"这不是很简单吗?谁借钱谁认账。"

贾兴华说:"烦心的就是于向阳没有认账。"

小伙子说:"于向阳把布料都让你拖回来了怎么就没认账?"

贾兴华说:"贷款确权是要在贷款确权书上盖上青春服装厂的公章和于向阳的私章。我到岭南去的时候把这件事情给忘了,还剩下一部分贷款本息没有确权,你说我们还能去岭南吗?"

小伙子也被贾兴华的问题给难住了。他说:"上次我们去岭南是花心思把于向阳逮住的,你再想用这个办法肯定逮不住他。再说就算你把他逮住了,他原来的公章私章丢哪儿去了都难说,逮住他又有什么用处?"

"嗨!"贾兴华长叹一声说:"兄弟,这就是你贾哥为什么愁眉苦脸的原因。"

"喝酒!"小伙子端起了酒杯对贾兴华说:"贾哥,天无绝人之路,我们一定能够想得到办法。"可是一直到他们两个人把一斤酒都喝完了还没有想出办法。贾兴华的酒喝得有点过量,结过账以后他对小伙子说:"兄弟,今天我请你去唱歌、桑拿。"

小伙子说:"算了吧贾哥,你那点工资还赶不上我们老大给我的奖励,省着点。"他们走出小酒店的时候,门口长长的人行道上摆满了地摊,这是下岗工人们利用夜晚的时间摆起的跳蚤市场,市场里五花八门什么东西都有卖的。小伙子搀扶着贾兴华撞撞跌跌地往市场外面走,突然小伙子拽住贾兴华说:"贾哥你看那是什么?"他指着一个地摊问。贾兴华看见一个三十来岁的男子,面前摆着的一张纸上面写着"快速刻章",但是他不明白小伙子的意思问:"怎么啦?"小伙子问:"你是什么脑袋呀?于向阳的公章和私章不是都有了吗?"贾兴华恍然大悟,他的酒意也完全清醒,马上蹲到地摊前问:"你可以刻公章吗?"

小伙子赶快把他拽起来拖出了人群,跟贾兴华说:"这里人多眼杂。你需要刻什么样的章自己去准备,明天我带你找一个人,保证又快又安全。"

贾兴华问:"你要去找谁?"

小伙子说:"我知道一个原来做雕刻生意的人,自己还有一个小门店,因为伪造公章被抓坐了牢,出来以后没有门店了,私下还在干这活。我知道他经常在哪里露脸,明天带你去。"

第二天贾兴华惦记着刻章的事情,一大早就来到会计科,要保管客户印章卡的同事复印青春服装厂的印章卡。印章卡是银行的重要客户文件,任何借阅和复印都必须履行严格的手续,贾兴华调去信贷科之前就是会计科的老员工,大家彼此十分熟悉,加上这几天贾兴华追债成功是全行热议的新闻,当印章卡保管员向贾兴华要复印的审批手续时,贾新华随口说"我现在急用手续回头补给你"。保管员也相信了贾兴华的话,补手续的事再就没有了下文。

闵洁要求信贷员今天都不能外出,每个信贷员要汇报自己的不良信贷资产剥离的工作进度。青春服装厂的贷款尚未确权贾兴华一直没有向任何人说过,今天约好要与小伙子去找刻印章的人,他不能留下来开会,就对闵洁谎称说去岭南催债把肚子弄坏了,今天要请假去看医生。闵洁说贾兴华把最难的事情做得最出色,同意他请假去医院。万志勇又催促贾兴华快点把青春服装厂的贷款确权书归档。"嗯嗯",贾兴华一边应承一边往外走。

贾兴华离开了以后信贷科的会议照常进行。过去凡是这样的业务汇报会按惯例都是张宪军打头炮。张宪军手上的不良贷款客户只有一家半途接手的坑口电厂,他的汇报绘声绘色,从电厂的历史讲到了电力系统改革,从国资委主任杨柯的犹豫不决讲到市委书记杨柳的过问,一直到国电集团郓州分公司在漳河分行开立账户,承接了坑口电厂的全部贷款本金,可疑贷款转化为优质贷款。张宪军的发言若稍加整理完全可以作为大学里金融专业的案例教材。接下来信贷科的其他人都依次汇报了自己的工作,有的人伤心伤意地吐苦水,有的人眉飞色舞地谈经验,总体上来说整个信贷科不良信贷资产剥离工作进展顺利,绝大部分户头的工作接近尾声,只等待总行下达转账的指令。

往常信贷科的业务汇报都是贾兴华最后扫尾,这既是因为他的工作无足轻重,也是因为他的业务能力不强。今天贾兴华不在现场,傅丽萍的弱势就暴露出来了,她的汇报发言被甩到了最后一个。傅丽萍暗自庆幸自己在调查中对闵洁提的每一个问题和结论都做了记录,按照工作手册的记录汇报,她俨然也是一个业务上的熟手。利达商贸公司贷款从出现问题到问题的解决,闵洁一直都没有撒手不管,很多地方还在教自己怎么去说怎么去写,让傅丽萍对闵洁非常感激，所以她要投桃报李，在汇报中把闵洁如何坚持原则，据理力争，甚至是大发雷霆地与翟老板争辩、维护银行利益的举动大加渲染，说的人和听的人都很受感动。这也正是闵洁需要的效果。

很可惜这样感人的故事贾兴华没有听到。此时他正在与刻章人讨价还价。刻章人说："刻公章一千元一枚，一分不能少。"

贾兴华说："跟你说了多少遍，我刻章不是去干坏事，就只在一份文件上盖章。你要钱太黑啦！"

刻章人说："兄弟，刻假公章是要蹲牢房的，到时候吃牢饭的是我不是你。这点钱你还要讨价还价。"

小伙子在旁边一直没吭声，听到刻章人这样说他才开口："朋友，在外面混口饭吃都不容易，干你这个活风险大我们也知道。但是这位哥要章的确是做正经事，我们当着你的面用一次章你就毁掉，可不可以？少要几个钱，在外面混都不容易。"

听小伙子这么讲刻章人犹豫了一会儿说："那我只能给你们刻橡皮的，你们用完了我就销毁。"

贾兴华满口答应："可以。"

刻章人冷冷地说："五百元，少一分钱你们就走人。"

听到五百元贾兴华就像在剜自己的肉一样难受，但是没有这枚假公章，以前对青春服装厂做的所有事都等于白做，这让贾兴华左右为难。犹豫再三他终于咬牙答应："行！五百元一分不少。"接着他又说："还有一枚私章，就算你送给我的不能收钱。"刻章人不置可否算作默认。

贾兴华把复印的青春服装厂的印模交给了刻章人，不到二十分钟时间，刻章人三下五除二就把青春服装厂的公章和于向阳的私章刻好，他拿出印泥在一张小白纸上盖好章以后，贾兴华与印模核对后感觉完全可以以假乱真。贾兴华这时从手提包里拿出来事先填写好的贷款确认书递给刻章人，要他加盖印章。刻章人说："你还没有给钱。"贾兴华一边掏钱一边说："你这么小气怎么在外面混，以为我们会跑啊？"说完把五百元钱递给了刻章人。刻章人收好了钱后在贾兴华的贷款确认书上盖上了青春服装厂的公章和于向阳的私章，迅速用刀把橡皮章切成两半。贾兴华和小伙子不理他的这种举动，扭头就走了。

四十五、稳操胜券

省分行不良资产剥离工作视频会议以后,全省的潜在风险贷款劣变工作进展明显,只有漳河市分行动静不大。漳河市的经济体量在全省仅次于郢都市,其经济结构和工商企业的情况比较复杂,因此,漳河市分行的贷款情况也比其他的二级分行要复杂一些,如果漳河市分行潜在风险贷款劣变出现问题,一定会拖累全省。徐光钊查看了漳河市分行潜在风险贷款在总行的信贷管理系统中被锁定的余额有九亿之多,占全省潜在风险贷款的百分之二十还要多。这种状况让徐光钊有些担心。他打电话给戈召,要他到省分行来一趟。徐光钊要专门听一听漳河市分行潜在风险贷款劣变的工作情况汇报。

第二天上午九点半左右,戈召出现在徐光钊办公室的时候让徐光钊大吃一惊:"你怎么这么早?"

"快十点钟了您还嫌早?"戈召问。

徐光钊问:"你昨天晚上到郢都来的?"

戈召回答说:"今天早上六点钟不到我就从漳河出发了,早上的车不多路好走。"

"路上还是要注意安全,不要把时间卡得那么紧。"徐光钊自上次车祸以后对行车的安全特别注意。

"您找我来有什么要紧的事吗?"戈召坐下来以后问道。

徐光钊给戈召倒上一杯水,坐在戈召的对面看着他说:"漳河的不良资产剥离搞得怎样了?"

戈召一脸轻松地回答说:"不良资产剥离的工作已经基本就绪,万事俱备只欠东风,等待总行省行指令下达,我们就可以进行账务处理了。"

见戈召说得这么轻松并且对潜在风险贷款的劣变只字未提,徐光钊有些担心戈召放松了工作力度。徐光钊问："你就这么有信心？把你们贷款质量的基本情况和不良贷款剥离以后的资产质量的预计情况给我说说。"说完之后徐光钊拿过办公桌上的一摞业务报表，把漳河市分行的那部分抽出来放到最上面。他知道戈召的记忆力特别好，有些数据记忆可以过目不忘，把漳河市分行的报表摆到前面就是为了与戈召汇报的数据进行核对。

见徐光钊要自己汇报贷款质量的基本情况和对剥离以后资产质量情况的预计，戈召马上认真起来，理了理自己的思路后说："漳河市分行全部贷款余额有一百三十八亿，其中次级贷款两亿五千万，可疑类贷款二十六亿，损失类贷款十一亿，全部不良贷款总数三十九亿五千万，贷款不良率是百分之二十八点六二，考虑到我们正常、关注类贷款当中九个亿的潜在风险贷款，我行实际不良贷款有四十八亿五千万，贷款不良率实际为百分之三十五点一四。"

徐光钊拿着业务报表核对着戈召汇报的数据，听到戈召讲到有九个亿的潜在风险贷款时稍稍松了一口气，心想他没有忘记潜在风险贷款就好，但是还要看他具体在怎么做，为什么迟迟没有动静。

戈召接着说道："按照已经基本准备好的条件和总行的政策，我们可以核销十一亿的损失类贷款，向资产公司转让二十六亿的可疑类贷款，按照这个口径剥离后，我们的贷款余额还有一百零一亿，不良贷款余额两亿五千万，不良贷款率是百分之二点四八。但是这里有一个潜在风险的问题，随着时间推移九亿的潜在风险贷款一定会全部暴露出来，到时候实际的不良贷款余额是十一亿五千万，不良贷款率百分之十一点三八，如果出现了这种情况漳河市分行的不良资产剥离工作就是失败的，我们往后的经营还会背上沉重的不良资产的包袱。如果我们能够把九亿潜在风险贷款成功地劣变，装进不良资产的笼子一并剥离出去，漳河市分行剥离后的贷款余额就只剩下九十二亿，不良贷款余额也只剩下两亿五千万的次级贷款，我们的不良贷款率就是百分之二点七一，以后再经过我们贷款增量的稀释和对不良贷款的清收转化，不用两三年的时间，漳河市分行的不良贷款率就能够压缩到百分之二以内，达到国际银行业对不良贷款控制要求的较好水平。"戈召完全凭着他的记忆，把漳河市分行的不良贷款现状和剥离后的预计情况，一口气做了一个比较清晰的汇报。

徐光钊对戈召的汇报还是不满意，尽管他的思路比较清晰，但是行动呢？清晰思路的关键在于落实。徐光钊说："你的思路倒还清晰，但具体落实的措施在哪里？你怎么样才能保证九亿的潜在风险贷款能够完全劣变？"

戈召说："我们都知道劣变其实就是在正式剥离之前提前消化一部分账上的不良贷款，挪出空间来装潜在风险贷款。按这样的思路我们劣变计划准备分几步走。"

徐光钊问："具体是怎样安排的？"

戈召说："第一是我们对拟核销的十一亿损失类贷款的企业还能清收八千万元的现金，目前已经在企业的账户上被冻结，随时可以收回。第二我们正在对一部分土地和房屋一边办理抵债手续一边把资产进行变卖处置，预计一到两周内的时间可以收回一亿七千万可疑类贷款资金，这两项加起来共计两亿五千万元。另外，漳河市国有企业改制通过同类企业或上下游企业的兼并重组和分设重组，吸纳了一部分困难企业的有效资产。这些有效资产与我们的贷款相关联，所以优质企业同意承接困难企业五亿的贷款，这样我们的可疑类贷款又能腾出五亿的空间来消化潜在风险贷款。因为企业改制企业正在进行工商登记变更的手续，贷款的转化暂时没有动静。"

"你能保证五亿的不良贷款都能被优质企业承接？"徐光钊有些不放心。

"我们参与了漳河市国企改革的全过程，我汇报的这些内容都写进了政府有关会议纪要，市国资委也有承诺只要我们提出需要，就算企业的工商登记变更没有完成他们也同意贷款转移。"戈召解释道。

徐光钊默默地算了算账说："你九亿潜在风险贷款劣变还有缺口啊！"

戈召用有些调皮的口气说："您是老法家就会算细账。经过采取上面的处置和消化措施后，我们只剩下两亿多一点的潜在风险贷款，我们对拟剥离可疑类贷款的其他企业做工作，争取在剥离前收回部分贷款，经过一户一户的算账，还能有把握收回一部分贷款，这些企业的资金在账户上也已经被我们锁定。就这一块儿我就能给劣变腾出两亿多的空间。您可以不用担心我们的劣变问题。"

这个时候徐光钊对戈召的工作应该是比较满意，但还是提醒他说："对于锁定在企业账户上的资金要尽早收回，腾出了空间就让潜在风险贷款早点劣变过来，不然等总行剥离指令下达后再动会措手不及。"

戈邰领悟了徐光钊的意思，表态道："好的，我回去后就动手操作。"

徐光钊问戈邰："潜在风险贷款的劣变有一个适度问题你考虑到没有？"

戈邰被徐光钊问住了："怎么适度？"

徐光钊说："现在有些同志因为害怕今后贷款资产质量问责，想把一些稍有瑕疵的贷款也劣变到不良贷款里，这种现象一定要密切关注，我们不能没有限度地乱劣变。"

戈邰说："您讲的这个问题我没有考虑过，但我会注意。回去以后我对我们潜在风险贷款再做一个甄别。"

徐光钊点头表示赞成。"剥离工作做到了这一步你最大的体会是什么？"

"要充分借助政府宏观管理的力量。"戈邰几乎是不假思索地脱口而出，"我理解这次不良信贷资产的剥离，实际上是国家对国有企业长期欠债的一次总清算，表面上看是财政拿钱为银行的坏账买单，而实质上这些坏账大都是过去银行替财政给国有企业的垫资，所以我们的剥离实际是财政还国企的债。现在政府正在主持国有企业的改制，我们的不良贷款资产剥离与国有企业的改制唱的就是一台戏。抓住这个机会与国企改制配合就能双赢，实际上最后赢家就是国有企业。在这一点上，我非常感谢市委的杨柳书记，没有他的宽阔襟怀和大力支持，我们漳河市分行的剥离工作没有这样顺利。"

听到戈邰这样的汇报徐光钊感到非常欣慰，戈邰对剥离工作的这个认识角度自己不曾有过，很有道理。他感到了戈邰的逐渐成熟，看到戈邰这样有效地开展工作，徐光钊甚至觉得自己有些跟不上年轻人的进步了。如果自己当初用戈邰这样的思维和工作方式在全省推进不良信贷资产的剥离工作，效果可能比现在要好许多。他对戈邰说："你对问题的认识是准确的，特别是借助国有企业改革的动力，把两股力量合在一起实现了双赢，这对其他行都有借鉴意义。"

戈邰不在意徐光钊的肯定和表扬，他的思维还在惯性中滑行："我现在对1998年以后新发生的不良贷款的处置有些吃不太准，总觉得这种情况的处置与历史上形成的不良贷款处置应该有区别。"

"总行对这不是有规定吗？你具体的想法是什么？"徐光钊问。

戈劢说："这类不良贷款形成的原因既不是计划经济的影响也没有政府的行政干预，银行对这类不良贷款应该负有责任。我想在不良资产剥离当中是不是要把这类不良贷款留在我们银行，由我们以后去进行处置或清收。"

徐光钊说："我也想过同样的问题，1998年以后的新增的不良贷款我们有无法推卸的责任。关于责任追究总行会有相应的政策出台，我们要严格按政策执行。但是，这类不良贷款是仍留在银行还是剥离转让给资产公司，我主张还是要坚持剥离出去，我们今后的主要精力要用在现代银行的建设与发展的方向上，不能因为有太多不良信贷资产的拖累而影响银行的发展。"

戈劢说："我们那里有一家原来经营得很好的商贸公司突然出现问题，我总觉得有些蹊跷，但是又没有精力做仔细分析。我想把它留下来。"

徐光钊说："有问题也剥离出去，你今后没有精力去专门研究它。财政部和银监会在资产剥离作伪的问题上已经有了严格的界定，任何作伪的行为都是要负法律责任的，哪怕一时得逞也总有被追究的一天。对作恶的事不是不报，时候未到。资产剥离不是债务的豁免，你要相信资产管理公司的同志管理和处置这类资产的智慧。"

在利达商贸公司不良贷款处置问题上，戈劢所思考的问题闵洁都想到了并有提防。当初兰天翔在得到银行要对不良信贷资产剥离的消息以后，把银行的有关政策研究透了。他的野心很大，最初的设计要把利达商贸公司伪装成严重的资不抵债，然后诱骗银行把利达商贸公司的贷款列入损失类贷款，再借用一个空壳公司使用少量的资金来重组利达商贸公司，银行就可以核销利达商贸公司的大部分贷款损失。他这个方案让闵洁否决了。闵洁与兰天翔搅为一体以后，就把兰天翔的事情当成了自己的事情，她对兰天翔提出的利达商贸公司重组方案最大的不放心就是损失类贷款核销由银行账销案存，银行对债务人存在法律上永久的追索权力，只要戈劢还在银行当行长，"账销案存"就是永远悬在兰天翔和自己头上的一把利剑，若戈劢动了心去调查利达商贸公司的不良贷款，所有的问题都会真相大白。闵洁反对兰天翔为了贪多去冒这样大的风险，她坚持要兰天翔拿出一部分说得过去的资产出来抵偿银行债务或提供抵押，把利达商贸公司的贷款剥离给资产管理公司，虽然资产管理公司以后也会继续追讨债务，但是由于政策上的宽容，资产公司追讨债务的力度会小得多，只要把伪装做得好一些，两千万的贷款逃掉一半是没有问题的，有了这一笔来得很轻松的横财，楼汉唐以后跟着兰天翔一道做生意的底气也要足很多。闵洁这个意见被兰天翔采纳，所以才有了后来闵洁带着傅丽萍到利达商贸公司"逼"出了那么多的抵押资产。

利达商贸公司不良贷款的剥离预案得到省分行的批复以后，今天闵洁又带着傅丽萍来到利达商贸公司，正式办理贷款确权和有关资产的抵押手续。

闵洁正在利达商贸公司忙碌的时候，兰天翔和楼汉唐正在郢都市郊的天翔空间谈论利达商贸公司的事情。

楼汉唐从小过惯了养尊处优的日子，没有学到多少真本领，当做高官的父亲去世以后他的小日子风光不再。幸好他娶了漂亮能干的闵洁，家里和公司里的重要事情都是闵洁担待着，楼汉唐还可以照样衣食无忧。前些日子闵洁告诉他，她帮助兰天翔操作利达商贸公司不良贷款的剥离，可以为兰天翔获利上千万元，兰天翔答应了楼汉唐以后作为公司合伙人，共同经营兰天翔的公司。楼汉唐很关心兰天翔同意让他占公司多大份额的股权，闵洁告诉他这只是一个意向，具体的股权份额还没有商量。过去楼汉唐跟兰天翔打交道，都只是向兰天翔的开发项目提供一些建筑材料，虽然中间有钱可赚，但都是一些"做搬运"的苦力钱，如果真的能够成为兰天翔的合伙人，今后就可以大把大把地赚钱了。心里头揣着这样梦想的楼汉唐加大了与兰天翔的联络，隔三岔五地往兰天翔这里跑，兰天翔对楼汉唐面子上虽然很火热，但他心里头却瞧不上吃软饭的楼汉唐，可惜了闵洁这样一朵漂亮的牡丹花。可是他还照样给足楼汉唐的面子，让楼汉唐在得意中飘飘然，在逍遥中晕乎乎，只有这样自己才有机可乘。

他们聊天的时候有一句没一句，兰天翔懂得楼汉唐的心思，宽慰他说："你放心，今后我的公司就是你的公司，不管利达商贸公司的结果如何，你和闵科长一辈子就不愁饭吃了。"中午兰天翔陪着楼汉唐吃饭，有意多灌了他几杯酒,楼汉唐已经有了几分醉意,他卷着舌头口齿不清地说:"兰总,柳总在不在公司,把她叫过来一起喝酒吧。"

兰天翔知道楼汉唐一直觊觎着美女柳总,但他舍不得让楼汉唐染指,说道:"柳总出差了。"

兰天翔见楼汉唐已经不清醒了,叫来一位服务员把他扶到客房里去休息了。安顿好楼汉唐后兰天翔叫来了自己的司机说:"下午六点半之前赶到漳河嘉华宾馆。"他靠在车上给闵洁发出他到漳河的信息后就蒙头大睡了。

司机叫醒他的时候刚六点过五分,时间还很充裕。他进入宾馆2008房间,看到宾馆已经按照他的要求把房间布置妥当。他给自己沏好了一杯茶,一边品茶一边等待着销魂的时刻。

四十六、打凤捞龙

戈舀从徐光钊办公室出来就给刘长源打电话，连续拨了两次办公室电话都没人接。最近一段时间因为工作太忙，戈舀好几个月都没有与刘长源见面了，心里挺想他的。戈舀与刘长源的相识很偶然。那一年春节回家探亲，乡里领导把本乡在外面工作并已经走上领导岗位的同乡约在一起吃饭，能够有幸入围的都是本籍在外工作的县处级以上领导干部。乡领导的意思非常明确，就是希望这些手上有一定权力和资源的老乡能够为家乡的建设多出一把力。戈舀就是在那一次的老乡会上认识刘长源的，知道了刘长源是本乡第一个到北京读大学的人，现在是央行郢州省分行的处长。戈舀刚被提拔为分行副行长不久，乡政府不知哪里得到的消息，也邀请他参加了这样的老乡会。在参加会议的老乡当中他的资历最浅，他除了给这些前辈老乡敬酒之外几乎没有说话。乡领导也很现实，谁为家乡的贡献越大谁得到的尊重越多，谁的家庭得到的照顾也越多。刘长源在央行虽然权位也很重，但很少给家乡建设有过具体的帮助，这样的老乡会对他而言只不过是礼节性的。戈舀进来了以后刘长源多了一个有共同语言的小老乡，慢慢他们成为了好朋友。不过戈舀始终尊刘长源为大哥，每次到郢都来，如果没有特殊情况他们都要在一起聚聚。

戈舀给刘长源办公室打过两次电话都没有人接，就给他发了一条短信："我到郢都了，你在哪里？"短信发出不到一分钟戈舀就接到刘长源的电话："舀子，你现在在哪里？赶快到我这里来。"

戈舀问："你不在办公室？我打了两遍电话都没人接。"

刘长源说："我现在在泰和广场的二十八楼，你马上到我这里来。"

"泰和广场在哪里我不知道，你在那里干什么呀？"戈舀问。

刘长源回答说："见面再给你讲。从你们省分行出门向东走大约一千米左转到宁康路，再往前两百米就到泰和广场。你马上过来。"

司机按照戈�指示的线路很快就把他送到了泰和广场的楼下。这是一个占地面积很大的写字楼，楼下靠北的商场已经开始营业，南边的门店正在装修。戈弢坐电梯来到二十八楼，当他走出电梯轿厢，看见左右办公区域的玻璃大门上赫然贴着几个蓝色"沪发银行（筹）"的大字和银行的标志，这让戈弢惊诧不已。他推开了左边的玻璃大门，迎宾台后的年轻女性站立起来礼貌地问道："请问先生您找谁？"

"我找刘长源。"戈弢回答道。

"请问您是戈先生吗？"迎宾小姐问道。在得到肯定的答复以后，迎宾小姐说："刘行长在这边，请您跟我来。"说完在前面给戈弢带路。戈弢满腹疑惑地跟着迎宾小姐走到楼道的尽头，只见一间办公室挂着"行长室"的门牌。迎宾小姐停下脚轻轻地敲了两下门，里面传来刘长源的声音："请进。"

"刘行长，客人到了。"迎宾小姐推开了门，说完后回头示意戈弢进门。当戈弢走进办公室的时候，刘长源已经从宽大的办公桌后面起身大步地朝戈弢走来说："我正要找你，你就自己送上门来了，看样子这就是天意。"说完两人的手紧紧握在一起。迎宾小姐给戈弢沏好茶，无声地退出了房间。

刘长源看见戈弢一脸蒙圈的样子就问道："犯糊涂了吧？"

戈弢这时才问道："长源哥，我们才两三个月没见面，你就改换门庭啦？"

刘长源掏出中华牌香烟抽出一支递给戈弢说："弢子你别急，听我慢慢地给你讲。"刘长源给自己点燃了香烟然后把火机递给了戈弢，猛吸了一口香烟之后他对戈弢说："潘汉胜到鄂州来筹办沪发银行你是知道的。其实老潘从一开始就鼓动我到沪发银行来当行长，当初我没有这个想法。张华涛找到我的时候我向老潘做了推荐，建议华涛到沪发银行做行长，不知道什么原因老潘就是看不上张华涛，也可能就是发现华涛身上的那些毛病，老潘是个疾恶如仇的人。在这一段时间里沪发银行的筹备工作一直没有停下来，他们派来了一位候任的副行长主持筹备工作，地方上的很多事情都是我在替他们张罗。老潘对我一直不死心，说我的情况他们行领导做过全面了解，非常欢迎我到鄂州分行主持工作，这样我也慢慢地动心了。"说到这里刘长源弹了弹烟灰，接着说："这些年几乎形成一种惯例，就是股份制银行到了一个新的区域筹建分行，通常分行一把手都是当地监管部门的干部出任，这样对新成立的分行拓展业务确实有它的优势。我在央行工作了这么多年,本来也熟悉了自己的工作,可是这些年央行各地分行的管理职能要么一部分转移到银监局,要么一部分上收到总行,分行越来越边缘化,像我这样精力充沛的人总觉得无事可做,这样待下去也确实没有意思,自己的生命完全给浪费掉了。当老潘再次找到我的时候我就答应了他。到沪发银行以后一来自己可以做一点实事,二来工资收入水平也可以翻几个跟头。"说到这里刘长源露出一脸无奈的笑。

戈舀听到这里高兴地说:"长源哥,你的选择是对的,我举双手赞成,你的聪明才智再不充分使用就真是浪费了。"

刘长源说:"什么才智啊,有人用的地方是才智,没人用的地方才不值。"

戈舀说:"我第一次听长源哥说这么消沉的话,你现在不是有了一个新天地吗?正好发挥你的才智。"

"舀子,我想要你过来和我一起干。"刘长源摁灭了烟头看着戈舀说。

"我?"戈舀瞪大了眼睛吃惊地望着刘长源说:"我从来没想过这个问题。"

刘长源说:"叫你过来就是要与你商量。华涛曾经想过来老潘不同意,就给他找了一个必须调动的托词。其实我也不太喜欢华涛的性格。你过来给我当副手,我们珠联璧合,一定能够干出一番大事业。"

戈舀说:"长源哥,你知道我从来不爱说假话,我说下面的话你别不高兴。你刚刚提到这个问题的时候太突然,我没有想过也不好答复你,现在我仔细想了想觉得可能性不大。虽然我在这边的银行干得不算很顺,领导也不太喜欢我,但我毕竟是端这里的碗、吃这里的饭长大的,就这样跳槽走自己有一种背叛的感觉。你知道我们乡下有一种说法是'儿不嫌母丑,狗不嫌家贫'。"

刘长源说:"舀子,你这么一说我倒像叛徒了。"

戈舀担心刘长源对自己的话有误会,赶紧解释说:"长源哥,你千万别这样说,我怎么会说你是叛徒呢?实际是我们俩的情况不一样,你的离开你们行领导一定是非常认可,如果我们行领导也是这样的态度,我跟着你走没问题。换句话说,如果是组织行为我到哪里干都一样。"

刘长源听到这样的答复脸上露出喜色说:"舀子,军中无戏言,你说话算数吗？"

戈召说："长源哥你这又是多问的一句话，我什么时候说话不算数啦？但是，我要说清楚的一点是，这种调动是你与我们分行组织之间的协商，不是我个人的要求。"

刘长源信心十足地说："当然是组织之间的协商，绝不用你个人出面。"

接下来，两人聊天的话题越来越广泛，从国有商业银行的优势谈到新兴的股份制商业银行发展的后来居上，从郓州省工、农业生产结构谈到加入WTO对中国经济的影响，从银行业的金融创新谈到了金融监管的落后，他们谈话的兴致越来越高。在聊到兴奋的时候刘长源说："召子，金融界像你这样既有理论水平又有实践经验的人真是不多，我们两人联手一定能够优势互补，干出一些名堂来。"

戈召说："长源哥，听了我后头的话别人一定要说我们俩在互相吹捧。干银行的像你这样有眼界、有气魄的人确实不多，跟着你干一定会有很大的长进。"说到这里戈召停顿了一下说："但是这些年来我有一个比较突出的感觉，就是监管部门的人对商业银行的了解越来越少了，有时候出台的一些政策都让我们觉得不着边际，不知道该如何执行。有些到商业银行来执行检查的人员，包括央行和银监局的人对商业银行业务很生疏，如果真要糊弄这些检查人员，十有八九的问题他们查不出来。"

刘长源说："你没说错，我也有这种感觉，但说不清楚是什么原因造成的。"

戈召说："很简单啊，就是这些年监管部门的人不接触、不了解商业银行的实际操作，出台政策和监管检查就像盲人摸象一样，缺乏对事物的整体认识。"

刘长源说："我们当初就不是这样的。"

戈召说："我们国家的第一代金融监管人员都是从商业银行的实际部门抽调去的一些精英，他们对商业银行的认识十分透彻，不管是业务指导还是业务检查都十分到位。"

刘长源说："据我了解银监会和央行每年都有一定数量的干部交流到商业银行去学习，应该是可以弥补这种业务不熟弊端的。"

听到刘长源这样说戈召笑了起来说："这种交流能够学习到什么呀，我也接待过这样的交流干部,来了以后我们把他们当神一样供着,他们自己也放不下身架,蜻蜓点水,除了养尊处优之外什么东西也学不到。"

刘长源也笑着说:"这不都是被商业银行的人惯坏的吗?"

戈岙很认真地回答刘长源的话说:"其实这是一种制度缺陷,哪一个人都怪不到。如果在制度上规定下来,每隔三五年监管部门与商业银行有一定比例的干部实行交流调动,这个问题自然会得到解决。"

刘长源说:"这个想法我倒没有过。"

戈岙说:"长源哥,等你熟悉了沪发银行的业务特点以后,你就会如虎添翼,把郢州省金融界搅得天翻地覆。"

刘长源说:"那要等你过来,我们一起来搅他个天翻地覆。"

戈岙说:"长源哥我们聊了这么多,我越发感觉不可能到你这里来。我们银行如果把我放行了,他们不是在拆自己的台吗?"

"这桩事交给我了你不管。"刘长源看时间已经不早了就说:"我们筹建当中现在还没有食堂,我和你到外面去吃饭。"说罢他拖着戈岙来到泰和广场三楼的酒店。刚刚在酒店大厅的一个角落找好座位,两人还没有完全坐定,戈岙接到了李玉芬的电话,说省分行计财务通知轻机公司的股权要转让给郢州证券,吴效梅又死活不同意,李玉芬急着要戈岙赶快回银行。戈岙跟她解释说:"李行长,我现在在郢都,不能马上回行里。"李玉芬仍然坚持要戈岙回银行:"你今天一定要回来,多晚我都等你。"戈岙只好答应:"好,我一定下午赶回来。"戈岙挂断李玉芬的电话后很无奈地对刘长源说:"不能喝酒啦,简单吃点东西赶回漳河去。"随后他对坐在旁边桌子上的司机说:"你过来一块儿吃饭,二十分钟以后我们出发回漳河。"

刘长源问:"什么事情这么急着要回去?"

戈岙问:"长源哥知道郢州证券吗?"

"你怎么突然就问到郢州证券了?"刘长源有些纳闷。

戈岙告诉刘长源说:"我们手上有轻机公司的一千万股权,现在正在寻找转让对家,今天省分行突然要我们转让给郢州证券,不知道当中又有什么把戏。"

刘长源说:"肯定是叶玉堂找了你们行领导,无非是要求价格优惠。"

"叶玉堂是什么人?"戈岙问。

刘长源说："这个人原来是省政府跟张良继副省长拎包的副秘书长，到龄后安排到鄞州证券当董事长，拿几年的高薪。在位贪不贪不知道，临退休再找一个位置合法地捞一把谁也不能说什么。"

"我不管这位董事长，我只关心鄞州证券怎么样。"戈召说。

刘长源说："鄞州证券最初是我们省分行办的一家证券公司，后来独立出去了。据说现在正准备上市，股东成分已经很复杂，我说不清楚。"

"谢谢长源哥，有这些就够了。我吃两口就走，下次来再陪你喝酒。"戈召略带歉意地说。

"到沪发银行的事情你要给我正式答复哦。"刘长源忘不了他自己的事情。戈召耸耸肩，给刘长源做了一个怪相。

不到十分钟他们草草吃完饭。

刘长源办事也是一个急性子，他与戈召分手以后立马给徐光钊打电话："徐行长你好，我是刘长源。你午睡了吗？"

"刘处长你好！"徐光钊在电话里热情地答应着，"我是不是要改口叫刘行长啦？"

刘长源呵呵地笑出声来："徐行长的消息蛮灵通，我刚过来不到一个月你就知道了，还没来得及向你汇报。"

"你是金融界的知名人物，有什么动静大家会不知道？"徐光钊说道。

刘长源说："今后少不了要你帮助，你可别小气哦。"

"刘行长今天是不是为了干部的事情要商量，我可以猜猜看吧？"徐光钊开始改口称呼刘长源。

刘长源说："什么事情都瞒不了徐行长，你不用猜了，就说这个事情有没有可能性吧。"

徐光钊还是主动把谜底挑开说："你是想戈召跟你一块儿走对吧？我不是一把手没有办法给你正式的答复，只能从朋友的角度给你分析，这桩事情的可能性不大。有三条理由，第一，戈召绝对不会主动地提出来跳槽。第二，如果沪发银行提出商调的要求，我们的一把手行长也不会同意，尽管我们高行长与戈召相处得不算特别融洽，但是戈召的为人和工作能力有口皆碑，高行长不会因为个人的好恶轻易放走一个优秀的干部。第三，我既然知道了这个消息，我就会劝阻戈召不要离开，培养一个优秀的干部太难了。我这样说刘行长不会不高兴吧？"

徐光钊性格耿直在全省都有名，但是这样率真的答复还是令刘长源有点猝不及防。稍有迟疑后他回答说："跟徐行长打交道就是爽快，清澈见底，戈咎跟着你是福气。"

"刘行长这样说我可不敢当。你我都是臭味相投的人，彼此彼此。"徐光钊轻松地化解了窘迫的气氛。

刘长源说："既然这样我就不多说了，打扰你休息了，再见。"

徐光钊也说："请刘行长不要见怪，再见。"

正在睡午觉的徐光钊被这通电话吵醒之后就再也没有睡意，刘长源的电话让他对戈咎多了几分担忧。尽管戈咎身上还有一些不够成熟的地方，但是徐光钊认为他是一个能够挑重担、顶大梁的人，今后鄞州省分行有像戈咎这样的干部来统率，才会在激烈的竞争中立于不败之地。这些年是有一些国有商业银行的中层管理人员跳槽到新的股份制商业银行去做分行级领导，但通常都是在本行已经没有上升空间的人。戈咎还有空间吗？按照他的品行和工作能力应该还有很大的空间，但是他的一些处事方式是高亦尚行长不能接受的，没有一把手行长的认可，戈咎的空间还存在吗？如果没有空间戈咎到沪发银行去就是一条生路，自己为什么要拦着戈咎呢？关键的问题在于戈咎有没有上升的空间自己说了不算。徐光钊打算有机会的时候一定要与高亦尚聊聊对戈咎的看法。

刘长源的电话挂断以后，这些东西就像意识流在徐光钊的大脑里窜来窜去没有停歇。

四十七、两两相权

总行的不良资产剥离卖方尽职调查动员视频会议正在进行。这一次的视频会议范围特别广,从总行机关到省分行、二级分行和县支行所有信贷营销人员、信贷管理人员、风险管理人员、内控合规管理人员和纪检监察人员全部参加了会议。会议名称中"卖方尽职调查"的提法大家过去没有见到过,觉得很奇怪。总行常路达副行长在卖方尽职调查动员报告里讲,经过全行信贷业务条线及相关专业几万员工的艰苦工作,不良信贷资产剥离工作的确权、清收、核销、处置等各环节取得重大进展,经过外部和内部合规性的检查,对不良资产剥离工作中的偏差进行了实事求是的纠正,不良资产剥离工作进入到最后的冲刺阶段。我们即将开展的不良资产剥离卖方尽职调查,就是站在卖方的立场上对即将出售给资产管理公司的所有不良资产,遵循审慎性原则实行全面复核,对列入不良资产剥离范围的所有案件,实行"第三只眼审看",即业务营销人员对剥离案件要百分之百交叉复查,业务管理人员和内控合规人员对剥离案件要按一定比例抽查,保证所有不良资产债权合法、数据真实、追偿有效,坚决做到对历史负责,对自己负责,对买方负责。

面对常路达副行长的讲解,漳河分行参加视频会的信贷业务人员大多数都不以为然,他们认为所谓卖方尽职调查就是对已经做好的剥离预案进行一次交叉复核,这算不了什么,因为行内、行外各种检查监督已经过了好几遍,如果有什么问题早就暴露出来了。视频分会场上大家纷纷交头接耳,小声地谈论着自己喜欢的话题,整个会场气氛都比较松散。

常路达副行长刚刚结束动员,电视屏幕上常路达离开发言席位的画面很快切换成主持会议的总行风险总监张国民,他拿着会议议程宣布:下面请内控部总经理林风啸宣读总行《关于不良贷款剥离过程中责任追究的通知》。张国民的话音刚落,交头接耳的人马上停止了他们的私语,会场很快安静下来，大家的目光都齐刷刷地集中到电视屏幕上。林风啸慢条斯理地坐到发言席上，用手摆弄了一会儿麦克风，不知是故意还是下意识地清了清嗓子才开口说道："同志们，我们在传达总行的通知之前，先与大家共同学习《财政部、人民银行、银监会关于加强国有商业银行不良贷款剥离过程中责任追究的通知》"，接下来林风啸用标准的普通话语调向大家宣读了《通知》的内容："根据国有独资商业银行股份制改造试点工作领导小组会议决定，为加强不良资产责任追究工作，减少资产损失，防范道德风范，现就国有商业银行当前及今后改制重组剥离不良资产过程中的责任追究问题通知如下：一、国有商业银行应加强内部责任追究工作，建立问责制，加强内部审计和稽核，对贷款发放、管理、处置、剥离过程中的违规违纪行为，按处理事与处理人结合的原则，严肃查处，特别要注意查办因决策失误、内控机制不全形成的损失案件。对不良资产剥离中发现的原贷款发放中的违法违规、渎职损失等行为，包括违规发放贷款、贷后跟踪和管理失职，资产保全和处置不当等，以及不良资产剥离中操作不规范、弄虚作假、掩盖违法违规犯罪行为、隐瞒损失等行为，按不同情形和性质，严肃追究直接责任人和相关领导责任，从严处罚，涉嫌违法犯罪的移交司法机关处理……"

林风啸传达文件还没有停下来，漳河市分行的视频会场已经炸开了锅。开始大家只是嗡嗡地小声议论，渐渐声音越来越大，当林风啸念到"涉嫌违法犯罪的移交司法机关处理"的时候，坐在最前排的肖强恨恨地骂了一句"他娘的"，忽地站起来把椅子使劲往后一推，掏出香烟走出了会议室。肖强的举动像一个火星点燃了会议室，整个会场骚动起来，议论的、叫喊的都有，"凭什么处分信贷员，贷款都是领导决定的""当时的贷款都是政府领导逼着放的，把市长抓过来""我们不干了""放屁！""把你抓去坐牢"，各种各样的声音不绝于耳。

戈召坐在前排一直没有说话，他一边做着记录一边思考着财政部、银监会和总行出台这种文件的意图，他觉得笼统地说处分似乎让人难以接受，他想把银监会和总行的精神吃透了以后再提贯彻意见，没想到肖强的鲁莽举动把大家的情绪挑逗起来。人是感情动物，当对一件事情没有完全理解的时候，产生一些偏激的情绪可以理解也可以接受，大家开始发牢骚的时候戈召也能隐忍不语，当看到大家的情绪快要失控了，戈召果断地站起来，面对群情激愤的这些同事，他淡淡地说："没有必要太激动，认真地听领导怎么说，有什么想法我们会后可以交流。"戈昝在漳河市分行的威信实在太高，他轻轻的一句话就让刚才沸腾的会议室马上鸦雀无声。坐在会议室一角的闵洁看在眼里佩服在心里，感叹戈昝的人格魅力。

省行视频会议室里徐光钊和高亦尚坐在前排，他们的正上前方悬挂着一帧大幅的投影电视屏幕，播放着总行视频会议主会场的画面，在他们的下前方左右各有一台电视机，滚动播放着鄞州各二级分行视频会议分会场的画面。此时此刻的徐光钊只能一心二用，他既要聆听总行的工作部署又要关照基层干部员工的思想情绪。他看到了二级分行分会场员工躁动的画面，猜想大家的情绪一定不会平静，感到了一种压力甚至是焦虑，面对上级的高压态势和员工的激愤情绪，站在两者中间的省分行如何执行财政部、银监会的文件和总行的精神，这对于鄞州省分行的决策者又是一个考验。

徐光钊用手肘碰了碰正聚精会神听报告的高亦尚说："高行长，你看看二级分行的会场。"

高亦尚把目光从大屏幕移到了二级分行的会场，盯着看了好一会儿后他疑惑地问道："会场怎么都这么乱？"

徐光钊小声地回答说："大家可能对责任追究不理解，引起了情绪上的波动。"

高亦尚不明白："有什么不理解？我们不都在听吗？哪一个有情绪波动？"说完他环视了省分行安静的视频会议室以证明他的判断。

高亦尚的这种态度正是徐光钊担心的。高亦尚长期在总行机关，他所从事的国际业务与国内信贷业务的关联性又很小，对信贷管理体制的沿革了解得不多，当然就很难理解信贷业务一线人员对于责任追究的那种感受。如果高亦尚不能够历史地对待信贷资产的现状，鄞州省分行在不良信贷资产剥离的责任追究上，就可能会出现简单和粗暴的做法，激化基层员工与上级的矛盾，甚至会酿出恶性事故。徐光钊暗自提示自己一定要给高行长把道理讲清楚，有些该坚持的地方坚决不能放弃原则。现在会场上不是给高亦尚讲道理的地方，他只能搪塞高亦尚的话："在提出贯彻意见之前我们认真讨论和研究一下细节吧。"

"可以，你看需要哪些部门的同志参加，通知他们就行。"高亦尚答复说。

自从上次总行不点名批评了郢州省分行之后，高亦尚看到了自己与徐光钊在能力上的差距，更看到了徐光钊为了维护一把手行长的威信和省分行党委班子的团结而忍辱负重的品行。高亦尚越来越信任和倚重徐光钊，越来越尊重徐光钊，对徐光钊所提出来的各种意见和建议，他都会充分地考虑和采纳。

总行的视频会结束以后，徐光钊叫肖桂庭通知纪委书记莫亚丹、监察室主任谭启德、风险管理处长于海军、信贷管理处长张华涛、人事处处长方圆、内控合规处副处长李彬等人到小会议室继续开会，研究如何贯彻总行会议精神。会议讨论如何贯彻关于开展不良信贷资产剥离前的卖方尽职调查的问题非常顺利，很快统一了意见，并决定由法律事务处牵头，信贷管理处、风险管理处、监察室和内控合规处派员参加组成省分行督察小组，赴各地督促检查，各行的尽职调查必须在总行规定的时间内完成。当会议讨论不良资产剥离责任追究时却出现了很大的意见分歧，各种意见相持不下，直到深夜会议都没有一个统一的意见。

监察室谭启德第一个把难题抛出来，他用持重的态度说："对人的处分是一个很严肃的问题，过去我们对员工处罚的依据是国务院的《企业职工奖惩条例》，这个条例几年前已经废止，我们现在对违规员工的处罚依据，是总行按照《劳动法》的要求所制定的《员工违规行为处理暂行规定》。《规定》在程序上要求收集违规员工的违纪材料，审核事情的真伪，认定违规行为的性质，然后提出处分的初步意见。过去我们对某一个人的处罚一般都需要十天到半个月的工作时间，像不良资产剥离这样大面积的处分员工，监察室目前的力量几年都无法完成。"

莫亚丹听了谭启德的发言有些生气地说："老谭这是一个不负责任的态度，财政部银监会的规定是针对全国所有商业银行提出来的，难道全国的商业银行都跟我们郢州分行一样，几年都没办法完成吗？"

谭启德很不喜欢这位平常不上班，来了就爱说大话的书记夫人，他轻蔑地回答说："当然有办法！那就是修改制度，采用简易方法。这个我说了不算你说了也不算，要总行发话。"

高亦尚不习惯高管人员的会议上有这样的氛围，他说："我们是在开会讨论问题，大家都要有自己的风度。"

谭启德继续说："我查看过总行的《规定》，涉及信贷违规的事实认定的条款一共有七条二十三款，在违规事实认定准确的基础上才能确定处罚的级次，逐个案件地去调查核实和认定，确实是一个天量的工作。"

徐光钊问："老谭，二级分行有没有管辖权限？"

"记过以上的处分由一级分行管辖，通报批评、警告和严重警告由二级分行管辖。"谭启德回答说。

高亦尚说："大量的事实认定交由二级分行查办，这不就很大程度上解决了人手不足的问题嘛。所以许多问题还是越讨论越明白。下面哪个部门发言？大家可以把问题先摆出来，然后我们集中来讨论怎么办。靠争论十天也解决不了问题。"

谭启德听高亦尚这么说不再吭声。于海军见没有人发言他开口说："实际操作中我们会有一个问题无法回避，就是一个信贷客户曾经有多人经手管理，这个责任如何认定。我随便举例说，分行营业部的信贷客户省糖业烟酒公司，过去是一家二级批发的商业公司，因为商业体制改革这样的公司几乎全都被淘汰，目前他们有五千六百万的可疑类贷款，这是1949年以来滚动到今天的贷款余额，现在的管户信贷员是一个刚接户不到一年的年轻大学生，我们是不是要把几十年形成的不良贷款责任，全部要这位年轻的大学生来承担。或者说我们对五千六百万的可疑贷款责任向前追溯，那就会出现前任信贷员，还有前任的前任甚至更多的前任。"

高亦尚听到这里又觉得头皮发麻，他无法插言，他看徐光钊有什么反应，但徐光钊的脸上看不出任何的表现，只好淡淡地对于海军说："接着讲。"

于海军说："我没有啦，只是把问题提出来大家一起讨论。"

张华涛看大家都在踊跃发言，他觉得自己不应该冷场："我提一个问题。我们不良贷款形成的时间很长，形成的原因也是五花八门，如果不分青红皂白地就要处分信贷员，谁都不会服气。"

高亦尚说："华涛说话要注意分寸，什么叫不分青红皂白，我们大家不是都在讨论吗？"

高亦尚的批评让张华涛觉得脸上一阵发热，他赶紧解释说："对不起，是我用词不当。我想表达的意思是，过去很多贷款发放的决策权不在信贷员手里，有时候上级行的一份红头文件，一个计划通知书信贷员就要给企业放款，这些贷款后来形成了不良，如果追究信贷员于情于理都说不过去。"

莫亚丹被谭启德抢白以后心中不快,她平常不想来上班就称病,但只要有表现的机会她还是要体现她的存在。听了张华涛的发言莫亚丹突发奇想,她说:"我们能不能把总行的文件照样转发下去,不提任何的具体要求,让各二级分行根据自己的实际情况掌握操作。"

大家都觉得她这完全是一个馊主意,但是没有人去戳穿。会议冷场了几分钟后人事处长方圆说:"莫书记说的应该是一个办法,过去我们照转总行的文件也有先例。不过这一次对责任追究的处理,如果全行没有一个统一的标准,各二级分行按照自己的理解去处理,全省很可能就出现同样性质的一件事处理的结果会五花八门。"方圆说完大家纷纷点头默认。莫亚丹看到这种场景感到了一阵小小的尴尬。

徐光钊见众人的发言差不多了,觉得应该是自己讲话的时候。他说:"对于不良信贷资产剥离的责任追究,我要把话扯得远一点。"说完这句话徐光钊故意停了下来,他要大家都能精神集中听他的这番话。环顾会场的每一个人以后,徐光钊接着讲:"我们现在有几百亿的不良贷款存在,这些不良贷款的发放和形成大多数都是在计划经济时期发生的,或者说是在计划时期发生并逐渐累积起来的。这些贷款的发放在当时的历史条件下不能说有错。在过去的历史背景下,随着时间的推移,大量的国有企业生产技术和设备逐渐落后和老化,国家的财力不足,无法保证国有企业技术改造和升级换代,甚至企业生产所需的流动资金补充都出现了短缺,国有企业生产经营越来越困难,相对应银行的贷款质量也开始逐渐恶化。在1983年以后国家要求银行统一管理企业的流动资金,实质是企业部分资本性的资金不足也开始由信贷资金填补,银行在一定程度上充当了财政出资人角色,信贷资金与财政资金混为一团,信贷资金管理一些概念就更加模糊。这是一个大的历史背景,我们不能说国家的政策有错,因为当时不采取这样的措施,国民经济可能一天也难以维持下去。改革开放初期我国经济经历了一个阵痛过程,大量的国企亏损,很多企业职工工资都发不出来。那个时候的省长、市长、县长就像消防队员一家家的企业跑,一家家的企业'灭火',银行就是他们灭火的蓄水池。我就参加过很多次政府领导主持的企业现场会,一般都是在企业领导叫苦完了之后,政府领导就发话银行给多少钱,当时这些指令我们都得执行。甚至还有一些我们今天听来都觉得好笑的贷款理由,比如为了保证企业的生产秩序和社会秩序的稳定,我们给很多亏损严重的企业贷过款,给困难企业贷款发职工工资,甚至是购买生活物资都发放过贷款,这些贷款一出去就注定了是呆账、死账。这些贷款今天都还留在我们的账上。这就是我们看到的巨额不良信贷资产形成的诸多原因。这一类的不良信贷资产的处置要追究信贷员的责任,说一句大实话,我心里都过不去。但是我们还要换角度去想问题,这么巨额的不良贷款的损失,财政部、央行、银监局他们作为国家财富的监管者和守护者能够一句话不说吗?这么多的不良贷款连一个责任人都没有,无论如何不好交代。我们作为金融高管人员,既要考虑到我们员工的事情,更要站在政府的立场上考虑。我们能不能找到一个两全的办法,这对我们的智慧是一种检验。"

徐光钊说到这里停了下来,大家用期待的目光看着他。

徐光钊拿起水杯呷了一口水,润了润干涩的嗓子后接着说:"大家刚才都谈到了,对于一笔历史流转下来的贷款最后形成了不良,要分清责任是非常困难的,完全弄清楚情况不知道要耗费多少精力。再说,就算我们把历史的来龙去脉都搞清楚了,真正的责任人我们是否能够追究也是大问题,很可能这个责任人当时就是执行上级的某一个指令,或许有的责任人早就不在银行了,等等。这都是一些具体困难。但是财政部和总行的文件精神还是要执行啊,怎么办呢?我有一个不太成熟的想法,说出来大家可以讨论可以批评。我建议对历史形成的可疑类和损失类贷款,如果发现贷款发放和管理中有明显违规违法行为的,要严格按规定对当事人坚决予以追究。如果这些贷款发放和管理中没有发现明显违规违纪行为,对现职的信贷员的责任追究一律给予通报批评,并不再作历史上溯,而对负有领导责任的各级领导分别给予追究,对县支行分管行长和二级分行的信贷科长给予警告处分,对二级分行分管行长分别给予严重警告处分,我本人作为省分行的责任人给予记大过。虽然这样做看起来是有些不合理,特别是对基层的同志有些胡子眉毛一把抓,但是这是一个两两相权择其优的方法。我们也要相信绝大多数干部员工能够理解我们的做法,承担起这个责任。我说完了。"

高亦尚听了徐光钊的高论觉得茅塞顿开,一些原来让他觉得解不开的死结全都活了。他情不自禁地鼓起掌来,大家随着高亦尚的鼓掌纷纷用掌声表示对徐光钊的认同和感谢。徐光钊谦虚地对大家说:"大家别给我鼓掌啦,还有一个问题我说漏了。就是我们在强调历史原因的时候，绝不能把我们工作中的失误完全撇干净。应该说在1998年中央银行的大区行成立以后，政府部门用计划经济手段对银行经营的干预就基本不再有了，在这以后发生的新的不良贷款我们是不能够逃避责任的，我们要按财政部、银监会和总行的标准去评价我们1998年以后新发生的不良贷款，属于我们工作失误的，对当事人就应当按规定予以严格追究。"

徐光钊的发言于情于理都得到了大家的认可。高亦尚说："徐行长，我是一把手怎么能够袖手旁观，省行领导的责任应该由我来承担而不是你。"

徐光钊说："实事求是地讲，你来郢州不到一年的时间，要你去承担责任到哪里都说不通。再说我是省分行的老人，过去的决策很多都是从我这里出去的，承担责任理所当然。"

谭启德见两位行长争着要受处分就出来解围说："把你们两位行长的意见都报告总行，由总行决定。"

参会的人都觉得谭启德的意见可取，在这种情况下高亦尚说："大家如果没有意见，请监察室按照徐行长建议的思路提出省分行的贯彻意见，立即下发到二级分行，省分行和各二级分行按管辖权进行处理。关于我和徐行长谁承担省分行的领导责任也请老谭向总行请示。"

到会议结束的时候，东方已经泛起了鱼肚白。

四十八、怒不可遏

漳河新电厂项目签约仪式简单而隆重。其实新电厂项目离真正的开工建设的日子还很远，现在能够确定下来的就是国家发改委刚刚批复同意电厂项目的立项，可是漳河市政府马上面临换届，据传市长冷德元要升任省政协副主席。新电厂建设是他执政期间最大的一笔政绩，他不愿意接任者来坐享这样一笔丰厚的政治资源，要在自己的任上把新电厂项目的招牌挂出来。新电厂项目建设的土地还没有征用，现在还是一片郁郁葱葱的农田，原来打算隆重举行项目奠基仪式现在只好改成项目签约仪式，签约仪式也只能在宾馆的室内举行。新电厂建设的帷幕在冷德元执政期间拉开，新电厂项目当然就可以记在冷市长的功劳簿上。戈岙可不关心这些乱七八糟的东西，他只希望这个项目的商业贷款自己的银行能够进去，当看到嘉宾代表中自己是唯一的商业银行代表时，他才吃了一颗定心丸。

签约仪式的场面很排场，内容却很简单。会上宣读了国家发改委对新电厂项目的批复意见，冷市长临时不能到会，马副市长代为发表了热情洋溢的长篇讲话，中电集团计划发展部主任荆显涛代表投资人做了简单的讲话，葛景明以项目公司（筹）代表的身份也做了发言。仪式结束后离中午招待酒会还有不少的时间，《漳河日报》、漳河市电视台和漳河市广播电台、《漳河风情晚报》等新老媒体的一大群记者，抓住机会围着马副市长进行了采访。在新闻单位采访的空隙时间里，戈岙与老朋友荆显涛和葛景明聚在一起，戈岙还把开发银行郓州分行的熊大有处长介绍给了他们。戈岙说："今天是个好日子，晚上我带各位大哥去一个农家乐品尝地道的漳河菜，明天上山去打猎。"

荆显涛说："今天的仪式没有一点意思，八字还没一撇就闹这么一个场面，原来打算叫部里来个副总走走过场的，是开发银行的王晓炜局长打电话叫我一定来，而且嘱咐签约仪式上只能有老弟一家商业银行。算你老弟又欠了我一笔，到时候一起跟你算账。"

戈弢说："这笔账我一定记着。"

谈话中荆显涛向大家告辞，说北京不少事等着他去处理，无论大家怎么挽留他仍执意要走。没办法，葛景明只好安排人送他去机场。

戈弢虽然今天的心情很好，但是在中午的招待酒会上他也没有敞开酒量，因为省分行督导组下午就要到漳河。整个酒宴上他只喝了三小杯酒。第一杯他给马副市长敬了酒，虽然戈弢心里对马副市长有一些不痛快，但戈弢不是完全不懂委曲求全，他知道今后银行业务的发展和银行两千多员工及其家属的生活起居，都可能会遇到困难需要市政府帮助和支持，所以还是要保持与政府良好的关系。戈弢敬酒时马副市长竟然站起来回应，满面笑容，与过去见面时的态度大不相同，让戈弢觉得好不适应。第二杯他给葛景明敬酒，正是因为有葛景明的牵线搭桥戈弢才认识了荆显涛，才有了今天独占电厂项目的商业贷款的局面，也才有了坑口电厂的资产重组和不良贷款的转化，戈弢对葛景明的尊重和感激是发自肺腑的。第三杯他敬了熊大有，熊大有是长源哥的同学，在新电厂项目上也替戈弢向开行的总行传递过信息，双重的关系和双重的意义，这杯酒戈弢一定要敬。喝完三杯酒后戈弢再没端杯，他记挂着要早些回行里，省行督导组来了以后如何与之配合，贯彻好总行的视频会议精神。昨天肖强的态度让戈弢预感到贯彻总省行意见将会遇到很大阻力。

昨天下午办公室把省行传来的紧急文件《郧州省分行关于贯彻总行〈关于不良资产剥离责任追究通知〉的补充通知》送到了戈弢办公室，戈弢迅速地阅看了总省行的《通知》文本，感觉省分行提出的具体贯彻意见水平高，既充分考虑了复杂的历史原因，又没有放过新形势下经营失误的责任人，同时也体现了党员领导干部勇于承担责任的担当精神。在参加总行视频会议的时候戈弢在心里就犯过怵，不知道大面积的责任追究在漳河市分行将如何开展，看到省行的通知以后他觉得自己脑洞大开，也感觉到自己的思维和工作能力与省行领导的差距。看完文件以后他叫办公室赶紧把文件传给了肖强，并通知肖强一小时后到自己办公室里来商量如何贯彻省分行的意见。

戈弢没想到不到二十分钟时间，肖强就怒气冲冲地来到他的办公室，把总省行的文件往戈弢的桌子上用力一扔，气呼呼地说："我们调整分工吧，我不管信贷业务了。"

戈召诧异地看着肖强问道:"干什么生这么大的气?"说完从桌子后面站了起来,掏出香烟递给肖强,给肖强点燃了以后才给自己点上。戈召把肖强拉到沙发上坐下后心平气和地问道:"是什么事让你这样生气?"

肖强不正面回答戈召的提问,开口就是牢骚:"什么通知,财政部和总行的文件都没有规定由行长、科长来承担责任,高亦尚这放的是什么屁?"

戈召明白了肖强是因为对省行提出的由分管行长承担不良贷款责任而不满,就劝慰他说:"省行的文件不是针对你一个人,再说当领导的承担一些责任也是应该的。"

肖强愤愤地说:"俏皮话谁不会说!分管行长是领导,一把手就不是领导了?凭什么一把手有事情就可以不承担责任?"

肖强的怒怼让戈召无话应对。省分行文件把"负有领导责任"的对象明确指定是分管信贷的副行长,一把手行长没有被列入责任追究范围,戈召在肖强面前就这样被上级行置于了一个受指责的位置,让他有口难辩。戈召的无语让肖强觉得戈召理亏,于是更加来劲:"吃香的喝辣的都冲在前面,倒霉遭罪就把担子往别人身上卸。老子不干了,你调整分工吧,这个信贷业务还是你来管。"

戈召见肖强这样无理取闹心里也冒火,他压住自己的不满说:"不良资产的责任可以由我来承担,但是资产剥离这么紧张的时候调整分工也不妥当,你的想法开党委会的时候再说。"

"哼!你看着办吧。"肖强说完甩手出门了。

戈召不能因为肖强的态度而影响工作的部署,昨天他就叫分行办公室安排了今天下午的会议,特意告诉办公室主任要提前通知肖行长做好准备。办公室主任报告说省分行督导小组今天也要到漳河,戈召很高兴省分行督导小组到来,这对卖方尽职调查和责任认定工作的推动力会更大一些。

省分行督导小组是张华涛带队,这让戈召有些欣慰,毕竟张华涛是老朋友,在工作上总会更下力气一些。张华涛一行到漳河分行的时候已经快下午两点钟,张华涛简单地介绍了省分行关于卖方尽职调查和不良信贷资产剥离责任追究的基本要求和督导组到分行协助工作的内容,戈召也表示了对督导组一行的欢迎和感谢,便和张华涛一行来到了分行会议室。分行参加会议的人员基本到齐，闵洁看见张华涛以后礼貌地点了点头，算是打过招呼了。

分行的小会议室大约有一百平方米大小，会议室的正中央是由十几张的小长方桌围成的一个长方形大圈，会议桌上铺着浅蓝色的桌布，长方形大圈中间摆着几盆绿化植物，通常开会的时候，主持会议的人就坐在面向会议室大门的一边，参加会议的其他人就围着长方形的另外三个方向而坐，人多的时候靠墙四周的椅子都会坐满。戈咎请张华涛在面朝会议室大门一边的正中间坐下，随行的两位同志坐在他靠左的一边。戈咎自己坐在张华涛的右边。他们进会议室的时候李玉芬已经坐在了这一面右边上，肖强还没有到。戈咎看离通知开会的时间还有五分钟，就问办公室主任："你通知肖行长了没有？"

办公室主任回答说："昨天下午就通知肖行长了，今天上午我又跟他说了一遍。"

戈咎说："打电话问问肖行长在哪里。"

办公室主任说："我已经打过三遍电话，肖行长都没有接。"

"再催！"戈咎有些没好气地说，他担心肖强今天可能会生出事端。办公室主任又连续拨了几次电话都没有应答，他望着戈咎很无奈地摇摇头。这么重要的工作，分管领导居然能够连会议都不按时到，戈咎越想心里越气愤，他想压住心里的火，可是越压火越往上冒。他不顾会场有那么多人，自己拿出手机拨了肖强的电话，居然关机了。这时候，戈咎手机短信的信号"嘟嘟"响起来，他以为是肖强发过来短信，拿起手机一看是吴效梅发过来的短信："肖行长在办公室。"戈咎放下手机对张华涛说："张处长，我们稍等几分钟，肖行长可能有什么特殊情况。"他还想替肖强掩饰。几分钟后没有任何动静，戈咎对办公室主任说："你去肖行长办公室看看。"不一会儿办公室主任回来说："肖行长办公室里有声音，但是我叫他还是没答应。"听到办公室主任的回答，戈咎不动声色地站起来走出了会议室，办公室主任也悄悄地跟了出来。

分行行长们的办公室与会议室在同一楼层，戈咎径直走到肖强的办公室门前，"咚咚咚"，戈咎敲了敲肖强的办公室门叫道："肖行长，省分行的督导组和县支行的同志早就到了，就等着你开会了。"然后戈咎侧耳听办公室里没有什么声音。

戈咎等了片刻再次敲门喊道："肖强，等你开会听到没有？"肖强还是没有应答，这时门里面却传出来翻阅报纸的哗哗声，就像在嘲笑戈舀对肖强束手无策。

翻阅报纸的声音证明了肖强就在里面，戈舀怒不可遏，他的嗓音提高了八度："肖强，你到底开会不开会？"

这时房门里面又传出来倒开水的声音，还夹杂有肖强小声哼着的歌曲声。

"砰！"

猝不及防的一声响，肖强的办公室门被戈舀一脚踹开，肖强被吓得倒坐在地上，张着嘴看着戈舀发不出声来，刚刚斟满的茶水泼了一地，茶杯也滚落到了桌子脚下。戈舀冲进肖强的办公室一把把他揪了起来，咬牙切齿地问道："你是人不是人？让满满一屋子的人等你开会！"

戈舀出人意料的举动让肖强吓得不敢吭声，当他看见办公室主任跟着戈舀进来后就变得狠起来，一边掰开戈舀揪着他领口的手一边喊道："松开你的手！"接着又用手指着办公室主任："你看见了啊！你可以做证他动手了。"

戈舀松开揪着肖强领口的手，举起拳头做出了一个要打人的样子，肖强吓得把头一抱，戈舀的拳头并没有真正地落下来。他实在是太讨厌这个纨绔子弟，不仅不学无术干不了一点正经事，还不时制造一些事端，几乎成了漳河分行的"污染源"。戈舀就搞不懂这样的干部为什么我们的制度不能够把他淘汰下去。戈舀看见肖强猥琐的样子心里又多了几分蔑视，他对肖强说："马上过来开会！"说完扭头就走。

戈舀转过身的时候才发现张华涛、李玉芬和吴效梅、闵洁等少数几个人正围聚在肖强的办公室门口惊讶地看着他们。戈舀轻轻地向他们挥挥手："开会去，没事儿。"他们一行走在前面，肖强悄悄带上被踹开的办公室门，拿着笔记本无声地跟在这群人后面，耷拉着脑袋。

有了会前的这一个小插曲，后面的会议开得非常顺利。戈舀请张华涛传达了省分行贯彻总行关于卖方尽职调查和不良资产剥离责任追究的具体意见。在传达的过程中间，张华涛借用了很多徐光钊在省行讨论时候所说的观点，从不良贷款形成的历史背景讲到信贷政策的变化，从商业银行的改革讲到不良资产剥离，特别是对不良资产剥离的责任认定的理由讲得十分透彻，洋洋洒洒，声情并茂，大家对张华涛的发言报以热烈的掌声。张华涛发言完了以后戈舀请两位分管行长就分管工作提要求，肖强说自己没有新的内容要讲，李玉芬也很简单地讲了几句。戈咎最后讲了漳河分行的贯彻意见，他要大家认真领会总省行的意图，仔细地体会张华涛处长的宣讲，积极认真地抓紧时间完成卖方尽职调查。关于不良资产剥离责任的认定和追究，他要求分行监察室、人事科、风险管理科要按照省行提出的标准和划分的范围，合理地做好责任认定，最后他强调漳河市分行领导中的责任人是自己，监察室一定要按这样的口径上报。

张华涛一进到戈咎的办公室，就立马把门反锁上了。戈咎木然地看着张华涛："你这是干什么？"

张华涛咬着牙说："我要骂你！你为什么这样霸道？"

戈咎知道张华涛是指刚才自己对肖强的态度，不以为然地反问道："霸道吗？这叫疾恶如仇！如果是你我早就打到你身上去了。"

"我挨你骂还少了吗？你上次在电话里骂我还没来得及跟你算账。"张华涛说。他指的是为轻机公司贷款收回再贷的事情。

戈咎还击道："谁要你做混账事情的？骂你还算轻的，如果不是你知错就改，我肯定饶不了你。"

张华涛说："正经地说话好不好？今天的事情我就觉得你不对，如果不是亲眼所见我真不会相信。"

"那是你不了解这个人。"戈咎说，"如果我有权，像这样的混混早就被清出干部队伍了。"

张华涛说："对这样的人哪个不是睁只眼闭只眼？"

戈咎说："我不吃那一套。凡事都要讲规矩，不讲规矩就要受惩罚。"

张华涛嘲讽他说："嘿哟，你'自我表扬'的觉悟还不低，你今天顶撞这个明天得罪那个，这是讲的什么规矩？"

"共产党的规矩！"戈咎理直气壮地说道。

"就你是共产党，别人都是国民党。"张华涛毫不服输。

戈咎说："我知道自己毛病多，但是有毛病不等于我不讲规矩。"

张华涛说："我见过的领导也不算少，各种风格的都有，但是像你这样的人太少。你真不怕哪天有人对你落井下石？"

"我为什么要落井？"戈咎完全是另外一种思维，与张华涛不在一个频道。

"我不跟榆木脑袋说了。"张华涛说:"你以为可以当一辈子行长?你敢讲自己不会遇到倒霉的事?如果真的有那一天漳河分行的员工会怎么样对你,你想过吗?"

戈刍说:"我真的没想过。不过现在我可以告诉你,如果真的有那一天,我相信漳河分行的绝大多数人不会对我落井下石。"

"那极少数人呢?"张华涛问。

"极少数人就是王八蛋。"戈刍说完哈哈大笑起来。张华涛说:"去去,不和你谈啦,带我去外婆的小屋喝酒。"

他们真的去了外婆的小屋。

四十九、金箆刮目

　　吴效梅心里懊悔极了。就是因为自己的一个短信，引起了这么一场风波。但是此时她更多的是责怪戈召。尽管肖强的行为不应该，甚至有些可恶，但是戈召也不应该不冷静，特别是不应该用脚去踹肖强办公室的门，作为银行的主要领导全行上下的眼睛都盯着你，你的一举一动都会在银行造成影响。踹门是什么行为，你的风度、你的修养呢？今后你怎么与肖强在一个班子里共事？肖强也太不是东西，仗着自己老子的地位当上了行长，可是当行长你就要做事啊，为什么连会议都不想参加，那么多的人都在等你，省分行督导组也在这里，你非要把漳河分行的脸丢在外面啊！这也怪自己的头脑简单，为什么就要把肖强躲在办公室告诉戈召呢，不知道戈召犟牛一样的脾气？要说这场闹腾的祸根就在自己身上！散会了以后，这些乱七八糟的东西塞满了吴效梅的脑子，她坐在办公桌前什么也没做，一直在胡思乱想直到下班的时间。

　　回到家里的时候秦浩天已经把饭做好。医院里有一个重要的科研课题，秦浩天是课题组长，最近几天正在家里撰写课题报告，所以吴晓梅每天一回到家里就有热菜热饭，省了她好多事情。女儿在学校住读周末才回家，每天吃饭只有他们两个人。秦浩天把饭菜端上桌子以后，吴效梅却没有一点食欲，秦浩天问她是身体不舒服还是情绪不好，吴效梅回答是工作上的事情闹心。

　　"你们银行那一点破事还弄得你每天心神不宁，如果遇到我们医院的那些事情你不是要上吊？"秦浩天这样说话时他并不理解吴效梅。

　　"什么叫银行的破事情，你们医院不都是一些烂事情吗？"吴效梅与秦浩天打起了嘴仗。

秦浩天说:"你不就是一个股票要卖出去吗?谁的价高就卖给谁,这么简单的事情还成天愁眉苦脸。"秦浩天知道吴效梅整天在为轻机公司的股权转让操心,于是就这么说。

"你知道什么呀,老戈今天在银行要跟人打架。"吴效梅在家里称戈咎是老戈。

"什么?"秦浩天惊讶得眼镜真的要跌下来了,他赶紧扶扶眼镜问道:"他能跟谁打架?"

吴效梅把今天下午开会时戈咎与肖强之间的冲突告诉了秦浩天,秦浩天不以为然地说:"这算什么打架呀,这是一种愤怒情绪的外在表现,是因为肖行长的不当行为引起了老戈的不满情绪,为了把这种情绪宣泄出来他才会去踹门,才会做出打人的样子。多数情况下这是一种下意识举动,如果真要打架他的拳头早就会落到肖强的头上。"

吴效梅厌烦秦浩天的絮絮叨叨:"谁像你这个书呆子什么事情都是一套理论。当行长的说话不文明都不行,别说还做出了打架的样子,不知道这些话传出去以后员工怎么看。都是我不好,如果我没有看见肖强进办公室什么事都不会有。"

"错不在你,在肖行长身上,你就喜欢把什么东西都往自己身上扯,自寻罪恶感。"秦浩天说。

"秦浩天你不要拽文好不好?我正烦着呢!"吴效梅很不高兴地说。

他们很潦草地吃完了这顿饭,吴效梅收拾好碗筷后对秦浩天说:"我去老戈那儿,你去不去?"

"我课题正忙不去了,你去告诉老戈,他有时间我陪他喝酒。"秦浩天答复说。

吴效梅来到戈咎家里的时候他还没有回家。戈咎陪着张华涛到外婆的小屋,因为今天两个人的兴致都不高,加上在办公室里两人已经聊了很多,所以今天喝酒的时候也没有太多的话可讲,两个人总共喝了不到半斤酒都觉得有点头晕,他们草草吃了一点主食,戈咎就把张华涛送回到酒店里休息,然后来到了文祥韬家里。

文祥韬老爷子住在银行宿舍大院里,他的侄子也在分行本部上班,银行有任何风吹草动，文祥韬老爷子立马就能得到消息。戈罄估计今天下午分行大楼里上演的一出戏老爷子早就知道了。戈罄敲门是文祥韬老伴开的门："罄子你来了？"老太太问道。

"阿姨您好！老两口都好吧？"戈罄问候到。

"都好，都好！"老太太满口答应着说："老头子在书房里看书，你进去吧！"

文祥韬在书房里听到了外面的动静，大声叫道："戈罄进来吧！"

戈罄进到书房看见文祥韬把一本厚厚的书放在桌上就说道："这么晚您还在看书，看看电视休息一会儿。"

文祥韬用手揉了揉太阳穴说："现在的电视剧不是皇上就是美女，再就是没完没了的广告，没有什么好看的东西。"

戈罄随手拿起书桌上的那本书，看见是一本历史类的书，便问道："您怎么又研究起历史啦，真是活到老学到老。"

文祥韬说："哪里谈得上是研究历史，不过是随便翻翻。"他拿起茶杯喝了一口水以后接着说："每天读读书，结合自己几十年走过的人生道路去思考，对人生对社会都有一些新的认识。"

戈罄很有感触地说："这就是学习的意义所在！"

文祥韬说："人生苦短，一个人一辈子想做成一点事情很难，除了需要个人的不懈努力之外，还需要充分的外部条件。稍有一点差池，一辈子晃眼就过去了，赤条条地来又赤条条地走，没有给这个社会留下一点东西，真是一件痛苦的事！"

戈罄说："您别这样讲，漳河市分行有今天就是您的成就。"

"咳，"文祥韬叹口气说："留下的尽是一些遗憾。不说我了，你今天是不是又昏头啦？"

戈罄有些不好意思地说："你肯定已经知道了，我今天和肖强干了一仗。"

文祥韬冷冷地问："过瘾吧？是不是威信又提高了一大截？"

戈罄理解文祥韬的正话反说，他解释道："您不知道细节，省分行的文件……"

361

"我不听你的细节，"文祥韬打断戈召的话说："你知道你是漳河市分行的什么人吗？"

"就是因为我是行长，不然我那一拳头非打下去不可。"说到这里戈召又有些动气。

文祥韬说："打他一拳头当然解气，可是打完了以后怎么办呢？"

戈召说："大不了就是我卷铺盖走人，不干了！"

文祥韬提高了嗓门问："既然不想干了为什么还干得这么起劲？"戈召无言以答。文祥韬接着说："从你年轻时我就跟你讲过，做事情要守规矩。你以为守规矩就只是遵纪守法吗？很多事情的规矩是写在人们心里的。行长有理就可以踹门，就可以打人，有这样的规矩吗？世界上不是有理就可以横冲直闯的。这么多年你就是不明白这一点！"

文祥韬的声音惊动了客厅里的老太婆，她不知道文祥韬为什么会发火，就走进书房对文祥韬说："老头子，召子难得来一次，来了你就叫他难堪，你不会好好说话？"

文祥韬斥责道："老太婆你懂什么？我在教他怎么做人。"

戈召也赶紧劝老太婆说："阿姨没事的，文行长在教我怎么做事。"把老太婆哄到客厅里去了文祥韬又不歇气地讲了一大通。最后戈召一直被说得心服口服才离开文祥韬家。

戈召回到家里的时候丽娜正准备送吴效梅，看见戈召回来丽娜又把吴效梅留下了。丽娜问戈召："你怎么才回来？效梅等了你都快两个小时了。"

戈召说："到老爷子家里吃面条啦！"丽娜她们都懂戈召这是说到文祥韬那里挨训了。

"活该！"丽娜说。

"你是应该有人管！"吴效梅也跟着说。

"你们俩能不能消停一下？"戈召说，"我在老爷子那里上课上到现在，你们不能让我休息一会儿。"

丽娜与吴效梅四目对视，偷偷地笑了。

吴效梅说："你想休息没那么便宜。轻机公司的股权转让你要不要说个意见？"

经吴效梅的提醒戈昭才想起自己把轻机公司股权转让的事情给忘得一干二净。前两天被李玉芬火急火燎地逼着从郢都赶回漳河，可是吴效梅又不在，李玉芬讲了半天也没把郢州证券要接手轻机公司股权转让的事情说清楚。第二天想把吴效梅叫来问问情况，可是一堆的事情缠得脱不开身，接下来就是参加总行的不良资产剥离责任追究的视频会议，参加电厂的项目签约。原来计划开完今天下午的会议就专门来研究一下轻机公司股权转让的事情，没想到让肖强的一阵闹腾把这件事给忘得干干净净。他问吴效梅："郢州证券到底是怎么回事？"

吴晓梅说："大前天下午省分行计财处的吴处长给我打电话，询问轻机公司股权转让的进度情况，我向他汇报了两家投资公司有意向收购，我们正在就收购的价格与投资公司在洽谈。吴处长讲省行领导指示轻机公司的股权要转让给郢州证券，我们不要与其他的投资公司再谈了。"

"你是怎么答复的？"戈昭问。

吴效梅说："我能够怎么答复？吴处长是省分行业务主管部门的领导，传达的是省分行领导的指示，我当然只能答应好。不过我也说了这件事要向你汇报。"

戈昭呵呵地笑了起来说："这才是漳河市分行计财科长应该说的话。"

吴效梅说："你别高兴早了，头疼的事情在后面。"

戈昭调侃地说："我的头是木的，你说什么事我都不头疼。"

吴效梅她们也被戈昭的风趣逗乐。丽娜听见他们要谈工作的事情，就对吴效梅说："效梅我不陪你了，你们慢慢谈工作。"

吴效梅点点头说："嫂子你去忙自己的吧。"转过头来对戈昭说："省分行吴处长的电话后不长的时间，郢州证券就有两个人找上门，其中一个是郢州证券公司的总裁助理。找到李行长后他们又来找我，自我介绍是省分行通知他们来漳河市分行接收轻机公司的股权转让，点名要见戈行长。我告诉他们戈行长在郢都出差，自己是漳河市分行的计财科长，也是股权转让的具体承办人，请他们把接收转让的条件告诉我，我会向戈行长汇报。"

戈昭看见吴效梅不高兴的样子就揣摩着问："你们谈得不愉快？"

吴效梅说："你没看见他们颐指气使的样子，就像高人一等似的。那个总裁助理听我讲要他们提条件,就说'还谈什么条件,说好了按轻机公司的每股净值转让嘛'。我告诉他们要以轻机公司股票的市场价格为基础,至于折让的比例是多大可以商量。那两个人听我这么说坐都不愿意坐了,丢下一句'你们向省分行请示吧'扭头就走了。你说这样的交易对手不头疼吗?"

戈岩感叹道:"资产剥离成了唐僧肉,谁都想来啃一口。后来他们又找过你没有?"

吴效梅说:"我向李行长汇报她说要等你回来定,没有等到你的人就我自作主张地找了省分行吴处长,向他汇报了我们转让的基本想法。吴处长说他只负责通知我们轻机的股权要转让给鄢州证券,至于转让的方式和转让的价格省行领导都没有讲,请漳河市分行自行掌握。"

戈岩说:"你做得对,省行计财处通知你,你也把信息反馈给计财处,程序上和礼节上都没有错。既然计财处要我们自行掌握我们就遵旨行事。你抓紧与那两家投资公司联系,我们快刀斩乱麻,免得日后夜长梦多。"

吴效梅说:"那两家投资公司可能从什么渠道知道鄢都证券插进来的情况,现在他们也不急了。原来他们总是隔三岔五主动打电话催我们,等我再找他们的时候也开始推三阻四找托词了。"

戈岩说:"他们在打心理战,都想逼我们在价格上多让步。既然这样你谁也不用去找了,和他们比比谁能熬得住,我们最坏的情况是继续持有这些股权。反正这是历史遗留的问题,不属于新发生的违规投资,等轻机公司的法人股上市交易后,我们分行可以多几千万的利润,这笔账划算。"

吴效梅不无担心地说:"你又要自作主张?何苦呢!"

戈岩说:"这不是自作主张,计财处不是要我们自行掌握吗?"

吴效梅说:"我觉得计财处是一种推卸责任的说法,作为省分行的业务主管部门,他们就应该有一个明确的意见。现在他们什么具体意见都不说,我们做对了他们一定有功劳,我们如果做错了他们却一点责任都没有。"

戈岩说:"不要埋怨别人,属于我们工作范围内的事情应该由我们负责任。这件事你就照我的意见去办,错了我负责任。"

吴效梅说:"你就爱一意孤行,做什么事也不替自己想一想。"

戈名被吴效梅的话逗乐了，他笑着说："我还不至于那么高尚吧！呵呵。我们不谈啦，我和你嫂子一起送你回去。"

吴效梅说："你们别送了，我叫秦浩天来接我。"

"博士正在做科研报告，不要去打扰他。周末小妍和凌子回来，我们两家人去外婆小屋吃饭，到时候叫浩天陪我喝两杯。"说完戈名就叫上丽娜和他一起送吴效梅回家了。

五十、不明就里

漳河市分行不良资产剥离工作推进得非常顺利,贷款确权、不良贷款清收和处置转化达到既定目标,九个亿的潜在风险贷款一部分劣变,一部分转化为正常贷款,除了等待总行剥离资产的账务处理指令以外,现在不良资产剥离前工作只剩下两件事,一件事是轻机公司股权转让处于僵持状态,另一件事就是利达商贸公司不良贷款的责任追究尚未了结。

按照省分行通知的精神,1998年以后新发生的不良贷款,在责任认定和追究中要与历史形成的不良贷款区别开来,严格的界定有关当事人的责任,依循不良贷款损失程度,严格按有关规定对责任人进行处罚。利达商贸公司的不良贷款属于1998年以后新发生的不良贷款,对于它的责任人的追究按理就应该很严格。可是这种严格的处罚让傅丽萍心里吃不住了。在利达商贸公司的贷款属于正常状态的时候,傅丽萍整天过着无忧无虑的生活,因为她的工作能力不强,管理的信贷客户就只有利达商贸公司一家,所以工作上的压力不大,家庭也没有让她操心的事情,她最关心的就是服装和美容,因为她觉得这就是维系她和老公关系的基础。最近传闻她的先生可能要被提拔到哪个县去当县委副书记,傅丽萍心里高兴之余也产生了一些危机感,她不能让自己的老公瞧不起。利达商贸公司不良贷款刚暴露的时候傅丽萍心里就紧张过一阵,当张宪军告诉她利达商贸公司的不良贷款如果能够进入剥离范围,就是一次化解危险的天赐良机后,就天天盼着贷款早些剥离。她非常感激闵洁的帮助,利达商贸公司不良贷款如愿进入到剥离范围,可是没有料到会在最后来一个责任追究,而且1998年以后新发生的不良贷款追究更加严格。她不知道这会给她带来一个什么结果,她担心对自己的处分会影响先生的提拔,又担心老公当上县委副书记后会与受过处分的自己离婚。惶惶不安的日子让本来就很瘦弱的傅丽萍瘦得只剩下一张皮。

信贷科其他人对于处分的问题都比较坦然。张宪军表现得最潇洒。他嘴里总在说："这种处分算什么，不过是做个样子而已。不信你们看，该提拔的人受了处分后一样地被提拔，不该提拔的人不受处分照样不提拔。"开始有点紧张的贾兴华听了张宪军这么一说也变得轻松起来，他看见傅丽萍整天在唉声叹气，就关心地对傅丽萍说："傅姐，你这是为什么呢，我们都受处分没有一个像你这样的。"

傅丽萍有气无力地说："我跟你们不一样，你们属于历史形成的问题，我是1998年以后的新发生的不良贷款。"

张宪军这些天的心情一直都很好，听到傅丽萍的话以后就想逗逗她，故意接着傅丽萍的话补了一句："我们都是属于'历史问题'可以宽大处理，傅妹妹是'现行分子'属于严打的范围。"张宪军没料到本来一句开玩笑的话，哪知道会戳到了傅丽萍脆弱的神经，她突然趴到桌子上"哇"地哭出声来了。傅丽萍伤心伤意的凄切哭声让张宪军尴尬不已，来到傅丽萍桌子旁坐不是站也不是，不知所措。在办公室一直没吭声的闵洁这时责怪道："老张，你是不是过分了一些？看把你的傅妹妹怎样哄好。"张宪军满脸的无奈俯下身子说："傅妹妹，是逗你玩的。别哭了，我中午请你吃饭。"贾兴华也在旁边打补丁说："傅姐，张师傅请我们吃饭，中午我陪你去吃大户，不吃白不吃。"大家越劝傅丽萍哭得越欢，闵洁看到这种状况就用手势示意大家，要他们都回到自己的座位，不要再出声。果然没有人劝慰之后，傅丽萍的哭声渐渐地弱下来，几分钟后她停止了哭泣，用纸巾给自己擦干了眼泪，然后拿出自己的化妆小包给哭花了的脸补了妆，然后背上自己的包，跟谁也没有打招呼就径直出门了。闵洁瞥了一眼也未加阻拦。万志勇赶紧对贾兴华说："贾兴华你去跟着傅丽萍，当心她干出格的事情。"

看着贾兴华跟着傅丽萍出门以后张宪军问："万科长，你叫假姑娘跟着她干什么呀？"

万志勇说："傅丽萍那么一点小心眼，你不怕她去寻短见？"

张宪军说："你担心她跳漳河啊，她如果真要去投水自尽还那么在乎地给自己补妆，是担心龙王不娶她？我断定她是到利达公司去了，不信你看。"

闵洁默默地听着万志勇与张宪军的对话，她相信张宪军的判断，傅丽萍不会去寻短，但是她没想到傅丽萍可能会去利达公司。"不行，要把傅丽萍弄回来，利达公司的事情闹大了会让兰天翔露馅。"闵洁这样思忖，她计算着从银行到利达公司去的路程，估计的时间差不多了，闵洁对万志勇说："万科长，你打电话问问贾兴华，他们现在在哪里？"

万志勇打完电话就说："老张你神了，傅丽萍他们现在就在利达公司。"

闵洁很生气地说："不像话，不怕给银行丢人现眼！万志勇，你和我一起去把傅丽萍弄回来。"

当闵洁和万志勇来到利达商贸公司的时候，傅丽萍正在一把鼻涕一把泪地控诉利达公司。闵洁一进门就听到傅丽萍在嚷嚷："你们就是骗子，欺负我业务不熟悉，合起伙来搞国家的鬼，搞银行的鬼，如果你们不老老实实地还钱，我就叫你们都去坐牢。"傅丽萍的这些话本来就是女人放泼的时候胡诌乱编的一些话，闵洁听到后却心里阵阵发紧，暗忖自己与兰天翔的计谋是不是被傅丽萍知晓，不然怎么会说出这样有针对性的话呢？如果真是这样，看起来傻乎乎的傅丽萍就太可怕了。时间不允许闵洁有更多的思考，她必须当机立断。"傅丽萍，工作上的事情我们回银行商量，不要在这里哭闹。"闵洁对傅丽萍说。

看见银行有人来了傅丽萍的嗓门更高："不行，我非要他们表态什么时候还钱。"

闵洁顺着傅丽萍的话转身对一头雾水的翟俊仁声色俱厉地说："因为你们还不了贷款害得我们傅老师在银行受到处分，你们是应该受到谴责的，应该向我们的傅老师赔礼、赔罪。"闵洁的这个表演是有意做给傅丽萍和站在一旁的万志勇、贾兴华看的，他们都感觉到了她的义愤填膺和义正词严。其实闵洁此刻心里发虚，想赶快离开这里。

"回去吧，傅丽萍。"万志勇在旁边帮腔说。

傅丽萍知道无论怎样使蛮或是耍赖，今天在利达商贸公司是不可能拿回一分钱的，经过自己的一番闹腾情绪也得到了宣泄，她就顺势下坡，跟着闵洁他们一起回到银行。

信贷科的这些小插曲当然不可能马上传到戈弢这里来，可是戈弢自己也有棘手的事，他现在正在和省分行计财处长唇枪舌剑。

"吴处长你听我解释，"戈弢在电话里说，"国务院去年就在相关文件中正式提出了要积极稳妥解决股权分置的问题，据说证监会正在研究关于股权分置改革的意见，法人股流通应该是指日可待，我们所持有的轻机公司股权的价值会大大提升，省行为什么非要我们低价把它转让给郢州证券？"

吴处长说："戈行长我要纠正你的说法，不是省分行非要你转让，是《商业银行法》规定商业银行不能持有这样的股权，我们国有银行要带头执行《商业银行法》，你要有这样的敏感性。"

戈咨说："你讲的道理我都知道，但历史的问题要历史看。我们持有的轻机公司股权是在十年前发生的，不是新的违规投资。现在轻机公司的股票市场价格是每股十二元，最高的时候曾经达到每股二十元，如果按公司净值计算每股不到三元，现在郢州证券要求按净值计算的价格接收，你说一千万股我们银行将损失多少纯收入，少说也有七八千万元。"

"我现在不跟你谈价格。"电话里吴处长有些不耐烦，"省行领导也没有具体说转让的价格，只是要转让对象是郢州证券，毕竟我们是在一个省里的公司。"

戈咨说："问题是有投资人愿意接受我们按照市场价格一定折扣转让，如果郢州证券同意这样操作，我们当然同意他们有优先权。"

"戈行长我再重申一遍，价格的事情我没有具体要求，行领导也没有授权我对价格发表意见，我只要求你按照规定的时间坚决把持有的股权转让出去，转让的对象也只能是郢州证券。"

戈咨觉得与吴处长没有办法再深入地讨论下去，于是就说："我明白了你的要求，也会尽最大努力去处置轻机公司的股权，如果有问题我愿意承担一切责任。"说完结束了他们的通话。

不到半个小时后戈咨接到了徐光钊的电话："计财处的老吴在汇报的时候谈到了轻机公司股权转让，高行长担心你在这个问题上拿捏不准，我也有这种担心。"

戈咨用戏谑的口吻说："这样简单的事情怎么会拿捏不准，你们也太小看自己的部下了。"

徐光钊说："不要贫嘴，说说你打算怎样处置。"

戈咨说："我向老吴已经说了好多次，轻机公司的股权必须按照市场价格一定的折扣转让，这是唯一的也是必须的条件，达不到这一条所有的免谈。"

"你看到自己在交易中的劣势没有？"徐光钊问道。"现在所有的投资公司都明白银行对自己持有的股权要急于出手，所以他们就是逼着银行低价出售。"

戈召说："我当然明白这一点，但是有一点他们不明白，就是价格太低了我宁愿意继续持有也不转让。"

"戈召，"徐光钊的声音严肃起来，"这就是我和高行长不放心的地方，你果然又要去闯红线，我告诉你这是绝对不允许的。叶玉堂到郧州证券任董事长后是找过高行长，高行长在答应轻机公司股权转让给他们的时候并没有承诺价格上的优惠，你可以选择价格最优的交易对手转让，但是决不允许继续持有。"

戈召坚持说道："徐行长您知道吗？不同的转让方式前后有几千万的价格差异，我稍稍地坚持一下，给银行会多留下一些什么您明白吗？"

徐光钊有些动气说道："你怎么就一根筋呢？辩证法讲究动机和效果的统一，不是说你有良好的动机就可以不顾结果，你懂不懂？"

戈召不服气说："我当然懂。效果的好坏还要看站在什么角度去评价，同样一个结果站在不同的角度就会有人说好有人说坏。"说到这里戈召变得激动起来："徐行长，几千万元的收益不是一个小数目，你们把我放在漳河市分行，我就有责任守好这一亩三分地，如果你们觉得不可信任就撤掉我。"

徐光钊说："戈召，说这种话有意思吗，谁说过要撤你职啦？"

戈召意识到了自己说话的不冷静，他缓过口气说："徐行长，我明白领导都是为我好，其实这个问题我自己也已经想过了，增加几千万元的收入撤换一个行长，值！我们银行现在又不缺少当行长的人才，我自己能吃饭的地方也多，您别替我担心。"

徐光钊这时想起了刘长源曾经打来的电话心中一惊，他厉声地问道："你想跳槽？"

戈召说："徐行长您放心，组织上不发话我个人绝不提'离开'两个字。"戈召不愿意徐光钊为自己担心，接着说："我原来打算不理会那些没有诚意的投资公司，既然您这么说我就改变这个主意，现在就去主动地找他们，尽量地达成双方都能接受的条件，争取尽早完成转让。"

徐光钊见识过戈召九头牛拉也不回头的犟劲，觉得跟他的谈话只能到这里了，简单地嘱咐了几句后就挂断电话。其实，在徐光钊的内心很大程度上赞成戈咎的想法，但是这样做确实要冒很大的违规风险，徐光钊也觉得对待历史上形成的商业银行投资，政策上就要给一定时间的宽限，而且要保证转让方合理合法的收入，轻机公司的股权转让价格如果按净值计算确实很不合理。但是，在合理与合法之间如何做正确的选择确实太难，这让他不能不对戈咎多几分担心。

闵洁从利达商贸公司回到银行后说自己身体有点不舒服，要请假回去休息。离开银行以后，闵洁叫上楼汉唐开车去了郢都兰天翔的公司。一路上闵洁始终在琢磨傅丽萍在利达商贸公司的那一番话，到底是胡言乱语还是有所指向，闵洁无法定论。闵洁是个爱动脑子的人，过去在同事之间和工作上耍过不少的小计谋，也利用职权为楼汉唐的公司办过不少的事，但是像利达商贸公司贷款剥离这样吞下一笔巨额财产还是第一次，她心里有些发虚。她很想把利达商贸公司的贷款还原，但是迈出第一步以后已经无法走回头路。楼汉唐给她帮不了一丝的忙，只能去找兰天翔商量对策。

兰天翔非常惊讶闵洁和楼汉唐一起出现在他的公司。"你们没有打招呼就来到郢都，是有很急的事情？"兰天翔开口便问。

"利达商贸公司的不良贷款剥离可能有变化。"闵洁说。

"闵科长你不要急，把事情慢慢说清楚，我们一起来商量怎么办？"兰天翔从闵洁的神态上感觉女人办事就是不牢靠。

闵洁定了定神说道："不良贷款剥离我们的总行和省行要求对责任人进行追究，其中对1998年以后产生的不良贷款的责任追究要严格得多，按照政策规定傅丽萍很可能会得到一个记过或者记大过的处分。因为这个她在银行哭完又到利达公司去闹，她在利达公司哭闹的时候说有人在故意骗她，合伙搞鬼。"

兰天翔仍然不急不躁，他慢条斯理地问："她的原话是怎样的？"

"她的原话是这样说的，"闵洁略微回忆后说，"她说'你们就是骗子，欺负我业务不熟悉，合起伙来搞国家的鬼，搞银行的鬼，如果你们不老老实实地还钱，我就叫你们都去坐牢'。"说到这里闵洁就停了下来看着兰天翔，她平静了以后把事情的经过讲得很清楚。

兰天翔也看着闵洁问："后来呢，后来傅丽萍还说了什么？"

"后来就是一些乱七八糟的哭闹，没有再说什么正经内容。"闵洁回答说。

兰天翔有些不解:"她的这些哭闹与不良贷款剥离有什么关系,银行就因为她哭闹就不剥离了?"

闵洁这时也觉得自己的意思没表达清楚,她说:"你不觉得傅丽萍的话是有所指?我担心她了解真相会坏我们的事。"

兰天翔断然地说:"怎么可能!我做的事情从来就是天衣无缝,只要我不说一定是神不知鬼不觉。"

闵洁说:"你再仔细琢磨她讲的几句话,我觉得句句都是有所指。"

"小洁,你太敏感,太胆小。"兰天翔"小洁"的称呼刚出口就感到自己失言,"小洁"是他们俩在一起亲热时候的昵称,他担心坐在旁边的楼汉唐察觉到他们之间的亲密,赶紧改口说:"闵洁科长,你听见傅丽萍说这句话的时候你在哪里?"

闵洁说:"我刚走到翟俊仁的办公室门口。"

"傅丽萍看到你没有?"兰天翔问。

"肯定没看到,我们进去的时候傅丽萍正背对着门。"闵洁回忆说。

兰天翔语气十分肯定地说:"既然是这样我就可以下结论说傅丽萍是在胡言乱语。我讲两个依据你听,第一,既然傅丽萍不知道你到了利达公司,她的话就不是冲着你说的。第二,如果傅丽萍是针对翟俊仁说的这些话,她就是在乱咬,因为翟俊仁就是一个木偶,他也不知道太多的内情,再加上傅丽萍的那点业务水平,她能够看出什么东西来,所以傅丽萍的话完全不足虑。"

楼汉唐这时插话:"我听了半天,也觉得兰总的分析有道理。"

兰天翔说:"怪只怪我们的闵科长太善良,干事业哪有不冒风险的。这件事情只能破釜沉舟往前走,没有退路了。"兰天翔有点担心闵洁动摇,他要用这样的话给闵洁打气。

闵洁还是有些担心地说:"傅丽萍这样闹不是个事,要想办法把她安抚好。"

兰天翔说:"我弄不明白你们信贷科有十大几号人,为什么只有傅丽萍闹?"

闵洁解释道:"省分行规定1998年以前形成的不良贷款对信贷员的处分只是通报批评,1998年以后新的不良贷款要根据不同情况,对具体人员给予更重的处分。"

"重到什么程度？"兰天翔问。

闵洁说："可能是记过或者记大过。"

"这太好办啦，你去把这个处分揽过来她不就解脱了吗？她一定不会再去闹了。"兰天翔给闵洁出了这样的主意。

闵洁说："这样做太露骨，反过来会引起别人的怀疑。"

兰天翔觉得闵洁的话有道理说："我们就在傅丽萍身上做文章。她担心受处分的原因是什么？"

闵洁说："她最怕她的老公把她休了，最近听说她老公要到县里去做县委副书记，她受了处罚这种担心就更重。"

"这更简单，"兰天翔说，"你或者你把行里领导叫到一起，约傅丽萍的老公一起吃顿饭，然后以领导的身份给她老公做工作，解释傅丽萍受处分不是因为她个人的原因，你再去替她分担一点责任，这事情不就化解了吗？"

闵洁觉得这个方法可行，但是又不能当着楼汉唐的面夸奖兰天翔，只说了一句："你这狡猾的狐狸。"三人一阵大笑。兰天翔盛情地邀请他们到天翔空间娱乐了一番。

回漳河后，闵洁按照兰天翔的计谋，拉上肖强约傅丽萍夫妇俩吃了一顿饭，替傅丽萍说了一些美言，让傅丽萍的情绪完全得到了平复，愉快地接受了行政记过处分，闵洁因为负有领导责任也受到记过处分，漳河市分行不良资产剥离责任追究的工作也圆满收官。

五十一、赤诚肝胆

戈昝按照他对徐光钊的承诺，主动联系了三家有收购轻机公司股权意向的投资人。他叫吴效梅第一家通知郓州证券。郓州证券公司应约而来的还是那一位总裁助理和投资部总经理。吴效梅把他们带到戈昝的办公室，向他们介绍了戈昝。戈昝起身相迎并与他们热情握手："欢迎你们来郓州市分行指导工作。"

气宇轩昂的总裁助理落座以后，拿出名片很随意地一只手递给戈昝，戈昝双手接过名片，礼貌地浏览了名片的内容，当他默念到这位总裁助理毕云涛名字时差点笑出声来，觉得这个跟"避孕套"谐音的名字太难听。戈昝把笑声咽回了肚子，向客人表达了歉意："毕总很抱歉，上次你们到漳河来我出差不在，害得你们又跑了一趟。"

毕总很大度地回答道："多跑几趟没关系，为基层服务是我们应该做的工作。"戈昝听到这种回答觉得有些别扭。

戈昝说话从来就很少客套，几句简单的寒暄之后就直奔主题："毕总，我想就轻机公司股权转让的问题再与你们商量一下。"

毕云涛说："还有什么要商量，秘书长不是已经与你们高行长说好了吗？我们按照轻机公司净值接收你们的转让，我今天来就是与你们约定转让的时间和资金划转的方式。"

戈昝因为从刘长源那里已经知道省政府副秘书长叶玉堂已调任郓州证券董事长，但是听到毕云涛以势压人的口气心里就升起不满，决意要压压他的气焰，就假装糊涂地问："你们证券公司还有秘书长这样的职务？"

毕云涛还是一脸的傲气说："玉堂秘书长是省政府秘书长，他调任郓州证券董事长了。"毕云涛要在他的话语里透露出与叶玉堂的亲密，有意称玉堂而不是叶玉堂，副秘书长也变成了秘书长。

"哦！"戈昝仍然一脸的虔诚，"玉堂秘书长兼任郓州证券的董事长？"

毕云涛不知道戈召的话是套，马上回答道："专职董事长。"

"哦，玉堂董事长不是秘书长了！"戈召好像有所醒悟，他问道："轻机公司股权转让是玉堂秘书长跟我们高行长说的，还是玉堂董事长跟我们高行长说的？"

毕云涛此时才感觉到了戈召的戏弄，但是这种氛围他实在不能发火，就像狗咬刺猬无处下口一样。毕云涛强忍着内心的怒火说："就是玉堂给你们高行长说的。"这时他不知道是称董事长还是秘书长，只好硬着头皮说玉堂。

戈召见把毕云涛的气焰压住了就很平和地说："既然是你们董事长和我们行长的意思，我们之间的交易就是正常的经济交往了，我们谈谈交易价格是情理之中的事情吧！"

毕云涛此时明显地处于下风但仍旧在进行反扑，他说："玉堂……"毕云涛说到这里停了下来，可能是他不知道在玉堂的称呼后是加秘书长好还是加董事长好，有些为难。稍停之后，他说："玉堂董事长在省政府的时候为你们的不良信贷资产剥离做了大量的工作，当时我就在省政府办公厅，你们分行的肖桂庭我就很熟悉。"

一直没讲话的郢州证券投资部总经理说："我们毕总原来是省政府办公厅二处的处长。"

戈召接过他的话说："难怪刚才毕总讲为基层服务是自己的本职工作。不过现在不是政府的官员也没有为基层服务的压力了，真是要恭喜毕总。"戈召言外之意是提醒毕云涛不要再端着政府官员架子了。

毕云涛从开始就没有对轻机公司股权转让有过讨论价格的思想准备，满以为借着叶玉堂的余威和自己昔日政府办公厅处长的高贵身份，能够在漳河市以低价顺利收购轻机公司的股权。所以，他敢于在证券公司的同僚面前夸海口，他也需要用业绩来支撑在公司的地位。没想到来漳河却遇到了一个不识时务的基层行长，对省里下来的人竟然讨价还价。毕云涛还想端架子的时候，戈召的话让他像被刺破的气球，心理上那点气势完全丧失殆尽。他一分钟也待不下去了，毕云涛鼓起最后一点气力说："既然是这样我们没有什么好谈的了。"说完连招呼也不打，气急败坏地起身离开了戈召的办公室。

戈召与郢州证券没有谈拢，他把希望放在另外两家投资公司身上。可是吴效梅与他们联系多次都杳无回音，估计这些投资人已经结成了统一战线，想逼着戈咎就范。

就在二级分行忙碌着具体事务的时候，省分行领导已经开始考虑下一步的工作。高亦尚和徐光钊正在讨论不良资产剥离与资产管理公司合作的问题。

"按照唐宏运行长当初工作报告中提出的目标和目前我们工作的进展情况，我估计不良资产的转账时间可能就在近期。"高亦尚在向徐光钊谈着自己的看法。

"我同意你的判断。"徐光钊说，"我们已是万事俱备，只等一声令下了。按照上面的部署，这次的不良资产剥离要在四大国有资产管理公司中间实行竞价转让，我们把可疑类贷款的信贷档案、确权书等文件资料都整理装订成册，贷款基本情况列成清单分别发送给四家资产管理公司在郢州的机构，与四大家之间分别进行了询价和报价，现在华夏资管郢州分公司的报价与我们的标的最为接近，我们已经向总行风险资产管理部进行了汇报，初步同意我们的交易对手是华夏资产管理公司。"

他们两人所谈到的四大家资产管理公司是在1999年分别从四大家国有商业银行中分离出来的，专司不良信贷资产的处置的专业金融机构。其中华夏资产管理公司就是从本行分离出去的，从公司文化到员工的个人情感，与本行都有一种天然的联系。华夏资产公司所经营的不良资产也是他们过去所熟悉的的债务，处置起来也是轻车熟路。华夏资产公司成立几年来取得了不菲的成绩，不仅不良资产处置回收率居前，而且创新拓展了一些投资银行业务，公司业务发展红红火火。这次的不良资产剥离郢州省分行与华夏资产公司郢州分公司一拍即合。

高亦尚征求意见说："几个月前我曾经去拜访过几家资产管理公司，你看我有没有必要最近再到华夏公司去走走？"

徐光钊说："我看很有必要，不仅行领导要去，而且还要带上有关职能部门的同志，把不良资产的基本情况向他们作一个介绍，特别是一些重点户的情况，光靠档案资料他们很难准确了解全面情况。"

高亦尚说："其实我们两家之间可以探索建立一种工作机制，共享我们的信息资源和网点优势，当他们在处置资产需要我们帮助时，我们就能够启动这种机制。"

徐光钊赞同他的想法说:"如果能够做到这一点,对华夏公司提高资产处置回收率和降低管理成本肯定是有益的,只是这种合作要注意不触碰双方总部的禁止性的规定。"

高亦尚说:"我们的合作对双方都是有利的,我们都是国有金融企业,用接力的方式持有和处置国有资产,这里没有根本的利害冲突,能够做到这些是很理想的事情。"

徐光钊再一次感受到高亦尚的书生意气。这是一个充满了理想和正义色彩的领导,如果再有几年实际工作的磨炼,他会把这家银行管理得更好。与高亦尚合作或者说给高亦尚做副手,徐光钊的心情是愉悦的。他没有随着高亦尚的议论继续说下去而是提醒高亦尚说:"我们去华夏公司之前要想一想,他们可能会对我们提什么要求。"

高亦尚听徐光钊这么一说真的想起来一件事。他告诉徐光钊说:"上次华夏公司的刘总讲过,如果我们第二次的不良资产剥离华夏公司能够接手,希望我们能从银行给他们输送一批干部过去,他还说'十个不嫌少二十个不嫌多',我当时是有应允的。"

徐光钊马上回应说:"应该答应他们,这是对我们双方都有好处的事情。"

高亦尚问:"对我们有什么好处,我只觉得这是对他们支持。"

徐光钊说:"对他们的好处我不讲啦。对我们而言,我们送出去的干部肯定是一部分骨干,这一部分同志离开了以后,我们可以借机会把整个干部的结构动一动。目前的体制造成了我们干部队伍的暮气沉沉,有机会搅动一下就是一桩好事。"

听了徐光钊的话高亦尚若有所思,然后点了点头很诚恳地对徐光钊说:"老徐,在你身边我天天都有可以学习的东西。"

"高行长言重了。"徐光钊谦虚地说,"不是在我身边天天有学习的东西,是在基层行的实践当中天天有学习的东西,我和你一样,也是天天在学习在进步。"说到这里,两个人都呵呵地笑了起来。接下来,他们聊起了干部输送和调整。

关于哪些干部到华夏资产管理公司去,他们商量提出了一个原则性的意见,就是组织调动与个人意愿相结合,按华夏公司愿意接受的条件,由省分行人事处提出一个建议调动的名单,征求干部个人的意愿,凡是个人愿意调动，华夏公司也愿意接受的就办理调动手续。

徐光钊说："有些优秀干部我们还可以建议华夏公司重点使用，他们高管人员的职数比较充裕。"

得到徐光钊的点醒之后高亦尚兴奋起来，他说："我们送三四个处级干部过去就能够提拔三四个新人，这对干部的更替真是一次机会。"

徐光钊建议说："省行党委换届快一年，我们的高管人员一直没有调整。其实省行党委可以结合这一次的干部调动，把省分行的高管人员调整一下，有些不适合继续在管理岗位工作的同志该下的就要下，对一些年富力强的优秀干部要尽快地使用。人的职业生涯都很短，错过了使用机会对干部的人生是一种浪费，对国家和社会是更大的浪费。用人不惜也是领导的一种过失。"

高亦尚对干部的使用问题没有徐光钊这样的认识，他说："是金子总会发光，不可能有优秀的干部不被使用的。"

徐光钊知道这个问题短时间不可能说服高亦尚，他不愿意在这个问题上做深入的讨论。他说："这个问题太复杂，我既没有弄明白更说不清楚。"

两个人的谈话议题转到了省行干部调整的具体名单上。议论后的结果是两人意见高度一致地认为肖桂庭必须下来，这无论是对于重要工作岗位的整肃，还是对干部作风的示范都很有必要。徐光钊除了建议要调整一名优秀的干部担任办公室主任以外，还建议提拔刘杰担任办公室副主任，办公室的田彬彬来接任刘杰担任高亦尚的秘书。高亦尚对刘杰的任职建议有一些犹豫，担心刘杰是身边工作人员有任人唯亲的嫌疑。徐光钊觉得对于刘杰的使用标准应该是看他的政治品质和工作能力是否能够胜任工作，而不能以他是不是领导身边工作人员为标准，只要制度在这方面没有禁止性规定，刘杰就可以使用。在他们的意见相持不下的时候，徐光钊说："我们这样的聊天充其量算个别交换意见，你不如去把人事处的方圆叫来，他兼着党委组织部长的职务，我们三个人一起来讨论一个名单，再提交党委讨论，这样就是一个符合组织程序的东西。"高亦尚接受了徐光钊的建议，叫来方圆后共同讨论了很长时间，提出了一个建议调任华夏资产管理公司的干部名单和省分行高管人员调整的建议名单。高亦尚最后说："这个名单，是我们三人讨论的一个建议名单，要把打算调到资管公司去的名单与华夏公司的领导交换意见后，我们再交省行党委正式讨论。在这之前，我们三人必须严守秘密。"徐光钊和方圆都表示赞同要严守秘密。

商量完了干部调整人员名单以后，徐光钊打电话到风险管理处叫来了于海军，布置了联系华夏资产管理公司的事，嘱咐他要尽快确定高行长去拜访的具体时间，做好向华夏资产管理公司的同志介绍不良资产当中的重点户和重点案件的准备，还要与华夏公司业务部门就资产交接和资金划转的细节做一个周全的安排。于海军在工作手册上记录了徐光钊的指示之后，递给了徐光钊一份总行的《股改工作要情通报》第二十三期的文件说："这是刚从总行网络通讯上下载打印的《通报》，总行对鄙州省分行的工作提出了表扬。我把《通报》已经打印一份送给高行长了。"徐光钊接过《通报》说："放这里我看看，你去忙自己的。"于海军走了以后，徐光钊认真地阅读了总行《股改工作要情通报》。

《通报》是对鄙州省分行的不良资产剥离责任认定工作做法的一篇报道。总行在正文前加编了《编者按语》，对鄙州省分行给予了肯定和表扬。报道的文稿是田彬彬撰写并经过总行修改的，文中突出了鄙州省分行坚持实事求是的原则，严格区分历史形成的不良贷款与新增不良贷款，严格追究新增不良贷款责任人的"双严"做法，突出了鄙州分行各级领导主动承担责任的勇气和担当精神。整篇报道行文流畅，文风清新，中心突出，读完了以后给人一种提神和畅快的感觉。徐光钊认为这是一件值得高兴的事情。股改工作启动近一年的时间，总行的《通报》一共发了二十三期，其中有两期分别专门刊载了唐宏运行长的报告和常路达副行长的报告，第二十三期是唯一专门刊载一家分行工作做法的专刊，足见总行对鄙州省分行关于不良资产剥离责任认定做法的重视程度和认可的程度。徐光钊深入思考之后，突然感觉到其实这就是总行的一种态度。财政部和银监会专门发文要对不良贷款责任人实行追究，总行也转发了财政部和银监会的文件。而鄙州省分行在执行财政部和总行文件的时候实际上是有变形的，总行不仅没有批评和纠正鄙州省分行的做法，反而对鄙州省分行的工作做法给予了大篇幅的报道，并且加编者按语给予了肯定和表扬，这后面的潜台词就是支持鄙州省分行的做法，推广鄙州省的做法。这实际是总行党委的一种政治勇气和智慧。由此徐光钊想到了戈磬对于轻机公司股权的处理，虽然与文件要求比有变形的地方，但体现的不也是一种实事求是的态度和敢于担当的勇气吗？徐光钊还清晰地记得总行监察室曾专门来电话给高亦尚，不同意在不良信贷资产剥离责任认定中给省级分行领导干部处分，这里既体现了总行对省行高管人员的爱护，同时也是一种实事求是的精神。那么省分行对戈咎应该采取什么态度呢？

　　这半年来的时间里徐光钊太辛苦。车祸虽没给他造成致命的伤害，但毕竟是伤筋动骨，更何况他的年岁也不小了。徐光钊知道自己已经走到职业生涯最后阶段，他参加银行工作三十多年，经历了从计划经济到市场经济的变革，亲身参与了新中国的银行从作为国家的现金中心、结算中心和信贷中心的财政附庸式银行向国家专业银行、国有商业银行的变革，这次银行的股份制改造和由其引发的不良资产剥离是中国银行业的一次脱胎换骨的巨变，哪个朝代、哪个国家的银行都没有在短短的几十年里有如此丰富的变革，徐光钊为自己能参与这个变革、能为这个变革出力感到庆幸，为自己这一代人将成为新中国第一代真正的银行人感到庆幸！

五十二、告一段落

总行、省行不良资产剥离工作总结会宣告了银行股改的一项重要工作的正式结束。鄢州省分行的剥离工作得到了总行的表扬,漳河分行信贷科也被评为鄢州省分行剥离工作的先进集体,遗憾的是在评为先进单位的三家二级分行当中没有漳河市分行。其实,漳河市分行的不良信贷资产剥离最彻底,贷款不良率在全省各二级分行中最低。先进单位的落榜不知道是什么原因,但是这并没有影响漳河市分行信贷科的员工喝酒庆功的情绪。

下班后信贷科的十几号人结伙来到了醉仙楼,贾兴华的舅哥知道了今天他们是喝庆功酒时,主动对他们的菜肴全部打五折,请大家放开肚量吃好喝好,他还给每一位抽烟的男士发了一包香烟。舅兄的举动更加刺激了大家喝酒的热情,他们纵情地叫喊着"不醉不归"!

丰富的菜肴已经摆满了桌子,大家的酒杯也都斟满,这时万志勇站了起来故意地吊着嗓门大声喊道:"现在,有请先进集体的掌门人闵洁女士致祝酒词。"桌上的人纷纷鼓掌跟着起哄。

可是闵洁现在的兴致并不高。今天总行的视频会后接着就是省行的视频会,会议开始不久闵洁心里隐约沁出一丝不快,但是这种不快到底是为什么她自己说不清楚。本来,信贷科评为鄢州省分行资产剥离工作的先进集体她应该高兴,可是,这件事情没有在闵洁的心里激起一点涟漪。如果说是因为闵洁受了一个记过的处分引起她的不痛快也不对,她非常明白,这种大面积的处分干部对她今后的职业生涯不会产生实质性的负面影响,自己因利达公司不良贷款受到处分,这样自然对傅丽萍的情绪有安抚作用,也给兰天翔消除了一个安全隐患。利达商贸公司的不良贷款顺利地剥离,达到了兰天翔预期的目的,这件事是值得庆幸还是应该谴责,闵洁心里缺乏一个坚定不移的判断标准。站在兰天翔的这一边,他们已经结成一个利益共同体,这件事当期值得庆幸。但是作为银行的一个管理人员和一个信贷资产的经营者，这件事就应该遭到谴责，这就是监守自盗。闵洁现在是一个监守自盗者，也是银行资产的经营者，她有双重身份的强烈认同，但是她心理上并不存在有双重人格，这是她心中不快的主要根源，这种原因她自己也弄不明白。另外，闵洁非常清楚漳河市分行的不良资产剥离工作做得相当出色，但是漳河市分行没有被评为先进单位，这一定与省分行领导对戈召的个人行为评价有关系。过去闵洁追求戈召、关注戈召，甚至有时与戈召处处作对，那是因为戈召在她心里占有无可替代的位置，当兰天翔进入闵洁内心以后戈召的色彩虽然已经暗淡，但是也无法彻底将他归零，所以戈召受到委屈以后闵洁很难做到无动于衷，这也可能是她心中不快的又一个原因。她不想讲这个祝酒词，但是又非她莫属，只好站起来勉强应付说："今天信贷科能够争得这么大的荣誉全靠大家的努力，特别是张老师用他丰富的从业经验给我们做了领头雁，贾兴华不辞劳苦把死账盘活，为我们添了彩，傅丽萍也能够委曲求全，忍辱负重，为我们信贷科加了分，还有很多兄弟们在这次的剥离工作中出了大力、流了大汗，所以才有我们今天在全省光荣露脸。为了这份荣誉，我提议大家干杯。"闵洁的话虽然不精彩但也算得体，桌上的人喝了第一杯酒以后开始了自由活动。闵洁的酒杯刚刚把嘴唇打湿就放下了。贾兴华第一个出来斟满一杯酒恭恭敬敬地站在张宪军的面前说："张老师，我真心诚意敬您这杯酒。"说完不等张宪军回话就一口干掉。喝酒本来就是要有气氛，张宪军有贾兴华毕恭毕敬地给他敬酒当然高兴，但是他也不愿意轻易就这样喝了，对贾兴华说："假姑娘给我敬酒是什么理由，我不能糊里糊涂地喝酒啊。"

贾兴华很虔诚地说："我感谢张老师对我的帮助和指点，如果不是你教我那些东西，不是你要我拿出狠劲来，青春服装厂的贷款肯定收不回来。"

张宪军佯装不记得说过这句话，他环顾四周问："我说过这句话吗？"

"说过了！"

"肯定说过了。"

"我听见过。"桌上的人七嘴八舌地起哄。

张宪军笑眯眯地端起酒杯对贾兴华说："好，谢谢你记得我说过的话。我们两人把这杯酒干了。"说罢给贾兴华又倒满一杯酒。贾兴华知道自己吃亏多喝了一杯酒，但是出于对张宪军真诚的谢意，二话没说又把酒一口喝完。信贷科平时最喜欢幸灾乐祸的就是傅丽萍，经过一段时间的情绪低落以后，她已经开始慢慢地正常起来。在今天这种氛围下傅丽萍的性情又重新燃起，她抓住贾兴华不放说："假姑娘，你今天被评为省分行的先进个人，你是不是应该敬闵科长一杯酒？如果没有闵科长的领导你能够得先进个人吗？"傅丽萍的话有一石二鸟的效用，既可以灌贾兴华的酒又拍了闵洁的马屁。贾兴华不能拒绝给闵洁敬酒，只好硬着头皮端起酒杯走到闵洁面前："闵科长，我给您敬酒。"闵洁虽然十分看不起阳刚气不足的男人，但她实在不愿意欺负老实巴交的贾兴华，她也端起酒杯说："假姑娘，别听他们忽悠，你是凭努力评得个人先进的。我们俩都喝一口意思意思。"说完闵洁喝了一小口酒，贾兴华却还是执意地喝了满满一杯。

万志勇看见贾兴华这样连续地喝酒，担心他喝醉，朝着贾兴华说："快来吃一块肥肘子，垫垫肚子别醉了。"

看到贾兴华大快朵颐的畅快样子，闵洁对桌上的人说："你们看贾兴华是不是像梁山好汉，以后不能叫他假姑娘了。"

"就叫假小子！"傅丽萍快嘴马上跟上。

不知是谁补了一句："假小子就是真姑娘，更娘们！"引得哄堂大笑。贾兴华的一块肘子还没咽下去，也被大家的笑声逗得差一点呛着，低着头咳嗽不已，食物喷满了一地。有人马上叫来服务员把地上打扫干净，大家喝酒的目标就转向了张宪军。

张宪军的酒量很大，科里的同事们一声张老师过来一声张师傅过去，中间还有人大声地呼喊着"教师爷"，这让张宪军非常受用，对于敬他的酒几乎是来者不拒。闵洁看见桌上的菜还剩下一大半，三瓶酒却已经喝得底朝天，就对大家提议说："你们别再灌老张的酒了，最后一瓶酒大家慢慢喝，这么多菜不要浪费了。"在信贷科闵洁只要制服了张宪军和傅丽萍，她说话就完全畅行无阻。闵洁的话落音以后大家就停止了嬉闹，斯斯文文地坐下来品酒吃菜。当有人夸奖醉仙楼的菜肴有特色时，贾兴华高兴地说："年底如果我的奖金超过去年，我做东请大家再来喝酒。"

万志勇说："你今年的奖金肯定会大大超过去年。青春服装厂的贷款实际上早就是死账，如果按照损失类贷款的清收考核办法计算奖金，你要请我们来喝十次酒。"

张宪军这时卷着舌头口齿不清地说："假小子，青春服装厂这么难的贷款都收回来了，你是怎么弄的跟大家说说啊！"

"好！"傅丽萍一边叫好一边鼓掌，其他同事也都跟着鼓起掌来。贾兴华从来没有受到过这样的热捧，加上他今天的酒喝得也不算少，在大家的起哄下他兴致勃勃地说开了："我按照张哥的指点找到了担保人。"在浓浓的酒意下张宪军在贾兴华嘴里由张老师变成了张哥："张哥说过担保人是我最后的救命稻草，我就缠着他不放，他走到哪里我就跟到哪里，他回家我就跟着到他家里，逼得他没有办法只好告诉了我于向阳在岭南省的住址。岭南省我一个人不敢去，我就叫上了几铁哥们直奔岭南。"说到这里的时候贾兴华没有醉意，他知道把不能上台面的真情隐瞒下来。后面他开始添油加醋，绘声绘色："我们知道了他在岭南又开了一家服装厂，还养了小老婆，到达岭南之后我们兵分两路，一路找好宾馆准备等于向阳来了后逼他还钱，一路就在他经常打牌的地方守候。那天，天刚擦黑他打完牌出门开车的时候，我的一个朋友假装被他撞到，逼着他送人去医院的时候就把他骗到了宾馆里。连诈带唬很快把于向阳吓得尿了裤子。"

张宪军打断他的讲述问道："你不担心于向阳以后会找到银行来？"

贾兴华说："我们事先商量好了只逼债，不讲我们是哪一路的债主。"

"他晚上怎么转账的，担保人不是用支票来替他还债的吗？"傅丽萍好奇地问。

贾兴华说："晚上转什么账，他答应了用他的布料抵债。我们连夜拖着布料就回来啦。"

闵洁听到这里觉得有些不对，贾兴华催债走的是偏门上不得台面，这件事情不能传播出去。她马上制止了贾兴华说："不能讲了！这个经验太宝贵不能让别人学到，今后跟谁都不能再提起这件事。大家记住了。"

张宪军明白闵洁的意思，为了转移大家的注意力，他大声地招呼："过来喝酒，喝酒！"

漳河市分行信贷科的人在为资产剥离喝庆功酒，谁也不知道高亦尚曾经要为漳河市分行的资产剥离与戈弢算账。这一次的不良资产剥离工作郢州省分行的工作算得上比较圆满，全省包括潜在风险贷款在内的总共几百亿损失类贷款、可疑类贷款顺利核销和剥离出售，所剩下不良贷款只有次级类贷款不到三十亿，剥离后不良贷款率是百分之二点七六，略好于全国的平均水平。不良资产剥离账务划转的当天，高亦尚和徐光钊都拿着最后出来的统计数据报表，神色轻松。当高亦尚看见银行对外投资一栏中仍然列有轻机公司的股权的时候觉得特别刺眼，愤懑的话脱口而出："漳河市分行真是令人头疼。"

徐光钊不知道他这冷不丁蹦出的话指的是什么，就解释说："漳河市分行的资产剥离情况不错，他们的整个剥离工作与地方国有企业的改制密切配合，得到市委、市政府的肯定，这个很不容易。戈昝是一个有责任心、能力强的干部。"

高亦尚说："我看他就是一个不守规矩的人。我们全省原来持有五家上市公司的股权，其他二级分行都剥离出去了，唯独漳河市的轻机公司股权没有能够剥离出去。计财处向我汇报后我还要计财处的老吴专门给戈昝打电话，告诉他转让持有的股权是《商业银行法》的规定，无论如何在这次剥离中要把股权转让出去。你看他就是把上级行指示当作耳边风。"

徐光钊还是能够理解戈昝这样的做法，但是他不能替戈昝去辩解，那样会引起高亦尚更大的误会。只好说："可能也是事出有因吧，到时候把他叫来问问情况就清楚啦。"

高亦尚说："在遵纪守法的问题上不兴'事出有因'，丁就是丁卯就是卯。我看戈昝就是个人品行有问题，不给他一个教训他不会改。"

高亦尚说要给戈昝一个教训，他果真付诸行动了。在省分行资产剥离工作总结会之前，省行开会讨论受表彰的先进集体和先进个人名单时，风险处的于海军提名漳河市分行为资产剥离的先进单位，计财处的吴处长第一个持反对态度，他认为对于轻机公司股权转让失败的问题，就是漳河市分行的主观故意。他强调自己在与漳河市的戈昝行长和计划财务科的吴效梅科长沟通时，他们都鲜明地表达了拒绝转让的意愿。所以，他不仅不同意漳河市分行提名为先进单位，而且要建议给予相应的纪律处分。于海军仍然坚持自己的意见："漳河市分行的信贷资产剥离各项任务完成在全省最好，不评先进集体说不过去。"于海军的意见也得到了张华涛、谭启德等人的附和，两种意见各不相让。

高亦尚这时开口说："客观地讲戈昝同志是一个有事业心、有闯劲的人，工作成绩也不错。但是对于轻机公司股权转让的问题怎么认识，这是一个遵纪守法的大是大非的问题。如果刚才老吴的话成立，如果戈昪和他的计财科长都是主观故意拒绝转让轻机公司的股权，这就是一个法纪问题，在这一点上我和老吴的观点一致。"

高亦尚发话以后于海军和支持他意见的人都不吭声了。徐光钊本来不愿意在公开场合与高亦尚发生意见分歧，但是在今天的这种氛围下自己再沉默不语，就是一种很不负责任的态度。他说："我有情况跟大家做个说明。吴处长把漳河市分行处理轻机公司股权转让的事情向高行长做过汇报，汇报时我也在场，事后我也专门打电话找了戈昪，完整地转达了高行长对这件事的处理意见。戈昪向我做了一个解释，说他接触到几家有意收购轻机公司股权的投资人，因为知道我们股权转让有时间上的要求，就结成团来压低我们转让的价格。戈昪把这个价格与法人股上市交易以后可能出现的价格进行了一个比较，保守地估计中间的差价是七千万到一个亿，后来这些投资人也放话出来，不是最低的价格他们都不接收，戈昪是在没有价格谈判空间的情况下继续持有了股权。"会场上的人听了徐光钊的解释多数都表示对戈昪行为的理解。

高亦尚觉得这是徐光钊对戈昪的偏袒，他也坚持自己的观点说："《商业银行法》是我们商业银行经营的行为准则，我们作为国有商业银行应该带头遵纪守法。这次股份制改造以后，我们很快就是一家上市的公众公司，遵纪守法的问题更加敏感，这事不能用收入的多少来衡量。"

徐光钊不愿意自己和高亦尚的分歧变成一种公开的矛盾，那样对高亦尚个人威信和省行党委的集体威信都是一个损害。但是，真理又是必须要坚持的，他只好用委婉的口气说："上次总行在《通报》中肯定了郢州省分行对于不良资产剥离责任追究的工作做法。其实我们的做法与财政部银监会的要求是有距离的，或者叫做有变形。为什么这种变形还能够得到总行的肯定甚至是推广，就是因为我们坚持了实事求是的精神，对历史形成的不良资产采取了一种灵活的办法。大家想一想轻机公司股权的持有是历史形成还是我们现在新发生的？"

徐光钊的讲话很有说服力，高亦尚在轻机公司股权持有的问题上再没有话说，但是，高亦尚仍然从另外一个角度抓住戈昪不放："我说遵纪守法的问题有两层含义，一个是《商业银行法》对我们的约束，一个是从纪律上来讲的令行禁止。省行的指令下达给漳河市分行以后为什么不执行？如果我们的指令有错我们会承担责任，如果下级不执行上级的指令就应该追究。所以，对漳河市分行的这种行为还是要给处分。"

高亦尚拿捏的确实是戈召的一大软肋，他在这方面的毛病实在是太突出，徐光钊觉得给他一个教训未必不是好事。可是，最后讨论下来的结果竟然是漳河市分行先进单位落榜，提名漳河市分行信贷科为资产剥离的先进集体，轻机公司股权转让问题给予漳河分行计财科科长吴效梅行政警告处分。戈召因为在利达商贸公司的不良贷款中负有领导责任已受到记过处分，在轻机公司股权转让问题上就没有再予追究。

这个结果既是意料之外也是情理之中。

五十三、潜虬在渊

不良资产剥离总结大会不久后的一个周一,高亦尚接到总行办公室的电话,通知周三上午九点之前务必到总行。电话是直接打给高亦尚个人的,当高亦尚询问活动内容和活动地点时,电话里答复是到总行办公室报到后再另行通知,并特别强调不要带随行的工作人员。高亦尚觉得这个电话有些奇怪,周三上午肯定不是全行统一的活动,如果是那样总行会提前几天在网络上发布会议通知,如果是小范围的业务活动则应该由承办的业务部门来通知,但是现在情况不明朗,怎么去做周三的准备呢?他一时没有头绪。打电话叫来刘杰,通知他买明天下午去北京的飞机票。当刘杰得知明天高亦尚一个人回北京的时候就问:"高行长家里有什么急事?"近一年的时间里高亦尚只要因公回北京,刘杰总是与他同行,只有偶尔因私回北京休息刘杰才没有跟着一起。今天高亦尚叫刘杰买一张机票时,刘杰自然想到了高亦尚是因私回北京,所以才有这样的问话。高亦尚告诉刘杰:"这次是到总行开会,总行办公室通知不要带随行的工作人员,所以我一个人去北京。"刘杰也觉得有些异样但他没说出口,只是对高亦尚说:"我把飞机的航班确定以后通知总行接待处到机场接机。"整个下午高亦尚的思绪都没有理顺,但他还是硬着头皮把鄞州省分行近期的各项经营指标和不良资产剥离的基本情况做了一个大概的梳理,准备随时接受询问或向行领导汇报。

第二天回北京的时候高亦尚更加迷茫。飞机落地大约已经晚上六点,当他走出首都机场到达厅大门的时候,第一眼就看到了总行接待处的副处长小柳站在一个显眼的地方。小柳显然也看见了高亦尚,把手举得高高的向高亦尚示意,高亦尚还没意识到小柳是来接他的。以前到总行开会,接待处也派人来机场接各省分行的行长,通常都是一位科长来接同一个时间段到达北京的几家分行的行长,同乘一辆车到宾馆驻地,极少单独为一个省分行行长接机。高亦尚还没有走出到达厅门外的通道,小柳就主动地迎了上来,接过高亦尚手上的行李箱。高亦尚与小柳过去在总行机关就比较熟悉,他笑着问道:"小柳,今天来接哪位领导?"接待处副处长一般只有行级领导出行或者重要客户、地方领导来访才会到机场迎接。没想到小柳回答说:"我来接您。今天没有接待其他领导的任务。"小柳的回答让高亦尚大吃一惊,他接着问:"还有其他分行的领导没有?""没有。"小柳回答得很干脆。

高亦尚按捺住心中的忐忑随着小柳来到停车场,上了一辆崭新的轿车。小柳坐在副驾驶上,高亦尚坐在车的后排,两个人再也没有说一句话。汽车到达北京中心城区时,高亦尚看见时间已经快七点钟了,就试探地说:"柳处长,我的活动是明天上午九点钟,现在能不能请司机把我先送回家去,明天我自己到总行。"

小柳回答道:"就是送您回家,明天上午还是我来接您。"

司机并没有问高亦尚的地址,很快就径直把高亦尚送到了住所的楼下。小柳执意要帮高亦尚把行李送上楼,高亦尚谢绝了小柳的盛情。小柳见高亦尚态度如此坚决只好不再坚持,并约定明天上午七点四十五分来车接他去总行。

高亦尚昨天就打电话告诉淑珍今天要回家,进到家里时淑珍已经把晚饭张罗好。淑珍长期操持家务,她的烹饪技术确实不差,四个小菜荤素搭配,做得色香味俱佳,高亦尚见到后马上有了食欲。在温馨的家庭气氛中,两口子一边吃饭一边聊天,从工作谈到家庭,从老人说到小孩。高亦尚把在鄂州听到看到的一些趣事趣闻讲给诉淑珍听,也把工作中曾经遇到过的困惑和麻烦告诉她。淑珍说:"你没有在基层单位工作的经验,也不懂社会上的人情世故,亏了你吃一些苦。"高亦尚笑着说:"在鄂州又不是靠我一个人单打独斗,还有班子和一大批干部呢!你心疼我啦?""哼,美得你!"淑珍嗔笑道。他们好久没有这样聊天了,不知不觉聊了很久。淑珍发现已经快到晚上九点钟了,赶紧说:"瑶瑶九点半就要回了,我刷完碗还要给她准备夜宵。"

高亦尚说:"你去忙吧,我也有些工作上的事要捋一捋。"说完走进书房在书桌前坐下。淑珍给高亦尚泡了一杯茶送进书房,把茶杯轻轻地放在书桌上,然后悄悄地带上了书房的房门。高亦尚默默地看着妻子走出了书房,一股暖意从心底涌起。他端起茶杯惬意地嗅闻着茶水的淡淡清香，啜饮几口以后放下茶杯，开始猜想明天总行可能是什么内容的活动，不知不觉靠在椅子上迷糊过去。

一阵凉意把高亦尚惊醒，他穿的衣服很薄。当睁开眼睛拿起茶杯却发现茶杯的茶早就凉了。高亦尚起身拿起茶杯走到客厅准备续水，这时听到门外掏钥匙的声音，他知道是瑶瑶回来了，赶紧放下茶杯，蹑手蹑脚地躲到门后面。

瑶瑶推门进来没有发现门后的高亦尚，在她正弯腰换鞋的时候，高亦尚轻轻地在她肩上一拍，瑶瑶吓了一大跳赶紧转身一看："爸爸！"她大叫一声，脸色马上由惊转喜。瑶瑶的双臂箍在高亦尚的脖子上，撒娇地问道："你什么时候回来的，也不打电话通知我。"

高亦尚拿下了瑶瑶的手臂，问道："你不是九点半钟该到家吗，你怎么现在才回来啊？"

瑶瑶说："今天我们李校长找我了，所以比平时晚了一点。"说完瑶瑶换鞋后又走到厨房门口对淑珍说："妈妈我回来啦！"

淑珍把瑶瑶的夜宵端上桌的时候也问："瑶瑶，为什么今天回得晚一些？"

"校长今天有找我有事情，然后坐公交车回来的，所以晚了一点。您问那么细干吗呀？"瑶瑶这样说话的时候都有些不高兴，青春期的孩子就是不喜欢家长对什么事都刨根问底。

淑珍说："你晚些回应该打电话告诉家里一声，免得家里担心。"

"我哪知道校长要跟我谈多长时间啊？我这么大了有什么好担心的，好像自己的女儿只会让你操心一样，不能多给人一些信任吗？"瑶瑶愈发不高兴了。

高亦尚听说校长找瑶瑶谈话就觉得有些奇怪，一直在琢磨这事所以没有吭声，听到她们娘俩拌嘴就出来和稀泥说："好啦瑶瑶，你妈就问了一句话你却说了这么多，妈妈是为了你好，关心你。"

"哼！"表达了自己的不满后，瑶瑶就趴在桌上吃夜宵没有再吭声。

高亦尚让瑶瑶安静下来后走到厨房里安抚淑珍："你可别生孩子的气，青春期孩子的心理特征你应该比我懂得多，都是一些有口无心的话。"

淑珍说："你听到没有，校长找她谈话啦！哪个学生会让校长找去谈话啊？你叫我怎么放得下心来。"

高亦尚说："我听到了，正琢磨怎么问她。你也别太心急，我去和她聊聊。"

"瑶瑶，"高亦尚走到餐桌旁坐下，轻声地问道："今天校长找你去有什么事啊？"

"哼"，瑶瑶歪过头瞥了高亦尚一眼，把筷子往桌上一放噘起了小嘴。

高亦尚仍然很耐心地问道："不开心啦？是什么说来爸爸听听。"

"还不是怪你，当什么破行长！弄得同学还以为我犯了什么错误让校长找。"瑶瑶的责怪让高亦尚一头雾水。

"嘿嘿，"高亦尚尴尬地笑了两声说："爸爸的破行长怎么得罪了高彧涵同学啊？"

瑶瑶被高亦尚的幽默逗乐，呵呵地笑开，接下来她道出了事情的原委。原来是他们学校的李校长说自己的表妹在郓州省分行工作，听说最近那里要提拔一批干部，想拜托高彧涵的爸爸多加关照。李校长还特意给瑶瑶说他表妹多次打电话叫照顾好高彧涵。高亦尚问："你们校长说了他表妹叫什么吗？"

"叫敏捷。"瑶瑶脱口而出，"这个名字好记。'身手敏捷'，就是不知道是不是这两个字"。

瑶瑶的回答让高亦尚感到非常诧异。瑶瑶学校的事情自己曾经跟张华涛说过，他主动讲他爱人的亲戚在北京教育局工作，他可以要这个亲戚过问一下瑶瑶在学校的事，后来学校给瑶瑶换了班，张华涛也没有提他知道这件事。李校长倒是在瑶瑶换班级时给淑珍打过电话，那也是一般性的家访。今天这个李校长怎么就弄出一个"闵洁表妹"来，而且闵洁还多次要求校长照顾好瑶瑶，怎么会这样蹊跷？更奇怪的是调整干部的打算也只有徐光钊、人事处的方圆知道，怎么消息这么快就到了北京？他不好跟瑶瑶讲这些，就说："这是大人的事你不要再管了，明天要你妈去跟你们校长解释一下。你安心学习就行。"

瑶瑶这时才端起了碗筷说："让妈妈告诉校长以后这样的事别找我，让同学以为我犯了什么事。"说完了还满脸的不高兴。

瑶瑶带回的口信让高亦尚陷入了沉思。他想："社会现实真是复杂，就那么点事，就那么点人，竟弄得这样诡秘。张华涛和闵洁是一种什么样的关系呢？拿瑶瑶做走门路的筹码又是谁的主意呢？"本来高亦尚对张华涛和闵洁的印象都比较好，但是一连串的桌子下的动作，让高亦尚心底生厌。

第二天到总行是唐宏运行长与高亦尚的单独谈话。这次谈话的时间不长分量却很重，谈完话后高亦尚一刻也没有停歇，就急忙往郢州赶。在回家拿行李的路上高亦尚给淑珍打了电话，告诉她今天自己就要回郢州，请她对瑶瑶转达自己不辞而别的歉意。接下来又打电话告诉了刘杰自己回郢州的飞机航班号，并要刘杰通知徐光钊行长一定等他回来。打完两个电话后一直到他登上飞机，高亦尚一直在回想唐宏运行长今天跟他的谈话，脑子里全是谈话的画面。

今天高亦尚到达总行的时候，总行人事部分管干部工作的副总经理已经在办公室等候，高亦尚马上意识到今天的活动与干部变动有关，但是他没有想到的是唐宏运行长亲自与他的谈话，更让没有想到的是他自己马上将面临调整。当唐宏运行长说到总行党委决定调整郢州省分行领导班子时，高亦尚当时在心理上有些猝不及防，大脑出现瞬间的空白。唐宏运认真询问了郢州省分行班子的人员情况，告诉高亦尚总行党委对高亦尚工作要另行安排，对接替郢州省分行行长和党委书记的人选有了初步打算。他特别嘱咐高亦尚，要珍惜在郢州锻炼所剩下的不多时间，抓紧把想干的事干好，待总行人事部人员调整的通知下达以后，所有人事变动和重大业务事项的变更都要暂停。唐宏运行长没有挑明高亦尚新的工作岗位，说要等待中央有关部门的考察以后才能最后决定。唐宏运行长谈话的重心后来转到了关于如何推进银行的现代化建设，以及在银行现代化建设中如何做一个合格的党员领导干部。唐宏运行长谈话像涓涓溪流滋润着高亦尚的心田，他一边认真地记录唐宏运说的每一句话，一边思考如何把这些要求变成自己的行动。唐宏运行长谈完以后，高亦尚没有高调地表态，只是保证站好在郢州分行的最后一班岗，听候组织上的任何安排。

飞机降落时由于气压的变化，高亦尚耳朵有一种被堵塞的感觉，很不舒服。他睁开眼睛，低下头用手捏住鼻子憋上一口气，然后用力从鼻腔出气，气从捏住的鼻腔出不去，在口腔里打了一个圈以后便冲向左右两个耳道，马上把飞机下降时被压迫的耳膜鼓了起来，耳朵被堵塞的感觉瞬间消失。高亦尚抬起头舒坦地吐了一口气，然后用右手的大拇指和中指按着自己两边的太阳穴，轻轻地揉压，以缓解飞机下降带来的不适。此时，他的思绪完全回到现实。看见机舱里有的乘客已经开始整理随身的物品，做着下飞机的准备，高亦尚也下意识地抬起手腕看了看手表，大约还有几分钟飞机就要落地了。高亦尚非常迫切地想马上见到徐光钊。

走出机场的到达厅，高亦尚一眼就看到肖桂庭和刘杰。在偌大的接机大厅，黑压压一大片各色人群中肖桂庭显得最突出。他站在到达厅出口通道的最前面，脸上似笑非笑，一种很急切又很焦虑的神情。配合着面部表情，肖桂庭身子向前微倾，手臂前伸，表现出要马上接过高亦尚的行李箱的样子，弄得在一旁的刘杰伸手不是不伸手也不是，很为难。高亦尚给肖桂庭交代过无数次，自己不管到哪里都要轻车简行，不要迎送，具体的事情有刘杰就够了，可是肖桂庭依旧我行我素。"办公室有那么多重要的工作，接机这样的小事情哪里用得着办公室主任亲力亲为，庸俗。这个办公室主任一定要尽快调整。"高亦尚心里这么想，但对眼前这样殷勤的肖桂庭却只能委婉地说："老肖，你年纪大不要这样劳累，接飞机这样的事叫年轻人多做。"说罢顺手把行李递给了站在一旁的刘杰。

一行人上车后，汽车很快驶上机场高速公路，高亦尚似乎觉得张本泓的车今天开得特别慢，他不时地看看手表，又看看窗外车到了哪里。"小张，把车开快一点。"高亦尚破天荒地催促司机。"好咧。"张本泓一边应允一边猜想："从不主张开快车的行长今天怎么啦？"

当汽车刚刚驶进省分行大院，高亦尚不等汽车完全停稳就拉开车门下车急匆匆走进大楼，他一边疾走一边吩咐快步跟在后面的刘杰："去叫徐行长马上来我办公室。"

听到刘杰的传话，徐光钊立马来到高亦尚办公室，笑着问道："这么快就回啦，怎么不在家里待两天？"

高亦尚拦住了正在准备给徐光钊倒茶水的刘杰说："你去吧，这里让我来。"在刘杰转身后高亦尚才回徐光钊的问话："心里着急，哪里在家待得住！"说完把刚沏的一杯茶水放到徐光钊座前的茶几上。徐光钊欠了欠身子，用两手扶住茶杯表示了对高亦尚的谢意。这会儿刘杰悄悄退出房间，把房门轻轻带上了。

高亦尚端着给自己沏好的茶水坐在了徐光钊的旁边。徐光钊心里明白，高亦尚这样急切地回郢州，又一分钟都不停歇地把自己叫到他的办公室，一定是有重大事情要通报，于是，静静地注视着高亦尚，看他开口说什么。看到神情自若的徐光钊，高亦尚有些不好意思地说道："我是不是有些失态了？"

徐光钊善意地回答道："没有，心里有事节奏总会急一些。"

听到徐光钊这样说高亦尚索性就舒缓了一下情绪，抬起端着的茶杯，低头吹了吹浮在水面上的茶叶，小口小口地啜饮了几下，然后放下还飘着袅袅热气的茶杯，两眼盯着徐光钊缓缓地说道："总行要调整我们班子。"

徐光钊猜想到高亦尚这样急急忙忙赶回郢都，很大可能性就是因为班子调整这样的大事，高亦尚的话证实了自己的猜测。这时徐光钊心情很平静，他早就做好了退下来的准备。他知道党的干部政策不是针对哪一个人的，领导干部到了一定的年龄提前退出现职，把位置让给年富力强的青年干部，这既是保证我们事业兴旺发达的需要，也是对老同志的照顾。自己在省分行副行长的位置上已经二十多年，有幸参加了银行的改革全过程，特别是近一年多时间里不仅遇到了高亦尚这样好的一把手，而且协助高亦尚完成了不良资产剥离这项了不起的工作。不管怎么讲，自己的职业生涯是幸运的，这一辈子值！

高亦尚不知道徐光钊此时的心理活动，看到徐光钊没有吱声就接着说："总行没有给我传达的任务，因为郢州省分行下一步要由你来主持工作，我觉得有些事还是要与你通气才行，不知道这样违反纪律了没有。"

"什么？由我来主持工作？"徐光钊诧异地问道。刚刚想到自己将要退居二线，可是高亦尚却讲要自己主持省分行的工作，这里的反差太大了，一时徐光钊有些接受不了。稍稍定神后徐光钊说："高行长，违反了纪律没有我也说不清楚，不过你既然已经说了，那么你就把到总行的情况简单介绍一下，不然我也糊里糊涂。"

这时高亦尚赧然地说道："你看把我急的。这次到总行是唐行长找我谈话，一个主题就是我们省分行班子要调整，由你担任行长、党委书记，主持郢州省分行的工作。"

"唐行长就这么一句话？"徐光钊笑着问。

"你说呢？"高亦尚也笑着反问道，又接着说："唐行长对你的评价不错，说你是一个有责任感的同志，两次想用你都没能如愿，这次总行征得了省委组织部的同意。"

徐光钊问："唐行长没有对鄞州的工作提什么要求吗？"

高亦尚说："具体的要求倒没有提，不过对银行的改革发展他说了一些意见，我觉得对我们今后的工作有很重要的指导意义。"

高亦尚说着拿出他的笔记本，看着他的笔记继续说道："唐行长的谈话我做了一些记录，他的思路非常清晰，非常开阔。他说'我们作为中国最大的商业银行，在国务院关怀、各界支持和全行员工的努力下，股份制改造推进得非常顺利。按照国务院提出的时间要求，几个月后股份公司将正式挂牌。随后我们将与国际知名的战略投资者合作，股份公司将在海外和国内两个市场同时上市。我们作为银行的高管人员特别是总省行两级行的主要领导，应该清醒地认识到股改和上市并非我们的最终目的，我们所追求的是按照现代企业的要求，建立健全现代产权制度和现代公司治理制度，全面加快各项改革的进程，转换经营机制，建立完善的现代金融体系，把我们银行建设成为一家资本充足，运营安全，服务和效益良好，具有强大的国际竞争力的现代化商业银行。所以我们要认真地学习理解中央的各项经济政策，进一步增强责任感紧迫感，加快推进改革的步伐，加快建立科学高效的公司治理结构和组织架构，建立科学的决策体制、健全的内控机制和完善的全面风险管理机制，整合业务流程管理，建立市场化的人力资源管理体制，构建高度透明的信息披露机制，继续提升科技水平，建立国际化的信息技术平台，推进全面协调可持续的发展，实现股东利益员工利益和社会利益的平衡。'

讲到我们未来的发展，唐行长还说'随着入世过渡期的逐渐接近结束和经济全球化影响，我们面临的真正意义上的国际化竞争马上就要全面展开，能否通过改制和转型显著提高核心竞争力，充分适应国际化竞争和经济全球化发展的需要，是我们面临的一项重要和紧迫任务。我们每个高管都要发挥自己的业务优势和特长，聚合团队的力量在这场竞争中抢占属于我们自己应有的位置，这样才能无愧于时代，无愧于重托。'"

高亦尚说到这里合上本子颇有感触地说："唐行长说的话虽然不多，但我就觉得有一种高屋建瓴的通透和提纲挈领的凝练。这种本领我们很难学得到。"

徐光钏说："领导艺术是可以在工作积累中得到升华的，我们都要一刻也不放松自己的学习和努力。"徐光钏突然若有所思，问道："我们分行班子调整没有讲你的工作怎么安排？"

高亦尚一脸诚恳："没有讲。"

徐光钏继续问："唐行长总会谈到你吧，具体怎么说的呢？"

高亦尚说："唐行长说总行党委经过认真的考虑，准备近期调整我的工作，有关准备正在按程序向中央有关部门报告，待完成全部的组织程序和法律程序后，我就要到新的岗位开展工作。至于新岗位的工作要求、组织纪律和政治纪律的要求，到时候有关部门会跟我有一个正式的谈话。我们今天谈话的主题是关于鄞州省分行班子调整和建设问题。"

"哦！"徐光钏似乎明白了总行的意图，他说："你一定是进总行领导班子。你想啊，只有总行行级领导的任职才会向中央报告。看来有些传闻还真不是空穴来风。"

高亦尚并不隐晦自己的看法："我也像你这样猜想过，可是，既然组织上没有给我挑明，我也不去多考虑，后面的组织程序和法律程序还很长，能不能通得过还是两说，包括你的任职问题唐行长不叫我传达，恐怕也有这层意思。"

徐光钏说："你说得对。其实，不管在哪个岗位上，职务不过是一个工作平台，尽职尽责倒是我们必须坚守的第一要务，因为我们都是党员领导干部。"

高亦尚赞赏地说道："你说的太好了，唐行长在谈话中也谈到这层意思。当时我给唐行长讲，我担心自己的能力跟不上工作要求，怕心有余力不足。你猜唐行长怎么回答我的？他说能力是一个变量的东西，随着工作锻炼机会的增多和时间的推移，能力可以慢慢地增强。我们作为最大的国有商业银行的高管和决策者，我们最需要的是忠诚。他特别强调忠诚是指对党对国家的一份赤诚忠心，是对振兴中国金融事业锲而不舍的孜孜追求。他还引用了李大钊同志的一句名言'铁肩担道义，妙手著文章'，说我们应该把李大钊同志的这句话拿过来作为我们今天的追求和责任。我想唐行长的这番话和你刚才讲的就有异曲同工之处。"

徐光钏谦虚地说："我哪有唐行长那样的境界。不过，我们要牢记共产党人的责任和义务，这不是一句空话。"

高亦尚说："我理解唐行长的话，就是要求我们不仅要做一个银行家，更应该把握坚定的政治方向，把国家的振兴和人民的幸福放在更重要的位置。"

徐光钊说："我完全同意你的看法。现在我们有不少同志都厌烦政治，其实全世界所有成功的银行家都是政治家，不管嘴上挂没挂'政治'两个字，他们各自的政治意识、政治目的都融化在银行的经营行为当中。如果我们的胸中不装有国家和人民，我们的经营一定会偏离正确的政治方向。"

高亦尚点头说："你说的与唐行长讲的很多思想都一致，唐行长还说我们讲政治不是讲所谓政治斗争，而是强调在政治方向正确的前提下搞好商业银行的经营，从中国的国情出发进行艰苦的探索，找到一条达到我们目标的正确路径。"

徐光钊感觉到高亦尚还有一些具体的想法，就问："你这样急匆匆地赶回一定是有些事情想了结吧？"

高亦尚神色凝重地点头说道："按说今后的工作是你来接手，我不应该再多说什么，是唐行长的话提醒了我。唐行长讲要我珍惜在鄞州剩下的有限时间，告诉我在人事部正式通知后，分行所有的人事变动和重大的经营事项变更都要暂停。我想抓紧时间把我早前已经深思熟虑的一些工作想法尽快出台，我把这当成我到鄞州工作锻炼的考试和检验。我希望你能够理解。"

徐光钊赶紧接过高亦尚的话说："高行长你多虑了，只要你还在鄞州一天，你就是鄞州分行的行长党委书记，全面工作还是由你主持，没有跟我客气的必要。"

高亦尚神色轻松地说："那我就不客气啦。"

徐光钊笑道："'不客气啦'就是客气话。"然后善意地提醒道："既然是深思熟虑了就不要急，按程序来就不会忙中出错。"

"好！"高亦尚答应道，在他心里非常满意徐光钊这样的好搭档和诤友。接下来的时间里他们商量了好多的事情。

五十四、大彻大悟

时间如白驹过隙。

不良资产剥离工作结束后,几个月的时间眨眼就过去了,这段时间里鄂州省分行和漳河市分行都发生了很多的事情。中央组织部考察组到鄂州省分行对高亦尚进行了考察,总行也随即对徐光钊进行了考察和民主测评。眼下高亦尚虽没有正式到职,但是人已经回到北京参与协助总行股改和上市工作,鄂州省分行由常务副行长徐光钊代理主持。高亦尚在中组部到鄂州省分行考察之前对全省的中层干部进行了一次调整,向华夏资管公司送去一批干部后,省分行提拔了一批新人,也免掉了一批不称职的干部。在这次干部调整中,省分行办公室主任肖桂庭改任非领导职务,内控合处副处长李彬接任省分行办公室主任,刘杰被提拔任省分行办公室副主任。省分行在提拔一批干部的同时,对履职不好的部分同志进行了诫勉谈话,漳河市分行的副行长肖强是其中之一。漳河市分行向省分行推荐了信贷科长闵洁和第一储蓄所主任姚璐璐作为提拔候选人,但是闵洁落榜,姚璐璐调任省分行个人金融业务处处长助理。值得一提的是,对自己抱很大希望的张华涛,在省分行机关干部推荐省分行副行长的会上,连半数的基本票都没有达到,怅然落选,而监察室主任谭启德却捷足先登,成为向总行报送推荐省分行副行长的唯一人选。让人大跌眼镜的是原来提拔呼声很高、获得民主推荐票数最高的戈驽,在这次人事变动中依然如旧,在漳河市分行行长的位置上没有变化。

戈驽的心情处于一种矛盾和焦灼的状态。高亦尚任总行副行长这是很早就有传闻的事情,戈驽替他高兴。一个男人一生能有这样的舞台施展抱负是一件幸运的事情,而且戈驽认为高亦尚具有这样的素质和本领,他相信复杂的环境和工作的锻炼能够抹掉高亦尚身上的书生气,让他在银行的建设和发展中能发挥大的作用。戈驽不后悔与高亦尚在工作中的争执和摩擦,知道高亦尚不是搞阴谋的人，不搞阴谋的人往往会越打越亲热，只可惜与他在一起相处的时间太短，彼此还没达到互相熟悉和惺惺相惜的程度。徐光钊拟任省行的一把手行长这是戈召最高兴的事，他没想到徐光钊这样的年纪还能够接替一把手的位置，这既是他个人的幸运，也意味着郢州省分行黄金时代的到来，今后自己的工作也会顺畅和开心许多。张华涛没有被推荐省行副行长戈召倒有几分为他高兴，他一直担心张华涛性格中不讲原则和不磊落的毛病，这些毛病如果不改，在副行长的位置上犯错误的概率会更大，因为权力越大责任越大，风险也越大。这次没有被推荐对华涛而言何尝不是好事。他如果能认识到这一点就好了。姚璐璐到省分行任职，虽然削弱了漳河市分行干部的力量，但是她的任职也是漳河市分行的光荣，是一件值得高兴的事情。戈召对闵洁没有被提拔稍有点遗憾。闵洁是为了追求自己而放弃大城市生活来到漳河的，但是到漳河以后她并没有得到她想得到的东西，如果她能够到省分行去任职，也会使萦绕在戈召心中的歉疚得到释怀。戈召是一个重情义的人，对闵洁躲在人后的一些行为没有察觉，所以才有这样的遗憾。

想到自己的境遇戈召就不禁郁闷起来。从读大学开始戈召与张华涛就经常谈论各自的志向，虽然他们的目标同时指向了做一个职位更高的领导干部，但是张华涛想着要给穷了祖祖辈辈的家族光宗耀祖，戈召却想着让更多的乡亲们都能过上好日子。他们两个人的私交非常好，从来不鄙视和嘲笑对方追求的目标，一直互相打气，互相鼓励。来到郢州省分行后两个人几乎是同步成长，现在两个人都止步不前，这让戈召心里有些失望。他觉得自己追求的目标与自己渐行渐远，今后自己的年纪会越来越大，追逐目标的力量也会越来越差，自己所追求的目标已经定格成一个可望而不可即的远影。想到这里戈召心中涌起一股悲凉。

丽娜这一阵见戈召的情绪不好，打电话从吴效梅那里了解到其中的原因。吴效梅也为戈召的境遇抱不平，听丽娜说戈召的情绪不好，就建议丽娜他们周末到自己家里来吃饭，秦浩天课题刚刚做完，正好叫他帮忙下厨。

今天两家人围在一张桌子上吃饭。秦浩天是四川人，做了一桌子地道的川菜。平常两家人经常到外婆的小屋聚餐，秦浩天很少有显露厨艺的机会，今天两家人坐在一起他的兴致最高。他用勺子舀了一勺菜放到小妍的碗里说："小妍，这个是宫爆鸡丁，尝尝叔叔的厨艺。"

小妍拣了一小块鸡肉放进嘴里嚼嚼道:"真好吃!叔叔怎么做的?"

秦浩天得意地说:"这是叔叔专门挑的一只土鸡做的。宫爆鸡丁是四川有名的美食,它的特点就是红而不辣,辣而不猛,香辣味浓,肉质滑嫩。"说着他又要给丽娜舀。

丽娜说:"你别管,我自己来。"丽娜品尝了秦浩天的宫爆鸡丁后也赞不绝口:"浩天,你的川菜做得确实比外婆的小屋要好,你告诉我怎么做,以后戈鋥嘴馋的时候我给他做。"

这时小妍撒娇说:"妈妈就知道照顾爸爸,你怎么不做给我吃呢?"

丽娜说:"就你不知道害羞。别打岔,听叔叔讲怎么做的。"

秦浩天见丽娜真的要学劲头更足:"嫂子,宫爆鸡丁关键要选好鸡肉,一定要买那种正宗的土鸡。正式做菜的时候把鸡胸肉切成丁,用少量的盐和淀粉抓匀了以后腌制二十分钟。然后准备好葱姜蒜和辣椒,葱白要切成小段的,准备好一勺左右的去皮油炸花生米,然后……"

坐在丽娜旁边的吴效梅实在是按捺不住,大声地说:"秦浩天,我们今天是吃饭还是听你演讲,老戈坐在那里等你好长时间了。"

丽娜赶紧出来解劝:"是我的错,不能怪浩天。"她又转过脸对戈鋥说:"你真在这里做客,自己不会动手?"

一直在埋头吃饭的凌子笑了起来说:"现在社会男士真可怜,我妈就知道欺负爸爸,阿姨也会欺负伯伯,你们看他们受委屈都不吭声。"

戈鋥这时就笑着对凌子说:"还是凌子懂事,小妍就知道要妈妈做好吃的,凌子却知道为爸爸和伯伯鸣冤叫屈。"

小妍望着戈鋥做了一个鬼脸,两个小姑娘又是一阵窃窃私语然后笑个不停。

戈鋥从家里带来了一瓶茅台酒,打开酒瓶后他对秦浩天说:"浩天拿两只大茶杯过来,我们今天二一添作五。"

秦浩天马上举起了免战牌说:"我喝不过你,我只喝三两剩下都是你的。"

吴效梅拿过酒瓶说:"浩天今天多喝一点,老戈这两天心里不舒服,你多陪陪他。"说完就往两个茶杯里比着倒酒。

丽娜阻拦吴效梅说:"效梅别给他们都倒那么多酒,浩天不能喝,戈鋥也少喝一些。"

丽娜的话最终起了作用。吴效梅停止了倒酒，戈呰把秦浩天杯子里的酒往自己的酒杯里又倒了一些过来，然后对着满桌子的人说："你们看现在公平了没有？"

秦浩天赶紧拿起酒少一些的杯子说："世界上公平的事情从来就少有，像老兄这样体恤弱者只能体现一种公平精神。"

凌子说："我觉得不公平，爸爸喝这么少伯伯喝这么多，爸爸对伯伯就不公平。"

小妍赶紧附和："对，我觉得叔叔对爸爸就不公平。"

戈呰笑着说："丫头们，世界上从来就没有绝对的公平，如果仅仅用数量去衡量可能永远找不到公平的事情。公平是相对的有条件的，秦叔叔不愧是博士，他说得就很对，我们要追求的是一种公平精神。"

刚刚在给丽娜夹菜的吴效梅听到戈呰的话接过来说："我觉得银行对你就不公平。"吴效梅虽然在不良资产剥离中受到了处分，但是她很坦然，认为自己既为银行做了实事又替戈呰分担了担子，况且银行受处分的人很多，所以她没有丝毫的怨言。当她听到省分行推荐的副行长不是戈呰的时候有些替他抱不平。

丽娜说："两个孩子都在这里，你们谈点阳光的东西吧。"

秦浩天说："像老戈这样有本事的人，天下哪里都是道场，你们别替他担心，他有的是机会。我们喝酒。"他开始劝酒。

戈呰喝了一口酒苦笑着说："性格决定命运，我的性格早已成形，命运也就定格了。现在我们最大的任务就是教育好下一代，让她们养成良好的性格。"

丽娜说："你还说教育下一代，小妍早就是你的翻版啦。"

小妍不理解丽娜的意思就问吴效梅说："阿姨，妈妈是在表扬我还是批评我？"

吴效梅咯咯笑个不停地说："去问你爸爸。"

小妍回头看爸爸的时候，看见戈呰与秦浩天拼酒正在兴头上，两家人相聚其乐融融。正在这个时候戈呰的电话铃声响起，当他看到是市委书记杨柳的秘书来电时示意大家都不要说话。秘书在电话里说："戈行长您好，书记请您听电话。"

戈舀赶紧拿着电话起身走到秦浩天的书房。杨柳书记在电话里没有寒暄，直截了当地说："市里想调你到政府工作，我刚与省分行徐行长通过电话，他表示尊重你个人的意见。你是什么态度？"

面对书记的询问戈舀没有丝毫的时间可以思考，他回答杨柳书记说："谢谢领导关心，但是我不熟悉政府工作。"

书记说："你熟悉经济工作嘛，在银行不是干得挺好吗？"戈舀未置可否。杨柳见戈舀没有拒绝接着说："政府这边缺少懂经济金融的干部，如果你没有意见我就与常委的其他同志通通气。"杨柳书记还讲到是在征得省分行徐行长的同意后打的这个电话，并对戈舀强调说因为戈舀不是地方管理的干部，这种征求意见的方式很特殊，后面的组织程序和法律程序很长，要注意保密，这既是组织纪律也是政治纪律，一定要严格遵守。

戈舀回到饭桌上大家看他一脸凝重就问他电话是怎么回事，他告诉说市里想调他去政府工作，这是征求他的意见，当大家问他到市里干什么工作的时候，他说目前没有确定。大家又七嘴八舌地猜测可能是去财政局，或是税务局，或是发改委，最后的结论是不管是哪个部门都要去。在这种氛围下大家的食欲大减，戈舀与秦浩天喝掉了酒杯里剩下的最后一点酒，结束了今天的聚会。

下午丽娜和吴效梅两对母女去博物馆参观去了，秦浩天有忙不完的学术问题，戈舀就去了文祥韬老爷子的家。

戈舀今天见到文祥韬的时候，看见老爷子的气色不对，询问后才知道老爷子的心脏最近又不太好。戈舀想把杨柳书记的电话内容首先告诉给文祥韬，可是文祥韬还没等戈舀开口就问："最近是不是情绪不太好？"

戈舀点头说："是有些波动。"

文祥韬说："你今天不来我也会给你打电话。省行干部变动的事情我听说了，也猜到你会产生一些受委屈的想法。"

戈舀说："我只是希望有一个更大的舞台，能做更多的事情。"

文祥韬说："狭隘。这么多年你的心胸和眼界还是没有完全打开。你产生这种情绪是因为觉得自己能干，这个舞台非你莫属，其实这是你的自恋。"

"我自恋？"戈舀反问道。

文祥韬说："你不信吧？自恋其实是人性的一大通病，绝大多数人都有自恋的毛病，只不过很少有人能自己察觉。自恋和自傲、自卑都是一窝孪生兄弟，人在顺境的时候常常自以为才华出众、能力超群，喜欢做海阔天空的幻想，人在逆境的时候又会走向另一端，自认为生不逢时、怀才不遇，表现出沮丧、消沉、萎靡的情绪。自恋有非常多的表现，可以说是五花八门。你可以剖析自己内心里有没有这些东西的影子。"

戈召有些不好意思地说："照您的分析我还真是有些自恋。"

文祥韬说："自恋是人类的一种心理特征，每个人或多或少都有些自恋，但是如果自恋发展成为人格障碍就是严重的问题了。"

"不至于吧！"戈召说，"您担心我有人格障碍？"

文祥韬和善地笑了起来："我是在给你敲警钟，人不能把自己看得太高。你想有更大的人生舞台别人就不能有舞台了？世界上的事物从来就是尺短寸长，强者都有自己的不足，弱者都有自己的长处，不然在丛林法则的支配下弱者早就死光光了。你就是因为过于自恋，不知道去向弱者学习他们的长处，结果你的长处发挥得也不够充分，所以才有今天这样的结局。"

文祥韬的这样一番话让戈召稍稍服气。但是他还有想不明白的地方："您觉得我们的制度上就没有问题？"

文祥韬说："我现在是从人性的角度分析你的缺点。说到我们的干部制度当然有不完善的地方，我们现在选拔干部主要途径是推荐和考核，形式上看很公平，其实在推荐和考核中最容易作假，组织部门和领导得到的信息不一定是真实的信息。有些投机钻营的小人，除了用结党和行贿的手段巴结上级以外，再就是不断地制造和传播有利于自己的信息，传达上级领导喜欢的信息。这些年'假、大、空'不断的根源就在于此。张华涛就是这种制度下的产物。"

文祥韬谈到了张华涛让戈召有些无语，只好说："世界上哪有无法克服的东西，只不过我们没有找到好的办法而已。"

"你说得对。"文祥韬赞成说，"我们在干部的进口上无法完全控制，还可以在出口上想办法。但现在我们这个制度的弊端就在于只注重了进口而忽视了出口，干部能上能下几乎是一句空话，只要混进干部队伍就可以安逸过日子，就像南郭吹竽夹杂在乐队中很容易混日子一样。"

文祥韬今天兴致很高，他几乎没有给戈召说话的机会。他继续说："我们的干部是上级任命的,当然就有人拼命地讨好上级,如果干部提拔都是由下面决定就一定有人讨好下面。不是自从有了群众考评以后,就有些干部不敢得罪人了吗?每一个制度都会有缺陷,有人说西方的民主形式好,可是一样漏洞百出,你看美国总统选举时的承诺有几个总统真正兑现的,开始就是迎合选民说假话,上台就变卦。用人的问题上关键是政治要透明,要有有效的监督,同时建立干部退出的通道,做到这些可能就会好一些。"

戈岊问:"您怎么评价我们省分行的领导?"

文祥韬说:"高亦尚是一个技术官员,他是一个传统和现代知识分子的混合体,这种类型的干部总行是一定需要的。但是高亦尚一定不能做一把手,他在哪里做一把手哪里就会出现乱局。徐光钊是个实干家,他是经过了无数摔打和折磨才走到今天,别看他今天做事有分寸,有退让,其实他心里的底线越来越坚定,所谓'小不忍则乱大谋',他能够走到现在的位置一定是与高亦尚做过许多妥协。高亦尚走了以后你再看徐光钊会做什么,他一定会坚定地按照自己的意志去做他认为需要做的事。"

戈岊又问:"您知道我与张华涛是好朋友,一直到今天我也觉得华涛有毛病但骨子里面并不坏。您怎么评价华涛?"

"你是一个有情义的人,但情义有时候会欺骗你的眼睛。"文祥韬说:"你和张华涛就不是同一类人,让我不解的是你这么好的人为什么能跟他相处在一起。"

戈岊说:"我从来不觉得我有什么好。"

文祥韬说:"你不好当初我们怎么会提拔你。你知道提拔你的代价吗?当初省行和市里给我的条件是肖强必须与你同时提拔,肖强不起来你也不能提拔。虽然因为提拔肖强我背后挨了不少群众的骂,但是培养了你我还是觉得值。这就是我为什么总是教你为了大局要学会忍让的道理。"

戈岊说:"您不说我永远不会知道,您受委屈了。"

文祥韬说:"好在你争气,不仅工作能力强,而且这些年不贪色,不贪财,群众口碑好。"

戈岊说:"我没有太高的觉悟,美色和金钱有谁能不喜欢?但是'恐惧'让我懂得守规矩,我害怕因为贪色贪财让我在监狱里失去自由,害怕贪色贪财玷污了自己的名声,害怕贪色贪财让我的女儿不能安生成长。"

文祥韬说:"你所说的不是'怕',是你懂得了遵循天道。我们总喜欢说'人在做天在看',天就是中国人的信仰。天不是一个什么什么神,天就是天道,就是自然规律、社会规律和做人的规矩,什么人都要遵循天道,与天道对抗迟早会受到惩罚。懂得了这个道理人就活得自在,活得潇洒,该承担的承担不觉它是负担,该舍的舍去不觉它是损失,一切都是自然合理的。这就是我们人活在天地之间的一个合理的位置,在天地之间的一种合理的生活。你刚才说你对张华涛的感觉我没有反驳,你想张华涛能够做到这样吗?"

戈舀这时才向文祥韬说:"刚才杨柳书记给我打电话了,想调我去政府工作。"

听完了戈舀的介绍文祥韬说:"你很幸运。如果不是市里差懂金融的干部,如果杨柳书记不是省委常委,市里用干部可能永远到不了你的头上。"

戈舀不理解文祥韬的话,他问道:"您为什么这样说?"

文祥韬说:"你以为你是一个受欢迎的干部吗?像你这样只认理不懂势,我说的是'局势'的'势',干什么事情都认死理拼蛮力,不懂得因势利导,历史上这样的人没有一个不是头破血流。你这样的人只有能够驾驭你的人出现了他才会用你,不然谁敢用你。杨柳书记是省委常委,当然他就不怕你这个'孙悟空'。"

戈舀说:"我就那样不听话吗?我喜欢提意见也不是要对着干。"

文祥韬说:"我刚才说'人有自恋的毛病'你懂了吗?我说'人既要讲理也要会因势利导'你懂了吗?我看你还是没有真懂。"后来文祥韬自己笑了说:"不过你现在进步不小,不然杨柳书记怎么会看上你呢,呵呵。"

戈舀说:"您取笑我了。"

文祥韬说:"我讲这些话你听起来似乎觉得有些自相矛盾,其实就是要提醒你要不断地总结工作经验和教训。人非圣贤孰能无过,我工作了一辈子不知道犯过多少错误,后来等我明白了,想改正的机会都没有了。很多时候我在给你指出错误的时候,实际上就是在纠正我过去的错误,如果没有你,我就是有些想法也不能在工作中去落实,是你帮助我在改正过去的错误,所以我还要谢谢你。"

戈舀问:"您真的觉得过去做过一些错误的事情吗?"

文祥韬说:"当然。人无完人,这个世界上没有谁能够不犯错误。我只希望在我还没有糊涂的时候，可以去思考总结我们过去的一些经验教训，把自己弄明白的道理告诉你们，让你们在今后的工作中少犯我们过去犯过的错误。"

戈召说："我以后也会教育更年轻的干部要向老同志学习。"

文祥韬说："不是向老同志学习而是向历史学习。"

戈召感觉到这是他与文祥韬老爷子最透彻的一次谈话。

五十五、涅槃重生

　　后来事情的发展顺风顺水，波澜不惊。

　　三个月以后银行的股份公司正式挂牌，唐宏运任董事长，常路达任副董事长兼总行行长，高亦尚任董事兼总行副行长。郢州省分行行长、党委书记由徐光钊接任，谭启德升任郢州省分行副行长，沪发银行郢都分行一个月前也正式开业，吴效梅跳槽到沪发银行郢都分行任计划资金部总经理，秦浩天博士也调到省人民医院。就在吴效梅到沪发银行上班的那一天，张华涛东窗事发被"双规"，没两天时间就交代了全部犯罪事实，为了立功赎罪又供出了兰天翔和闵洁。不知道是哪里走漏了风声，兰天翔听到风吹草动后立即挟持闵洁出逃，成了后来的网上通缉犯。令人惊喜的是戈咎在漳河市新一届人大会上当选为副市长。其间还有一个小插曲，就是公安部门在侦破一起诈骗案时抓到了私刻公章的人，他供出了曾经伪造公章的贾兴华。由于贾兴华是在银行不良贷款确权中私刻的公章，没有其他违法事实，公安局对贾兴华处以十五天的治安拘留。银行也撤销了档案中青春服装厂的确权书。不幸的消息是在银行股份公司挂牌的那一天，漳河市分行老行长文祥韬驾鹤西去。当戈咎得知消息赶到文老家里时，红十字会的救护车已经把老人的遗体运走。据文老太太说，文老生前早就与红十字会签下了捐献遗体的自愿书，他不愿意身后给孩子和银行添任何的麻烦，把自己最后奉献给社会。戈咎听说以后唏嘘不已，跪在老人的遗像前重重地磕了三个头。

后　记

　　2017年6月我正式退休，离开了工作近四十年的银行。为了留住逝去的时光，也为了圆自己的一个梦，提笔写了这部小说。对于不是从事文字工作的人而言，创作小说无异于跋山涉水，攀藤附葛。幸好四十年的工作经历，让我积累了大量的素材，以丰补拙成为我创作的理由和动力。动笔之前我翻阅了自己保留的工作手册，字里行间的人和事一幕幕在眼前掠过。当我看到不良资产剥离这一段时间的工作笔记时，思绪就停留在了那段岁月。那是一段永远不能忘记的岁月！今天中国的银行业可以与世界任何优秀的银行比肩，甚至能在某些领域独领风骚，这都得益于当时的不良资产剥离。可以说，如果没有不良资产剥离一役，就没有中国银行业的今天，甚至没有中国经济的今天。于是，我创作的选题就这样定下来。有了选题和素材，再把它们变成具有可读性的文字故事又是一个艰苦的过程。一百多天我把自己关在屋子里，除了吃喝拉撒，全部的时间都在敲键盘，连梦里都坐在电脑前，直到书稿完成才如释重负。虽然小说中的人物和故事是虚构的，不良资产剥离的复杂性和艰巨性在故事里也只能窥见一斑，但是故事所体现的银行人的坚韧、睿智和他们的敬业精神却是不容置疑的。不管书中的这些人物和事件以何种色彩出现，我一直眷念着和他们在一起的日子。因为走过的这一段岁月已经成为我们生命的一部分。

　　撰写书稿期间我几乎过着饭来张口、衣来伸手的"寄生"生活，对于默默支持我创作的妻子，我致以深深的谢意。

作者

二〇一八年七月三日